모프라

모포라

조르주 상드 장편소설 | 정희경 옮김

고문
꿈꾼

저자 서문

1846년[*] 내가 노앙에서 소설 『모프라』를 집필하던 때는 막 별거 소송을 제기한 직후였던 듯하다.^{**} 그때까지 나는 결혼의 폐해에 대해 투쟁을 해오고 있었지만 내 생각을 충분히 발전시키지는 못했기 때문에 결혼의 본질에 대해 잘 알지 못했을 수도 있다. 엄밀히 말해 결혼에 내포된 원칙의 도덕적 아름다움의 관점에서만 결혼을 바라보고 있었던 것이다.

깊은 생각을 할 줄 아는 사람은 불행한 일에서도 좋은 점을 찾아내는 법이다. 관계를 단절해야만 하는 것이 얼마나 고통스럽고 괴로운지를 알면 알수록, 작금의 사회가 지켜내기에는 너무 높은 수준의 행복과 평등의 요소들이야말로 결혼에 부족한 것임을 절감했던 것이다. 반면에 이 사회는 결혼을 물질적인 이해관계가 걸린

---

* 1837년의 오기誤記일 것이다.
** 상드는 1835년 10월 라샤트르 법정에 별거(이혼) 요구서를 제출했다.

계약과 동일시함으로써 오히려 이 신성한 제도를 끌어내리려고 애쓰고 있다. 사회는 관습적 풍조, 편견, 위선적인 불신앙 등을 통해 동시에 전방위적으로 결혼을 공격하고 있는 것이다.

적당히 기분 전환이나 하면서 시간을 보내기 위해 소설을 쓰다가 문득 결혼 전, 결혼 생활 중, 그리고 그 이후의 절대적이고 영원한 사랑을 그려보자는 생각이 들었다. 그리하여 나는 80세에 이르도록 단 한 명의 여인만을 사랑했고, 그녀를 위해 정절을 지켰다고 주장하는 남자 주인공을 탄생시켰다.

사랑의 이상은 분명 영원한 정절이다. 도덕적, 종교적 법칙들은 이 이상을 신성한 것으로 만들고자 해왔다. 그러나 물질적인 것들이 이 이상을 혼란에 빠뜨리고, 민법은 종종 그것이 불가능하거나 환상이 되어버리도록 제정되었다. 그러나 이 소설이 그것을 증명하는 장은 아니다. 그러므로 소설 『모프라』는 이러한 관심사 때문에 무거워지지 않았다. 내가 이 책을 집필하는 동안 특별히 내게 스며든 이러한 느낌은 작품 말미쯤에서 모프라의 말로 요약되고 있을 뿐이다. "그녀는 내가 일생 동안 사랑한 유일한 여인이었다. 다른 어떤 여인에게도 눈길 한번 준 적이 없고 손 한번 잡아본 적도 없다."

1851년 6월 5일
조르주 상드

귀스타브 파페*에게

    요즘 풍조로는 구닥다리 같은 헌사를 하는 것이 금지되어 있는 지도 모르지만, 형제이자 친구인 그대여, 그대에게는 새로울 것도 없는 이 이야기의 헌정을 받아주기를 간청합니다. 나는 우리의 발레 누아르에 있는 초가집에서 그 일부를 썼답니다. 저녁마다 우리의 소중한 기도를 되풀이하며 거기서 살다가 죽을 수 있다면 얼마나 좋을까요.

성스러운 단순함이여 Sancta simplicitas!

조르주 상드

---

* 노앙에서 2킬로미터 떨어진 아르스성城의 소유주로, 상드와 친분이 깊었다.

일러두기

1 이 책은 George Sand, *Mauprat*(Folio, 1981)를 번역 저본으로 삼아 옮긴 것입니다.

2 원문에서 이탤릭체로 강조된 부분은 고딕체로 표기했습니다.

3 원문의 주는 **[원주]**로 표시했습니다. 별도의 표시가 없는 주는 옮긴이의 것입니다.

차례

모프라
Mauprat

라마르슈와 베리의 접경 지역, 바렌이라고 불리는, 떡갈나무와 밤나무 숲만이 이따금 나타나는 드넓은 황야와 다름없는 고장, 그 지역에서 가장 나무가 빽빽이 들어차고 인적이 드문 곳에 다 무너져 내린 자그마한 성이 하나 있다. 성은 골짜기 속에 폭 들어앉아 있어서 주 출입구의 내리닫이 살문에서 백 보 정도만 떨어져도 여기저기 패어 있는 망루만이 보일 뿐이었다. 수백 년 된 나무들이 에워싸고, 어수선하게 흩어져 있는 바위들이 내려다보고 있는 성은 영원한 어둠 속에 묻혀 있었다. 그리하여 환한 대낮이라야 옹이투성이의 나무 그루터기와 걸을 때마다 발걸음을 가로막는 잔해들에 겨우 부딪히지 않고 성으로 통하는 방치된 오솔길을 건너갈 수 있었다. 이 음울한 골짜기와 이 서글픈 작은 성이 바로 로슈-모프라다.

　이 재산이 모프라 가문의 마지막 후손에게 유산으로 떨어지자,

그는 성의 지붕을 없애고 골조용 목재를 죄다 팔아버렸다. 그러고는 조상들의 추억에 침을 뱉고 싶기라도 했는지, 정문을 땅바닥에 내동댕이치고 북쪽 탑을 때려 부수고 성벽의 담을 위에서 아래로 쪼개도록 시키더니 여우, 흰꼬리수리, 독사 따위에게 영지를 버려둔 채 발에 붙은 먼지를 털며 일꾼들을 데리고 떠나버렸다. 이는 그리 오래전 일이 아니다. 그 이후로, 근처에 흩어져 있는 오두막에 사는 벌목꾼들과 숯쟁이들은 대낮에는 로슈-모프라 골짜기 위쪽을 지나가면서 거만한 태도로 휘파람을 불거나 지독한 저주 따위를 이 폐허에 퍼부었다. 그러나 해가 기울고 성벽의 총안 위에서 쏙독새가 목청을 높이기 시작하면 그들은 폐허 위를 떠돌고 있는 나쁜 귀신들을 몰아내기 위해 가끔씩 십자성호를 긋기도 하면서 입을 다물고 발걸음을 재촉하여 그곳을 지나갔다.

나 역시도 밤에 이 골짜기를 따라가다 보면 어떤 불안감을 느끼지 않은 때가 없었음을 고백한다. 맹세컨대 폭풍우가 치던 밤에 몇 번이나 이 근방에서 번져 나오는 불쾌한 느낌 때문에 그곳을 빨리 벗어나기 위해 말에 박차를 가한 적이 없다고는 감히 주장할 수 없을 것 같다.

그래서 나는 어렸을 때 모프라라는 이름을 카르투슈*나 푸른 수염과 같은 반열에 두었고, 무서운 꿈을 꿀 때면 식인귀나 도깨비의 해묵은 전설과 우리 고장에서 모프라 가문의 음산한 이름을 떨치게 만든 최근의 사건들을 혼동하는 일이 자주 일어났다.

* 유명한 비적 두목.

종종 동무들과 사냥을 나갔다가 매복 장소를 떠나 일꾼들이 밤새 지키고 있는 불붙은 석탄 더미 옆으로 몸을 덥히러 다가가면, 이 운명의 이름이 그들의 입술에서 새어 나오는 것이 들려왔다. 그러나 그들이 우리를 알아보고 그 강도들 중 어느 누구의 귀신도 우리 중에 숨어 있지 않다는 사실이 확실해지면 반쯤 낮은 목소리로 머리끝이 쭈뼛 서는 이야기들을 우리에게 전해주었다. 하지만 그것이 그대에게 전해지지 않도록 매우 조심할 것이다. 유감스럽게도 그 이야기는 내 기억을 어둡고 괴롭게 했으니 말이다.

내가 그대에게 들려줄 이야기가 전적으로 기분 좋고 즐거운 것은 아니다. 오히려 오늘날 이런 음울한 이야기를 그대에게 전하는 것에 대해 용서를 청한다. 하지만 그 이야기에서 내가 받은 인상에는 몹시 위로가 되는 무엇인가와, 감히 내 생각을 표현하건대, 영혼에 몹시 유익한 무엇인가가 섞여 있기에, 결론을 보아 그대가 나를 용서해주기를 바란다. 게다가 나는 이 이야기를 들은 지가 얼마 안 되었으므로, 그대가 이야기를 하나 해달라고 했을 때 나의 게으름과 상상력 부족에는 아주 좋은 기회라 여겼다.

마침내 지난주에 그 가문의 마지막 후손인 베르나르 모프라를 만났다. 경멸스러운 일가친척과는 오래전에 연을 끊은 그는 물려받은 작은 성을 무너뜨림으로써 어린 시절의 추억이 그에게 불러일으킨 공포를 증명하고자 했다. 베르나르는 이 고장에서 가장 존경받는 사람들에 속했고 평야 지대인 샤토루 쪽의 예쁜 시골집에 살고 있다. 그와 알고 지내는 친구와 그의 집 근처를 지나다가 내가 그를 만나보고 싶다고 하자, 친구는 환대를 장담하면서 당장에 나를 그에게로 데리고 갔다.

　나는 이 노인의 엄청난 이야기에 대해서 대충은 알고 있었지만 자세한 내용이 늘 미치도록 궁금했고 무엇보다 본인에게 그 세세한 이야기를 듣고 싶었다. 내게 이 야릇한 운명은 풀어야 할 철학적 문제 자체였다. 그래서 나는 특별한 관심을 가지고 그의 용모, 태도, 내면을 관찰했다.

　베르나르 모프라는 굳건한 건강, 꼿꼿한 키, 쌩쌩한 걸음걸이 등에도 불구하고 족히 여든 살은 되었다. 하지만 쇠약한 기색이라고는 전혀 없어서 열다섯 살이나 스무 살쯤 아래로 보였다. 불현듯 그의 조상들의 그림자가 눈앞을 스쳐 지나가게 하는 강퍅한 표정만 없었다면 그의 얼굴은 정말로 아름답게 보였을 것이다. 나는 그가 육체적으로 그들을 닮은 게 아닐까 몹시 두렵다. 친구도 나도 모프라 가문의 다른 사람들을 알지 못하므로 오직 그만이 우리에게 사실을 알려줄 수 있을 테지만 그에게 물어볼 수는 없는 노릇이었다.

　우리가 보기에 그의 하인들은 베리 지방의 고용인들치고는 엄청나게 신속하고 정확하게 시중을 드는 것 같았다. 그러나 조금이라도 꾸물거리는 기색이 있을라치면 그는 목소리를 높이고, 하얗게 센 머리에 비해 아직도 매우 검은 눈썹을 찡그리며, 가장 굼뜬 자도 날아다니게 할 만한 참을성 없는 말 몇 마디를 중얼거렸다. 처음에 나는 상당히 충격을 받았다. 이런 삶의 방식은 지나치다 싶게 모프라 가문 사람의 느낌을 준다고 생각했기 때문이다. 하지만 잠시 후 거의 아버지같이 말하는 그의 상냥한 태도와 두려움과는 전혀 관계가 없는 듯한 하인들의 열성을 보고, 나는 금세 그에 대한 오해를 풀었다. 게다가 그는 우리를 세련된 예의로 대했고 가장 정제된 용어로 자기 생각을 표현했다. 불행하게도, 저녁 식사가 끝날 무렵, 부주의하게 열어둔 문을 통해 그의 늙은 머리통까지 찬바람이 불어 들자 그는 아주 끔찍한 저주의 말을 뱉고 말았다. 친구와 나는 놀라서 마주 보았다. 그가 사태를 알아차렸다. "자네들에겐 미안하네. 내가 조금 변덕스럽다고 생각하겠지. 잘 모를 테지만, 나는 다행스럽게도 몹쓸 그루터기에서 잘려 나와서 좋은 땅에 옮겨 심어진 늙은 가지라네. 그런데 아직도 원래의 야생 호랑가시나무처럼 옹이투성이에 거칠기 짝이 없지. 자네들이 본 것과 같은, 상냥하고 평온한 상태에 이르기까지 정말 어려움이 많았다네. 아아! 감히 할 수만 있다면 신을 원망하겠네, 왜 내게 인색하게도 다른 사람들과 똑같이 짧은 인생을 주셨느냐고. 늑대에서 인간으로 변신하기 위해 40년이나 50년의 투쟁이 필요하니 승리를 즐기려면 100년은 더 살아야 할 텐데. 하지만 그게 다 무슨 소용이 있겠나?" 그는 슬픈 어조로 덧붙였다. "나를 변모시킨 요정은 이젠 여기 없어서 자기가 빚어낸 작품을 즐기지도 못하는데. 아, 이제 끝낼 시간이 되었네!" 그러고는 내 쪽으로 몸을 돌리더니 이상하게 생기 가득한 검고 커다란 눈으로 나를 바라보면서 말했다. "이보게, **친애하는** 젊은 이. 자네가 왜 왔는지 알고 있네. 내 이야기가 궁금해서겠지. 이리 불 가까이로 오게, 걱정 말고. 내가 아무리 모프라라고 해도 젊은

이를 장작 대신 불 속에 던져 넣진 않을 테니. 자네가 내 이야기를 들어주는 것만으로도 더할 나위 없이 큰 기쁨을 줄 수 있다네. 자네 친구는 내가 쉽사리 내 얘길 하지 않는다고 말했을 걸세. 난 바보들과 얽히는 게 언제나 두렵거든. 하지만 난 자네에 대해 하는 말을 들었고, 자네의 성격이나 직업도 알고 있다네. 자네는 관찰자이자 이야기꾼이지. 말하자면, 미안하네만, 호기심 많은 수다쟁이라고나 할까." 그가 웃기 시작했고, 나는 그가 나를 놀리는 게 아닐까 걱정되면서도 역시나 웃으려고 애썼다. 그런데 나도 모르게 그의 할아버지가 자신을 만나러 온 경솔한 호기심쟁이들을 가지고 놀며 좋아할 때 썼던 몹쓸 수법이 생각났다. 하지만 그는 다정하게 내 팔짱을 끼더니 아늑한 불 앞, 찻잔들이 놓여 있는 탁자 옆에 나를 앉히면서 이렇게 말했다. "화내지 말게나. 이 나이에도 난 말이지, 타고난 빈정거리는 태도를 고칠 수가 없다네. 하지만 내가 하는 것엔 가혹한 점은 없지. 정말이지 이렇게 자네를 만나 내 인생 이야기를 털어놓게 되어 얼마나 기쁜지 모르겠네. 나만큼 불운을 겪은 사람은 비난받던 기억을 깡그리 지워줄 충직한 사료 편찬관을 만날 자격이 있지. 그럼 들어보게, 커피를 들면서."

내가 그에게 말없이 잔을 내밀자 그는 '그건 계집애 같은 자네들 세대에나 어울리는 짓이지'라고 말하는 듯한 미소와 함께 거절의 몸짓을 했다. 그런 다음 이런 말로 그의 이야기를 시작했다.

1

자네는 로슈-모프라에서 아주 멀리 떨어진 곳에 묵고 있지는 않으니, 종종 이 폐허를 지나간 적이 있을 것이므로, 그곳을 자세히 묘사해줄 필요는 없겠다. 내가 가르쳐줄 수 있는 것이라고는 그 거처가 지금만큼 안락한 적이 결코 없었다는 게 전부다. 내가 지붕을 걷어내게 하던 날, 내 어린 시절이 흘러간 그 축축한 저택에 처음으로 햇빛이 들었다. 그리고 나는 예전에 거기 살 때의 나보다 그곳에서 훨씬 더 잘 살고 있는 도마뱀들에게 그 저택을 내주었다. 적어도 그들은 한낮의 햇빛을 응시할 수 있고 정오의 볕에 차가운 사지를 덥힐 수도 있다.

모프라 가문에는 직계와 방계가 있었다. 나는 직계 가문의 후손이다. 내 조부가 바로 재산을 탕진하고 자기 이름에 먹칠을 한 그 늙은 트리스탕 드 모프라인데 어찌나 고약했던지 그에 대한 기억은 벌써 기이한 전설에 휩싸이고 말았다. 농부들은, 그의 귀신이 바렌의 민가로 가는 길을 강도들에게 알려주는 마법사의 몸속에 혹은 몹쓸 짓을 하려는 생각을 품은 자들에게 보이는 늙은 흰 토끼의 몸속에 번갈아가며 나타나는 것을 보았다고 여전히 믿고 있다. 내가 세상에 나왔을 때, 방계는 이제 위베르 드 모프라 씨라는 사람에게서만 맥을 이어가고 있었다. 그는 몰타기사단*에 속해 있었기 때문에 **기사**라고 불렸는데 그의 사촌이 고약했던 것만큼이나 선한 사람이었다. 그는 가문의 막내로서 독신 서원을 했지만, 여러 형제자매 중 홀로 남겨지자 서원을 거두어들이고, 내가 태어나기 1년 전에 한 여인을 맞아들였다. 이렇게 생활 방식을 바꾸기에 앞서, 그는 퇴락한 가문의 이름을 재건하고, 방계 혈족들이 번영시킨 재산을 지킬 능력이 있는 후계자를 직계 혈통에서 찾아보려고 무진 노력을 했다고 한다. 그는 사촌 트리스탕**의 사업이 다시 제대로 운영되도록 애썼고, 여러 번 그의 채권자들을 달랬다. 그러나 자신의 선의가 가문의 악행을 조장하는 데만 이용되고, 그들로부터 존경과 감사 대신 오로지 비밀스러운 증오와 무례한 질투심만이 돌아오리라는 것을 깨달은 그는 완전한 화합을 포기하고 사촌들과 연을 끊고 지긋한 나이(60세가 넘었다)에도 불구하고 상속자를 얻기 위해 결혼을 한 것이다. 그는 딸 하나를 얻었지만 후사를 잇겠다는 희망은 거기서 접어야 했다. 얼마 후 아내가 의사들이 장폐색증이라고 부르는 중병에 걸려 세상을 떠났기 때문이다. 그는 그 고장을 떠났고 어

---

* 로마 가톨릭계의 기사 수도회.
** 여기서는 '사촌'으로, 8장에서는 '형제'로 표사된다.

쩌다 한 번씩만 돌아와서 로슈-모프라에서 60리 떨어진 바렌과 프로망탈*** 경계에 있는 자신의 영지에 머물렀다. 그는 교육을 받아 깬 사람이었으므로 현명하고 공정했다. 그의 아버지가 시대정신을 거부하지 않고 그를 교육시켰기 때문이다. 그래도 그는 역시 단호한 성격과 적극적인 기질을 간직하고 있었다. 조상들처럼 이름 대신 모프라 가문의 옛 시조들로부터 전해 내려오는 기사다운 별명 **곤봉**으로 불리는 것을 영광으로 여기고 있었다. 직계 후손들로 말할 것 같으면 이루 말할 수 없이 행실이 못된 자들로, 정확히 말해 약탈을 일삼던 봉건사회의 습속들을 그대로 간직하고 있어서 '강도 모프라'라는 별명이 붙었다. 트리스탕의 큰아들인 내 아버지만이 유일하게 결혼을 했다. 내가 그의 외아들이다. 여기서 아주 나중에야 알게 된 한 가지 사실을 얘기해야겠다. 내가 태어난 것을 알게 된 위베르 모프라는 내 교육을 전적으로 자기에게 맡겨주면 나를 자기 후계자로 만들겠다고 약속하며 부모님에게 나를 달라고 했다. 그 무렵 아버지는 사냥을 나갔다가 사고로 돌아가셨기 때문에, 할아버지는 자기 자식들만이 방계 혈통의 정당한 상속자이므로, 결론적으로 나를 대리상속인으로 지정하는 것은 결사반대라고 주장하면서 기사의 제안을 거절했다. 위베르가 딸을 얻은 것은 그 무렵이었다. 그러나 7년 뒤 아내가 외동딸 하나만을 남기고 죽자, 가문의 이름을 영속시키려는 그 시대 귀족의 욕망에 따라 그는 내 어머니에게 다시 한번 부탁했다. 나는 어머니가 뭐라고 대답했

*** 노앙이 있는 발레 누아르의 북쪽 지방.

는지 알지 못한다. 병에 걸려 돌아가셨으므로. 시골 의사들은 이번에도 장폐색증을 끌어댔다. 할아버지는 어머니가 이 세상에서 보낸 마지막 이틀 동안 어머니 집에 머물렀다…

"스페인 포도주를 한 잔 따라주게나. 추위가 엄습해오는군. 별일 아니네, 내가 얘기를 펼쳐놓기 시작할 때 추억이 내게 불러일으키는 효과일 뿐이지. 금방 지나갈 걸세."

그가 큰 잔에 담긴 포도주를 단숨에 마시자 우리도 그대로 따라 했다. 그의 근엄한 얼굴을 바라보면서 중간중간 끊어지는 짧은 이야기에 귀를 기울이느라 우리도 추워졌기 때문이다. 그는 이야기를 계속했다.

그래서 나는 일곱 살에 고아가 되었다. 할아버지는 어머니 집을 뒤져서 모든 돈과 챙길 만한 장신구들을 훔쳤다. 그러고는 나머지는 버려두고, 법률가들과는 절대로 볼일이 없다고 말하면서 장사 지내는 것도 기다리지 않았다. 그는 내 윗저고리의 목덜미를 잡고 나를 들어 올려 말 궁둥이에 내동댕이치며 이렇게 말했다. "어이구! 이제 내가 보호자다. 우리 집으로 가자. 너무 오래 질질 짜면 안 된다. 난 애새끼들을 잘 못 참아주거든."

아닌 게 아니라 잠시 뒤 그가 내게 어찌나 세게 채찍질을 해댔던 지, 나는 울음을 멈추고, 등껍질 아래 몸을 숨긴 거북이처럼 속으로 움츠린 채 감히 숨도 쉬지 못하면서 여행을 계속했다.

그는 깡마르고 키가 큰 사팔뜨기 노인이었다. 그때의 모습이 아직도 눈에 선하다. 그날 저녁의 일은 내게 지워지지 않는 흔적을 남겨놓았다. 어머니가 혐오스러운 시아버지와 그의 떼강도 아들들에 대해 말하면서 내게 심어준 공포가 송두리째 현실로 펼쳐졌던 것이다. 숲속의 빽빽한 나뭇가지들 사이로 이따금 달빛이 비쳐 들었던 게 생각난다. 할아버지의 말은 야위었지만 활기찼고 주인만큼이나 심술궂었다. 말은 채찍을 맞을 때마다 뒷발질을 했지만 주인은 채찍질을 그만두지 않았다. 말은 바렌을 종횡무진으로 가로지르는 협곡과 실개천들을 화살처럼 뛰어넘었다. 흔들릴 때마다 나는 균형을 잃고 겁에 질려 말 궁둥이의 껑거리끈이나 할아버지의 옷자락에 필사적으로 매달렸다. 할아버지는 내 걱정 따위는 조금도 하지 않고 있어서, 설령 내가 말에서 떨어진다고 해도 나를 일으켜 세우는 수고를 할 것 같지 않았다. 이따금 그는 내가 두려움에 떠는 것을 보며 놀려댔고, 더 무섭게 하려고 또다시 말을 날뛰게 했다. 나는 수없이 자포자기한 심정이 되어 뒤로 몸을 던질 뻔했지만, 삶에 대한 본능적 애정이 이 절망의 순간들에 굴복하는 것을 막아주었다. 마침내 자정이 다 되어 뾰족한 작은 대문 앞에서 갑자기 멈추자 곧 우리 뒤에서 도개교가 들어 올려졌다. 할아버지는 식은땀으로 흠뻑 젖은 나를 붙잡아 흉측하게 생긴 커다란 불구 청년에게 떠밀었고, 그가 나를 집 안으로 데리고 들어갔다. 그가 바로 장 삼촌이었고, 나는 로슈-모프라에 있게 된 것이었다.

당시에 할아버지는 여덟 명의 아들과 함께 지내고 있었는데, 그들은 수 세기 동안 프랑스 전역을 뒤덮고 폐해를 끼친 보잘것없는 봉건 독재자들 족속 가운데 우리 도道가 보존해온 마지막 잔재였다. 이미 문명은 혁명의 대격동을 향해 빠른 속도로 나아가며 이러한 수탈과 조직적인 강도 짓을 점점 사라지게 했다. 교육을 통한 계몽, 일종의 고상한 취미, 저 멀리서 불어온 궁중 예법의 바람, 민중이 머지않아 각성할 거라는 끔찍한 예감 등이 성들 그리고 반쯤은 농가나 다름없는 몰락한 귀족의 저택들에까지 스며들고 있었다. 위치상 가장 낙후된 중부 지방의 우리 도들에서도 사회적 평등 정신이 이미 야만적 습속을 압도하고 있었다. 못된 망나니들은 특권을 가지고 있었음에도 행실을 고치도록 강요당했고, 어떤 지역에서는 극단에 내몰린 농부들이 영주를 제거했다. 법원은 그 일에 개입할 엄두조차 내지 못했고, 친척들도 감히 복수를 요구하지 못했다.

이러한 시대의 풍조에도 불구하고 할아버지는 이 고장에서 별다른 저항을 겪지 않고 오랫동안 자신의 방식을 유지했다. 하지만 그와 마찬가지로 온갖 못된 짓을 일삼는 수많은 식솔들을 먹여 살려야 했기 때문에 결국 그는 고통을 받게 되었고, 위협을 해도 이제는 겁을 먹기는커녕 오히려 그쪽에서 가만두지 않겠다고 협박해오는 채권자들에게 시달렸다. 한편으로는 집달리를, 다른 한편으로는 매 순간 새로 생겨나는 싸움을 피할 방도를 생각해야만 했다. 싸움이 벌어지면, 사람 수가 많고 단합이 잘되고 힘들이 장사임에도 불구하고 모프라 사람들은 우위를 점하지 못했다. 주민들이 모두 똘똘 뭉쳐서 모프라들을 욕하는 자들의 편에 가담해서 돌팔매질을 해댔기 때문이다. 그러자 트리스탕은 마치 멧돼지가 사냥이 끝나고 흩어진 새끼들을 그러모으듯, 자손들을 자기 주위로 불러 모아 성안으로 퇴각한 뒤 도개교를 들어 올리게 한 다음, 여남은 명의 촌사람들과 하인들 그리고 그와 마찬가지로 세상으로부터 몸을 피해서(그의 표현에 의하면) 튼튼한 방벽 뒤에 안전하게 있는 게 나은 밀렵꾼들과 탈주자들 모두를 데리고 그곳에 칩거했다. 오리 사냥용 엽총, 소총, 나팔 소총, 말뚝, 단검 따위의 엄청난 사냥 무기 일습이 망루에 세워져 있었다. 그는 두 사람 이상이 그의 총기에 손이 닿을 만한 거리 안으로 접근하도록 내버려두어서는 절대 안 된다고 문지기에게 엄명을 내렸다.

그날 이후 모프라와 그의 자식들은 이전에 도덕법을 깨뜨렸듯이 민간의 법도 깨뜨렸다. 그들은 깡패 도당들로 조직되었다. 그들의 친애하는 충성스러운 밀렵꾼들이 사냥한 고기를 집에 공급해주고 있었지만, 그들은 주변의 소작지에서 불법적인 세금을 징수했다. 아시다시피 우리 농부들은 비겁해서가 아니라(그와는 아주 거리가 멀다), 무사태평한 데다가 법이 보호해준다고 믿지 않기 때문에 물러터지고 소심하다. 어떤 시대에도 그들은 법을 이해하지 못했고 오늘날에도 겨우 알고 있을 뿐이다. 프랑스의 어느 도도 더는 봉건제의 낡은 전통을 보존하거나 그 해악을 참아주지 않는다. 아마 다른 어디에서도 우리 고장에서 지금까지 해왔듯이 몇몇 성주들에게 마을 영주의 직함을 유지하게 하는 일이 없을 것이며, 또 어디에서도 터무니없고 말도 안 되는 정치적 사건 소식 따위로 민중에게 겁을 주는 일이 이토록 쉽지 않을 것이다. 내가 얘기해주고 있는 그 시대에는 도시에서 멀리 떨어져 외부와 교류가 없는 시골의 반경에서 유일한 세도가인 모프라 사람들이 가신들로 하여금 머지않아 농노제가 복고될 것이며 말 안 듣는 자들은 치도곤을 당할 것이라고 믿게 하는 일이 별반 어렵지 않았다. 농부들은 멈칫거렸고 독립을 설파하는 몇몇의 말에 불안하게 귀를 기울였으나 결국은 곰곰 생각한 끝에 예속되는 쪽을 선택했다. 모프라 사람들은 돈을 요구하지는 않았다. 그 지역 농부에게 화폐 가치란 심히 어렵게 얻어지는 것이었으며 죽지 못해 내놓는 그런 것이었다. **돈은 소중하다**가 그들의 속담이다. 농부에게 돈이란 육체노동과는 다른 것을 나타내기 때문이다. 그것은 외부 세계의 사물이나 사람과의 거래이고, 예견하거나 조심하는 노력이자 매매이며, 습관적인 나태에서 끌어내는 일종의 지적 투쟁, 한마디로 말해 정신노동으로서 농부에게는 가장 힘들고 걱정되는 일인 것이다.

모프라 사람들은 토지에 대해 잘 알고 있었고, 빚 갚는 것을 포기한 이상 더는 돈이 크게 필요하지 않았기 때문에 오직 현물만을 요구했다. 어떤 이는 수탉에, 다른 이는 송아지에 물린 할증을 감당하고, 또 어떤 이는 밀을, 또 다른 이는 사료를 바치고, 뭐 이런 식으로 이어지는 것이었다. 폭리를 취하는 데 분별력을 가지고 세심하게 신경을 써서 각자가 지나치게 옹색해지는 일 없이 제공할 수 있는 것을 요구했다. 온갖 도움과 보호를 약속했고 어느 정도까지는 약속을 지켰다. 늑대와 여우를 소탕하고 탈주자들을 받아들이거나 숨겨주었으며 소금 창고의 직원들이나 세금 징수원들을 윽박

질러 나라를 상대로 사기 치는 것을 도왔다.

가난한 사람들이 쉽게 속는 것을 이용해서 사리사욕을 채웠고 그들의 존엄과 천부의 자유 원칙을 흔들어서 단순한 사람들을 타락시켰다. 그들은 법으로 정해진 그 지역 일대를 일종의 분리 독립 지대로 통합했다. 그리고 예전의 경계를 지킬 임무를 맡고 있는 관리들을 어찌나 겁박했던지 몇 년이 지나지 않아 실제로 지역 경계는 폐지되고 말았다. 그 결과 이 고장에서 그리 멀지 않은 곳에서 프랑스가 빈곤 계층의 해방을 향해 성큼성큼 나아가는 동안 바렌은 퇴보를 계속하여 촌구석 귀족들의 구닥다리 독재를 향해 전속력으로 되돌아가고 있었다. 모프라 사람들에게 불쌍한 사람들을 타락시키는 것은 식은 죽 먹기였다. 그들은 아직도 옛 권력의 고고함이 배어 나오는 태도를 지닌 도 내의 다른 귀족들과 대조되기 위해 스스로 민중이 된 체했다. 할아버지는 무엇보다 이 기회를 놓치지 않고 자신이 사촌 위베르 드 모프라에게 품고 있는 반감을 농부들에게도 퍼뜨렸다. 위베르 드 모프라가 마름들을 접견할 때면 그는 소파에 앉고 그들은 모자를 벗은 채 서 있었지만, 트리스탕 드 모프라는 그들을 자신의 식탁에 앉히고 그들이 자발적인 존경의 표시로 가져온 포도주를 함께 음미했으며 오밤중에라도 자기 사람들을 시켜 그들을 데려다주었는데, 모두가 엉망으로 취해서 손에 횃불을 들고 숲이 떠나가라 음탕한 노래를 부르는 것이었다. 방종은 농부들을 풍기문란으로 이끌었다. 모프라 사람들은 곧 가족 모두가 내연 관계를 맺게 되었지만, 아이고, 이걸 말해야 하나? 거기서 허영심의 만족이라는 유리한 점을 찾아냈기에 용인되었다! 집들이 여기저기 떨어져 있어서 그런 못된 짓을 저지르기가 유리했다. 그래서 추문이나 비난이 조금도 일지 않았다. 아무리 작은 마을이라도 여론이란 것이 형성되고 널리 퍼져나갔을 것이나 그곳에는 드문드문 흩어져 있는 초가집들과 외딴 소작 농가들이 있을 뿐이었고, 거친 들판과 잡목림들이 서로를 통제하기 어렵도록 가족들을 떨어뜨려놓았다. 수치심이 양심보다 더 많은 일을 하는 법이다. 주인과 노예들 사이에 얼마나 많은 수치스러운 관계가 맺어졌는지를 말해줄 필요는 없겠다. 방탕, 수탈, 파산이 내 젊은 시절의 모범이자 교훈이었다. 그러나 다들 즐겁게 살아갔다. 공정성이라는 것을 조롱했고, 채권자들에게 이자도 원금도 갚지 않았으며, 위험을 무릅쓰고 독촉장을 집행하러 온 법 집행자들을 구타했으며, 기마경찰대가 망루에 너무 가까이 접근하기라도 하면 숨어서 총을 쏘았다. 법원은 염병에 걸리기를, 새로운 철학 물이 든 자들은 배를 곯기를, 모프라 방계는 뒈져버리기를 염원하며, 무엇보다도 12세기의 편력 기사가 되기라도 한 것처럼 굴었다. 할아버지는 자신의 혈통과 조상들의 업적 이야기뿐이었다. 그는 성주들이 고문 도구들, 지하 감옥, 특히 대포를 집에 갖추고 있던 호시절을 그리워했다. 우리로 말할 것 같으면 쇠스랑, 각목, 불량 장포長砲만을 가지고 있었다. 그래도 장 삼촌은 그것을 아주 잘 조준했기 때문에 지역의 오합지졸 군대가 존경심을 품기에 충분했다.

2

늙은 모프라는 살쾡이와 여우 중간에 속하는 육식성의 사악한 짐승이었다. 그는 쉽고 풍부한 미사여구를 구사하며 교육받은 체했고, 그것은 속임수를 쓰는 데 도움이 되었다. 그는 엄청 예의 바른 척했고, 앙갚음의 대상을 설득하는 방법을 꿰고 있었다. 그는 그들을 자기 집으로 꼬여 들여 끔찍한 취급을 당하게 하는 데 탁월했지만, 그들이 법원에 가서 그 일을 증명하는 것은 불가능했다. 그가 어찌나 능숙하게 악랄한 짓거리를 저질렀던지, 그 고장은 거의 존경심 비슷한 충격과 경악을 경험했다. 그는 그다지 조심하는 기색도 없이 종종 은신처에서 나오곤 했지만, 절대로 그를 밖에서 붙잡을 수는 없었다. 그는 못된 짓을 하는 데는 천부적인 재능을 가진 자였고, 애정이라고는 받아본 적이 없어서 누구를 사랑할 줄도 모르는 아들들은 아버지의 지독한 압제의 영향 아래 거의 광신적인 규율과 정확성으로 그에게 복종했다. 아들들이 절망적인 상황에 놓일 때마다 그는 구원자가 되었고, 숨어 사는 데서 오는 권태가 얼어붙은 천장 밑을 감돌기 시작하면 가혹하면서도 익살스러운 그의 기질은 도둑들의 소굴에나 어울릴 법한 장면을 연출하여 집에서 권태를 날려버렸다. 때때로 탁발을 나온 불쌍한 수도사들이 겁주고 고문하며 즐기는 대상이 되었다. 수염을 불로 지지고 우물 속으로 내려보낸 뒤 음탕한 노래를 부르거나 신성모독의 말을 내뱉을 때까지 생사를 넘나들도록 매달아두었다. 네 명의 집행관과 함께 들여보내진 뒤 말할 수 없이 친절하고 융숭한 환대를 받은 법원 서기가 겪은 모험 얘기가 온 고장에 널리 알려져 있다. 할아버지는 기꺼이 그들의 직무 수행을 허락하는 척하면서, 팔도록 고시된 동산 목록을 만드는 것을 정중하게 도와주기까지 했다. 그러고는 저녁 식사가 차려졌고 왕명을 시행하는 사람들이 식탁에 자리를 잡았다. 트리스탕이 서기에게 말했다. "아이고! 이를 어쩌나, 마구간에 있는 불쌍한 야윈 말을 잊어버렸네. 별건 아니지만 그래도 여러분이 그걸 빠뜨렸다고 혼날 수도 있겠소. 보아하니 선량한 분 같은데, 실수하도록 하고 싶진 않군요. 나랑 녀석을 보러 가시죠, 잠깐이면 끝날 일이니." 서기는 전혀 경계하지 않고 모프라를 따라갔다. 그리고 그들이 함께 마구간에 들어선 순간, 앞서 걷던 모프라는 그에게 머리만 앞으로 내밀라고 말했다. 자신이 몹시 너그러운 태도로 직무를 수행하고 있으며 절대로 철저하게 물건을 조사하지는 않는다는 것을 보여주고 싶었던 서기는 그렇게 했다. 그때 모프라가 갑자기 문을 밀자 서기의 목은 문짝과 벽 사이에 꽉 끼게 되어 그 불쌍한 사람은 숨이 끊어질 지경이 되었다. 그에게 충분히 벌을 주었다고 판단한 트리스탕은 다시 문을 열고 아주 예의 바르게 부주의에 대해 용서를 구하면서 그를 부축하여 식탁으로 데려다주었다. 서기는 거부할 생각도 하지 못했다. 하지만 그는 동료들이 있는 방으로 돌아오자마자 의자에 주저앉아 납빛으로 질린 얼굴과 멍든 목을 보여주면서 조금 전에 자신이 끌려 들어간 함정에 대해 사실 규명을 요구했다. 바로 그때 할아버지는 빈정대는 교활함을 드러내면서 뻔뻔하기 이를 데 없는 희극의 한 장면을 연출했다. 그는 부당하게 자신을 비난한다고 근엄하게 서기를 꾸짖고 여전히 그에게 몹시 공손하고 상냥하게 말하는 척하면서, 나머지 사람들을 자기 행동의 증인으로 삼았다. 그들에게 호화스럽게 차린 정찬을 대접하면서도 자신이 불안한 처지에 있어서 그들을 잘 대접하지 못했다면 용서하라고 애원하기까지 했다. 가엾은 서기는 감히 고집을 피우지 못하고, 반죽음 상태였음에도 억지로 저녁 식사를 할 수밖에 없었다. 동료들은 모프라의 호언장담에 완전히 속아 넘어가서 서기를 미친놈이나 거짓말쟁이로 취급하면서 즐겁게 먹고 마셨다. 그들은 모두 잔뜩 취해서 성주를 찬양하는 노래를 부르고 서기를 놀려대며 로슈-모프라를 나섰다. 서기는 말에서 내리다가 자기 집 문턱에서 죽고 말았다.

여덟 명의 아들들도 모두가 똑같이 원기 왕성한 신체, 난폭한 품행, 다소간의 예민함과 빈정거리는 못된 성격 등 오만하고 힘센 늙은 모프라를 빼닮았다. 이 얘기는 꼭 해두어야겠다. 이들은 어떤 악행이라도 다 저지를 수 있는 골수 악당들로, 고상한 사상이나 좋은 감정에 대해서는 완전히 백치였다. 하지만 그들에게는 일종의 절박한 용맹함이 있어서 이따금 내게 위대한 모습으로 보이는 일이 없지 않았다. 그러나 이제 나에 대해서 이야기할 때가 되었다. 이제 막 요람을 벗어난 나를 그 더러운 시궁창 한가운데에 던져놓고 주님이 기뻐하는 동안 내 영혼이 어떻게 성장했는지를 말이다.

내 생애 초기의 행로를 따라가는 자네의 동정심을 얻기 위해, 내가 고상한 체질과 순수하고 청렴한 영혼을 지니고 태어났다고 말한다면, 그건 잘못된 것이다. 그 문제에 대해서는, 이보게, 나는 아는 게 없다네. 청렴한 영혼이란 어쩌면 있을 수도 있고 없을 수도 있다. 자네도 그 누구도 아무도 절대 알 수 없을 것이다. 이건 풀어야 할 중요한 문제이다. "우리에게는 꺾이지 않는 성향이 있는가? 교육은 그것을 단지 변화시키기만 하는 걸까, 파괴하는 걸까?" 나는 감히 입을 열 수 없을 것 같다. 나는 형이상학자도 심리학자도 철학자도 아니니 말이다. 하지만 나는 끔찍한 삶을 살았다. 내가 만일 입법자라면, 개인들의 체질은 숙명적이어서 어떤 사람의 성격을 개조하는 것은 호랑이의 식욕을 개조하는 것만큼이나 불가능하다고 감히 설교를 하거나 글을 쓰는 자의 혀를 뽑거나 팔을 잘라버릴 것이다. 주님은 내가 그렇게 믿지 않도록 나를 지켜주셨다.

내가 자네에게 말할 수 있는 것은 내가 어머니에게서 훌륭한 장점들을 자연히 물려받지는 않았지만 좋은 기초는 물려받았다는 것이다. 어머니 집에서 살 때 나는 이미 난폭했지만, 그것은 어둡고 억눌려진 난폭함이었다. 화가 나면 그것은 맹목적이고 노골적이 되었다. 위험이 다가오면 비겁함에 이르도록 경계했고, 위험과 싸우게 되면 광기에 이르도록 과감해졌다. 요컨대 삶을 사랑하고 있었기 때문에 소심하면서도 용감했던 것이다. 내게는 저항하는 고집이 있어서 오직 어머니만이 나를 이길 수 있었다. 지능이 너무 더디게 발달하는 바람에 나는 잘 따져보지도 않고 필연적으로 자석에 끌리듯이 어머니에게 복종했다. 내가 기억하기에 어머니의 유일한 영향과 어머니를 이은 다른 여인의 영향 덕분에 나를 좋은 방향으로 이끄는 무엇인가가 있었고 또 있어왔다. 하지만 나는 어머니가 내게 뭔가를 진지하게 가르칠 수 있기도 전에 어머니를 여의었다. 그래서 내가 로슈-모프라로 옮겨졌을 때 거기서 자행되는 악행에 대해 두려움이 섞여 있지 않았다면 희미한 본능적 혐오감만을 느낄 수 있을 따름이었다.

하지만 나는 거기서 내가 겪은 끔찍한 대우, 무엇보다 장 삼촌이 내게 품고 있었던 증오에 대해 진심으로 하늘에 감사한다. 내가 겪은 불행은 악행과 마주할 때 무심히 지나치지 않도록 해주었고, 내가 참아낸 고통은 그것을 자행하는 자들을 미워하도록 도와주었다.

그 장이라는 자는 그 족속들 가운데에서도 가장 비열한 인간이었다. 말에서 떨어져 불구가 된 이후 그의 떼거리들만큼 못된 짓을 저지를 수 없게 되자, 그의 고약한 기질은 더욱더 악랄하게 변해갔다. 말을 탈 수 없었기 때문에 다른 자들이 원정을 나갈 때도 집에 남아 있어야 했기에, 양심상 의무적으로 쓸데없이 불쑥 출동하는 기마경찰대들이 어쩌다 한번 성에 들이닥칠 때만 기쁨을 맛보았다. 장은 건축용 석재를 써서 제 입맛에 맞게 축조한 성벽 뒤에 몸을 숨기고 장포 옆에 조용히 앉아서 때때로 기병 한 사람을 겨냥하여 가벼운 상처를 입히곤 했다. 이렇게 해서 움직이지 못해 잃었던 잠과 식욕을 갑자기 되찾았다고 했다. 심지어는 공격 기회를 기다리지도 않고 그 잘난 망루로 기어 올라가기까지 했다. 거기서 망을 보는 고양이처럼 웅크리고 있다가 멀리서 행인 한 사람이 모습을 드러내는 게 보이면 신호도 하지 않고 이 조준점을 향해 솜씨를 발휘하여 가던 길로 되돌아가게 만들었다. 그는 이것을 길바닥을 걸레질하는 것이라고 했다.

나는 나이가 어려서 삼촌들의 사냥이나 도적질에 따라갈 수가 없었으므로 자연스럽게 장이 나의 보호자이자 교사, 즉 간수이자 형리가 되었다. 이 지옥 같은 생활의 자세한 내용을 자네에게 이야기하지는 않겠다. 거의 10년 동안 나는 더했다 덜했다 하는 이 괴물의 난폭한 변덕에 따라 추위와 배고픔과 욕설과 감금과 매질을 견뎠다. 그가 내게 품고 있는 지독한 증오심은 그가 나를 타락시킬 수 없다는 데서 비롯된 것이었다. 거칠고 고집 세고 야성적인 나의 성격이 그의 비열한 유혹으로부터 나를 보호했던 것이다. 내 안에 미덕을 행할 힘은 없었는지 몰라도 다행히 증오를 품을 힘은 가지고 있었다. 압제자의 비위를 맞추느니 차라리 골백번 죽는 게 나았을 것이다. 그래서 나는 악에 끌리는 성향을 조금도 품지 않고 성장했다. 그러나 사회에 대해 이상한 관념을 품고 있었기 때문에 삼촌들이 하는 일이 그 자체로서는 어떤 혐오감도 불러일으키지 않았다. 로슈-모프라의 담장 뒤에서 양육되고 영원한 감금 상태로 살고 있던 내가 야만적 봉건시대의 군인이 가졌을 법한 사고를 했으리라고 이해할 수 있을 것이다. 나는 우리 소굴 밖에 있는 사람들이 살인하다, 약탈하다, 고문하다, 라고 부르는 것을 싸우다, 이기다, 복종시키다, 라고 부르도록 배웠다. 사람들에 대해 내가 알고 있는 이야기라고는, 할아버지가 나의 교육이라고 부르는 것에 대해 생각이 미칠 여유가 있는 저녁에 들려준 기사들의 전설과 이야기시 같은 것이었다. 내가 현 시대에 관해 질문을 하면 그는 시대가 변해서 모든 프랑스인은 배신자나 반역자가 되어 왕들을 겁주고 있으며, 왕들은 무기력하게도 귀족들을 저버렸고, 귀족들은 귀족들대로 겁을 먹고 특권을 포기하고 상것들이 법을 만들도록 내버려두었다고 대답했다. 나는 경악하고 거의 분노하며, 내가 살고 있는 시대의 묘사에 귀를 기울였다. 내게 이 시대는 불가해하기만 했다. 할아버지는 연대기에 관해서는 강하지 못했다. 로슈-모프라에는 하인들이 시골 장터에서 가져온 에몽 공작의 아들들 이야기, 그 비슷한 종류의 몇몇 가십 이야기 말고는 어떤 종류의 책도 없었다. 나의 무지의 혼돈 속에서 샤를마뉴, 루이 11세, 루이 14세, 이렇게 세 사람의 이름만이 확실했다. 할아버지가 인정받지 못하는 귀족들의 권리에 대해 설명할 때 그들의 이름을 들먹였기 때문이다. 사실 나는 치세 règne와 족속race의 차이를 겨우 알고 있었고, 할아버지가 샤를마

뉴를 본 적이 없다는 사실에도 자신이 없었다. 그가 다른 누구 얘기보다 그의 얘기를 자주 즐겨 했기 때문이다.

그러나 나의 본능적인 에너지는 삼촌들이 무기를 가지고 하는 일을 우러러보게 하고 거기에 끼고 싶다는 욕망을 불러일으키는 반면에, 삼촌들이 원정에서 돌아올 때 드러내는 냉정한 잔인성과 몸값을 받아내거나 고문하기 위해 어리석은 자들을 집으로 꾀어들일 때 써먹는 비열함은 내게 이상하고 괴로운 감정을 품게 했다. 진실하게 이야기를 하고 있는 오늘날에도 그것을 명료하게 이해하기는 어려울 것 같다. 도덕적 원칙이라고는 전혀 없는 상황에서 가장 강한 자가 옳다는 원칙에 만족하는 것이 당연했는지도 모르겠다. 매일 눈앞에서 그런 일이 벌어지고 있었으니 말이다. 하지만 이 옳음의 원칙에 따라 장 삼촌이 내게 강요한 모욕과 고통은 거기에 만족해서는 안 된다고 가르쳐주었다. 나는 가장 용감한 자가 옳다는 것을 깨달았고, 죽음이라는 선택지가 있음에도 불구하고 로슈-모프라에서 당하는 치욕의 대가로 삶을 받아들인 자들을 진정으로 경멸했다. 그러나 포로들, 여자들, 어린아이들에게 자행된 모욕과 공포는 피에 굶주린 갈망에 의해서만 설명되고 정당화될 수 있을 것 같았다. 내가 희생자들에게 동정심을 품을 만큼 착한 품성을 가질 수 있었는지는 잘 모르겠다. 어쨌든 사람의 본성에 들어 있는 이기적인 동정심을 느낀 것은 확실하다. 그것이 개선되고 향상되면 문명인들에게서 자비심이 되는 것이다. 거친 겉모습 아래에서 나의 심장은, 압제자들이 조금이라도 변덕을 부리는 날에는 언제라도 내가 대신 겪을 수도 있는 형벌을 보며 분명 두려움과 혐오로 전율할 뿐이었다. 그런 끔찍한 광경 앞에서 내가 창백해지는 것을 보면 장이 비웃는 태도로 "너도 말 안 들으면 그렇게 해줄 테다" 하고 습관적으로 말하곤 했기 때문이다. 내가 아는 것이라고는 이런 부당한 행위 앞에서 끔찍한 불안을 경험했다는 것이다. 피가 혈관 속에서 굳고 목이 메어서 내 귓전을 때리는 그 외침을 따라 하지 않으려고 도망을 쳤다. 그러나 시간이 지날수록 이 무시무시한 느낌에 조금 둔감해졌다. 신경 줄이 단단해졌고 습관은 비겁함이라고 불리는 것을 숨길 힘을 주었다. 나는 나약함이 드러나는 게 부끄러워서 억지로 내 친족들의 얼굴에서 볼 수 있는 하이에나의 미소를 지었다. 하지만 때때로 사지를 훑고 지나가는 발작적인 전율과, 괴로운 장면들이 떠오를 때면 혈관을 타고 내려가는 죽을 것 같은 오한을 억제할 수 없었다. 반쯤은 자의로, 반쯤은 강제로 로슈-모프라의 지붕 아래로 끌려온 여자들이 내게 생각지도 못한 혼란을 불러일으켰다. 내 안에서 젊음의 불길이 깨어나는 것을 느끼며 삼촌들 몫의 노획물들에게 갈망의 시선을 던지기 시작하고 있었던 것이다. 그러나 싹트기 시작하는 이 욕망에 표현할 길 없는 고뇌가 뒤섞였다. 내 주변의 모두에게 여자들은 경멸의 대상일 뿐이었다. 이러한 생각과 나를 유혹하는 쾌락에 관한 생각을 분리하려고 애썼지만 헛일이었다. 내 머릿속은 뒤죽박죽이 되었고, 곤두선 신경은 나의 모든 감각에 격렬하고 병적인 취향을 주었다.

　게다가 나는 내 무리들만큼이나 못된 성격을 가지고 있었다. 내 마음이 그들보다 좀 더 나았는지는 모르겠지만 내 태도는 역시 오만했고 격조 있는 농담이라고는 할 줄 몰랐다. 여기서 내 청소년기의 못된 성격을 보여주는 한 가지 일화를 전하는 게 좋겠다. 그 사건의 결과가 이후의 내 인생에 영향을 끼쳤기 때문이다.

3

프로망탈 쪽으로 가다 보면 로슈-모프라에서 30리 떨어진 숲속 한가운데 홀로 서 있는 낡은 탑이 눈에 들어올 것이다. 그 탑은 100여 년 전 순찰 중이던 형리가 주군인 구닥다리 모프라의 비위를 맞추기 위해 별다른 소송절차도 없이 제멋대로 목을 매달아버린 한 수인의 비극적인 죽음으로 유명하다.

내 이야기의 배경인 그 시대에 가조 탑은 이미 버려져서 폐허가 되기 일보 직전이었다. 그것은 나라 소유였지만, 그 고장에서 파시앙스 영감이라는 이름으로 알려진 혈혈단신의 몹시 괴팍하고 가난한 노인을 거기 틀어박혀 살도록 내버려두었다. 선행을 베풀기 위해서가 아니라 잊어버렸기 때문이다.

"유모의 할머니가 그 얘기를 하는 걸 들은 적이 있어요. 그를 마법사로 여기던데요." 내가 끼어들었다.

"그렇지, 그렇지. 마침 얘기가 나왔으니 파시앙스가 어떤 사람인지 자네에게 말해줘야겠군. 내 얘기가 계속되면 또 그 사람 얘기를 할 기회가 몇 번 더 있을 테니 말일세. 내겐 그를 속속들이 알 기회도 있었다네."

파시앙스는 시골 철학자였다. 하늘은 그에게 고도의 지성을 내려주었지만 교육이라고는 거의 받지 못했고 알 수 없는 운명의 장난으로 그의 두뇌는 받을 수 있는 최소한도의 가르침조차 거부했다. 이를테면 ***에 있는 카르멜 수도원 부속학교에 다닐 때, 능력을 발휘하여 인정받기는커녕 학우들 그 누구보다 더 신나게 뛰어놀기만 했다. 그는 탁월하게 사색적이고 상냥하며 무심했지만 자부심이 강하고 사교와는 담을 쌓을 정도로 독립을 추구했으며, 종교적이었지만 어떤 종류의 규범에도 저항했고 좀 궤변가였고 의심이 많았고 위선자들에게는 가차 없는 사람이었다. 수도원의 계율도 그를 구속하지 못했을 뿐만 아니라 수도사들에게 한두 번 자신의 생각을 거침없이 토로하는 바람에 학교에서 쫓겨났다. 그때부터 그는 소위 수도사 놈들의 불구대천의 원수가 되었고, 장세니스트라고 비난받던 브리앙트의 사제를 공공연하게 지지했다. 하지만 그 사제도 파시앙스의 교육을 수사들보다 더 잘해내지는 못했다. 이 젊은 농부는 헤라클레스처럼 힘이 장사이고 학문에 대한 호기심이 넘쳤지만 육체적이건 지적이건 일이라면 무조건 질색했다. 그는 그 사제가 대거리하기 어려운 자연철학을 설파했다. "돈이 필요 없으면 일할 필요가 없습니다. 그리고 욕구를 절제하기만 하면 돈이 필요 없지요." 파시앙스는 자신의 주장을 실천했다. 정열이 끓어오르는 나이에도 금욕적인 생활 태도를 견지했고 물 이외에는 아무것도 마시지 않았으며 주막에 발을 들인 적도 없고 춤출 줄도 몰랐으며 여자들 앞에서는 늘 매우 서투르고 수줍어했다. 게다가 여자들도 그의 이상한 성격, 엄격한 얼굴, 좀 빈정대는 재치를 조금도 좋아하지 않았다. 이러한 인기 없음을 무시하는 것으로 앙갚음하고 싶었는지 혹은 지혜로 마음을 달래고 싶었는지 모르겠지만 그는 그 옛날 디오게네스처럼 타인의 헛된 쾌락을 비방하는 것을 낙으로 삼았다. 가끔 축제가 한창일 때면 그가 우거진 나무 밑을 지나가는 게 보이기도 했는데, 자신의 준엄한 양식에서 나온 순진하면서도 재치가 번뜩이는 말을 던지기 위해서였다. 가끔 그의 편협한 도덕성이 신랄하게 표출되기도 했기에, 그가 지나가고 나면, 혼란에 빠진 의식들은 슬픔과 공포의 구름 속을 헤매었다. 자연히 그에게는 강력한 적들이 생겨났다. 그를 미워해봐야 소용없다는 사실은 그의 범상치 않은 태도가 불러온 놀라움과 결합하여 그에게 마법사라는 명성을 가져다주었다.

내가 파시앙스는 교육이 부족하다고 했는데, 그것은 잘못된 표현이다. 자연이 품고 있는 지고한 신비를 애타게 알고자 하는 그의 지성은 단번에 날아올라 하늘에 다다르고자 했다. 장세니스트 사제는 처음 수업에서부터 이 건방진 학생에게 어찌나 당황하고 질겁했던지 그를 진정시키고 복종시키기 위해 많은 말을 해야 했다. 또한 과감한 질문과 당당한 반박의 공세를 견뎌야 했기에 그에게 글자를 가르칠 틈이 없었다. 그래서 변덕이나 필요에 따라 중단되고 재개되고 하는 10년간의 학습 후에도 파시앙스는 글을 읽을 줄 몰랐다. 책에 코를 박고 진땀을 흘리며 두 시간에 걸쳐 한 페이지를 해독했는데도 추상적인 관념을 표현하는 단어 대부분의 뜻을 여전히 이해하지 못하는 것은 큰 고역이었다. 하지만 이 추상적인 관념들은 이미 그의 내부에 존재했고, 그의 행동을 보거나 말을 들으면 이를 짐작할 수 있었다. 그가 야성적인 시정이 생동하는 투박한 언어로 그것을 전하는 방식은 경이로웠다. 그래서 그것을 듣고 있노라면 감탄해야 할지 즐거워해야 할지 알 수가 없었다.

항상 심각하고 절대적인 그는 어떤 변증법도 구사하고 싶어 하지 않았다. 태생적으로 그리고 원칙적으로 스토아주의자인 그는 거짓 행복에 초연하라는 학설을 열렬히 선전했고 흔들림 없이 체념을 실천했다. 그는 그 가엾은 사제를 맹렬히 공격했다. 그가 말년에 내게 종종 얘기했듯이, 그가 철학 지식을 습득한 것은 바로 이 토론을 통해서였다. 자연 논리학의 대공세에 대항하기 위해 그 착한 사제는 모든 교부들의 증언을 끌어와 거기에 맞서고 심지어는 고대의 모든 현자들과 학자들의 가르침을 빌려서까지 보강해야 했다. 그러자 파시앙스의 둥그런 눈이 **얼굴에서 튀어나오고**(그 자신의 표현이다), 말이 입술에서 사라졌다. 공부하느라 고생하지 않고도 배운다는 데 매료된 그는 그 위대한 사람들의 학설을 좀 더 자세히 설명해주고 그들의 삶을 이야기해달라고 졸랐다. 그의 관심과 침묵을 보면서 상대방은 승리를 거두었다고 여겼다. 하지만 그가 이 저항하는 영혼을 설득했다고 생각한 바로 그 순간, 파시앙스는 마을 시계가 자정을 알리는 것을 들으며 자리에서 일어나 주인장에게 애정 어린 작별을 고하고 사제관의 문턱에까지 배웅을 받는가 싶더니 플라톤과 성 히에로니무스를, 세네카와 에우세비우스를, 아리스토텔레스와 테르툴리아누스를 뒤섞는, 간결하지만 신랄한 성찰로 그를 깜짝 놀라게 했다.

사제는 이 교육받지 못한 지성의 우위를 별로 인정하지 않았다. 그럼에도 싫증도 피곤도 느끼지 못한 채 수많은 겨울 저녁을 난롯가에서 이 농부와 함께 보냈다는 것에 몹시 놀라고 있었다. 그는 마을의 학교 선생들은 물론 수도원 원장들까지도 그리스어와 라틴어를 알고 있음에도 불구하고 어째서 전자는 따분하고 후자는 모조리 엉터리 설교를 일삼는 듯이 보였는지 궁금했다. 그는 파시앙스가 얼마나 순수한 생활 습관을 가지고 있는지 알고 있었고, 그의 정신적 영향력은 미덕의 작용으로 주변에 퍼져나간 힘과 매력으로 설명되었다. 사제는 밤마다 신 앞에서 충분히 기독교적인 관점에서 학생과 토론하지 않은 것을 겸손하게 참회했다. 그는 누군가가 자기 말에 신실하게 귀를 기울여주는 데서 맛본 기쁨과 지적 오만에 취해서 스스로 종교적 가르침의 한계를 조금 넘었음을 수호천사에게 고백했다. 세속의 작가들을 너무도 즐겨 인용했으며, 세례의 성수가 뿌려지지 않았기에 사제라면 그 향기에 매료되어서는 안 되는 이교의 꽃을 따기 위해 제자와 함께 과거의 들판을 거니는 위험한 쾌락을 발견하기까지 했다는 것이었다.

파시앙스 쪽에서도 사제를 지극히 사랑했다. 그는 유일한 친구였고, 사회와 맺은 유일한 인연이었으며, 학문의 빛을 통해 신과 연결된 유일한 통로였다. 농부는 목자의 지식을 몹시 과대평가하고 있었다. 그는 문명인들 중 가장 깬 사람들이라고 할지라도 인간의 지식 흐름을 가끔 정반대로 해석하거나 전혀 파악하지 못한다는 것을 몰랐다. 자신의 스승이 늘 오류를 범하고 있으며, 부족한 것은 진리가 아니라 사람이라는 것을 확실히 깨달을 수 있었다면, 파시앙스는 엄청난 정신적 고뇌에 빠졌을 것이다. 그는 그것을 알지 못했으므로, 수 세기의 경험이 타고난 정의감과 일치하지 않는 것을 보면서 끊임없는 몽상의 제물이 되었다. 혼자 살면서 주변 사람들이 알지 못할 생각에 사로잡혀 낮이건 밤이건 아무 때나 들판을 방황하는 그는 널리 퍼진 마법의 우화에 점점 더 신빙성을 더했다.

수도원은 그 목자를 좋아하지 않았다. 파시앙스로 인해 가면이 벗겨진 몇몇 수도사들은 그를 증오했다. 목자와 학생은 박해를 받았다. 무지한 수도사들은 주교에게 가서 그 사제가 마법사 파시앙스와 한통속이 되어 신비 사상에 심취했다고 주저 없이 고발했다. 마을과 주변에서 일종의 종교전쟁이 벌어졌다. 수도원을 지지하지 않는 쪽은 모두 사제를 지지했으며 그 반대의 경우도 마찬가지였다. 파시앙스는 이 싸움을 거들떠보지도 않았다. 어느 화창한 아침, 그는 친우에게 가서 울면서 포옹하며 이렇게 말했다. "나는 세상에서 신부님만을 사랑합니다. 그래서 신부님이 나 때문에 박해받는 것을 두고 볼 수가 없어요. 신부님 다음에는 아무도 사귀지도 사랑하지도 못할 테니 원시인들처럼 숲에 들어가 살 겁니다. 내게는 유산으로 받은 밭이 있는데 50프랑의 세가 들어와요. 내 손으로 갈아본 유일한 땅이랍니다. 그 보잘것없는 수입의 절반은 제가 영주에게 빚지고 있는 10분의 1 노동세를 지불하는 데 쓰이죠. 나는 다른 사람들을 위해 마소와 같이 일하는 일 없이 죽고 싶어요. 한데 신부님이 직무를 정지당해 수입이 끊긴다면 경작할 밭이 있어야죠. 한마디만 하게 해주세요. 그러면 내가 수수방관하지 않는 걸 보게 될 겁니다."

사제는 이러한 결단을 물리치려 했지만 역부족이었다. 파시앙스는 짐이라고는 등에 걸친 윗옷과 그가 매우 신봉하는 에픽테토스 학설 요약본만을 가지고 떠나갔다. 그 책은 자주 공부한 덕분에 과로하지 않고도 하루에 세 페이지까지 읽을 수 있었다. 전원의 은둔자는 인가가 없는 곳으로 살러 떠났다. 우선 숲속에다 나뭇가지로 오막살이를 지었다. 그러나 늑대들에게 포위당하자 가조 탑의 아래층으로 피신했다. 이끼 층과 나무 등걸로 된 침대 같은 멋진 가구를 만들어냈고, 뿌리와 야생 열매, 염소젖 등으로 그가 마을에서 누리던 식단 못지않은 식사를 할 수 있었다. 이건 조금도 과장이 아니다. 한 인간이 건강하게 살 수 있는 소박함이 무엇인지 알고 싶다면 바렌의 몇몇 지역의 농부를 보면 될 것이다. 파시앙스는 이러한 금욕적 습관들 중에서도 더욱더 예외적인 경우였다. 그는 결코 포도주로 입술을 붉게 물들인 적이 없었고, 늘 빵은 사치품이라고 여겼다. 게다가 그는 피타고라스의 학설을 꺼려 하지 않았다. 그 후로 친우와 나눈 몇 번 안 되는 대화에서 그는, 윤회를 곧이곧대로 믿지도 않고 채식주의 식단을 지키기로 정한 것도 아니지만 그것을 실천할 수 있다는 데서, 매일 죄 없는 짐승들을 죽이는 것을 더는 보지 않아도 된다는 데서 자기도 모르게 비밀스러운 기쁨을 경험한다고 했다.

파시앙스는 나이 마흔에 이 이상한 결단을 내렸다. 내가 그를 처음 만났을 때 그는 예순 살이었는데 엄청난 육체적 힘을 구가하고 있었다. 또 매년 마을을 주유하는 습관이 있었다. 내가 자네에게 내 인생 얘기를 하노라면 파시앙스의 금욕적인 삶의 내용도 자세히 전해주게 될 것이다.

내가 자네에게 얘기해주는 그 시대에 무수한 핍박이 있은 뒤 산림 감시원들은 동정해서가 아니라 **저주에 걸릴까 봐** 무서워서 결국 그가 자유롭게 가조 탑에 들어가 살도록 허가했다. 폭풍우가 불어닥치기라도 하면 금세 탑이 그의 머리 위로 무너져 내릴 수 있다는 경고도 잊지 않았다. 파시앙스는 거기에 대해 깔려 죽을 운명이라면 숲에서 처음 마주치는 나무가 가조 탑의 대들보만큼이나 안성맞춤이라고 철학적으로 대답했다.

나의 주인공 파시앙스를 무대에 세우기에 앞서, 그의 개인사를 지나칠 만큼 친절하고 길게 늘어놓는 것을 용서해주길 바라며, 20년 동안 목자의 정신이 새로운 방향을 따라갔다는 얘기도 해야겠다. 그는 철학을 사랑했는데, 이 친우의 사랑은 본의 아니게 철학자들에게로, 심지어는 가장 덜 정통적인 철학자들에게로 옮아갔다. 장자크 루소의 저작들은 그의 내적 저항에도 불구하고 그를 신세계로 데려갔다. 어느 날 아침, 병자를 방문하고 돌아오던 그는 크르방의 바위산에서 저녁에 먹을 풀을 뜯고 있는 파시앙스를 만났다. 그는 파시앙스와 나란히 드루이드교의 제단석에 앉아 자기도 모르게 「사부아 보좌신부의 신앙고백」*을 설파했다. 파시앙스는 케케묵은 교리가 아닌 이 시적 종교를 덥석 물었다. 그가 새로운 학설의 요약을 듣고 기뻐하는 것을 본 사제는 바렌의 외딴곳에서 비밀리에 만나자는 약속을 했다. 우연히 만난 것처럼 하면 된다는 것이었다. 이 신비한 비밀 집회를 통해, 몹시 신선하고 열정적인 채로 고독 속에 머물러 있던 파시앙스의 상상력은 베르사유 궁정에서 사람이 살지 않는 히스 황야에 이르기까지 당시 프랑스 전역에서 들끓고 있던 사상과 희망의 마법으로 온통 불타올랐다. 그는 장자크에 매료되어 사제의 임무를 해치지 않는 범위에서 가능한 한 많은 책을 읽어달라고 부탁했다. 그러고는 『사회계약론』을 한 부 구해달라고 한 뒤 가조 탑에 올라가서 쉬지 않고 한 자씩 더듬거리며 읽었다. 처음에 사제는 이 만나를 제한적으로만 전해주었다. 그로하여금 철학자의 위대한 사상과 감정을 찬미하도록 하면서도 무정부주의의 해독에 대해서는 경계심을 품도록 하고 있다고 믿었던 것이다. 그러나 구닥다리 지식과 예전의 적절했던 인용들, 한마디로 착한 신부의 신학은 파시앙스가 자신의 사막에 쌓아 올린 야성적 웅변과 걷잡을 수 없는 정열의 홍수에 떠밀려 부실한 다리처럼 송두리째 쓸려나갔다. 사제는 항복을 선언하고 겁에 질려 자기 세계

---

* 장자크 루소의 저작 『에밀』의 일부.

에 틀어박혀야만 했다. 그때 그는 자신의 학문의 제단이 도처에서 금이 가고 부서져 내리는 것을 목도했다. 정치적 지평선에 떠올라 모든 지성을 전복시킨 새로운 태양이, 봄바람의 첫 숨결이 가벼운 눈을 녹이듯이, 그의 지성도 녹여버린 것이었다. 파시앙스의 고귀한 열정, 영감이라도 받은 듯한 이상하고 시적인 삶의 모습 그리고 그들의 신비한 관계가 보여주는 소설 같은 국면(수도원이 자행한 비열한 박해가 역설적으로 저항 정신의 소유자를 고귀하게 만드는), 이 모든 것이 어찌나 강하게 사제를 사로잡았던지, 1770년에 그는 이미 장세니슴에서 멀어졌고, 파시앙스에 의해 열렸다가 로마 신학의 구마 의식에 의해 하릴없이 다시 닫히곤 했던 철학의 심연에 떨어지기 전에 매달려야 할 지점을 각종 이단적 종교에서 헛되이 찾고 있었다.

4

오늘날의 관점에서 파시앙스의 철학 인생을 기술한 다음 잠시 쉬었다가 베르나르는 이야기를 계속했다. 예전의 내가 되어 가조 탑의 마법사를 만났을 때의 사뭇 다른 인상으로 되돌아가려니 좀 힘이 드네그려. 그래도 옛 기억을 힘껏 되살려봐야지.

내가 처음 가조 탑 앞을 지나간 것은 어린 농부들 여럿을 데리고 올가미 새 사냥을 갔다가 돌아오던 어느 여름 저녁이었다. 나는 대략 열세 살쯤이었는데 동무들 중 가장 키가 크고 힘이 좋았다. 게다가 나는 영주가 갖는 특권으로 그들에게 상당히 엄격하게 권위를 행사했다. 우리 사이에는 친숙함과 예의가 꽤 미묘하게 뒤섞여 있었다. 이따금 그들이 몹시 사냥을 나가고 싶어 하거나 낮 동안 피곤해져서 내 말을 들으려 하지 않을 때 나는 그들의 의견을 들어주어야 했다. 이미 나는 독재자들이 하듯이, 다급하게 군다는 인상을 주지 않기 위해 적당히 져주는 법을 알고 있었던 것이다. 그러나 기회를 보아 앙갚음을 했고, 그들이 금세 내 가문의 끔찍한 이름 앞에서 벌벌 떠는 것을 보았다.

밤이 되었다. 우리가 휘파람을 불고 돌팔매질로 마가목 열매를 떨어뜨리며 새소리를 흉내 내면서 즐겁게 걷고 있을 때, 앞서 걷던 아이가 갑자기 걸음을 멈추고 되돌아오더니 가조 탑을 지나는 오솔길로 가지 않고 숲을 가로질러 가겠다고 주장했다. 두 아이가 더 이 의견에 따랐다. 또 다른 아이는 오솔길을 벗어나면 길을 잃을 위험이 있으며 밤이 다 되었으므로 늑대들이 우글거린다고 반대했다.

"어이, 겁쟁이!" 나는 앞서가던 아이를 밀치며 왕자 같은 어조로 외쳤다. "오솔길로 가라. 바보짓은 그만두고."

"싫어요." 그 아이가 말했다. "방금 문 앞에서 **주문**을 외우는 마법사를 보았어요. 1년 내내 열병을 앓고 싶지는 않거든요."

"말도 안 돼!" 다른 아이가 말했다. "그가 모든 사람에게 해코지를 하는 건 아냐. 애들은 해치지 않아. 그러니 아무 말도 하지 말고 아주 조용히 지나가기만 하면 돼. 그가 우리에게 무슨 짓을 했으면 좋겠니?"

"그래! 맞아." 첫 번째 아이가 계속했다. "우리뿐이라면! …하지만 베르나르 님이 우리랑 있잖아. 우린 **저주**를 받을 게 분명해."

"뭐라고? 이 바보 놈아." 나는 주먹을 치켜들며 외쳤다.

"제 잘못이 아닌걸요, **도련님**." 아이가 말했다. "저 늙은 **천것**은 나리들을 좋아하지 않아요. 트리스탕 님과 그 아드님들이 모두 한 나뭇가지에 목매달리는 걸 보고 싶다고 했어요."

"그가 그렇게 말했어? 좋아!" 내가 계속 말했다. "가자, 알게 될 테니. 나를 좋아하는 놈은 나를 따라와. 가는 놈은 비겁자다."

동무들 중 둘이 공명심에 이끌렸다. 나머지도 모두 그들을 흉내 내는 척했다. 하지만 몇 걸음 가지 않아 한 놈씩 잡목림 속으로 기어 들어가 줄행랑을 쳤다. 나는 두 졸개의 호위를 받으며 당당하게 길을 계속 갔다. 앞서가던 꼬마 실뱅이 멀리서 파시앙스가 보이자 벌써부터 모자를 벗고 그와 마주치자마자 고개를 숙였음에도, 그는 우리에게 아무런 관심이 없는 것 같았다. 공포에 사로잡힌 아이는 떨리는 목소리로 그에게 말했다. "안녕하세요, 안녕히 주무세요, 파시앙스 선생님!"

몽상에 잠겨 있던 마법사는 막 잠에서 깬 사람처럼 몸을 부르르 떨었다. 나는 무성하게 자라난 회색 수염으로 뒤덮인 그의 그을린 얼굴을 두근거리는 가슴으로 바라보았다. 커다란 머리는 완전히 대머리였고 텅 빈 이마가 짙은 눈썹과 대조를 이루고 있었다. 그 뒤에서 깊이 들어간 동그란 눈이 여름이 끝날 무렵 색깔이 바래는 잎사귀들 뒤에서 볼 수 있는 것과 같은 광채를 뿜고 있었다. 그는 키는 자그마했지만 어깨가 넓고 검투사처럼 단련된 체격이었다. 그는 보란 듯이 더러운 누더기를 걸치고 있었다. 얼굴은 소크라테스처럼 짧고 보잘것없었다. 온갖 비난을 받고 있는 그의 용모 속에서 천재의 광채가 빛나고 있었다 해도 나로서는 그것을 알아볼 수 없었다. 그는 내게 사나운 짐승, 추한 동물 같은 인상을 주었다. 나는 증오심에 사로잡혀 그가 내 가문의 이름에 자행한 모욕에 복수하기로 결심하고 새총에 돌멩이를 장전하여 다짜고짜 있는 힘을 다해 그에게 돌을 날렸다.

돌이 발사된 그 순간 파시앙스는 아이의 인사에 대꾸하는 중이었다. 그는 "안녕, 얘들아, 주님께서 너희와 함께하시길…" 하고 우리에게 말하고 있었다. 그때 돌멩이가 휙 소리를 내며 귀를 스치고 지나가 그가 애지중지하는 길들인 올빼미를 명중했다. 올빼미는 날이 어두워지면서 문 위를 뒤덮은 담쟁이덩굴 속에서 깨어나던 중이었다. 올빼미는 날카롭게 울며 피투성이가 되어 주인의 발치에 떨어졌다. 그는 포효로 거기에 응답했다. 그리고 놀라움과 분노에 휩싸여 잠시 꼼짝도 하지 않았다. 이윽고 팔딱거리고 있는 희생물을 발로 잡아 땅에서 집어 올리더니 우리에게로 와서 우레와 같은 목소리로 외쳤다. "이놈들, 너희들 중 누가 돌을 쏘았느냐?" 동무들 중 맨 끝에서 걷고 있던 아이는 바람처럼 달아나버렸다. 하지만 마법사의 넓적한 손에 붙잡힌 실뱅은 땅에 무릎을 꿇고 자신은 이 새의 살생과는 무관하다고 성모마리아와 베리의 수호성녀인 성 솔랑주에게 맹세를 했다. 고백건대, 제가 알아서 이 사건에서 빠져나가도록 그 아이를 내버려두고 나도 덤불숲으로 도망치고 싶은 마음이 굴뚝같았다. 나는 굳센 적의 손아귀에 떨어지는 게 아니라 늙어빠진 음유시인을 보기를 기대했었다. 그러나 오만이 나를 만류했다.

"이 일을 저지른 게 너라면, 네게 불행이 있으라." 파시앙스가 떨고 있는 내 동무에게 말했다. "너는 나쁜 아이이고 나중에 정직하지 못한 사람이 될 것이니! 너는 못된 행동을 했고 네게 아무런 해도 끼치지 않는 노인에게 고통을 주는 것을 즐거움으로 삼았다. 게다가 속셈을 숨기고 공손하게 인사하는 척하면서 비열하고 비겁하게 그런 짓을 했구나. 너는 거짓말쟁이이고 파렴치한 인간이다. 너는 유일한 나의 친분, 유일한 나의 재산을 빼앗고 나쁜 짓을 하면서도 즐거워하고 있다. 네가 이런 식으로 계속한다면, 주님이 너를 살지 못하게 막아주시기를."

"오, 파시앙스 님!" 아이가 두 손으로 싹싹 빌며 외쳤다. "저를 저주하지 말아주세요. 저에게 **마법을 걸지** 말아주세요. 제게 병을 내리지 말아주세요. 제가 한 게 아니에요! 만일 제가 그랬다면 주님이 저를 끝장내주시기를…!"

"네가 아니라면 얘냐?" 파시앙스가 내 목덜미를 잡아서 방금 뿌리째 뽑은 관목을 털듯이 나를 흔들면서 말했다.

"그래, 나다." 나는 거만하게 대답했다. "내 이름이 궁금하면 알아두어라. 내 이름은 베르나르 모프라이고 귀족을 건드리는 상놈은 죽어 마땅하다는 걸."

"죽인다고? 네가, 네가 나를 죽일 거라고, 모프라가?" 놀라움과 분노로 굳어진 노인이 악을 썼다. "너 따위 코흘리개가 내 나이의 어른을 윽박지를 권리가 있다면 도대체 주님은 뭐란 말이냐? 죽인다고! 오호! 넌 정녕 모프라로구나. 피는 못 속인다더니, 빌어먹을 것! 죽이겠다고 하네, 머리에 피도 안 마른 게! 죽인다고, 늑대 새끼가? 죽어 마땅한 것은 바로 너라는 걸 알겠느냐? 방금 네가 한 짓 때문이 아니라 네 아비의 자식이고 네 삼촌들의 조카여서 말이다. 아! 모프라 한 놈을 내 손아귀에 잡고 있고, 귀족 한 놈이 기독교도 만큼 무게가 나가는지를 알게 되니 행복하구나." 동시에 그는 토끼를 들어 올리듯 나를 땅에서 들어 올렸다. "아가, 집으로 가거라." 그가 내 동무에게 말했다. "아무 걱정 말고. 파시앙스는 자기와 같은 사람들에게는 좀체 화를 내지 않아. 형제들을 용서하지. 그의 형제들도 그처럼 무지렁이라서 저희들이 무슨 일을 하는지 모르거든. 하지만 모프라는, 너도 알다시피, 읽고 쓸 줄을 아는 것들인데, 그래서 더욱 악랄하지. 가거라… 아니, 아니, 있어봐라, 네가 일생에 단 한 번 귀족이 상놈의 손에 매 맞는 걸 보게 해주고 싶구나. 넌 그걸 볼 테니, 제발 그걸 잊어버리지 말고 부모님께 전해드려라."

나는 화가 나서 창백해졌고 이를 부드득 갈았다. 나는 필사적으로 저항했지만 파시앙스는 소름 끼치도록 냉정하게 나뭇가지 한 가닥을 가지고 나를 나무에 묶었다. 못이 박인 넓적한 손이 스치기만 했는데도 나는 갈대처럼 휘어졌다. 그래도 나는 나이에 비해 매우 강한 편이었다. 그는 올빼미를 내 머리 위 나뭇가지에 매달았다. 새의 피가 내 위로 방울방울 떨어지자 공포가 파고들었다. 사냥한 고기를 뜯어 먹은 사냥개에게 사용되는 체벌일 뿐이었음에도, 분노와 좌절, 동무의 외침 등으로 혼란에 빠진 나의 머리는 그것이 무슨 끔찍한 마법일 거라고 믿기 시작했다. 하지만 그가 내게 가한 체벌을 견디느니 차라리 나를 올빼미로 변신시키는 게 나았을 거라는 생각이 든다. 내가 협박을 퍼부어도, 끔찍한 복수를 맹세해도, 꼬마 농부가 다시 무릎을 꿇고 불안에 떨며 "파시앙스 님, 주님을 사랑하신다면, 당신 자신을 사랑하신다면, 제발 그를 해치지 마세요. 모프라 사람들이 당신을 죽일 거예요" 하고 애원해도 소용이 없었다. 그는 어깨를 들썩이며 웃었다. 그는 호랑가시나무 한 줌을 가져다가 고백건대 잔인하다기보다는 모욕적인 방식으로 나를 매질했다. 피가 몇 방울 흐르는 것을 보자마자 매질을 멈추고 채찍을 내던졌고, 마치 자신의 가혹함을 후회하기라도 하듯이 표정과 목소리가 갑자기 변하는 것이 보이기까지 했으니 말이다. "모프라." 그가 가슴께에서 팔짱을 끼고 나를 뚫어지게 바라보며 말했다. "당신은 이렇게 벌을 받고, 모욕을 당한 거요, 도련님. 내겐 이걸로 충분해요. 엄지손가락으로 꾹 눌러 숨통을 끊은 다음 내 집 대문 돌 밑에 파묻어서 다시는 나를 해치지 못하게 할 수도 있다는 걸 아실 거요. 이 어여쁜 귀족 도련님을 찾으려면 파시앙스 영감 집에 가야 한다는 걸 누가 생각이나 할 수 있겠소? 하지만 내가 복수를 좋아하지 않는다는 걸 알 거요. 당신에게서 고통의 외침이 새어 나오자마자 나는 멈췄거든. 나는 고통을 주는 걸 좋아하지 않소. 난 말이오, 난 모프라가 아니거든. 희생자가 되는 게 무엇인지를 스스로 한번 배워보는 게 당신을 위해 좋을 거요. 당신네 가문의 아비에서 자식으로 전해오는 망나니 짓거리를 혐오할 수 있게 되기를! 안녕! 가시오, 좋으신 주님의 정의가 실현되었으니 당신에게 더 이상 바랄 게 없구려. 나를 구워 잡수시라고 삼촌들에게 말해도 좋소. 그들은 사나운 고기 조각을 먹게 될 거요. 그들이 삼킨 살점이 목구멍에서 되살아나 숨통을 막아버릴 테니."

그는 죽은 올빼미를 집어 들어 우울한 눈빛으로 그걸 바라보면서 말했다. "농부의 자식이라면 이런 짓을 하지 않았을 거요, 이건 귀족 놀음이니까." 그러고는 문에서 물러나, 축제 때나 들을 수 있는 소리로 "파시앙스, 파시앙스…" 하고 외쳤다. 그에게 파시앙스라는 지금의 별명을 가져다준 외침이었다. 마을 여인들의 말에 의하면, 그건 그의 입에서 나오는 마법의 주문으로, 그것을 외치는 소리가 들려올 때마다 그를 해코지한 사람에게 불행이 닥쳤다는 것이다. 실뱅은 나쁜 기운을 몰아내기 위해 성호를 그었다. 그 끔찍한 주문은 파시앙스가 방금 들어간 탑의 천장 아래서 쩌렁쩌렁 울렸다. 그리고 그의 뒤에서 문이 요란하게 닫혔다.

내 동무는 달아나느라 급급한 나머지 나무에 묶인 나를 풀어줄 틈도 없이 거기에 버려둘 뻔했다. 그는 나를 풀어주자마자 이렇게 말했다. "좋으신 주님의 가호가 있도록 십자성호를 그어요, 십자성호를! 도련님이 십자성호를 긋고 싶지 않다면 바로 그게 마법에 걸린 거니까요, 우리는 가다가 늑대에게 잡아먹히든지 큰 짐승과 마주치게 될 거예요."

"멍청아." 내가 말했다. "그 얘기 말인데! 있잖아, 금방 일어난 일에 대해 네가 누구에게든지 입이라도 뻥끗하는 화를 자초하면 목을 졸라버릴 거야."

"아이고, 도련님, 어떻게 그럴 수 있겠어요?" 그는 순진함과 잔꾀가 뒤섞인 태도로 말했다. "마법사가 부모님께 말하라고 제게 명령한걸요."

나는 그를 패주려고 팔을 들었지만 힘이 달렸다. 내가 방금 받은 대접에 화가 나서 숨이 막힐 지경이 된 나는 거의 실신 상태가 되었고, 실뱅은 그 틈을 타서 줄행랑을 쳤다.

제정신이 들었을 때 나는 혼자였고, 거기가 바렌의 어디쯤인지 알 수가 없었다. 전에 와본 적 없는 곳이었고, 끔찍하리만치 황량했다. 하루 종일 모래에 남겨진 늑대와 멧돼지의 흔적들을 보았던 터였다. 벌써 어둠이 짙어졌고 로슈-모프라까지는 20리는 족히 가야 했다. 문들이 닫히고 도개교도 들어 올려졌을 것이어서 9시 전에 도착하지 않으면 총탄 세례를 받게 될 것이었다. 지리도 모르면서 한 시간에 20리를 간다는 것은 십중팔구 불가능할 것 같았다. 하지만 가조 탑의 거주자에게 머물 곳을 청해서 설령 그가 내게 은전을 베푼다 해도 차라리 골백번 죽는 게 나을 것 같았다. 몸보다 자존심이 더 피를 흘리고 있었다.

나는 무턱대고 달리기 시작했다. 오솔길은 굽이굽이 돌고 돌았고, 무수한 다른 오솔길들과 서로 교차하고 있었다. 나는 울타리가 둘러진 방목장을 지나 들판에 도착했다. 거기서 오솔길의 자취가 모두 사라졌다. 나는 되는대로 울타리를 뛰어넘어 어떤 밭에 떨어졌다. 밤이 되어 칠흑같이 어두웠고, 설령 낮이라고 해도 가시나무로 뒤덮인 비탈에 있는 험준한 땅뙈기를 지나 제대로 방향을 잡을 방도가 없었다. 마침내 나는 히스 황야와 숲을 발견했다. 조금 진정되었던 두려움이 다시 엄습해왔다. 고백건대, 죽을 것 같은 공포에 휩싸여 있었다. 사냥을 나가는 개처럼 용감하게 훈육된 나는 타인의 눈앞에서는 침착하기 그지없었다. 허영심에 부추겨진 나는 관중이 있으면 과감해졌다. 그러나 깊은 밤 피곤과, 먹고 싶은 생각은 조금도 들지 않았지만 배고픔에 기진맥진하여, 나 홀로, 방금 겪은 감정에 당황한 채로, 돌아가면 삼촌들에게 얻어맞을 거라고 확신하면서도 로슈-모프라가 지상낙원이라도 되는 것처럼 돌아가기를 소원하며, 형언할 수 없는 번민 속에서 동이 틀 때까지 헤매고 다녔다. 다행히도 멀리서 들려오긴 했지만, 늑대 울음소리가 몇 번이나 귓전을 때리고 혈관 속의 피를 얼어붙게 했다. 충격을 받은 나의 상상력은, 실제로는 내 처지가 그다지 불안하지 않다는 듯이, 수많은 환상적 이미지들을 거기에 결합했다. 파시앙스는 **늑대 조련사**로 통했다. 알다시피 그건 어느 고장에서건 마법사에게 인정된 특기이다. 해서, 그 자신도 **반쯤은 늑대** 같은 몰골을 하고 있는 이 악마 같은 작은 늙은이가 굶주린 떼거리들의 호위를 받으며 잡목림을 가로질러 나를 추격하는 것을 보았다고 상상했다. 몇 번이나 토끼들이 내 가랑이 사이에서 뛰어나와 나는 깜짝 놀라서 뒤로 자빠질 뻔했다. 거기서는 내가 보이지 않는다는 확신이 들었으므로 나는 무수히 십자성호를 그었다. 믿지 않는 척하면서도 영혼 깊은 곳에는 두려움이 빚어낸 무수한 미신이 필연적으로 자리 잡고 있었던 것이다.

마침내 동이 틀 무렵 로슈-모프라에 당도했다. 나는 해자에 내려가서 문들이 열리기를 기다렸다가 누구의 눈에도 띄지 않고 내 방으로 살짝 들어갔다. 그다지 지극한 사랑으로 나를 돌보는 것이 아니었으므로 아무도 내가 밤새 없었다는 것을 눈치채지 못했다. 계단에서 장 삼촌을 만났을 때 방금 일어났다고 믿게끔 했다. 이런 책략이 성공하여 건초 다락에 들어가 하루 종일 잠을 잤다.

5

　이제 두려워할 게 아무것도 없었으므로, 내 원수에게 복수를 하는 것은 쉬운 일이었을 것 같다. 모든 것이 최적이었다. 나 개인에게 자행된, 털어놓기조차 진저리 나는 모욕까지 끌어오지 않아도, 내 가문에 대고 퍼부은 말만으로 충분했을 것이다. 내가 한마디만 하면, 15분 뒤 일곱 명의 모프라들은 소작료 한 푼 내지 않는 인간을 학대함으로써 본때를 보일 수 있게 된 것에 신이 나서 말을 타고 있었을 것이다. 그런 인간을 일벌백계하기 위해서는 목을 매다는 것이 최선이라고 여기면서 말이다.

　하지만 사태가 그렇게까지 진전될 것 같지는 않았다. 어쩌다 내가 여덟 명을 시켜서 한 사람에게 복수를 한다는 것에 대해 참을 수 없는 혐오감을 느끼게 되었는지 모르겠다. 그렇게 하려는 순간(화가 나서 그렇게 하리라 다짐을 했으므로), 내게 있는지도 몰랐던 어떤 공정함에 대한 본능이 나를 만류했다. 나 자신도 그것을 좀처럼 납득할 수 없었다. 아마도 파시앙스의 말이 나도 모르게 내 안에 건강한 수치심을 탄생시켰나 보다. 어쩌면 귀족들을 향한 그의 정당한 저주가 나로 하여금 정의라는 관념을 어렴풋이 느끼도록 만들었는지도 모르겠다. 한마디로, 아마도 그때까지는 나약함과 동정심의 움직임으로 간주되었던 것이 그때부터는 암암리에 더 중요하고 덜 경멸스러워 보이기 시작했던 것이다.

어쨌든 나는 침묵을 지켰다. 나를 버린 죄를 벌하고 내가 당한 봉변에 대해 입을 다물겠다는 다짐을 받기 위해 실뱅을 두들겨 패는 것으로 만족하고. 이 씁쓸한 추억은 가을이 끝나갈 무렵 실뱅과 함께 사냥을 하러 숲속을 휘젓고 다닐 때까지 잠들어 있었다. 이 가없은 실뱅은 내게 애착을 보였다. 나의 난폭함에도 불구하고 내가 성 밖으로 나오기만 하면 늘 내 뒤꽁무니를 졸졸 따라다녔다. 그는 내가 조금 괄괄할 뿐 고약하지는 않다고 주장하면서 다른 모든 동무들로부터 나를 지켜주었다. 귀족들의 오만과 무례를 지탱하는 것은 체념하고 받아들이는 민중의 부드러운 영혼인 것이다. 우리가 올가미로 종달새를 사냥하러 갔을 때 늘 전위대로 새를 찾아내는 나의 시동이 내게로 되돌아와 (그대로 전하자면) 이렇게 말했다. "늑대 부리는 사램이 두더지 사냥꾼허고 같이 오능 게 보여요."

이 경고에 전율이 내 사지를 타고 지나갔다. 하지만 마음속에서 원한이 되살아나는 것을 느끼면서 나의 마법사를 맞으러 똑바로 걸어갔다. 로슈-모프라의 단골로서 나를 존중하고 도와줄 것만 같은 동무의 존재에 조금 안심이 되었는지도 모르겠다.

두더지 사냥꾼이라고 불리는 마르카스는 그 지역의 집과 밭에서 흰담비, 족제비, 생쥐 그리고 여타 해로운 동물들을 소탕하는 것을 업으로 삼고 있었다. 그는 자기 사업의 혜택을 베리로만 한정하지 않았다. 매년 그는 자신의 재능을 높게 사는 사람들이 있는 곳이라면 어디든 혼자 걸으며 누비고 다니면서 마르슈, 니베르네, 리무쟁, 생통주를 순회했다. 그는 성이건 초가집이건 어디서든 환대를 받았다. 그의 집안에서는 대를 이어 이 직업을 정직하고 성공적으로 수행했고, 후손들이 아직도 그 일을 하고 있기 때문이었다. 그는 1년 내내 매일매일 확실한 일과 숙소가 있었다. 그는 지구의 자전만큼이나 규칙적으로 순회하고 있어서, 정해진 기간이 되면 지난해에 지나간 바로 그 장소에 여전히 똑같은 개를 데리고 똑같은 긴 칼을 들고 나타나는 그를 볼 수 있었다.

이 인물은 파시앙스만큼 야릇하고, 나름대로 그보다 더 웃기는 사람이었다. 그는 성깔 있는 우울한 성격에 키가 크고 마른 체격과 각진 얼굴의 사람으로, 말과 행동 모두가 느리고 위엄 있으며 성찰하는 태도를 지니고 있었다. 그는 말하는 것을 별로 좋아하지 않아서 모든 질문에 단음절로만 대답했다. 하지만 아주 엄격하게 예의를 지킨다는 규칙에서 절대 멀어진 적이 없어서 말을 하기 전에 반드시 존경과 예의의 표시로 모자 귀퉁이에 손을 올리곤 했다. 그의 천성이 그랬을까? 아니면 떠돌아다니는 그의 직업상 사려 분별 없는 말로 인해 자신의 무수한 작업들 중 어떤 것을 잃을지도 모른다는 두려움이 그에게 이토록 현명한 조심성을 불어넣은 것일까? 그건 조금도 알 수가 없었다. 그는 어느 집이나 마음대로 들어가서 무엇이든 볼 수 있었으므로 낮에는 집집의 곳간 열쇠를 가지고 있었고 저녁에는 집집의 부엌 화덕에 자리를 잡을 수 있었다. 생각에 잠겨 꿈꾸는 듯한 그의 태도로 인해 사람들은 그가 있어도 경계심을 품지 않았고, 그 덕분에 그는 모든 것을 알고 있었다. 그럼에도 불구하고 한 집에서 일어난 일을 다른 집에 전하는 일 따위는 절대로 그에게 일어나지 않았다.

이 인물이 어떻게 해서 내게 깊은 인상을 남겼는지 알고 싶다면 삼촌들과 할아버지가 그의 입을 열게 하려고 얼마나 노력했는지를 목도한 증인이 바로 나라고 얘기하겠다. 그들은 생트-세베르성, 즉 그들의 증오와 시샘의 대상인 위베르 드 모프라의 집에서 무슨 일이 일어나고 있는지를 그에게서 알아내려고 했다. 돈 마르카스가 (그에게서 몰락한 스페인 귀족의 자태와 자부심이 보여서 그를 **돈**이라고 불렀다)—내가 돈 마르카스라고 했지—이 문제에 관하여 다른 모든 경우와 마찬가지로 난공불락이었음에도 불구하고 **강도** 모프라들은 **곤봉** 모프라와 관련된 뭔가를 그에게서 끌어내기를 바라면서 그를 더욱더 교묘한 감언이설로 구슬리는 일을 멈추지 않았다.

여하튼 어느 누구도 무슨 일에 대해서건 마르카스가 어떻게 생각하는지를 도대체 알 수 없었다. 그가 굳이 의견을 가지려고 애쓰지 않는다고 가정하는 게 가장 간단할 것이었다. 하지만 파시앙스가 그에게 매력을 느꼈는지 몇 주에 걸쳐 그의 여행을 따라가기까지 한 것을 보면 그의 신비로운 태도에는 뭔가 마술적인 것이 있다고 여겨질 만했다. 단지 그의 긴 칼이나 두더지와 족제비를 꼼짝 못하게 하는 놀라운 재주가 있는 개를 길들이는 능력 때문만은 아니었던 것이다. 어떤 이들은 그가 덫을 놓아 해로운 동물들을 잡기 위해 마법의 풀을 써서 구멍에서 나오게 한다는 둥 수군거렸다. 하지만 이 마법은 만족스러웠으므로 그것이 범죄임을 지적할 생각은 꿈도 꾸지 않았다.

자네가 이런 종류의 사냥을 구경한 적이 있는지 모르겠다. 특히 이 사냥은 건초 창고에서 흥미진진하다. 사람과 개가 사다리로 기어 올라가 목재 구조물 위에서 놀랍도록 균형을 잘 잡으면서 날쌔게 뛰어다닌다. 개는 벽에 있는 구멍들의 냄새를 맡으면서 고양이라도 된 듯 몸을 숨기고 사냥감이 사냥꾼의 칼에 몸을 맡길 때까지 매복하면서 감시한다. 그리고 사냥꾼이 짚더미를 칼로 찌르면 긴 검을 따라 적도 꿰뚫리게 되는 것이다. 돈 마르카스가 엄숙하고 권위 있게 수행하고 지휘하는 이 모든 것은, 단언컨대, 이상하면서도 재미있었다.

이 믿을 수 있는 친구가 눈에 띄자 나는 마법사와 대적할 수 있다고 생각하며 대담하게 다가갔다. 실뱅이 경탄하는 눈으로 나를 지켜보고 있었고, 나는 파시앙스가 그런 과감성을 예상하지 못하고 있음을 알아차렸다. 나는 적과 맞서기 위해서 마르카스에게 다가가 말을 거는 척했다. 이걸 보자 그는 두더지 사냥꾼을 살짝 옆으로 밀치고는 두툼한 손을 내 머리에 얹고 아주 태연하게 말했다. "얼마 전부터 부쩍 키가 컸네요, 도련님!"

나는 얼굴이 붉어졌지만 거만하게 물러서며 말했다. "뭘 하든 조심하는 게 좋을걸, 촌놈아. 아직 두 귀가 붙어 있는 게 다 내 덕인 줄 알라고. 그걸 명심해야 해."

"제 두 귀라굽쇼!" 파시앙스가 씁쓸하게 웃으며 말했다. 그리고 우리 가문의 별명을 암시하며 덧붙였다. "제 두 오금을 말씀하시는 거겠죠?* **파시앙스! 파시앙스!** 머지않아 촌놈들이 귀족들의 오금이나 귀를 자르는 정도가 아니라 모가지와 돈주머니를…"

"그만하세요, 파시앙스 선생님." 두더지 사냥꾼이 엄숙한 어조로 말했다. "철학자로서 그렇게 말씀하시면 안 됩니다."

"맞아, 자네 말이." 마법사가 대꾸했다. "사실 내가 왜 이 **꼬마녀석**과 다투는지를 모르겠네. 제 삼촌들을 시켜서 나를 죽 속에 집어넣었어야 했는데 말이야. 지난여름 나한테 어리석은 짓을 하길래 내가 그를 매질했거든. 이 집에 무슨 일이 있는지 모르겠지만, 모프라 사람들이 이웃에게 해코지할 좋은 기회를 놓치고 말았다네."

"이봐, 촌뜨기." 내가 그에게 말했다. "귀족은 늘 고상하게 복수한다는 것을 알아두라고. 내가 받은 모욕에 대해 자네보다 훨씬 힘이 강한 사람들을 시켜서 벌하고 싶진 않았어. 하지만 2년만 기다려. 내 손으로 자네를 내가 잘 알고 있는 나무, 가조 탑 문 앞에 있는 그 나무에 매달아 죽일 걸 약속하겠어. 내가 그렇게 하지 않는다면 그건 귀족이기를 포기하겠다는 거지. 내가 자네를 용서한다면 늑대 조련사라고 불러도 좋아."

---

* 가문의 별명 '강도Coupe-Jarret'는 오금을 자른다는 뜻에서 유래한 말이다.

파시앙스는 미소를 지었다. 그리고 갑자기 진지해지더니 그의 외모를 눈에 띄게 만드는 그 심오한 눈길로 나를 바라보았다. 그러고는 족제비 사냥꾼을 향해 돌아서서 "이상하지, 이 족속들에게는 뭔가가 있어" 하고 말했다. "이 못돼먹은 귀족을 보게나. 그가 어떤 일에서는 우리 중 가장 용감한 사람보다 훨씬 더 기백이 있다니까. 아! 아주 간단해." 그는 혼잣말로 덧붙였다. "그렇게 길러지는 거지. 그리고 우리는, 우리는 복종하기 위해 태어났다는 말을 듣지… **파시앙스!**" 그는 잠시 침묵을 지키더니, 몽상에서 빠져나와 좀 비꼬는 것 같긴 해도 친절한 어조로 내게 말했다. "나를 목매달고 싶으신가요, **지푸라기** 나리? 그러려면 밥을 더 많이 먹어야겠는걸. 나를 매달겠다는 나무에 아직 키가 닿지 않으니, 그때까지… 당신이 경험해보지 못한 많은 일들이 벌어질 거요."

"말도 안 돼, 말도 안 돼." 두더지 사냥꾼이 심각한 태도로 말했다. "갑시다. 평화가 있기를. 베르나르 님, 파시앙스를 용서해주십시오. 늙어빠진 데다가 미치광이니까요."

"아냐, 아냐." 파시앙스가 말했다. "그가 나를 목매달았으면 좋겠어. 그가 옳아, 내게 그걸 빚지고 있지. 사실 그 일이 나머지 모든 일보다 더 빨리 일어날지도 모르지. 너무 빨리 자라려고 서두르진 마쇼, 도련님, 내가 원하는 것 이상으로 서둘러 늙을 테니. 게다가 당신은 매우 용감하기 때문에 더 이상 스스로를 방어할 수도 없는 사람을 공격하고 싶지 않을 거요."

"나한테는 힘을 잘만 쓰더구먼!" 내가 소리를 질렀다. "내게 폭력을 쓰지 않았다고? 말해봐, 그게 비겁한 게 아니고 뭐냐고?"

그는 깜짝 놀라는 몸짓을 했다. "오! 애들이란, 애들이란!" 그가 말했다. "얼마나 조리가 있는지! 진실은 애들 입에서 나온다니까." 그러고는 늘 하던 습관대로 꿈을 꾸듯이 혼잣말로 격언을 중얼거리며 멀어져갔다. 마르카스는 내 앞에서 모자를 벗으며 태연한 어조로 내게 말했다. "그가 틀렸어요… 평화가 필요해요… 용서를… 휴식을… 안녕!"

그들은 사라졌고 나와 파시앙스의 관계는 거기서 멈추었다. 그것은 긴 세월이 지난 다음에야 다시 이어졌다.

6

할아버지가 돌아가셨을 때 나는 열다섯 살이었다. 로슈-모프라에서 그의 죽음을 슬퍼하는 사람은 아무도 없었지만, 그것은 진정 망연자실한 사태를 초래했다. 그는 그곳에 군림하는 모든 악덕의 구심점이었다. 확실히 그에게는 아들들보다 더 잔인하고 덜 비열한 무언가가 있었다. 그가 죽자 그의 과감함이 우리에게 가져다주었던 영광의 아우라는 희미해졌다. 그때까지 잘 훈육되었던 그의 아들들은 점점 음주와 방탕에 빠졌다. 게다가 원정은 하루가 다르게 위험해졌다.

하나같이 헌신적이어서 우리가 잘 대해준 몇몇 가신을 제외하면, 우리는 점점 더 고립되어 의지가지없는 신세가 되었다. 주변 고장의 주민들은 우리에게 폭력적인 약탈을 당한 뒤 마을을 버리고 떠나버렸다. 우리가 불어넣은 공포가 주위의 황무지를 날이 갈수록 넓히고 있었다. 그래서 더 멀리 평원의 경계까지 진출해야 하는 위험을 감수해야 했다. 거기서 우리는 우위를 점하지 못했고, 우리 중 가장 대담한 로랑 삼촌이 교전 중에 심각한 부상을 입었다. 다른 약탈 자원을 찾아야만 했다. 장이 그렇게 제안했다. 여러 가지로 변장하고 장터에 숨어 들어가 솜씨 좋게 도둑질을 하자는 것이었다. 우리는 강도떼에서 좀도둑이 되었고, 미움받는 우리 가문의 이름은 점점 더 추락했다. 우리는 부패한 자들과 제휴하여 도가 은닉하고 있는 모든 것을 사기 거래함으로써 한 번 더 빈곤을 면했다.

내가 우리라고 말하는 이유는 할아버지가 죽고 내가 이 강도떼의 일원이 되기 시작했기 때문이다. 할아버지는 내 간청을 받아들여 그가 기획한 마지막 원정들에 나를 몇 차례 참여시켰었다. 자네에게 변명하진 않겠다. 지금 자네는 한때 강도 짓을 업으로 삼았던 사람을 눈앞에 보고 있다. 그건 장군의 명령으로 원정을 나간 병사가 그러하듯 내게 어떤 양심의 가책도 남기지 않은 추억이다. 나는 여전히 중세 시대에 살고 있다고 믿었다. 당시에 확립된 법률의 힘과 지혜는 내게 의미 없는 단어의 나열일 뿐이었다. 나는 스스로 용감하고 기백 있다고 여기며 싸웠다. 우리가 거둔 승리의 결과에 내가 자주 얼굴을 붉혔던 것도 사실이다. 하지만 나는 거기서 이득을 취한 바 없고 이제는 손을 씻었다. 게다가 쓰러진 몇몇 희생자가 몸을 일으켜 달아나도록 도와준 것을 기분 좋게 기억하고 있다.

이런 활동과 위험과 피곤을 겪으며 살아가는 것은 내 혼을 빼놓았다. 이런 식의 생존은 내게서 탄생할 수도 있었을 고통스러운 성찰로부터 나를 멀어지게 했다. 게다가 장의 직접적인 횡포로부터

도 벗어나게 해주었다. 그러나 할아버지가 죽자 우리 강도단은 또 다른 종류의 공작을 하다가 몰락했고, 나는 또다시 그 진저리 나는 지배 아래로 들어가는 신세가 되었다. 나는 거짓말이나 사기에 어울리는 인간이 전혀 아니었다. 나는 이 새로운 사업에 대해 반감을 표출했을 뿐만 아니라 그걸 수행할 능력도 없었다. 나를 쓸모없는 구성원으로 치부하며 다시 학대가 시작되었다. 내가 사회에 잘 동화되어 자신들의 무서운 적이 되는 게 두렵지 않았다면 나를 쫓아냈을 것이다. 나를 양육할 것이냐 두려워할 것이냐 하는 선택의 기로에서, 내게 싸움을 걸고 주먹다짐까지 가도록 강요하여 나를 제거하기로 결정되는 일이 잦았다(그때부터 나는 그걸 알고 있었다). 그건 장의 생각이었다. 하지만 할아버지가 가지고 있던 힘과 집 안에서의 공정성 같은 것을 아직 가장 잘 지키고 있던 앙투안이 나를 지지하며, 내가 해를 끼치기보다는 가치가 있는 존재임을 입증했다. 나는 훌륭한 병사이므로 경우에 따라서는 내 힘이 더 필요할 수 있다는 것이었다. 게다가 아주 젊고 아는 게 없으니 사기 치는 기술을 연마할 수 있다고도 했다. 그리고 장이 나를 부드럽게 대하고, 내 운명을 덜 불행하게 만든다면, 그리고 내가 사회의 낙오자이며 세상에 나가는 즉시 목매달릴 것임을 알려주어 무엇보다 나의 진정한 처지가 무엇인지를 깨닫게 만든다면, 나의 고집과 자존심도 한편으로는 안락한 생활 앞에서, 다른 한편으로는 필요에 의해서 수그러들지 않겠느냐는 것이었다. 나를 떨어내버리기에 앞서 적어도 그 정도 일들은 해봐야 한다고도 했다. 앙투안은 설왕설래를 이렇게 결론지었다. "작년에 우리는 열 명의 모프라였어. 아버지는 돌아가셨고 이제 베르나르를 죽이게 되면, 우리는 여덟 명뿐이야."

　이런 주장이 힘을 얻었다. 나는 몇 달 전부터 갇혀서 고초를 겪던 감옥 같은 곳에서 풀려났다. 새 옷가지도 주고, 낡은 총을 내가 항상 원했던 멋진 소총으로 바꿔주었다. 그리고 세상에서의 내 처지에 대해 설명을 늘어놓았다. 식사 때에는 최고급 포도주를 따라주었다. 나는 생각해보겠다고 했고, 기다리는 동안, 강도질을 할 때보다 더 심하게 무기력과 술에 빠져 이성을 잃었다.

　하지만 포로 생활이 어찌나 뼈저리게 각인되었던지 나는 또다시 그와 같은 지긋지긋한 취급을 견디느니 프랑스 왕의 영토에서 내게 닥칠 수 있는 어떤 일에도 몸을 사리지 않겠다고 마음속으로 맹세했다. 몹쓸 명예심이 나를 홀로 로슈-모프라에 붙들어두고 있었다. 폭풍우가 우리 머리 위로 몰려들고 있는 게 분명했는데도 말이다. 농부들은 우리가 그들을 붙잡아두기 위해 별짓을 다했음에도 불만이 많았다. 해방을 부르짖는 주장들이 그들 사이에 암암리에 스며들고 있었다. 우리에게 가장 충실한 하인들은 빵과 식량을 풍족하게 받으면서도 돈을 요구했지만 우리에게는 돈이 없었다. 나라에 세금을 내라는 독촉도 심각하게 빗발쳤다. 우리의 채권자들은 왕이 임명한 관리들 그리고 반항하는 농부들과 결탁했다. 모든 것이 영주 플뢰마르탱*이 최근에 자기 고장에서 겪은 것과 유사한

* [원주] 그 지방에 전해지는 플뢰마르탱에 관한 기억은 모프라 가문 이야기가 과도하게 욕을 먹지 않도록 했다. 글을 쓰는 사람들은 이 미치광이의 삶이 보여준 잔인한 음란함, 정교

재앙을 일으킬 듯이 우리를 위협하고 있었다.

삼촌들은 오랫동안 이 시골 귀족의 강탈 행위와 저항에 합류하려고 계획했었다. 하지만 적의 수중에 거의 떨어질 지경이 된 플뢰마르탱이 만일 우리가 자기를 구하러 와준다면 우리를 친구이자 연합군으로 영접하겠다고 약속하던 그 순간, 우리는 이미 그의 패배와 비극적 종말을 알고 있었다. 이제 밤낮으로 경계해야 했다. 이 고장을 떠나거나, 아니면 결정적인 위기를 타개해야 했다. 일부는 처음 안을 고수했고, 나머지는 할아버지가 죽어가면서 남긴 유지를 따라 주루主樓의 폐허 아래 우리의 뼈를 묻자고 고집했다. 이들은 달아나거나 타협하자는 생각을 모조리 비겁함과 소심함으로 간주했다. 이런 오명을 쓸 수도 있다는 두려움과 어쩌면 조금쯤은 위험을 선호하는 본능이 또다시 나를 만류했다. 하지만 이처럼 구역질 나는 방식으로 살아가는 데 대한 당장에라도 터질 것 같은 혐오감이 내 안에 잠자고 있었다.

어느 날 저녁 우리는 배불리 식사를 하고도 술을 곁들여 이야기하면서 식탁에 남아 있었다. 어떤 주제에 대해 무슨 말이 오갔는지는 주님만이 아실 것이다. 끔찍한 날씨였다. 아귀가 맞지 않는 창문을 통해 들이친 빗물이 식당 바닥에 흘러넘쳤고, 폭풍우가 낡은 벽들을 흔들었다. 천장의 갈라진 틈으로 불어 들어온 밤바람이 휙휙

<hr />

한 고문 방법에 대해 묘사하기를 거부할 정도였다. 그는 베리 지방에서 옛 왕정의 마지막 날까지 봉건 도적 떼의 전통을 이어갔다. 자기 성에서 포위당한 그는 악착같이 저항하다가 잡혀서 목이 매달렸다. 당시에 어렸던 사람들이 아직까지 생존해 있어서 그 이야기를 알고 있었다.

소리를 내면서 송진으로 타고 있는 횃불의 불꽃을 요동치게 하고 있었다. 나는 식사 시간 내내 나의 미덕이라는 것 때문에 실컷 조롱받았다. 내가 여인들에게 숙맥인 것을 두고 숫총각이라는 둥 특히 이 문제에 관한 몹쓸 수치심을 부추겨 나쁜 짓을 하도록 몰아갔다. 나는 같은 말투로 대거리를 하면서 이런 저속한 놀림으로부터 스스로를 방어하느라 과음을 한 탓에 길들여지지 않은 상상력에 불이 붙었다. 로슈-모프라로 여자를 데려오면 삼촌들 그 누구보다 더 과감하고 성공적으로 다뤄보겠다고 허풍을 떨었다. 폭소가 터지며 도전이 수락되었다. 벼락이 내리치며 이 악귀들의 즐거움에 답하고 있었다.

갑자기 내리닫이 살문에서 뿔피리가 울렸다. 모든 것이 침묵에 휩싸였다. 그것은 모프라 사람들이 자기들끼리 서로 부르고 확인하기 위해 쓰는 요란한 소리였다. 들어오겠다고 알린 것은 하루 종일 집을 비운 로랑 삼촌이었다. 우리에게는 경계할 것들이 하도 많아서 우리 자신이 성채의 열쇠 보관자이자 지킴이였다. 장이 열쇠를 흔들며 자리에서 일어났다. 하지만 곧 꼼짝도 하지 않고 두 번째 울리는 뿔피리 소리에 귀를 기울였다. 전리품을 데려왔으니 맞으러 나오라고 알리고 있었다. 눈 깜짝할 사이에, 나를 제외한 모든 모프라들이 손에 횃불을 들고 내리닫이 살문으로 달려갔다. 나는 거기에 심히 무관심한 데다 술에 취해 걷잡을 수 없이 다리가 후들거리고 있었기 때문이었다. 나가면서 앙투안이 소리쳤다. "만일 여자가 왔다면 말이야. 아버지 영혼을 걸고 맹세하는데, 네 차지가 될 거야, 용감한 젊은이! 우린 네 과감함이 네 장담에 들어맞는지 알게 되겠지." 어리석은 불안에 잠긴 나는 식탁에 팔꿈치를 괴고 앉아 있었다.

문이 다시 열리고 이상한 옷을 입은 여인이 당당한 태도로 들어오는 것이 보였다. 모프라 하나가 와서 내 귀에 속삭이는 말을 정신을 잃지 않고 이해하려면 노력이 필요했다. 근처의 여러 영주들이 부인들과 함께 늑대 사냥을 하던 중에 이 젊은 숙녀의 말이 놀라서 그녀를 사냥터에서 먼 곳으로 데려갔다. 10리 가까이나 간 뒤에야 말이 진정했고, 그녀는 왔던 길을 되돌아가고 싶었지만 모든 지형지물이 비슷비슷한 바렌 지역을 잘 알지 못하는 까닭에 점점 더 멀어지게 되었다. 밤이 되고 폭풍우까지 치자 그녀의 곤경은 절정에 달했다. 그녀와 마주친 로랑은 그녀를 로슈모르성으로 데려다주겠다고 했다. 사실 그 성은 여기서 60리도 더 떨어져 있었지만 그는 아주 가깝다고 말하면서 그 성의 사냥터지기인 척했다. 숙녀는 그의 제안을 받아들였다. 이 여인은 자기와 먼 친척이기도 한 로슈모르의 안주인을 알지 못했으나, 환대를 받아 기분이 좋아졌다. 그녀는 모프라 누구와도 얼굴을 마주친 적이 없었던 까닭에 그토록 그들 소굴에 가까이 있다는 것을 꿈에도 알지 못했다. 가까운 데서건 먼 데서건 평생 로슈-모프라를 본 적이 없는 그녀는 의심 없이 인도자를 따라온 것이다. 이렇게 그녀는 자신이 걸린 덫에 대해 일말의 의심도 품지 않은 채 우리 식인귀들의 방으로 인도되었다.

내가 무거워진 눈을 비비며, 다른 어떤 여인의 얼굴에서도 본 적이 없는 평온하고 솔직하며 정숙한 태도를 지닌(우리 성의 내리닫이 살문으로 지나간 모든 여인은 무례한 창녀들이거나 어리석은 희생자들이었으므로) 이 몹시 젊고 아름다운 여인을 바라보았을 때, 나는 꿈을 꾸고 있다고밖에 생각할 수 없었다.

나는 기사 이야기책에서 요정들이 등장하는 것을 본 적이 있었다. 나는 요정 모건이나 마녀 우르간다가 우리를 벌하기 위해 온 게 아닐까 하고 믿을 지경이어서, 일순간 그녀 앞에 몸을 던져 무릎을 꿇고 나를 삼촌들과 혼동하여 내린 듯한 판결에 항의하고 싶었다. 로랑에게서 재빨리 귀띔을 받은 앙투안은 할 수 있는 한 공손하게 그녀에게 다가가 자신과 친구들이 사냥복을 입고 있는 것을 용서해달라고 간청했다. 그들은 모두 로슈모르 여주인의 조카이거나 사촌이며, 신앙심 깊은 부인이 사제와 함께 기도하고 있는 예배당에서 나오기를 식탁에 앉기 전에 기다리고 있다고 했다. 낯선 여인이 이 우스꽝스러운 거짓말을 순진하고 신뢰하는 태도로 경청하는 것을 보자 마음이 아팠지만, 나는 내가 느낀 것을 이해하지는 못했다.

"그분을 방해하고 싶진 않군요." 색마처럼 옆에 딱 붙어 있는 장 삼촌에게 그녀가 말했다. "저 때문에 지금 아버지와 친구들이 얼마나 걱정을 하고 있을까 생각하니 너무 불안해서 여기 머물 수가 없네요. 그들이 저를 데리러 왔을 것 같은 장소로 되돌아갈 수 있도록 제게 지치지 않은 말 한 필과 안내인 한 사람을 빌려주시기를 청한다고 그분께 말씀드려주세요."

"부인." 장이 자신 있게 대답했다. "이런 날씨에 다시 길을 떠나는 것은 안 될 일입니다. 게다가 그건 당신을 찾고 있는 분들과 만날 시간만 지체시킬 겁니다. 말 잘 타는 우리 사람 열 명이 지금 당장 횃불을 들고 서로 다른 열 방향으로 출발해서 바렌의 모든 지점을 샅샅이 돌아보겠습니다. 그러면 길어도 두 시간 후에는 당신 친지들이 당신 소식을 반드시 듣게 될 거고, 곧 당신은 그분들이 여기 도착하는 걸 보게 될 겁니다. 여기서 그분들은 최고의 환대를 받으실 테고요. 그러니 좀 쉬면서 기력을 차리도록 음료를 좀 드시죠. 비에 젖고 피곤에 지쳐 계시니 말입니다."

"제가 너무 걱정하고 있지 않다면 배가 고팠을 거예요." 그녀가 웃으면서 대답했다. "뭘 좀 먹으려고 해볼게요. 하지만 제게 너무 대단한 걸 해주시진 마세요. 이미 너무 잘해주셨어요."

그녀는 내가 여전히 팔을 괴고 있는 식탁으로 다가와 미처 나를 알아보지 못하고 내 바로 옆에 있는 과일을 하나 집어 들었다. 나는 몸을 돌려 멍한 표정으로 뻔뻔스럽게 그녀를 쳐다보았다. 그녀는 고고하게 내 시선을 받았다. 적어도 내게는 그렇게 보였다. 그제야 나는 그녀가 나를 보지도 않고 있다는 것을 알았다. 침착하게 보이기 위해서, 자신에게 제공된 환대에 자신 있게 응하기 위해서 무진 노력을 하고 있었지만, 사실은 험상궂은 얼굴에 난잡한 옷을 입고 있는 이상한 남자들 무리의 예기치 못한 존재 앞에서 몹시 당황하고 있었던 것이다. 그러나 그녀는 조금도 의심하지 않았다.

모프라 하나가 내 옆에서 장에게 말하는 것이 들렸다. "좋아! 잘

돼가고 있어. 걸려들었어. 술을 마시게 해. 그러면 얘기를 하겠지."

"잠깐." 장이 대답했다. "잘 감시해, 중요한 일이니까. 즐기는 것보다 더 좋은 일이 있을 수도 있어. 내가 회의를 열게. 널 부르면 와서 의견을 말해. 하지만 베르나르를 잘 지켜봐."

"무슨 일인가요?" 내가 그를 돌아보며 갑자기 말했다. "이 **아가씨**는 내 차지가 아닌가요? 할아버지 영혼을 걸고 맹세하지 않았나요⋯?"

"아! 그럼, 그렇고말고!" 다른 모프라들이 그 숙녀를 에워싸고 있는 동안 앙투안이 우리 무리 쪽으로 다가오며 말했다. "이봐, 베르나르, 난 약속을 지킬 거야. 단지 한 가지 조건이 있어."

"뭔데요?"

"아주 간단해, 지금부터 10분 동안 저 **아가씨**한테 로슈모르 노파 집에 있는 게 아니라는 얘길 안 하면 돼."

"저를 뭐로 아시는 거예요?" 내가 모자를 눈 위로 눌러쓰며 말했다. "얼간이라고 생각하세요? 잠깐만요, 위층에 있는 할머니 옷을 걸치고 신심 깊은 로슈모르 노파인 척할까요?"

"좋은 생각이야." 로랑이 말했다.

"하지만 그 전에 내가 할 말이 있어." 장이 대꾸했다. 그러고는 다른 이들에게 신호를 해 그들을 밖으로 데리고 나갔다. 모두 나가는 순간, 나는 장이 앙투안에게 나를 감시하라고 시키는 것을 본 것 같았다. 그러나 앙투안은 내가 이해할 수 없는 주장을 하며 고집스럽게 그들을 따라갔다. 나는 미지의 여인과 단둘이 남겨졌다.

나는 둘이서 머리를 맞대고 있는 것에 만족하기보다는 당황하며 잠시 어리둥절하고 혼란스러워하고 있었다. 그러고는 주위에서 벌어지고 있는 수수께끼 같은 일을 이해하려고 애쓰다가, 포도주의 취기 속에서, 완전히 잘못된 것이었지만 아주 그럴듯한 상상에 이르렀다.

나는 방금 내가 보고 들은 모든 것을 다음과 같은 가정으로 설명할 수 있다고 생각했다. 1. 저토록 평온하고 멋진 귀부인은 내가 가끔 장터에서 본 적이 있는 집시 소녀들 중 하나이다. 2. 들판에서 저 여인과 마주친 로랑이 패거리들을 즐겁게 해주려고 그녀를 데려왔다. 3. 나의 여자 다루는 능력을 시험하기 위해 그녀를 데려왔으며, 내가 술에 취해 허세를 부리고 있다는 것을 그 여인에게 털어놓은 다음, 열쇠 구멍을 통해 나를 지켜볼 것이다. 이런 생각에 사로잡히자마자 내가 가장 먼저 한 일은 자리에서 일어나 곧장 문으로 가서 열쇠를 두 번 돌려 문을 잠그고 빗장을 건 일이었다. 그녀에게 내 소심함을 비웃을 여지를 주지 않기로 작정하고 그녀에게로 돌아왔다.

그녀는 벽난로의 장식 벽 아래 앉아 있었다. 그녀는 불을 향해 몸을 숙이고 젖은 옷을 말리느라 여념이 없었기 때문에 내가 무슨 일을 하는지 깨닫지 못했다. 하지만 내가 그녀에게 다가가자 이상한 내 얼굴 표정을 보고 소스라쳤다. 나는 그녀를 포옹하는 것으로 시작하리라 결심했다. 하지만 무슨 이변인지 그녀가 나를 향해 눈을 들자마자 그런 친밀한 행동은 불가능해지고 말았다. 그녀에게 이렇게 말할 용기가 생겼을 뿐이었다. "오오! 아가씨, 정말 매력적이십니다. 내 이름이 베르나르 모프라인 것만큼이나 진실로 당신이 마음에 듭니다."

"베르나르 모프라!" 그녀가 벌떡 일어나며 소리쳤다. "베르나르 모프라라고요, 당신이? 그렇다면 말투를 바꾸세요. 그리고 당신이 누구와 이야기하고 있는지를 아셔야겠어요. 그 얘길 들은 적이 없으세요?"

그녀가 갑자기 창백해지면서 오만한 태도를 취하자, 나는 내게서 우러난 존경심과 대적하려고 안간힘을 쓰면서도 "아무도 말한 적은 없지만 짐작은 하죠" 하고 이죽거리며 대답했다.

"만약 당신이 그걸 짐작한다면 어떻게 내게 지금처럼 말하는 일이 있을 수 있겠어요?" 그녀가 말했다. "당신이 잘못 키워졌다고들 하더군요. 어쨌거나 난 늘 당신을 만나고 싶었답니다."

"정말인가요?" 나는 여전히 이죽거리며 말했다. "당신! 평생 무수한 남자들을 겪은 대로변의 공주님이 말인가요? 부디 내 입술이 당신의 입술과 만나게 해주시오. 그러면 내가 우리 삼촌 나리들만큼 교육을 잘 받았는지 아닌지 알게 될 테니. 좀 전에 당신이 그토록 귀를 기울였던 분들 말입니다."

"당신 삼촌들이라고요?" 그녀가 갑자기 방어 본능을 따르듯 의자를 붙잡아서 자신과 나 사이에 놓으며 소리를 질렀다. "맙소사! 아이고, 맙소사! 내가 로슈모르 부인 댁에 있는 게 아니군요!"

"똑같이 로슈로 시작하는 건 맞죠. 우리도 다른 어떤 로슈들만큼이나 착한 로슈들이랍니다."

"로슈-모프라…!" 그녀는 포효하는 늑대 소리를 들은 사슴처럼 머리끝에서 발끝까지 부들부들 떨며 중얼거렸다. 그녀의 입술은 완전히 하얗게 질렸다. 극심한 불안이 몸짓 하나하나에서 드러났다. 나도 모르게 동정심이 발동했는지 오싹해지면서 하마터면 갑자기 말과 태도를 바꿀 뻔했다. '도대체 뭐가 그렇게 놀라운 걸까?' 나는 생각했다. '그녀는 연극을 하고 있는 게 아닐까? 모프라 식구들이 우리를 엿들으려고 나무 벽 뒤에 있지 않더라도, 벌어진 일에 대해 그들에게 곧이곧대로 얘기하지 않을까? 그런데 그녀는 한 장의 포플러 잎처럼 떨고 있구나… 하지만 그녀가 배우라면? 준비에브 드 브라방을 연기하는 여배우를 본 적이 있는데 실제와 혼동할 만큼 실감 나게 눈물 연기를 했었지.' 나는 걷잡을 수 없는 혼란 속에서 얼빠진 눈으로 그녀를 보다가 문을 보다가 하고 있었다. 금방이라도 문이 활짝 열리고 삼촌들이 웃음을 터뜨릴 것만 같았다.

그녀는 이루 말할 수 없이 아름다웠다. 그녀만큼 아름다운 여인은 존재한 적이 없다고 생각한다. 비단 나만이 그걸 증언하는 게 아니다. 그녀는 이 고장에서 아직까지도 잊히지 않을 만큼 아름답기로 명성이 자자했다. 그녀는 꽤 큰 키에 날씬하고 행동거지가 자연스럽게 우아해서 오히려 눈길을 끌었다. 피부는 백옥 같고 눈은 검고 머리카락은 흑단 같았다. 시선과 미소에서는 선함과 명민함이 야릇하게 뒤섞인 인상이 풍겨 나왔다. 하늘이 그녀에게 지성적인 모든 것과 감성적인 모든 것의 두 영혼을 내린 게 아닌가 싶었다.

그녀는 자연스럽게 명랑하고 용감했다. 아직까지 인간사의 번뇌를 겪어본 적이 없는 천사였다. 그 무엇도 그녀에게 고통을 준 적이 없었고, 그 무엇도 그녀에게 의심이나 두려움을 가르쳐준 적이 없었다. 이것이 그녀 인생 최초의 시련이었으며, 그것을 야기한 장본인이 바로 나, 이 짐승이었다. 나는 그녀를 집시 여인으로 착각했는데, 그녀는 순수의 천사였던 것이다.

그녀는 브르타뉴식으로 말하자면, 나의 나이 어린 당고모인 에드메 드 모프라였다. 이미 지긋한 나이에 결혼하기 위해 몰타기사단 탈퇴를 청원했던, 기사라는 별칭의 종조부(역시나 브르타뉴식으로 말하자면) 위베르 모프라의 딸이었던 것이다. 그래서 당고모와 나는 연배가 같았다. 몇 달 차이가 나기는 했지만 둘 다 열일곱 살이었다. 그것이 우리의 첫 만남이었다. 내가 무슨 짓을 해서라도 목숨을 걸고 보호해주어야 했던 여인이 바로 여기 내 앞에서 망나니 앞의 사형수처럼 겁에 질려 부들부들 떨고 있었다.

그녀는 무진 애를 쓰더니 걱정에 싸여 방 안을 걷고 있는 내게로 다가와서 자기 이름을 말하고 이렇게 덧붙였다. "당신이 내가 방금 만난 저 도적 떼 같은 무뢰배가 되는 건 있을 수 없는 일이에요. 저들이 얼마나 끔찍한 짓을 하며 살고 있는지 알고 있어요. 당신은 젊고, 당신 어머님은 착하고 지혜로운 분이셨죠. 내 아버지가 당신을 입양해서 양육하고 싶어 하세요. 당신이 빠져 있는 이 구렁텅이에서 당신을 구출할 수 없음을 오늘도 여전히 한탄하고 계시죠. 아버지 편에서 여러 번 전갈을 받은 적이 없나요? 베르나르, 그대는 가

까운 내 친척이에요. 혈연관계를 생각해봐요. 당신은 왜 나를 모욕
하려고 하죠? 저들이 여기서 나를 죽이거나 고문하려고 하나요?
왜 여기가 로슈모르라고 하면서 나를 속였을까요? 왜 알 수 없는
태도로 자리를 뜬 거죠? 뭘 모의하고 있는 거죠? 무슨 일이 벌어지
고 있는 건가요?" 밖에서 막 총소리 한 방이 들려와 그녀의 입술에
서 말이 사라졌다. 거기에 대응하여 장포가 발사되고, 경보 나팔이
불길한 울림으로 주루의 음산한 벽을 흔들었다. 모프라 아가씨가
다시 의자에 주저앉았다. 나는 이것이 나를 놀리기 위해 짜인 연극
의 새로운 한 장면인지 아닌지 알 수가 없었으므로, 그녀가 가짜가
아니라는 확실한 증거를 잡을 때까지는 경보가 울려도 조금도 걱
정하지 않기로 작정하고 가만히 있었다.

"자." 그녀에게 다가가며 내가 말했다. "이 모든 게 장난이란 걸
인정하시죠. 당신은 모프라 양이 아닙니다. 당신은 내가 사랑을 나
눌 줄 아는 애송이인지 아닌지를 알고 싶은 거죠."

"주님께 맹세코 난 에드메랍니다." 그녀는 송장처럼 차디찬 두 손
으로 내 손을 잡으며 대답했다. "당신의 친척이자 포로이자 친구
죠. 항상 당신에게 관심이 있어서 언제나 아버지께 당신을 버려두
지 말라고 애원해왔으니까… 하지만 이봐요, 베르나르, 싸움이
났어요. 서로 총질을 하고 있다고요! 아마도 아버지가 나를 찾으러
오셨겠죠. 그분을 죽일 텐데! 아아!" 그녀가 내 앞에 털썩 무릎을
꿇으며 외쳤다. "가서 말려줘요, 제발, 베르나르, 그대여! 삼촌들에
게 우리 아버지를 존중해달라고 말해줘요. 더없이 훌륭한 분이시

니, 당신이 그걸 안다면! 그들에게 말해요. 그들이 우리를 미워하고 피를 보기를 원한다면, 좋아요, 나를 죽이라고, 내 심장을 도려내라고. 하지만 우리 아버지는 존중해달라고…"

밖에서 포효하는 목소리가 나를 불렀다. "이 비겁한 자식 어디 있어? 이 재수 없는 놈 어디 있냐고?" 로랑 삼촌이었다. 문이 흔들렸다. 내가 어찌나 단단히 문을 잠갔던지 맹렬하게 흔들어도 열리지 않고 있었다. "이 빌어먹을 겁쟁이 놈이 연애질이나 하면서 놀고 있구나, 우린 목이 잘리는 판국에! 베르나르, 기마경찰대가 우리를 공격하고 있다. 네 삼촌 루이가 방금 살해당했단 말이다. 어서 와서 도와다오, 제발. 어서 와라, 베르나르!"

"모두들 악마에게나 잡혀가기를!" 내가 소리쳤다. "내가 이 모든 얘기를 한마디라도 믿는다면, 가서 죽어버려요. 난 삼촌들이 생각하는 것처럼 어리석지 않으니까. 여기에 비겁자가 있다면 거짓말을 하는 자들이지. 내가 여자를 갖겠다고 맹세를 했으니 내가 원할 때 돌려줄 거요."

"지옥에나 가버려라!" 로랑이 대답했다. "너, 척하고 있는…" 총격이 더 거세졌다. 끔찍한 외침들이 들려왔다. 로랑은 문을 떠나 소리가 나는 곳을 향해 달리기 시작했다. 그의 다급함이 내가 더 이상 저항할 수 없는 수많은 진실을 말해주고 있었다. 겁쟁이라고 비난받을 것이라는 생각이 승리했다. 나는 문을 향해 나아갔다.

"오, 베르나르! 모프라 님!" 에드메가 내 뒤에서 간신히 따라오며 소리쳤다. "당신과 함께 가게 해줘요. 당신 삼촌들의 발밑에 몸을 던지겠어요. 이 싸움이 끝나게 만들겠어요. 내가 가진 모든 것을 내놓을게요, 원한다면 내 목숨까지도… 아버지의 목숨을 구할 수만 있다면."

"기다려요." 그녀를 돌아보며 내가 말했다. "나를 놀리고 있는 건지 아닌지 알 수가 없으니. 내 생각엔, 삼촌들은 바로 저 문 뒤에 있고, 우리의 사냥개 담당 하인들이 안뜰에서 총질을 해대는 동안 담요를 들고 있다가 나를 그 위에 놓고 헹가래를 치려고 하는 것 같소. 당신은 내 사촌*이거나 아니면 내… 당신이 내게 맹세하면 나도 당신에게 맹세를 하겠소. 만일 당신이 유랑하는 공주이고 내가 당신의 팔색조 연기에 속아서 이 방을 나서는 것이라면, 당신은 내 애인이 되어서 내가 내 권리를 사용하기 전에는 당신 곁에 있는 그 누구에게도 몸을 허락하지 않겠다고 맹세해요. 그러지 않으면 맹세코 오늘 아침에 내 얼룩 강아지 플로르의 버르장머리를 고쳐놓았듯이 당신의 행실을 고쳐놓고 말 테니. 만일 당신이 에드메라면, 당신 아버지와 그분을 죽이려는 자들 사이에 개입하겠다고 맹세하죠. 어떤 약속을 하겠소? 내게 무슨 맹세를 하겠소?"

"아버지를 구해주기만 한다면 맹세코 당신과 결혼하겠어요." 그녀가 소리쳤다.

"암, 그렇고말고!" 그녀의 열정에 용기백배한 나머지 그 열정이 얼마나 숭고한지 깨닫지 못하고 내가 말했다. "그러니 어떤 경우든 바보처럼 이 방에서 나가지 않도록 증거를 보여주시오."

---

* 실제로는 오촌 당고모와 조카 사이지만 서로 '사촌'이라 부른다.

그녀는 저항하지 않고 입맞춤을 허락했다. 볼이 얼음처럼 차가웠다. 그녀가 무의식적으로 내 발걸음에 따라붙는 바람에, 나가기 위해 그녀를 밀쳐야만 했다. 별로 거칠게 밀지 않았음에도 그녀는 혼절하듯 쓰러졌다. 나는 내 실제 상황을 깨닫기 시작했다. 복도에는 아무도 없었고 밖에서 들려오는 소음이 점점 더 급박해져가고 있었던 것이다. 마지막 경계심의 발동인지, 아니면 다른 감정 때문인지는 모르겠으나, 무기를 가지러 달려가려다가 다시 되돌아와서 에드메를 남겨두고 온 방의 문을 열쇠를 두 번 돌려 단단히 잠갔다. 열쇠를 허리띠에 넣고, 달리면서 장전한 소총으로 무장하고 성채로 갔다.

그냥 단순한 기마경찰대의 습격이었다. 모프라 양과 관련된 것이라고는 아무것도 없었다. 채권자들은 이미 우리에 대한 체포 영장을 받아냈다. 얻어맞거나 가혹 행위를 당한 법 집행자들은 부르주 상급재판소의 검사에게 구인장을 청원했다. 무장한 군대가 출동하여 심야 기습 작전으로 쉽게 우리를 사로잡기를 바라며, 할 수 있는 한 최선을 다해서 그것을 집행하려는 것이었다. 하지만 우리는 그들의 예상보다 훨씬 더 방어를 잘할 수 있는 처지였다. 우리 사람들은 용감한 데다 무장이 잘되어 있었고, 무엇보다 생존 자체를 걸고 싸웠기 때문이다. 우리에게는 절박함에서 비롯된 용기가 있었고, 그것은 엄청난 이점이었다. 우리에게는 스물네 명의 기병이 있었지만, 그들에게는 쉰 명 남짓의 보병뿐이었다. 스무 명가량의 농부가 여기저기서 돌멩이를 던졌지만 우리보다는 자기편에 해를 입히고 있었다.

　반 시간 동안의 치열한 접전 후 우리의 저항에 혼비백산한 적은 퇴각했고, 전투는 중단되었다. 그들은 곧 공격을 재개했지만 또다시 인명 피해만 입고 격퇴당했다. 전투가 다시 중단되었다. 그들은 목숨만은 살려주겠다고 약속하며 세 번째로 항복을 종용했다. 앙투안 모프라가 음탕한 조롱으로 그들에게 응수했다. 그들은 결정을 내리지 못했지만 물러나지는 않았다.

　나는 용감하게 싸웠다. 나는 내 의무라는 것을 충실히 완수했다. 휴전 상태가 길어지고 있었다. 우리는 적과의 거리를 가늠할 수 없었기 때문에 감히 어둠 속에서 되는대로 발포하는 위험을 무릅쓸 수 없었다. 탄약이 비쌌기 때문이다. 삼촌들은 모두 새로운 공격이 있을까 봐 전전긍긍하며 성채 안에서 꼼짝 못 하고 있었다. 루이 삼촌은 심각한 부상을 입었다. 내 포로가 기억났다. 전투가 시작될 때쯤, 패배하게 되면 포위를 푸는 조건으로 그녀를 내주겠다고 하고, 그게 안 되면 적의 눈앞에서 그녀를 매달아야 한다고 장 모프라가 말하는 것을 들었다. 이제 나는 그녀가 내게 말한 것의 진실성을 의심할 수가 없었다. 우리의 승리가 선언될 조짐이 보이자, 포로는 잊혔다. 단지 간교한 장만이 극진하게 겨누고 있던 소중한 장포에서 떨어져서 고양이처럼 어둠 속으로 사라졌다. 나는 생각지도 못한 질투심의 발동에 사로잡혔다. 총을 던져버리고 손에 단도를 들고 그가 사라진 쪽으로 달려갔다. 나의 포로라고 여기는 것을 건드리기라도 하면 칼로 찔러버리리라 결심했었나 보다. 그가 문으로 다가가더니, 노획물이 이미 빠져나간 게 아닐까 확인하느라 열쇠 구멍으로 조심스럽게 들여다보며 문을 열려고 하는 게 보였다. 그때 총질이 다시 시작되었다. 그는 놀라운 천부적 민첩성으로 두 짝짝이 발뒤꿈치로 휙 돌더니 성채로 달려갔다. 어둠 속에 몸을 숨긴 나는 그가 지나가도록 내버려두고 따라가지 않았다. 나는 살육 본능과는 다른 본능에 이제 막 사로잡힌 터였다. 질투의 번개가 내 감각에 불을 붙였다. 자욱한 화약 연기, 낭자한 피, 소음, 위험 그리고 행동력이 떨어지지 않도록, 둥그렇게 둘러앉아, 가득히 채워 한 입에 털어 넣은 여러 잔의 화주 따위가 야릇하게 머리를 흥분시켰던 것이다. 나는 허리띠에서 열쇠를 꺼내 부리나케 문을 열었다. 포로 앞에 다시 나타났을 때 이제 나는 그녀가 흔들어놓을 수 있었던 의심 많고 서투른 풋내기가 아니었다. 이번에는 처음보다 백배는 더 위험한 로슈-모프라의 사나운 강도였다. 그녀가 나를 향해 열렬히 달려 나왔다. 나는 그녀를 붙잡으려고 팔을 벌렸다. 그런데 그녀는 무서워하기는커녕 내 품으로 뛰어들며 이렇게 외쳤다. "오오! 아버지는요?"

나는 그녀에게 입을 맞추며 말했다. "네 아버지는 여기 안 계셔. 지금 이 시각부터 너도 네 아버지도 더는 중요하지 않아. 우리가 헌병 열두엇을 **해치웠거든**, 그게 끝이야. 늘 그렇듯이 승리는 우리 편이지. 그러니 아버지 걱정은 더 이상 하지 마. 나도 왕의 관리들 걱정은 이제 안 할게. 평화롭게 지내며 사랑을 구가하자고." 나는 이렇게 말하며 식탁에 남아 있는 포도주병을 입술로 가져갔다. 하지만 그녀는 나를 대담하게 만드는 권위 있는 태도로 그것을 내 손에서 빼앗았다.

"이제 그만 마셔요." 그녀가 말했다. "당신이 하는 말을 생각해봐요. 방금 한 말이 사실인가요? 명예를 걸고, 당신 어머니의 영혼을 걸고 대답해요."

"이 모든 것은 다 사실이오, 당신의 아름다운 장밋빛 입술에 걸고 맹세하지." 나는 다시 한번 그녀에게 입을 맞추려 하며 대답했다. 그러나 그녀는 공포에 떨며 물러섰다.

"아이고, 맙소사!" 그녀가 말했다. "그가 취했네! 베르나르! 베르나르! 당신이 약속한 걸 떠올려봐요. 약속을 지키세요. 이제 내가 당신의 친척, 당신의 누이란 걸 잘 알고 있을 테니."

"당신은 내 애인이거나 내 아내지요." 나는 계속 그녀를 따라다니며 대답했다.

"불쌍한 사람!" 채찍으로 나를 밀어내며 그녀가 계속했다. "내가 당신에게 뭔가가 될 수 있도록 당신이 한 게 뭐죠? 우리 아버지를 도와드리기라도 했나요?"

"그를 돕겠다고 맹세했었지. 그분이 여기 계셨다면 그렇게 했을 거요. 고로 내가 그렇게 한 것과 마찬가지지. 만일 그가 여기 있어서 내가 그를 구하려고 했는데 실패했다면, 그런 배신에 대해 서서히 고통을 주며 벌하기에 충분한 잔인하고 느린 처형이 로슈-모프라에는 없을 거라고 알고 있는 모양이죠?" 나는 누구에게나 들리도록 큰 소리로 맹세했다. "정말이지 그건 전혀 염려하지 않아. 이

틀을 더 살거나 덜 살거나에 연연하지 않는다니까. 하지만 당신의 호의는 중요하지, 아름다운 그대여, 놀림감이 된 고뇌하는 기사가 되고 싶지는 않으니까. 자, 당장 나를 사랑해주시오. 그러지 않으면 정말이지 저 싸움터로 되돌아갈 테니. 내가 죽으면 당신에겐 하는 수 없는 일이겠지요. 당신에겐 이제 기사가 없고, 굴레를 씌워 길들여야 할 모프라들이 아직 일곱 명이나 있게 되겠고. 그럴 만큼 강한 손을 가졌는지 걱정이구려, 나의 작고 예쁜 홍방울새여."

그녀의 주의를 딴 데로 돌려서 손이나 허리를 만지기 위해 별생각 없이 되는대로 지껄인 이 이야기가 강력한 효과를 냈다. 그녀는 방의 다른 쪽으로 달아나서 창문을 열려고 애썼지만, 그 작은 손은 녹슨 철물에 붙어 있는 납 테두리를 흔들 수 있을 따름이었다. 그녀의 시도에 나는 웃음이 나왔다. 그녀는 걱정스레 두 손을 모으고 꼼짝도 하지 않았다. 그러다 얼굴 표정이 돌연 달라졌다. 입장을 정했는지 웃음 띤 얼굴로 손을 내밀며 내 쪽으로 다가왔다. 그렇게 하니 얼마나 아름다운지 눈앞이 부옇게 되어 잠시 동안 그녀가 보이지 않았다.

유치한 짓을 눈감아주기를. 그녀가 어떤 옷을 입었는지 말해야 하니. 그녀는 그 이상한 밤 이후 다시는 그 옷을 입지 않았지만 나는 그 옷이 자세하게 다 기억난다. 아주 오래전 일인데도 말이다. 그렇다! 내가 지금까지 산 세월만큼을 앞으로 더 산다 해도 세세한 것 한 가지도 잊지 않을 것이다. 내 안과 밖에서 벌어진 난리법석의 와중에서, 성채를 공격하는 총질과 하늘을 길게 찢는 번개, 심장에서 머리로, 얼굴에서 가슴으로 피가 뛰게 하는 격렬한 박동 한가운데서 그토록 충격을 받았던 것이다.

오! 그녀는 얼마나 아름다웠던가! 그녀의 유령이 여전히 눈앞을 지나가는 것만 같다. 당시에 입었던 승마복 차림의 그녀를 본 듯하다는 것이다. 그 복장은 아주 풍성하게 주름 잡은 치마와 진주 단추가 달린, 몸을 조이는 회색 비단 조끼, 허리에 두른 붉은 스카프, 그 위에 입은, 장식 줄이 달리고 앞쪽이 짧고 벌어진 사냥용 저고리로 되어 있었다. 그리고 대여섯 가닥의 붉은 깃털이 그림자를 드리우는, 챙이 넓은 회색 펠트 모자가 이마 위에서 젖혀진 채 분가루를 뿌리지 않은 머리 위에 올려져 있었다. 얼굴 둘레에 말아 올린 머리카락은 두 갈래로 길게 땋아 베른 지방의 여인들처럼 뒤로 넘기고 있었다. 에드메의 머리카락은 아주 길어서 거의 땅에 닿을 정도였다. 그녀는 내게 환상적인 보석, 젊음의 꽃이었으며, 내 요구에 따르는 듯한 상냥한 응대는 나를 사랑과 기쁨으로 미치게 만들기에 충분했다. 거친 말을 입에 올리거나 부끄러워 우는 일 없이 몸을 맡기는 아름다운 여인보다 더 사랑스러운 것은 생각할 수 없었다. 나의 첫 번째 행동은 그녀를 내 품에 안는 것이었다. 가장 상스러운 인간들이라도 첫사랑에 빠졌을 때 보여주는 특징인 거부할 수 없는 찬미의 욕구에 사로잡혀 나는 그녀의 앞에 쓰러져 그녀의 무릎을 품에 안았다. 그러나 앞서의 가정에 의하면 나는 전대미문의 탕녀에게 이런 경의를 표하는 셈이었다. 어쨌거나 나는 기절 일보 직전이었다.

그녀는 아름다운 두 손으로 내 머리를 잡고 외쳤다. "오오! 알겠어요, 알고말고요. 당신은, 당신은 저 버림받은 자들 중의 하나가 아니라는 걸, 오! 나를 구해주실 거죠? 주님, 감사합니다. 찬미받으소서, 오, 주님! 그리고 당신, 소중한 이여, 어느 쪽인지 말해줘요. 빨리요, 같이 달아나요. 창문을 뛰어넘어야 할까요? 오! 난 무섭지 않아요, 소중한 분이여, 가요!"

나는 꿈에서 깨어난 것 같았다. 고백건대, 그건 내게 끔찍하게 기분 나쁜 일이었다. "무슨 뜻이지?" 나는 몸을 일으키며 그녀에게 대답했다. "나를 갖고 노는 거요? 당신이 어디 있는지 모른다고? 내가 어린애인 줄 아는 거요?"

"내가 로슈-모프라에 있다는 걸 알아요." 그녀가 다시 창백해지며 대답했다. "지금부터 당신에게 동정심을 불러일으키지 못하면 두 시간 후에는 모욕당하고 살해당하리라는 것도요. 하지만 난 성공할 거예요." 이번에는 그녀가 내 무릎에 쓰러지며 외쳤다. "당신은 저 인간들 중 하나가 아니니까요. 저들 같은 괴물이 되기에는 너무 젊어요. 나를 동정하는 모습도 보여줬잖아요. **소중한 내 사랑**, 달아나게 해줄 거죠? 아닌가요, 아닌가요?"

그녀는 내 마음을 누그러뜨리려고 내 손을 잡고 열렬히 입을 맞추었다. 나는 바보처럼 그녀를 바라보며 그녀의 말에 귀를 기울였다. 그녀를 안심시키기 위해 한 행동은 아니었다. 내 영혼은 혼자 힘으로 관대함이나 동정에 이를 수 없었다. 이 순간 그 무엇보다 격렬한 정열이 그녀가 내 안에서 찾고자 하는 것을 침묵시켰다. 나는 그녀의 말을 전혀 이해하지 못하고 그녀를 삼킬 듯이 바라보았다. 내게 중요한 것은 그녀가 나를 마음에 들어 하는 건지, 아니면 자신을 풀어주게 하려고 나를 이용하고 있는 건지를 알아내는 일뿐이었다.

"당신이 두려워한다는 걸 잘 알고 있소." 내가 그녀에게 말했다. "나를 무서워하는 건 잘못된 일이오. 결단코 당신을 해치는 일은 없을 테니. 당신을 애무하는 것 이외의 생각을 하기에는 당신은 너무 예쁘니까."

"그래요. 하지만 당신 삼촌들이 나를 죽일걸요." 그녀가 악을 썼다. "뻔히 알고 있잖아요. 당신은 내가 죽도록 내버려둘 수 있을까요? 내가 당신의 마음에 들었으니, 나를 구해주세요. 그다음에 당신을 사랑하겠어요."

"아, 그래요! 나중에, 나중에!" 나는 바보 같은 경계의 웃음을 지으며 대답했다. "내가 방금 된통 혼내준 왕의 관리들이 나를 목매달아 죽인 뒤에 말이죠. 자, 당신이 나를 사랑한다는 것을 이 자리에서 내게 증명해봐요. 나도 당신을 나중에, 나중에 구해드릴 테니." 나는 방 안을 돌며 그녀를 쫓았고, 그녀는 달아났다. 하지만 내게 화를 내지는 않고 상냥한 말로 저항했다. 그 불행한 여인은 유일한 희망을 내게 걸고 있었으므로, 나를 화나게 하는 것이 두려웠던 것이다. 아! 그녀와 같은 여인이란 무엇인지, 내 처지가 무엇인지를 내가 알 수만 있었더라면! 그러나 나는 그게 불가능했고 정해진 한 가지 생각밖에 없었다. 이런 기회에 늑대가 품을 수 있는 그런 생각

말이다.

　그녀가 온갖 애원을 해도 내가 계속 똑같이 "나를 사랑하오, 아니면 놀리는 거요?" 하고 대답하자, 마침내 그녀는 자신이 어떤 짐승을 상대하고 있는지를 깨달았다. 그래서 마음을 정하고 내 쪽으로 돌아와서, 내 목에 팔을 감고 내 가슴에 얼굴을 묻고서 내가 자기 머리카락에 입을 맞추게 내버려두었다. 그리고 이렇게 말하며 나를 가만히 밀어냈다. "오, 맙소사! 내가 널 사랑한다는 걸, 내가 널 처음 본 순간부터 마음에 들어 했다는 걸 모르겠어? 하지만 내가 네 삼촌들을 미워한다는 걸, 그리고 오직 너만의 사람이고 싶다는 걸 이해하지 못하지?"

　"아니요." 내가 고집스럽게 대답했다. "당신이 이렇게 말했으니까요. '사랑한다고만 하면 내가 원하는 건 뭐든지 하도록 구슬릴 수 있는 바보가 하나 있군. 그는 그걸 믿을 거야, 데려가서 목을 매달아야지.' 이봐요, 당신이 나를 사랑한다면 쓸모 있는 말이라고는 이것뿐이오."

　그녀가 머리를 돌리지 않을 때 내 입술이 그녀의 입술과 마주치게 하려고 애쓰는 동안 그녀는 괴로워하며 나를 바라보았다. 내가 그녀의 두 손을 잡고 있었기 때문에 이제 그녀는 실패의 순간을 잠시 미룰 수 있을 뿐이었다. 갑자기 그녀의 창백한 얼굴에 화색이 돌더니 미소를 짓기 시작하며 천사처럼 애교 있는 표현으로 이렇게 물었다. "그대여, 날 사랑해요?"

　이 순간부터 승리는 그녀의 것이었다. 나는 이제 내가 욕망하는 것을 원할 힘이 없었다. 나의 살쾡이 머리는 전복되어 더도 덜도 아닌 한 인간의 머리가 되었다. 내가 난생처음 이렇게 외칠 때 인간의 목소리의 어조가 있었다고 생각한다. "그래, 널 사랑해! 그래, 널 사랑해!"

"오오!" 그녀가 정신없이 그러나 어루만지는 듯한 목소리로 말했다. "서로 사랑하자. 그리고 도망치자."

"그래, 달아나자." 내가 대답했다. "나도 이 집과 삼촌들이 지긋지긋하니까. 오래전부터 도망치고 싶었어. 그러나 난 목이 매달릴 거야, 잘 알겠지만."

"넌 목이 매달리지 않을 거야." 그녀가 웃으며 말을 이었다. "내 약혼자가 도지사 보좌관이니까."

"약혼자라니!" 내가 소리쳤다. 처음보다 더 격렬한 질투가 새롭게 엄습해왔다. "결혼할 거야?"

"왜 안 되지?" 그녀가 주의 깊게 나를 바라보며 대답했다.

나는 창백해지며 이를 악물었다. "그러면…" 그녀를 내 팔로 안아서 데려가려고 하며 내가 말했다.

"그러면, 질투를 하는군." 그녀가 내 뺨을 살짝 때리면서 계속했다. "그것참 야릇한 질투네. 10시에 애인을 소유하려 들고, 자정에 여덟 명의 취한 사내들에게 그녀를 넘겨주고, 내일 길바닥 진흙보다 더 더러워진 그녀를 돌려받을 질투라니."

"아! 네가 옳아." 내가 악을 썼다. "꺼져, 꺼져버려! 내 마지막 피 한 방울까지도 모두 바쳐서 널 지켜줄 텐데. 하지만 나는 수적으로 밀려서 작살이 나겠지. 네가 그들 손아귀에 남아 있다는 생각을 하며 죽어갈 거야. 끔찍해! 네가 그런 생각을 들게 하는군. 이제 난 비참해. 자, 가버려!"

"오! 그래! 오! 그래! 나의 천사여." 그녀가 내 두 뺨에 입맞춤을 퍼부으며 외쳤다.

어렸을 때 이후 여인으로부터 처음 받아보았을 이 애무가 어떻게 그리고 왜인지는 모르겠으나 어머니의 마지막 입맞춤을 상기시켰다. 그것은 기쁨이 아니라 끝 모를 슬픔을 자아냈다. 나는 눈에 눈물이 가득 차오르는 것을 느꼈다. 내게 애원하는 여인이 그것을 알아차리고 이렇게 되뇌며 눈물에 입을 맞추었다. "날 구해줘! 날 구해줘!"

"네 결혼은?" 내가 말했다. "오! 제발 내가 죽기 전에는 결혼하지 않겠노라고 맹세해줘. 그건 얼마 걸리지 않을 거야. 우리 삼촌들은 자기들 말마따나 착한 정의와 짧은 정의를 행하시거든."

"나를 따라오지 않을 거야?" 그녀가 말을 이었다.

"널 따라가다니? 안 돼! 저기서는 강도 짓을 한 죄로 목이 매달리고, 여기서는 널 탈주시킨 죄로 목이 매달리니, 이러나저러나 피장파장이지. 적어도 밀고자로 간주되어 공공장소에서 매달리는 수치는 당하지 않겠군."

"내가 여기서 죽는 한이 있어도 널 여기에 버려두진 않겠어." 그녀가 소리쳤다. "나와 함께 가, 아무런 위험도 없으니. 내 말을 믿어줘. 주님 앞에서도 널 책임질게. 내 말이 거짓이면 나를 죽여. 하지만 빨리 떠나자. 아이고머니나! 그들의 노랫소리가 들려! 그들이 와! 아! 나를 지켜주고 싶지 않다면 당장 나를 죽여!"

그녀가 내 팔로 뛰어들었다. 사랑과 질투가 점점 더 나를 사로잡고 있었다. 사실 그녀를 죽이려는 생각도 있었다. 방 옆에서 소음과 목소리가 들려오는 내내 사냥칼에 손을 얹고 있었다. 그것은 승리의 외침이었다. 나는 왜 적에게 승리를 내려주지 않았느냐고 하늘을 저주했다. 나는 에드메를 가슴에 안았다. 우리는 서로의 팔에 안겨 새로운 전투가 재개되었음을 알리는 총격전이 있을 때까지 꼼짝도 하지 않고 있었다. 그리고 나는 그녀를 내 품에 정열적으로 껴안았다. "이런 얘기가 생각나는군." 내가 그녀에게 말했다. "솔개에게 쫓기는 멧비둘기 한 마리가 어느 날 내 윗저고리로 뛰어들었다가 내 가슴팍에 몸을 숨기게 되었다는."

"그리고 넌 그걸 솔개에게 내주지 않았고, 그렇지?" 에드메가 대꾸했다.

"절대로, 안 될 일이지! 난 널 절대 내어주지 않을 거야. 너, 숲에서 가장 예쁜 새를, 널 위협하는 악질적인 밤새들에게는 말이야."

"그런데 우린 어떻게 달아나지?" 그녀가 일제사격 소리를 듣고 공포에 사로잡혀 말했다.

"쉽게." 내가 말했다. "나를 따라와."

나는 횃불을 집어 들었다. 바닥의 뚜껑 문을 들어 올린 다음, 그녀를 데리고 지하로 내려갔다. 거기서 바위를 파서 만든 지하 통로에 이르렀다. 예전에 수비대의 규모가 상당했을 때 공격당하는 위험에 빠지면 중요한 방어 수단으로 사용되었던 것으로, 여기를 지나 내리닫이 살문의 반대편 끝을 통해 들판으로 나가면 두 진영 사이에 끼어 있는 포위군의 뒤에 닿게 되었다. 그러나 로슈-모프라의 수비대가 두 무리로 나뉠 수 없게 된 지 오래였고 밤중에 방벽 밖으로 나가는 위험을 무릅쓰는 것은 미친 짓이었다. 우리는 무사히 지하 통로 출구에 도착했지만, 마지막 순간에 나는 걷잡을 수 없는 분노에 사로잡혔다. 나는 횃불을 땅바닥에 내동댕이치고, 문에 기대어 떨고 있는 에드메에게 말했다. "내 것이 되지 않고는 이리로 나갈 수 없어." 우리는 어둠 속에 있었고 전투의 소음은 우리에게까지 들려오지 않았다. 이 장소로 우리를 덮치러 오기 전에 골백번도 더 달아날 시간이 얼마든지 있었다. 모든 것이 나를 대담하게 만들었고 에드메의 운명은 이제 오직 내 변덕에 달려 있었다. 더는 미인계로 나를 열정에 휩싸이도록 유혹할 수 없게 되었음을 깨닫자 그녀는 애원하기를 그만두고 어둠 속에서 뒤로 몇 발짝 물러났다.

"문 열어." 그녀가 말했다. "그리고 먼저 나가. 그러지 않으면 나 스스로 죽고 말 거야. 네가 뚜껑 문 가장자리에 두고 잊어버린 사냥칼을 내가 집어 왔거든. 네 삼촌들 집으로 되돌아가려면 내 피를 밟고 지나가야 할 거야." 그녀의 힘 있는 목소리에 오싹해졌다.

"칼을 돌려줘요." 내가 말했다. "안 그러면 무슨 위험이 있어도 힘으로 뺏고 말 테니."

"내가 죽는 걸 무서워할 것 같아?" 그녀가 태연하게 말했다. "아까 저기서 이 칼이 내게 있었다면 네 앞에서 모욕을 당하진 않았을 거야."

"뭐라고, 세상에나." 내가 외쳤다. "나를 속였군요, 나를 사랑하지 않아! 가버려요. 난 당신을 경멸해요. 당신을 따라가지도 않을 거고." 그와 동시에 나는 문을 열었다.

"당신 없인 가고 싶지 않아요." 그녀가 말했다. "그리고 당신은, 당신은 내가 명예를 잃지 않고는 함께 떠나고 싶어 하지 않는군요. 우리 중 누가 더 관대한가요?"

"당신은 미쳤군요." 내가 말했다. "내게 거짓말을 했어요. 그리고 나를 바보로 만들려면 어떻게 해야 할지를 모르네. 하지만 당신이 내 애인이 되기 전에는, 도지사 보좌관이든 다른 누구하고든 결혼하지 않겠다고 맹세하지 않으면 여기서 나갈 수 없을 거요."

"당신 애인이라뇨?" 그녀가 말했다. "그렇게 생각해요? 무례함을 순화시켜서 적어도 당신의 **아내**라고 말할 순 없나요?"

"그건 우리 삼촌들이 내 처지라면 할 말이지요. 그들은 당신 지참금에만 연연할 테니까. 나는 당신의 아름다움 말고는 아무것도 원하지 않아요. 우선 내 것이 되겠다고 맹세해요. 그다음엔 자유요, 내가 맹세하지. 남자는 일구이언을 안 하는 법이지. 내가 너무 질투심이 강해서 그걸 견딜 수 없다면, 난 내 머리를 쏴서 날려버릴 거요."

"당신에게 몸을 허락하기 전엔 아무에게도 허락하지 않겠다고 맹세해요." 에드메가 말했다.

"그게 아니오. 누구에게든 몸을 허락하기 전에 내 것이 되겠다고 맹세하란 말이오."

"그 말이 그 말이에요, 맹세해요." 그녀가 말했다.

"복음서에? 그리스도의 이름으로? 당신 영혼의 구원을 걸고? 당신 어머니의 무덤에?"

"복음서에, 그리스도의 이름으로, 내 영혼의 구원을 걸고, 우리 어머니의 무덤에!"

"좋아요."

"잠깐만요." 그녀가 말을 이었다. "내 약속과 그 실행을 우리 사이의 비밀로 하겠다고 약속해요. 아버지는 물론이고 그분께 그 얘길 전할 수 있는 그 누구도 그걸 알아서는 안 돼요."

"이 세상 누구도 그 얘길 들을 순 없을 거요. 당신이 약속을 지키기만 하면 되는데 왜 내가 남들이 그걸 알기를 바라겠소?"

그녀는 나에게 맹세의 말을 되풀이하게 했다. 그리고 우리는 상호 신뢰의 표시로 손에 손을 잡고 밖으로 내달렸다.

그때 우리의 도피가 위험에 처했다. 에드메는 포위당한 자들만큼이나 포위군도 두려워하고 있었다. 다행히 우리는 그들 중 누구와도 마주치지 않았다. 하지만 빨리 가는 게 쉽지 않았다. 날이 어두워서 온갖 나무에 부딪혔고, 땅이 너무 미끄러워서 몸을 지탱할 수 없었다. 예상치 못한 소리에 소스라쳤지만, 발에 끌고 있는 사슬의 소리로 할아버지의 말, 엄청나게 늙었지만 여전히 기운차고 사나운 짐승을 곧 알아보았다. 녀석은 10년 전 나를 로슈-모프라로 데려올 때와 똑같았다. 고삐라고는 목에 줄을 하나 두르고 있을 뿐이었다. 나는 그 줄로 풀매듭을 지어 말의 입속으로 지나가게 하고 윗옷을 벗어 잔등에 던진 다음 나의 도망자를 거기에 태웠다. 그리고 족쇄를 떼어낸 뒤 그 짐승에 올라타서 격렬하게 박차를 가하여 종횡무진 질주하게 했다. 우리를 위해 다행스럽게도, 녀석은 나보다 길을 더 잘 알고 있어서 길을 볼 필요도 없이 나무에 부딪히지 않고도 모퉁이를 따라갔다. 하지만 몇 번이나 미끄러졌다가 다시 일어서느라 우리를 흔드는 바람에 우리가 삶과 죽음 사이에 매달려 있지 않았다면 (우리가 갖추고 있던 장비로는) 골백번도 더 말에서 떨어졌을 것이다. 그와 유사한 상황에서는 절박한 시도가 최상이며, 주님은 쫓기는 인간을 보호해주는 법이다. 우리는 이제 무서울 게 아무것도 없는 것 같았다. 말이 갑자기 나무둥치에 부딪혀 지면에 나와 있는 나무뿌리에 발이 걸려 쓰러지기 전까지는 말이다. 우리가 일어서기도 전에 그놈은 어둠 속으로 달아나버렸고 빠른 말발굽 소리가 점점 멀어지는 것이 들려왔다. 나는 에드메를 팔에 받아 안았다. 그녀는 다친 데가 없었지만 나는 심각하게 접질려서 한 발짝도 떼기 어려웠다. 에드메는 내 다리가 부러졌다고 생각했다. 어찌나 아팠던지 나도 조금 그런 게 아닐까 생각했다. 그러나 곧 나는 고통도 걱정도 더는 생각하지 않았다. 에드메가 내게 보여준 상냥한 배려에 그 모든 것을 잊었다. 이제야말로 도망칠 수 있게 되었으니 나 없이 계속 길을 가라고 재촉했지만 소용없었다. 우리는 상당히 멀리 왔다. 머지않아 동이 틀 것이다. 그녀는 인가를 찾을 것이고, 사방에서 그녀를 모프라들로부터 보호할 것이다.

"널 떠나지 않겠어." 그녀가 고집스럽게 대답했다. "내게 그리 헌신적이었으니 이제 내가 네게 헌신해야지. 우리는 둘이서 같이 도망치거나 함께 죽거나 할 테니까."

"잘못 본 게 아니오." 내가 소리쳤다. "나뭇가지 사이로 빛이 보여요. 거기에 인가가 있을 거요. 에드메, 그리로 가서 문을 두드려요. 나는 걱정 말고 내버려두고. 당신 집으로 데려다줄 안내인을 찾을 수 있을 테니."

"무슨 일이 있어도 당신을 떠나지 않겠어요. 하지만 당신을 도울 수 있을지 알아봐야겠어요."

"안 돼. 혼자 가서 저 문을 두드리도록 놔두진 않을 거요. 한밤중에 깊은 숲속에 있는 집에서 새어 나오는 빛이란 매복을 숨기고 있을 수도 있으니."

나는 다리를 질질 끌며 문 앞까지 다가갔다. 금속 문은 몹시 차가웠고, 벽은 담쟁이덩굴로 뒤덮여 있었다.

"거기 누구요?" 우리가 문을 두드리기도 전에 안에서 소리쳤다.

"우린 이제 살았어요." 에드메가 외쳤다. "저건 파시앙스의 목소리예요."

"우린 망했소." 내가 말했다. "그 인간과 나는 철천지원수거든."

"아무것도 두려워하지 말아요." 그녀가 말했다. "나를 따라와요. 주님이 우리를 이리로 인도하시니."

"그렇지요, 주님이 그대를 이리로 인도하시는군요, 하늘의 딸, 아침의 별이여." 파시앙스가 문을 열면서 말했다. "그리고 그대를 따라오는 사람은 누구나 가조 탑에서 대환영이라오."

우리는 한가운데에 쇠 등이 달려 있는 낮은 천장 아래로 들어갔다. 음산한 조명과 화덕에서 타고 있는 보잘것없는 덤불의 불빛에 우리는 가조 탑이 범상치 않은 무리들을 손님으로 맞는 영광을 누리고 있음을 알고 깜짝 놀랐다. 한쪽에는 성직자 복장을 한 남자의 창백하고 근엄한 얼굴이 불꽃 그림자를 받고 있었고, 다른 쪽에는 챙이 넓은 큰 모자가 초라한 턱수염으로 끝나는 올리브색 삼각뿔에 그늘을 만들고 있었는데, 어찌나 뾰족한지, 이 인물의 무릎에 가로놓인 장검만 아니라면 이 세상에서 그것과 비교할 만한 것이 아무것도 없을 것 같은 코의 실루엣이 벽에 그려지고 있었다. 뾰족한 모양을 보고 커다란 쥐로 착각할 것 같은 작은 개의 얼굴과 함께였다. 결과적으로 돈 마르카스의 코, 그의 개의 주둥이 그리고 그의 장검의 날, 이 지독히도 뾰족한 세 가지 것들 사이에는 신비로운 조화가 군림하고 있었다. 그는 천천히 일어나서 손을 모자로 가져갔다. 장세니스트 사제도 그렇게 했다. 개는 주인의 다리 사이에 머리를 집어넣었다. 주인처럼 조용했는데 짖지 않으면서도 이를 보이며 귀를 눕혔다. "쉿! 블레로." 마르카스가 말했다.

7

사제는 에드메를 알아보자마자 놀라서 탄성을 지르며 뒤로 몇 걸음 물러났다. 하지만 그것은 파시앙스가 횃불 대용으로 쓰고 있는 성냥불로 내 모습을 위아래로 훑어본 뒤 기절초풍한 것에 비하면 아무것도 아니었다.

"비둘기가 곰 새끼와 함께라니!" 파시앙스가 소리쳤다. "도대체 무슨 일이람?"

"친구여." 놀랍게도 에드메가 하얀 손을 마법사의 거친 손 안에 넣으며 대답했다. "나처럼 그도 잘 맞아주세요. 로슈-모프라에서 포로가 된 나를 그가 풀어주었어요."

"저 종자들의 죄가 이번 행동으로 용서받기를." 사제가 말했다.

파시앙스가 말없이 내 팔을 잡더니 불 옆으로 데려갔다. 그 거처에 하나밖에 없는 의자에 나를 앉히고, 에드메가 우리의 모험에 대해 적당한 선까지만 이야기를 하고 아버지와 사냥에 대해 알아보는 동안 사제가 내 다리를 살펴보았다. 파시앙스는 그에 대해 어떤 소식도 알려줄 수가 없었다. 숲속에서 울리는 뿔피리 소리가 들렸고, 늑대를 사냥하려는 일제사격 소리가 낮에 여러 번 그의 휴식을 방해하긴 했었다. 하지만 폭풍우가 시작되자 바람 소리가 다른 모든 소음을 덮어버려서 그는 바렌에서 벌어지고 있는 일에 대해서는 아는 게 없었다. 계단이 부서지고 없었기 때문에, 마르카스가 재빨리 탑의 위층으로 통하는 사다리를 타고 올라갔다. 그의 개가 놀랄 만큼 능숙하게 그를 따랐다. 그는 금세 다시 내려와서 로슈-모프라 쪽의 지평선에서 붉은 빛이 올라오고 있다고 알려주었다. 그 집과 주인들에 대한 증오심에도 불구하고, 내 가문의 이름으로 대대로 내려오는 작은 성이 십중팔구 탈취당해 불에 타고 있다는 얘기를 들으면서 나는 망연자실하지 않을 수 없었다. 그것은 수치이며 패배였다. 이 화재는 내가 촌놈 그리고 평민이라고 불렀던 자들이 나의 문장에 찍어놓은 봉신의 인장과 같았다. 나는 펄쩍 뛰어 일어났다. 극심한 발의 통증이 나를 제지하지 않았다면 밖으로 달려 나갔을 것이라 생각된다.

"도대체 무슨 일이죠?" 그 순간 내 곁에 있던 에드메가 물었다.

"그리로 돌아가야 하오." 나는 부리나케 대답했다. "내 의무는 삼촌들이 천한 것들과 교섭하도록 내버려두느니 죽음을 당하는 거요."

"천한 것들이라고!" 파시앙스가 처음으로 나를 향해 소리쳤다. "누가 여기서 천한 것들 얘기를 하지? 내가 천한 것이다, 바로 내가.

그것이 나의 직함이고, 나는 그것을 존중하게 만들 수 있지."

"맹세코! 내게는 아닐걸." 나를 다시 자리에 앉힌 사제를 밀치며 내가 말했다.

"더군다나 이번이 처음도 아닐 텐데요." 파시앙스가 경멸하는 미소를 지으며 대답했다.

"우리가 서로 청산할 오래된 셈이 있다는 걸 상기시키는군." 내가 그에게 말했다. 그리고 접질린 곳의 극심한 통증을 이겨내며 다시 일어났다. 그런 다음 사제에 뒤이어 중재자 역할을 맡으려는 마르카스를 손바닥으로 밀어서 재 한가운데에 거꾸로 넘어뜨리고 말았다. 그를 해칠 생각은 조금도 없었지만 내가 좀 갑작스럽게 움직였기 때문이다. 그 가엾은 노인이 어찌나 가냘프던지, 내 손에 들어온 그는 그의 손에 들어온 족제비 무게만큼밖에 나가지 않았다. 파시앙스는 스토아 철학자 같은 태도로 팔짱을 끼고 내 앞에 서 있었다. 하지만 그의 어두운 시선에서는 증오의 불길이 뿜어져 나오고 있었다. 손님을 환대해야 한다는 자신의 원칙 때문에 참고는 있었지만 나를 박살 내기 위해 내가 먼저 그를 한 대 치기를 기다리고 있는 게 확실했다. 화가 난 사람에게 가까이 가는 것이 얼마나 위험한지를 대수롭게 여기지 않는 에드메가 내 팔을 잡으며 단호한 어조로 이렇게 말하지 않았더라면 나는 그를 기다리게 하지 않았을 것이다. "다시 앉아요, 진정해요, 명령이에요." 그녀의 엄청난 대담함과 자신감이 놀랍기도 하고 마음에 들기도 했다. 그녀가 내게 행사하고 있는 권리는 내가 그녀에게 주장하는 권리에 대해 제재를 가하는 것과 같았다.

"맞아요." 내가 자리에 앉으며 대답했다. 그리고 파시앙스를 바라보며 덧붙였다. "나중에 보자고."

"아멘." 그가 어깨를 들썩하며 대답했다.

매우 침착하게 몸을 일으킨 마르카스는 옷에 묻은 재를 털면서, 나를 공격하는 대신 파시앙스에게 나름대로 설교를 하려고 했다. 사실 그렇게 하는 건 쉽지 않았다. 하지만 무엇보다 거슬리는 것은 싸움의 와중에 던지는 폭풍우 속 메아리 같은 음색의 단음절 비난이었다.

"당신 나이에, 참을성이라고는 눈곱만큼도 없다니!" 그가 주인장에게 말했다. "모두 다, 그래요, 다 당신 잘못이에요!"

"정말 고약한 분이네요!" 에드메가 내 어깨에 손을 올리며 내게 말했다. "다시 시작하면 안 돼요, 그러면 당신을 버릴 거예요."

나는 좀 전부터 우리의 역할이 뒤바뀌었음을 깨닫지 못한 채 기꺼이 그녀에게 야단을 맞고 있었다. 이제 그녀가 명령하고 위협하고 있었다. 가조 탑의 문지방을 넘는 순간 그녀는 나에 대한 현실적 우위를 남김없이 되찾았던 것이다. 이 야생의 장소, 이 이상한 증인들, 이 사나운 주인장이 내가 방금 발을 들여놓았고 곧 그 구속을 겪게 될 사회를 이미 대변하고 있었다.

"자." 그녀가 파시앙스에게 돌아서며 말했다. "우린 여기서 서로를 잘 이해하지 못하고 있네요. 그리고 저는 가엾으신 아버지가 저를 찾고 계실 거라 생각하니 걱정이 되어 견딜 수가 없어요. 지금쯤

어쩔 줄 모르고 불안해하고 계실 거예요. 착한 파시앙스! 당신에게 맡길 수도 없는 이 한심한 아이를 데리고 아버지와 재회할 방도를 찾아주세요. 당신은 그를 참아주고 긍휼히 여길 만큼 저를 사랑하지는 않으니까요."

"무슨 말씀이죠?" 파시앙스가 꿈에서 깬 것처럼 손을 이마에 대며 소리쳤다. "그래요. 그대의 말이 맞아요. 저는 늙은 불한당이고 늙은 미치광이니까요. 주님의 딸이여, 말해줘요, 이 청년… 이 신사분에게 제가 지난 일에 대해 용서를 청한다고. 그리고 지금은 이 보잘것없는 방을 그분의 처분에 맡기겠다고요. 잘 말한 거죠?"

"그래요, 파시앙스." 사제가 말했다. "게다가 모든 일이 다 잘 해결될 겁니다. 내 말은 순하고 건강하니 모프라 아가씨가 타시고, 당신과 마르카스는 고삐를 잡고 인도하고, 나는 여기 우리의 부상병 곁에 남겠어요. 책임지고 그를 잘 간호하고 어떤 식으로든 성미를 거슬리지 않을게요. 그렇지 않나요, 베르나르 님, 저에게 악감정을 갖고 있지 않죠? 제가 당신의 적이 아니라고 확신하시죠?"

"난 아무것도 몰라요." 내가 대답했다. "좋을 대로 해요. **사촌**을 잘 돌봐주고 인도해줘요. 난 아무것도 필요 없고, 아무도 개의치 않으니까. 짚 한 단과 포도주 한 잔이 내가 원하는 전부요, 그게 가능하다면 말이죠."

"둘 다 가능해요." 마르카스가 내게 자기 호리병을 내밀며 말했다. "우선 이것이 원기를 북돋아줄 겁니다. 난 말을 준비하러 마구간에 가겠습니다."

"아니, 내가 가겠소." 파시앙스가 말했다. "이 젊은이를 돌봐주시오." 그리고 그는 사제가 타고 온 말을 매어둔, 마구간으로 쓰이는 다른 방으로 건너갔다. 그리고 우리가 있는 방으로 말이 지나가게 했다. 파시앙스는 안장 위에 사제의 외투를 깔고 그 위에 아버지처럼 정성스럽게 에드메를 앉혔다.

"잠깐만요." 떠나기에 앞서 에드메가 말했다. "신부님, 당신 영혼의 구원을 걸고 제게 약속하시죠, 제가 아버지와 함께 그를 데리러 돌아오기 전에는 그를 버리지 않겠다고요."

"맹세하지요." 사제가 대답했다.

"그리고 당신, 베르나르." 에드메가 말했다. "여기서 나를 기다리겠다고 명예를 걸고 맹세해요."

"난 그런 건 전혀 모른다니까요." 내가 대답했다. "그건 당신이 돌아올 때와 내 인내심에 달려 있겠지. 하지만 그대는 잘 알고 있지요, 사촌, 우리가 다시 만나리라는 것을. 아무리 먼 곳이라도 말이오. 그리고 난 빠를수록 더 좋아요."

파시앙스가 마구를 점검하느라 그녀 주변에서 흔들어대는 성냥 불빛에 그녀의 얼굴이 상기되었다가 창백해지는 것이 보였다. 그녀가 서글프게 숙였던 머리를 들어 이상한 태도로 나를 뚫어지게 바라보았다.

"갈까요?" 마르카스가 문을 열며 말했다.

"걸읍시다." 파시앙스가 고삐를 잡으며 말했다. "에드메 아가씨, 문 아래를 지날 때는 몸을 숙여요…"

"무슨 일이냐, 블레로?" 마르카스가 문지방에서 멈추더니 설치동물들의 피로 영광스럽게 녹이 슬어 있는 칼끝을 앞으로 내밀며 말했다.

블레로는 꼼짝도 하지 않았다. 주인의 말대로 **타고난 벙어리**가 아니었다면 녀석은 짖어댔을 것이다. 하지만 그는 가장 큰 분노와 불안의 표시인 마른기침 소리 같은 것을 냄으로써 나름대로 경고를 하고 있었다…

"저 아래쪽에 뭔가가 있어요." 마르카스가 말했다. 그는 말 탄 여인에게 나오지 말라는 신호를 하며 매우 용감하게 어둠 속으로 달려 나갔다. 총포의 폭발음이 우리를 전율케 했다. 에드메는 가볍게 말에서 뛰어내렸다. 그리고 본능적으로 내 의자 뒤로 와서 자리를 잡는 것을 나는 놓치지 않았다. 파시앙스는 탑 밖으로 뛰쳐나갔고, 사제는 겁에 질린 말에게 달려갔다. 그것은 뒷발로 일어섰다가 우리 쪽으로 뒷걸음질을 하고 있었다. 블레로가 짖기에 성공했다. 나는 아픔도 잊고 단번에 뛰어서 맨 앞으로 갔다.

무수한 부상을 입고 피를 줄줄 흘리는 한 남자가 문 앞에 가로로 누워 있었다. 그것은 로슈-모프라 포위 작전에서 치명적인 부상을 입은 로랑 삼촌이었다. 그는 우리 눈앞에서 숨을 거두었다. 그의 형제 레오나르도 같이 있었는데, 그가 방금 전 무턱대고 마지막 총탄을 발사했지만 다행스럽게도 아무도 맞지 않았다. 파시앙스가 한 첫 번째 행동은 방어 자세를 취하는 것이었다. 하지만 도망자들은 마르카스를 알아보고, 적대적인 모습을 보이기는커녕 은신처와 도움을 요청했다. 비참한 처지가 된 그들이 부탁하는 도움을 거절해야 한다고 생각하는 사람은 아무도 없었다. 기마경찰대가 그들을 추격하고 있었다. 로슈-모프라는 화마의 제물이 되었고, 루이와 피에르는 전사했으며, 앙투안, 장, 고세는 다른 방향으로 도주 중이었다. 이미 포로가 되었는지도 모를 일이었다. 그 무엇도 로랑의 끔찍한 마지막 순간들을 전할 수 없을 것이다. 그의 단말마는 짧았지만 처절했다. 그는 사제가 하얗게 질리도록 신을 모독했다. 문이 다시 닫히고 빈사 상태의 사람을 바닥에 누이자마자 끔찍한 헐떡거림이 그를 사로잡았다. 독주 이외의 치료제를 알지 못하는 레오나르는 (나의 도주를 욕하는 비난을 맹세와 함께 퍼붓는 것을 잊지 않고) 내 손에서 마르카스의 호리병을 낚아채서는 사냥칼로 형제의 앙다문 입을 억지로 벌리고 우리의 만류에도 불구하고 호리병의 절반을 들이부었다. 불행한 자는 벌떡 일어나 필사적으로 경련을 일으키며 팔을 휘두르더니 자기 키 높이까지 몸을 일으켰다가 유혈이 낭자한 타일에 떨어져 즉사하고 말았다. 우리는 추도사를 할 틈도 없었다. 화기를 두 배로 늘린 새로운 공격으로 문이 울렸기 때문이다.

"문을 열어라, 왕명이다!" 여러 명이 악을 썼다. "기마경찰대다, 문을 열어라."

"방어하라." 레오나르가 칼을 치켜들고 문으로 달려갔다. "평민들아, 귀족다운 모습을 보여라! 너 베르나르, 네 잘못을 바로잡아라. 수치를 씻어라. 단 한 명의 모프라라도 살아서 헌병들의 수중에 떨어지는 일이 없게 하라!"

　내가 본능적으로 용기와 자부심이 시키는 대로 그를 따라 하려고 할 때, 파시앙스가 그에게 달려들어 장사 같은 힘으로 그를 바닥에 쓰러뜨리고 무릎으로 가슴을 누르며 마르카스에게 문을 열라고 소리쳤다. 내가 삼촌 편을 들어 냉혹한 주인장을 공격할 결심을 하기도 전에 이 모든 일이 일어났다. 여섯 명의 헌병들이 탑 안으로 들이닥쳐 총 끝으로 우리 모두를 꼼짝 못 하게 했다.

　"자, 이제 그만, 나리들!" 파시앙스가 말했다. "아무도 해치지 마시고 이 포로를 잡아가십시오. 제가 저자하고 둘이서만 있었다면 저자를 막았거나 도망치게 했겠죠. 하지만 여기에 이렇게 망나니 한 놈 대신 희생할 리 없는 정직한 분들이 계시니, 이분들을 싸움에 말려들게 하고 싶진 않군요. 여기 그 모프라가 있습니다. 여러분의 임무는 저자를 멀쩡하게 끌고 가서 무사히 법의 심판대에 넘기는 것임을 명심하세요. 다른 한 놈은 죽었습니다."

　"나리, 항복하시오." 기마경찰대의 하사관이 레오나르를 채 가며 말했다.

　"모프라라면 절대 법원 의자 위에 제 이름이 나뒹굴게 하지 않을 거요." 침울한 태도로 레오나르가 대답했다. "나는 항복하오. 하지만 당신들은 내 껍데기만을 가지게 될 거요." 그리고 그는 저항 없이 의자에 앉혀졌다. 그를 묶을 준비를 하는 동안 "단 한 번만, 마지막으로 자비를, 신부님" 하고 그가 사제에게 말했다. "호리병에 남은 술을 건네주시오, 갈증이 나고 기진맥진해서 죽어가고 있으니."

사람 좋은 사제가 그에게 호리병을 넘겨주자 그는 단숨에 마셔버렸다. 일그러진 그의 얼굴은 놀랍도록 평온했다. 그는 기력이 쇠진하고 망연자실한 상태라서 아무런 저항도 할 수 없을 것 같았다. 그러나 발을 묶으려는 순간 그는 헌병 한 사람의 허리춤에서 권총을 낚아채서 자신의 머리를 날려버렸다.

나는 이 끔찍한 광경 앞에서 아연실색했다. 조금 전부터 기마경찰대와 주인장들 사이의 심각한 논쟁의 대상이 나라는 것도 알아차리지 못하고 어안이 벙벙한 채로 무기력 상태에 빠져 무엇이 나를 에워싸고 있는지 전혀 알지 못하고 굳어 있었다. 헌병 하나가 내가 강도 모프라 중 한 명임이 분명하다고 주장했다. 파시앙스는, 나는 위베르 드 모프라 님 댁 따님의 호위를 맡고 있는 사냥터지기일 뿐이라며 부인했다. 이런 논쟁에 지쳐서 내 이름을 말하려고 할 때, 유령 하나가 내 옆에서 일어나는 게 보였다. 그것은 겁에 질린 가엾은 사제의 말과 벽 사이에 찰싹 붙어 있던 에드메였다. 말은 다리를 뻗고 눈을 이글거리며 제 몸뚱이로 에드메에게 방어벽 같은 것을 만들어주고 있었다. 그녀는 시체처럼 창백했다. 두려워서 어찌나 입술을 꼭 다물고 있었던지, 처음에는 몸짓 말고는 자기 생각을 표현할 수 없어서 말을 하려고 엄청나게 애써야 했다. 그녀의 젊음과 처지에 마음이 움직인 하사관은 그녀가 자초지종을 설명할 수 있을 때까지 공손하게 기다렸다. 마침내 그녀는 나를 포로로 취급하지 않을 것이며 나를 데리고 자기 아버지의 성으로 가도 좋다는 약속을 얻어냈다. 그녀는 성에 가면 나에 대해 충분히 설명하고 보증하겠노라고 명예를 걸고 서약했다. 사제와 다른 두 증인도 이 약속을 보증했기 때문에, 우리는 모두 함께 출발했다. 에드메는 하사관의 말에, 하사관은 자기네 사람들 중 하나의 말에, 나는 사제의 말에 타고, 파시앙스와 사제는 우리 사이에서 걷고, 기마경찰대는 우리 옆쪽에서 가고, 공포와 경악의 소용돌이 속에서도 여전히 무덤덤한 마르카스는 앞쪽에서 걸어갔다. 두 명의 헌병이 탑에 남아서 시체를 지키고 사실을 검증하기로 했다.

8

    우리는 숲속으로 약 10리를 갔다. 우리는 갈림길이 나타날 때마다 멈추었다. 아버지가 자신과 재회하기 전에는 집으로 돌아가지 않았으리라고 확신한 에드메가 동행인들에게 아버지와 다시 만날 수 있도록 도와달라고 애원했기 때문이다. 로슈-모프라의 도망자 무리로부터 급습당하거나 공격당할까 봐 두려운 헌병들은 그걸 몹시 싫어했다. 헌병들은 길을 가면서 저들의 본거지는 세 번째 공격에서 함락되었다고 알려주었다. 포위군이 그때까지 힘을 아껴두고 있었다는 것이다. 기마경찰대 사령관은 무엇보다 포위당한 자들을 죽이지 않고 주루도 파괴하지 않고 점령하고 싶어 했다. 하지만 저들의 처절한 저항으로 인해 그것은 불가능했다. 두 번째 기습에서 포위군이 얼마나 호되게 당했던지, 최후의 방책과 후퇴를 놓고 결정을 하는 수밖에 없었다. 총포 공격이 성벽 건물에 집중되었고, 세 번째 작전에서는 더는 아무것도 통제할 수 없었다. 두 명의 모프라가 보루의 잔해에 깔려 죽고, 나머지 다섯은 사라졌다. 추격대 여섯 명이 한 방향, 또 다른 여섯 명이 다른 방향으로 파견되었다. 도망자들의 흔적이 즉각 발견되었기 때문에, 우리에게 이런 자세한 소식을 전해준 사람들이 로랑과 레오나르를 아주 가까이서 추격했고, 가조 탑에서 얼마 멀지 않은 곳에서 이 불운한 자들 중 처음의 인물에게 여러 발을 명중했다. 그들에게 그가 죽었다고 울부짖는 소리가 들렸는데, 분명 레오나르가 그를 마법사의 거처까지 옮겼을 터였다. 이 레오나르는 유일하게 동정받을 만했다. 오직 그만이 더 나은 삶을 받아들일 수도 있었을 것이다. 그는 도적질에서 가끔 의협심을 발휘했고 사나운 성정임에도 불구하고 애정을 품는 게 가능했기 때문이다. 나는 그의 비극적 죽음이 몹시 가슴 아팠기에 나도 모르게 침울한 생각 속에 빠져들게 되었다. 그리고 그가 감내하기를 원치 않았던 모욕이 내게 가해진다면 나도 그와 같은 방식으로 생을 끝내리라고 결심했다.

갑자기 뿔피리 소리와 개 짖는 소리가 들리며 사냥꾼 무리가 다가오고 있음을 알려주었다. 우리 쪽에서도 소리를 질러 그들에게 답하는 동안, 파시앙스가 엄호도 없이 달려갔다. 아버지를 다시 만날 생각에 안달이 난 에드메는 이 유혈이 낭자한 밤의 공포를 모두 이겨내고 말에 채찍을 더하여 가장 먼저 사냥꾼들에게 도달했다. 우리가 그들에게 합류했을 때, 존경심을 자아내는 얼굴에 키가 큰 남자의 팔에 안겨 있는 에드메가 보였다. 그는 고급스러운 의상을 입고 있었다. 금실로 한 땀 한 땀 장식 줄이 수놓인 사냥용 윗저고리와 뒤에서 말 담당 하인이 붙잡고 있는 멋진 노르망디산産 말을 보고 너무 놀라서, 나는 왕자님이 앞에 있는 줄 알았다. 그가 딸에게 하는 애정 표현이 내게는 너무 낯설어서 남자의 진중함에는 어울리지 않는 과장이라고 여길 뻔했다. 동시에 그들은 내게 격렬한 질투심 같은 것을 불러일으켰다. 그토록 멋지게 차려입은 사람이 나의 숙부*일 수도 있다는 생각은 머리에 떠오르지 않았다. 에드메는 낮은 목소리로, 그렇지만 생기발랄하게 그와 이야기했다. 이 대화는 수분간 계속되었고 이야기가 끝나자 그 노인이 내게 다가와 따뜻하게 포옹했다. 이런 모든 태도가 내게는 너무도 새로운 것이어서, 내게 쏟아지는 맹세와 호의 앞에서 움직일 수도 말할 수도 없었다. 위베르 씨만큼이나 잘생기고 멋지게 차려입은 키 큰 젊은이가 내게로 와서 손을 잡고 내가 이해할 수 없는 감사의 인사를 전했다. 그리고 그는 헌병들과 협상에 들어갔다. 나는 그가 도지사 보좌관임을 알아차렸다. 그는 내가 기사 숙부를 따라 성으로 갈 수 있도록 나를 자유롭게 놓아주어야 한다고 강력하게 주장하면서 성에서는 자기가 명예를 걸고 나를 책임지겠다고 했다. 헌병들은 우리와 헤어졌다. 기사와 도지사 보좌관은 어떤 못된 자들과 맞닥뜨려도 두려워할 게 없을 만큼 자기 사람들에 의해 잘 호위되고 있었기 때문이다. 나를 놀라게 한 또 한 가지는 기사가 파시앙스와 마르카스에게 보이는 열렬한 우정의 표시였다. 사제로 말할 것 같으면 이 두 귀족과 평등한 반열에 있었고 말이다. 교구 성직자들과의

---

* 실제로는 오촌 종조부이지만 여기서부터는 '숙부'와 '종조부'를 혼용해 부른다.

알력으로 교구를 떠나야 했기 때문에 몇 달 전부터 그는 생트–세베르성의 전속 사제로 있었다.

에드메를 향한 이 모든 다정함, 내가 한 번도 경험해보지 못한 가족들의 애정, 존경할 만한 평민들과 너그러운 귀족들 사이의 호의적인 관계, 내가 보고 듣는 모든 것이 꿈만 같았다. 나는 그저 바라볼 뿐, 그걸 가늠할 수 있는 어떤 감각도 없었다. 하지만 일행들이 무리 지어 다시 길을 나서자, 도지사 보좌관(드라마르슈 씨)이 그녀의 옆에서 갈 권리가 있다는 듯 말을 움직여 에드메의 말과 내 말 사이에 끼어드는 것을 보고 나의 두뇌가 움직이기 시작했다. 그녀가 로슈-모프라에서 그가 자기 약혼자라고 말했던 게 기억났다. 증오와 분노가 나를 사로잡았다. 길들여지지 않은 나의 영혼 속에서 무슨 일이 일어나고 있는지를 짐작한 듯한 에드메가 나와 얘기하고 싶다고 그에게 말해서 그녀 옆자리를 내게 돌려주지 않았더라면 내가 무슨 어리석은 짓을 저질렀을지 모른다.

"내게 할 말이 뭔가요?" 내가 예의를 차리기보다는 간절함을 담아 물었다.

"아무것도." 그녀가 작은 목소리로 대답했다. "그대에게 나중에 할 말이 많으니 그때까진 내가 시키는 대로 해줄래요?"

"도대체 내가 왜 당신이 시키는 대로 해야 할까요, 사촌?"

그녀는 잠시 대답을 망설이더니 애를 쓰며 말했다. "여자들에게는 사랑한다는 것을 그런 식으로 증명하기 때문이죠."

"내가 당신을 사랑하지 않는다고 생각해요?" 내가 부리나케 대꾸했다.

"그걸 내가 어찌 알겠어요?" 그녀가 말했다.

이런 의심에 나는 깜짝 놀랐다. 나는 나름대로 그걸 불식해보려고 했다. "당신은 아름답지 않나요?" 내가 그녀에게 말했다. "그리고 나는 젊은 남자가 아닌가요? 혹시 한 여인의 아름다움을 알아차리기에는 내가 너무 애송이라고 생각하는 거요? 하지만 내 머리가 평온하고 마음이 슬프고도 진지한 지금, 난 그대에게 말할 수 있습니다, 내가 생각했던 것보다 훨씬 더 당신을 사랑하고 있다고. 당신은 보면 볼수록 아름다워요. 어떤 여인이 내게 그토록 아름다워 보일 수 있으리라고는 생각하지 않았습니다. 정말이지, 잠을 잘 수가 없을 겁니다, 그때까진…"

"입 다물어요." 그녀가 무뚝뚝하게 말했다.

"오호! 저분께 내 얘기가 들리지나 않을까 두려워하는군요." 내가 드라마르슈 씨를 가리키며 말을 이었다. "안심하세요, 난 맹세를 지킬 줄 압니다. 그리고 좋은 집안의 딸인 당신 역시 맹세를 지킬 줄 알겠죠."

그녀는 입을 다물었다. 우리는 두 사람만이 나란히 걸을 수 있는 길에 접어들었다. 칠흑같이 어두웠다. 기사와 도지사 보좌관이 우리 뒤를 따라오고 있었음에도 대담해진 내가 팔로 허리를 안으려고 하자 그녀가 기운 빠진 서글픈 목소리로 말했다. "사촌, 내가 그대에게 말을 하지 않아도 용서해줘요. 당신이 내게 하는 말조차 잘 알아듣지 못하겠어요. 피곤해서 녹초가 되었어요. 죽을 것 같아요. 다행히 우린 도착했어요. 우리 아버지를 사랑하겠다고, 그분의 충고는 모두 따르겠다고, 나와 상의하기 전에는 어떤 결정도 내리지 않겠다고 맹세해줘요. 내가 당신의 우정을 믿기를 바란다면 그렇게 하겠다고 맹세해요."

"오! 나의 우정이라고요? 믿지 마세요, 허락할 테니." 내가 대답했다. "하지만 내 사랑을 믿어요. 당신이 원하는 건 뭐든지 하겠다고 맹세합니다. 하지만 당신은 내게 아무런 약속도 하지 않는군요? 기꺼이 말입니다."

"당신 것이 아닌 무엇을 내가 당신에게 약속할 수 있겠어요?" 그녀는 심각한 어조로 말했다. "내 명예를 구해주었으니, 내 목숨은 당신 것인데."

그때 아침을 알리는 빛들에 지평선이 희끄무레해지기 시작했다. 생트-세베르 마을에 도착한 우리는 곧 성의 안뜰로 들어갔다. 에드메는 말에서 내리면서 아버지의 품에 안겼다. 그녀는 시체처럼 창백했다. 드라마르슈 씨가 외마디 소리를 지르며 그녀를 안고 가는 것을 거들었다. 그녀는 정신을 잃었다. 사제가 나를 맡았다. 나는 내 운명이 몹시 불안했다. 내가 살던 소굴에서 나를 끌어내는 데 성공한 여인의 매혹에 빠져 있던 시간이 끝나자마자 강도들이 가지는 본능적 경계심이 깨어났다. 나는 상처 입은 늑대처럼 누구든 모호한 말이나 행동을 하기만 하면 즉시 달려들 태세로 주위에 어두운 시선을 던지고 있었다. 나는 휘황찬란한 거처로 인도되었다. 그리고 상상을 초월할 만큼 호화스럽게 준비된 식사가 즉시 제공되었다. 사제는 내게 몹시 흥미를 보이다가 어느 정도 나를 안심시키기에 성공한 뒤, 나를 떠나 친구 파시앙스를 돌보았다. 나의 혼란과 남아 있는 근심 걱정도 젊은이의 엄청난 식욕을 억제하지는 못했다. 나보다 훨씬 더 잘 차려입고 내 의자 뒤에 서 있는 시종의 열성과 존중이 없었더라면, 나는 끔찍한 아침을 먹었을 것이다. 그는 내가 뭘 원하기도 전에 미리 알고 달려 나왔기 때문에 나는 매번 그가 보여준 것과 똑같은 정중함으로 답례하지 않을 수 없었다. 하지만 그의 초록색 의상과 비단 반바지는 심히 거슬렸다. 최악인 것은 나를 침대에 들게 하기 위해 그가 무릎을 꿇고 내 신발을 벗기는 임무를 시작했을 때였다. 그 순간 나는 그가 나를 놀리고 있다고 믿고 그의 머리에 주먹을 한 대 세게 날릴 뻔했다. 하지만 그가 어찌나 엄숙한 태도로 업무를 수행했던지 나는 그저 어안이 벙벙한 채로 그가 하는 것을 지켜보고 있었다.

발끝으로 걸으며 내 주위를 왔다 갔다 하는 사람들과 함께 무기도 없이 침대에 들어가 있으려니, 처음 얼마 동안은 경계의 움직임이 다시 되살아났다. 나는 혼자서 일어나게 된 틈을 타, 반쯤 치워진 식탁 위에서 고를 수 있는 가장 긴 칼을 집어 들고 와서는 손에 그걸 꼭 쥐고 한결 평온하게 잠자리에 들어 깊은 잠에 빠졌다.

내가 잠에서 깼을 때, 지는 해가 침대 등받이 구석을 장식하는 금박을 입힌 석류를 반짝이게 하면서 붉은 다마스쿠스 비단 커튼으로 부드러워진 햇살을 더할 나위 없이 미묘하게 내 시트에 드리우고 있었다. 침대는 너무도 아름답고 푹신해서 그 안에 들어가 잠을 잔 게 미안할 지경이었다. 몸을 일으키려는데 침대 커튼을 살짝 젖히며 내게 미소를 짓는 상냥하고 존경스러운 얼굴이 보였다. 기사 위베르 드 모프라였다. 그는 내 건강 상태를 관심 있게 물었다. 나는 공손하게 감사의 마음을 표하려고 했다. 하지만 내가 사용한 표현이 그가 사용하는 표현과 비슷한 점이라고는 거의 없어서 당황했고, 그걸 깨닫지 못하면서도 나의 상스러움에 괴로웠다. 불행의 절정은, 움직이다가 침대의 밤 동무로 삼았던 칼이 모프라 님의 발밑에 떨어졌을 때였다. 그는 그것을 집어서 들여다보고는 깜짝 놀라 나를 바라보았다. 나는 얼굴이 활활 달아올라 나도 모를 말을 중얼거렸다. 나는 그의 환대에 가해진 이런 모욕에 대해 야단맞을 것을 예상했다. 하지만 그는 예의 바르게도 더 많은 설명을 하도록 몰고 가지 않았다. 그는 조용히 칼을 벽난로 위에 놓고 와서 이렇게 말했다.

"베르나르, 내가 이 세상에서 가진 가장 소중한 존재의 생명을 너에게 빚지고 있다는 걸 이제 알겠구나. 너에 대한 감사와 존경을 증명하기 위해 내 목숨 전부를 네게 바칠 것이다. 내 딸 역시 네게 엄청난 빚을 졌더구나. 그러니 네 장래에 대해서는 조금도 걱정하지 말거라. 우리에게 오기 위해 네가 어떤 박해와 복수를 무릅썼는지 알고 있다. 나의 우정과 헌신이 너를 그런 끔찍한 생활로부터 벗어나게 할 수 있다는 것도 알고 있지. 너는 고아이고 나는 아들이 없으니 나를 네 아버지로 받아들여주겠느냐?"

나는 얼빠진 눈으로 기사를 바라보았다. 나는 내 귀로 들은 것을 믿을 수 없었다. 놀라움과 소심함으로 인해 모든 감각의 반응이 마비되었다. 한마디도 대답할 수 없었다. 기사 자신도 조금 놀란 눈치였다. 그토록 끔찍하게 배워먹지 못한 인간을 발견하리라고는 기대하지 않았던 것이다.

"자, 네가 우리에게 익숙해졌으면 좋겠구나." 그가 내게 말했다. "네가 날 신뢰한다는 걸 증명하려면 나와 악수하기만 하면 된다. 하인을 보낼 테니 원하는 것은 뭐든 그에게 지시해라, 그는 네 사람이니. 내가 꼭 당부하고 싶은 것은 네가 고소당하지 않도록 내가 조치를 취할 때까지 지금부터 이 성의 정원 담장 밖으로 나가서는 안 된다는 것이다. 네 삼촌들이 저지른 일에 대한 비난이 다시 네게 쏟아질 수도 있으니까."

"삼촌들 말입니까?" 내가 손으로 얼굴을 쓸며 말했다. "제가 몹쓸 꿈을 꾸고 있는 거죠? 그들은 어디 있나요? 로슈-모프라는 어찌 되었나요?"

"로슈-모프라는 화재를 모면했다." 그가 대답했다. "부속 건물 몇 채가 소실되기는 했지만 말이다. 하지만 내가 네 집을 복구하고 채권자들에게서 영지를 되사는 일을 맡고 있단다. 이제 영지가 그들 손아귀에 들어 있거든. 네 삼촌들은⋯ 네가 가문의 유일한 계승자인 것 같구나. 가문의 명예를 회복하는 게 네 임무다."

"유일하다니요!" 내가 외쳤다⋯ "오늘 밤에 네 명의 모프라는 숨을 거두었지만, 나머지 셋은⋯"

"다섯째 고세가 도주 중에 죽었다. 프루아 연못에서 익사한 그가 오늘 아침 발견되었단다. 장과 앙투안은 찾지 못했지만, 장의 말과 앙투안의 외투가 고셰의 시신이 놓여 있던 곳에서 얼마 떨어지지 않은 곳에서 발견되었다니 비슷한 사건의 불길한 징표가 아니겠느냐. 그러니 모프라들 중 하나가 빠져나갔다 한들 이젠 다시 나타날 수는 없을 거다. 그에겐 더 이상 희망이 없을 테니. 그들이 제 머리 위로 피할 수 없는 폭풍우를 불러들였으니, 그들을 위해서나 불행히도 같은 성姓을 달고 있는 우리를 위해서나, 교수대 끝에 매달려 치욕적인 죽음을 당하느니 손에 무기를 들고 비극적인 최후를 맞는 게 낫지. 주님이 그들에게 정하신 일을 받아들이자꾸나. 심판이 혹독하구나. 기운 팔팔한 일곱 명의 젊은이들이 하룻밤 사이에 불려 가서 심판을 받다니…! 그들을 위해 기도하자, 베르나르. 그리고 좋은 일을 해서 그들이 저지른 나쁜 짓을 보상하고 그들이 우리의 방패꼴 가문에 찍어놓은 오점을 지우도록 힘쓰자꾸나.”

이 마지막 말이 기사의 성품을 고스란히 요약하고 있었다. 그는 신앙심 깊고 공정하며 자비심이 가득한 사람이었다. 하지만 그의 집에서도 귀족들 대부분의 집에서와 마찬가지로 기독교적 겸손의 가르침은 계층의 오만 앞에서 좌초했다. 그가 자발적으로 가난한 사람 하나를 자기 식탁에 앉혔을 수도 있고, 실제로 성 금요일마다 걸인 열두 명의 발을 씻겨주기도 했지만, 그래도 여전히 그는 우리 계층의 모든 편견에 묶여 있었다. 그는 인간의 존엄성을 훼손한 사촌들은 귀족이기 때문에 평민보다 죄가 더 무겁다고 여겼다. 이런 가정에 의하면 그들의 죄는 절반이 경감된다는 것이었다. 나도 오랫동안 이런 신념을 공유했다. 내가 이렇게 말할 수 있는 것은 그러한 신념이 내 핏속에 흐르고 있었기 때문이다. 나는 운명에서 혹독한 교훈을 얻은 뒤에야 그 신념을 잃었다.

그리고 그는 자기 딸이 내게 했던 말을 확인해주었다. 내가 태어났을 때부터 그는 절실하게 내 교육을 맡고 싶어 했으나 그의 형제*인 트리스탕이 악착같이 반대했다는 것이다. 이 부분에서 그의 얼굴이 어두워졌다. "이루어지지 못한 내 소원이 나에게나 너에게나 얼마나 치명적인 결과를 초래했는지 넌 모를 거다." 그가 말했다. "하지만 그건 비밀로 묻어두어야만 해… 끔찍한 비밀, 아트레우스의 피…!" 그는 내 손을 잡고 고달픈 어조로 덧붙였다. "베르나르, 우리는 둘 다 잔혹한 가문의 희생자란다. 지금쯤 주님의 무시무시한 심판대 앞에 서 있을 자들을 비난할 때는 아니지만, 그들은 내게 돌이킬 수 없는 악행을 저질렀다. 내 심장을 찢어놓았지… 그들이 너에게 저지른 몹쓸 짓을 내가 보상해주겠다, 네 어머니의 기억을 걸고 맹세하마. 그들은 네게서 교육의 기회를 빼앗고, 저희들의 강도질에 끌어들였어. 하지만 너의 영혼은 의연함과 순수함을 잃지 않았지. 너를 낳아주신 천사의 영혼처럼 말이다. 네가 어려서 멋모르고 저지른 잘못들을 바로잡게 될 거야. 네 신분에 어울리는 교육도 받을 테고. 가문의 명예를 재건해야지, 그렇지, 그러고 싶지? 나는 말이다, 그러고 싶다. 네 신뢰를 얻기 위해서라면 무릎이라도 꿇겠다. 가능할 거야, 주님의 섭리가 네가 내 아들이 되도록 예정해놓으셨으니. 아!

* 1장에서는 '사촌'으로 서술됐다.

예전에 나는 더 완벽한 입양을 꿈꾸었는데. 만약에 내가 두 번째 간청했을 때 너를 내 품의 사랑에 맡겨주었더라면, 너는 내 딸과 함께 길러졌을 테고, 분명 그 애의 반려가 되었을 텐데. 하지만 주님은 그걸 원치 않으셨지. 너는 교육을 시작해야 해, 그 애의 교육은 다 되었으니까. 그 애는 가정을 이룰 나이지. 게다가 벌써 선택이 이루어졌단다. 그 애는 드라마르슈 씨를 사랑하고, 조만간 결혼하게 될 거야. 그 애가 네게 말했을 거다."

　나는 두서없는 말을 몇 마디 중얼거렸다. 나는 이 존경스러운 노인의 다독거림과 관대한 말에 깊은 감명을 받은 나머지 마치 내 안에서 새로운 본성이 깨어나는 것 같았다. 하지만 그가 예비 사위 이름을 입 밖에 내자 나의 거친 본능이 있는 대로 다 깨어났다. 어떤 사회적 도리의 원칙도 내가 전리품으로 간주하고 있는 여인의 소유를 포기하도록 만들 수는 없을 것같이 느껴졌다. 나는 붉으락푸르락하다가 숨이 막혔다. 다행히 말에서 떨어진 나의 예후를 알아보러 온 오베르 신부(장세니스트 사제)에 의해 우리 대화가 중단되었다. 그때까지 기사는 내가 부상을 입었다고만 알고 있었다. 더 심각한 여러 사건들의 회오리 속에서 상황을 알아볼 여유가 없었던 것이다. 그는 주치의를 불러오라고 사람을 보냈고, 나는 꽤 유치하다고 여기면서도 애정 어린 간호에 에워싸였다. 그렇지만 감사의 본능에 따라 그에 순응했다.

　감히 기사에게 딸의 소식을 물어볼 수는 없었다. 신부에게는 좀 더 용기를 냈다. 그는 그녀가 오래 잠을 자고, 자면서도 불안해하고 있어서 좀 염려스럽다고 알려주었다. 붕대를 갈아주러 저녁때 다시 온 의사는 그녀가 열이 펄펄 끓고 있어서 중병에 걸린 게 아닌가 두렵다고 말했다.

실제로 그녀는 며칠 동안 근심스러울 만큼 많이 아팠다. 끔찍한 혼란을 겪으면서도 대단한 기력을 발휘했지만 그만큼 격렬한 후유증을 견뎌야 했다. 나도 침대에 붙들려 있었다. 한 발짝만 걸어도 극심한 통증이 엄습해왔다. 의사는 며칠 동안 움직이지 말라는 지시를 따르지 않으면 여러 달 동안 침대에서 꼼짝도 못 하게 될 거라고 나를 위협했다. 더구나 나는 원래 건강 상태가 아주 좋았고 평생 아파본 적이라고는 없었기 때문에 활동적인 생활 습관에서 맥빠진 포로 생활로 옮겨 가려니 무엇으로도 그 괴로움을 전할 수 없는 일종의 권태가 생겼다. 사면에 비단 커튼이 드리워진 침대에 일주일 이상을 갇혀 있으면서 겪은 두려움과 좌절을 이해하려면 야생 생활의 온갖 가혹함을 겪으며 숲속에서 살아봤어야 할 것이다. 24시간이 지나자 호사스러운 내 거처, 침대의 금박, 하인들의 섬세한 시중, 풍부한 음식들, 그리고 첫날 내가 상당히 충격을 받았던 유치한 짓들에 이르기까지 모든 것이 지긋지긋해졌다. 기사는 잠깐씩 다정하게 찾아왔다. 애지중지하는 딸의 병세에 온통 정신을 빼앗기고 있었기 때문이다. 신부가 내게 가장 친절했다. 기사에게도 신부에게도 내가 얼마나 불행에 처해 있는지를 감히 말하지 못했지만, 혼자 있게 되면 우리에 갇힌 한 마리 사자처럼 포효하고 싶어졌다. 그러다 밤이 되면 숲의 이끼, 나무들이 만드는 커튼, 로슈-

모프라의 음울한 총안들이 지상낙원처럼 등장하는 꿈을 꾸었다. 어떤 때는 나의 도주 당시와 그 이후의 비극적 장면들이 어찌나 강렬하게 기억 속에서 되살아났던지 깨어난 다음에도 일종의 착란상태에 사로잡혀 있기도 했다.

드라마르슈 씨의 방문이 이와 같은 생각의 혼란과 좌절을 한층 더하게 만들었다. 그는 내게 몹시 흥미를 보이며 악수를 하고 또 하면서 친구가 되자고 했고, 나를 위해서라면 목숨을 내놓겠다고 열 번이나 외쳤다. 내 귀에 잘 들어오지도 않는 맹세는 또 얼마나 많이 했는지 알 수 없다. 그의 말은 한쪽 귀에서 다른 쪽 귀로 물처럼 흘러가버렸기 때문이다. 내가 사냥칼을 가지고 있었다면 그에게 덤벼들었을 것이라고 생각된다. 그는 나의 거친 태도와 어두운 눈빛에 매우 놀랐지만, 우리 가문에 발생한 끔찍한 사건들로 인해 정신에 충격을 받은 상태라는 신부의 말에 맹세를 되풀이하고는 가장 다정하고 정중한 태도로 나를 떠났다.

집주인에서 말단 하인에 이르기까지 모두에게서 발견되는 이 정중함은 내게 감탄을 불러일으키면서도 상상을 초월하는 불안감을 야기했다. 그것이 내게 품고 있는 호의에서 비롯된 것이 아닐 수도 있고, 선의와는 별개일 수도 있다는 것을 나는 이해할 수 없었을 것이다. 그것은 모프라들의 빈정대는 허풍선이 달변과는 조금도 비슷한 점이 없어서, 내게는 알아듣기는 하지만 말은 할 수 없는 완전히 새로운 언어와 같았다. 그렇지만 사제가 자신이 내 교육을 맡았음을 알려주면서 나의 성취도를 가늠하기 위해 질문했을 때, 나는 대답하는 능력을 되찾았다. 나의 무지는 상상 이상이어서 그에게 드러내는 게 부끄러웠다. 나의 거친 자존심은 한술 더 떠서 나는 귀족이며, **성직자**가 되고 싶은 생각은 눈곱만큼도 없다고 선언했다. 그는 오직 폭소로 응수했는데, 나는 몹시 마음이 상했다. 그는 우정 어린 태도로 부드럽게 내 어깨를 두드리며 시간이 지나면 생각이 바뀔 것이며, 내가 재미난 친구라고 했다. 기사가 들어왔을 때 나는 화가 나서 얼굴이 벌게져 있었다. 신부는 우리의 대화와 나의 대답을 그에게 보고했다. 위베르 씨는 웃음을 참았다. "얘야." 그가 내게 다정하게 말했다. "나는 절대로 너 때문에 화를 내고 싶진 않구나. 우정 때문이라고 해도 말이다. 오늘은 공부 얘긴 하지 말자. 공부에 취미를 붙이기 전에 공부가 왜 필요한지를 이해해야 한단다. 너는 올바른 정신을 가졌지. 심성이 고귀하니 말이야. 배우고자 하는 욕망이 저절로 생기게 될 거다. 저녁이나 먹자. 배고프지? 맛있는 포도주 좋아하지?"

"라틴어보다야 훨씬 좋아하죠." 내가 대답했다.

"자! 신부님, 유식한 체하셨으니 벌을 받으셔야죠." 그가 기분 좋게 말을 이었다. "우리와 함께 술을 드셔야겠어요. 에드메는 이제 위험한 고비는 완전히 넘겼어요. 베르나르도 일어나서 몇 발짝 걸어도 된다고 의사가 허락했고요. 이 방에서 저녁을 드십시다."

저녁 식사와 포도주가 너무 훌륭해서 정말이지 나는 로슈-모프라의 습관을 따라 아주 빨리 취했다. 내게 말을 시켜서 어떤 촌뜨기와 상대하고 있는지를 그 자리에서 알아보기 위해 그들이 나를 부추긴 것 같다. 나의 교육 부족은 예상을 훨씬 뛰어넘었다. 하지만 아마도 마음속으로는 낙관하고 있었던 모양이다. 나를 버리지 않고, 희망을 가지고 있음을 보여주는 열정으로 바윗덩어리를 절차탁마했으니 말이다. 방에서 나갈 수 있게 되자마자 나의 우울함은 사라졌다. 첫날은 신부가 온종일 딱 붙어서 친구가 되어주었다. 두 번째 날의 지루함도, 다음 날은 에드메를 보게 해주겠거니 하는 희망과 나를 향한 친절한 환대로 진정되었다. 이제는 극진한 환대에 놀라지 않고 익숙해짐에 따라, 그 달콤함을 느끼기 시작하고 있었다. 기사의 비할 데 없는 친절은 나의 무례함을 제압하기에 안성맞춤이어서 급속도로 내 마음을 사로잡았다. 그것은 내 생애 최초로 경험한 애정이었고, 그의 딸을 향한 나의 불타는 사랑과 짝을 이루어 내 마음속에 자리를 잡았다. 이 두 감정 중의 하나가 다른 하나와 투쟁하도록 할 생각은 꿈에도 하지 않았다. 나는 필요와 본능과 욕망의 덩어리였다. 나는 아이의 영혼 속에 남자의 정열을 가지고 있었던 것이다.

9

마침내, 어느 날 아침, 위베르 씨는 식사가 끝나자 나를 자기 딸에게로 데려갔다. 방문이 열리자 따뜻하고 향기로운 공기가 얼굴에 밀려와 나는 숨이 막힐 뻔했다. 하얀 바탕의 페르시아 비단으로 벽을 바르고 가구를 들인 그 방은 단순하고 매력적이었고, 꽃이 한 아름 꽂힌 커다란 중국산 꽃병에서 향기가 풍겨 나오고 있었다. 아프리카산 새들이 금칠이 된 새장에서 달콤하고 사랑스러운 목소리로 지저귀며 놀고 있었다. 양탄자에 발을 디디니 3월의 숲에 깔려 있는 이끼보다 더 푹신했다. 나는 너무도 흥분해서 매 순간 눈앞이 흐려질 지경이었다. 발걸음이 서투르게 서로 꼬였고 가구들에 죄다 부딪혀서 앞으로 나아갈 수가 없었다. 에드메는 긴 의자에 몸을 눕히고 손가락 사이로 무심하게 자개 부채를 접고 있었다. 그녀는 전에 보았을 때보다 훨씬 더 아름다웠고 예전과는 사뭇 달라 보여서, 나는 흥분의 도가니 속에서도 두려움으로 주눅이 들었다. 그녀는 내게 손을 내밀었다. 나는 아버지 앞에서 그녀의 손에 입을 맞춰도 되는지 알 수가 없었다. 그녀가 내게 말하는 소리는 들리지도 않았다. 무슨 다정한 말이었다고 생각된다. 그러고는 피곤에 지친 듯 머리를 베개 위에 뒤로 젖히고 눈을 반쯤 감았다. "난 일을 해야 하니, 저 애와 동무해주어라." 기사가 내게 말했다. "하지만 너무 말을 많이 하게 해선 안 돼. 아직 무척 허약하거든."

이런 권고는 정말이지 조롱하는 것과 비슷했다. 에드메는 마음속 당혹감을 조금이나마 감추기 위해서인 듯 잠든 척하고 있었다. 나로서는 그녀의 신중함과 싸울 능력이 없었기 때문에 내게 침묵을 권고하는 것은 진정 자비로운 일이었다.

기사는 거처의 안쪽 문을 열었다가 다시 닫았다. 가끔 기침 소리가 들리는 걸로 보아 그의 서재는 딸의 침실과 칸막이 벽 하나로만 나뉘어져 있음을 알 수 있었다. 그렇지만 나는 그녀가 잠들어 있는 사이 오직 그녀와 둘이서만 있는 행복을 잠시 맛보았다. 그녀에게는 내가 보이지 않으니 내 멋대로 그녀를 지켜볼 수 있었다. 그녀는 자신이 입고 있는 모슬린 실내복이나 백조가 장식된 실내용 비단 슬리퍼만큼이나 파리하고 희었다. 섬세하고 투명한 손이 내 눈에는 이름 모를 보석처럼 보였다. 나는 여자가 어떠한지에 대해서 짐작조차 해본 적이 없었다. 그때까지 내게 아름다움이란 일종의 씩씩한 대담함을 갖춘 젊음과 건강을 의미했다. 에드메가 처음에 승마 복장으로 나타났을 때는 어느 정도 그런 모습으로 보였고, 그래서 나는 그녀를 더 잘 이해했다. 이제 나는 그녀를 새로 연구하고 있었다. 로슈-모프라에서 내 품에 안고 있었던 여인이 바로 여기 있다고는 더는 생각조차 할 수가 없었다. 장소, 상황, 밖으로부터 희미한 빛을 받아들이기 시작한 내 생각 자체, 이 모든 것이 이 두 번째 대면을 첫 번째와는 아주 다른 것으로 만드는 데 기여하고 있었다.

그런데 그녀를 바라보는 데서 느껴지는 야릇하고 불안한 기쁨은 르블랑 양이라고 불리는 시녀의 방문으로 방해를 받았다. 그녀는 개인 거처에서는 침실 시녀 역할, 살롱에서는 아가씨의 말동무 역할을 수행하고 있었다. 그녀는 여주인으로부터 우리를 떠나지 말라는 명령을 받은 듯했다. 실망한 내 눈앞에 에드메의 아름다운 얼굴 대신 마르고 긴 자신의 등이 보이도록 장의자 옆에 앉는 걸 보니 그게 확실했다. 그러고는 주머니에서 일감을 꺼내서 조용히 뜨개질을 하기 시작했다. 그동안 새는 지저귀고 기사는 기침을 하고 에드메는 자거나 자는 척했으며, 나는 거처의 다른 쪽 구석에서 거꾸로 든 책의 삽화에 머리를 숙이고 있었다.

잠시 후 나는 에드메가 자고 있지 않다는 것을 알아차렸다. 그녀는 낮은 소리로 시녀와 이야기를 하고 있었다. 나는 시녀가 마치 훔쳐보듯이 가끔 나를 곁눈질하는 것을 본 것 같았다. 이런 시험의 당혹감을 모면하고자 나는 나에게 낯설지 않은 교활한 본능에 이끌려 책에 얼굴을 떨구었다. 책은 콘솔 위에 있었기 때문에 나는 이런 자세로 잠든 척하거나 생각에 잠긴 척할 수가 있었다. 그러자 둘의 목소리가 점점 높아지더니 나에 대해 얘기하는 게 들려왔다.

"어쨌거나 아가씨는 이상한 시동을 골랐어요."

"르블랑 양, 시동이라니 웃기네요. 요새도 시동이 있나요? 여전히 우리 할머니하고 같이 있는 줄로 아는군요. 우리 아버지의 양자라고 하잖아요."

"기사님이 양자를 들이신 건 분명히 잘하신 일이죠. 그런데 어디서 저런 화상을 잡아오셨대요?"

나는 곁눈질로 에드메가 부채 뒤에서 웃고 있는 것을 보았다. 그녀는 재치 있다고 알려진 이 노처녀와의 수다를 즐기고 있었다. 이 노처녀에게는 무슨 말이나 할 수 있는 권리가 주어져 있었다. 사촌이 나를 조롱하는 것을 보고 나는 몹시 상처를 받았다.

"사람이라기보다는 곰, 오소리, 늑대, 솔개, 뭐 그런 것들 같다니까요!" 르블랑이 계속 말했다. "손 꼬라지하며! 다리 꼬라지하며! 조금 때를 벗긴 했지만 아직 멀었어요. 도착하던 날 그를 보셨어야 해요. 작업복에 가죽 각반을 하고, 부들부들 떨게 만들었다니까요!"

"그렇게 생각해요?" 에드메가 계속했다. "나는 그가 밀렵꾼 복장을 한 게 더 좋던데, 그의 얼굴이나 체격하고 잘 어울렸어요."

"강도 같았어요. 도대체 아가씨는 그를 제대로 본 적이 없군요?"

"아뇨, 봤어요."

그녀가 **아뇨, 봤어요**라고 말하는 어조에 전율했다. 어째서 그녀가 로슈-모프라에서 내게 했던 입맞춤의 느낌이 내 입술에 되살아났는지 모르겠다.

"그렇지만 그가 머리 손질을 받는다면!" 시녀가 계속했다. "하지만 머리에 분을 뿌리도록 놔두지 않더군요. 생장이 그러는데, 그의 머리에 분첩을 가까이 가져가는 순간, 벌떡 일어나서 펄펄 뛰며 이렇게 말하더래요. **오오! 이 분가루만 빼놓고 뭐든지 맘대로 하세요. 기침이나 재채기가 나오지 않고 머리를 움직일 수 있으면 좋겠어요.** 맙소사, 야만인 같으니라고!"

"하지만 사실, 그가 백번 옳아요. 그런 터무니없는 짓이 유행만 아니라면, 모든 사람들이 그게 추하고 불편하다는 걸 깨달을 텐데. 잘 봐요, 저렇게 길고 검은 머리를 하는 게 더 멋져 보이지 않는지."

"저 긴 머리라뇨? 사자 갈기 같은데요! 무서워요."

"게다가 애들은 분가루를 뿌리지 않잖아요. 저 소년은 아직 어린 애인걸."

"어린애라고요? 아이고! 뭔 놈의 소년요! 아침 식사 거리로 먹을걸요, 애들을요! 그는 식인귀라고요. 그나저나 저 녀석은 어디서 튀어나온 거죠? 기사님이 그를 쟁기에서 끌어내 이리로 데려왔다나 봐요. 이름이… 도대체 이름이 뭐래요?"

"궁금한 것도 많군요. 말했잖아요, 베르나르라고."

"베르나르! 그리고 성은 없대요?"

"없죠, 지금으로서는. 뭘 보는 거예요?"

"아주 푹 자고 있는데요! 저 미련퉁이 좀 보세요! 혹시 기사님을 닮은 건지 살펴보고 있어요. 잠깐의 실수일 수도 있어요. 어느 젖짜는 소녀와 망각의 하루를 가졌는지도 모르죠."

"됐어요! 르블랑 양, 너무하는 것 같은데…"

"아이고! 맙소사! 아가씨, 기사님이라고 해서 다른 사람처럼 젊은 시절이 없지는 않잖아요? 그것이 나이를 먹으면서 훌륭해지는 걸 막기라도 하나요?"

"그럴 수도 있죠. 르블랑 양도 경험으로 알잖아요. 하지만 말이에요. 이 젊은이를 괴롭힐 생각은 하지 마요. 아마 르블랑 양이 맞게 짐작했을 거예요. 아버지는 그가 이 집안의 자식으로 대우받기를 바라신다는 것 말이에요."

"네, 그럼요! 그게 아가씨께도 기분 좋은 일이죠. 그럼 저는요. 그게 저하고 무슨 상관이 있나요? 저는 저분께 볼일이 없는데."

"아! 르블랑 양이 서른 살만 덜 먹었어도…!"

"그런데 나리가 저 덩치 큰 날강도를 집에 들이는 걸 아가씨와 의논은 하셨나요?"

"안 그랬을 것 같아요? 이 세상에 우리 아버지보다 훌륭하신 분이 어디 있겠어요?"

"아가씨도 그만큼 훌륭하세요… 저치를 조금도 마음에 들어 하지 않을 아가씨들이 수도 없을걸요."

"도대체 왜죠? 기분 상하게 만드는 점이라고 하나도 없는 청년인데. 잘 자라면…"

"그래도 여전히 추하고 무서울걸요."

"추한 것과는 거리가 멀어요, 르블랑 양. 너무 늙어서 이제 그런 방면으론 아무것도 모르는군요."

그들의 대화는 책을 한 권 찾으러 온 기사에 의해 중단되었다. "르블랑 양이 여기 있군." 그가 차분한 태도로 말했다. "내 아들과 대면을 했겠네. 아 참! 둘이서 얘기는 좀 했느냐, 에드메? 네가 그의 누이가 될 거라고 말했어? 저 애가 마음에 드니, 베르나르?" 나의 대답은 아무도 위태롭게 할 수 없었다. 늘 두서없고 부끄러워 횡설수설하는 네다섯 마디였기 때문이다. 모프라 씨는 자기 서재로 돌아갔고, 나는 사촌이 시녀를 보내고 나와 얘기할 것을 기대하며 다시 자리에 앉았다. 하지만 여자들은 아주 낮은 목소리로 무슨 말을 나누었다. 시녀는 여전히 죽치고 있었고, 나는 의자에서 감히 꼼짝도 하지 못한 채 죽을 것 같은 두 시간이 흘렀다. 나는 에드메가 실제로 자고 있었을 거라고 생각한다. 식사가 준비되었음을 알리는 종이 울렸을 때 그녀의 아버지가 나를 데리러 왔다. 거처를 나가기 전에 그가 그녀에게 새삼스레 말했다. "얘야! 얘기들은 좀 나누었느냐?"

"네, 아버지." 그녀의 자신 있는 대답에 나는 어찌할 바를 몰랐다.

사촌의 이런 행동으로 보아, 그녀가 나를 가지고 놀았으며 이제 나의 비난을 두려워하고 있음이 증명된 듯 보였다. 그렇지만 나에 대해 르블랑 양과 말할 때의 어조를 떠올리자 희망이 되살아났다. 심지어 나는 그녀가 자기 아버지가 눈치챌까 두려워하고 있으며 때가 되면 자신의 품으로 나를 더 확실하게 끌어들이기 위해서 무관심을 가장하고 있을 뿐이라고 생각하기에 이르렀다. 불확실한 상황에서 나는 기다렸다. 그러나 아무런 설명도, 참고 있으라는 비밀 메시지도 오지 않은 채 낮과 밤이 이어졌다. 그녀는 아침에 한 시간 씩 살롱에 내려왔고, 저녁에는 식사를 하러 와서 아버지와 카드놀 이를 하거나 체스를 두었다. 이럴 때마다 그녀가 어찌나 경계를 하 던지 시선을 교환할 수조차 없었다. 그 나머지 시간에는 그녀가 침 실에 틀어박혀 있어서 접근할 수도 없었다. 내가 어쩔 수 없이 하고 있는 일종의 포로 생활을 힘들어하는 것을 본 기사는 몇 번이나 내 게 말했다. "가서 에드메하고 얘길 좀 하거라. 걔 방으로 올라가, 내 가 보냈다고 하고." 하지만 내가 문을 두드려도 소용이 없었다. 분 명 내가 오는 소리가 들렸고, 불안하고 무거운 발소리로 나를 확인 했는데도 말이다. 문은 절대로 나를 위해 열리지 않았다. 나는 낙 심하여 화가 났다.

이제 이 시대에, 불행한 모프라 가문에 무슨 일이 일어났는지를 자네에게 말해주기 위해 내 개인적인 감상 이야기는 접어야겠다. 장과 앙투안은 실제로 도주했다. 이 잡듯 수색을 했음에도 그들의 신병을 확보할 수 없었다. 모든 재산은 몰수되었고 사법 당국은 로 슈-모프라의 영지 매각을 공표했다. 그러나 경매일까지 가지 않았 다. 위베르 드 모프라 씨가 소송을 중단시켰기 때문이다. 그가 낙찰 자로 나섰고 채권자들은 만족했으며 로슈-모프라의 소유권은 그 의 손으로 넘어왔다.

하층민 건달들로 구성된 모프라 가문의 소규모 수비대도 주인 들과 같은 운명에 처했다. 알다시피 수비대는 이미 오래전부터 불과 몇 명으로 쪼그라들었다. 두세 명이 목숨을 잃었고 나머지는 도주했으며 한 명만이 투옥되었다. 그에 대한 예심 재판이 열렸고, 그는 모두의 죄를 뒤집어쓰고 대가를 치렀다. 도주가 확인된 장 모프라와 앙투안 모프라의 예심 재판이 궐석으로 열려야 하는가가 큰 문제가 되었다. 고세의 시신이 떠오른 양어장의 물이 마른 뒤에도 그들의 시신은 발견되지 않았기 때문이다. 기사는 가문의 명예에 반하는 수치스러운 판결이 내려질까 두려워했다. 마치 그 판결로 인해 이미 끔찍한 모프라라는 이름 위에 뭔가가 덧붙여지는 것이 두려운 듯했다. 그는 사건을 잠재우기 위해 드라마르슈 씨와 자신의 영향력(무엇보다 그의 높은 도덕성으로 인해 그 지방에서 영향력이 있는 게 사실이었다)을 십분 이용했고, 성공했다. 나로 말하자면, 내가 몇 번 삼촌들의 수탈에 가담한 것이 분명할지라도 여론 재판에서조차 나를 비난하는 건 말도 안 되는 일이 되었다. 삼촌들이 불러일으킨 분노의 와중에도 사람들은 나를 착한 품성을 가진 학대의 희생자이자 어린 포로로만 여기면서 만족했다. 기사는 자비로운 관대함과 가문의 명예를 되찾겠다는 욕심에서 틀림없이 나의 장점을 엄청 과장했고, 내가 상냥함과 지성의 화신이라는 소문을 도처에 퍼뜨렸다.

위베르 씨가 낙찰자로 나서던 날, 그는 아침부터 딸과 사제를 대동하고 내 방으로 들어와 그의 희생(로슈-모프라는 약 20만 리브르의 가치가 있었다)의 증거인 문서들을 보여주면서 내가 대단치 않은 내 몫의 유산뿐만 아니라 토지에서 들어오는 수입의 절반을 당장에 소유하게 될 거라고 선언했다. 동시에 부동산 전체, 토지와 소출이 기사의 유언에 의해 내게 상속되는 것이 보장될 것이라고도 했다. 그런데 모든 것은 **딱 한 가지 조건** 아래서라는 것이었다. 그것은 바로 **나의 신분에 어울리는** 교육을 받는 것을 허락하라는 것이었다.

기사는 선의에서 우러나온 이 모든 조치를 요란스럽지 않게 실행했다. 절반은 에드메에게 해주었다고 그가 알고 있는 내 행동에 대한 감사에서, 절반은 가문에 대한 자부심에서 비롯된 것이었다. 하지만 그는 교육 문제에서 나의 저항과 맞닥뜨리리라고는 예상치 못하고 있었다. **조건**이라는 단어가 내게서 어떤 불만을 불러일으켰는지를 말할 수 있을 것 같지 않다. 무엇보다 나는 에드메가 내게 한 약속에서 벗어나기 위해 술책을 부린 결과라고 생각했다.

"숙부님." 그의 멋진 제안을 묵묵히 다 듣고 난 다음 내가 말했다. "저를 위해 해주시려는 모든 것에 대해 감사를 드립니다. 하지만 그걸 받아들이는 것은 제게 적절치 않습니다. 저는 재산이 필요하지 않습니다. 저와 같은 사람에게는 약간의 빵과 총 한 자루, 사냥개 한 마리 그리고 숲 가장자리에서 가장 먼저 눈에 띄는 술집이 필요할 뿐입니다. 제게 후원자 노릇을 해주시려는 호의를 갖고 계시니 영지에 있는 토지의 지대 8분의 1만 제게 지불해주시고, 저더러 당신들의 라틴어 흰소리를 배우라고 다그치지는 마세요. 귀족이라면, 도요새를 잡을 줄 알고 제 이름자를 쓸 수 있으면 아는 게 충분하니까요. 전 로슈-모프라의 영주가 되는 것에 연연하지 않습니다. 거기서 종자 노릇 했던 걸로 충분합니다. 숙부님은 정직한 분이시고, 그래서 제 명예를 걸고 숙부님을 사랑합니다. 하지만 전 조건은 조금도 좋아하지 않습니다. 전 이익을 좇아서 뭘 해본 적이 없어요. 친척에게 붙어서 재주꾼이 되느니, 그냥 무지렁이로 남아 있겠어요. 사촌에 대해서입니다만, 그녀의 재산에 털끝만 한 손해라도 입히도록 허용하지 않겠습니다. …에서 놓여나기 위해서라면 그녀가 기꺼이 자기 지참금의 일부를 포기하리라는 것을 잘 알고 있어요."

그때까지는 아주 창백한 채로 딴전을 피우는 듯 보이던 에드메가 갑자기 내게 반짝거리는 시선을 던지더니 내 말을 중단시키고 자신 있게 말했다. "내가 뭐에서 놓여나기 위해서라고요? 네, 베르나르?"

나는 그녀가 용기를 냈음에도 불구하고 몹시 흥분했음을 알았다. 부채를 접다가 부러뜨린 것이다. 나는 촌놈의 꾸밈없는 심술이 뻔히 드러나는 시선으로 그녀에게 대답했다. "사촌, 그대가 로슈-모프라에서 내게 했던 어떤 약속을 지키는 것에서 놓여나기 위해서 말이에요."

그녀는 전보다 훨씬 창백해졌고, 얼굴에는 경멸의 미소로도 제대로 감출 수 없는 두려운 표정이 떠올랐다.

"도대체 그에게 무슨 약속을 했단 말이냐, 에드메?" 기사가 순진하게 그녀를 향해 몸을 돌리며 물었다. 바로 그때 신부가 몰래 내 팔을 잡는 것을 보고 나는 사촌의 고해신부가 우리의 비밀을 알고 있다는 것을 눈치챘다.

나는 어깨를 으쓱했다. 그들의 두려움은 내게 모욕과 동정심을 유발했다. "언제나 절 형제나 친구로 여기겠다고 약속을 했답니다." 나는 웃으며 계속했다. "그게 당신의 그때 약속 아닌가요, 에드메? 그런데 그게 돈으로 증명된다고 생각해요?"

그녀는 잽싸게 일어나서 내게 손을 내밀며 감동한 목소리로 말했다. "당신 말이 옳아요, 베르나르. 당신은 훌륭한 심성을 지녔어요. 한순간이라도 그걸 의심한다면 나 자신을 용서하지 못할 거예요." 나는 그녀의 눈가에 맺힌 눈물방울을 보았다. 내가 그녀의 손을 너무 세게 쥐었는지 매력적인 미소와 함께 작은 비명이 새어 나왔다. 기사는 나를 포옹했고, 신부는 의자에서 몸을 흔들어대며 몇 번이고 이렇게 말했다. "오, 아름다워라! 정말 고상하군! 멋진 일이야! 이런 건 책에서 배울 필요가 없지." 그가 기사를 향해 덧붙여 말했다. "주님께서 당신의 말씀을 적어주시고, 당신의 영을 자녀들의 가슴속에 불어넣고 계십니다."

"보게 될 거다." 몹시 감동한 기사가 말했다. "이 모프라가 가문의 명예를 되찾는 걸. 사랑하는 베르나르, 이제부터 너에게 사업 얘기는 하지 않으마. 내가 어떻게 행동해야 할지 알았다. 너를 통해 내 이름이 가문의 명예를 회복하는 데 도움이 될 일을 하고자 하니, 너는 그걸 막지 말아다오. 오직 너의 고귀한 성품만이 진정한 명예 회복을 보장해준다는 걸 이제 알겠구나. 하지만 네가 거절하지 말고 해볼 일이 한 가지가 더 있다. 그건 재능과 지성의 명예 회복이지. 네가 우리를 위해서 열정을 가지고 그 일에 동참해주었으면 좋겠구나. 아직 그 얘길 할 때는 아니지. 나는 네 자존심을 존중하니 **조건없는** 생활을 보장해주고 싶다. 이리 오세요, 신부님. 나와 함께 마을에 있는 우리 고문 변호사에게 가십시다. 마차가 준비되었어요. 얘들아, 너희들은 함께 식사를 하도록 해라. 자, 베르나르, 사촌에게, 아니 더 정확히는 누이에게 팔을 빌려주렴. 정중한 태도를 배워야지. 그게 그 애에 대한 네 마음의 표현이니 말이다."

"옳습니다, 숙부님." 계단을 내려가기 위해 조금 거칠게 에드메의 팔을 잡으며 내가 대답했다. 그녀는 떨고 있었지만 뺨에는 장밋빛이 돌아왔고 입술에 다정한 미소가 감돌고 있었다.

우리가 서로 마주 보고 식탁에 앉자 우리의 행복한 화합은 순식간에 얼어붙었다. 둘 다 처음의 당혹스러운 상태로 되돌아갔다. 단둘이 있었다면, 나의 소심함이 너무 창피할 때 어쩔 수 없이 쓰게 되는 임기응변 하나를 실행해서 곤란한 사태에서 벗어났으련만, 시중을 들고 있는 생장 때문에 중요한 논점에 대해 침묵할 수밖에 없었다. 나는 파시앙스 얘기를 하기로 마음을 정하고, 어떻게 그와 그렇게 잘 지내게 되었는지, 내가 자칭 마법사를 어떻게 생각해야 할지를 물었다. 그녀는 그 시골 철학자의 이야기를 대강 해주었다. 그녀를 가조 탑으로 데려간 것은 오베르 신부라고 했다. 그녀는 그 고독한 스토아 학자의 지성과 지혜에 깊은 인상을 받았으며, 그 사람과 대화를 하는 데서 더할 나위 없는 기쁨을 느꼈다는 것이다. 파시앙스 쪽에서도 그녀에게 깊은 우정을 품게 되어, 얼마 전부터 그는 자기 습관을 버리고 신부를 만나러 올 때마다 그녀를 찾아오는 일이 빈번해졌다.

내가 알아듣도록 설명하느라 그녀가 애를 좀 먹었다는 것을 자네는 짐작할 수 있을 것이다. 나는 그녀가 파시앙스를 칭찬해 마지 않고, 그의 혁명 사상에 공감을 표하는 것에 몹시 충격받았다. 일개 농부를 한 인간에 대해 말하듯 하는 것을 들은 건 처음이었다. 게다가 그때까지 나는 가조 탑의 마법사가 보통 농부보다 한참 아래라고 여겼었다. 그런데 에드메는 자기가 알고 있는 사람들 대부분보다 그를 더 높이 평가하고, 귀족들에 반대하며 그의 편을 들고 있었다. 나는 거기서 기사나 신부가 내게 믿게 하려는 것만큼 교육이 필수적이지는 않다는 결론을 도출하는 데 성공했다. "내가 파시앙스보다 글을 더 잘 읽을 줄 아는 게 아니니, 나랑 어울릴 때도 그와 어울릴 때만큼 즐거워했으면 좋겠군요." 내가 덧붙였다. "하지만 그럴 것 같지는 않네요, 사촌. 왜냐하면 내가 여기 온 뒤로…"

그리고 우리는 식탁을 떠났기 때문에 나는 마침내 그녀와 둘이서만 있게 되어 좋았다. 훨씬 더 분명하게 의사 표현을 할 요량이었다. 살롱에 들어가면서 우리는 방금 도착해서 반대편 문으로 들어온 드라마르슈 씨를 발견했다. 나는 마음속으로 그에게 온갖 저주를 퍼부었다.

드라마르슈 씨는 그 시대 유행의 최첨단을 걷는 젊은 영주였다. 새로운 철학에 매료되었고, 골수 볼테르주의자였으며, 프랭클린*의 대단한 신봉자였지만, 지성적이라기보다는 성실한 사람이었다. 그는 자신이 바라고 또 그렇게 보이기를 원하는 만큼은 대가들의

* 미국의 정치인. 프랑스 주재 미국 대사를 지냈다.

학설을 이해하지 못하고 있었다. 그는 논리적 사고에는 젬병이었다. 자신의 생각이 형편없고 정치적 희망 역시 온건함과는 거리가 멀다는 것을, 프랑스 민중이 그걸 실현시킬 생각을 시작한 날에야 비로소 알게 되었으니 말이다. 어쨌든 긍정적 감성이 충만한 그는 자신이 실제보다 몹시 낙관적이며 낭만적이라고 믿고 있었다. 그는 귀족이 가지는 편견을 상당히 따르기는 했지만 우쭐거리거나 귀족임을 뽐내기보다는 세상의 여론에 민감한 사람이었다. 얼굴은 매력적이었으나 내가 보기에는 지나치게 꽉 막힌 듯이 보였다. 나는 그에게 말도 안 되는 반감을 품고 있었다. 에드메를 대하는 그의 우아한 태도가 내게는 비굴해 보였다. 내가 그걸 따라 했다면 나는 부끄러워서 얼굴을 붉혔을 것이다. 어쨌든 나는 그가 그녀에게 바치는 소소한 배려에서 그를 능가하려고만 안간힘을 쓰고 있었다. 우리는 성의 엄청나게 넓은 정원으로 나갔다. 그곳에는 아직 예쁜 실개천에 지나지 않는 앤드르강이 흐르고 있었다. 함께 걷는 동안 그는 오만 가지 방식으로 자신을 멋진 사람으로 내보였다. 제비꽃 한송이라도 보일라치면 냉큼 꺾어다가 사촌에게 바치곤 했다. 그런데 우리가 개천 가장자리에 이르렀을 때 개천을 건너도록 걸쳐놓은 널판자가 며칠 전의 폭풍우에 끊겨 떠내려갔음을 발견했다. 그래서 나는 그에게 허락도 구하지 않고 에드메를 팔에 안고 태연하게 건너갔다. 허리까지 물이 차올랐지만 팔을 뻗친 채 기를 쓰고 세심하게 옮겼기 때문에 그녀는 리본 한 자락 젖지 않았다. 나보다 허약한 사람으로 보이기를 원치 않은 드라마르슈 씨는 조금도 망설이지 않고 멋진 의상을 물에 적시면서 좀 억지스러운 웃음을 터뜨리며 나를 따라왔다. 그런데 그는 짐도 없이 완전히 빈손이었음에도 강바닥에 가득 깔린 자갈들 때문에 몇 번이나 비틀거리며 천신만고 끝에 우리와 합류했다. 에드메는 웃지 않았다. 그녀는 본의 아니게 나의 힘과 용기를 시험한 셈이었고, 자신이 내게 불러일으킨 사랑을 생각하고 몹시 겁에 질렸다는 생각이 든다. 심지어 그녀는 기분이 상했는지 내가 자기를 강가에 조심스럽게 내려놓자 이렇게 말했다.

"베르나르, 제발 부탁이니 이런 장난일랑 다시는 하지 말아줘요."

"오호! 좋아요." 내가 말했다. "내가 아닌 다른 사람이었다면 당신이 그렇게 화를 내지 않을 텐데."

"그는 감히 그런 짓을 하지도 않을 거예요." 그녀가 계속 말했다.

"그렇겠지요." 내가 대꾸했다. "그는 그런 일은 하지 않도록 조심하겠지! 저 꼴을 좀 봐요… 난 그대 머리카락 하나 흐트러뜨리지 않았는데. 제비꽃 따는 데나 선수지. 그러니 명심해요, 위험에 처하면 절대 그를 먼저 선택해서는 안 된다는 걸."

드라마르슈 씨는 이 장한 일에 대해 내게 칭찬 세례를 퍼부었다. 나는 그가 질투하기를 바랐지만 그는 꿈에도 그럴 생각은 없는 듯 자신의 한심한 몰골을 유쾌하게 받아들였다. 날씨가 무척 더웠기 때문에 산책이 끝나기도 전에 옷이 다 말랐다. 하지만 에드메는 여전히 침울하고 무슨 생각엔가에 빠져 있었다. 내게 아침 식사 때만큼의 우정을 보여주려고 노력하는 것 같았다. 나는 상처받았다. 그녀에게 단지 애정을 품고 있는 것이 아니라 사랑하고 있었기 때문이다. 나로서는 그걸 구별하는 것이 불가능했을 테지만 어쨌든 두 가지 감정이 내 안에 공존했다. 정열과 애정 말이다.

기사와 신부는 점심 식사 시간에 돌아왔다. 그들은 내 일의 처리에 관하여 드라마르슈 씨와 낮은 목소리로 대화를 나누었다. 나는 본의 아니게 듣게 된 몇 마디로 미루어, 아침에 내게 알려준 멋진 조건으로 그들이 방금 나의 미래를 보장했음을 알게 되었다. 나는 몹쓸 수치심 때문에 순수하게 감사를 표시할 수가 없었다. 이러한 관대함에 나는 혼란에 빠졌고, 그런 것은 아무것도 이해할 수 없었다. 나를 사촌으로부터 멀어지게 하려고 함정을 파놓은 게 아닐까 하고 의심하는 지경에 이르렀던 것이다. 나는 재산이 주는 좋은 점을 깨닫지 못하고 있었다. 내게는 문명의 욕구가 존재하지 않았으며, 귀족적 편견이란 사회적 허영이 아니라 명예의 구심점이었다. 내게 드러내놓고 얘기하지 않는 것을 보며, 고상한 일은 아니지만 전혀 모르는 체하기로 결정했다.

에드메는 나날이 더욱 우울해졌다. 나는 희미하게 불안한 기색을 띤 그녀의 시선이 드라마르슈 씨에게서 내게로 번갈아가며 향하는 것에 주목했다. 내가 그녀에게 말을 걸거나 다른 사람들에게 이야기하면서 목소리를 높이기라도 할라치면 그녀는 매번 내 목소리가 자신에게 육체적 고통을 일으킨다는 듯이 몸을 떨고 눈썹을 살짝 찡그렸다. 그녀는 식사가 끝나자 즉시 물러갔다. 그녀의 아버지가 걱정스럽게 그녀를 따라갔다. 신부는 그들이 멀어져가는 것을 보고 드라마르슈 씨에게 말했다. "요새 얼마 전부터 모프라 아가씨가 몹시 달라진 걸 알아보지 못했나요?"

"그녀는 여위었어요." 도지사 보좌관이 대답했다. "하지만 그래서 더 아름다운걸요."

"그래요. 하지만 그녀가 말한 것보다 더 아픈 게 아닐까 걱정입니다." 신부가 다시 말했다. "얼굴만큼이나 성격도 바뀌었어요. 우울해졌죠."

"우울하다니요? 오늘 아침만큼 쾌활한 적이 없는 것 같은데요. 그렇지 않은가요, 베르나르 씨? 편두통이 좀 있다고 앓는 소리를 한 건 바로 산책 이후부터죠."

"그녀가 우울하다고 말씀드리는 겁니다." 신부가 계속했다. "지금은 명랑할 때도 지나치게 그래요. 그러니 평소의 익숙한 태도와는 전혀 다른 이상하고 억지스러운 뭔가가 있는 거죠. 그리고 잠시 후엔 또 우울해지죠. 저 대단한 숲속에서의 밤 이전에는 제가 한 번도 본 적이 없는 우울 말입니다. 그날 밤의 충격이 대단했던 게 분명해요."

"사실 가조 탑에서 벌어진 끔찍한 광경을 그녀가 다 보았어요." 드라마르슈 씨가 말했다. "게다가 말을 탄 채로 사냥터에서 멀리 떨어진 곳으로 실려 갔을 때 말이 숲을 뚫고 달리는 바람에 피곤에 지치고 엄청 겁을 먹었겠죠. 그토록 감탄스러운 용기가 있었지만…! 말씀해보세요, 친애하는 베르나르 씨. 숲에서 당신과 마주쳤을 때 그녀가 몹시 겁에 질려 있었나요?"

"숲에서라고요?" 내가 말을 받았다. "저는 그녀와 숲에서 마주치지 않았어요."

"그래요. 당신이 그녀와 마주친 건 바렌에서죠." 신부가 황급히 말했다··· "그나저나 베르나르 씨, 사업상의 얘기를 한마디 드려도 될지, 특히 부동산에 관해···" 그는 나를 살롱 밖으로 끌고 나와 낮은 목소리로 말했다. "사업 얘기가 아니에요. 제발 부탁인데, 그 누구에게도, 심지어 드라마르슈 씨에게조차도 모프라 아가씨가 단 1초라도 로슈-모프라에 있었다는 의심이 들도록 해서는 안 됩니다···"

"도대체 왜요?" 내가 물었다. "그녀는 내 보호 아래 있지 않았던가요? 내 덕분에 순결한 채로 거기서 빠져나오지 않았나요? 그녀가 거기서 두 시간을 보냈다는 걸 이 고장에서 모를 수가 있을까요?"

"까맣게 모릅니다." 그가 대답했다. "그녀가 거기서 빠져나오는 순간 로슈-모프라는 포위자들의 공격에 무너졌고, 거기 살던 자들 중 누구도 무덤 한가운데서 살아오거나 도피처 구석에서 돌아와서 그 일을 떠벌리지는 않을 겁니다. 당신이 세상을 더 많이 알게 되면, 위험의 그림자조차 그녀의 명예 위로 스쳐 지나간 적이 없다고 믿도록 만드는 것이 한 젊은 숙녀의 명성을 위해 얼마나 중요한지를 깨닫게 될 거고요. 지금으로서는 그녀 아버지의 이름과 당신이 그녀를 향해 품고 있는 우정의 이름으로 부탁드립니다. 오늘 아침 그리도 고상하고 감동적으로 그녀에게 보여준 그 우정 말입니다···!"

"정말 능수능란하십니다, 신부님." 내가 끼어들었다. "신부님의 말씀에는 제가 금방 알아들을 수 있는 숨겨진 뜻이 있네요. 저 같은 무지렁이도요. 사촌에게 안심하라고 말해주세요. 전 그녀가 명명백백하게 갖고 있는 미덕을 부인할 이유도 없을 뿐만 아니라 그녀가 원하는 결혼을 망칠 능력도 없으니까요. 그녀에게 저는 오직 한 가지만 요구한다고 말해주세요. 그녀가 로슈-모프라에서 제게 했던 **우정**의 약속 말입니다."

"당신이 보기에 그 약속이 특별히 대단한가요?" 신부가 말했다. "그렇다면 당신이 그토록 의심하는 이유는 뭐지요?"

나는 그를 뚫어지게 바라보았다. 그가 당황한 듯이 보여서 나는 내 말을 에드메에게 전하기를 바라며 그를 괴롭히는 것이 즐거웠다. "아무런 의심도 없어요." 내가 대답했다. "단지 로슈-모프라에서의 모험이 드러나기라도 하면 드라마르슈 씨가 그녀를 내칠까 봐 두려워한다는 것을 알고 있을 뿐입니다. 만일 이분이 에드메를 의심하게 되어 결혼 전날에 그녀를 모욕하기라도 하면 그 모든 것을 바로잡을 아주 간단한 한 가지 방법이 있을 것 같긴 합니다만."

"당신이 보기에 그게 뭔가요?"

"그를 도발해서 죽이는 거죠."

"난 존경스러운 위베르 님께서 이 혹독한 필연과 이 끔찍한 위험을 모면하도록 당신이 무슨 일이든 할 거라고 생각합니다."

"책임지고 사촌의 원수를 갚아서 그분이 그런 일은 물론 여타의 일도 당하지 않도록 해드려야죠. 그건 제 권리입니다, 신부님. 저는 귀족의 의무를 알고 있거든요. 마치 제가 라틴어를 배웠더라면 잘 알고 있을 만큼요. 제가 그랬다고 그녀에게 말씀하셔도 됩니다. 그녀가 평화롭게 잠들기를. 저는 입을 다물겠습니다. 그리고 그게 아무짝에도 쓸모가 없으면 싸우겠습니다."

"하지만 말이에요, 베르나르." 신부가 회유하는 듯한 부드러운 목소리로 계속했다. "드라마르슈 씨를 향한 당신 사촌의 애정에 대해 생각해보았나요?"

"뭐라고요! 싸울 이유가 더 많군요." 나는 화가 치밀어 소리쳤다. 그리고 나는 갑자기 그에게서 등을 돌렸다.

신부는 이 모든 대화를 고해하는 여인에게 전달했다. 이 훌륭한 사제의 역할은 심히 난처했다. 그는 비밀 엄수 조건으로 고백을 받았기 때문에 나와 대화하면서 아주 에두른 암시를 할 수 있을 뿐이었다. 그래도 그는 이와 같은 미묘한 암시를 통해 나로 하여금 내 집착이 범죄임을 깨닫고 그것을 신사답게 포기하도록 유도하고자 했다. 그는 나에 관해 너무 낙관적인 예측을 하고 있었다. 그와 같은 미덕은 나의 능력과 지성을 뛰어넘는 것이었다.

10

   겉으로는 평온하게 며칠이 지나갔다. 에드메는 아프다고 하면서 좀처럼 방에서 나오지 않았다. 드라마르슈 씨는 거의 매일 왔다. 그의 성이 여기서 별로 멀지 않았기 때문이다. 그가 내게 표하는 극진한 예의에도 불구하고 나는 점점 더 그에게 혐오감을 느끼고 있었다. 나는 그의 철학자연하는 장광설에서 아무것도 이해할 수 없었다. 나는 가능한 한 가장 무례한 편견과 표현으로 그에게 맞섰다. 나의 비밀스러운 가슴앓이에 작은 위안이 있었다면 나와 마찬가지로 그 사람도 에드메의 거처에 받아들여지지 않는 걸 보는 일이었다.

   그 주의 유일한 사건은 파시앙스가 성에 이웃한 오두막에 정착한 것이었다. 오베르 신부는 성직자들의 박해를 피해 기사 곁에서 안식처를 찾은 이후로 이제 더 이상 비밀리에 은둔자 친구를 만나러 갈 필요가 없었다. 그래서 숲속 생활을 그만두고 자기 쪽으로 오라고 강력하게 그를 끌어들였다. 신부는 파시앙스에게 애걸복걸해야 했다. 너무도 오랜 세월을 숲속에서 외롭게 보낸 탓에 가조 탑에 엄청난 애착을 가지게 된 그가 탑을 버리고 친구와의 교유를 택하는 것을 망설였던 것이다. 게다가 그는 머지않아 신부가 **귀족들과의 거래**로 타락할 것이며 자기도 모르게 금세 낡은 사상의 영향을 받아 **성스러운 대의**를 향한 의지가 식을 거라고 말했다. 에드메가 파시앙스의 마음을 사로잡았던 것은 사실이다. 성의 정원 출구 쪽 경치 좋은 골짜기에 위치한 아버지 소유의 작은 거처를 그에게 제공할 때도 그녀는 그의 예민한 자존심이 상처 입지 않도록 우아하고 교묘하게 처신했다. 신부가 마르카스와 함께 가조 탑에 온 것도 그런 엄청난 교섭을 마무리 짓기 위해서였다. 바로 그날 저녁 폭풍우에 갇힌 그들이 에드메와 내게 피난처를 제공했던 것이다. 우리가 도착한 이후에 벌어진 끔찍한 광경은 파시앙스의 이러저러한 망설임을 단칼에 해결했다. 피타고라스학파의 사상에 경도된 그는 뿌려진 피에 공포감이 있었다. 사슴 한 마리의 죽음도 자크*에게서만큼이나 그의 눈물을 짜냈다. 그러므로 그가 인간들의 살육을 차마 보지 못하는 것은 너무도 당연했다. 가조 탑이 두 사람의 비극적인 죽음의 무대가 되었던 그 순간부터 탑이 더럽혀졌다고 여겼기 때문에 그는 거기서 하룻밤도 더 지낼 수가 없었다. 그는 생트-세베르로 우리를 따라왔고 금세 그의 철학적 조심성은 에드메의 회유에 무너졌다. 그가 소유권을 받아들이지 않을 수 없었던 작은 집은 매

* 셰익스피어의 『뜻대로 하세요』의 등장인물.

우 소박했으므로 노골적으로 문명과 타협했다고 해서 얼굴을 붉히지 않아도 되었다. 거기서 그는 가조 탑에서만큼 철저히 외롭지는 않았다. 신부와 에드메의 빈번한 방문은 그에게 불평할 권리를 남겨두지 않았다.

여기서 화자는 다시 한번 이야기를 중단하고 모프라 양의 성격에 대한 이야기를 펼치기 시작했다.

에드메는, 이건 편견에서 나오는 말이 아님을 믿어주게, 겸손하여 이름이 널리 알려지지는 않았지만 프랑스에서 찾을 수 있는 가장 완벽한 여인들 중 하나였다. 그녀는 모든 여인 가운데서 이름을 날리거나 칭송을 받기 위해 세상에 알려지려는 욕심이 없었고 그럴 필요도 없었다. 오히려 가족과 함께 있어 행복해했고, 가장 부드러운 담백함이 그녀의 능력과 높은 미덕을 완성시켰다. 그녀는 자신의 장점을 몰랐고, 나 역시 당시에는 그걸 알지 못했다. 그 당시의 나는 탐욕스러운 야만인에 불과해서 육체의 눈으로만 보았고, 아름답다는 이유로만 그녀를 사랑한다고 믿었다. 약혼자인 드라마르슈 씨는 나보다 더 그녀를 잘 모르고 있었다는 사실도 말해야겠다. 그는 볼테르와 엘베시우스의 열의 없는 학파에서 전수받은 알맹이 없는 지식을 펼쳐놓았다. 에드메의 폭넓은 지성은 장자크의 불타는 선언과 더불어 타올랐다. 어느 땐가 내가 에드메를 이해하는 날이 찾아왔다. 하지만 드라마르슈가 그녀를 이해할 수 있는 날은 결코 오지 않았을 것이다.

요람에서 어머니를 여의었고, 아버지는 신뢰와 선의와 무심함으로 가득 차 있어, 어려서부터 스스로 생각하고 행동해야 했던 에드메는 거의 혼자서 교양과 인격을 쌓았다. 첫 영성체를 해준 오베르 신부는 자신을 매료한 철학자들의 저서를 그녀의 독서 목록에서 조금도 배제하지 않았다. 에드메는 자신을 열렬히 사랑하는 아버지를 모든 일에 끌어들였으므로 주위의 반대는 고사하고 이견조차 들어본 적이 없었다. 그리하여 그녀는 이를테면 기독교의 몰락을 준비하는 철학과 검증 정신을 배제하는 기독교와 같이 명백하게 대립되는 원칙들을 모두 따르게 되었다. 이런 모순을 설명하려면「사부아 보좌신부의 신앙고백」이 오베르 신부에게 끼친 영향에 대해 내가 말한 것을 참고해야 한다. 게다가 자네는 시적인 영혼들에게는 신비주의와 의심이 짝을 지어 군림한다는 것을 모르지 않을 것이다. 장자크가 바로 그 명백하고 훌륭한 예였다. 자네는 그가 어느 정도로 사제들과 귀족들의 공감을 불러일으켰는지 알 것이다. 그가 그들을 그토록 격렬하게 비난했는데도 말이다. 탁월한 웅변의 도움을 받으면 어떤 신념인들 기적을 일으키지 않겠는가! 에드메는 불타는 영혼의 목마름으로 이 생명의 샘물을 들이켰다. 몇 번 안 되는 파리 여행에서 그녀는 자신에게 공감하는 영혼들을 찾으려고 했었다. 그러나 거기서 자신과 일치하는 영혼은 거의 찾지 못하고, 애매한 풍조, 특히 유행에도 불구하고 난공불락의 각종 편견들과 마주쳤다. 결국 그녀는 더욱더 깊은 애정을 가지고 성의 정원에 있는 늙은 떡갈나무 아래서의 고독과 시적 몽상으로 되돌아왔다. 그녀는 이미 자신의 환멸에 대해 이야기하고 있었다. 그녀는 자기 나이 이상의 양식과 보통 여자들 이상의 분별력으로 자신의 삶을 지적으로 만들어준 철학자들과 직접 교류할 수 있는 기회를 모두 물리쳤다. "전 좀 시바리스* 사람인가 봐요." 그녀가 웃으며 말했다. "전 뜨거운 햇볕 아래 가시에 찔리며 장미꽃을 따러 가느니 아침 일찍 누군가가 저를 위해 준비한 화병에 꽂힌 장미 다발 향기를 맡는 게 더 좋답니다."

사실 그녀가 자신의 향락주의에 대해 말한 것은 비유일 뿐이었다. 전원에서 성장한 그녀는 강하고 능동적이고 용감하고 쾌활했다. 그녀에게서는 온갖 우아함과 섬세한 아름다움과 정신적이고 육체적인 건강이 주는 에너지가 결합하고 있었다. 그녀는 상냥하고 부드러운 성의 여주인인 동시에 자부심 강하고 대담한 아가씨였다. 나는 자주 그녀가 매우 고고하고 거만하다고 생각했다. 반면 파시앙스와 그 지역의 가난한 사람들은 그녀가 늘 겸손하고 너그럽다고 여겼다.

에드메는 유심론 철학자들만큼이나 시인들도 애호하고 있었다. 그녀는 늘 손에 책을 들고 산책을 했다. 어느 날 그녀는 타소를 골랐는데 산책 중에 파시앙스와 마주쳤다. 그는 습관대로 호기심에서 저자와 주제에 대해 물었다. 에드메는 그에게 십자군에 대해 설명해야 했다. 아주 어렵지는 않았다. 파시앙스는 신부에게서 들은 이야기와 천재적인 기억력 덕분에 세계 역사의 틀을 그럭저럭 알고 있었기 때문이다. 그러나 그가 이해하기 가장 어려운 것은 서사시

* 사치와 향락을 즐기는 나태한 사람들이 살았다는 고대 그리스의 도시.

와 역사의 유사성과 차이였다. 우선 그는 시인들의 허구에 대해 화를 내면서 절대로 그런 사기를 참아주지 말았어야 한다고 주장했다. 그러다 서사시가 세대를 이어 과오를 범하게 유도하기는커녕 영웅적 행동을 영원하게 만드는 데 큰 몫을 한다는 것을 깨닫자, 왜 모든 중요한 사건들이 음유시인들에 의해 노래로 불리지 않았느냐, 왜 인류 역사는 문자의 도움 없이도 모든 사람들의 기억에 새겨질 수 있는 대중적 형태를 찾아내지 않았느냐고 물었다. 그는 에드메에게 『예루살렘』*의 한 소절을 해설해달라고 부탁했다. 그가 마음에 들어 하자 그녀는 시절詩節 하나를 프랑스어로 읽어주었다. 며칠 후 그녀는 두 번째 시절을 읽어주었고, 파시앙스는 곧 시 전체를 알게 되었다. 그는 이 영웅담이 이탈리아 대중에게 인기가 있다는 걸 알고 기뻐하면서 자신이 기억하는 내용을 요약해서 단축된 형태의 거친 산문으로 만들고자 했다. 하지만 그는 단어에 대한 기억력은 조금도 없었다. 강렬한 인상에 의해 되살아난 오만 가지 장엄한 영상들이 눈앞에서 춤추고 있었다. 그는 사고의 천재성이 언어의 야만성을 압도하는 즉흥적인 작품으로 그것을 표현하고자 했다. 그러나 그는 자신이 말한 것을 되풀이하는 것이 불가능했다. 가능하다면 그가 부르고 누군가 받아써야 했을 것이다. 그런데 그것조차도 아무짝에도 쓸모가 없었을 것이다. 그가 그것을 읽는 데 성공했다고 해도 추론할 때만 작동하는 그의 기억력은 명확하게 말로 표현된 어떤 구절도 간직할 수가 없었기 때문이다. 그는 많은 인

* 십자군을 소재로 한 타소의 서사시 『해방된 예루살렘』을 말한다.

용을 했는데 그의 언어는 때로 성서 투였다. 하지만 그가 애호하는 몇 가지 표현들과 자기 것으로 만들 방도를 찾아낸 몇 개의 짧은 단락을 제외하면, 반복해서 읽어달라고 해서 들을 때마다 항상 처음과 같은 감동을 느끼곤 하는 페이지에서조차 그는 아무것도 간직할 수가 없었다. 시적인 아름다움이 이 강인한 인격체에게 미치는 영향을 보는 것은 진정한 기쁨이었다. 점점 더 신부와 에드메 그리고 뒤이어 나 자신까지, 우리는 그에게 호메로스와 단테를 소개하기에 이르렀다. 그는 여러 가지 사건들에 몹시 깊은 인상을 받은 나머지 『신곡』의 처음부터 끝까지, 여행의 작은 부분, 만남, 시인의 감정 등을 빠뜨리거나 뒤바꾸지 않고 분석할 수 있었다. 거기까지가 그의 능력의 한계였다. 그가 들으면서 매료된 몇몇 표현을 기억해 내려고 했을 때, 그는 망상과 비슷한 은유와 이미지의 홍수를 만났다. 시의 세계로의 파시앙스의 입문은 그가 인생에서 변신한 시기의 한 획을 그었다. 시는 그의 현실 생활에는 존재하지 않는 행동을 꿈속에서 가능하게 했다. 그는 마법 거울 속에서 장엄한 전투를 관람했고 9척 장신의 영웅들을 보았다. 결코 경험해보지 못한 사랑을 이해했다. 싸우고, 사랑하고, 승리했으며, 민중을 교화하고, 세계에 평화를 가져왔으며, 인류의 잘못을 바로잡고, 우주의 위대한 정신의 신전을 건설했다. 별이 빛나는 천구에서 올림포스의 모든 신들과 원시 인류의 조상들을 보았다. 성좌를 보고 황금시대와 청동시대의 역사를 읽어냈다. 겨울바람 속에서 모번의 노래를 들었고 휘몰아치는 구름 속에서 핑갈과 코말라의 유령에게 인사했다.

"시인들을 알기 전에는 말이오, 나는 감각 하나가 부족한 인간 같았어요." 그는 말년에 말하곤 했다. "이 감각이 필요하다는 건 잘 알고 있었지요. 무수한 것들이 감각을 사용하라고 유혹했거든. 밤이면 혼자서 불안해하며 스스로에게 이런 질문을 하면서 산책을 하곤 했지요. 나는 왜 잠들 수 없는 걸까, 나는 왜 별을 보는 게 그토록 즐거워서 그만두지 못하는 걸까, 내 가슴은 왜 어떤 색깔을 보면 갑자기 기쁨으로 두근거리고, 어떤 음악을 들으면 눈물이 날 만큼 서글퍼지는 걸까 하는. 어떤 때는 계속되는 내 마음의 동요와 나와 같은 계층에 속하는 다른 사람들의 무사태평을 비교하고는 내가 미친 게 아닐까 하고 겁에 질린답니다. 하지만 곧 광기는 내게 감미로운 것이라고 생각하며 스스로를 위로하지요. 그래서 광기에서 치유되느니 더는 이 세상에서 존재하지 않는 게 낫겠다고. 이제 이러한 것들이 무엇이며 어떤 점에서 인간에게 유용한지를 이해하기 위해서는 어느 시대건 모든 똑똑한 사람들이 그걸 아름답다고 여겼다는 것을 아는 걸로 충분해요. 나는 모든 사람들이 인정하는 이름을 받을 때까지, 주의도 끌지 않고 다른 이들의 마음을 감동시키지 않는 꽃 한 송이도, 미묘한 색조도, 한 줄기 바람도 없다고 생각하면 즐겁답니다. 이성을 타락시키지 않고도 자신의 꿈으로 우주를 가득 채우고 우주를 설명하는 일이 인간에게 허용된다는 사실을 알게 된 뒤로, 나는 우주를 관조하며 모든 것을 보았지요. 사회의 비참함과 큰 죄악을 보면 내 가슴은 찢어지고 내 이성이 들고일어납니다. 그러면 나는 꿈속으로 뛰어들지요. 모든 사람들이 주님이 지으신 것을 사랑하기 위해 서로를 이해하는 것으로 보아, 언젠가는 서로를 사랑하기 위해서도 서로를 이해할 것이라고 나 자신에게 말합니다. 나는 아버지에서 아들로 대를 이어 교육이 완성되어 가는 중이라고 생각해요. 아마도 나는 외부에서 전수받은 사상이 전혀 없이 그것을 알아낸 최초의 무지렁이일 거예요. 필시 나보다 앞서 많은 사람들이 자기 자신의 내부에서 일어나는 일에 대해 알아보려 했지만 첫 번째 실마리도 얻지 못하고 세상을 떠났지요. 우리는 가련한 사람들이에요!" 파시앙스가 덧붙였다. "과도한 육체노동, 과음, 우리의 지성을 파괴할 수 있는 방종들 중 어느 것도 우리에게 금지되어 있지가 않아요. 육체노동을 비싸게 사는 자들이 있습니다. 가난한 사람들이 가족들에게 필요한 것을 마련하기 위해 능력 이상의 일을 하도록 하기 위해서지요. 술집 그리고 그보다 더 위험한 장소들이 있고, 정부는 소위 그들의 이윤을 뜯어 가고 말입니다. 우리가 마을 영주들에게 어떤 빚을 지고 있는지를 알려주기 위해 설교단에 오르는 사제들도 있지요. 영주가 우리에게 빚진 건 절대 얘기하지 않거든요. 우리의 권리를 알려주거나, 우리의 정직하고 진정한 욕구와 수치스럽고 해로운 욕구를 구별하는 법을 가르쳐주거나, 타인을 위해 하루 종일 땀 흘려 일한 뒤, 저녁때 지평선에서 붉은 별들이 떠오르는 것을 바라보며 오막살이 문지방에 앉아 있을 때 우리가 무엇을 생각할 수 있고 무엇을 생각해야 하는지를 말해주는 학교는 없지요."

파시앙스는 이렇게 이치를 따지는 것이었다. 그의 말을 우리의 체계적인 언어로 옮겨놓으니 우아함과 시적 감흥과 에너지가 송두리째 사라져버렸다는 것을 믿어주게나. 하지만 파시앙스가 말한 표현을 누가 그대로 되풀이할 수 있으리오? 그의 언어는 오직 그 자신만의 것이었다. 그것은 한정적이나 힘이 넘치는 농부의 어휘와 가장 과감한 시인의 은유의 조합이었다. 그는 시인들보다 더 대담한 시작법을 구사했다. 그의 종합 정신이 그만이 가진 혼합 어법에 질서와 논리를 부여했다. 믿을 수 없을 만큼 풍요한 내용이 그만이 가진 간결한 표현을 보충해주었다. 그가 어떤 의지와 확신을 가지고 관례적인 표현이 불가능한 자기 자신과 무모한 싸움을 벌였는지를 보아야 했다. 그러지 않았다면 그는 거기서 명예롭게 빠져나올 수 없었을 것이다. 그의 잘못된 어법과 대담한 문장을 비웃는 일보다 더 진지한 어떤 것을 생각하는 사람이라면, 인간 정신의 발달을 보여주는 중요한 예와 정신의 아름다움을 가장 다정하게 찬미할 수 있는 기회를 이 인물에게서 발견했으리라고 확신한다.

그리고 내가 파시앙스를 완전히 이해하는 때가 오자 나는 범상치 않은 운명 속에서 그와 깊이 공감하며 유대를 맺었다. 그와 마찬가지로 나도 교육을 받지 못했고, 그와 마찬가지로 나도 내 존재에 대한 설명을 수수께끼 단어를 찾듯이 외부에서 추구했다. 나는 귀족으로 태어났고 부유하다는 우연한 상황 덕분에 완전한 발전을 이룰 수 있었던 반면, 파시앙스는 벗어나기를 원치도 않았고 가능하지도 않았던 무지의 암흑 속에서 죽을 때까지 투쟁했다. 하지만 그것도 내게는 이 강인한 인격체의 탁월함을 인정하는 또 하나의 이유였을 뿐이다. 내가 온갖 학문의 횃불이 발하는 광채를 누렸던 반면, 그는 흐릿한 본능의 불빛의 도움을 받으며 더 과감하게 나아갔다. 더구나 그에게는 물리쳐야 할 단 하나의 나쁜 성향도 없었던 반면, 나는 온갖 오점투성이었다.

하지만 계속되는 내 이야기의 배경인 그 시대에, 내가 볼 때 파시앙스는 에드메에게는 놀이의 상대이고 오베르 신부에게는 자비로운 연민의 대상인 기괴한 인물에 지나지 않았다. 그들이 진지한 어조로 내게 그의 이야기를 할 때도 나는 그들의 말을 이해하지 못하고, 교육의 유익함과 조기 교육의 필요성, 노년의 부질없는 후회를 내게 보여주기 위해서 일종의 비유적 교과서로 그 인물을 선택했다고 여겼다.

나는 그의 새로운 거처를 둘러싸고 있는 잡목림으로 산책을 나갔다. 에드메가 성의 정원을 가로질러 그리로 가는 것을 보았기 때문에, 돌아오는 길에 기습적으로 그녀와 대면할 기회가 있었으면 했기 때문이다. 하지만 그녀는 늘 신부를 동반하고 있었고 어느 때는 심지어 자기 아버지와 함께였다. 그녀가 그 늙다리 농부와 둘이서만 있을 때도 그는 성까지 그녀를 데려다주었다. 나는 무수한 새순이 돋아난 채로 초가집 몇 발짝 앞까지 가지를 늘어뜨리고 있는, 기괴하게 자란 주목 덤불 속에 숨어서, 파시앙스가 팔짱을 끼고 머리를 가슴 쪽으로 숙이고 집중하느라 지친 모습으로 에드메의 말에 귀를 기울이는 동안 에드메가 손에 책을 들고 입구에 앉아 있는 것을 종종 보았다. 나는 에드메가 그에게 읽는 법을 가르치려는 게 아닐까 하고 추측하며, 불가능한 교육에 집착하는 그녀가 정신이 나갔다고 생각했다. 하지만 초가집에 걸려 있는, 노랗게 되어가는 포도 잎사귀 아래서 석양빛을 받고 있는 그녀는 정말 아름다웠다. 나는 그녀는 내 것이며, 따라서 그녀를 포기하게 만들려는 어떤 완력이나 설득에도 절대 굴하지 않겠다고 나 자신에게 맹세를 하며 그녀를 응시하고 있었다.

며칠 전부터 나의 가슴앓이는 최고조로 격앙되어 있었다. 거기서 벗어나는 길은 저녁 식사 때 술을 진탕 마시는 것뿐이었다. 그 시간에는 거의 인사불성이 되어 있어야 했기 때문이다. 그녀가 자기 아버지에게 입을 맞추고 드라마르슈 씨에게는 입맞춤을 하라고 손을 내밀고는 내 앞을 지나가면서 "안녕, 베르나르!"라고, 마치 '오늘도 어제처럼 지나갔네, 내일도 오늘처럼 지나갈 거야' 하는 듯한 어조로 말하며 살롱을 떠나는 그 시각이 너무도 고통스럽고 가슴 아팠기 때문이다. 그녀의 옷자락이 내 옷을 스치지 않고는 나갈 수 없도록 문에서 가장 가까운 소파에 가서 앉아봐도 소용이 없었다. 그것 말고는 그녀에게서 얻을 수 있는 게 없었다. 나는 그녀에게 손을 달라고 간청하려고 내 손을 내밀지도 못했다. 그녀는 무관심한 태도로 내게 손을 내주었을 것이며, 나는 화가 나서 그 손을 부러뜨렸을지도 모를 일이었기 때문이다.

저녁 식사 때의 넉넉한 술 인심 덕분에 나는 조용히 슬픔에 젖어 술에 취할 수 있었다. 그리고 내가 좋아하는 소파에 몸을 파묻고는, 포도주의 술기운이 사라진 뒤 나의 엉뚱한 몽상과 위험한 계획들을 이리저리 곱씹으러 성의 정원으로 나갈 때까지 우울하게 선잠에 빠져 있었다.

이런 거친 습관을 눈치챈 사람은 없는 것 같았다. 가족 내에서 내게 많은 관용과 선의가 베풀어졌기 때문에 지극히 당연한 규칙을 지키도록 하는 것도 조심하고 있었다. 그러나 나의 부끄러운 음주 취미는 금세 이목을 끌었고, 신부가 그것을 에드메에게 알렸다. 어느 날 저녁 식사 때 그녀는 이상한 태도로 여러 번 나를 뚫어지게 바라보았다. 그녀가 나를 도발하기를 기대하며 나도 그녀를 바라보았다. 그러나 악의에 찬 시선 교환 이외에는 별일이 없었다. 식탁에서 물러나면서 그녀가 아주 낮은 목소리로 재빨리 그러나 위엄 있는 어조로 내게 말했다. "술 마시는 습관을 고쳐요. 그리고 신부님이 가르치는 모든 걸 배워요."

이 명령과 권위적인 어조는 내게 희망을 주기는커녕 심히 거슬려서 나의 소심함이 한순간에 모두 사라졌다. 나는 그녀가 침실로 올라가는 시각을 기다렸다가 계단에서 그녀와 마주칠 요량으로 그녀보다 조금 앞서 살롱을 나왔다. "내가 당신의 거짓말에 속았다고 생각해요?" 내가 말했다. "한 달 전에 내가 여기 온 이후로 당신이 내게 말도 걸지 않고 무식쟁이 취급을 하며 무시하고 있다는 걸 내가 모를 줄 아나 보지? 당신은 내게 거짓말을 했고 오늘도 나를 경멸하고 있소. 내가 당신 말을 믿을 만큼 정직하기 때문이지."

"베르나르." 그녀가 내게 냉정한 어조로 말했다. "여긴 우리 얘기를 할 만한 시간과 장소가 아니에요."

"오! 난 잘 알고 있는데, 당신이 말하는 시간과 장소는 결코 없으리라는 걸." 내가 계속 말했다. "하지만 난 그것을 찾을 수 있을 테니 염려 말아요. 당신은 나를 사랑한다고 말했고, 내 목에 팔을 감고 내게 입을 맞추었지요. 여기, 아직도 내 뺨에 당신 입술이 느껴지는데. '나를 구해줘요, 복음서와 명예와 우리 어머니와 당신 어머니의 추억을 걸고 맹세해요, 난 당신 게 될 거라고.' 내 완력이 두려워서 그 모든 얘기를 했다는 걸 알고 있소. 또 여기서는 내 권리가 두려워서 나를 피한다는 것도. 하지만 그래봤자 아무것도 얻을 수 없을 거요. 날 오래도록 가지고 놀진 못할 거라고 내가 맹세하지."

"난 결코 당신 게 되지 않을 거예요." 그녀가 점점 더 얼음처럼 차가워지며 냉정하게 대답했다. "당신이 말과 태도와 감정을 바꾸지 않는다면 말이에요. 지금 그대로의 당신, 하나도 무섭지 않아요. 당신이 착하고 너그럽게 보였을 때는 반은 두려워서, 반은 공감해서 당신에게 몸을 맡길 수 있었어요. 하지만 당신을 더는 사랑하지 않게 된 그 순간부터 이제 당신이 무섭지 않아요. 태도를 고치세요, 공부를 하세요. 그러면 우리는 알게 되겠죠."

"그렇고말고." 내가 그녀에게 말했다. "내가 알아들을 수 있는 약속이네. 그대로 하겠소. 그리고 행복할 수 없다면 복수하겠소."

"맘대로 복수하세요." 그녀가 말했다. "그러면 당신을 멸시하게 되고 말 테니."

이렇게 말하면서 그녀는 가슴에서 종이를 한 장 꺼내 촛불의 불꽃에 그것을 조용히 불살랐다. "그건 뭐 하는 거요?" 내가 말했다.

"내가 당신에게 썼던 편지를 태우는 거예요." 그녀가 대답했다. "당신이 이치를 알아듣도록 하려 했지만 이젠 소용없는 일이군요. 야만인들과는 말을 섞는 게 아니죠."

"당장 편지를 내놔요!" 불붙은 편지를 빼앗기 위해 그녀에게 달려들면서 내가 외쳤다. 하지만 그녀는 갑자기 편지를 끄집어내더니 용감하게 손으로 불을 끄고 횃불을 내 발밑에 집어 던지고는 어둠 속으로 달아났다. 나는 그녀를 쫓아갔지만 헛수고였다. 그녀는 나보다 먼저 자기 거처에 이르러 문을 쾅 닫고 들어갔다. 열쇠로 잠그는 소리와 젊은 주인 아가씨에게 왜 그렇게 두려움에 떠느냐고 묻는 르블랑 양의 목소리가 들려왔다. "아무것도 아니에요." 에드메의 떨리는 목소리가 대답했다. "그냥 장난이에요."

나는 성의 정원으로 내려갔다. 미친 듯한 걸음으로 오솔길을 방황했다. 이 분노에 이어 끝 모를 슬픔이 밀려왔다. 자신감 넘치고 대담한 에드메가 그 어느 때보다 아름답고 탐나 보였다. 그것은 저항에 직면하여 더욱 고조되고 커가는 욕망의 성격을 띠고 있었다. 내가 그녀의 감정을 상하게 했기 때문에 그녀는 나를 사랑하지 않으며 앞으로도 결코 사랑하지 않으리라는 느낌이 들었다. 그래서 완력으로 그녀를 내 것으로 만드는 범죄라는 해결책을 포기하지 않으면서도 나는 그녀가 나를 미워한다는 사실이 주는 고통에 굴복했다. 나는 어두운 벽에 아무렇게나 기대어 손으로 머리를 감싸고 처절한 오열을 토해냈다. 나의 단단한 가슴이 갈가리 찢겨져서 아무리 눈물을 흘려도 생각만큼 달래지지 않았다. 나는 포효가 터져 나올 것 같은 유혹에 굴하지 않기 위해 손수건을 깨물었다. 터져 나오는 외침을 틀어막는 기괴한 소음이 내가 아무렇게나 등을 기대고 있던 벽의 안쪽 소성당 안에서 기도하고 있던 사람의 주의를 일깨웠다. 벽에는 토끼풀 문양 아래 돌 창살대로 장식된 첨두형 창문 하나가 바로 내 머리 높이에 있었다. "도대체 거기 누구예요?" 떠오르는 달빛을 비스듬히 받고 있는 창백한 얼굴이 물었다. 에드메를 알아본 나는 멀어지려고 했다. 하지만 그녀는 창살대 사이로 아름다운 팔을 내밀어 내 옷깃을 붙잡으며 이렇게 말했다. "대체 왜 울어요, 베르나르?"

숨기고 싶은 나약한 모습을 보인 게 반쯤은 창피하고, 에드메가 그걸 모르는 체하지 않는 것을 보고 반쯤은 행복해하며, 나는 이 감미로운 폭력에 굴복했다.

"도대체 무슨 슬픈 일이 있는 거죠?" 그녀가 계속 말했다. "누가 그런 오열을 터져 나오게 할 수 있는 걸까요?"

"당신은 나를 경멸하고 증오하면서 왜 내가 고통스러워하고, 왜 내가 화가 났는지 묻는단 말이오?"

"그럼 화가 나서 우는 거예요?" 그녀가 팔을 끌어들이며 말했다.

"화도 나고 또 다른 일도 있고." 내가 대답했다.

"다른 일이 또 뭐죠?" 에드메가 말했다.

"그건 전혀 몰라요. 당신 말대로 슬픔일 수도 있소. 내가 고통스럽고 내 가슴이 찢어진다는 건 사실이지. 난 당신을 떠나야만 해요, 에드메. 숲속에 가서 살아야죠. 더 이상 여기 머무를 수 없소."

"어째서 그토록 괴로운 거죠? 설명해봐요, 베르나르. 지금이 우리가 서로의 이야기를 할 기회예요."

"그래요, 우리 사이에 벽이 있으니까. 여기선 당신이 나를 두려워하지 않아도 되겠죠."

"그래도 난 당신에게 관심만을 표하고 있는 것 같은데요. 한 시간 전에 우리 사이에 벽이 없을 때도 내가 당신에게 다정하지 않았던가요?"

"당신은 겁이 많은 사람이 아니지, 에드메, 당신은 늘 번드르르한 말솜씨로 사람들을 피하거나 붙잡을 능력이 있으니까요. 아! 여자들은 다 거짓말쟁이니 아무도 사랑하지 말라고 했는데."

"누가 당신에게 그런 말을 했죠? 장 삼촌, 고셰 삼촌, 아니면 트리스탕 할아버지?"

"비웃어요, 맘대로 비웃으라고! 내가 그들에 의해 양육된 건 내 잘못이 아니오. 하지만 그들도 가끔은 옳은 말을 할 줄 알았소."

"베르나르. 그들이 왜 여자들은 다 거짓말쟁이라고 여겼는지 내가 말해줄까요?"

"말해봐요."

"그건 그들이 자기네보다 나약한 존재들에게 폭력과 독재를 사용했기 때문이에요. 두려워하게 만들 때마다 속을 위험을 무릅쓰는 거죠. 당신이 어렸을 때, 장이 당신을 때리곤 했을 때, 당신은 작은 잘못을 감추어서 야만적인 체벌을 피한 적이 전혀 없나요?"

"맞아요, 그것이 나의 유일한 방책이었죠."

"그러니 잔꾀가 탄압받는 사람들의 권리라고까진 할 수 없지만 적어도 수단이라고는 할 수 있는 거죠. 그렇게 생각하지 않아요?"

"나는 당신을 사랑하므로 당신이 나를 속일 동기는 없으리라고 생각합니다만."

"누가 또 내가 당신을 속인다고 해요?"

"당신은 나를 속였소. 나를 사랑한다고 했는데 사랑하지 않았으니까."

"당신을 사랑했어요. 혐오스러운 원칙들과 관대한 마음씨 사이에서 고민할 때 정의와 정직 쪽으로 기우는 당신 모습을 보았으니까요. 그리고 지금도 당신을 사랑해요. 당신이 나쁜 원칙들을 물리치고, 몹쓸 충동이 지나가자 훌륭한 마음에서 우러나오는 눈물이 이어지는 것을 보고 있으니까요. 이것이 바로 있는 그대로의 당신 모습을 보는 이 시간에 내가 주님 앞에서 양심에 손을 얹고 당신에게 할 수 있는 말이에요. 어떤 때는 당신이 실제의 당신보다 못하게 보이는 경우도 있어요. 그러면 나는 더 이상 당신을 알아보지 못하고 당신을 사랑하지 않는다고 믿게 되죠. 내가 결코 당신도 나도 의심하지 않게 되는 것은 오직 당신에게 달려 있어요, 베르나르."

"그러려면 어떻게 해야 하죠?"

"나쁜 습관을 고칠 것, 유익한 충고에 귀를 기울일 것, 도덕의 가르침에 마음을 열 것. 당신은 야만인이에요, 베르나르. 그러니 명심해요, 내가 당신에게서 거슬리는 것은 인사할 때의 서투른 태도나 찬사를 전할 줄 모르는 것이 아니라는 걸요. 그런 거친 태도 아래 위대한 생각과 고귀한 감정이 숨어 있다면, 오히려 그건 내가 볼 때 아주 엄청난 매력이죠. 하지만 당신의 감정이나 생각은 당신의 태도와 똑같아요, 바로 그것이 내가 견딜 수 없는 점이랍니다. 그게 당신의 잘못이 아니란 것도 알아요. 그래서 당신이 스스로 고치려고 결심하는 것을 보게 되면 당신의 장점과 마찬가지로 단점 때문에도 당신을 사랑할 거예요. 연민은 애정을 불러오죠. 하지만 난 악을 좋아하지 않아요, 좋아할 수가 없어요. 그러니 당신이 마음속에서 악을 뿌리 뽑는 대신 키우고 있다면, 나는 당신을 사랑할 수 없어요. 알겠어요?"

"아니요."

"어떻게 아닐 수 있죠?"

"아니라고 말하는 거요. 내 안에 악이 있다고 생각하지 않거든. 내 다리가 우아하지 않고, 내 손이 희지 않고, 내 말이 격조 있지 않아서 당신의 감정이 상한 게 아니라면, 나로서는 당신이 내 안에 있는 무엇을 증오하는지 알 수가 없군요. 나는 어려서부터 몹쓸 가르침을 들어왔지만 그걸 수용한 적은 없소. 몹쓸 행동을 저질러도 된다고 믿은 적도 없고, 적어도 그것이 기분 좋은 일이라고 여긴 적도 결코 없고. 내가 악을 저지른 건 억지로 강요당했기 때문이오. 난 늘 삼촌들과 그들의 행동을 싫어했소. 남들이 고통받는 것을 좋아하지 않고, 누구를 착취하는 것도 싫소, 로슈-모프라에서 신으로 섬겼던 돈을 경멸하고. 난 검소하게 지낼 줄 알아요. 푸짐한 저녁 식사를 마련하기 위해 삼촌들처럼 피를 뿌려야 한다면, 포도주를 좋아하긴 하지만, 일생 동안 물만 마실 겁니다. 어쨌든 난 그들과 함께 싸웠고 그들과 함께 술을 마셨소. 내가 달리 어떻게 할 수 있었겠소? 내가 원하는 대로 행동할 수 있게 된 오늘날, 내가 누구에게 잘못을 저지르고 있지요? 누가 잘못되기를 내가 바라기라도 하나? 미덕을 설파하는 당신의 신부는 나를 살인자나 도둑으로 여깁니까? 그러니 인정해요, 에드메, 내가 정직한 사람이란 걸 잘 알고 있다고. 나를 못된 인간으로 여기지 않는다고. 하지만 난 당신의 마음에 들지 않죠. 난 재치가 없으니까. 당신은 드라마르슈 씨를 사랑하죠. 그는 나라면 얼굴을 붉힐 헛소리를 할 줄 아니까."

몹시 주의 깊게 내 말을 들은 뒤, 격자창 너머로 내가 잡고 있는 손을 거두어들이지 않은 채로 그녀가 미소를 지으며 말했다. "그러면, 내 맘에 들기 위해서라면, 드라마르슈 씨보다 더 사랑받기 위해 재치를 배워야 한다면 그렇게 하지 않을 건가요?"

"그런 건 전혀 모르겠소." 내가 잠시 망설인 다음 대답했다. "그러려면 아마 꽤 정신이 나가야겠죠. 당신이 내게 행사하고 있는 권력에 대해 조금도 이해할 수 없으니까. 하지만 그건 지독하게 비겁하거나 완전히 미친 짓일 겁니다."

"왜죠, 베르나르?"

"왜냐하면 착한 마음씨 때문이 아니라 근사한 재치 때문에 한 남자를 사랑하느니 마느니 하는 여자는 애써 사랑할 가치가 없기 때문이죠. 내가 보기엔 그렇소."

그녀는 잠시 조용히 있더니 내 손을 꽉 쥐며 말했다. "당신은 생각보다 훨씬 더 감각과 재치가 있군요. 그러니 완전히 진심으로 당신을 대하지 않을 수 없네요. 지금의 당신 그대로, 심지어 당신이 조금도 변하지 않는다고 해도, 나는 당신에게 평생 변치 않을 존경과 우정을 품고 있다는 걸 고백할 수밖에 없어요. 그러니 알아줘요, 베르나르, 당신도 알다시피 내가 좀 흥분을 잘하기 때문에 화가 나면 당신에게 아무 말이나 한다는 걸. 그게 가족 내력인걸요. 모프라 가문의 피는 다른 사람들의 피만큼 조용히 흐르는 법이 절대 없으니까요. 그러니 나의 자부심을 배려해주세요, 자부심이 뭔지를 누구보다 잘 아는 당신이요. 권리를 얻었다고 나한테 으스대지 말고요. 애정은 명령한다고 해서 생기지 않아요. 애원하거나 불러일으켜져야죠. 내가 늘 당신을 사랑할 수 있게 행동해줘요. 내가 억지로 당신을 사랑한다는 말은 절대 하지 마요."

"사실 그건 옳은 말이오." 내가 대답했다. "그런데 왜 이따금씩 내게 복종을 강요하는 듯이 말하는 거요? 오늘 밤만 해도 왜 내게 음주를 **금하고** 공부를 **명령한** 거요?"

"존재하지 않는 애정에게는 명령할 수 없지만, 적어도 존재하는 애정에게는 명령할 수 있기 때문이지요. 내가 당신의 애정을 확신하고 있기에 명령하는 거랍니다."

"맞소!" 나는 흥분해서 외쳤다. "그러니 나도 당신의 애정에 명령할 권리가 있는 거요, 당신은 그게 확실히 존재한다고 했으니… 에드메, 내게 입맞춤하라고 명하는 바요."

"놔줘요, 베르나르, 팔이 부러지겠어요. 봐요, 창살에 쓸려서 피부가 벗겨졌어요."

"왜 나를 피했던 거요?" 나 때문에 그녀의 팔에 생긴 가벼운 상처를 입술로 덮으며 말했다. "아! 난 왜 이 모양인지! 빌어먹을 창살 같으니! 에드메, 당신이 머리를 숙이면, 입맞춤을 할 수 있을 텐데… 누이로서 말이오. 에드메, 뭘 두려워하는 거요?"

"착한 베르나르." 그녀가 대답했다. "내가 살고 있는 세상에서는 누이에게는 입맞춤 같은 건 하지 않아요. 어디서도 비밀리에 입맞춤하진 않아요. 아버지 앞에서 당신에게 입맞춤하겠어요, 당신이 원한다면 매일이라도요. 하지만 지금 여기선 절대 안 돼요."

"당신은 절대 내게 입맞춤하지 않을 거요!" 익숙한 분노가 되살아난 내가 외쳤다. "당신의 약속은? 내 권리는…?"

"우리가 결혼한다면…" 그녀가 당황하며 말했다. "내가 당신에게 받으라고 애원한 교육을 받은 뒤에…"

"내 인생은 끝났군! 나를 놀리는 거요? 우리 사이에 결혼 문제가 있는 거요? 전혀 없지. 나는 당신의 재산을 원치 않아요, 말했을 텐데."

"내 재산과 당신 재산은 하나일 뿐이에요." 그녀가 대답했다. "우리처럼 아주 가까운 친척 사이에는 네 것, 내 것이 의미 없는 단어죠. 당신이 탐욕스럽다는 생각이 드는 일은 결단코 없을 거예요. 당신이 나를 사랑하고 있고, 또 그것을 내게 증명하기 위해 애쓸 걸 알아요. 그러니 당신의 사랑이 더는 두렵지 않게 되는 날이 올 거예요. 하늘과 사람들 앞에서 받아들일 수 있을 테니까요."

"그게 당신 생각이라면, 당신의 생각이 내 사고에 부여한 새로운 방향은 나를 야만적 열정에서 완전히 벗어나게 하는군요." 내가 말을 이었다. "내 입장은 완전히 달라요. 하지만 솔직히 말해서 좀 생각해봐야겠소… 당신이 그걸 그렇게 이해하리라고는 생각해본 적이 없어서…"

"어떻게 내가 그걸 다르게 이해하기를 바랄 수 있나요?" 그녀가 말을 이었다. "어떤 아가씨가 남편 이외의 남자에게 몸을 허락한다면 명예가 손상되지 않겠어요? 나는 명예를 손상시키고 싶지 않아요. 당신도 그건 원치 않을 거예요. 나를 사랑하는 사람이니. 당신은 내게 되돌릴 수 없는 잘못을 저지르고 싶지 않잖아요. 당신에게 그런 의도가 있다면, 당신은 내 불구대천의 원수가 될 거예요."

"기다려요, 에드메, 기다려요." 내가 계속 말했다. "나는 내 의도에 대해 아무것도 그대에게 말할 수 없소. 당신에 대해서 결정된 게 전혀 없기 때문이지. 내가 가진 거라곤 욕망뿐이고 당신을 생각할 때마다 미칠 것 같소. 내가 당신과 결혼하기를 원해요? 아이고! 도대체 왜, 맙소사!"

"스스로를 존중하는 아가씨는 언제나 그의 것이라는 생각과 결심과 확신 없이는 한 남자의 것이 될 수 없기 때문이죠. 그걸 몰랐어요?"

"내가 알지 못하고 생각해본 적도 없는 일들이 수없이 많군요."

"교육이 당신에게 가르쳐줄 거예요, 베르나르, 당신의 지위, 의무, 감정 등에서 가장 당신의 관심을 끄는 것들을 어떻게 생각해야 하는지를. 당신은 가슴속에서도 의식 속에서도 명료하게 보지 못하고 있어요. 모든 일에 대해 스스로에게 질문하고, 스스로를 다스리는 데 이골이 난 내가 본능에 무릎을 꿇고 우연에 이끌리는 남자를 주인으로 삼기를 어떻게 바랄 수 있나요?"

"주인으로! 남편으로! 좋아, 당신의 인생을 나 같은 짐승 족속에게 송두리째 맡길 수는 없다는 거로군… 하지만 내가 그걸 당신에게 요구한 건 아니지, 내가 말이오…! 그 생각만 해도 몸이 떨리는군!"

"하지만 그 생각을 해야 해요, 베르나르, 그 생각을 많이 해요. 그리고 그렇게 되면, 내 충고를 따라야 한다는 것을, 로슈-모프라를 떠난 뒤 속하게 된 새로운 지위에 당신의 정신을 맞춰야 한다는 것을 느낄 거예요. 그걸 깨닫게 되면 내게 말해줘요. 그때 가서 우리가 필요한 여러 가지 결심을 할 테니."

그녀는 자기 손을 내 손에서 슬그머니 빼냈다. 그녀가 내게 저녁 인사를 한 것 같은데 들리지는 않았다. 내가 생각에 잠겨 있다가 그녀에게 말하기 위해 고개를 들었을 때는 가고 없었다. 나는 예배당으로 들어갔지만 그녀는 자신의 거처와 연결된 위쪽 회랑을 통해 방으로 돌아간 뒤였다.

나는 성의 정원으로 돌아와 거기에 틀어박혀 밤을 새웠다. 에드메와의 대화는 나를 새로운 세상에 던져놓았다. 그때까지 나는 여전히 로슈-모프라의 남자로 머물러 있었던 것이다. 내가 그것을 그만둘 수 있고 그만두어야 한다는 것을 예상해본 적도 없었다. 상황에 따라 달라진 습관을 제외하고 나는 내 사고의 좁은 틀 안에 머무르고 있었던 것이다. 나를 에워싸고 있는 이 모든 새로운 것들 한가운데서 나는 그들의 실제적인 권력에 상처받았다고 느꼈다. 그리고 모욕당했다고 느끼지 않도록 남몰래 의지를 굳세게 했다. 타고난 인내와 힘이 있다 해도 에드메가 개입하지 않았다면 그 무엇도 나를 이 집착의 구렁텅이에서 벗어나도록 할 수 없었으리라 생각한다. 통속적인 생활의 안락함, 사치가 주는 만족 등은 새로운 생활에서 오는 매력 이상의 것을 내게 주지 못했다. 육체의 편안함이 나를 짓누르고 있었다. 에드메가 없었다면, 그리고 내 욕망의 폭풍우가 그 집을 나의 혼란으로 가득 채우고 나의 환상으로 우글거리게 하지 않았다면, 질서와 정적으로 가득 찬 이 집의 고요함이 나를 박살 냈을 것이다. 나는 한순간도 이 집의 우두머리, 이 재산의 주인이 되기를 원한 적이 없었다. 나는 조금 전 즐거운 마음으로 에드메가 나의 이런 무사무욕을 정당하게 평가하는 것을 들었다. 하지만 나의 정열과 이익이라는 전혀 다른 두 목표를 연결하는 생각에는 아직도 혐오감이 느껴졌다. 나는 수천 가지 불안에 휩싸여 성의 정원을 돌아다니다가 깨닫지도 못하는 사이에 들판에 이르렀다. 밤은 황홀했다. 청명한 보름달 빛이 낮 동안의 더위로 지친 밭 위로 쏟아지고 있었다. 시든 초목들이 다시 줄기를 곧추세우고, 잎사귀 하나하나가 기공을 있는 대로 다 열고 촉촉한 밤의 싱그러움을 빨아들이고 있는 듯했다. 이 감미로운 효과는 내게도 스며들었다. 심장이 강하게 그러나 규칙적으로 뛰고 있었다. 나는 희망의 물결에 몸을 맡겼다. 에드메의 영상이 내 앞에 펼쳐진 들판의 오솔길에서 일렁거렸지만, 이제는 고통스러운 정열, 나를 집어삼켰던 격정적인 열망을 불러일으키지 않았다.

나는 초록빛 방목장 초지가 어린 나무 덤불들로 군데군데 끊겨 있는 탁 트인 장소를 가로질렀다. 연한 황금빛의 커다란 소들이 짧은 풀 위에 무릎을 꿇고 움직이지 않고 있어서 마치 평화로운 상념 속에 잠겨 있는 듯했다. 지평선 쪽에서 둥글어진 동산들이 솟아올라 그 부드러운 감촉의 산등성이가 순수한 달빛 속에서 놀고 있는 듯했다. 평생 처음으로 나는 밤이 가진 관능적 아름다움과 숭고한 발산을 느꼈다. 나는 알 수 없는 행복감에 젖어들었다. 역시나 난 생처음으로 달과 언덕과 들판이 눈에 들어오는 것 같았다. 자연보다 더 아름다운 경관은 없다고 에드메에게 들었던 게 생각나며 그때까지 그걸 모르고 있었다는 게 놀랍기만 했다. 무릎을 꿇고 주님께 기도를 해볼까 하는 생각이 잠깐 스쳐 갔지만 그분께 이야기할 줄을 모르거니와 기도를 제대로 못 했다가는 그분의 심기를 거스르지나 않을까 두려웠다. 나의 무지의 혼돈 속에서 시적 사랑의 유치한 계시처럼 떠오른 이상한 환상을 자네에게 고백할까? 달빛이 아주 넓게 사물들을 비추고 있어서 나는 풀밭 속에 있는 가장 작은 꽃들도 분간할 수 있었다. 자주색 술이 달린 하얀 케이프 같은 꽃잎, 다이아몬드처럼 빛나는 이슬을 가득 머금은, 황금 꽃받침을 한 작은 데이지꽃 한 송이가 너무도 예뻐서 그걸 꺾어다 수없이 입을 맞추며 일종의 감미로운 도취에 빠져 이렇게 외쳤다. "너로구나,

에드메! 그래, 바로 너야! 너라고! 이젠 날 피할 수 없어!" 한데 몸을 일으키면서 내 미친 짓을 지켜보고 있는 사람을 보고 내가 얼마나 기절초풍했겠나! 파시앙스가 내 앞에 서 있었던 것이다.

그런 이상한 짓을 하고 있는 걸 들킨 게 화가 난 나는 강도질하던 습관의 잔재로 허리띠에서 칼을 찾았지만 이제 내게는 허리띠도 칼도 없었다. 주머니 달린 내 비단 조끼는 내가 더 이상 누구의 목도 딸 수 없게 되었음을 상기시켰다. 파시앙스가 미소를 지었다.

"저런! 저런! 무슨 일입니까?" 그 독거노인이 평온하고 상냥하게 물었다. "그게 뭔지 내가 모를까 봐? 내가 그걸 모를 만큼 그렇게 순진하진 않거든요. 그리고 그렇게 늙지 않아서 뻔히 보이지요. 그 고결한 아가씨가 우리 집 문지방에 앉아 있을 때마다 누가 주목 가지를 흔드는 걸까요? 내가 그 예쁜 아이를 자기 아버지에게 데려다줄 때면, 누가 젊은 늑대처럼 잡목림 아래 숨어 우리를 살금살금 따라오는 걸까요? 그게 나쁠 게 뭐 있나요? 둘 다 젊고 아름답고 친척인데다가, 당신이 원하기만 하면 당신은 품위 있고 예의 바른 사람이 될 텐데. 그녀가 품위 있고 예의 바른 아가씨이듯이 말이지요."

파시앙스가 에드메에 대해 말하는 것을 들으면서 분노가 모두 수그러들었다. 나는 너무도 그녀에 대해서 대화를 하고 싶은 나머지 그녀의 이름을 듣는 단 한 가지 기쁨을 위해서라면 그녀를 나쁘게 말하는 것이라도 기꺼이 들었을 것이다. 나는 파시앙스와 나란히 산책을 계속했다. 노인은 이슬 속을 맨발로 걷고 있었다. 사실 오래 전부터 신발 신는 법을 잊어버린 두 발은 어떤 것에도 끄떡없는 굳은살 덩어리가 되어버렸다. 옷이라고는 멜빵이 없어서 엉덩이까지 흘러내린 파란 천 바지와 조악한 셔츠만을 걸치고 있었다. 그는 옷 때문에 구속받는 걸 조금도 견디지 못했고, 볕과 바람에 단련된 피부는 추위도 더위도 느끼지 못했다. 여든이 넘어서까지 모자도 없이 뙤약볕 아래 나가거나 겨울바람에도 앞섶을 풀어헤치고 다니는 그를 본 적이 있다. 에드메가 그에게 필요한 것들을 모두 챙겨주기 시작하자 좀 청결해졌다. 하지만 엉망진창인 차림새며, 절대적으로 필요하지 않은 것을 모두 혐오하는 습관은 고대 견유학파의 모습 그대로였다. 그가 항상 끔찍이 여긴 외설스러움은 예외로 하고 말이다. 턱수염은 은처럼 반짝거렸다. 대머리는 하도 번들거려서 수면 위에서처럼 달빛이 반사될 지경이었다. 그는 뒷짐을 지고 머리를 들고 제국을 시찰하는 사람처럼 유유히 걸었다. 하지만 시선은 하늘을 향해 방황하기 일쑤여서 대화를 중단하고 별이 반짝거리는 하늘을 가리키며 이렇게 말하곤 했다. "이것 좀 보시오, 보시오, 얼마나 아름다운지!" 그는 내가 본 농부들 중에서 유일하게 하늘을 찬미할 줄 아는 사람 그리고 적어도 자신의 찬미를 이해하는 유일한 사람이었다.

"어째서, 파시앙스 선생." 내가 말했다. "**내가 원하기만 하면** 예의 바른 사람이 될 거라고 생각하나? 지금은 그렇지 않다고 생각한다는 말인가?"

"오오! 화내지 마시오." 그가 대답했다. "파시앙스는 뭐든 말할 권리가 있으니까. 이 성의 미치광이 아닌가요?"

"에드메는 도리어 성의 현자시라고 하던데."

"그녀가 그랬다고? 주님의 고결한 딸이? 오호! 그녀가 그렇게 생각한다면 현자로 행동하고, 당신, 베르나르 모프라 선생에게 멋진 충고도 하나 하고 그러고 싶군그래, 들어보겠습니까?"

"여기선 모두가 충고할 생각들을 하고 있는 것 같군. 뭐든 말해보게, 듣고 있으니."

"당신은 사촌에게 반한 거요?"

"그런 질문을 하다니 정말 대담하군."

"그건 질문이 아니라 사실이지요. 좋아요, 내가 말해주지요, 내가. 당신 사촌에게 사랑받도록 하고 그녀의 남편이 되시오."

"왜 내게 호감을 가지는 건가, 파시앙스 선생?"

"당신은 그럴 자격이 있다고 생각하니까요."

"누가 그러던가, 신부님이?"

"아니요."

"에드메?"

"조금쯤은. 그런데 그녀가 당신에게 홀딱 빠져 있는 건 아니오, 적어도. 그건 나리 잘못이지요."

"어떻게 그럴 수 있지, 파시앙스?"

"그녀는 당신이 유식해지기를 바라는데, 정작 당신은 그걸 원하지 않으니 말이오. 아! 내가 당신 나이라면, 가련한 파시앙스, 하루에 딱 두 시간씩만 숨 막히지 않고 방에 들어앉아 있을 수 있다면, 나와 마주치는 모든 사람들이 나를 가르치려고 애쓴다면! 내게 이렇게 말한다면 말입니다. '파시앙스, 여기까지가 어제 배운 거고, 파시앙스, 이건 내일 배울 거요.' 하지만, 웬걸! 모든 걸 나 스스로 찾아야 하지요. 그러니 너무나 오래 걸려서 내가 알고 싶은 것의 10분의 1도 찾아내기 전에 늙어서 죽고 말 거요. 이봐요, 당신이 에드메와 결혼하기를 바라는 이유가 하나 더 있어요."

"뭔가, 훌륭하신 파시앙스 선생?"

"그건 저 드라마르슈가 그녀에게 어울리지 않기 때문이지요. 그녀에게도 말했소, 했다니까! 그에게, 신부에게, 모든 사람에게. 그는 남자가 아니오, 그치는. 그는 정원에 있는 모든 것처럼 냄새가 좋지요. 하지만 나는 아주 작은 백리향 새순이 더 좋습니다."

"맙소사! 나도 그자가 싫어, 나도. 그렇지만 사촌이 그를 좋아하면 어쩌지? 응! 파시앙스?"

"당신의 사촌도 그를 좋아하지 않아요. 그가 착하다고는 생각하고, 진짜배기라고 여기긴 하지요. 그녀가 잘못 알고 있는 거요, 그자가 그녀를 속이고 있으니까요. 그자는 모두를 속이고 있소. 나는 그걸 알아요, 나는. 그는 **이게** 없거든(파시앙스는 자기 가슴에 손을 가져갔다). 그는 늘 이렇게 말하는 인간이지요. '난 말이야, 미덕, 난 말이야, 불행한 사람들, 난 말이야, 현자들, 인류의 친구들 어쩌고 저쩌고.' 정말이지, 이 파시앙스는 말이죠, 그가 가엾은 사람들이 자기 성문 앞에서 굶어 죽도록 내버려두고 있다는 걸 알고 있거든. 누가 그에게 '네 성을 내놓고, 검은 빵을 먹고, 땅을 내놓고, 스스로 병사가 되어라. 그러면 이 세상에 불행한 사람들이 더는 없을 것이고, 네 말대로 인류가 구원될 것이로다' 하고 이야기하면 그 **인간**은 이렇게 말할 거요. '감사합니다. 저는 제 토지의 주인이고 제 성에 싫증 나지 않았는데요.' 오! 난 그런 인간들을 잘 알지요, **가짜로 착한 척하는 인간들**! 에드메와는 천양지차! 당신은 그걸 몰라, 당신은! 당신은 그녀가 들판에 핀 데이지꽃처럼 아름다워서 그녀를 사랑하지만, 난 그녀가 모두를 비추는 달빛처럼 선해서 그녀를 사랑한답니다. 그녀는 가진 것을 모두 내어주는 아가씨지요. 패물 하나 걸고 있지 않을 거요. 금반지 하나로 한 사람을 1년 동안 먹여 살릴 수 있으니까. 그녀는 길을 가다 발을 다친 어린애와 마주치면 자기 신발을 벗어주고 맨발로 길을 갈 거요. 마음이 올곧은 사람이오. 당신도 알지요. 내일 생트-세베르 마을 사람들이 미사에 가서 '아가씨, 충분히 부유하게 지내셨으니 가진 것일랑 우리에게 내어주고 이제 당신이 일을 할 차례예요'라고 말하면 '그게 공평하겠네요, 여러분' 하고 말할 겁니다. 그리고 즐겁게 가축 떼를 들판으로 몰고 갈걸요! 아가씨 모친도 똑같았지. 당신도 알다시피, 아가씨 모친이 아주 젊었을 때, 요즘 아가씨만 할 때 그분을 알았지요. 당신 모친도 알았고, 암, 그렇고말고! 자비롭고 공정한 여주인이셨지. 다들 그러더군요, 당신이 그분을 닮았다고."

"아이고! 아니오." 파시앙스의 말에 감동하여 내가 대답했다. "나는 자비나 공정은 알지도 못하는걸."

"아직 그걸 실천할 수 없었을 뿐이지요. 하지만 그건 당신의 가슴속에 새겨져 있소. 난 그걸 알고 있답니다. 사람들은 내가 마법사라고들 하지요, 조금쯤은 그렇습니다. 나는 어떤 사람인가를 금방 알아보거든. 언젠가 발리데의 들판에서 당신이 내게 말한 걸 기억하는지? 실뱅과 나와 마르카스와 함께 있었지요. 당신은, 귀족은 자기 싸움의 복수는 자기가 하는 거라고 내게 말했지요. 그래서 말인데, 모프라 나리, 내가 가조 탑에서 드린 사과가 흡족지 않다면 그렇다고 말하시오. 자, 여긴 아무도 없고 나는 몹시 늙었지만 아직은 당신만큼 주먹이 세니까. 몇 차례 주먹을 주고받을 수 있지요. 그게 자연의 질서고. 내가 동의하지 않는다고 해도 모욕에 대한 배상을 요구하는 사람에게 거절하지는 않으니까요. 복수를 하지 못해서 분해 죽는 사람들이 있는 것도 알고 있답니다. 당신과 이야기하고 있는 나도 내가 받은 모욕을 잊는 데 50년이 걸렸습니다… 그 생각만 하면 아직도 귀족들에 대한 증오가 되살아나서 내 마음속에서 그중 몇 놈을 용서할 수 있었다는 것을 스스로에게는 범죄라고 생각하고 있답니다."

"전적으로 만족해, 파시앙스 선생, 도리어 당신에게 우정을 느끼고 있어."

"오호! 내가 당신의 가려운 곳을 긁어주는 거로군! 젊음은 좋은 거지요! 자, 모프라, 용기를 내시오. 신부의 충고를 따라요, 그게 옳으니. 사촌의 마음에 들도록 노력해요, 그녀는 창공의 별과 같으니. 진리를 알고 민중을 사랑하고 민중을 미워하는 자를 미워해야 해요, 그들을 위해 희생할 준비가 되어 있도록… 알겠지요, 알겠지! 나는 내가 무슨 말을 하는지 알고 있어요, 민중을 친구로 삼으라고요."

"민중이 귀족보다 더 낫기라도 하단 말인가, 파시앙스? 당신은 현자이니 사실대로 진실을 말해줘."

"민중이 귀족보다 훌륭한 건 귀족이 그들을 탄압하고 괴롭히기 때문이지요! 하지만 영원히 고통을 견디지는 않을 거요. 그걸 알아야 해요. 저 별들이 잘 보이지요? 그것들은 변하지 않을 거요. 만 년 뒤에도 오늘과 똑같은 자리에서 그만큼의 빛을 뿌리고 있을걸. 하지만 백 년이 되기 전에, 어쩌면 그보다 더 빠를 수도 있겠지요. 이 땅에서는 엄청난 변화가 일어날 거요. 강한 자들의 당당한 태도에 밀려 갈팡질팡하지 않고 진리를 생각하는 사람의 말을 믿어야 해요. 가난한 사람들은 충분히 고통을 겪었으니 이제 부자들에게 반기를 들 거요. 성은 무너지고 영지는 조각나겠지요. 난 그걸 볼 수 없겠지만 그대는 볼 거요. 이 성의 정원에는 열 채의 초가집이 들어설 테고 열 가족이 정원에서 나오는 수입으로 먹고살겠지요. 시종도, 주인도, 상놈도, 영주도 없을 겁니다. 소리 높여 외치는 귀족들이 있을 테지만 결국 힘에 굴복하고 말 거고요. 그대의 삼촌들이 살아 있었다면 그 꼴이 되었겠지요. 드라마르슈 씨도 그 번드르르한 언변에도 불구하고 그렇게 될 거고. 그중에는 에드메나 당신처럼 아낌없이 재산을 나눠주는 사람도 있겠지요. 당신이 지혜의 말에 귀를 기울인다면 말입니다. 그러니 남편으로 늘씬한 멋쟁이가 아니라 남자다운 사람을 택하는 게 에드메에게도 좋은 일인 거지요. 베르나르 모프라가 식구들을 먹여 살리기 위해 쟁기를 끌고, 좋으신 주님이 주신 사냥거리를 잡을 줄 안다면, 그것도 좋은 일일 거요. 늙은 파시앙스는 묘지의 잡초 아래 누워 있을 테니 에드메에게서 받은 은혜를 갚을 수 없겠지요. 내가 한 말에 웃지 말아요, 젊은이. 이 얘기를 하는 건 주님의 목소리라고. 하늘을 보시오. 별들은 평화롭게 살고 아무것도 그 영원한 질서를 방해하지 않아요. 큰 놈들이 작은 놈들을 잡아먹지도 않고 옆에 있는 놈에게 쳐들어가는 일도 없지요. 그러니 사람들 사이에서도 그런 질서가 지배하는 시절이 올 거요. 악한 자들은 주님의 바람에 쓸려나갈 거고요. 다리를 굳건히 해두시오, 모프라 영주님, 무너지지 않고 꿋꿋이 서서 에드메를 지탱하려면 말이오. 파시앙스가 당신에게 예고하는 거요, 당신이 잘되기만을 바라는 파시앙스가. 하지만 악을 원하는 다른 무리들도 있을 거요. 그러니 착한 사람들은 강해져야 합니다."

우리는 파시앙스의 초가집까지 도착했다. 그는 작은 텃밭의 울타리에서 멈추었다. 한 손으로는 울타리 살을 지탱하고 다른 손으로는 손짓을 하며 힘차게 이야기를 하는 것이었다. 시선은 불꽃처럼 빛나고 이마는 땀으로 흠뻑 젖어 있었다. 그에게는 늙은 예언자의 말처럼 강력한 무언가가 있었다. 서민적인 것 이상으로 단순한 이상한 옷차림은 자부심 가득한 행동과 경건한 목소리를 한껏 고양시켰다. 나중에 겪게 된 프랑스대혁명은 민중 속에도 열정적인 웅변과 불굴의 논리가 있음을 알게 해주었다. 하지만 그 당시 내가 본 것은 너무도 새롭고 인상적이어서, 규칙도 제동장치도 없는 나의 상상력은 어린 시절의 미신적 공포로 나를 이끌고 갔다. 그가 내게 손을 내밀었다. 나는 공감보다는 두려움 때문에 그 부름에 따랐다. 내 머리 위로 피가 뚝뚝 떨어지는 부엉이를 매달고 있는, 가조탑의 마법사가 방금 눈앞을 스치고 지나갔기 때문이었다.

11

　다음 날 여전히 피곤에 지쳐 잠에서 깨어났을 때, 그 전날의 모든 사건들이 마치 꿈만 같았다. 에드메는 내 아내가 되겠다고 하면서도 사악한 계략으로 내 희망을 무기한 미뤄두고자 했던 것 같았다. 마법사가 말한 것의 효과는 떠올리기만 해도 말할 수 없는 굴욕이 엄습해왔다. 어찌 되었든 그 효과는 나타나고 있었다. 그날 하루에 겪은 감정들은 내게 지워지지 않는 흔적을 남겨놓았다. 나는 이제 그 전날의 그 사람이 아니었고, 절대로 로슈-모프라의 그 사람으로 완전히 되돌아갈 수도 없을 것이었다.

　시간이 늦었다. 오전 중에만 불면의 시간을 회복해야 했기 때문이다. 나는 일어나지도 않았는데 벌써 안뜰의 포석에서 드라마르슈 씨의 말발굽 소리가 울리는 게 들렸다. 그는 매일 이 시각에 왔다. 매일 그는 나만큼 일찍 에드메를 만났는데, 그날, 그녀가 자신의 결혼 승낙을 기대하라고 나를 설득하려고 했던 바로 그날은 그

자가 선수를 쳐서 내 소유인 그녀의 손에 역겨운 입맞춤을 하러 갔던 것이다. 그 생각을 하자 나의 모든 의심이 깨어났다. 에드메가 실제로 그 사람 말고 다른 사람과 결혼할 의향이 있다면 어떻게 그의 끈기를 견뎌낸다는 말인가? 감히 그를 멀리할 수 없었던 것일까? 그렇게 하는 게 내 임무인가? 나는 내가 속한 세계의 관례를 알지 못했다. 본능이 나의 과격한 충동을 따르라고 충고했다. 본능이 소리 높여 말하고 있었다.

나는 서둘러 옷을 입었다. 창백하고 부스스한 채로 살롱으로 들어갔다. 에드메 역시 창백했다. 오전에는 비가 부슬부슬 내리고 서늘했다. 커다란 벽난로에 불이 피워져 있었다. 그녀는 안락의자에 길게 누워 졸면서 작은 발을 덮히고 있었다. 그것은 그녀가 아픈 동안 보였던 무기력하고 위축된 태도였다. 드라마르슈 씨는 방의 다른 쪽 끝에서 신문을 읽고 있었다. 전날의 혼란스러운 감정으로 인해 나보다 에드메가 더 기진맥진한 걸 보면서 내 분노가 사그라드는 것이 느껴졌다. 그래서 그녀에게 다가가 소리 없이 앉아서 연민의 눈으로 그녀를 바라보았다. "당신인가요, 베르나르?" 그녀가 움직이지도 않고 눈을 뜨지도 않으며 말했다. 그녀는 소파의 팔걸이에 팔꿈치를 대고 두 손을 턱 밑에서 우아하게 깍지 끼고 있었다. 그 시대에는 여자들이 거의 사계절 내내 팔을 반쯤 드러냈다. 나는 에드메의 팔에서 영국산 호박단으로 만든 작은 띠를 보고 가슴이 뛰었다. 그것은 전날 내가 그녀의 팔을 십자형 창살에 쓸리게 해서 만들어진 가벼운 상처였기 때문이다. 나는 얕은 잠에 빠진 듯한 그녀의 상태에 용기를 얻어 팔꿈치를 덮고 있는 레이스를 살짝 들고 내 입술을 이 소중한 상처에 갖다 댔다. 드라마르슈 씨가 나를 볼 수 있었고 실제로도 보고 있었지만, 나는 일부러 그렇게 행동했다. 나는 그와 싸우고 싶어 안달이 났던 것이다. 에드메는 소스라치더니 얼굴이 홍당무가 되었다. 하지만 곧 아주 무심하게 명랑한 태도를 되찾으며 이렇게 말했다. "정말이지 베르나르, 오늘 아침에는 궁정 신부님만큼이나 친절하군요. 지난밤에 달콤한 말이라도 속삭였나 보죠?"

나는 이 농담에 이상하게 자존심이 상했다. 하지만 나도 받은 만큼 돌려주리라 생각하며 이렇게 받아쳤다. "그래요. 어젯밤 소성당의 창문에서 실컷 했죠. 그게 잘못된 거라면, 사촌, 그건 그대 잘못이오."

"그건 당신 교육이 잘못된 탓이라고 말하세요." 그녀가 활기를 띠며 말했다. 그녀는 자연스러운 자부심과 생기가 깨어날 때 가장 아름다웠다.

"내 생각엔 사실 교육을 너무 많이 받았소." 내가 대답했다. "내가 타고난 양식에 더 귀를 기울인다면 그대가 그렇게 날 놀리지는 않겠지요."

"솔직히 말해서 그대가 베르나르하고 재치와 은유를 겨루는 것 같소." 드라마르슈 씨가 무심하게 신문을 접고 우리 쪽으로 다가오며 말했다.

"그녀와는 겨루지 않소." 뚱딴지같은 소리에 기분이 상해서 내가 대답했다. "그녀의 재치는 당신 같은 사람들을 위해서나 간직하라고 하시오."

나는 그와 맞서기 위해 자리에서 일어났다. 하지만 그는 그걸 알아차리지 못하는 것 같았다. 믿을 수 없을 만큼 편안한 태도로 벽난로에 등을 기대고는 애정에 가까운 상냥한 목소리로 에드메 쪽으로 몸을 숙이며 말했다. 마치 그녀가 키우는 강아지의 건강이 궁금하다는 듯이 "저 사람, 무슨 일이 있소?" 하고 물었다. "어떻게 알겠어요?" 하고 에드메가 똑같은 어조로 대답했다. 그러고는 이렇게 덧붙이며 자리에서 일어났다. "너무 머리가 아파서 여기 있을 수가 없군요. 팔을 이리 줘요, 침실로 올라가게."

그녀가 그에게 기대어 나가버리자 나는 기가 막혀서 어쩔 줄 몰랐다. 나는 그가 살롱으로 되돌아오는 즉시 그를 모욕하리라 결심하고 기다렸다. 그런데 신부가 들어왔고 잠시 후 위베르 숙부가 나타났다. 그들은 내가 전혀 알지 못하는 주제(거의 모든 대화의 주제가 그랬다)에 대해 이야기하기 시작했다. 나는 복수를 하려면 어떻게 해야 할지 몰랐지만, 감히 숙부 앞에서 속셈을 드러낼 수는 없는 노릇이었다. 내게 존중받고 환대받을 권리가 있다면 그것은 그분 덕분이라는 생각이 들었다. 로슈-모프라에서는 이토록 자제해본 적이 한 번도 없었다. 모욕감과 분노가 저절로 표출되고 있었다. 나는 복수할 때를 기다리느라 죽을 지경이었다. 내 안색이 변한 걸 감지한 기사가 여러 차례 상냥하게 어디 아픈 것 아니냐고 물었다. 드라마르슈 씨는 아무것도 깨닫지도 눈치채지도 못하는 것 같았다.

신부만이 나를 유심히 관찰하고 있었다. 나는 걱정스럽게 나를 바라보는 그의 푸른 눈과 마주쳤다. 그의 눈에는 타고난 통찰력이 습관적인 소심함에 의해 늘 가려져 있었다. 신부는 나를 좋아하지 않았다. 내게 말할 때는 그의 상냥하고 쾌활한 태도가 자기도 모를 정도로 싸늘해진다는 것을 눈치채는 건 쉬운 일이었다. 심지어는 내가 다가가기만 해도 언제나 그의 얼굴이 어두워진다는 것도 알아차렸다.

내가 견디고 있는 압박은 지금까지의 습관과는 전혀 달랐고 내 능력을 넘어서는 일이어서 나는 거의 기절할 지경이 되어 성의 정원 풀밭에 가서 쓰러졌다. 그곳은 마음이 혼란스러울 때마다 가는 나의 피난처였다. 키 큰 떡갈나무들, 나뭇가지마다 달려 있는 수백 년 된 이끼, 숨겨진 고통의 상징인 양 파리하고 향기로운 숲속 야생화들, 어린 시절의 친구들이, 야생 생활에서 그랬듯 사회생활에서도 변함없이 다시 만날 수 있는 유일한 친구들이 거기 있었다. 나는 손으로 얼굴을 가렸다. 일생 동안 많은 고난을 겪었지만 이보다 더 고통스러웠던 일은 떠오르지 않았다. 하지만 나중에 겪은 어떤 일들은 몹시 현실적이었다. 그래서 모든 것을 고려하면 행복하다고 할 수도 있었다. 거칠고 위험한 강도 행각에서 벗어난 것, 애정, 배려, 부유함, 자유, 교육, 유익한 충고와 훌륭한 모범 등 꿈도 꾸지 못한 여러 가지 좋은 것들을 발견했으니 말이다. 그러나 어떤 영혼의 상태에서 그와 반대되는 상태로 이행하려면, 심지어는 악에서 선으로, 고통에서 즐거움으로, 피로에서 휴식으로 이행한다고 할지라도 인간은 고통을 견뎌야 하며, 이런 새로운 운명이 탄생하려면 존재의 모든 용수철이 끊어질 정도까지 당겨져야 한다는 것은 확실하다. 이렇듯, 여름이 다가오면서, 하늘은 어두운 구름으로 뒤덮이고, 들썩이는 땅은 폭풍우가 내리칠 때 사라질 준비가 된 것처럼 보이는 것이다.

그 당시 나는 드라마르슈 씨를 향한 증오심을 만족시킬 방도를 찾느라 바빴다. 속내를 들키지 않고 내가 에드메 곁에서 은근히 내세우고 있는 비밀스러운 관계를 눈치조차 챌 수 없게 만드는 방법을 말이다. 로슈-모프라에서는 맹세의 성스러움 따위는 전혀 힘을 쓸 수 없었음에도 불구하고, 전에도 얘기했듯이 유일하게 읽은 것이라고는 기사 이야기시 몇 편뿐이었기 때문에 나는 약속을 충실히 지키는 비현실적 사랑에 매료되었으며, 그것이 내가 획득한 거의 유일한 미덕이었다. 따라서 에드메에게 약속한 비밀 엄수는 나를 꼼짝 못 하게 붙들고 있었다. '하지만 적에게 달려들어 목을 조를 수 있는 그럴싸한 핑계를 찾을 수 있지 않을까?' 하고 나는 생각했다. 사실 나를 정중하게 대하고 세심하게 배려하려고 마음먹은 듯 보이는 사람에게 그렇게 하는 것은 쉽지 않았다.

이런 난처한 상황에 빠진 나는 그만 식사 시간을 잊어버렸다. 성의 탑들 뒤로 해가 지는 것을 보고, 너무 늦어서 내가 없다는 사실이 벌써 눈에 띄었을 게 분명하고, 에드메의 갑작스러운 질문이나 사제의 맑고 냉정한 시선을 받지 않고는 돌아갈 수 없을 거라고 생각했다. 사제는 늘 내 시선을 피하는 것 같았지만, 나의 의식 가장 깊은 곳까지 들여다보는 그의 시선과 갑자기 마주치곤 했다.

　나는 어두워진 뒤에 돌아가기로 결심하고, 터질 것 같은 머리를 식히기 위해 잠이나 자볼까 하고 풀 위에 드러누웠다. 실제로 나는 잠들었다. 깨어났을 때 아직 저녁 빛으로 불그레한 하늘에 달이 떠 있었다. 나를 소스라치게 한 소리는 아주 가늘었다. 하지만 그것은 귀를 두드리기 전에 가슴을 두드리는 소리, 가장 미묘한 사랑의 발산이어서 가끔은 가장 거친 인격체에게도 스머드는 소리였다. 얼마 떨어지지 않은 곳의 잎사귀들 뒤에서 방금 내 이름을 말한 에드메의 목소리가 들려왔다. 처음에 나는 꿈을 꾸고 있나 했지만 꼼짝도 하지 않고 숨을 참은 채 귀를 기울였다. 그것은 사제와 함께 은둔자의 집에 가고 있는 그녀였다. 그들은 내게서 대여섯 발짝 떨어져서 나무가 지붕처럼 하늘을 덮고 있는 오솔길에서 멈추더니 낮은 목소리로, 그러나 정색을 하고 주의를 끄는, 속내를 터놓는 사람들끼리의 분명한 어조로 이야기했다. "전 그가 드라마르슈 씨에게 싸움을 걸지나 않을까 두려워요." 에드메가 말했다. "더 심각한 게 뭔지 아세요? 여러분은 베르나르를 몰라요."

　"무슨 일이 있어도 그를 여기서 멀어지도록 해야겠어요." 신부가 대답했다. "아가씨가 그렇게 계속해서 그 짐승 같은 강도에게 노출된 채로 지낼 수는 없는 노릇이지요."

　"사는 게 아닌 건 확실해요. 그가 여기에 발을 들여놓은 이후로 전 단 한순간도 자유롭지 못했어요. 침실에 갇혀 있거나, 친구들의 보호를 받지 않으면 한 발짝도 꼼짝을 못 해요. 고작해야 계단을 내려갈 수 있을 뿐이고, 회랑이라도 건너가려면 미리 알아보라고 르블랑 양을 보내야 하죠. 아주 용감한 내 모습만 봐온 그 가엾은 시녀는 날 미쳤다고 생각해요. 이런 압박은 정말 지긋지긋해요. 이제는 자물쇠를 잠가야만 잘 수 있어요. 그리고 보세요, 신부님, 칼을 지니지 않으면 걸어 다니지도 못하니 영락없이 스페인 시에 나오는 여주인공이라니까요."

"만일 그 딱한 자가 당신과 마주치거나 겁을 주면 당신은 가슴을 치면서 후회하죠, 그렇지 않나요? 그런 경우는 받아들여질 수 없어요. 에드메, 감당할 수 없는 처지를 바꿀 방도를 찾아야 해요. 저 로슈-모프라의 강도와 억지로 맺은 끔찍한 타협에 대해 아버님께 고백해서 그분이 그에게 품고 있는 우정을 거두시도록 하는 건 아가씨가 원치 않았다고 생각해요. 하지만 그렇게 된다 해도… 아! 가엾은 에드메, 내가 피를 보는 걸 좋아하는 사람은 아니지만, 사제로서의 내 처지가, 그자를 도발해서 당신을 그자로부터 영원히 벗어나게 해주는 것을 가로막고 있음을 하루에도 수백 번씩 한탄하고 있답니다."

아주 순진하게 표현된 이 자비로운 후회의 말을 듣고, 사제의 싸움꾼 기질을 시험하기 위해서라도 갑자기 모습을 드러내볼까 하는 마음이 굴뚝같았지만, 에드메가 내게 품고 있는 진정한 감정과 계획을 어떻게든 포착하고 싶은 욕망이 나를 옭아매고 있었다.

"자, 진정하세요." 그녀가 거리낌 없는 태도로 말했다. "그가 내 인내심을 바닥나게 하면 조금도 망설이지 않고 그의 뺨에 이 칼날

을 박아 넣겠어요. 조금 피를 뽑으면 그의 열정이 가라앉으리라고
확신해요."

그리고 그들은 몇 발짝 다가왔다.

"이봐요, 에드메." 신부가 다시 멈춰 서며 말했다. "우리가 이 얘
기를 파시앙스 앞에서 할 수는 없어요. 그러니 어떻게든 결론을 내
고 대화를 끝냅시다. 당신은 베르나르 때문에 아주 코앞의 위기에
봉착해 있어요. 아가씨, 제가 보기에 당신은 우리에게 닥칠 수 있는
불행을 예고하기 위해 해야 할 일을 다하지 않고 있어요. 당신에게
해로운 일은 우리 모두에게도 해로운 일이고, 마음속 깊은 곳에서
우리에게 충격을 줄 테니까요."

"듣고 있어요, 훌륭한 친구여." 에드메가 대답했다. "저를 꾸짖고
충고해주세요."

동시에 그녀는 나무에 등을 기댔는데, 나는 바로 그 나무 아래
가시덤불과 키 큰 풀들 사이에 누워 있었다. 내게는 그녀가 또렷이
보였기 때문에 그녀가 나를 볼 수도 있지 않을까 생각했다. 하지만
그녀는 내가 자신의 천사 같은 얼굴을 바라보고 있다고는 꿈에도
생각지 못하고 있었다. 미풍이 불면서 흔들리는 나뭇잎들의 그림
자와 숲속에 뿌려진 파리한 다이아몬드 같은 달빛이 그녀의 얼굴
위로 차례로 지나갔다.

"내가 말했지요, 에드메." 사제가 가슴에서 팔짱을 끼고 가끔 자
기 이마를 치며 계속 말했다. "그대가 상황을 명료하게 판단하지 않
고 있다고 말이에요. 어떤 때는 그 상황이 희망이라고는 다 잃어버

리고 죽고 싶을 정도로 그대에게 타격을 주기도 하고(그래요, 친애하는 자녀여, 그대의 건강이 눈에 띄게 상할 만큼), 그대가 화를 좀 낼위험을 무릅쓰고라도 이 말은 꼭 해야겠는데요, 또 어떤 때는 경솔하고 명랑하게 위험을 생각하기도 하는데 그게 난 놀라워요."

"마지막 비난은 납득하기가 좀 어렵군요, 친구여." 그녀가 대답했다. "하지만 해명하게 해주세요. 그 놀라움은 신부님이 모프라족속을 잘 모른다는 사실에서 비롯된 거랍니다. 그 족속은 길들일수도, 교정할 수도 없어요. **곤봉**이나 **강도**를 배출할 수 있을 뿐이죠. 교육이라는 대패로 아무리 잘 다듬어도 여전히 옹이가 남아 있어요. 하늘 높은 줄 모르는 자부심, 강철 같은 의지, 목숨에 대한 뿌리 깊은 경멸 같은 것 말이죠. 우리 아버지는 사랑스럽고 선하신 분이지만, 신부님이 정치 토론에서 그분을 압도하거나 체스에서 이기게 되면, 가끔 욱하는 성격이 튀어나와 담뱃갑을 탁자에 내리쳐서깨뜨리고 말죠. 나만 해도 그래요. 민중의 귀족 계층에서 태어나기라도 한 것처럼 내 혈관에도 피가 넘친다고 느껴요. 어떤 모프라도태도가 우아해서 궁정에서 빛을 발한 적은 없다고 생각해요. 이렇게 용감하게 태어난 내가 어떻게 목숨을 중시하기를 바랄 수 있으세요? 물론 몹시 의기소침해지고, 지금의 나처럼 여인으로서의 진정한 운명에 연민을 느끼는, 나약해지는 순간도 있어요. 하지만 날화나게 해보라죠, 날 위협해보라죠. 그럼 강한 가계의 피가 되살아나요. 그러면 적을 박살 낼 수는 없지만 내게 공포심을 불러일으키고자 하는 것을 동정하며 팔짱을 끼고 웃음을 터뜨리죠. 자, 신부님, 이게 당신께 과장으로 보이지 않았으면 좋겠네요. 내일이면, 오늘 저녁일 수도 있지만요, 제가 말한 게 실현될 수 있어요. 이 자개장식 칼은 누굴 죽이게 생기지는 않았지만 아주 쓸모가 있어요. 게다가 (그 일에 정통한) 돈 마르카스가 날카롭게 갈아주었죠. 난 밤이고 낮이고 절대 그걸 떼어놓지 않고 있어요. 이제 결심이 섰어요. 내게 단단한 주먹은 없지만 말에 채찍질을 잘할 수 있는 만큼 내 가슴에 칼날을 꽂을 수 있어요. 오오! 칼이 꽂히면, 내 명예는 안전해지고, 내 목숨만이 풍전등화 신세가 되어서, 어느 저녁에 베르나르가 대충 마신 한 잔의 포도주, 우연한 만남, 그가 드라마르슈 씨와 나 사이에서 포착했다고 믿는 시선, 어쩌면 아무것도 아닌 것에 의해 결정되겠죠! 어떻게 해야 할까요? 슬퍼한다고 해서 과거를 지울 수 있을까요? 우리는 인생의 단 한 페이지도 뜯어버릴 수 없지만 책을 불 속에 던져버릴 순 있죠. 밤을 새워 울어본들, 운명이 고약한 기분에 사로잡힌 날, 나를 사냥으로 이끌어서 숲속에서 길을 잃게 하고 모프라 한 사람과 마주치게 해 그의 소굴로 끌려가는 것을 막을 수 있을까요? 그 소굴에서 내 삶을 야만인 아이의 삶과 영원히 연결하고서야 치욕, 어쩌면 죽음에서 벗어날 수 있었던 것을 막을 수 있을까요? 그는 내가 받은 교육이나 내가 가진 사상 또는 연민과는 공통점이 전혀 없었고, 아마도(아니, 분명히라고 말해야겠죠) 앞으로도 절대로 없을 거예요. 이 모든 것, 그게 바로 불행이죠. 나는 행복한 운명의 찬란함 속에 있었어요. 늙으신 아버지의 자부심이자 기쁨이었고, 내가 존경하고 마음에 들어 하는 사람과 결혼하기로 되어 있었어요. 어떤 고통이나 불안도 내게 다가온 적이 없었죠. 안전하지 않은 낮도, 잠들지 못하는 밤도 겪어보지 않았어요. 오오! 주님은 그토록 아름다운 인생이 실현되는 걸 원하지 않으셨나 봐요. 주님의 뜻이 이루어지기를! 모든 희망이 돌이킬 수 없게 다 사라진 듯해서 나는 죽었고 내 약혼자는 홀아비다, 라고 여긴 날들도 있답니다. 아버지만 아니라면 그런 건 정말 코웃음 치고 말았을 거예요. 대립이나 공포는 나와 상관없는 일이어서, 그걸 겪은 지 얼마 되지 않았는데도 벌써 삶에 지쳤어요."

"용기는 가상하지만 끔찍하군요!" 신부가 갈라진 목소리로 외쳤다. "이건 거의 자살 결정이에요, 에드메!"

"내 삶과 싸워볼게요." 그녀가 열정적으로 대답했다. "하지만 내 명예가 털끝 하나 다치지 않고 이 모든 위험에서 벗어나지 않는 한, 한순간도 삶과 타협하지 않겠어요. 그래서 말인데요. 내가 알지도 못하는 잘못 때문이라고 해도 시련을 달게 받겠다는 정신으로 더럽혀진 삶을 받아들일 만큼 신심이 깊지는 않아요. 죽음과 수치 중에서 선택해야 할 정도로 주님이 내게 가혹하시다면…"

"그대에게 절대로 수치란 있을 수 없지요, 에드메, 그토록 정숙한 영혼과 순수한 의도를 가졌는데…"

"오! 무슨 소용이 있겠어요, 신부님! 아마도 난 신부님이 생각하시는 것만큼 고결하지 않고, 종교에서도 그렇게 정통파가 아니랍니다. 당신도 그러시죠, 신부님…! 난 세상 걱정은 거의 하지 않아요. 세상을 사랑하지 않으니까요. 여론을 두려워하지도, 멸시하지도 않아요. 그것과는 볼일이 없으니까요. 나쁜 영이 날 사로잡으면 어떤 미덕의 원칙이 나를 굴복하지 못하게 막을 만큼 강력할지 잘 모르겠어요. 나는 『누벨 엘로이즈』*를 읽고 몹시 울었죠. 하지만 나는 모프라이고 불굴의 자부심을 갖고 있기 때문에 절대로 남자의 독재를 참지 않을 거예요. 연인의 폭력은 물론이고 남편의 모욕도 마찬가지죠. 애원할 때 거절한 것을 힘으로 누른다고 굴복하는 것은 노예근성, 비겁한 성격에 속할 뿐이죠. **아름다운 목자**인 성녀 솔랑주는 영주의 권리에 굴복하느니 목이 잘리는 쪽을 택했어요. 신부님도 아시겠지만, 모프라 사람들은 어머니에서 딸까지 베리의 수호성녀의 가호 아래 세례를 받게 되어 있죠."

"그래요. 당신은 자부심이 강하고 당당하죠." 신부가 말했다. "이 세상의 어느 여인보다 당신을 존경하기 때문에 당신이 살아서 자유롭게 되고, 당신에게 어울리는 결혼을 했으면 좋겠어요. 아름다운 영혼들이 아직도 고귀하게 만들 줄 아는 역할을 인간적인 가족 안에서 다하기 위해서 말입니다. 더군다나 당신 아버지께는 당신이 없으면 안 되죠. 당신이 죽는다면 아버지도 무덤 속으로 떠밀리겠죠. 아직 창창하고 모프라라서 굳세기 그지없는 분이 말입니다. 그러니 그 불길한 생각과 극단적인 결정을 물리치세요. 로슈-모프라의 이상한 모험은 불길한 꿈에 지나지 않아요. 우리 모두 그 끔찍한 밤에는 악몽을 꾸었지만 이제 깨어날 시간입니다. 아이들처럼 가위눌린 채로 있을 수는 없어요. 당신이 취할 방도는 딱 하

* 장자크 루소가 1761년 발표한 서간체 연애소설로 19세기까지 큰 인기를 끌었다.

나, 내가 말씀드린 바로 그것뿐입니다."

"어머나! 신부님, 그게 모든 것 중 가장 불가능해 보이는데요. 저는 온 세상천지에서 그리고 인간의 가슴에서 가장 숭고한 것을 걸고 맹세했어요."

"협박과 폭력에 의해서 끌어낸 서약은 아무도 구속하지 못합니다. 인간의 법이 그렇게 선언했을 뿐만 아니라 주님의 법도 주로 이런 종류의 상황에서는 일말의 의심도 없이 인간의 양심을 해방해주시죠. 당신이 정통파라면 내가 로마에 갈 텐데요. 당신에게서 그토록 무모한 맹세를 거둘 수 있도록 걸어서라도 갈 겁니다. 하지만 당신은 교황에게 종속되어 있지 않아요, 에드메… 나도 마찬가지고요."

"그럼 내가 맹세를 저버린 사람이 되기를 바라시나요?"

"당신의 영혼은 그렇지 않을 테니까요."

"내 영혼도 그럴 거예요! 내가 무얼 하는지 뻔히 알면서 맹세했어요. 그 자리에서 자살할 수도 있었어요. 이것보다 세 배는 큰 칼을 손에 들고 있었거든요. 저는 살고 싶었어요. 무엇보다 아버지를 다시 만나 안아드리고 싶었어요. 내가 사라지는 바람에 아버지가 겪게 된 걱정 근심을 없애기 위해서라면 목숨보다 더한 것도 걸었을 거예요. 불멸의 영혼까지도 걸었을 테지요. 그리고 그 이후, 말씀드렸듯이 어제저녁 저는 맹세를 갱신했어요. 아주 자유로운 상태에서요. 나의 **사랑스러운** 약혼자와의 사이에 벽이 있었기 때문이죠."

"어떻게 그런 경솔한 짓을 할 수가 있었나요, 에드메? 내가 알다가도 모를 게 바로 당신의 그런 점입니다."

"오! 그것 때문에요? 저도 그렇게 생각해요. 나도 나 자신을 이해할 수 없어요." 에드메가 이상한 표정으로 말했다.

"오, 친애하는 자녀여, 내게는 마음을 열고 얘기해야 해요. 여기서는 내가 유일하게 그대에게 충고를 할 수 있는 사람이지요. 당신이 가톨릭교회의 고해의 비밀만큼이나 성스러운 우정의 봉인 아래 모든 것을 말할 수 있는 유일한 사람이 나니까요. 그러니 대답해봐요. 당신과 베르나르 모프라의 결혼이 가능하다고 생각하지 않는 거지요!"

"불가피한 것이 어떻게 불가능할 수 있겠어요?" 에드메가 말했다. "강물에 몸을 던지는 것보다 더 가능한 일은 없어요. 불행과 좌절에 빠져드는 것보다 더 가능한 일은 없어요. 결국 베르나르 모프라와 결혼하는 것보다 더 가능한 일은 없는 거죠."

"난 절대 이 말도 안 되고 한심스러운 결합에 내 사제직을 빌려주지 않을 거예요." 사제가 소리쳤다. "그대는 이 강도의 아내이자 노예로군요! 에드메, 방금 연인의 폭력도 남편의 모욕만큼이나 용납하지 않겠다고 말했지요."

"그가 나를 때릴 거라고 생각하세요?"

"당신을 죽이지 않는다면!"

"오! 아니에요." 그녀가 손에서 칼이 튀어나오게 하면서 반항적인 태도로 대답했다. "내가 먼저 그를 죽일걸요. 뛰는 모프라 위에 나는 모프라가 있어요!"

"웃고 있군요, 에드메, 하느님 맙소사! 그런 결혼을 생각하면서 웃음이 나오나요! 하지만 설령 그 사람이 당신에게 애정과 배려가 있다 쳐도, 서로를 이해할 수 없을 테고 그의 거친 생각, 저속한 언어 같은 것도 생각해야지요! 그런 결합은 생각만 해도 싫어서 심장이 벌렁거립니다. 그에게 어떤 언어로 이야기를 할 거지요? 오, 위대하신 주님."

나는 한 번 더 몸을 일으켜서 나를 욕보이고 있는 사람 위로 떨어질 뻔했다. 하지만 분노를 눌렀다. 에드메가 말하고 있었기 때문이다. 나는 다시 온 신경을 귀로 집중했다.

"사흘 후면 내 목을 자르는 게 차라리 나을 수도 있다는 걸 아주 잘 알고 있어요. 하지만 어떤 식으로든 그 일은 벌어져야 하는데, 피할 수 없는 시간이 될 때까지 밀고 나가지 못할 이유는 뭐죠? 고백건대 삶에 약간 미련이 있기도 해요. 로슈-모프라에 갔던 사람들 모두가 다 돌아온 건 아니에요. 나만 해도 거기서 죽지는 않았지만, 죽음과 약혼을 했죠. 정말이지! 내 결혼식 날까지 가보겠어요. 그리고 만일 베르나르가 너무도 혐오스러우면, 무도회가 끝난 다음에 자살하겠어요."

"에드메, 지금 그대의 머릿속은 소설로 가득하군요." 몹시 초조해진 사제가 말했다. "주님 덕분에 당신 아버지는 이 결혼을 허락하지 않으실 겁니다. 그분은 드라마르슈 씨와 약속을 했고, 당신 역시 그와 약속을 했지요. 유효한 건 바로 그 약속뿐이에요."

"아버지는 가문과 혈통을 곧바로 계승시킬 그 합의에 즐거워하며 서명하실걸요. 드라마르슈 씨 말인데요. 내가 로슈-모프라에서 두 시간을 보냈다는 사실을 알자마자 내가 굳이 부탁하는 수고를 하지 않아도 내 약속을 취소해줄 거예요. 다른 설명도 필요 없을 테고요."

"그대가 순결하게 빠져나온 그 불행한 모험에 의해 그대의 이름이 더럽혀졌다고 믿는다면, 그는 내가 그에게 준 좋은 점수를 받을 자격이 없을 겁니다."

"베르나르 덕분에!" 에드메가 말했다. "결국 나는 그에게 감사해야 해요. 그의 유보와 조건에도 불구하고, 그의 행동은 강도의 처지로서는 생각할 수도 없을 만큼 훌륭하죠."

"주님이 내게 이 젊은이의 좋은 품성을 부인하지 못하게 하시는군요. 교육을 받았더라면 그걸 발전시킬 수도 있었을 텐데요. 그에게 이치를 알아듣도록 할 수 있는 건 바로 이런 좋은 측면 때문이지요."

"공부하라고요? 그는 절대 허락 안 할걸요. 그가 공부할 준비가 된다 해도 파시앙스보다 나을 것도 없을 거예요. 몸은 동물적인 생활에 맞게 만들어졌는데 정신이 지성의 규칙을 따를 수는 없으니까요."

"나도 그렇게 생각하느니만큼 그 얘기는 하지 않겠습니다. 내 말은, 그에게 설명을 하고, 그가 명예를 아는 사람이라면 그대를 그 약속에서 해방하고 그대와 드라마르슈 씨와의 결혼에 대해 입장을 정해야 한다는 걸 이해시켜야 한다는 거예요. 그가 어떤 존중도 배려도 받을 자격이 없는 짐승에 지나지 않을 수도 있고, 아니면 자신의 잘못과 광기를 느끼고 정직하고 지혜롭게 처신할 수도 있겠지요. 당신이 내게 강요한 비밀 엄수 서약에서 나를 풀어주고 그와 터놓고 얘기할 수 있도록 허락해주세요. 그러면 그대에게 성공으로 답할 테니."

"나는 그 반대라고 생각하는데요, 나는요." 에드메가 말했다. "게다가 그건 허락할 수 없을 것 같아요. 베르나르가 어떤 사람이건 그와의 대결에서 명예롭게 빠져나오는 게 중요해요. 만일 내가 신부님이 말한 대로 행동한다면 그는 내가 지금까지 자기를 부당하게 가지고 놀았다고 생각할 이유가 충분할 거예요."

"좋아요! 그렇다면 마지막 수단은 당신을 드라마르슈 씨의 명예와 지혜에 맡기는 겁니다. 그가 자유롭게 그대의 상황을 판단하고 결정을 내리도록 해야지요. 당신은 그에게 비밀을 털어놓을 권리가 있습니다. 게다가 그를 몹시 신뢰하기도 하고요. 그가 그대를 이런 처지에 방치할 만큼 비열하다면 이제 남은 것은 베르나르의 폭력을 피해서 수도원의 창살 뒤로 몸을 피하는 최후의 수단을 쓰는 수밖에요. 몇 년 동안 거기 머무르며 수녀가 된 척하는 거지요. 젊은이는 그대를 잊을 테고 그대는 자유를 되찾는 거지요."

"사실 그게 유일하게 합리적인 결정이라 벌써 생각해봤어요. 하지만 아직 그런 방법을 쓸 때는 아니죠."

"그럴 수도 있죠. 드라마르슈 씨에게 고백을 해봐야겠습니다. 내가 믿어 의심치 않듯이 그가 마음이 따뜻한 사람이라면, 그는 당신을 자기 보호 아래 둘 거고, 설득을 해서든 권위를 써서든 책임지고 베르나르를 멀리 보낼 겁니다."

"무슨 권위 말인가요? 신부님, 말씀해주세요."

"우리 관습에서 귀족이 귀족에 대해 가질 수 있는 권위란 명예와 검이지요."

"오! 신부님, 당신도, 당신도 피에 굶주린 사람이군요! 정말이지! 그것이야말로 지금까지 내가 피하고 싶었고, 앞으로 목숨과 명예로 대가를 치르는 한이 있어도 피할 일이랍니다! 나는 이 두 사람 사이의 싸움은 원치 않아요."

"나도 그렇게 생각합니다. 둘 중 하나는 당신에게 정당하게 소중한 사람이지요. 하지만 분명한 것은 이 싸움에서 위험한 쪽이 드라마르슈 씨는 아닐 거라는 거지요."

"그렇다면 베르나르가 위험하군요!" 에드메가 힘차게 소리쳤다. "오오! 드라마르슈 씨가 막대기나 새총 따위밖에 다룰 줄 모르는 저 불쌍한 아이를 도발해서 결투를 하도록 부추긴다면, 난 그가 무서울 거예요. 어쩌면 그런 생각을 하실 수 있으세요, 당신이요, 신부님! 당신이 저 딱한 베르나르를 미워해야만 있을 수 있는 일이죠. 내 목숨이 위험에 처했을 때 구해주어서 감사하다고 남편을 시켜 그의 목을 자르는 셈이 되네요! 안 돼요, 안 돼요. 그를 부추기는 것도, 그를 모욕하는 것도, 그를 슬프게 하는 것도 두고 보지 않겠어요. 그는 내 사촌이고, 모프라이고, 형제나 다름없어요. 그를 이 집에서 몰아내는 것도 참지 않겠어요, 차라리 내가 집을 나가는 한이 있어도."

"참 관대한 생각이에요, 에드메." 신부가 대답했다. "정말 열렬하게 생각을 표현하는군요! 난 혼란스럽네요. 그대의 마음을 상하게 하지나 않을까 걱정이지만 젊은 모프라를 위한 그런 배려가 내게 이상한 생각을 불러일으킨다고 고백하고 싶군요."

"오호! 그럼 그 생각이 뭔지 말씀해보세요." 에드메가 좀 무례하다 싶게 말을 이었다.

"그대가 원하니 말하지요. 그대가 드라마르슈 씨보다 이 젊은이에게 더 지대한 관심을 기울이고 있는 듯하다는 겁니다. 난 그 반대로 하라고 설득하고 싶은데 말이에요."

"누가 더 이 관심을 필요로 할까요, 엉터리 기독교도님?" 에드메가 미소를 지으며 말했다. "빛이라고는 본 적이 없는 완고한 죄인이 아닐까요?"

"하지만 어쨌든, 에드메, 당신은 드라마르슈를 사랑합니까? 농담하지 말고요, 제발!"

"사랑한다는 게, 신뢰와 우정이 있다는 걸 의미한다면 난 드라마르슈 씨를 사랑해요." 그녀가 진지한 어조로 대답했다. "그게 아니라 연민과 배려를 의미한다면 난 베르나르를 사랑하고요. 이 두 가지 애정 중에 어느 것이 더 강렬한지를 알아야 하는 일이 남았네요. 그건 당신 일이죠, 신부님. 난, 나는 그런 것은 별로 염려하지 않아요. 내가 열렬히 사랑하는 사람은 한 명뿐인데, 그는 내 아버지시죠. 또 내가 열렬히 사랑하는 것은 한 가지뿐인데, 그건 내 의무죠. 아마도 난 도지사 보좌관의 배려와 헌신을 아쉬워할 거예요. 내가 그의 아내가 될 수 없다고 알리는 즉시 그에게 줄 수밖에 없는 슬픔에 괴로워할 테고요. 하지만 그렇게 할 수밖에 없다 해도 난 절망 따위에는 빠지지 않을 거예요. 드라마르슈 씨는 쉽게 마음을 달래리라는 걸 알고 있으니까요. 농담이 아니에요, 신부님. 드라마르슈 씨는 경박하고 조금은 냉정한 사람이거든요."

"그대가 그를 그다지 좋아하지 않는다니 잘되었군요, 그건 수많은 고통 중 가장 덜한 고통일 테니. 그런데 그런 무관심을 알게 되니 당신이 베르나르 모프라에게서 빠져나오는 것을 보겠다고 내가 간직해온 마지막 희망이 사라지는군요."

"자, 친구여, 조금도 슬퍼하지 마세요. 베르나르가 우정과 공정에 눈을 떠서 행실을 고치거나 내가 그에게서 달아나거나 하게 될 테니까요."

"어떤 문으로?"

"수도원의 문, 아니면 묘지의 문이죠."

침착하게 이런 얘기를 하면서 에드메가 머리를 흔들자 검고 긴 머리카락이 어깨 위에 펼쳐지면서 그중 일부가 창백한 얼굴을 덮었다. "그래요." 그녀가 말했다. "주님이 우리를 도와주실 거예요. 위험에 처했을 때 그분을 의심한다면 미쳤거나 신성모독을 하는 거죠. 그렇다면 우리가 이렇게 낙담하는 것은 무신론자여서일까요? 파시앙스를 만나러 가요. 그가 우리를 안심시킬 무슨 판단을 내려줄 거예요. 그는 무슨 일이든 해결해주는 늙은 예언자이니까요. 그 일에 대해 아무것도 모르면서도 말이에요."

그들은 멀어져갔고, 나는 놀라서 정신이 나간 채로 남아 있었다.

아! 오늘 밤은 지난밤과 어쩌면 그리 다를까! 나는 방금 꽃 핀 오솔길이 아니라 사나운 바위 위에 내 인생의 새로운 발걸음을 내디딘 것이로구나! 이제 나는 내가 맡은 역할의 모든 끔찍한 현실을 알게 되었다. 나는 방금 에드메의 마음속 깊은 곳에 있는 나에 대한 두려움과 혐오를 밑바닥까지 읽고 만 것이다. 어떤 것도 내 고통을 진정시킬 수 없었다. 어떤 것도 내 분노를 그 이상 자극할 수 없었기 때문이었다. 그녀는 드라마르슈 씨를 조금도 사랑하지 않으며, 그도 나도 가지고 놀지 않았다. 그녀는 우리 두 사람 중 누구도 사랑하지 않았던 것이다. 어찌해서 나를 향한 자비로운 동정심이나 맹세한 약속을 지키려는 숭고한 헌신을 사랑이라고 믿을 수 있었단 말인가? 주제넘은 망상에 빠진 나머지 어떻게 그녀가 나의 정열에 저항하기 위해서는 반드시 다른 사람을 사랑해야만 한다고 생각할 수가 있었단 말인가? 결국 이제 나는 나 자신의 분노를 제어할 아무런 방법이 없었다! 에드메의 도주나 죽음 말고는 얻을 수 있는 것이 없었다! 그녀의 죽음! 생각만 해도 혈관의 피가 얼어붙고 심장이 조여오며 후회가 바늘처럼 심장을 찔러댔다. 이 고통스러운 오후야말로 내게는 주님의 가장 강력한 부름이었다. 비로소 나는 그때까지 내가 모욕하고 모독했던 부끄러움과 성스러운 자유의 계율을 깨달았다. 나는 그 계율에 그 어느 때보다 놀랐지만, 나는 그것을 보았다. 그것은 증거에 의해 증명되었다. 에드메의 강하고 진실한 영혼은 방금 주님의 손가락이 흔들리지 않는 진리를 새겨놓은 시나이산의 돌*처럼 내 앞에 있었다. 그녀의 고결함은 가식이 아니었고 그녀의 칼날은 내 사랑의 오욕을 씻을 수 있도록 날카롭게 갈린 채로 늘 준비되어 있었다! 나는 그녀가 내 품에서 숨을 거두는 것을 보게 될 위험을 나 스스로 초래했다는 사실에 놀라고, 그녀의 저항을 꺾으려고 내가 그녀에게 모욕을 가했다는 사실에 경악해서, 내 잘못들을 바로잡고 그녀에게 휴식을 되찾게 해줄 모든 극단적인 방법들을 모색했다.

유일한 해결책은 멀리 떠나는 것이었지만 그것은 내 능력을 넘어서는 일이었다. 존중과 존경의 감정이 내게 드러남과 동시에, 말하자면 성격이 달라진 사랑이 내 영혼 속에서 자라나 나의 전 존재를 사로잡았기 때문이었다. 나는 에드메를 새로운 모습으로 보게 되었다. 이제 그녀는 함께 있으면 감각을 엉망으로 만들어버리는 아름다운 소녀가 아니었다. 그녀는 세라핌**처럼 아름답고, 자부심 강하고, 용감하며, 명예의 문제에 있어서는 굽히지 않으며, 관대하고, 전우를 만드는 고결한 우정이 가능한 사람이었지만, 수천 가지 시련을 겪으면서도 황금 갑옷*** 아래서 성스러운 땅을 향해 걸어가는 기사처럼 오직 주님께만 열정적인 사랑을 품고 있는 내 나이

* 모세의 십계명이 새겨진 돌판.
** 날개가 여섯 개 달린, 9계급 중 최고의 천사.
*** 앞에서 나온 타소의 『해방된 예루살렘』의 인유.

208

또래의 젊은이였다.

그 순간부터 나의 사랑이 머릿속의 폭풍우에서 가슴속의 건전한 영역으로 내려오는 것이 느껴졌고, 헌신이 더는 수수께끼로 보이지 않았다. 나는 다음 날부터 복종과 애정의 행동을 하기로 작정했다. 여러 가지 감정의 혼란으로 녹초가 된 채 피곤에 지치고 배가 고파 죽을 지경이 되어 매우 늦게 돌아왔다. 찬방으로 들어가 빵을 한 조각 집어서 눈물에 젖은 빵을 먹었다. 불이 꺼진 화덕에 몸을 기대었다. 꺼져가는 등불의 희미한 빛 때문에 에드메가 나를 보지 못하고 들어왔다. 그녀는 식료품 궤짝에서 버찌를 몇 개 집어 들고 천천히 화덕 쪽으로 다가왔다. 그녀는 창백하고 생각에 잠겨 있었다. 나를 보더니 외마디 소리를 지르며 버찌를 떨어뜨렸다. "에드메." 내가 말했다. "제발 부탁이니 이젠 절대로 나를 무서워하지 말아줘요. 이게 내가 당신에게 할 수 있는 말 전부요. 난 내 생각을 설명할 줄 모르니까. 그렇지만 당신에게 많은 일을 얘기하기로 결심했소."

"나중에 얘기해요, 착한 사촌." 그녀가 내게 미소를 지으려 하며 말했다. 하지만 그녀는 나와 둘만 있게 되자 휩싸인 두려움을 감출 수 없었다.

나는 그녀를 만류하려고 하지 않았다. 그녀의 경계심이 주는 고통과 모욕이 뼈저리게 느껴졌지만 내게 그걸 불평할 권리는 없었다. 하지만 격려의 말이 나보다 더 필요한 사람은 일찍이 없었을 것이다.

그녀가 그곳을 떠나자 내 가슴은 찢어졌다. 그 전날 소성당의 창문에서처럼 눈물범벅이 되었다. 에드메는 문지방에서 멈춰서 잠시 망설였다. 그러고는 착한 마음씨에 이끌려 두려움을 이겨내고 내 쪽으로 돌아와 내 의자 몇 발짝 앞에서 멈추었다. "베르나르, 불행하군요. 나 때문에 그래요?"

나는 눈물을 흘린 것이 부끄러워서 대답할 수가 없었다. 하지만 눈물을 억누르려고 노력하면 할수록 내 가슴은 오열로 터질 것 같았다. 그 당시의 나처럼 육체적으로 강한 사람에게서 눈물이란 발작 같은 것인데 나의 눈물은 단말마의 외침과 비슷했다.

"세상에나! 무슨 일인지 말해봐!" 갑자기 형제 같은 우정에 사로잡힌 에드메가 소리쳤다. 그녀는 심지어 내 어깨에 손을 올리기까지 했다. 그녀는 초조하게 나를 바라보았다. 굵은 눈물이 그녀의 뺨 위로 흘러내리고 있었다. 나는 무릎을 꿇고 이야기를 하려 했지만 그건 여전히 불가능했다. 그저 **내일**이라는 말을 여러 번 소리 낼 수 있었을 뿐이었다.

"내일? 도대체 뭐라고! 내일?" 에드메가 말했다. "여기 있는 게 행복하지 않은 거야? 떠나고 싶어?"

"당신이 원한다면 떠날 거요." 내가 대답했다. "말해봐요. 나를 다시는 보고 싶지 않은 거요?"

"그건 절대 아니에요." 그녀가 계속 말했다. "여기 있을 거죠, 그렇죠?"

"당신이 정해요." 내가 대답했다.

그녀는 깜짝 놀라 나를 바라보았다. 나는 여전히 무릎을 꿇고 있었다. 그녀가 내 의자의 등에 기댔다.

"난 말이야, 난 네가 아주 착하다고 확신해." 그녀가 마치 마음속의 반박에 대답이라도 하듯이 말했다. "모프라는 반쪽만 가지고는 아무것도 아니지. 그러니 네가 마지막 고비를 잘 넘기는 순간 넌 고귀한 삶을 살게 될 게 분명해."

"난 그럴 거야." 내가 대답했다.

"사실이야!" 그녀가 순박하고 착하게 기뻐하며 말했다.

"내 명예를 걸고, 에드메, 네 명예를 걸고! 내게 손을 줄 수 있겠어?"

"그렇고말고." 그녀가 말했다. 그녀가 내게 손을 내밀었다. 그 손은 떨고 있었다. "그러면 착한 결심을 한 거죠?"

"당신이 비난할 거리라고는 하나도 없을 그런 결정을 했소." 내가 대답했다. "그러니 이제 당신 방에서 나와요, 에드메, 자물쇠도 걸지 말고. 이제 내게서 두려워할 건 전혀 없으니까. 난 이제 당신이 원하는 대로만 할 거요."

그녀는 내 손을 꼭 쥐더니 놀란 시선을 내게서 거두지 못하고 멀어져갔다. 마치 그토록 빠른 회심을 믿을 수 없다는 듯이 몇 번이고 뒤돌아서 나를 바라보았다. 그러다가 마침내 문 앞에서 멈추어서 다정한 목소리로 말했다. "당신도 가서 쉬어야겠어요. 피곤하고 슬퍼 보여요. 그리고 이틀 전과 엄청 달라 보이고. 나를 슬프게 만들고 싶지 않다면 건강에 유의해요, 베르나르."

그녀는 내게 상냥하고 다정하게 머리를 끄덕였다. 괴로움으로 인해 이미 퀭해진 커다란 두 눈에 야릇한 표정이 떠올랐다. 경계심과 희망, 애정과 의구심이 번갈아가며, 때로는 한꺼번에 그려지고 있었다.

"나를 챙길게요. 잠도 자고, 슬퍼하지도 않을게요." 내가 대답했다.

"열심히 할 거죠?"

"열심히 할게요… 그런데 말이오, 에드메, 내가 당신에게 안겨준 모든 고통을 용서해주기를, 그리고 나를 조금만 사랑해주기를."

"당신을 엄청 사랑할 거예요." 그녀가 대답했다. "당신이 늘 오늘 밤만 같다면야."

다음 날 동이 트자마자 나는 신부의 방에 들어갔다. 그는 벌써 일어나서 책을 읽고 있었다. "오베르 신부님." 내가 말했다. "제게 수업을 해주시겠다고 몇 번이나 제안하셨죠? 당신의 친절한 제의를 실천해주십사 간청하러 왔습니다."

나는 이 시작 문구를 준비하고 신부와 대면했을 때 내가 취하고 싶은 태도를 연습하느라 지난밤을 얼마간 보냈다. 그가 착한 사람이고 나의 잘못을 원망했을 뿐이라는 것을 알고 있었기에 근본적으로 그를 미워하지는 않았지만 그에 대해 몹시 쓰라린 감정을 느꼈다. 그가 나에 관해 에드메에게 한 나쁜 말은 모두 내가 그걸 들어 마땅해서임을 나는 마음속으로 잘 인정하고 있었다. 하지만 그가 지나가면서 한마디 던진 나의 **좋은 측면**에 대해 좀 더 강조할 수도 있었을 텐데 싶었다. 그 사람만큼 통찰력 있는 사람이라면 그냥 지나치지 않았을 것이니 말이다. 그래서 나는 그 사람에게 아주 냉정하고 자신 있게 굴기로 작정했다. 그렇게 하기 위해 꽤 논리적으로 생각한 끝에, 수업이 진행되는 동안에는 엄청 고분고분하게 굴고 수업이 끝나자마자 아주 간단하게 감사를 표하며 그를 떠나기로 했다. 한마디로 가정교사로서의 직책으로 그를 모욕하려 한 것이다. 그가 숙부에게 생활비를 받고 있으므로 생계를 포기하거나 배은망덕을 자청하지 않는 이상 나를 교육시키는 것을 거절할 수 없음을 알았기 때문이었다. 그건 훌륭한 추론이었지만 나쁜 감정에서 비롯된 것이었기 때문에 곧 엄청난 후회에 사로잡혀서 용서를 청하면서 그것에 대해 일종의 우정 어린 고백을 하고 말았다.

하지만 사태를 예단하지 않도록, 내가 회심한 처음 며칠 동안에는 그 사람이 내게 가진 너무도 굳건한 여러 가지 면에서의 편견에 대해 철저하게 앙갚음했다는 이야기를 해야겠다. 경계하는 습관으로 인해 처음 느낀 대로 행동하는 것에 제약을 받지 않았다면, 그는 파시앙스가 수여한 정의로운 사람이라는 명칭을 받을 자격이 있었을 것이다. 하지만 그는 너무도 오랫동안 핍박받은 나머지 본능적으로 두려워하는 감정이 발달했고 평생 그것에서 벗어나지 못하여 사람을 신뢰하기 어렵게 되었다. 그러므로 그의 신뢰를 받는다는 것은 더욱 기분 좋고, 감동적인 일이었다. 나는 나중에 많은 훌륭한 사제들에게서 이런 성격을 관찰했다. 그들은 보통 자비로운 정신의 소유자였지만 우정의 감정을 품지는 않았다.

나는 그를 괴로워하게 하고 싶었고 성공했다. 원한이 나를 부추겼던 것이다. 나는 아랫사람을 대하는 진정한 귀족처럼 행동했다. 나는 더할 나위 없이 훌륭한 태도와 관심, 정중함 그리고 얼음 같은 딱딱함을 보였다. 그에게 내 무지를 부끄러워하게 만들 어떤 여지도 나는 남기지 않았다. 그러기 위해 그의 모든 비판에 선수를 치기로 결심했다. 아무것도 모른다고 나 스스로를 자책한 다음 가장 기본적인 수준의 것을 가르쳐달라고 부탁했던 것이다. 첫 수업이 끝났을 때 나 자신을 꿰뚫어 볼 수 있게 된 그의 통찰력 있는 눈에서 이 냉정함으로부터 일종의 친숙함으로 이행하고자 하는 욕망을 보았지만, 나는 전혀 준비가 되어 있지 않았다. 그는 나의 집중력과 지성을 칭찬하면서 나를 무장해제시켰다고 믿었다. "너무 신경을 쓰시네요, 신부님." 내가 대답했다. "나는 격려가 필요 없습니다. 내 지성은 믿지 않지만 주의력은 확신합니다. 최선을 다해 공부에 몰두하는 게 오로지 나 자신만을 위하는 일이니 주의력을 칭찬하실 필요는 없습니다." 이렇게 말하면서 그에게 인사를 한 뒤 내 방으로 건너가서 즉시 그가 내준 프랑스어 작문 숙제를 했다.

　아침을 먹으러 내려왔을 때 에드메가 벌써 내가 전날의 약속을 이행하고 있다는 소식을 들었음을 알았다. 그녀가 처음으로 내게 손을 내밀었고 아침을 먹는 동안 몇 번이고 나를 착한 내 사촌이라고 불렀다. 그 결과 절대로 얼굴에 아무런 표정도 짓지 않는 드라마르슈 씨가 놀라움 혹은 그 비슷한 것을 표했다. 나는 그가 전날 나의 거친 말에 대해 설명을 요구할 기회를 찾기를 바라고 있었다. 대화를 하게 되면 몹시 부드럽게 하리라고 결심했음에도 불구하고, 대화를 피하려는 그의 세심한 주의에 매우 상처받았다. 내가 뱉은 욕설에 대한 이와 같은 무관심은 일종의 모욕을 의미했기 때문에 너무도 고통스러웠다. 하지만 에드메의 마음에 들지 않으면 어쩌나 하는 두려움이 내게 자제력을 주었다.

　이러저러한 일들의 기본 개념을 파악할 수 있기도 전에 내가 겪어야 했던 이런 식의 모욕적인 길들이기에도 불구하고 그를 제거하겠다는 생각은 한순간도 흔들리지 않았음은 믿을 수 없는 일이다. 그 당시의 나는 내가 야기한 불행을 후회하는 마음에 젖어 있었다. 만일 다른 사람이었다면 에드메에게서 멀리 떠나 그녀의 맹세를 취소해주고 독립과 절대적 휴식을 돌려줌으로써 잘못을 확실하게 바로잡았을 것이다. 내가 생각지 못한 단 하나의 방도가 바로 그것이었다. 설령 그런 생각이 들었다 해도 변절의 고백으로 간주되어 멸시와 함께 내쳐졌을 것이다. 고집이 무모함과 짝을 이루어 모프라의 피와 함께 혈관을 흐르고 있었다. 사랑하는 이를 정복할 방법이 언뜻 보이자마자 나는 과감하게 그것을 받아들였다. 그녀가 성의 정원에서 신부에게 비밀을 털어놓았을 때 그녀가 내 라이벌에게 사랑을 품고 있다는 것을 알게 되었지만, 달라질 건 없었다고 생각한다. 열일곱 살에야 처음으로 프랑스어 문법 수업을 받고 드라마르슈 씨와 대등하게 되기 위해 필요한 공부의 기간과 어려움을 있는 대로 과장하는 사람에게서 나온 이와 같은 자신감은, 자네도 인정하겠지만, 어떤 정신적 능력을 드러내고 있었다.

내가 지성의 영역에서 재능을 타고났는지는 모르겠지만, 다행스럽게도 신부는 그렇다고 단언했다. 하지만 나의 신속한 발전은 내 용기에 공을 돌려야 한다고 생각한다. 그래서 체력을 과신하는 일이 일어났다. 신부는 내 나이에는 강한 의지만 있다면 한 달 만에 언어의 모든 규칙을 완벽하게 깨칠 수 있다고 말했었다. 한 달이 지나자 쉽게 내 생각을 표현했고, 오류 없이 글을 썼다. 에드메는 내 공부에 불가사의한 지도력을 행사했다. 그녀는 내게 라틴어를 가르치는 것은 원치 않았다. 사치스러운 학문 하나에 여러 해를 바치기에는 내 나이가 너무 늦었으며, 단어들로 정신을 치장하는 것보다는 사상들로 나의 가슴과 이성을 육성하는 것이 더 중요하다고 단언했다.

　　저녁마다 그녀는 좋아하는 어떤 책을 다시 읽고 싶다는 핑계로 신부와 번갈아가며 콩디야크, 페늘롱, 베르나르댕 드 생피에르, 장 자크 그리고 몽테뉴는 물론, 몽테스키외의 구절들을 큰 소리로 읽었다. 이 구절들은 분명 내 역량에 맞게 미리 선택된 것들이었다. 나는 그 구절들을 꽤 잘 이해했고, 그 사실에 남몰래 놀라고 있었다. 낮에 똑같은 책들을 아무렇게나 펼치면 각 행에서 가로막혔기 때문이다. 나는 젊은 연인들에게 당연한 미신에 따라, 에드메의 입을 거치면서 저자들이 마법과 같은 명료함을 얻었고, 나의 정신은 그녀 목소리의 울림에 기적적으로 열렸다고 기꺼이 상상했다. 그런데 에드메는 스스로 나를 가르치는 데 쏟고 있는 관심을 내게는 드러내놓고 보여주지 않았다. 자신의 배려를 내게 감추어야 한다고 잘못 생각하고 있었던 것 같다. 그러니만큼 나는 더욱더 자극을 받아 열심히 공부를 했다. 그 점에 있어서 『에밀』의 영향을 받은 그녀는 자기가 좋아하는 철학자의 체계적인 사상을 실천에 옮기고 있었다.

더구나 나는 나 자신에게 너그럽지 않았고 내 용기는 예지력을 용납하지 않았기 때문에 곧 중단하지 않을 수 없었다. 공기와 식단과 습관의 변화, 밤샘, 격렬한 운동의 부족, 정신 집중, 한마디로 내 존재가 숲속 인간의 상태에서 지성적인 인간의 상태로 이행하기 위해 스스로에게 작용시켜야만 했던 엄청난 혁명이 신경병을 일으켜서 몇 주 동안 나를 거의 미친 사람으로 만들고, 그다음 며칠 동안은 바보로 만든 뒤, 마침내 사라졌다. 그것은 과거의 내 존재와 관련된 모든 것을 중단시키고 모든 것을 없애버리는 대신 미래의 내 존재를 위해 형성되었다.

가장 격렬한 발작이 일어나던 무렵의 어느 날 밤 잠깐 정신이 명료해졌을 때, 나는 방에서 에드메를 보았다. 처음에는 꿈을 꾸고 있거니 생각했다. 등잔의 심지가 던지는 빛이 너울거렸다. 창백하고 움직이지 않는 형상이 커다란 안락의자에 누워 있었다. 나는 길고 검은 머리채가 풀어져서 하얀 드레스 위로 떨어지는 것을 똑똑히 보았다. 몸을 일으켜 침대에서 빠져나오려고 했지만 약해질 대로 약해진 나는 겨우 몸을 움직일 수 있을 뿐이었다. 즉시 파시앙스가 나타나 나를 부드럽게 만류했다. 생장은 다른 소파에서 자고 있었다. 매일 밤 그 두 사람이 내가 광기의 격정에 사로잡히면 힘으로 나를 제압하기 위해 옆에서 그렇게 밤을 새우고 있었다. 신부는 자주, 마음 착한 마르카스는 가끔 왔다. 마르카스는 이웃한 고장들을 연중 순회하러 베리를 떠나기 전에 성의 곳간에서 마지막 사냥을 하러 돌아왔다가 나를 지키는 고된 일을 하느라 피곤에 지친 봉사자들과 착하게도 교대해주고 있었던 것이다.

내 병에 대해서 의식하지 못하고 있었으므로 예상치 못하게 방에 혼자 있게 되니 나는 몹시 놀랐고, 사고에 혼란이 일어난 것은 아주 당연한 일이었다. 그날 저녁에는 유독 발작이 심해서 기진맥진한 상태였다. 그래서 서글픈 망상에 이끌려 그 할아범의 손을 잡으면서 내 옆에 있는 소파에 눕혀놓은 것이 에드메의 시체가 맞느냐고 물었다. "멀쩡하게 살아 있는 에드메랍니다." 그가 낮은 목소리로 대답했다. "하지만 그녀는 자고 있으니, 나리, 깨우지 맙시다. 뭐든 필요하시면 내가 여기 있습니다. 돌봐드리려고요. 착하기도 하지요, 나 원 참!"

"착한 파시앙스, 나를 속이지 마." 내가 말했다. "그녀는 죽었어. 나 또한 마찬가지고. 당신은 우리를 장사 지내러 온 거지. 우리를 같은 관 속에 넣어줘, 알겠지? 우리는 약혼한 사이니까. 그녀의 반지는 어디 있지? 그걸 가져다 내 손가락에 끼워줘. 우리가 혼인하는 밤이 왔어."

그는 이 환영을 물리치려고 했지만 소용없었다. 나는 끈질기게 에드메가 죽었다고 믿고, 내 아내의 반지를 주지 않으면 수의를 입고 잠들지 않겠노라고 선언했다. 나를 돌보느라 며칠 밤을 지새운 에드메는 너무 피곤에 지쳐서 내 말을 듣지도 못했다. 게다가 나는 아이들이나 백치들에게서 볼 수 있는 모방본능에 따라 파시앙스처럼 낮게 말했다. 나는 환상 속에서 고집을 부리고 있었다. 그 환상이 분노로 바뀔까 두려워한 파시앙스는 에드메가 손가락에 끼고 있는 홍옥수 반지를 슬그머니 가져다가 내 손가락에 끼웠다. 그걸 갖자마자 나는 입을 맞추었다. 그리고 관에 시체를 넣을 때 하는 자세로 가슴 위로 팔짱을 끼고 깊은 잠에 빠졌다.

다음 날 내게서 그 반지를 되찾으려고 하자 화를 냈기 때문에 포기해야 했다. 나는 다시 잠에 빠졌고, 내가 자는 동안 신부가 그것을 빼내어 갔다. 하지만 내가 눈을 뜨자 그것이 사라졌음을 알았고, 다시 망상이 도졌다. 그 방에 있던 에드메가 즉시 내게 달려와 신부를 몇 마디 나무라며 반지를 손가락에 끼워주었다. 나는 그 자리에서 진정되며 그녀를 향해 광채를 잃은 눈을 들면서 말했다. "너는 살아 있을 때처럼 죽은 뒤에도 내 아내이지 않아?"

"그렇고말고." 그녀가 내게 말했다. "그러니 마음 놓고 자."

"영원은 길어." 내가 말했다. "그러니 그걸 네 애정의 추억으로 채우고 싶어. 하지만 찾으려 해도 소용없어. 네 사랑의 기억을 찾아낼 수 없거든."

그녀가 내게 몸을 숙이고 입을 맞추었다.

"그대는 잘못하는 거예요, 에드메." 신부가 말했다. "그런 처방은 독으로 변하니까."

"내버려두세요, 신부님." 그녀가 내 침대 가까이에 앉으면서 초조하게 대답했다. "내버려두세요, 제발."

나는 한 손을 그녀의 손에 맡기고 잠이 들었다. 그리고 이따금 그녀에게 이렇게 되뇌었다. "정녕 무덤 속에 있구나. 죽으니 행복하다, 그렇지?"

내가 회복하는 동안 에드메는 몹시 내성적이 되었지만 한결같이 열심이었다. 나는 그녀에게 내가 꾼 꿈을 이야기해주었고, 내 기억 중에서 현실인 것도 있다는 것을 그녀에게서 들었다. 그녀가 확인해주지 않았더라면 나는 아직도 모든 것이 다 꿈이었다고 믿었을 것이다. 나는 그녀에게 반지를 가지고 있겠다고 애원했고, 그녀는 허락했다. 그와 같은 착한 마음씨에 감사하기 위해 그 반지를 약혼반지로서가 아니라 우정의 징표로서 간직하겠다고 덧붙였어야 했다. 하지만 그런 희생은 내 능력 밖의 일이었다.

하루는 내가 드라마르슈 씨의 소식을 물었다. 내가 감히 이 질문을 할 수 있는 상대는 파시앙스밖에 없었다. "떠났지요." 그가 대답했다.

"뭐라고? 떠나다니!" 내가 계속했다. "오래 걸릴 예정인가?"

"아주 갔어요, 주여, 제발! 난 아무것도 몰라요, 물어보지 않았거든. 그가 헤어지자고 할 때 내가 우연히 정원에 있었을 뿐이지요. 모든 게 냉랭했어요. 섣달그믐 밤처럼 말이죠. 하지만 서로 **다시 만나요** 하더라고. 에드메가 늘 그렇듯이 착하고 솔직한 태도를 보이는데도 불구하고, 다른 쪽은 4월에 내리는 서리를 보는 농부 같은 얼굴을 하더군요. 모프라, 모프라, 당신이 **훌륭한 학생, 바른 생활 사나이**

가 되었다고들 하던데. 내가 당신에게 말한 게 기억나지요. 당신이 늙었을 땐 계급이나 영지는 아마 더 이상 존재하지 않을 거라고 한 말 말입니다. 당신을 모프라 영감이라고 부를 수도 있을걸요. 내가 한 번도 수도사나 가장인 적이 없었음에도 나를 파시앙스 영감이라고 부르듯이 말이죠."

"아이고! 또 어느 쪽으로 얘기를 하고 싶어?"

"내가 말한 걸 잘 기억해두세요." 그가 되풀이했다. "마법사가 되는 방법은 많아요. 악마에 들리지 않아도 장래를 알 수 있지요. 난 말이에요, 당신과 사촌과의 결혼에 찬성이에요. 계속해서 올바르게 행동하세요. 당신은 이제 유식하죠. 처음 보는 책이 와도 줄줄 읽는다더군요. 뭐가 더 필요하겠습니까? 여기에 이렇게 책이 많으니 보기만 해도 난 이마에서 땀이 줄줄 흐르는군요. **읽기를 배울 수 없기**를 다시 시작하는 것 같아요. 당신은 금세 치유되었지요. 위베르 님이 내 충고를 받아들인다면 생마르탱에서 결혼식을 할 텐데."

"조용히 해, 파시앙스." 내가 말했다. "나를 힘들게 하는군. 사촌은 나를 사랑하지 않는걸."

"그녀는 당신을 사랑한다고 내가 말하지 않나요. 당신은 뻔뻔스럽게 거짓말을 하는군요! 귀족들이 말하듯이 말이지요. 나는 그녀가 얼마나 당신을 정성껏 간호했는지 알고 있어요. 그리고 마르카스가 지붕에 있을 때 창문으로 그녀를 보았는데, 당신이 몹시 아프던 날 새벽 5시에 방 한가운데서 무릎을 꿇고 있더랍니다."

파시앙스의 경솔한 단언, 에드메의 애정 어린 간호, 드라마르슈 씨의 떠남, 그리고 나머지 모든 것보다도 나의 약해진 두뇌는 내가 원하는 것을 스스로 믿게 했다. 하지만 내가 기력을 되찾아감에 따라 에드메는 평온하고 신중한 우정의 범주 안으로 되돌아갔다. 건강을 되찾은 것을 나보다 덜 좋아한 사람은 일찍이 없었다. 매일 에드메의 방문은 점점 짧아졌고, 내가 방에서 나올 수 있게 되자 아프기 전과 마찬가지로 그녀 곁에서 하루에 몇 시간밖에 보낼 수 없었다. 그녀는 우리의 알쏭달쏭한 약혼에 대해 새로운 설명을 해야 되는 상황에는 절대 이르지 않으면서도 내게 가장 부드러운 애정을 보여주는 기가 막힌 재주가 있었다. 나는 아직 권리를 포기할 만큼의 위대한 영혼을 가지고 있지 않았지만, 적어도 더는 그것을 환기시키지 않을 정도의 명예심은 충분히 얻은 뒤였다. 그녀와 나의 관계는 내가 병이 났을 때와 정확하게 똑같은 위치에 있었다. 드라마르슈 씨는 파리에 가 있었다. 하지만 그녀의 말에 의하면 맡은 임무 때문에 불려 갔다고 했다. 그는 지금 시작된 겨울이 끝날 무렵에나 돌아올 것이었다. 기사나 신부의 말에서 두 약혼자 사이에 결별이 있었음을 드러내는 것은 전혀 없었다. 드물게 도지사 보좌관 이야기가 나왔지만 혐오감의 기색 같은 건 없이 자연스러웠다. 나는 다시 예전의 불안 속에 던져졌지만 내 의지의 제국을 되찾는 것 이외의 다른 해결책을 발견할 수 없었다. 나는 읽던 책에서 눈을 들어 속을 알 수 없는 에드메의 큰 눈을 바라보면서 '나를 더 좋아하게 만들고야 말리라' 하고 다짐했다. 그녀는 가끔 아버지가 받아서 읽은 다음 건네주는 드라마르슈의 편지에 평온하게 시선을 고정했다. 나는 다시 공부에 몰입했다. 오랫동안 참을 수 없을 정도로 머리가 아팠지만 인내심으로 이겨냈다. 에드메는 내가 겨울 저녁 시간을 잘 활용할 수 있도록 간접적으로 계획한 공부 과정을 다시 시작했다. 나의 능력과 신속한 성공에 신부는 다시 한번 놀랐다. 내가 아팠을 때 그가 돌봐준 것 때문에 나는 무장해제되었다. 사촌 문제에 있어서는 나를 도와주지 않는다는 것을 잘 알고 있었기 때문에 아직은 그를 따뜻하게 사랑할 수 없을지라도 나는 과거보다 훨씬 많은 신뢰와 배려를 그에게 보여주었다. 그와의 긴 대화는 독서만큼이나 유익했다. 그들은 나를 성의 정원 산책 그리고 파시앙스의 눈 덮인 오두막으로의 철학적 방문에 참여시켰다. 그것은 에드메를 더 자주, 더 오래 만나는 방법이었다. 나의 행동이 그녀의 경계심을 모두 사라지게 할 정도가 되었으므로, 그녀는 이제 나와 둘만 있는 것을 두려워하지 않았다. 하지만 나의 영웅적 행위를 증명할 기회는 거의 없었다. 그 무엇도 잠재울 수 없는 신부의 신중함이 항상 내 발뒤꿈치를 따라다녔기 때문이다. 이제 나는 이런 감시가 고통스럽지 않았다. 오히려 나를 만족시켰다. 그토록 여러 가지로 결심을 했음에도 불구하고, 나의 감각을 전복시켜 알 수 없는 혼돈 속으로 몰고 가는 폭풍우가 일어나는 바람에, 에드메와 머리를 마주하고 있을 때 내 혼란을 그녀에게 감추기 위해 그녀를 혼자 남겨둔 채 급작스럽게 떠나가야 하는 일이 한두 번 벌어졌기 때문이다.

우리의 삶은 표면적으로는 평온하고 안락했다. 얼마 동안은 실제로 그러했다. 그러나 곧 나는 교육이 내게서 성장시킨 악덕으로 삶을 그 어느 때보다 더 혼란의 도가니로 만들었다. 그 악덕은 그때까지 더 불쾌하지만 덜 해로운 악덕들 아래 묻혀 있다가 모습을 드러내 내가 맞은 새로운 인생의 시기를 절망으로 물들였다. 그것은 바로 허영심이었다.

그들의 체계적 교육법에도 불구하고 신부와 에드메는 내 발전을 지나치게 칭찬하는 잘못을 저질렀다. 그들은 나의 끈기를 거의 기대하지 않았기 때문에 나의 뛰어난 능력을 대단한 자랑거리로 삼았다. 그들의 입장에서도 나의 능력 계발에 적용된 자신들의 철학적 사고가 성공을 거두는 것을 과장하여 바라보면서 약간의 개인적 성취감을 느꼈을 것이다. 분명한 것은 내가 나 자신이 높은 지성의 소유자이며 보통보다 훨씬 우수한 사람이라고 쉽사리 확신하게 되었다는 것이다. 곧 친애하는 나의 선생님들은 그들의 부주의가 낳은 서글픈 열매를 수확했다. 나 자신에 대한 과도한 사랑의 비상을 중단시키기에는 이미 너무 늦은 상태였다.

어린 시절에 겪은 학대에 의해 억눌린 나의 해로운 정열이 깨어났을 뿐일 수도 있었다. 우리는 어려서부터 우리 내부에 선과 악의 싹을 품고 있으며, 그것은 시간이 가면서 환경의 작용에 의해 열매 맺게 된다는 것을 믿어야 한다. 내 경우는 이미 가진 허영심을 키울 자양분을 미처 찾지 못했던 것이었다. 그렇지 않고서야 내가 에드메 곁에서 보낸 처음 며칠 동안 무엇으로 그리 으스댈 수 있었겠는가? 하지만 일단 이 자양분이 발견되자 괴로워하던 허영심은 의기양양하게 고개를 들고, 예전에 내게 권했던 몹쓸 수치심과 잔인한 자제만큼의 오만함을 내게 불어넣었다. 게다가 나는 둥지를 벗어나 새로 돋아난 날개를 시험해보는 어린 매처럼 마침내 내 생각을 쉽게 전달할 수 있게 되었다는 사실에 매료되었다. 그리하여 예전에 과묵했던 것과 같은 정도로 수다쟁이가 되었다. 나의 수다는 아주 인기가 좋았다. 어리광쟁이 아이의 말을 듣듯이 내 말에 귀를 기울여준다는 것을 깨달을 만한 양식이 내게는 없었던 것이다. 나는 스스로를 남자, 그것도 뛰어난 남자라고 여겼다. 나는 자만심이 흘러넘치는 우스꽝스럽기 짝이 없는 인간이 되었다.

내 교육에는 조금도 개입하지 않으면서 내가 새로운 인생의 첫걸음을 내디딜 때도 선의가 가득한 아버지의 미소만을 보였던 기사 숙부가 가장 먼저 내가 잘못된 길로 접어들었음을 알아차렸다. 내가 자기만큼 목소리를 높이는 것이 잘못되었다고 생각한 그는 그것을 딸에게 알렸다. 그녀는 내게 부드럽게 경고했다. 그리고 내가 그녀의 지적을 받아들이도록 하기 위해, 토론할 때 내가 옳지만 자기 아버지는 새로운 사상으로 전향할 나이가 아니니 그의 가장으로서의 권위를 위해 나의 열정적인 주장을 접는 게 어떠냐는 것이었다. 나는 다시는 그렇게 하지 않겠다고 약속했지만 말을 참지 못했다.

사실, 기사는 여러 가지 편견에 젖어 있었다. 그는 그 시대의 시골 귀족치고는 매우 훌륭한 교육을 받았다. 하지만 시대는 그보다 더 빠르게 나아갔다. 열정적이고 낭만적인 에드메와 감정적이고 체계적인 신부는 시대보다 더욱더 빠르게 나아갔다. 그들 사이에는 엄청난 불일치가 놓여 있었지만, 가장은 그것을 거의 느끼지 못했다. 그가 올바르게 딸에게 불러일으킨 존경과 딸에게 품고 있는 애정 덕분이었다. 나는 에드메의 사상 속으로 전력을 다해서 뛰어들었다. 하지만 내게는 에드메처럼 적당한 선에서 입을 다무는 섬세함이 없었다. 나의 과격한 성품이 정치와 철학에서 출구를 발견하면서, 그 당시 프랑스의 모든 모임에서, 심지어는 가족들 한가운데서까지 유행했던, 혁명의 폭풍우를 예고하는 격정적인 토론에서 나는 형언할 수 없는 기쁨을 맛보았다. 그 당시에는 신랄하고 열렬하며 타협을 모르고 의회의 토론장으로 당장이라도 달려갈 준비가 된 연설가를 키우지 않는 집이나 궁전이나 오두막은 단 하나도 없었다고 생각한다. 내가 바로 생트-세베르성의 웅변가였다. 하지만 사람들의 정신이 실제로 저항하고 있다는 것을 깨닫지 못하게 막고 있는 허울뿐인 권위에 익숙한 나의 착한 숙부는 나같이 순진해빠진 반대를 견딜 수 없어 했다. 그는 자부심이 강하고 다혈질이었다. 게다가 자신의 생각을 표현하는 데 어려움이 있었기 때문에 타고난 급한 성격이 더 급해진 그는 자기 자신에게 화가 난 나머지 남들에게도 화를 내게 되었다. 그는 화덕에 있는 불붙은 장작을 발로 찼다. 안경 유리를 박살 내는가 하면, 마룻바닥에 담배를 마구 던지고, 쩌렁쩌렁한 목소리가 성의 높은 천장을 울리도록 고함을 질렀다. 이 모든 것 덕분에 나는 말할 수 없이 기뻤다. 방금 내가 책에서 주워 읽은 말로 하자면, 그의 삶에 대해 쌓아 올린 허술한 생각의 발판을 전복시킨 것이었다. 그것은 엄청난 바보짓이요, 나 자신에 대한 매우 어리석은 오만이었다. 하지만 이와 같은 투쟁 욕구와 나의 육체적인 삶에 부족한 에너지를 지성적으로 과시하는 데서 발견한 기쁨에 나는 끊임없이 사로잡혀 있었다. 에드메가 내게 입을 다물라고 경고하기 위해 기침을 했지만 소용이 없었다. 그녀는 아버지의 자존심을 살려주려고 자기 양심에 반하더라도 그에게 유리한 이유를 찾아내려고 애썼다. 그녀의 뜨뜻미지근한 조력과 내게 종용하는 듯 보이는 양보 같은 것이 점점 더 내 상대의 화를 북돋웠다. "말하게 놔둬라." 그가 소리쳤다. "에드메, 끼어들지 마라. 내가 조목조목 혼내줄 테니. 네가 우리를 자꾸 중단시키면 저 녀석이 말도 안 되는 소리를 하고 있다는 것을 증명할 수가 없을 거다." 그러면 여기저기서 돌풍이 점점 더 거세게 불어닥쳤다. 깊은 상처를 입은 기사가 거처를 나가 마구간지기나 사냥개들에게 고약한 심사를 풀러 갈 때까지.

이 잘못된 싸움이 다시 벌어지게 하고 나의 가소로운 고집을 조장한 것은 숙부의 끝없는 선의와 뒤끝 없는 성격이었다. 한 시간이 지나면 그는 내 잘못도, 내가 자신에게 대들었던 것도 더는 기억하지 않았다. 그는 보통 때처럼 내게 말을 걸고, 내가 원하는 것과 필요로 하는 모든 것에 대해 늘 관대할 수밖에 없는 아버지처럼 염려하며 물었다. 이 비할 데 없이 훌륭한 사람은 잠자리에 들기 전에 모든 식구들을 포옹하고, 심지어 말단 하인이 낮에 겪어야 했던 사나운 성깔을 말로든 친절한 눈길로든 바로잡지 않고는 편안하게 잠들지 못했다. 이러한 착한 성품에 마음을 누그러뜨리고 영원히 입 다물겠다고 생각했지만, 밤마다 그러겠다고 맹세하고는 아침이 되면 성경에 쓰인 대로 **내가 토한 것**[*]으로 되돌아갔다.

에드메는 내게서 커가는 그 성격 때문에 나날이 더 괴로워했다. 그녀는 그것을 고칠 방도를 모색했다. 그녀보다 더 강하고 조심성 있는 약혼녀는 결코 없는 것은 물론이고, 그녀보다 더 상냥한 어머니도 결코 없었다. 신부와 여러 번 의논을 한 뒤, 그녀는 사육제의 마지막 몇 주 동안 우리의 생활 습관과 잠시 결별하고 파리로 거처를 옮기도록 아버지를 설득하기로 결심했다. 생트-세베르는 몹시 외딴 곳에 위치해 있고 도로 사정도 좋지 않아서 겨울이 시작된 이래 시골에 오랫동안 고립된 우리는 똑같은 일과를 반복했다. 이 모든 것 때문에 우리는 그 지겨운 트집 잡기를 그만두지 못하고 있었다. 내 성격은 거기서 점점 더 나빠지고 있었다. 숙부는 아직도 나보다는 이곳에서 즐거움을 누리고 있었지만 그의 건강은 이런 생활을 힘들어했으므로 나날의 어린애 같은 감정의 동요가 그의 노쇠를 재촉했다. 신부는 권태에 사로잡혀 있었다. 에드메는 이 같은 생활의 여파로, 또 숨겨진 이유의 여파로 우울했다. 그녀는 떠나기를 원했고, 우리는 떠났다. 그녀의 우울을 염려한 아버지가 그녀의 의지를 전적으로 수용했기 때문이다. 나는 파리를 알게 된다는 생각으로 기쁨에 들떴다. 에드메는 세상과의 교류가 나의 꼴불견 현학 취미를 누그러뜨리는 것을 볼 거라고 기대하고 있었지만, 나는

---

[*] 베드로 2서에 나오는 "개는 제가 토한 것을 도로 먹는다"에서 가져온 것으로, 인간이 같은 잘못을 되풀이함을 이르는 말.

우리의 철학자들이 그토록 경멸적으로 그려놓은 그 세상에서 의기양양한 내 모습을 꿈꾸고 있었다. 우리는 3월의 화창한 날 아침에 길을 떠났다. 기사는 딸과 르블랑 양과 함께 역마차에 타고, 나는 난생처음 수도를 보게 된 기쁨을 숨기지 못하는 신부와 원래의 공손한 습관을 잃지 않도록 지나가는 모든 사람에게 깊숙이 절하는 나의 침실 시종 생장과 함께 다른 마차에 탔다.

12

그토록 많은 이야기를 하느라 지친 늙은 베르나르는 우리에게 다음 날을 약속했다. 정해진 시간이 되어 우리가 이야기를 조르자 그는 이런 말로 이야기를 계속했다.

그 시대가 내 인생에서 새로운 한 획을 그었다. 생트-세베르에서 나는 사랑과 공부에 온통 빠져 있었다. 나의 모든 에너지를 이 두 가지에 집중했다. 파리에 도착하자마자 눈앞에서 두꺼운 장막이 걷혔지만 나는 여러 날 동안 아무것도 이해하지 못했으므로 어떤 것도 놀랍게 느껴지지 않았다. 나는 무대에 등장하는 모든 배우들을 터무니없이 과대평가했고, 나 역시 곧 어렵지 않게 그들에 필적하는 이상적 능력을 갖게 될 것임을 자신했다. 활동적이고 건방진 나의 천성은 도처에서 도전을 보았지만 어디에서도 장애는 보지 못했다.

숙부님과 사촌이 거주하는 집의 다른 층에 묵게 된 나는 그 이후 대부분의 시간을 신부 곁에서 보냈다. 나는 내 신분으로 누리는 물질적 특혜에 조금도 현혹되지 않았다. 하지만 불안해하거나 고통을 겪는 여러 계층의 사람들을 보면서 내 처지의 행복을 느끼기 시작했다. 나를 돌봐주시는 분이 얼마나 훌륭한 성품의 소유자인지를 이해했고 내 하인이 내게 보이는 존경이 더는 불편하게 느껴지지 않았다. 내가 누리는 자유, 무제한으로 제공되는 돈, 젊음에서 오는 육체적 힘을 가지고 있으면서도 내가 방탕에 빠지지 않은 게 놀랍다. 하다못해 나의 **호전적인** 본능에 딱 맞는 도박 같은 것에도 빠지지 않았으니 말이다. 나를 보호한 것은 온갖 일에 대한 나의 무지였다. 그것은 내게 과도한 경계심을 불러일으켰다. 또한 엄청난 통찰력의 소유자로서 내 행동에 책임이 있다고 느끼고 있는 신부는 나의 건방진 야만성을 능숙하게 이용할 줄 알았다. 그는 내게 해를 끼칠지도 모르는 것에 대해서는 경계심을 증가시켰고, 반대의 경우에는 경계를 해제했다. 그는 사랑의 즐거움을 대체할 수는 없지만 그 상처의 쓴맛을 줄여주는 건전한 오락거리를 내 주위에 마련해놓을 줄 알았다. 나는 난봉의 유혹 따위는 전혀 알지 못했다. 너무 오만해서 에드메처럼 모든 여자들 중 최고로 보이지 않는 여자는 원하지 않았던 것이다.

우리는 식사 때 다시 모였고 저녁마다 사교 모임에 나갔다. 며칠 만에 나는 처소의 한구석에 자리 잡고 거기서 무슨 일이 이루어지는지를 살펴보는 법까지 익혔다. 그건 1년 동안의 추측이나 연구가 해낸 것보다 더 많은 일이었다. 내가 사회에서 상당히 멀리 떨어져 있었다면 나는 그것에 대해 아무것도 이해하지 못했을 것이라고 생각한다. 다른 사람들의 머릿속을 점령하고 있는 것과 나의 관심사 사이에는 아주 분명한 관계를 성립시킬 만한 것이 아무것도 없었다. 내가 이 혼돈의 한가운데에 자리를 잡자마자 내 앞에서 혼돈이 질서를 찾으면서 그 구성 요소의 중요한 부분을 알려주었다. 생명으로 인도하는 이 길이 매력 없는 것도 아니었다. 그 출발점이 기억난다. 나는 사회적 이해관계 속에서 요구하거나 원하거나 다투거나 할 것이 아무것도 없었다. 행운이 내 손을 잡았기 때문이다. 어느 화창한 날 아침, 행운은 나를 구렁텅이에서 끌어내 깃털 이불에 앉히고 한 가족의 자식으로 만들었다. 내가 보기에 다른 사람들이 발버둥 치는 모습은 하나의 유희였다. 내 가슴은 오직 한 가지 신비한 요소에 의해서만 미래에 관심이 있었다. 그것은 내가 에드메에게 느끼는 사랑이었다.

병은 나의 육체적 능력을 약화시키기는커녕 더 단련해놓았다. 이제 나는 먹은 걸 소화시키느라 졸거나 피곤에 지쳐 바보가 된 거대한 짐승이 아니었다. 나의 모든 힘줄이 내 영혼 속에서 알 수 없는 화음을 만들어내느라 진동하는 것이 느껴졌다. 나는 너무도 오랫동안 쓰이리라고는 생각해본 적도 없는 능력들을 나 자신에게서 발견하고 깜짝 놀랐다. 나의 훌륭한 친지들은 그것에 놀라는 모습을 보이지 않고 기뻐해주었다. 그들은 애당초부터 너무도 친절하게 나를 이끌어서 야만인을 문명화시키는 일 말고 다른 일은 평생 해본 적이 없는 것 같았다.

내게서 이제 막 발달한 신경 체계는 기쁨과 유익을 가져다주었지만 남은 인생 동안 빈발하는 격렬한 고통으로 그 대가를 치르게 했다. 무엇보다 나를 감수성이 예민한 사람으로 만들어놓았다. 외부 세계의 사물들이 미치는 효과를 느끼는 이와 같은 능력은 동물들이나 야만인들에게서나 찾아볼 수 있는 기관들이 가진 능력의 도움을 받았다. 나는 다른 사람들이 신체 기관에 문제가 생긴 걸 보고 깜짝 놀랐다. 안경을 낀 남자들, 담배 때문에 후각이 무뎌진 여자들, 조로한 늙은이들, 귀머거리와 일찌감치 통풍에 걸린 사람들은 보기가 딱했다. 세상은 내게 병원을 보여주었다. 내가 이처럼 강건한 신체를 가지고 장애인들 가운데 있으려니 내가 입김만 불어도 그들을 엉겅퀴 씨앗처럼 공중으로 날려 보낼 수 있을 것 같았다.

이것은 나를 타고난 재능을 뽐내는 상당히 어리석은 일종의 오만에 빠뜨리는 잘못과 불행을 초래했다. 또한 그 능력이 진정한 것이 되도록 완성시키려는 노력을 오랫동안 게을리하도록 했다. 그런 발전은 불필요한 호사라고 여겼던 것이다. 내가 다른 사람들의 보잘것없음에 주의를 기울이게 되면서부터 나보다 못하다고 여겨지는 사람들 위로 군림하는 일을 스스로 삼가게 되었다. 나는 사회가 가치라고는 거의 없는 요소들로 이루어져 있지만 아주 교묘하고 견고하게 조직되어 있는 까닭에 거기에 작은 조각이라도 하나 놓으려면 먼저 실무가로 인정받아야 한다는 사실을 깨닫지 못했다. 이 사회에는 위대한 예술가의 역할과 훌륭한 노동자의 역할 사이의 중간 지대가 없다는 사실도 알지 못했다. 진실을 말하자면, 나는 이쪽도 저쪽도 아니었기에, 나의 모든 사고는 나를 인습에서 해방하는 단계에 결코 이르지 못했고, 나의 모든 능력은 간신히 다른 사람들만큼 하는 데 쓰였을 뿐이었다.

그리하여 단 몇 주 만에 나는 이 사회에 대한 극단적인 찬미에서 극단적인 경멸로 옮아갔다. 사회가 굴러가는 동력의 의미를 파악하자마자 그 동력의 생성이 부실하여 추진력 또한 형편없다는 것을 깨달았다. 결국 내 스승들의 기대는, 본인들은 짐작도 못 했겠지만, 환멸에 봉착했다. 나는 기가 죽거나 군중 속으로 사라지는 대신 내가 원한다면 주도권을 잡을 수도 있으리라고 생각하고 남몰래 그런 꿈을 간직하고 있었다. 그걸 떠올리면 지금도 낯이 붉어진다. 더할 나위 없이 우스꽝스러운 꼴이 되지 않은 것은 본색을 드러냈다가 위태롭게 될까 봐 두려워했던 나의 허영심 덕분이었다.

그 당시 파리는 볼거리를 제공했지만 자네에게 그걸 다시 펼쳐 보여주려고 하지는 않겠다. 실제로 본 증인들이 일반 역사나 개인의 기억의 형태로 그려놓은 뛰어난 그림들을 수없이 열심히 공부했을 것이기 때문이다. 더구나 그런 그림은 내 이야기의 한계를 벗어나는 것 같다. 내 개인사의 정신적이고 철학적인 중요한 사건을 얘기해주겠다고 자네에게 약속했을 뿐이니 말이다. 그 시대에 내 정신이 어떻게 작용했나를 자네에게 이해시키려면 아메리카 대륙에서는 독립전쟁이 터졌고 파리에서는 볼테르가 신으로 받들렸으며 새로운 정치적 종교의 예언자인 프랭클린이 프랑스 궁정 한복판에 자유의 씨앗을 심었다고 말해주는 걸로 충분할 것이다. 라파예트*는 비밀리에 소설에나 나옴 직한 원정을 준비하고 있었으며, 특권층 젊은이 대부분은 유행, 새로움, 위험하지 않은 각종 반대에 내재한 기쁨에 휩쓸리고 있었다.

대립은 더 심각한 양상을 띠었고 늙은 귀족들과 의회 구성원들에게 심각한 과제를 안겨주었다. 시대에 뒤떨어진 귀족 계층과 자부심 가득한 법률가 계층에게서 연대 정신이 되살아났다. 이들은 한쪽 어깨로는 흔들리고 있는 왕정을 통치 형태로 지지하면서도, 다른 쪽 어깨로는 철학의 확산에 폭넓은 지지를 보내고 있었다. 사회의 특권층들은 왕들이 특권을 축소한 것에 대해 불만을 가지고 있었으므로, 자신들이 누리는 특권이 곧 무너지도록 열렬하게 도움의 손길을 내밀었다. 그들은 입헌 원칙 속에서 아들들을 양육했고, 민중들의 도움을 받아 자신들이 왕좌보다 더 높은 곳에 자리 잡게 될 새로운 왕정을 곧 세울 것이라고 생각했다. 이런 이유로 파리에서 가장 유명한 살롱에서 볼테르에 대한 최고의 찬미와 프랭클린에 대한 열화와 같은 공감이 표출되었던 것이다. 이 말은 꼭 해야겠다. 인간 정신의 몹시 엉뚱한, 게다가 조금도 자연스럽지 않은 한 걸음이 루이 14세 궁정의 잔재인 냉정하고 어색한 관계에 아주 새로운 추진력, 일종의 호전적인 생동감을 부여했다. 그것은 진지한 형식들을 혼합했고 섭정 시대의 경박한 양식에 깊이 있는 외양을 제공했다. 순수하지만 존재감 없는 루이 16세의 삶은 중요하게 여겨지지 않았고 누구에게도 아무런 영향도 끼치지 못했다. 이

* 미국독립전쟁 당시 대륙군 장교로 참전한 프랑스의 장군.

시대에 소위 깨었다는 이들 계층이 떠벌렸던 진지한 객설, 의미 없는 격언, 거들먹거리는 지혜, 언행 불일치보다 더한 것은 본 적이 없었다.

　처음에 나는, 겉보기에는 몹시 공정하고 용감하며 진리 추구에 열성적인 세계를 찬양해 마지않았지만 곧 그 엄청난 가식과 경박함, 가장 성스러운 단어들과 신성한 신념의 남용을 깨닫고 혐오를 느끼게 되었다. 자네에게 그걸 이해시키기 위해 이런 사정을 상기시켜야 했다. 나는 내 입장을 믿는 바대로 말하는 사람이었고, 흔들림 없는 논리의 토대 위에서 나의 철학적 열정을 지탱하고 있었다. 새롭게 계시된 이 자유의 감정을 당시에는 **이성 숭배**라고 불렀다. 나는 젊고 건장했으므로 두뇌 건강의 제일 조건을 갖춘 셈이었다. 내 공부는 범위가 넓지는 않았지만 기초가 탄탄했다. 내게는 건강하고 소화가 잘되는 음식처럼 올바르고 쉽게 이해할 수 있는 학습거리가 주어졌다. 내가 아는 얼마 안 되는 지식도 다른 사람들이 아무것도 아는 것이 없다거나 자기들끼리 거짓말을 하고 있다는 것을 알아내는 데 쓸모가 있었다.

　초창기에 기사의 집에는 사람이 많이 오지 않았다. 튀르고 씨*와 수많은 명사들의 어릴 적 친구인 기사는 한창때에도 부잣집 도련님들과 어울린 적이 없었다. 전쟁에서 충성스럽게 지휘관의 역할을 수행한 뒤 시골에서 지혜로운 삶을 살았던 것이다. 따라서 그가 교제하는 사람들은 몇 명의 법률가들, 여러 명의 늙은 군인들 그리

---

* 18세기 프랑스의 경제학자. 루이 16세 치하에서 재무총감을 지냈다.

고 한 해 걸러 파리에서 겨울을 보낼 수 있을 정도의 웬만한 재산을 가진 도내의 젊은 영주와 늙은 영주 몇 사람 등이었다. 하지만 그는 더 휘황찬란한 사교계와도 간접적인 관계를 유지하고 있어서, 에드메는 거기 등장하자마자 미모와 훌륭한 태도로 주목을 한 몸에 받았다. 외동딸에 적당히 부유한 그녀는 유력한 부인들, 일종의 상류 사회의 뚜쟁이들이 찾고 있는 아가씨였다. 그 여자들은 지방 유력 가문의 재산을 보고 결혼하려는 젊은 빚쟁이 피보호자들을 늘 거느리고 있었기 때문이다. 에드메가 거의 몰락한 최고 명문가의 아들과 약혼했음이 알려지자 그녀는 더욱 환대를 받았으므로 아버지의 오랜 친구들을 위해 그녀가 선택한 작은 살롱은 더욱더 비좁게 되었다. **젊은퀘이커교도** 혹은 **베리의장미**(어느 멋쟁이 여인이 그녀에게 붙여준 이름들이다)를 알고 싶은, 재능 있고 전문적인 멋진 사람들, 철학적 사고를 가진 귀부인들이 조금씩 몰려들었던 것이다.

에드메는 그때까지는 그녀를 알지 못했던 세계에서 초고속으로 성공을 거두었음에도 조금도 중심을 잃지 않았다. 그녀의 작은 움직임까지도 염탐하고 있는 나의 걱정 근심에도 불구하고 그녀가 자기 주변에 구축한 영향력은 그 어느 때보다 대단했지만 나로서는 그녀가 자신이 빚어낸 엄청난 결과에 기분 좋아하고 있는지 아닌지 알 수가 없었다. 내가 알아차릴 수 있었던 것은 놀라운 양식이 그녀의 모든 행동과 말을 지배한다는 것이었다. 주목을 끌기에 이골이 난 여인들 사이에서 순진하면서도 절제된 태도, 초연함과 겸손한 자부심의 어떤 혼합이 가장 찬미를 받으며 그녀를 빛나게 만들고 있었다. 여기서 지금 말해야겠다. 나는 우선 이 칭송받는 여성들의 목소리와 태도에 말할 수 없이 충격을 받았으며, 내가 보기에 그 여자들은 계산된 우아함 속에서 우스꽝스러웠고, 사교계에 아주 익숙한 모습은 참아주기 힘들 만큼 뻔뻔스럽기 짝이 없었다고 말이다. 내면적으로는 아주 대담하고 요새도 매우 태도가 거친 나는 그 여자들 곁에서 불편하고 당황스러웠다. 이처럼 잘 보이려는 시선과 치장과 아양에 대해 내가 극도의 경멸을 드러내지 않도록 에드메는 내게 온갖 질책과 훈계를 퍼부어야만 했다. 사교계에서는 그런 것들을 **허용된** 교태, 비위를 맞추려는 **매력적인 욕망**, 상냥함, 우아함 등으로 부르고 있었다. 신부도 나와 같은 의견이었다. 살롱이 텅 비면 우리는 헤어지기에 앞서 잠시 동안 가족과 함께 난롯가에 머물렀다. 중구난방의 인상들을 요약하여 좋아하는 사람들에게 전해주고 싶은 바로 그런 시간이었다. 신부는 나와 같은 편에서 숙부와 사촌을 상대로 논쟁을 벌였다. 여자들을 많이 사귀어보지는 않았지만 친절한 여성 찬미가인 기사는 진정한 프랑스의 기사로서, 우리가 가차 없이 공격하는 모든 여자들의 편을 들었다. 그는 우화에서 여우가 포도에 대하여 하는 것과 같은 논리*를 여자들에게 펼치고 있다고 웃으며 신부를 비난했다. 나는 신부의 비판에 한 술 더 떴다. 그것은 내가 다른 모든 여자들보다 그녀를 얼마나 사랑하는지를 에드메에게 열정적으로 전하는 방법이기도 했다. 하지만 그녀는 좋아하기는커녕 화를 내며 나의 이런 악의적인 성향을 진

* 『이솝 우화』에 나오는 신 포도와 여우의 우화.

지하게 힐난했다. 그녀에 의하면 그 근원은 끝없는 오만함이라는 것이었다.

　문제가 된 사람들에 대한 옹호를 관대하게 수용한 다음 그녀가 우리 의견을 지지한 건 사실이다. 우리가 루소를 손에 들고, 사교계의 여자들은 파리에서 **기사** 같은 모습을 하고 남자를 정면으로 바라보는 태도를 보이는데, 현명한 사람이 보기에 그것은 용납하기 어렵다고 말하자마자 일어난 일이었다. 에드메는 루소가 입만 열면 절대 반박하는 법이 없었다. 그녀는 루소를 따라 여성의 가장 큰 매력은 진지하게 말할 때의 지성적이고 겸손한 관심에 있다고 인정하기를 좋아했다. 나는 언제나 뛰어난 여인을 감정과 상냥함과 섬세함이 가득 담긴 커다란 눈으로 수줍게 질문하고 의미가 충만한 반대를 하는 예쁜 어린이와 비교하는 글을 그녀에게 인용하곤 했다. 그녀의 모습을 따라 그려진 듯한 이 초상에서 그녀가 자신을 알아보도록 하기 위해서 말이다. 나는 그 인용문보다 한술 더 떠서 초상화를 계속 그렸다. "진정으로 뛰어난 여인은 이상하고 엉뚱한 질문을 절대 하지 않을 만큼, 유능한 사람들에게 절대 대항하지 않을 만큼 그걸 잘 아는 여인이오." 그녀를 열렬히 바라보며 내가 말했다. "그 여인은 특히 바보들을 놀리거나 무지렁이들을 모욕할 수 있을 때도 침묵할 줄을 알지. 터무니없는 것에도 관대해요. 자신의 지식을 보여주는 데 열심이지 않기 때문이죠. 그녀는 좋은 일에 충실해요. 배우고 싶기 때문이죠. 크게 원하는 게 있다면 이해하는 것이지, 가르치는 게 아니죠. 그녀의 엄청난 기술은(말을 주고받으려면 기술이 필요한 것으로 인정되었으므로) 지식을 과시하라는 압박, 아무도 해결책을 발견하기를 원치 않는 이론을 각자 주장함으로써 동무들을 즐겁게 하라는 압박을 받고 있는 자부심 강한 두 적수를 대치시키는 것이 아니라, 유용한 토론에 적절히 빛을 밝혀줄 수 있도록 모든 사람들을 개입시켜 토론을 명확하게 만드는 데 있어요. 이것은 그토록 칭찬을 받는 그 유력한 부인들에게서는 눈을 씻고 찾아봐도 볼 수 없는 재능이죠. 나는 항상 그 여자들에게서 인기 많은 두 변호사와 깜짝 놀란 청중을 볼 뿐이고 거기에 판사는 없답니다. 그 여자들은 천재를 바보로, 보통 사람을 벙어리에 무기력자로 만드는 재주가 있어요. 그 여자들의 집에서 나오면서 사람들은 이렇게 말하죠. '좋은 이야기였어요.' 그리고 그 이상은 아무것도 없지요."

내가 옳았다고 생각한다. 하지만 이 여자들을 향한 나의 크나큰 분노는, 스스로 능력이 있다고 믿고 있지만 유명세를 타지 못한 사람들에게 전혀 관심을 기울이지 않았다는 사실에서 비롯되었음을 또한 기억한다. 자네가 상상할 수 있듯이, 그 사람들은 바로 나였다. 다른 한편으로, 선입견이나 상처받은 허영심을 배제하고 지금 생각해보니, 이 여자들은 대중들이 좋아하는 사람들을 진실로 찬미하거나 솔직하게 공감하기보다는 유치한 허영심과 매우 유사한 아첨의 체계를 가지고 있었던 게 분명했다. 그 여자들은 일종의 대화 편집자와 같았다. 유명한 사람의 입에서 나오는 말에는 온통 귀를 기울이고, 청중에게 그들의 헛소리를 경건하게 들으라고 강압적으로 신호를 하는 한편, 아무리 훌륭한 내용이라고 해도 인기 있는 사람이라는 표시가 없으면 어떤 말이건 들려오는 즉시 하품을 참으며 부챗살을 딸그락거리는 것이었다. 나는 19세기의 재주 있는 여자들의 태도를 모른다. 이러한 족속들이 아직도 잔존하고 있는지조차 모른다. 내가 사교계에 있었던 게 30년 전이니. 하지만 과거에 대해서는 내가 자네에게 이야기하는 것을 믿어도 좋다. 실제로 내게 끔찍했던 여자들이 대여섯 명 있었다. 한 사람은 재치가 있었는데, 멋진 단어들을 이상하게 잘못 사용하곤 했다. 그 말은 즉시 온 살롱에 퍼져서 하루에 스무 번도 더 그 말을 들어야 했다. 한 여자는 몽테스키외를 읽고는 아주 늙은 법관 앞에서 법률 수업을 했다. 세 번째는 한심한 수준으로 하프를 연주했지만 그녀의 팔은 프랑스에서 가장 아름답다고 인정받았다. 청중은 그녀가 어린애같이 수줍어하는 태도로 장갑을 벗을 수 있도록 그녀의 손톱이 날카로운 소리로 현을 긁는 것을 견뎌야 했다. 다른 여자들에 대해서는 뭘 알고 있더라? 그 여자들은 가식과 어리석은 위선을 경쟁했는데, 모든 남자들은 유치하게도 알면서도 기꺼이 거기에 속아 넘어갔다. 단 한 여인은 정말 아름다웠는데, 아무 말도 하지 않았지만 무사태평한 태도로 인기를 끌었다. 그 여자는 내 마음에 들었을 수도 있다. 무지했으므로. 하지만 그녀는 유명해지기 위해 신랄하고 천진난만한 언동으로 다른 여자들과 차별성을 강조하려 들었다. 어느 날 그 여자가 재치가 있다는 것을 발견했지만 내게는 혐오스럽게만 보였다.

에드메만이 홀로 진정성에서 오는 순수함 그 자체와 타고난 우아함에서 나오는 광채 속에 머무르고 있었다. 소파에 드말제르브 씨 곁에 앉아 있는 그녀는 내가 골백번도 더 바라보았던 여인, 석양빛에 파시앙스의 초가집 입구의 돌 벤치에서 앉아 있던 이와 같은 사람이었다.

13

내 사촌이 찬사에 에워싸인 것을 보고 가슴속에 잠들어 있던 질투심이 다시 불타올랐다고 생각하는 것도 당연하다. 그녀의 명령에 순종하여 공부에 매진한 이래, 내가 그녀의 사상과 감정을 이해하는 상태가 되면 내 아내가 되겠다고 했던 약속에 감히 기대를 하고 있었는지를 자네에게 말할 수 있을지 잘 모르겠다. 마침내 그때가 온 것만 같았다. 시와 산문으로 그녀의 환심을 사려고 애쓰는 남자들 중 그 누구보다 내가 에드메를 훨씬 잘 이해하는 게 확실했기 때문이다. 나는 이미 로슈-모프라에서 받아낸 서약을 가지고는 더는 위세를 부리지 않기로 결심한 터였다. 그러나 소성당 창문에서 자유롭게 한 약속, 생트-세베르의 정원에서 내가 불시에 듣게된 신부와의 대화에서 유추한 결론, 멀리 떠나려는 나를 만류하고나의 교육을 지휘한 고집, 그리고 내가 아픈 동안 내게 쏟은 어머니 같은 간호, 이 모든 것은 내게 권리까지는 아니더라도 적어도 희망의 동기를 주는 건 아니었을까? 내 정열이 말이나 시선에서 드러나는 즉시 그녀의 우정이 얼음장 같아졌던 것도 사실이다. 첫날 이래로 그녀와의 친밀한 관계를 한 걸음도 더 진전시키지 못했던 것도 사실이다. 드라마르슈 씨가 자주 집에 오면 그녀는 그에게 친숙함은 덜하지만 배려는 더하면서 내게 주는 것과 똑같은 우정을 표시했는데, 그것은 우리의 성격이나 나이가 다른 데서 오는 당연한 차이였을 뿐, 둘 중 어느 한 사람을 선호하는 것을 증명하는 게 아니었다는 것 역시 사실이다. 그래서 나는 그 약속은 그녀의 양심의 결정으로, 나를 가르치는 데 쏟은 관심은 철학에 의해 복권된 인간의 존엄성에 바치는 숭배로, 드라마르슈 씨를 향한 평온하고 지속적인 애정은 정신의 힘과 지혜에 의해 지배되는 깊은 후회로 귀착시킬 수 있었다. 이런 난처한 상황이 가슴을 에는 듯했다. 복종과 헌신으로 어떻게든 그녀의 사랑을 얻어내려던 희망이 오랫동안 나를 지탱해주었지만 그 희망도 약해지기 시작하고 있었다. 이구동성으로 말하기를 내가 놀라운 진보와 엄청난 노력을 했음에도 나에 대한 에드메의 평가가 같은 비율로 높아지기에는 아직 멀었다는 것이었다. 그녀는 **나의 높은 지성**이라고 부르면서도 놀라는 것처럼 보인 적이 없었다. 그녀는 그것을 믿었고 지나치게 칭찬했다. 하지만 내 성격상의 결함이나 영혼의 악습에 눈감지 않았다. 내 기를 꺾기 위해 계산된 인내심으로 가차 없으면서도 상냥하게 그것을 나무랐다. 그녀는 그다음에 무슨 일이 일어나건 절대로 나를 더도 덜도 사랑하지 않기로 마음을 정한 것 같았다.

모두가 그녀의 환심을 사려고 들었지만 아무도 그녀의 마음을 얻지 못했다. 사교계에서는 그녀가 드라마르슈 씨의 약혼녀라고들 했지만 그 결합이 무기한으로 지연되고 있다는 것을 나와 마찬가지로 깨닫지 못하고 있었다. 그녀가 그에게서 벗어날 구실을 찾고 있다는 소문이 돌기에 이르렀는데 그녀가 내켜 하지 않는 이유를 그녀가 내게 뜨거운 정열을 품고 있다고 가정하는 것 말고는 다른 데서 찾을 수 없었다. 나의 독특한 개인사로 소문이 났다. 여자들은 나를 호기심 어린 눈으로 살펴보았고 남자들은 관심과 일종의 배려를 표했지만 나는 그것을 무시하는 척하면서도 꽤나 의식하고 있었다. 사교계에서는 허구에 의해 다소 미화되지 않고는 그 무엇도 신용을 얻을 수 없기에 나의 정신과 능력과 학식이 이상하게 과장되었다. 그러나 에드메 앞에서 침착하고 편안한 나와 드라마르슈 씨의 태도를 보자마자 모든 추리는 자취를 감추었다. 에드메는 우리 둘과 개인적으로 있을 때나 사람들과 함께 있을 때나 똑같았다. 드라마르슈 씨가 단정한 모습으로 완벽하게 조립된, 영혼 없는 인형이라면, 나는 여러 가지 정열에 시달리고 있었지만, 오만함 덕분에 그리고 고백건대 거침없는 **미국식 태도**를 따르는 덕분에 속내가 드러나지 않도록 하고 있었다. 내가 신실한 자유의 추종자로 프랭클린에게 소개되는 행운을 누렸다는 것을 말해야겠다. 아서 리 경은 내게 일종의 호의와 주옥같은 충고를 해주는 영광을 베풀었다. 나는 내가 그리도 가혹하게 비웃었던 사람들과 마찬가지로 거기에 도취했고, 아주 필요한 순간에 이 작은 허영이 나의 고통을 경감하는 지경에 이르렀다. 머리에 분가루를 뿌리지도 않고 커다란 신발을 신고 어두운 색깔의 매우 깨끗하고 단순한 옷을 입고 어디에나 등장함으로써, 한마디로 **진짜 평민**과 혼동되지 않으면서 그 시대에 용인된 것만큼 **리샤르 영감**의 옷과 태도를 흉내 냄으로써 사교계에서 큰 기쁨을 누렸다고 내가 고백해도 어깨를 추썩이지 말기를! 나는 열아홉 살이었고 각자가 어떤 역할을 연기하는 시대를 살고 있었다는 게 그것에 대한 변명이 되겠다.

몹시도 관대하고 순진한 나의 보호자도 공개적으로 나를 인정했다고 주장할 수도 있을 것이다. 위베르 숙부는 가끔 나를 놀리기는 하면서도 내가 하는 대로 내버려두었고, 에드메가 그런 우스꽝스러운 짓에 대해 입도 뻥긋하지 않는 걸 보니 아예 그걸 눈치채지 못하는 것 같았다.

그럭저럭 봄이 왔고 우리는 곧 시골로 되돌아갈 것이었다. 살롱들은 한산해졌고 나는 여전히 똑같은 불안 속에 놓여 있었다. 어느 날 나는 드라마르슈 씨가 자기도 모르게 에드메하고만 둘이 있고 싶은 욕망을 드러내는 것을 알아차렸다. 처음에는 내 의자에 꼼짝도 하지 않고 앉아 그를 힘들게 하면서 기뻐했다. 그러나 에드메의 이마에서 내가 아주 잘 알고 있는 가벼운 주름을 본 것 같았다. 그래서 속으로 곰곰 생각한 끝에 이 대면의 여파를 보기로, 무엇이 되었든 내 운명에 대해 알아보기로 작정하고 방을 나왔다.

나는 한 시간 후에 살롱으로 돌아갔다. 숙부가 돌아와 있었다. 드라마르슈 씨는 저녁 식사를 하느라 남아 있었고, 에드메는 생각에 잠겨 있었지만 슬픈 것 같지는 않았으며, 신부는 그녀에게 눈짓으로 그녀가 듣고 있지 않거나 듣고 싶지 않은 질문을 던지고 있었다.

드라마르슈 씨는 코메디프랑세즈로 숙부를 따라갔다. 에드메는 편지 쓸 게 있다고 하며 집에 머무르도록 허락을 구했다. 나는 백작과 기사를 따라갔지만 1막이 끝난 뒤 살짝 빠져나와 집으로 돌아왔다. 에드메는 자기 방의 문을 지키게 하고 있었지만 나는 그게 나 때문이라고는 생각지 않았다. 하인들은 그냥 단순하게 내가 그 집 안의 아들로서 행동한다고 생각했다. 나는 에드메를 방에까지 따라갈 수는 없었으므로 그녀가 자기 방에 있으면 어떻게 하나 걱정에 떨며 살롱으로 들어갔다. 그녀는 벽난로 곁에 앉아서 내가 장자크 루소의 무덤에 산책을 갔다가 꺾어 온 파랗고 흰 성상화星狀花의 꽃잎을 따며 놀고 있었다. 이 꽃은 내 인생에서 유일하게 행복한 시간이었다고 말할 수 있는 열정적인 어느 날 밤의 달빛을 상기시켰다.

"벌써 돌아왔어요?" 그녀가 하던 일을 멈추지 않고 내게 말했다.

"벌써는 아주 심한 말인데." 내가 대답했다. "내가 방으로 가버렸으면 좋겠소, 에드메?"

"아니, 괜찮아요. 당신은 전혀 방해가 되지 않으니까. 하지만 오늘 밤 내 이야기를 듣는 것보다는 〈메로페〉 공연이 더 유익했을 텐데요. 내가 어리석다고 당신한테 알려주었으니까."

"잘됐군, 사촌. 그렇다면 당신은 날 모욕하지 못할 테고 처음으로 우리가 평등하게 되겠군요. 그런데 왜 그토록 내 성상화를 홀대하는지 말해줄 수 있을까요? 성유물처럼 간직할 줄 알았는데."

"루소 때문에?" 그녀가 날 향해 눈도 들지 않고 짓궂게 웃으며 말했다.

"오! 들려오는 그대로지요." 내가 대답했다.

"나는 아주 재미있는 놀이를 하고 있거든요." 그녀가 말했다. "방해하지 말아줘요."

"나도 알아요. 바렌의 모든 아이들이 그 놀이를 하지. 우리 양치기 소녀들은 모두 그 놀이가 계시해준 운명의 결정을 믿더라고. 꽃잎을 네 개씩 다 뜯어냈을 때 당신이 무슨 생각을 하는지 내가 설명해줄까요?"

"오호, 위대한 마법사 나셨군!"

"**조금**, 그건 **누군가**가 그대를 사랑한다는 것이고, **많이**는 그대가 그를 사랑한다는 것이고, **열렬히**는 또 다른 사람이 그대를 사랑한다는 것이고, **조금도**는 그대가 바로 그 다른 사람을 사랑한다는 뜻이지요."

"예언자 나리." 얼굴이 진지해진 에드메가 계속했다. "**누군가**와 **또다른 사람**이 무슨 뜻인지 알 수 있을까요? 당신은 고대 무녀 같네. 자신의 신탁의 의미를 모르고 있으니 말이에요."

"내 신탁을 알아맞힐 수는 없을까요, 에드메?"

"오이디푸스에게 패한 스핑크스가 한 대로 하겠다고 약속하면 수수께끼를 해독하도록 해볼게요."

"오! 에드메." 내가 외쳤다. "내가 당신과 당신의 해석 때문에 벽에 머리를 찧은 지가 얼마나 오래되었는데! 게다가 당신은 단 한 번도 제대로 알아맞힌 적이 없소."

"오! 맙소사, 있는데!" 그녀가 꽃다발을 벽난로에 던지면서 말했다. "당신은 알게 될 거예요. 나는 드라마르슈 씨를 **조금** 사랑하고, 당신을 **많이** 사랑해요. 그는 나를 **열렬히** 사랑하고, 당신은 나를 **조금도** 사랑하지 않아요. 이게 진실이에요."

"**많이** 때문에 일어난 이 고약한 해석을 진심으로 용서하겠소." 내가 대답했다. 내가 그녀의 두 손을 잡으려고 하자 그녀는 부리나케 손을 거두었다. 사실 이번에는 그녀가 오해를 한 것이었다. 손을 내게 맡겼더라도 남매로서 잡는 데 그쳤을 것이니 말이다. 하지만 이런 경계심은 내게서 위험한 기억을 일깨웠다. 그날 저녁 그녀의 모습과 태도에는 그 전까지는 눈곱만큼도 본 적이 없는 애교가 가득했다고 생각한다. 이유는 모르겠지만 나 자신이 대담해지는 것을 느꼈다. 그녀와 드라마르슈 씨의 독대에 관하여 신랄한 잔소리를 감행했던 것이다. 그녀는 내 해석을 반박하는 데는 신경도 쓰지 않고, 그녀가 눈썹을 찡그리는 걸 보고 물러났으니 나의 세련된 예절에 감사하라고 간청하자 웃었다.

이런 고상한 경박함이 내게 조금 거슬리기 시작했을 때 하인 하나가 들어와 그녀에게 편지 한 장을 건네며 대답을 기다리고 있다고 했다. "책상을 이리로 가져오고 펜을 깎아줘요." 그녀가 내게 말했다. 그녀가 무심하게 편지를 개봉하고 훑어보는 동안 나는 무슨 일인지 영문도 모르고 편지를 쓰기 위해 필요한 것들을 준비했다.

진즉에 까마귀 깃털 펜을 깎아놓았고, 진즉에 색 띠로 가장자리를 두른 편지지도 황갈색 서류철에서 꺼내놓았건만, 에드메는 거기에는 전혀 관심을 두지 않고 그걸 사용할 채비도 하지 않았다. 편지가 무릎 위에 펼쳐져 있었고, 두 발은 벽난로의 장작 받침쇠에 올려져 있었으며, 두 팔꿈치는 몽상에 빠지기 좋은 자세로 안락의자의 팔걸이에 놓여 있었다. 그녀는 완전히 몰두해 있었다. 내가 부드럽게 말을 걸었지만 그녀에게는 들리지 않았다. 나는 그녀가 편지는 잊고 잠에 빠졌다고 여겼다. 15분 후에 하인이 돌아와 심부름꾼의 입장에서 답장이 준비되었느냐고 물었다.

"물론, 기다리라고 해줘." 그녀가 대답했다.

그녀는 엄청나게 주의를 기울여 편지를 다시 읽더니 천천히 답장을 쓰기 시작했다. 그러고는 답장을 불 속에 던져버리고 발로 소파를 밀더니 거처를 몇 바퀴 돌다가 갑자기 내 앞에 멈춰서 차갑고 엄격한 태도로 나를 바라보았다.

"에드메." 내가 벌떡 일어나며 말했다. "도대체 왜 그러죠? 당신이 그토록 신경을 쓰는 저 편지가 나하고 무슨 상관이라도 있단 말이오?"

"그게 당신하고 무슨 상관인데요?" 그녀가 대답했다.

"나랑 무슨 상관이냐고!" 내가 소리쳤다. "내가 호흡하는 공기가 나랑 무슨 상관인데요? 내 혈관에 흐르고 있는 피가 나하고 무슨 상관이지? 그런 걸 물어봐요, 일찌감치! 하지만 당신의 말 한마디

나 눈길 한 번이 어떤 점에서 내게 중요한지는 묻지 말라고. 내 인생이 거기에 달려 있다는 것은 누구보다 당신이 잘 알고 있으니까요."

"정신 나간 소리 하지 말아요, 베르나르." 그녀가 하릴없이 소파를 다시 돌려놓으며 계속 말했다. "모든 일에는 다 때가 있는 법이에요."

"에드메! 에드메! 잠든 사자를 놀리지 말고 재 속에 숨어 있는 불씨를 되살리지 말아요."

그녀는 어깨를 추썩이더니 활기에 가득 차서 답장을 쓰기 시작했다. 얼굴에 화색이 돌고 어깨에 풀어져 내린 구불거리는 긴 머리를 가끔씩 손가락으로 쓸어 넘겼다. 이렇게 흐트러진 모습의 그녀는 치명적으로 아름다웠다. 그 여자는 사랑을 하는 것 같았다. 그런데 누구를? 분명 그 사람에게 편지를 쓰고 있었다. 마음속 깊은 곳에서 질투가 끓고 있었다. 나는 갑자기 방을 나가 대기실을 지나가다가 편지를 가져온 사람을 보았다. 그는 드라마르슈 씨의 하인이었다. 나는 의심하지 않았다. 하지만 이 확신이 나의 분노를 돋우었다. 나는 문을 난폭하게 열고 살롱으로 돌아갔다. 에드메는 고개조차 돌리지 않았다. 여전히 편지를 쓰는 중이었다. 나는 그녀 앞에 앉았다. 불타는 눈으로 그녀를 바라보았다. 그녀는 나를 향해 눈도 들지 않았다. 선홍빛 입술에 미소 같은 것이 스치는 것을 본 듯도 했다. 그것은 나의 가슴앓이에 대한 모욕으로 보였다. 마침내 그녀는 편지를 다 쓰고 봉인을 했다. 그때 나는 자리에서 일어나 그녀에게 다가가서 난폭하게 그녀의 손에서 편지를 빼앗으려고 했다.

예전보다는 조금 더 자제하는 법을 배웠지만, 열정적인 영혼들은 수많은 나날 동안 공들여 쌓은 것을 단 한순간에 무너뜨릴 수 있다고 느꼈다.

"에드메." 쓰라린 감정 속에서 신랄한 미소가 되려고 애쓰느라 무섭게 찡그리며 내가 말했다. "내가 이 편지를 드라마르슈 씨의 하인에게 전해주면서 주인이 몇 시에 만나러 올 수 있냐고 귓속말로 물어볼까요?"

"편지에서 시간을 정할 수 있었으니 그걸 하인들에게 알려줄 필요는 없을 것 같은데요." 그녀는 내가 분노가 치밀 만큼 평온하게 대답했다.

"에드메, 나를 좀 더 배려해주면 좋겠소!" 내가 소리쳤다.

"난 그런 건 눈곱만큼도 걱정 안 해요." 그녀가 대답했다.

그녀는 받은 편지를 나를 향하도록 책상에 던져놓고 심부름꾼에게 직접 답장을 전하려고 방을 나갔다. 그녀가 내게 그 편지를 읽으라고 했는지 안 했는지 모른다. 내가 그렇게 하도록 만든 움직임이 저항할 수 없는 것이었음은 안다. 그 편지는 대략 다음과 같은 내용이었다.

"에드메, 나는 마침내, 당신 말대로, 우리의 결혼에 극복할 수 없는 장애가 된 치명적인 비밀을 알게 되었소. 베르나르는 당신을 사랑하오. 오늘 아침의 동요가 그걸 드러냈지요. 하지만 당신은 그를 사랑하지 않소, 난 확신… 그건 있을 수 없는 일이오! 그랬다면 당신은 내게 솔직히 말했을 것이오. 그래서 이제 장애는 다른 데 있소. 나를 용서하시오! 나는 그대가 강도들의 소굴에서 두 시간을 보냈다는 걸 알게 되었소! 불운한 여인, 당신의 불행, 당신의 조심성, 당신의 고귀한 섬세함이 내게 당신을 더욱 기품 있게 보이도록 만들었소. 당신이 어떤 불행의 희생자인지를 왜 처음부터 말하지 않았소? 나는 한마디로 당신의 고통과 나의 고통을 가라앉혔을 텐데요. 당신의 비밀을 숨기도록 도와주었을 것이오. 당신과 함께 슬퍼했을 것이고, 어떤 시련에도 흔들리지 않는 애정을 보여서 그 끔찍한 기억을 없애버릴 수도 있었겠지요. 하지만 절망할 건 없소. 여전히 이 말을 해야 할 시간이오. 그리고 지금 그걸 하고 있소. 에드메, 그 어느 때보다 당신을 사랑하오. 그 어느 때보다 더 당신에게 내 이름을 주기로 작정했소. 받아주시오."

쪽지에는 아데마르 드라마르슈라고 서명이 되어 있었다.

내가 편지를 다 읽자마자 에드메가 돌아와 마치 소중한 물건을 두고 가기라도 한 듯이 걱정스럽게 벽난로 쪽으로 다가왔다. 내가 방금 읽은 편지를 그녀에게 내밀자 그녀는 건성으로 그걸 받았다. 그리고 불을 향해 몸을 숙여 불꽃이 스쳐 갔을 뿐인 구겨진 종이를 즐거운 기색으로 황급히 잡았다. 그것은 드라마르슈 씨의 쪽지를 받고 썼지만 보내지 않는 게 적절하다고 판단한 처음의 편지였다.

"에드메." 그녀의 무릎에 몸을 던지며 내가 말했다. "그 편지를 보여주시오. 내용이 무엇이든 처음에 당신의 마음이 움직이는 대로 결정한 것이니 따르겠소."

"진실로 그럴래요?" 그녀가 형언할 수 없는 표정을 지으며 말했다. "만일 내가 드라마르슈 씨를 사랑한다면, 만일 내가 그를 포기함으로써 당신에게 큰 희생을 하는 거라면, 당신은 그 약속을 취소해줄 만큼 관대할 수 있나요?"

나는 잠깐 망설였다. 식은땀이 등골을 타고 흘렀다. 나는 그녀를 뚫어지게 바라보았다. 알 수 없는 그녀의 눈은 자기 생각을 드러내지 않고 있었다. 그녀는 나를 사랑하고 있으며 나의 미덕을 시험하는 거라고 믿었다면 나는 영웅의 역할을 연기했을지도 모른다. 하지만 나는 함정이 두려웠고 정열이 승리했다. 자발적으로 그녀를 포기할 힘이 느껴지지 않았고 위선이 역겨웠다. 나는 분노에 치를 떨면서 자리에서 일어났다.

"그를 사랑하는군요!" 내가 외쳤다. "그를 사랑한다는 걸 인정해요!"

그녀는 편지를 주머니에 넣으면서 대답했다. "언제, 어디서 잘못된 걸까?"

"잘못은 당신이 그를 사랑하지 않는다고 하면서 지금까지 나를 속였다는 거요."

"**지금까지**가 의미심장하군요." 그녀가 나를 뚫어지게 바라보며 말했다. "우리는 그 문제에 관해 작년부터 대화한 적이 없었죠. 그때는 내가 아데마르를 그다지 사랑하지 않는 게 가능했어요. 그리고 지금은 당신보다 그를 더 사랑하는 게 가능할걸요. 두 사람의 오늘 행동을 비교하자면, 한편에는 자존심도 섬세함도 없는 남자가 보이는데 내 마음도 차마 인정하지 못하는 맹세를 가지고 위세를 부리고 있고, 다른 편에는 훌륭한 친구가 보이는데 그의 숭고한 헌신이 모든 편견에 맞서고 있으며 내가 지울 수 없는 모욕에 의해 더럽혀졌다고 생각하면서도 이 오점을 자신의 보호로 덮어주려고 애쓰고 있지요."

"뭐라고! 그 하찮은 인간이 내가 당신을 범했다고 생각한다고? 그러면 왜 내게 결투를 신청하지 않는 거요?"

"그는 그렇게 생각하지 않아요, 베르나르. 그는 당신이 나를 로슈-모프라에서 달아나게 했다는 걸 알고 있어요. 하지만 나를 너무 늦게 구조해서 내가 다른 강도들의 희생자가 되었다고 믿고 있지요."

"그는 당신과 결혼하고 싶어 하잖소, 에드메! 그는 고결한 사람이거나, 사실은 생각보다 많은 빚을 지고 있거나."

"조용히 해요." 에드메가 화를 내며 말했다. "관대한 행동을 그렇게 끔찍하게 해석하는 것은 도덕성이 없는 영혼과 사악한 정신에서 나오는 거예요. 내 미움을 받지 않으려면 입을 다물어요."

"나를 미워한다고 말해요, 에드메, 두려워하지 말고, 다 알고 있으니."

"두려워하지 말라고! 당신을 두려워하는 영광을 베풀지 않는다는 것도 알아두는 게 좋을 거예요. 그러니 대답해봐요. 내가 어떻게 할 작정인지 알 수 없을지라도, 당신은 내게 자유를 돌려주고 야만적인 권리를 포기해야 한다는 걸 이해할 수 있겠어요?"

"아무것도 모르겠는데, 내가 당신을 열렬히 사랑한다는 것 그리고 감히 당신을 두고 나와 다투려는 자의 심장을 내 손톱으로 갈 기리 찢어놓을 거라는 것 말고는. 강제로 당신이 나를 사랑하도록 할 것이며, 그게 안 된다면 당신이 다른 자의 것이 되는 것을 도저 히 살아서는 견뎌낼 수 없다는 것은 최소한 알고 있지. 당신의 손가 락에 결혼반지를 끼워주기 전에 구멍이란 구멍에선 모두 피가 철철 흐르는 상처투성이의 내 시체를 밟게 될 거요. 내가 마지막 숨을 거 두는 순간에도 당신이 나의 애인이라고 말하며 당신을 모욕할 거 요. 나를 누른 자의 기쁨을 그렇게 망쳐놓고야 말겠소. 죽어가면 서 당신에게 칼을 꽂을 수 있다면 그렇게 하겠소. 최소한 무덤에서 라도 당신이 나의 아내가 될 수 있도록. 이게 바로 내가 하고자 하 는 바요, 에드메. 그러니 이제 나와 간계를 다퉈보자고. 나를 여기 저기 함정으로 끌고 다니고, 당신의 놀라운 술책으로 나를 다스려 봐요. 백번 천번이라도 속아주겠소, 나는 무지렁이니까. 하지만 당 신의 계략은 늘 똑같은 결말에 도달할 거요, 내가 모프라의 이름을 걸고 맹세했으니까!"

"강도 모프라죠!" 그녀가 냉정하게 비꼬는 투로 대답하고 나가려 고 했다.

내가 그녀의 팔을 잡으려 할 때 초인종이 울렸다. 들어온 것은 신 부였다. 그가 나타나자마자 에드메는 그와 악수를 하더니 내게는 한마디도 하지 않고 자기 방으로 물러갔다.

나의 혼란을 알아차린 마음 좋은 신부는 내게 애정을 품으면서 생긴 권리에서 비롯된 것임이 분명한 확신을 가지고 질문했다. 하지만 그것이 바로 우리가 결코 서로에게 설명할 수 없었던 단 한 가지 문제였다. 그는 헛되이 그걸 찾으려고 했다. 그는 역사 수업을 할 때마다 유명한 사랑 이야기에서 절제나 관대함의 모범이나 교훈을 끌어내지 않은 적이 한 번도 없었다. 하지만 이 문제에 관해서는 내게서 한마디도 얻어내지 못했다. 그가 에드메의 곁에서 나를 험담한 적이 있다는 사실을 완전히 용서할 수는 없었다. 나는 그가 여전히 나에 대해 악담하는 것을 간파했다고 믿었다. 나는 그의 철학의 모든 논거와 그의 우정이 보여주는 온갖 유혹에 대해 경계하고 있었다. 그날 밤, 나는 그 어느 때보다 난공불락이었다. 나는 걱정하고 슬퍼하도록 그를 내버려두었다. 그리고 내 방으로 가서 침대에 몸을 던지고 나의 자존심과 분노를 가차 없이 쓰러뜨린 해묵은 오열을 억누르기 위해 머리를 이불 속에 파묻었다.

14

다음 날 나의 절망은 참담했다. 에드메는 얼음장 같았고 드라마르슈 씨는 오지 않았다. 그의 집에 다녀온 신부가 회동의 결과에 대해 에드메와 이야기하는 것을 알 수 있었다. 더구나 그들은 완벽하게 평온했으므로 나만이 말없이 불안 속에서 몸부림쳤다. 나는 단한순간도 에드메와 같이 있을 수 없었다. 저녁에 걸어서 드라마르슈 씨의 집으로 갔다. 내가 무슨 말을 하려고 했는지 모른다. 내가처한 격노 상태가 목표도 계획도 없이 행동하도록 나를 떠밀었다. 나는 그가 파리를 떠났다는 걸 알고 되돌아왔다. 숙부는 몹시 우울해했다. 그는 나를 보자 눈썹을 찡그리더니 쓸데없는 말을 억지로 몇 마디 나누고는 나와 신부만 남겨두고 가버렸다. 신부는 나를입 열게 하려 했지만 전날과 마찬가지로 성공하지 못했다. 나는 여러 날 전부터 에드메와 이야기할 기회를 노렸지만 그녀는 줄곧 그것을 피하는 방법을 알고 있었다. 모두 생트-세베르로 떠날 준비를 했다. 그녀는 기쁘지도 슬프지도 않아 보였다. 나는 그녀가 읽고 있는 책의 페이지 사이에 만나자는 말을 적은 쪽지를 끼워 넣기로 결심했다. 5분 후에 다음과 같은 답장을 받았다.

"대화를 해도 아무 소용이 없을 거예요. 당신은 당신의 야비함을 주장할 테고, 나는 나의 충실함을 주장할 테니. 올바른 양심이 벗어날 수 없는 충실함이죠. 나는 당신 아닌 다른 사람의 것이 절대 되지 않겠다고 맹세했어요. 나는 결혼하지 않을 거예요. 하지만 모든 것을 희생해서 당신 것이 되겠다고 맹세하지는 않았어요. 당신이 계속 내 존중을 받을 수 없게 행동한다면 나는 자유롭게 남을 수 있겠지요. 가엾은 아버지는 거의 돌아가실 지경이에요. 나를 사회와 이어주는 유일한 끈이 사라진다면 수도원이 나의 피난처가 되겠지요."

에드메가 내건 조건들을 그토록 충족시켰건만 그 대가랍시고 그녀는 그것을 깨뜨리라고 명령하고 있었다. 나는 그녀가 신부와 이야기를 나누었던 그날 밤과 똑같은 지점에 있었다.

나는 방에 틀어박혀 남은 하루를 보내고는, 자려고도 하지 않고 밤새도록 혼란 속에서 걸어 다녔다. 내가 무슨 생각을 했는지는 말하지 않겠다. 신사가 할 짓이 아니었으니. 동이 트자 라파예트의 집으로 갔다. 그가 내게 프랑스를 떠나기 위해 필요한 서류들을 마련해주었다. 그는 스페인에서 미국행 배를 탈 예정이니 먼저 가서 기다리고 있으라고 했다. 나는 가장 조촐한 여행자에게도 없어서는 안 될 옷가지와 돈을 가지러 집으로 돌아왔다. 숙부에게는 내가 없어져서 걱정하지 않도록 몇 자 적어두었다. 곧 긴 편지로 자초지종을 설명하겠다고 약속했다. 그때까지는 나를 판단하지 말아달라고, 그의 호의는 영원히 내 가슴속을 떠나지 않을 것임을 믿어달라고 애원했다.

나는 집 안의 누구도 일어나기 전에 길을 떠났다. 아주 작은 우정의 표시에도 결심이 무너지지 않을까 염려했기 때문이다. 내가 지나치게 관대한 우정을 남용했다는 느낌이 들었다. 자물쇠에 입을 맞추지 않고는 에드메의 처소 앞을 지날 수 없었다. 그러고는 손으로 얼굴을 가리고 미치광이처럼 달리기 시작했다. 나는 피레네산맥의 다른 쪽에 도달해서야 겨우 멈추었다. 거기서 잠시 휴식을 취한 뒤, 그녀는 자유이며, 나는 그녀의 어떤 결정에도 반대하지 않지만 내 적수의 승리를 인정하는 증인이 될 수는 없다는 편지를 썼다. 나는 마음속 깊은 곳에서 그녀가 나를 사랑한다고 믿고 있었다. 나는 내 사랑을 억누르기로 결심했다. 지킬 수 있는 것 이상의 약속을 했다. 그러나 상처 입은 자존심이 빚어낸 일차적인 효과는 나 자신을 신뢰하게 된 것이었다. 나는 숙부에게도 내가 공을 세워 기사가 되지 않는 한 내게 베풀어준 숙부의 무한한 호의를 받을 자격이 없다고 생각한다는 편지를 썼다. 나는 오만함에서 비롯된 순진함으로, 전사의 운명과 영광에 대한 희망을 그에게 토로했다. 에드메도 이 편지를 읽을 것임을 알고 있었으므로 불안 없는 기쁨과 후회 없는 열정을 가장했다. 내 출발의 진정한 동기를 숙부가 알고 있는지는 몰랐다. 하지만 자존심 때문에 그것을 그에게 고백할 수는 없었다. 신부에 대해서도 마찬가지였다. 나는 그에게도 감사와 애정이 충만한 편지를 한 장 썼다. 나는 절대로 로슈-모프라에 가서 살 결심을 할 수 없을 것임을 확신했으므로, 나를 염두에 두고 그 서글픈 성채를 보수하기 위해 어떤 지출도 하지 말 것이며, 그가 되산 영지는 딸의 재산으로 간주해달라고 숙부에게 부탁하면서 편지를 마쳤다. 내가 숙부에게 요구한 것이라고는, 장비를 갖추는 비용을 대고, 미국의 대의를 위한 나의 헌신이 고귀한 라파예트에게 경제적 부담이 되지 않도록, 2~3년 치의 수입을 가불해달라는 것뿐이었다.

그들은 나의 행동과 편지에 만족했다. 스페인 해안에 도착했을 때, 나의 갑작스러운 출발을 부드럽게 질책하면서도 격려로 가득한 숙부의 편지를 받았다. 그는 내게 아버지 같은 축복을 전하며, 로슈-모프라의 영지는 절대로 에드메에게 돌아가지 않을 것임을 명예를 걸고 선언하고, 내 미래의 수입을 축내지 않고 상당한 금액을 보내왔다. 신부는 똑같은 비난에 훨씬 더 뜨거운 격려를 덧붙였다. 그가 나의 행복보다는 에드메의 휴식을 더 중시하고 있으며 나의 출발에서 진정한 기쁨을 느끼고 있음을 쉽게 알 수 있었다. 하지만 그는 나를 사랑하고 있었으며 그 우정은 거기에 섞여 있는 잔인한 만족을 통해 감동적으로 표현되고 있었다. 그는 내 운명을 부러워했다. 독립의 대의를 위한 열정으로 가득 차서 성직을 집어던지고 총을 들까 하는 생각도 해봤다고 주장했다. 하지만 그것은 유치한 가식일 뿐이었다. 그는 상냥하고 조심스러운 천성으로 인해 여전히 철학의 외투 아래서 사제로 남아 있었다.

　나중에 끼워 넣은 듯한 서명 없는 작은 쪽지가 두 편지 사이에 있었다. 나는 그것이 실제로 내가 이 세상에서 관심이 있는 단 한 사람에게서 온 것임을 잘 알았지만 열어볼 용기가 나지 않았다. 나는 떨리는 손으로 그 얇은 편지를 들고서 그걸 읽으면 용기 속에서 찾아낸 필사적인 평온을 잃지 않을까 두려워하며 바닷가의 백사장을 거닐었다. 무엇보다 나는 그 뒤에 성취된 다른 사랑이 엿보이는 열렬한 기쁨의 표현과 감사가 두려웠다. 나는 이런 생각을 했다. '그녀가 내게 무슨 말을 쓸 수 있을까? 그녀는 왜 내게 편지를 쓰는 걸까? 나는 그녀의 동정을 원치 않고 감사는 더더욱 원치 않는데.' 나는 이 운명의 편지를 바닷물에 던지려고 했다. 한번은 그걸 파도 위로 들어 올리기까지 했지만 곧 가슴에 꼭 간직하고 잠시 품고 있었다. 감각 기관과 사고 기관을 통해서도 눈으로 보는 것처럼 읽을 수 있다고 주장하는 최면술 신봉자들의 불가사의한 시력을 믿기라도 하는 듯이.

　마침내 나는 봉인을 뜯기로 결심했다. 이런 말이 쓰여 있었다. "잘했어, 베르나르. 하지만 네게 감사하지는 않겠어, 네가 없으니 말할 수 없이 괴로우니까. 하지만 너의 명예와 성스러운 진리에 대한 사랑이 부르는 곳으로 가도록 해. 내 소원과 기도가 어디서든 너와 함께할 거야. 임무가 끝나면 돌아오도록 해. 유부녀도 수녀도 아닌 나와 재회하게 될 테니." 그녀는 그 쪽지에 내가 아픈 동안 가지고 있다가 파리를 떠나면서 돌려준 홍옥수 반지를 동봉했다. 나는 작은 금상자를 마련하여 쪽지와 편지를 넣고 그것을 스카풀라*처럼 몸에 지녔다. 원정에 반대하는 정부의 명령으로 프랑스에서 체포된 라파예트는 감옥에서 탈출한 직후 우리와 합류했다. 나는 항해를 준비할 시간이 있었다. 그리고 슬픔과 야망과 희망에 가득 차서 돛을 올렸다.

미국독립전쟁 이야기는 기대하지 말게나. 이번에도 내 모험을 자네에게 전할 때 역사적 사실과 내 존재를 분리할 것이다. 심지어 여기서 나의 개인적 모험은 삭제될 것이다. 그것은 내 기억 속에서 에드메가 아무리 기도해도 보이지 않는 성모마리아를 연기하는 특별한 한 장을 이루고 있다. 이 천사 같은 인물이 전혀 등장하지 않는 부분의 사건들은 조금도 자네의 흥미를 끌지 못할 것 같다. 오직 그녀만이 그녀 자신으로 혹은 그녀가 내게 미친 영향으로 자네의 관심을 차지할 만한 자격이 있기 때문이다. 처음에 나는 워싱턴의 군대에서 불만 없이 수락한 낮은 계급에서 시작하여 정식으로 그러나 매우 빨리 장교 계급으로 승진했다고만 이야기하겠다. 나의 군사 교육은 신속했다. 이번에도 내가 살아오면서 시작한 모든 것에서 그랬듯이 고집스럽게 어려움을 이겨내며 혼신의 힘을 다했다.

나는 유명한 지휘관들의 신임을 얻었다. 나의 뛰어난 체격이 전쟁의 피로를 견디는 데 안성맞춤이었다. 강도질하던 예전의 습관조차도 엄청난 도움이 되었다. 나는 함께 상륙한 다른 모든 프랑스 젊은이들이 갖지 못한 침착함으로 역경을 견뎌냈다. 그들도 다른

* 가톨릭 수도자들의 의복에서 유래한 천 혹은 천으로 만든 메달로 신심을 상징한다.

곳에서는 눈부신 용기를 보였지만 말이다. 나의 용기는 우리의 동맹군들이 깜짝 놀랄 만큼 냉정하고 집요했다. 그들은 내가 얼마나 쉽게 숲에 적응하는지, 때로 우리 작전을 교란하는 원주민들에게 얼마나 약삭빠르고 주의 깊게 대적하는지를 보고, 내 출신을 의심하기도 했다.

나는 작전과 이동의 와중에서 주님이 동료이자 친구로 보내준 유능한 젊은이와 친밀하게 지내며 정신을 도야할 수 있는 행운을 얻었다. 그는 자연과학을 사랑해서 우리 원정에 뛰어들었고 훌륭한 군인으로 행동했다. 하지만 그가 결심을 하는 데 정치적 공감은 부차적인 역할에 그쳤다는 것을 알아내는 건 쉬운 일이었다. 그는 승진 욕심이라고는 없었고 전략 연구에는 젬병이었다. 전쟁의 성공이나 자유의 승리보다는 식물 표본과 동물학 관찰에 온통 사로잡혀 있었다. 그는 때가 되면 너무나 잘 싸웠기 때문에 열의 없는 자라는 비난은 전혀 어울리지 않았다. 하지만 전투 전날까지 그리고 그다음 날이 되자마자 신세계 초원에서의 과학 원정 이외의 것은 아무것도 중요하지 않다고 생각하는 것 같았다. 그의 의상 가방은 늘 돈이나 옷가지가 아니라 자연사 표본으로 꽉 차 있었다. 야영할 때 우리는 적이 접근하였음을 알려줄 수 있는 작은 소리에도 주의를 기울였지만 그는 식물이나 곤충의 분석에 빠져 있었다. 그는 천사처럼 순수하고 스토아 철학자처럼 초연하며 학자처럼 인내심이 있는 데다가 유쾌하고 다정한 멋진 젊은이였다. 우리가 습격을 당해 위험에 처하면 그는 궁둥이에 가지고 다니는 소중한 조약돌들과 값을 매길 수 없는 풀잎 때문에 근심하고 소리쳤다. 하지만 우리 중 한 명이 부상을 입으면 그는 비할 수 없는 친절과 열성으로 그를 간호했다.

어느 날 그는 내가 옷 속에 숨겨 가지고 다니는 금상자를 보았다. 그는 자신의 마지막 피 한 방울까지 바쳐서라도 지켜냈을 파리 다리 몇 개와 매미 날개 몇 장을 넣을 수 있도록 그 상자를 양보하라고 그 자리에서 애원했다. 우정의 간청에 저항하려면 내가 사랑의 유물에 대해 품고 있는 존경이 모두 필요했다. 그가 내게서 얻어낸 것이라고는 나의 소중한 상자에 자신이 최초 발견자라고 주장하는 아주 예쁜 작은 식물을 하나 집어넣는 것뿐이었다. 나는 그것이 **에드메아 실베스트리스**라고 불리는 조건으로만 내 약혼녀의 편지와 반지 곁에서 안식처를 찾을 권리가 있다고 했다. 그는 그것을 허락했다. 그는 아름다운 야생 사과나무에 새뮤얼 애덤스라는 이름을, 내가 모르는 어떤 부지런한 벌에게는 프랭클린이라는 이름을 붙인 적도 있었다. 고상한 열정과 기발한 관찰을 연결시키는 일처럼 그가 좋아하는 일은 없었다.

나는 그에게 애착을 품게 되었는데, 내 또래의 남자에게 느낀 최초의 우정이니만큼 더욱 돈독했다. 이 친밀한 관계에서 찾은 매력은 내가 알지 못하는 영혼의 능력과 필요 등 삶의 또 다른 얼굴을 내게 드러내주었다. 기사도에 대한 나의 사랑에서 어린 시절에 받은 첫인상들을 결코 떨쳐버릴 수 없었으므로, 나는 그에게서 전우의 모습을 보는 게 좋았다. 그가 다른 친한 친구는 다 배제하고 내게만 이런 자격을 주기를 바랐다. 그는 진심으로 반기며 거기에 동의했다. 그것은 우리 사이의 공감이 얼마나 강렬했는지를 증명했다. 그는 떠돌아다니는 생활과 거친 원정에 적응하는 내 능력을 보고 내가 박물학자로 태어났다고 주장했다. 그는 나의 미미한 관심을 비난하면서 흥미로운 식물들을 생각 없이 밟고 다닌다며 정색을 하고 나를 꾸짖었다. 그러나 내가 체계적인 정신을 타고났으므로 언젠가는 자연에 관한 이론이 아니라 **훌륭한** 분류 체계를 만들어낼 수 있을 거라고 단언했다. 그의 예언은 조금도 실현되지 않았지만 그의 격려는 내게서 공부 취향을 일깨워 야전 생활 속에서 또다시 정신이 마비되는 일이 없도록 막아주었다. 그는 하늘이 내게 보낸 사절이었다. 그가 없었다면 아마도 나는 로슈-모프라의 강도는 아니더라도 최소한 바렌의 야만인으로 되돌아갔을 것이다. 그의 가르침은 내게서 지성적인 삶에 대한 감성을 되살렸다. 그는 내 사상의 폭을 넓혀주었고 내 본능을 고상하게 만들었다. 그는 놀라운 올곧음과 겸손한 습관 때문에 철학적 토론에 뛰어들지 못했지만, 속으로는 정의를 사랑했고, 감정과 도덕의 모든 문제들을 오류 없는 통찰력으로 결정했다. 그는 신부가 절대로 행사할 수 없었던 영향력을 내게 행사했다. 신부와 나는 근본부터 서로를 경계하는 입장에 있었기 때문이다. 그는 물리적인 세계의 넓은 부분을 내게 드러내 보여주었다. 하지만 그의 가장 값진 가르침은 나 자신을 알고 내가 받은 인상을 성찰하는 습관을 들이게 한 것이었다. 나는 어느 정도까지는 내 움직임을 다스릴 수 있게 되었다. 나는 오만과 난

폭함을 결코 고치지 못했다. 존재의 본질을 바꿀 수는 없어도 다양한 능력을 좋은 쪽으로 이끌 수는 있다. 결점을 이용하는 일에 거의 성공할 수도 있다. 그것이 바로 교육의 위대한 비밀이자 위대한 문제인 것이다.

나의 친애하는 아서와의 대화는 그러한 것들을 성찰하도록 인도하였기에 나는 모든 기억을 더듬어 에드메의 행동의 동기를 논리적으로 유추해내기에 이르렀다. 특히 내가 잘못 보고 잘못 판단하여 가장 상처받았던 일들에서 사실은 그녀가 훌륭하고 관대했음을 깨달았다. 그것 때문에 그녀를 더 사랑하지는 않았다. 그건 불가능했다. 그녀가 내게 겪도록 한 그 모든 고통에도 불구하고 왜 내가 그녀를 흔들림 없이 사랑했는지를 이해하기에 이르렀던 것이다. 그 성스러운 불꽃은 내 영혼을 불살랐고 우리가 떨어져 있던 6년 동안 단 한순간도 광채를 잃은 적이 없었다. 내 존재가 감당할 수 없는 극한의 생활에도 불구하고, 관능으로 가득 찬 외부 환경의 자극에도 불구하고, 떠돌아다니는 군대 생활의 자유 속에서 인간의 나약함을 부추기는 나쁜 본보기와 무수한 기회들에도 불구하고, 나의 순결의 의상은 온전했으며, 단 한 여인의 입맞춤도 알지 못했음에 대해 나는 주님을 증인으로 삼는다. 더 조용한 성품이라 격렬한 유혹을 덜 받고 지적 작업에 거의 모든 것을 쏟아붓는 아서가 항상 그렇게 엄격한 것은 아니었다. 심지어 그는 자연의 욕구에 반하는 예외적인 생활에서 오는 위험을 초래하지 말라고 수없이 나를 부추겼다. 온갖 나약함과 거리를 두게 하고 어떤 타락도 불가능하게 만드는 위대한 정열에 대해 그에게 털어놓자 비로소 그는 그것을 광신주의(그 당시에 몹시 유행하던 말로 무엇이든 상관없이 붙여졌다)라고 부르면서 공격을 그만두었다. 나는 그가 마음속 깊이 나를 존중하고 있다는 것을 알아차렸다. 그것은 말로는 조금도 표현되지 않지만 지지와 경의를 보여주는 무수히 작은 증거들에 의해 드러나는 일종의 존경이라고 할 수도 있을 것이다.

어느 날 그는 불굴의 의지와 결합한 외면의 부드러움이 행사하는 엄청난 영향력에 관해 이야기했다. 그는 인간 역사에서 볼 수 있는 좋은 예와 나쁜 예로 무엇보다 모든 종교에서의 사도들의 부드러움과 사제들의 위선을 들었다. 그러자 나의 격정적인 피와 과격한 성격 때문에 친지들 중 누구에게도 영향력을 행사할 수 없었던 게 아닐까 하고 그에게 묻고 싶은 생각이 들었다. 나는 친지라는 단어를 쓰면서 오직 에드메만을 염두에 두고 있었다. 아서는 후천적인 부드러움이 행사하는 것과는 다른 영향력을 내가 가지고 있을 거라고 대답했다.

"그건, 타고난 선의에서 오는 영향력일 거야." 그가 말했다. "따뜻한 영혼, 열정, 확고부동한 애정, 그런 게 가정생활에 필요하거든. 이런 장점들이 우리의 결점을 사랑하도록 하는 거지. 이런 결점들로 인해 일상적으로 가장 고통을 받는 사람들조차도 말이야. 그러니 우리를 사랑하는 사람들에 대한 사랑으로 우리 자신을 이겨내도록 힘써야 해. 하지만 사랑이나 우정 한가운데서 절제의 체계를 세우려 드는 것은, 내 생각에, 유치한 모색이자 이기적인 일이고, 먼저 우리 자신에게서, 그다음에는 곧 다른 사람들에게서도 사랑을 없애버릴 거야. 내가 말하는 것은 대중에게 권위를 행사할 때의 의도된 절제만을 의미해. 그러니 혹시라도 자네가 야심이 있다면…"

그의 말의 마지막 부분에는 귀를 기울이지도 않고 내가 말했다. "그러면 자네 생각엔 자네가 알고 있는 나는 모든 결점과 그것이 야기한 잘못에도 불구하고 한 여인을 행복하게 할 수 있고 그녀에게 사랑받을 수도 있다는 거지?"

"오, 사랑에 빠진 자가 머리 쓰는 것하고는!" 그가 외쳤다. "자네의 관심을 다른 데로 돌리는 건 정말 어렵군…! 좋아! 자네가 원한다면, 베르나르, 내가 둘의 사랑을 어떻게 생각하는지 말해줄게. 자네가 그토록 열렬히 사랑하는 그 사람도 너를 사랑해. 그 여자가 사랑을 할 줄 모르거나 전적으로 판단력이 부족하지 않다면 말이야."

나는 그에게 사자가 다람쥐보다 우위이고 삼나무가 우슬초보다 우위이듯 그녀는 모든 여인들보다 뛰어나다고 확언했고, 이 비유 덕분에 그를 설득하는 데 성공했다. 그러자 그는 에드메에 대한 나의 입장을 판단할 수 있도록 좀 더 자세하게 털어놓으라고 권했다. 나는 그에게 기탄없이 마음을 열고 내 이야기를 처음부터 끝까지 들려주었다. 그 당시 우리는 아름다운 원시림 기슭에서 석양의 마지막 빛을 받고 있었다. 사람의 손길이 전혀 미치지 않아도 스스로의 힘과 원시적인 우아함으로 우리 머리 위로 솟아오른 오지의 나무들을 바라보는 동안, 한 번도 도끼로 찍히는 모욕을 당한 적이 없는 위풍당당하고 아름다운 떡갈나무들이 즐비한 생트-세베르성의 정원이 생각났다. 불타는 지평선은 저녁마다 파시앙스의 오두막을 찾아가던 일을, 황금빛 포도나무 가지 아래 앉아 있는 에드메를 떠올리게 해주었고, 경쾌한 앵무새의 노래는 그녀가 방에서 키우던 이국적인 예쁜 새들을 다시 그려보게 했다. 내 조국에서 얼마나 멀리 떠나왔는지를, 고향의 바닷가에 절을 하는 순간 수많은 순례자들을 삼켜버린, 우리를 갈라놓고 있는 망망대해를 생각하며 나는 눈물을 흘렸다. 또한 출세의 기회와 전쟁의 위험에 대해서도 생각하고 처음으로 죽는 것이 두려워졌다. 나의 친애하는 아서는 내 손을 잡고, 나는 사랑받고 있으며, 그녀의 엄격함과 경계심 하나하나에서 새로운 애정의 증거가 보인다고 확언했다. "이봐." 그가 내게 말했다. "그녀가 자네와 결혼하고 싶지 않았다면 자네의 권리 주장에서 영원히 벗어날 방도가 수백 가지나 있었다고 생각하지 않아? 그녀가 자네에게 고갈되지 않는 애정을 품고 있지 않다면, 그녀가 자네를 발견했을 때의 그 비열한 꼴에서 벗어나게 하기 위해, 또 자네를 자기에게 어울리는 사람으로 만들기 위해 그토록 괴로워하고 그토록 희생하고 그랬을까? 그렇지! 방랑 기사도의 케케묵은 업적만을 꿈꾸는 자네야말로 자네의 여인이 혹독한 시련을 겪도록 명한 고결한 기사라고 생각지 않아? 무릎을 꿇고 애걸해야 할 사랑을 강압적인 어조로 요구함으로써 여인을 대하는 정중함의 법도를 어겼다는 이유로 말이지."

이어서 그는 내가 저지른 잘못의 세부 조사에 착수하여 벌은 가혹하지만 정당하다고 판결했다. 그리고 미래에 일어날 일에 대해 검토하고, 사면 판결이 나올 때까지 복종하라는 훌륭한 충고를 해주었다.

"그러나 성찰에 의해 그리고 거친 전쟁 경험에 의해 성숙한 지금의 나 같은 남자가 한낱 어린애처럼 여인의 변덕에 복종하는 게 조금도 창피한 일이 아니라는 말이지?" 내가 말했다.

"응." 아서가 대답했다. "조금도 창피한 일이 아니지. 그리고 이 여인의 행동은 절대로 변덕에서 나오는 게 아니야. 저질러진 잘못을 바로잡을 수 있는 것은 오직 명예뿐이지만 그게 가능한 남자는 별로 없어! 상처받은 정숙함이 자신의 권리와 본래의 독립을 요구하는 것은 정당한 일이지. 자네는 알비온*처럼 굴었군. 그러니 에드메가 필라델피아**처럼 행동해도 놀라지 말아야지. 그녀는 영광스러운 평화의 조건에만 항복할 거야. 그리고 그녀가 옳을 거야."

그는 우리가 아메리카에 와 있는 2년 동안 그녀가 내게 어떤 행동을 취했는지 알고 싶어 했다. 나는 어쩌다 한 번씩 그녀에게서 받은 짧은 편지를 보여주었다. 그는 정확하고 씩씩하고 고귀한 문체에서 풍겨 나오는 완벽한 진실성과 훌륭한 감각에 놀라움을 금치 못했다. 에드메는 내게 어떤 약속도 하지 않았고 직접적인 희망으로 나를 격려하지도 않았다. 하지만 내가 돌아오기를 바라는 열렬

---

* 영국을 지칭하는 가장 오래된 명칭.
** 토머스 제퍼슨이 미국독립선언문을 작성한 도시.

한 소망을 나타냈고, 나의 엄청난 모험 이야기를 듣느라 성에서의 밤 모임이 길어질 때 난로 주위에 모인 우리 **모두**가 맛보게 될 행복에 대해 이야기하고 있었다. 그녀는 자기 아버지와 내가 **자기 생애 유일의 염려**라고 주저 없이 말하고 있었다. 하지만 그토록 한결같은 애정에도 불구하고 끔찍한 의심이 나를 사로잡았다. 사촌의 짧은 편지들은 그녀 아버지의 편지들이나 오베르 신부의 다정하고 화려한 긴 서간들과 마찬가지로 가족에게 일어날 수 있고 일어나야 하는 사건들을 전혀 알려주지 않고 있었다. 각자가 자기 얘기만 하고 서로에 대해서는 한마디도 하지 않았다. 기껏해야 기사의 통풍 발작에 대해서 이야기했을 뿐이다. 이 세 사람 각각 사이에 다른 두 사람이 하는 일이나 그 정신 상태에 대해서는 입도 뻥긋하지 말자는 협정 같은 게 체결된 듯했다.

"가능하다면 이 문제에 대해 속 시원하게 설명해줘. 그리고 나를 안심시켜줘." 내가 아서에게 말했다. "에드메가 결혼했다고 여겨지는 순간들이 있어. 내가 돌아와야만 알려주기로 합의했나 봐. 어쨌든 누가 그걸 막을 수 있겠어? 그녀가 나에 대한 사랑으로 고독 속에서 지낼 만큼 나를 사랑할 수 있을까? 그 사랑은 전쟁이 길어지면서 나의 부재도 무한정 연장되고 있는 현실을 냉정한 이성과 엄격한 양심의 가르침에 따라 체념하고 받아들이고 있는데 말이지. 나는 분명 여기에서 수행해야 할 임무가 있어. 명예는 승리의 그날까지, 아니면 내가 섬기는 대의가 돌이킬 수 없게 패배하는 그날까지 나의 깃발을 수호하라고 요구하고 있으니까. 하지만 나는 이 부질없는 명예보다 에드메를 더 사랑한다고 느끼고 있어. 그녀를 한 시간만 일찍 만날 수 있다면 내 이름을 온 세상의 조소와 저주에 던져줄 수도 있어."

"자네의 과격한 열정이 그런 생각을 불러일으킨 거야." 아서가 웃으며 대답했다. "하지만 자네는 기회가 와도 자네가 말한 대로는 행동하지 않을 거야. 우리 능력들 중 어느 하나하고만 실랑이를 벌이면 다른 능력들은 소멸되었다고 생각하지. 하지만 외부 충격이 그것들을 일깨우면 우리 영혼은 동시에 여러 가지 요소에 의해 살아간다는 것을 깨닫게 돼. 자네는 영예에 초연하지 않아, 베르나르. 만일 에드메가 그걸 포기하라고 하면 자네가 생각 이상으로 거기에 집착한다는 걸 깨닫게 될 거야. 자네는 열렬한 공화주의자의 확신을 갖고 있거든. 처음으로 그걸 자네에게 주입한 건 바로 에드메야. 오늘 그녀가 이렇게 말한다면 말이야. '내가 당신에게 설파한 종교와 당신에게 드러내 보여준 신들 위에 더 고귀하고 성스러운 어떤 것이 있어. 그건 나의 의지야.' 그러면 자네는 에드메를 어떻게 생각할까? 실제로 그녀는 어떻게 될까? 베르나르, 자네의 사랑은 상충되는 요구들로 가득 차 있어. 게다가 모순은 모든 인간적 사랑의 속성이지. 남자들은 여자들이 스스로는 절대 존재를 가질 수 없으니 항상 자기들에게 흡수되어야 한다고 여겨. 그러면서도 스스로의 정신력으로 여자로서의 나약함과 무기력 위로 올라간 듯 보이는 여자들만 몹시 사랑하지. 너는 이런 분위기 아래서 모든 식민지 개척자들이 아름다운 자기 노예들을 제멋대로 유린하는 걸 보고 있어. 하지만 그 여자들이 아무리 아름다워도 사랑하지는 않지. 어쩌다가 그 여자들 중 하나에 애착을 가지게 될 때 그들에게 가장 필요한 건 그녀를 해방하는 일이야. 그때까지는 자신들이 인간 피조물과 관계가 있다고 생각하지도 않아. 독립 정신, 정조 관념, 의무를 사랑하는 것 등등의 고상한 영혼들의 특권은 아내에게나 필요한 거야. 자네 연인이 더 많은 힘과 인내심을 보여줄수록 자네는 고통을 겪는데도 불구하고 그녀를 더욱더 아끼지. 그러니 사랑을 욕망과 구별하도록 해. 욕망은 욕망을 불러일으킨 장애물을 파괴하고자 하고 정복된 미덕의 잔해 위에서 죽어가거든. 사랑은 살고자 해. 살기 위해서 사랑은 힘과 광채가 아름다움의 가치를 만들어내는 다이아몬드 벽에 의해 오랫동안 금지된 숭배의 대상을 보려고 하지."

아서는 이렇게 내 사랑의 수수께끼 같은 동기를 설명해주고 내 영혼의 어두운 폭풍우 속에 지혜의 빛을 던져주었다. 가끔 그는 이렇게 덧붙였다. "만일 하늘이 내가 가끔씩 꿈꾸었던 여인을 내려주었다면 내 사랑을 고상하고 관대한 정열로 만들 수 있었을 거라고 생각해. 하지만 과학은 너무 많은 시간을 잡아먹어. 그러니 내 이상의 여인을 찾으러 다닐 틈이 없었지. 그러니 내 이상과 만났더라도 그걸 연구하거나 알아보거나 하지 못했을 거야. 자네에게는 그런 행복이 주어진 거야, 베르나르. 그러니 박물학을 깊이 연구하진 마. 한 사람이 모든 걸 다 가질 수는 없으니까."

내가 두려워하는 에드메의 결혼에 관한 나의 의심에 대해 그는 병적인 집착이라고 일축했다. 오히려 이 문제에 관한 에드메의 침묵에서 놀랍도록 섬세한 행동과 감정을 찾아냈다. "경박한 사람이라면, 자네를 위한 자기의 모든 희생에 대해 자네에게 알려주고, 거절한 구혼자들의 직함이며 신분을 나열하려고 애를 썼을 거야." 그가 말했다. "하지만 에드메는 너무도 고상한 영혼이고 너무도 진지한 정신이라, 그런 하찮은 내용을 떠벌리지 않지. 그녀는 두 사람의 합의를 어길 수 없다고 간주할 뿐만 아니라 나약한 양심들을 모방하지 않아. 그들은 진정한 힘을 가진 사람이라면 별것 아닌 것으로 여기는 것을 업적으로 삼기 위해 늘 자신들의 승리를 떠벌리거든. 그녀는 약속을 잘 지키는 사람으로 태어났기 때문에 자신이 약속을 안 지킬 수도 있다고 의심받는 것을 상상조차 못 하지."

이 대화는 나의 상처를 치료하는 유익한 처방이 되어주었다. 마침내 프랑스가 미국의 우방임을 공개적으로 선언했을 때 나는 신부로부터 한 가지 점에서 나를 완전히 안심시키는 소식을 받았다. 그는 내가 신세계에서 **옛 친구**를 분명히 다시 만날 거라고 썼다. 드라마르슈 백작이 연대를 맡아서 신세계로 떠났다는 것이었다. "**우리끼리 얘기인데**, 그에게는 지위를 갖는 게 몹시 필요했답니다." 신부가 덧붙였다. "이 젊은이는 겸손하고 현명하긴 하지만 늘 귀족의 편견에 굴복하는 약점이 있었지요. 가난이 부끄러웠던 그는 나병을 숨기듯이 그걸 숨기고 있었다는군요. 그 결과 파산이 진행되고 있다고 보이기를 원치 않는 바람에 결국 파산하고 말았지요. 사교계에서는 에드메와의 결별을 이 불운 탓으로 돌렸답니다. 심지어 사람에게는 조금, 지참금에는 홀딱 반했던 것이라는 말까지 떠돌았지요. 그런 저급한 가정假定의 시선으로 그를 바라볼 결심을 할 수는 없는 노릇이니, 중요한 것의 가치를 잘못 판단하게 하는 이 사교계의 원칙이 초래한 고통을 그가 겪었다고 생각할 뿐입니다. 에드메는 그대가 그를 만나면 관심을 보여주기를 바라고 있답니다. 이 점에서 그대의 훌륭한 사촌의 행동은 다른 모든 일에서 그렇듯이 상냥함과 품격이 가득하군요."

15

신부가 편지를 보낸 뒤, 드라마르슈 씨의 출발 전날 바렌에서는, 아메리카에 있는 내게 기분 좋고 즐겁게 놀라운 작은 사건이 일어났다. 더구나 그것은 나중에 알게 되겠지만 매우 특별한 방식으로 내 생애에서 가장 중요한 일련의 사건들을 연쇄적으로 일으켰다.

서배너*에서 일어난 불행한 사건으로 상당히 중상을 입었음에도, 나는 버지니아에서 그린 장군**의 지휘 아래, 내가 보기에 재수 없는 적수인 워싱턴보다 훨씬 뛰어난 영웅인 게이츠 장군*** 부대의 잔당을 모으기 위해 자진해서 출정했다. 우리가 드테르네**** 함대가 방금 상륙했다는 것을 알았을 때, 이 역경과 질곡의 시기에 우리

* 미국 동남부 조지아주의 도시로 1778년 12월에 영국군에 함락돼 1782년까지 영국령으로 남아 있었다.
** 미 13개 식민지 육군인 대륙군 장군.
*** 영국군 장군.
**** 프랑스 해군 장군.

를 사로잡았던 슬픔은 상당한 지원을 받으리라는 희망 앞에서 사라지기 시작했다. 실제로 우리에게 도착한 것은 기대에 미치지 못했지만 말이다. 나는 아서와 함께 야영지에서 조금 떨어진 숲속을 거닐고 있었다. 마침내 우리는 이 휴식의 순간을 콘월리스*나 비열한 아널드** 말고 다른 이야기를 나누는 데 이용했다. 아메리카 국민들이 고통을 겪고 있는 광경, 그리고 불의와 탐욕이 민중들의 대의를 압도하는 것을 보는 두려움에 의해 오랫동안 상심해온 우리는 부드러운 즐거움에 몸을 맡겼다. 한 시간의 여유가 주어지면 나는 거친 임무는 잊고 생트-세베르의 가족들을 생각하는 오아시스로 피신했다. 이 시간이 되면 친절한 아서에게 로슈-모프라를 떠난 뒤 초창기 생활의 우스운 장면을 얘기해주는 것이 습관이 되었다. 때로는 나의 첫 치장을, 때로는 나의 용모에 대한 르블랑 양의 멸시와 공포를, 그리고 자기 친구 생장에게 절대로 팔이 닿을 만한 거리 내로는 내게 접근하지 말라고 한 충고 등을 그에게 묘사해주었다. 어떻게 된 일인지는 모르겠지만 이 재미난 인물들 한가운데서 근엄한 스페인 귀족 마르카스의 얼굴이 내 상상 속에 떠올랐다. 나는 이 수수께끼 같은 인물의 옷차림, 태도, 대화에 대해 충실하고 자세한 그림을 그리기 시작했다. 그가 내 환상에 등장한 것은 실제로 그가 그처럼 희극적이어서는 아니었다. 그러나 스무 살 남자는 어린애에 불과하다. 특히 그가 군인이고, 방금 엄청난 위험에서 벗어

* 영국군 장군.
** 미국독립전쟁 초기에 대륙군이었으나 이후 영국군으로 참전했다.

났으며, 자기 자신의 삶을 정복했다는 태평한 오만함에 젖어 있을 때는 말이다. 아서는 내 이야기를 듣고 폭소를 터뜨리며 내가 방금 묘사한 것만큼 흥미진진한 동물이 있다면 박물학자 가방을 송두리째 주겠다고 선언했다. 나의 유치한 짓을 함께 나누며 그가 기뻐하는 것을 보고, 나는 말이 줄줄 나왔다. 나의 모델을 조금 과장하고 싶은 욕망에 내가 저항할 수 있었을지 모르겠다. 그때 우리는 길 모퉁이에서 갑자기 형편없는 옷을 입고 가련하리만치 여윈 어떤 키 큰 사람과 마주쳤다. 그는 칼집이 없는 긴 칼을 손에 들고 생각에 잠긴 근엄한 태도로 우리를 향해 걸어오고 있었다. 칼끝은 땅바닥까지 평화롭게 내려져 있었다. 이 인물이 내가 방금 묘사한 사람과 어찌나 비슷하던지 아서는 이 시기적절함에 놀라 그칠 줄 모르는 웃음에 사로잡혔다. 그리고 마르카스와 꼭 닮은 그 사람이 지나갈 수 있도록 옆으로 비켜주면서 발작적인 기침을 하며 풀밭으로 몸을 던졌다.

나는 조금도 웃지 않았다. 초자연적으로 보이는 것은 위험에 가장 익숙한 사람까지도 크게 놀라게 하기 마련이기 때문이다. 다리를 앞으로 내밀고 시선을 고정하고 팔을 벌리고 우리, 나와 그는 서로를 향하여 다가갔다. 그는 마르카스의 그림자가 아니라 살과 뼈를 가진 존경스러운 사람, 스페인 귀족 두더지 사냥꾼이었던 것이다.

내가 귀신으로 착각한 사람이 천천히 모자 귀퉁이에 손을 가져가 몸은 조금도 숙이지 않고 모자를 들어 올리는 것을 보고, 나는 놀라움에 굳어진 채 뒤로 몇 걸음 물러났다. 아서는 이러한 감격을 내가 나름대로 장난을 치는 것이라고 착각하고 더욱더 즐거워했다. 족제비 사냥꾼은 조금도 동요하지 않았다. 침착하게 분별력을 발휘한 그는 아마도 그것이 대양의 다른 해안에서 사람에게 다가가는 방식이라고 생각했을 것이다.

그러나 마르카스가 내게 비할 바 없이 침착하게 다음과 같이 말했을 때 아서의 즐거움이 다시 터져 나올 뻔했다. "베르나르 님, 제가 영광스럽게도 도련님을 찾아다닌 지가 오래되었어요."

"정말 오랜만이야, 착한 마르카스." 내가 이 옛 친구와 기쁘게 악수하며 대답했다. "도대체 어떤 믿을 수 없는 능력으로 내가 자네를 여기까지 불러들이는 행복을 누리게 되었는지 말해줘. 예전에 자네는 마법사로 통했지. 나도 모르는 사이에 나도 마법사가 된 걸까?"

"모든 걸 말씀드릴게요, 경애하는 장군님." 나의 장교복에 현혹되었음이 분명한 마르카스가 대답했다. "도련님과 함께 가도록 허락해주시기를 부탁드립니다. 말씀드릴 게 너무 많으니까요, 너무 많으니까요!"

마르카스가 가느다란 목소리로 스스로에게 메아리를 만들 듯이 마지막 단어를 되풀이하는 것을 듣고 아서가 웃기 시작했다. 그것은 바로 조금 전에 내가 흉내 내고 있었던 그의 기벽이었기 때문이다. 마르카스는 그를 향해 돌아서더니 그를 뚫어지게 바라보며 흔들림 없이 근엄하게 그에게 인사했다. 아서는 갑자기 진지해지면서 자리에서 일어나 땅바닥에 닿도록 몸을 숙여 희극적인 품격으로 인사에 답했다.

우리는 함께 야영지로 돌아왔다. 오는 도중에 마르카스는 듣는 사람으로 하여금 피곤을 무릅쓰고 수천 가지 질문을 할 수밖에 없게 만들어서 이야기를 단순하게 하기는커녕 말할 수 없이 복잡하게 만드는 그 간단 어법으로 내게 자기 이야기를 들려주었다. 그것은 아서에게는 엄청난 즐길 거리였다. 하지만 자네가 이 끝나지 않는 대화를 그대로 전달받아도 똑같은 기쁨을 발견할 수는 없을 것이므로 나는 어떻게 해서 마르카스가 자신의 긴 칼로 아메리카의 대의에 도움을 주기 위해 조국과 친구들을 떠났는지를 자네에게 얘기하는 것으로 만족할 것이다.

드라마르슈 씨는 마르카스가 일주일 예정으로 베리에 있는 그의 성에 머물면서 곳간의 대들보와 들보 용재를 연중 순회할 무렵에 아메리카를 향해 떠났다. 이 출발 때문에 야단법석이 된 백작의 집은 위험과 기적이 가득한 이 먼 나라에 대한 경이로운 정보에 몰두하고 있었다. 마을의 똑똑이들에 의하면, 거기서 돌아오는 사람마다 운반하려면 열 명의 하인이 필요한 수많은 금괴, 은괴와 엄청난 재산을 가지고 왔다는 것이었다. 돈 마르카스는 북극의 화산들처럼, 냉정한 겉모습 아래 불타는 상상력과 신기한 일에 대한 정열적인 사랑을 숨기고 있었다. 확실히 다른 사람들보다 더 높은 지대에 올라가 목재 구조물들의 판자 위에서 균형을 잡으며 사는 데 익숙하고, 대담하고 침착한 서커스 같은 소탕 기술로 매일 구경꾼을 놀라게 하는 데 맛을 들인 그는 엘도라도의 그림에 열광했다. 그 환상이 생생했던 만큼 더욱더 그는 원래의 습관대로 아무에게도 그것에 대해 터놓고 말하지 않았다. 그래서 드라마르슈 씨는 출발 전날 마르카스가 나타나서 침실 시종 자격으로 그를 따라 아메리카에 가겠다고 제안하자 몹시 놀랐다. 드라마르슈 씨는 직업을 버리고 새로운 삶의 기회를 쫓아가기에는 그가 너무 늙었다고 알아듣게 말했지만 소용이 없었다. 마르카스가 어찌나 단호했던지 결국 그는 설득당하고 말았다. 여러 가지 이유 때문에 드라마르슈 씨는 그런 이상한 선택으로 마음을 정하게 됐다. 그는 이미 족제비 사냥꾼보다 훨씬 더 나이가 많은 하인을 데려가기로 결정했는데 그는 드라마르슈 씨를 따라가는 것에 엄청난 불만을 품고 있었다. 하지만 이 하인은 그의 신뢰를 얻고 있었다. 그것은 품위 있는 사람으로서 갖춰야 할 생활수준에서 가진 것이라고는 겉치레뿐이면서도 경제적이며 신중하고 충직하게 시중받기를 원하는 드라마르슈 씨가 어렵사리 베푼 신임이었다. 그는 마르카스를 철저하게 정직하고 심지어는 이상하게도 사심이 없는 사람으로 알고 있었다. 마르카스는 생김새는 말할 것도 없으려니와 영혼 속에도 돈키호테 같은 점이 있었다. 그는 폐허 속에서 일종의 보물, 즉 약 1만 프랑가량의 옛 금화와 은화가 담긴 도기 항아리를 찾아낸 적이 있었다. 자기 마음대로 속일 수도 있었지만 그것을 폐허 소유자에게 돌려주었을 뿐만 아니라 생략 어법 은어를 써서 **정직이 지조를 팔면 죽으리라**라고 과장되게 말하며 보상을 거절했다.

마르카스는 검소함, 조심성, 시간 엄수 같은 장점을 지니고 있었다. 만일 이러한 장점들을 남을 위해 쓰는 습관을 들일 수 있었다면 그는 가치 있는 사람이 되었을 것이다. 걱정해야 할 것이라고는 그가 독립성을 잃는 것에 익숙해질 수 있을까 하는 것이었다. 하지만 드라마르슈 씨는 드테르네의 함대가 돛을 올리기 전에 새로운 시종을 시험할 시간이 충분할 거라고 생각했다.

마르카스의 입장에서는 친구들, 고향과 작별할 때 후회가 막급했다. 그는 떠돌아다니는 자신의 삶을 빗대서 **어디에나 친구가 있고 어디나 다 조국이다**라고 말했지만 바렌을 유독 좋아했기 때문이다. 그리고 자신의 모든 성들(그는 모든 숙소를 자기 것이라고 부르는 습관이 있었다) 중에서 생트-세베르는 기쁘게 왔다가 아쉽게 떠나는 유일한 성이었다. 언젠가 그가 지붕에서 발을 헛디뎌 심각하게 추락했을 때, 아직 어린애였던 에드메가 그의 인심을 얻었다. 그 사고를 보고 울고불고하며 천진난만하게 간호해주었기 때문이다. 파시앙스가 성의 정원 가장자리에 살기 시작한 뒤로 마르카스는 더욱더 생트-세베르에 끌리는 것을 느꼈다. 파시앙스는 마르카스의 오레스테스였기 때문이다. 마르카스가 언제나 파시앙스를 이해하는 것은 아니었다. 하지만 파시앙스는 마르카스를 완전히 이해하고, 그 이상한 차림새 아래 숨어 있는 기사도적인 정직함과 열정적인 용기에서 비롯된 모든 것을 알아본 유일한 사람이었다. 은둔자의 지적 우위 앞에서 납작 엎드린 족제비 사냥꾼은, 시적 달변이 파시앙스를 사로잡아 그의 입에서 나오는 말을 알아들을 수 없게 되어도, 겸손한 친구로서 존경 가득한 마음으로 귀를 기울이곤 했다. 그럴 때 마르카스는 감동적인 상냥함으로, 질문이나 엉뚱한 지적을 자제하면서 눈을 내리깔고 마치 이해하고 인정한다는 듯이 이따금 고개를 끄덕거림으로써, 적어도 반대하지 않고 듣고 있구나 하는 순수한 기쁨을 친구에게 주는 것이었다.

그렇지만 마르카스는 파시앙스 영감이 열성적으로 불어넣은 공화주의 사상을 받아들이고, 보편적 평준화, 황금시대의 평등으로의 회귀에 대한 낭만적 희망을 공유할 정도로 충분히 이해했다. 이런 원칙들(파시앙스가 정작 스스로는 거의 지키지 않는 교훈)을 신중하게 발전시켜야 한다는 말을 수없이 들은 스페인 귀족은 습관과 성향의 강력한 도움에 힘입어 자신의 철학에 대해서는 입도 뻥끗하지 않았다. 그러나 그는 성에서 초가집으로, 부르주아의 집에서 농가로 다니면서 『리샤르 영감의 과학』이라는 소책자와 민중의 애국심에 관한 다른 잡다한 교본들을 싼 값으로 퍼뜨리는 더 효과적인 선전을 수행했다. 예수회 단체에 따르면 그것은 프리메이슨의 악마 숭배에 심취한 볼테르 학파의 비밀결사가 하층계급에 무상으로 유통시킨 것이라고 했다.

이렇듯 마르카스의 느닷없는 결정에는 모험에 대한 사랑만큼 혁명에 대한 열정도 들어 있었다. 오래전부터 들쥐나 흰담비는 너무 보잘것없는 적으로, 탈곡장은 들이는 노력에 비해 너무 좁은 들판으로 보였다. 그는 매일 누비고 다니는 저택의 부엌에서 전날 신문을 읽었고, 세계에서 정의와 자유의 각성으로 대서특필된 아메리카 전쟁이 그에게는 프랑스에서 혁명을 촉발시키고야 말 것처럼 보였다. 바다를 건너와 우리 구대륙의 자유사상가들을 사로잡은 이런 사상의 영향을 그가 곧이곧대로 받았음이 분명하다. 그는 꿈에 아메리카의 승전 용사들이 수많은 전함에서 내려서 평화의 올리브 나무와 풍요의 뿔을 프랑스 민중에게 가져다주는 것을 보았다. 바로 그 꿈에서 그는 영웅적인 군단을 지휘하고 바렌에 돌아와, 워싱턴에 맞먹는 전사이자 입법가로서 악습을 폐지하고 대재산가를 쓰러뜨리며 프롤레타리아 각각에게 합당한 몫을 분배하고, 이 광범위하고 엄격한 정책의 한가운데서도 선량하고 충성스러운 귀족들을 보호하고 그들에게 명예로운 생활을 유지해주는 자신을 보았다. 말할 필요도 없이 이런 엄청난 정치적 위기가 필연적으로 초래할 고통은 마르카스의 뇌리에 들어 있지 않았고, 단 한 방울의 피도 파시앙스가 그의 눈앞에 펼쳐준 공상적인 그림을 더럽히는 일은 없었다.

드라마르슈 씨의 침실 시종직에게 이런 어마어마한 희망은 요원하기만 했다. 하지만 마르카스에게는 목표에 도달하기 위한 다른 길이 없었다. 아메리카로 향할 군대 조직 명부는 오래전에 다 채워졌기 때문에, 그는 원정을 따라온 승객의 신분으로만 함대를 수행하는 상선에서 자리를 차지할 수 있었다. 그는 자기 계획은 말하지 않고 이 모든 것에 대해 신부에게 물어보았다. 그의 출발은 바렌의 모든 주민들에게 연극의 반전과 같았다.

합중국 해안에 발을 디디자마자 그는 자기 나라에서 하던 습관대로 큰 모자와 긴 칼을 들고 혼자서 숲을 지나 앞으로 걸어가고 싶은, 저항할 수 없는 욕구를 느꼈다. 하지만 양심 때문에 섬기기로 계약을 맺은 주인을 떠나지 못했다. 그는 운에 맡기기로 했고, 운이 그를 도왔다. 전쟁이 치열해지면서 예상보다 훨씬 많은 사상자를 배출했기 때문에 드라마르슈 씨는 빼빼 마른 시종의 약해빠진 건강으로 인해 곤란을 겪지 않을까 하는 잘못된 걱정을 하게 되었다. 하인이 자유를 원한다는 것을 눈치챈 그는 일정 금액의 돈과 미국 부대에 의용병으로 들어갈 수 있도록 하는 추천서를 제안했다. 주인의 재산 상태를 아는 마르카스는 돈은 거절하고 추천서만을 챙겨서, 그가 여태까지 잡아 죽인 족제비들 중 가장 날쌘 놈처럼 가볍게 출발했다.

그의 의도는 필라델피아에 도착하는 것이었다. 하지만 말할 필요 없는 어떤 우연 덕분에 내가 남부에 있다는 사실을 알게 되었다. 내게서 충고와 지원을 얻을 수 있으리라고 똑똑하게 계산한 그는 홀로 걸어서 사람이 거의 살지 않고 때로는 온갖 위험이 득실거리는 낯선 고장들을 지나 내게로 온 것이었다. 단벌옷은 해졌지만 누런 얼굴빛은 거의 변하지 않았다. 그는 생트-세베르에서 가조 탑만큼의 거리를 주파한 듯 자신의 새로운 운명에 놀라지 않았다.

내가 그에게서 주목한 단 한 가지 이상한 일은 그가 가끔 누구를 부르려는 듯이 돌아서서 뒤를 바라보고 즉시 미소를 지었다가 거의 동시에 한숨을 내쉰다는 것이었다. 나는 그가 불안해하는 원인이 궁금해서 참을 수가 없었다. "아이고!" 그가 대답했다. "버릇은 안 없어져요, 불쌍한 강아지! 착한 강아지! 그래서 늘 이렇게 말해요. 이리 와, 블레로! 블레로, 이리 와!"

"알겠네." 내가 그에게 말했다. "블레로가 죽었는데도 자네는 그 녀석이 이젠 더 이상 뒤에 따라오지 않는다는 생각에 익숙해질 수가 없는 거지?"

"죽었다니요!" 그가 공포에 질린 몸짓을 하며 외쳤다. "전혀요, 다행히도! 친구 파시앙스, 친한 친구! 행복한 블레로. 하지만 주인처럼 슬프지요, 외로운 주인처럼!"

"만일 블레로가 파시앙스 집에 있다면, 실제로 그 녀석은 행복해." 아서가 말했다. "파시앙스가 부족함 없이 돌볼 테니까. 파시앙스는 자네를 사랑하듯이 그놈을 아낄 거야. 그리고 분명 자네는 그 훌륭한 친구와 충직한 개를 다시 만날 거고."

마르카스는 자신의 인생에 대해 그토록 잘 아는 것 같은 사람을 향해 눈을 들었다. 하지만 그를 본 적이 없음을 확인하고는, 이해할 수 없을 때면 늘 보이는 태도를 취하기로 마음을 정했다. 모자를 벗고 공손하게 절을 한 것이다.

나의 신속한 추천으로 마르카스는 내 휘하에 들어왔다가 조금 후에 중사로 임명되었다. 이 의연한 인물은 군사작전 내내 나와 함께했고 용감하게 그 일을 수행했으며, 1782년에 내가 우리 나라의 군대로 전속하여 로샹보*의 군대에 합류했을 때 끝까지 운명을 같

---

* 사령관으로서 프랑스 원정군을 지휘하여, 미국독립전쟁을 사실상 종결시킨 요크타운 전투에서 혁혁한 공을 세웠다.

이하기를 원하며 나를 따라왔다. 초창기에 그는 내게 교류를 하는 동료라기보다는 기분 전환의 상대였다. 그러나 곧 그의 훌륭한 행동과 침착한 용감성은 모두의 존경을 불러일으켰으므로 내가 나의 피보호자를 자랑스러워하는 게 당연했다. 아서 역시 깊은 우정으로 그를 대했으므로, 그는 비번일 때면 우리가 산책을 갈 때마다 박물학자의 상자를 들고 긴 칼로 뱀들을 찌르면서 따라왔다.

하지만 사촌에 대한 이야기를 물었을 때 그는 나를 조금도 만족시키지 못했다. 내게서 멀리 떨어져 있는 그녀가 영위하는 생활에 대해 모든 것을 자세히 알고 싶은 나의 관심을 그가 이해하지 못했든지, 이 문제에 관하여 그의 양심을 지배하는 불변의 법칙들 중 하나가 작용했든지, 나는 나를 고통스럽게 하고 있는 의심들에 대한 명료한 해답을 결코 얻지 못했다. 우선 그는 그녀가 누구하고 결혼하는 것은 있을 수 없는 일이라고 내게 말했다. 그런데 자기 생각을 말하는 그의 애매한 방식에 다소 익숙했던 나는 그가 비밀 엄수를 약속한 사람의 태도로 난처해하며 대답했다고 생각했다. 체면 때문에 내 희망이 드러날 정도로 고집을 피울 수는 없었다. 그리하여 우리 사이에는, 내가 건드리기를 피하면서도 나도 모르게 되돌아가 있는 고통스러운 문제가 하나 존재하게 되었다. 아서가 곁에 있는 동안에는 이성을 유지하고 가장 충실한 의미로 에드메의 편지를 해석했다. 하지만 그와 헤어지는 아픔을 겪자 나의 고통이 되살아나서 아메리카에서의 체류가 점점 더 나를 짓누르게 되었다.

이별은 내가 프랑스 장군의 명령 아래 전쟁을 수행하기 위해 미군 부대를 떠날 때 이루어졌다. 미국인인 아서는 군에서 제대하여, 그를 아들처럼 아끼는 쿠퍼 박사가 있는 보스턴에 정착하기 위해 전쟁이 끝나기만을 기다리고 있었다. 박사는 그를 필라델피아 협회 도서관 수석 사서로 임명하는 일을 책임졌다. 그것이 자신의 연구 대가로 아서가 원한 모든 것이었다.

이 마지막 해들을 채운 사건들은 역사에 속한다. 나는 평화가 선언되고 합중국이 존재하게 되는 것을 개인적으로 매우 기뻐하며 지켜보았다.* 하지만 나는 슬픔에 사로잡혔고 정열은 커져만 갔기에 군인으로서의 영광에 취할 여유가 남아 있지 않았다. 출발에 앞서 아서와 마지막 포옹을 나누고, 나의 유일한 친구를 떠나는 슬픔과 내가 유일하게 사랑하는 사람들을 다시 만나는 기쁨 사이를 오가며 용감한 마르카스와 더불어 배에 올랐다. 내가 속한 함대는 대양을 횡단하면서 엄청난 역경을 겪었다. 나는 몇 번이나 생트-세베르의 커다란 떡갈나무 아래 땅에 에드메 앞에서 무릎을 꿇으리라는 희망을 접었다. 마침내 프랑스 해안을 휩쓴 마지막 폭풍이 지나간 다음, 브르타뉴의 백사장에 발을 디뎠다. 나는 육체적인 힘이라기보다는 정신적인 평온함으로 나와 함께 어려움을 겨우 견딘 가련한 나의 중사의 품에 쓰러졌다. 그리고 우리의 눈물이 서로 뒤섞여 흘렀다.

* 1783년 9월 3일 미국의 독립을 승인한 파리 조약이 조인되었고, 이듬해에 비준됐다.

16

우리는 아무런 편지도 앞세우지 않고 브레스트*를 떠났다.

바렌 가까이 왔을 때 우리는 마차에서 내렸다. 그리고 역마차를
가장 먼 길로 돌아서 오라고 보낸 뒤, 숲속을 통과하는 길을 선택했
다. 마치 엎드려 머리를 조아리고 있는 대중 한가운데의 엄숙한 드
루이드 결사처럼 잡목림 위로 늠름하게 머리를 치켜들고 있는, 성
의 정원의 나무들이 보이자 가슴이 너무 격렬하게 뛰어서 걸음을
멈추지 않을 수 없었다. "저런!" 마르카스가 좀 엄격한 태도로 나
를 뒤돌아보며 마치 나의 나약함을 꾸짖듯이 말했다. 하지만 잠시
뒤 나는 그의 얼굴도 마찬가지로 예기치 못한 감정에 휘말리는 것
을 보았다. 그는 작고 날카롭게 애처로이 짖는 소리와 다리에 감기
는 복슬복슬한 꼬리가 스치는 느낌에 소스라치게 놀라며 블레로
를 알아보고는 큰 소리를 질렀다. 그 가엾은 짐승은 멀리서도 주인

* 브르타뉴 지방의 항구도시.

의 냄새를 맡고 우리 발밑에서 구르기 위해 한창때의 날렵함을 발휘하여 달려온 것이었다. 잠시 우리는 녀석이 곧 죽을 것이라고 생각했다. 마르카스의 다정한 손길 아래서 경련이 일어난 듯 꼼짝도 못 하고 있었기 때문이다. 그러나 갑자기 사람에게나 어울릴 법한 생각이 떠오른 듯이 벌떡 일어나더니 번개 같은 속도로 파시앙스의 오두막을 향하여 내닫는 것이었다.

"좋아! 어서 가서 내 친구에게 알려주렴, 신통한 녀석!" 마르카스가 소리쳤다. "사람이라도 너보다 더 좋은 친구는 없을 거다." 그가 내게 몸을 돌렸을 때 목석같은 스페인 귀족의 두 뺨에서 굵은 눈물이 흐르는 것을 보았다.

우리는 발걸음을 재촉해 오두막까지 갔다. 오두막은 눈에 띄게 개수되어 있었다. 바위들을 등지고 산울타리가 둘러진 예쁜 시골 정원이 집 주위에 펼쳐져 있었다. 우리는 돌멩이투성이 샛길이 아니라 양편에 늠름한 채소들이 행진 대열의 군대처럼 규칙적으로 줄지어 심어진 아름다운 오솔길을 통해 도착했다. 양배추 무리가 전위를 형성했고, 당근과 상추가 주력 부대였으며, 울타리를 따라 조촐한 참소리쟁이가 행렬을 마감하고 있었다. 벌써 튼실하고 예쁜 사과나무들이 채소들 위로 초록 양산을 드리우고, 기둥 모양의 배나무들이 부채 모양의 배나무들과 번갈아 서 있고, 타임과 샐비어로 이루어진 가장자리가 해바라기와 꽃무의 발치에 입을 맞추고 있었다. 그것은 이상하게도, 사회 계층을 인정하고 사치스러운 습관을 받아들인 파시앙스의 모습을 보여주는 것 같았다.

너무도 두드러진 이 변화 앞에서 이 거처에서 파시앙스다운 것은 더는 찾아볼 수 없다고 생각했다. 더 심각한 근심이 다시 나를 사로잡기 시작하고 있었다. 마을 젊은이 둘이서 과수 울타리를 전지하는 것을 보고, 그것은 거의 확신으로 변했다. 우리의 항해는 4개월 이상 걸렸고, 은둔자의 소식을 들은 지가 6개월이나 되었다. 그러나 마르카스는 어떤 두려움도 느끼지 않고 있었다. 블레로가 그에게 파시앙스가 살아 있다고 말해주었고, 오솔길의 모래 위에 방금 찍힌 작은 개의 발자국이 개가 가는 방향을 입증하고 있었다. 그래도 나는 이런 날의 기쁨을 망치는 것을 보게 될까 너무나 두려워서 파시앙스의 정원사들에게 질문을 할 엄두도 내지 못하고 조용히 스페인 귀족의 뒤를 따랐다. 감동한 그의 시선은 이 새로운 에덴동산을 이리저리 누비고 있었고 그의 무거운 입에서는 **변화**라는 단어만이 되풀이하여 새어 나왔다.

　　결국 나는 초조함에 사로잡혔다. 실제로는 매우 짧은 오솔길이 내게는 끝이 없는 것 같았다. 나는 감격하여 뛰는 가슴으로 달리기 시작했다. '아마 에드메가 여기 있을 거야' 하고 생각하며.

　　하지만 그녀는 거기 없었다. 이렇게 말하는 은둔자의 목소리를 들었을 뿐이다. "아이고, 이런! 도대체 무슨 일이람? 이 불쌍한 늙은 개가 미쳐 날뛰니! 앉아, 블레로! 그렇게 주인을 못살게 굴면 안 돼. 사람들이 버르장머리를 이렇게 망친다니까!"

　　"블레로는 미쳐 날뛰는 게 아니오." 내가 들어가며 말했다. "친구가 오는 소리에도 귀가 먹었나, 파시앙스 선생?"

파시앙스는 세고 있던 돈 더미를 탁자 위에 내던지고 예전의 따뜻함으로 나를 맞으러 왔다. 나는 그를 포옹했다. 그는 내가 기뻐하는 것을 보고, 놀라고 감동했다. 그런 다음, 머리부터 발끝까지 나를 훑어보면서 내 신체에 일어난 변화에 감탄하고 있을 때 마르카스가 문턱에 나타났다.

그러자 파시앙스는 숭고한 표정으로 넓적한 손을 하늘을 향해 들어 올리며 외쳤다. "찬송 말씀 들으소서! 기다리던 사람을 내 눈으로 보았으니 이제 죽을 수 있겠도다." 스페인 귀족은 아무 말도 하지 않았다. 늘 하던 대로 모자를 벗었다. 그리고 의자에 앉자 창백해지더니 눈을 감았다. 개가 그의 무릎에 뛰어올라 작게 짖는 소리를 내면서 애정을 표시했다. 그 소리는 복합적인 재채기로 변했다(자네는 녀석이 **타고난 벙어리**임을 알고 있겠지). 녀석은 노쇠와 기쁨으로 부들부들 떨면서도 뾰족한 코를 주인의 긴 코를 향해 비벼댔지만 주인은 보통 때처럼 "앉아, 블레로!" 하고 그에게 답하지 않았다. 마르카스는 혼절해 있었다.

블레로의 영혼만큼이나 말로 자신을 표현하는 데 서투른, 사랑이 넘치는 이 영혼은 행복의 무게에 짓눌렸던 것이다. 파시앙스가 그 지방에서 생산된 두 해 묵은 포도주 단지를 찾으러 달려갔다. 즉 가장 오래되고 가진 것 중 최고인 큰 포도주 단지 말이다. 그가 마르카스에게 포도주를 몇 방울 삼키게 하자 그 시고 떫은 맛에 정신이 돌아왔다. 스페인 귀족은 피로와 더위를 탓하며 자신의 나약함을 변명했다. 진짜 이유를 밝히고 싶지 않았거나 밝힐 줄 몰랐던 것이다. 그는 남에게 자신을 표현할 방법을 찾지 못한 채, 그럴 필요를 느끼지조차 못한 채, 도덕의 영역에서 아름답고 위대한 모든 것을 위해 불타오른 뒤 꺼져가는 영혼이었다.

친구가 내성적인 만큼이나 외향적인 파시앙스는 처음의 흥분이 진정되자, 이렇게 말했다. "아, 이런! 장교님, 내 생각에 장교님은 여기 오래 머무르고 싶지 않으실 텐데요. 그러니 빨리 당신이 가셔야 할 곳으로 가십시다. 엄청 놀라고 매우 기뻐할걸요. 장담해요." 우리는 성의 정원으로 들어갔다. 정원을 통과하면서 파시앙스는 자신의 거처와 인생에 일어난 변화를 설명해주었다. "나 말입니다. 변하지 않았다는 게 보이지요?" 그가 우리에게 말했다. "똑같은 옷, 똑같은 태도죠. 그리고 좀 전에 여러분께 포도주를 대접해드리기는 했지만 그렇다고 해서 물만 마시기를 그만둔 건 아니랍니다. 하지만 돈과 땅과 일꾼까지 있어요, 정말로요! 아휴! 그런데 이 모든 것이 곧 아시게 되겠지만 내가 원해서 생긴 일이 아니랍니다. 거의 3년 전인가 봐요. 에드메 아가씨가 적절하게 자선을 베푸는 게 쉽지 않다고 내게 말씀하셨습니다. 신부님도 그녀만큼이나 재주가 없으시고요. 매일 그분들을 속여서 돈을 뜯어내서는 나쁜 일에 쓰는 자들이 많지요. 반면에 자존심 강하고 근면한 날품팔이꾼들은 모든 것이 부족하지만 그걸 알지도 못합니다. 아가씨는 그들에게 뭐가 필요한지 물으러 가면서도 그들이 모욕감을 느끼지나 않을까 걱정하고 계시죠. 그래서 못된 놈들이 호소를 하면 자비심에 반하는 잘못을 하느니 차라리 속아주는 쪽을 택하고 계세요. 그런 식으로 돈을 엄청 쓰면서도 정작 착한 일은 거의 못 하고 있습니다. 그래서 내가 말씀드렸죠. 필요한 게 많은 가난한 사람들에게 가장 덜 필요한 것이 바로 돈이라고요. 사람들을 정말로 불행하게 만드는 것은, 다른 사람들보다 옷을 더 잘 입을 수 없고, 일요일마다 술집에 갈 수 없고, 대미사에서 눈같이 흰 스타킹을 빨간 고무줄로 무릎에서 묶은 걸 자랑할 수 없고, 내 말, 내 소, 내 포도밭, 내 곳간 등등 이렇게 말할 수 없어서가 아니라고요. 다만 그건 **허약한 몸에 혹독한 계절**을 맞고, 추위, 더위, 병마, **엄청난 갈증과 기아**로부터 자신을 지킬 수 없어서라고요. 그러니 농부들의 힘과 건강을 제 말을 듣고 판단하지 말고, 그들이 어디가 아픈지, 그들 가족에게 모자라는 게 뭔지 알아보러 직접 가시라고 말씀드렸습니다. 이 사람들은 철학자가 아닙니다. 그들은 허영심이 있어요. **화려한 옷**을 좋아하고, 쥐꼬리만 한 수입을 뽐내느라 써버리고, 진짜로 필요할 때에 대비하여 작은 즐거움을 자제하고 수입을 저축하는 선견지명이 없어요. 결국 그들은 돈을 관리할 줄 모릅니다. 그리고 당신께 빚이 있다고 말하죠. 그들에게 빚이 있는 게 사실이라 해도, 당신이 준 돈을 빚을 갚는 데 쓴다는 건 사실이 아닙니다. 그들은 다음날은 생각하지 않고 달라는 대로 높은 이자를 지불해요. 당신이 준 돈으로 대마밭이나 가구를 사들여요. 이웃이 놀라고 샘내라고 말이죠. 하지만 빚은 매년 불어나서 결국은 대마밭도 가구도 팔아야 하죠. 그들 중 한 명이기 마련인 채권자들이 원금을 갚으라고 하거나 감당할 수 없는 이자를 내놓으라고 하거든요. 모든 것이 사라져버립니다. 원금이 재산을, 이자가 수입을 집어삼키죠. 나이가 들어 더는 일할 수도 없고요. 자식들은 그들을 돌보지 않습니다. 그들이 아이들을 잘못 키웠기에 그들과 똑같은 정열과 허영심을 가지고 있거든요. 그들은 바랑을 메고 이 집 저 집으로 빵을 얻으러 다녀야 합니다. 빵으로 사는 데 익숙해져서 마법사 파시앙스처럼 뿌리를 먹고 살 수는 없기 때문이죠. 자연의 낙오자라서 모두가 미워하고 멸시하지요. 자기들은 거지가 되지 않았으니까요. 거지라고 해서 날품팔이꾼보다 더 불행하진 않습니다. 어쩌면 덜 불행할 수도 있고요. 이젠 좋건 어리석건 자존심이라고는 없으니 더는 괴롭지 않으니까요. 이 고장 사람들은 선량해서 걸인들이 한 바퀴 돌면 잘 곳을 구하지 못하거나 저녁을 얻어먹지 못하는 법은 없습니다. 농부들이 등에 멘 바랑에 빵 부스러기를 채워주니, 결국 아이와 가축을 돌보라고 남겨둔 늙은 아내가 있는 작은 오막살이에서 가금들과 돼지를 먹일 수 있죠. 그들은 매주 집으로 돌아와 일손을 놓고, 받아 온 2수짜리 동전이나 세고 있어요. 이 변변찮은 잔돈은 때로 무위도식이 낳은 쓸데없는 욕구를 해소하는 데 쓰이기도 합니다. 소작인 중에 담배를 피우는 사람은 매우 드물지만 많은 거지들이 담배 없이는 못 살아서 빵보다 더 탐욕스럽게 담배를 요구하죠. 그러니 일꾼보다 거지를 더 불쌍히 여길 건 없습니다. 거지는 부패하고 타락했어요. 고약하고 사납지 않을 땐 말이죠. 사실 그럴 때도 꽤 드물지만 말입니다.

'그것이 해야 할 일이랍니다' 하고 내가 에드메에게 말했습니다. '신부님은 그것이 당신의 철학자들의 의견이라고 내게 말했고요.

아가씨처럼 개인적인 선행을 많이 베푸는 사람들은 도움이 필요한 사람의 일시적 욕망을 고려하지 말고 그에게 진정으로 필요한 것을 확인한 뒤 도와주는 게 좋습니다.' 에드메는 자기가 그걸 파악하는 것은 불가능하다고 반박했습니다. 딸의 눈과 얼굴이 없으면 뭘 읽을 수도 할 수 없는 노쇠한 기사를 버려두고 온종일 그 일을 하느라 보낼 수는 없다는 것이죠. 신부님은 학자들의 저서에서 자신에게 유익한 것을 공부하는 것이 너무 좋아서 따로 시간을 낼 수 없다고 했고요. '그러니 미덕에 대한 근사한 공부가 다 무슨 소용이 있단 말입니까' 하고 내가 말했습니다. '미덕을 행하는 사람이 되는 걸 잊게 만드는데.' 에드메가 다시 말을 꺼냈습니다. '그대 말이 맞아요, 그러니 어쩌죠?'라고요. 나는 생각해보겠다고 약속했고, 다음과 같이 하자는 게 내 생각이었습니다. 매일 나는 여느 때처럼 숲쪽으로 산책하는 대신 경작지 쪽으로 산책을 했습니다. 그것은 상당히 노력이 필요한 일이었죠. 나는 혼자 있기를 좋아해서, 하도 오래전부터 어디서건 사람을 피했더니 이제는 그들을 어떻게 대할지를 모르게 되었거든요. 결국 그것은 의무가 되었고, 나는 실행했습니다. 집들이 보이면 다가가서 먼저 울타리 너머로, 다음에는 집 안까지 훑어본 뒤, 대화를 하는 것처럼 내가 궁금한 것을 떠보았죠. 처음에는 나를 가뭄에 집 나간 개처럼 취급했습니다. 그들 모두의 얼굴에서 증오와 경계심이 피어나는 것을 보니 서글픈 마음을 감출 수 없었지요. 나는 그 사람들과 더불어 지내기를 원치는 않았지만 그들을 사랑하고 있었거든요. 나는 그들이 심술궂다기보다는 불행한 것을 알고 있었습니다. 나는 그들의 고통을 아파했고, 그들을 불행하게 만든 자들에게 분개하며 세월을 보냈잖습니까. 처음으로 누군가를 위해 뭔가를 할 수 있으리라는 가능성이 엿보이는데, 바로 그들이 멀리서 내가 다가오는 것이 보이면 후다닥 문을 닫아걸었지요. 그리고 내가 그리도 사랑하는! 그들의 사랑스러운 아이들은 소위 나의 불타는 시선을 받지 않으려고 해자로 몸을 숨겼고요. 그렇지만 에드메가 나에게 품고 있는 우정을 알고 있었기에, 드러내놓고 나를 밀어낼 엄두를 내지는 못했으므로, 끝내 나는 우리에게 필요한 정보를 알아낼 수 있었답니다. 아가씨는 내가 아가씨에게 보고한 모든 불행의 치료책을 마련했지요. 안에 도마뱀이 득실거리고, 딸아이는 1온에 4리브르 하는 면직물 덧옷을 걸치고 있으며, 할머니 침대와 갓난아이 요람에 비가 새는 집에는 지붕과 벽을 수리하라고 재료를 대주고 일꾼의 품삯을 지불해주었습니다. 하지만 예쁜 덧옷을 사라고 돈을 주지는 않았지요. 다른 경우로는, 걸인의 처지로 떨어진 나이 든 여인이 있었습니다. 마음이 시키는 대로 전 재산을 자식들에게 주었지만 자식들은 그녀를 내쫓거나, 집에서 말할 수 없이 박대하여 차라리 떠도는 것이 낫게 했지요. 우리는 노파의 변호사를 자처하며, 우리가 비용을 대서 사건을 법원에 제소하겠다고 위협하여 연금을 받게 해주었고, 모자라는 부분이 있을 때는 우리 돈으로 연금을 올려주었습니다. 우리는 같은 처지에 놓인 여러 명의 노인들이 서로 연합하도록 인도하고, 그들 중에서 부지런하고 질서정연한 사람에게 작은 자본을 만들어주어 그 사람 집에 다른 사람들이 하숙을 하도록 하는 괜찮은 사업을 일궈주었지요. 이 사업이 잘되자 자식들이 와서 그들과 화해하고 그의 집에서 도와주겠다고 나서는 지경에 이르렀답니다. 우리는 다른 많은 일들도 했지만 그 세세한 내용은 너무 지루할 것이고, 게다가 나중에 알게 될 겁니다. 나는 **우리**라고 말했어요. 나는 이미 한 일들 이상으로는 말려들어 가고 싶지 않았지만, 야금야금 더 많은 일을 하도록 끌려가고 강요되면서 여러 가지 일에, 나중에는 모든 일에 개입하게 되었답니다. 간단히 말해, 정보를 수집하고, 공사를 지휘하고, 교섭을 하는 게 모두 나였습니다. 에드메는 돈을 내 수중에 두고 자기와 미리 의논하지 않고도 집행할 수 있기를 바랐죠. 나는 절대로 감히 그렇게 한 적이 없었습니다. 그만큼 그녀가 내 생각에 한 차례도 반대한 적이 없었거든요. 하지만 이 모든 일은 내게 엄청난 피로와 걱정거리를 안겨주었답니다. 내가 작은 **튀르고**라는 사실을 알게 된 주민들이 내 앞에서 설설 기었고 그것은 날 괴롭혔습니다. 그리하여 나는 염려하지 않아도 되는 친구들과 없어도 잘만 지낼 수 있는 적들이 생겼지요. **거짓 가난뱅이들**은 내가 속아주지 않자 나를 원망했습니다. 남에게는 늘 잘해주면서 자기들에게는 뭘 충분하게 해준 적이 없다고 생각하는 경망스러운 자들과 미덕을 모르는 자들이 있지요. 이런 소문과 야단법석의 와중에서 나는 이제 밤마다 산책을 하지 않고, 낮에도 자지 않습니다. 나는 이제 파시앙스 씨랍니다. 더는 가조 탑의 마법사가 아니고, 은둔자도 아니고요. 진심으로 내가 이기주의자로 태어났으면 얼마나 좋을까 합니다. 이 족쇄를 멀리 던져버리고 야생과 자유의 내 삶으로 돌아가고 싶기만 해요."

파시앙스가 이런 이야기를 우리에게 들려주자 우리는 그를 칭찬했다. 하지만 그의 소위 개인적인 헌신에 대해서는 과감하게 이의를 제기했다. 저 황홀한 정원이 그가 평생 동안 남들에게서 한탄해온 **불필요한 필요**와의 타협을 증거하고 있었다. "저것 말인가요?" 그가 울타리 쪽으로 팔을 뻗으며 말했다. "저건 나랑은 상관이 없어요. 싫다는데도 그들이 만들어놓았지요. 하지만 그들은 착한 사람들이고 내가 거절하면 그들이 슬퍼할 거라서 억지로 참고 있는 거랍니다. 내가 배은망덕한 자들도 많이 봤지만 감사할 줄 아는 행복한 사람들도 몇 명 만났다는 걸 알아주세요. 내가 도와준 두세 가족은 나를 기쁘게 해줄 온갖 방도를 모색했는데 내가 뭐든 거절하자 나를 놀래주려고 생각했답니다. 한번은 내게 맡겨진 비밀 업무로 베르트누에 며칠을 보내려고 갔었지요. 사람들은 극단에서 극단으로 오가는 경향이 있어서 이젠 내가 유능한 사람이라고 여겨지게 되었거든요. 돌아오니, 보셨듯이, 저 정원을 갈고 심고 끝손질까지 다 해놓은 거예요. 내가 화를 내면서, 너무 늙어서 일하고 싶지 않고, 과일 몇 개를 더 따 먹는 즐거움이 저 정원을 유지하느라 들여야 할 노력만 못하다고 해도 소용이 없었습니다. 내 말은 아랑곳하지 않고, 나는 아무 일도 안 해도 될 것이며 나를 위해 그걸 가꿀 책임을 맡은 사람이 다 있다고 주장하면서 공사를 끝냈어요. 실제로 2년 전부터 착한 사람들이 빼먹지 않고 와서, 어느 때는 여기서, 어느 때는 저기서 계절마다 완벽하게 유지되도록 필요한 일들을 하며 시간을 보낸답니다. 게다가 내가 생활방식을 전혀 바꾸지 않았음에도 이 정원에서 나는 소출이 내게 참으로 쓸모가 있습니다. 겨울에도 내 채소로 가난한 사람들을 여럿 먹일 수 있었고, 과일은 꼬마들의 우정을 얻는 데 쓰이죠. 이젠 날 보고도 **늑대다** 하고 외치지 않아요. 마법사를 포옹하러 올 만큼 대담해졌고요. 또 내게 포도주와 가끔은 흰 빵과 암소 젖 치즈를 받으라고도 강요했어요. 하지만 그 모든 건 내가 마을 어르신들에게 인사를 차리는 데 쓰일 뿐이죠. 그들이 동네에서 필요한 것을 내게 설명하러 오거나, 성에 그걸 알리는 일을 맡기러 올 때 말이죠. 아시다시피, 이런 영광이 내 머리를 돌게 하진 않습니다. 그래서 전 심지어 이렇게 말할 수 있답니다. 내가 해야 할 일을 거의 다 하게 되면, 위대한 일에 대한 근심은 여기 남겨두고 철학자의 삶으로, 아마 가조 탑으로 돌아가겠다고요. 누가 알겠어요?"

우리는 걷는 길의 종착점에 도달했다. 성의 현관에 발을 디디면서 나는 두 손을 모으고 종교적 감상에 사로잡혀 일종의 두려움에 떨며 하늘에 간구했다. 알 수 없는 애매한 공포가 스멀스멀 깨어났다. 내 행복을 가로막을 수 있는 모든 것을 상상하면서 그 집의 문턱을 넘는 것을 망설이다가 마침내 달려 들어갔다. 눈앞에서 구름이 떠다니고 윙윙거리는 소리가 두 귀를 가득 채웠다. 생장과 마주쳤는데, 그는 나를 알아보지 못하고, 내가 연통도 없이 왔으므로 들어가지 못하게 하려고 큰 소리를 지르며 내 앞으로 덤벼들었다.

나는 내 발걸음을 막지 못하게 그를 밀어냈다. 그는 대기실 의자에 고꾸라졌다. 그러는 사이에 나는 혈기왕성하게 살롱의 문 앞에 다다랐다. 하지만 문을 밀려는 순간, 갑자기 새로운 두려움에 사로잡혀 동작을 멈추고 아주 조심스럽게 문을 열었다. 자수틀에 수를 놓기에 몰두하고 있던 에드메는 이 작은 소리는 생장이 조심스럽게 문을 여는 소리라고 생각하고 눈을 들지 않았다. 잠이 든 기사는 깨지 않았다. 모든 모프라처럼 키가 크고 마른 이 노인은 머리를 아래로 떨어뜨리고 구부린 채 자고 있었는데, 창백하고 쭈글쭈글한 얼굴을 보니 무정한 무덤이 벌써 그를 감싸 안고 있는 듯했고, 그의 큰 안락의자의 참나무 등받이를 장식하고 있는 조각된 각진 인물들 중 하나와 비슷했다. 해가 뜨겁게 떠올라 밝은 빛이 하얀 머리카락을 은처럼 빛나게 하며 내리쬐고 있는데도 그는 포도 덩굴을 때는 화로 앞에 발을 뻗고 있었다. 내가 에드메의 태도에서 받은 느낌을 어떻게 자네에게 그려줄 수 있을까? 그녀는 자수에 몸을 숙이고 있다가 가끔 아버지에게로 눈을 들어 그가 잠결에 하는 아주 작은 움직임까지도 살폈다. 그녀의 전 존재에서 풍겨오는 인내심과 체념이라니! 에드메는 바느질이나 자수처럼 바늘로 하는 작업을 좋아하지 않았다. 그녀는 하나의 색조 옆에 있는 또 하나의 색조가 내는 효과와 한 땀 한 땀 촘촘하게 바늘을 찌르는 규칙성 따위를 중요시하기에는 너무도 진지한 정신을 가지고 있었기 때문이다. 게다가 그녀의 피는 격정적이어서 그녀의 정신이 지적인 작업에 몰두하지 않을 때는 운동이나 야외의 공기가 필요했다. 하지만 아버지가 노환으로 거동을 못 하고 거의 안락의자에 앉아서만 지내게 된 뒤로 그녀는 단 한순간도 아버지를 떠나지 않고 있었다. 늘 책만 읽거나 사유만 하면서 살 수는 없었기에 그녀가 "포로의 오락이지요"라고 말한, 이러한 여자다운 일거리를 고를 필요를 느꼈던 것이다. 그녀는 자신의 성격을 영웅적으로 이겨냈다. 그녀는, 우리가 얼마나 대단한 일인지 눈치를 채지도 못하는 사이에 우리 눈앞에서 완수되곤 하는 보이지 않는 투쟁들 중 하나를 통해 자신의 천성을 다스리는 것 이상의 일을 해냈다. 피의 흐름까지도 바꾸어버린 것이었다. 내가 보니 그녀의 몸은 여위었고, 안색은 이제 막 피어난 젊음의 꽃 같은 싱그러움을 잃어버렸다. 마치 아침의 숨결이 과일에 맺히게 한 신선한 이슬이 작열하는 태양을 피했다 해도 외부의 아주 작은 충격에 의해 사라져버리는 것과 같다. 하지만 때 이른 창백함과 병색이 좀 깃든 수척함 속에서 형언할 수 없는 매력이 풍겨 나오고 있었다. 더욱 깊어진 시선은 여전히 속내를 드러내지 않고 있었지만 예전보다 자부심은 줄어들고 서글픔이 더 배어 나왔다. 더 불안정한 입은 섬세함을 더하고 오만함을 덜한 미소를 머금고 있었다. 그녀가 내게 말을 걸 때면 그녀에게서 예전의 그녀와 새로운 그녀, 두 사람을 보는 듯했다. 그녀는 미모를 잃어버리기는커녕 이상적인 완벽함에 도달했던 것이다. 나는 여러 사람이 그녀가 **많이 변했다**고 이야기하는 것을 들었다. 그들의 말은 그녀가 많은 것을 상실했음을 의미했다. 하지만 아름다움이란 속인들에게는 외면적 풍요만이 보이는 사원과 같다. 예술가의 사고가 가진 신성한 신비는 깊이 공감하는 사람들에게만 드러나며, 그 숭고한 작품의 가장 작은 세부에도 범속한 지성을 가진 사람은 포착할 수 없는 영감이 담겨 있다. 자네들 동시대 작가 한 사람도 훨씬 멋진 다른 용어로 그런 얘기를 했던 것 같다. 나로서는 그녀 인생의 어떤 순간에도 그녀가 다른 때보다 덜 아름답다고 여긴 적이 없었다. 물질적인 의미에서의 아름다움이 사라진 듯한 고통의 시간에도, 그녀의 아름다움은 신성해졌고, 새로운 정신적 아름다움이 드러나 그 광채가 얼굴을 밝혀주었다. 더구나 나는 예술 분야에서 보잘것없는 재주만을 갖고 태어났기 때문에, 만일 내가 화가였다면 내 영혼을 채우고 있는 단 한 가지 유형만 재현할 수 있었을 것이다. 나의 긴 인생에서 단 한 명의 여인만이 아름답게 보였다. 그건 에드메였다.

　나는 잠시 그녀를, 마음이 시리도록 파리하고 슬프지만 평온한, 효성과 애정으로 묶인 살아 있는 그림을 바라보았다. 그리고 한마디도 하지 못하고 그녀의 발밑으로 달려가 쓰러졌다. 그녀는 외침 소리도 감탄 소리도 내지 않았다. 내 머리를 두 팔로 감싸고 한참을 안고 있었다. 이 강력한 포옹과 이 조용한 환희 속에서 나는 내 혈족의 피를 알아보고 내 누이를 느꼈다. 깜짝 놀라 잠을 깬 착한 기사는 시선을 고정하며 무릎에 팔꿈치를 괴고 앞으로 몸을 굽혀 우리를 바라보며 이렇게 말했다. "아이고! 도대체 이게 무슨 일이냐?" 그는 에드메의 가슴에 파묻힌 내 얼굴을 볼 수 없었다. 그녀가 나를 기사 쪽으로 밀자, 그는 잠깐 동안 젊은 시절의 힘이 돌아온 듯 사랑의 격정이 넘치는 수척한 팔로 나를 안았다.

내게 쏟아진 질문들과 아낌없이 베풀어진 배려를 상상할 수 있을 것이다. 에드메는 내게 친어머니와 같았다. 그녀의 믿음직하고 아낌없는 친절은 하늘에서 내려온 성스러움을 담고 있어서, 그날 하루 종일 나는 그녀 곁에서 내가 정말 아들이라면 들 법한 생각 이외의 다른 생각은 할 수가 없었다. 신부가 나의 귀환에 더욱더 놀라도록 그들이 생각해낸 배려에 나는 몹시 감동했다. 나는 거기서 그가 느낀 기쁨의 확실한 증거를 보았던 것이다. 나를 에드메의 수틀 뒤에 숨기고 그녀가 자기 작품을 쌀 때 쓰는 초록빛 넓은 천으로 나를 덮었다. 신부는 바로 내 옆에 앉았다. 내가 그의 다리를 잡자 그가 비명을 질렀다. 그것은 예전에 내가 그에게 치던 장난이었다. 내가 수틀을 넘어뜨리며 마룻바닥에 양모 실뭉치들을 온통 굴러다니게 하면서 숨었던 곳에서 나타나자 그의 얼굴에는 기쁨과 아주 야릇한 공포의 표정이 떠올랐다.

하지만 나도 모르게 기억 속에서 너무도 흐뭇하게 되살아나는 가족들 사이의 이 모든 장면은 생략하겠다.

17

6년 동안 내게는 엄청난 변화가 일어났다. 나는 다른 사람들과 엇비슷한 남자가 되었다. 본능과 애정이, 직관과 이성적 사유가 균형을 취할 수 있게 된 것이다. 이와 같은 사회성 교육은 자연스럽게 이루어졌다. 경험에서 배운 교훈과 우정이 건네는 충고를 그저 받아들이기만 하면 되었다. 교양인이 되려면 아직 갈 길이 멀었지만 탄탄한 지식을 신속하게 습득할 수 있기에 이르렀으므로, 어떤 것에 대한 관념이든 내가 살던 시대에 가능한 만큼 명료하게 알고 있었다. 나는 이 시기부터 인간의 지식이 실질적으로 진보해왔다는 것을 알고 있다. 나는 멀리서 그것을 따라갔을 뿐 그것을 부인할 생각은 꿈에도 하지 않았다. 그러므로 내 나이 또래의 모든 사람들이 나만큼 합리적으로 행동하지 않는 것을 보면, 내가 일찌감치 상당히 올바른 길로 인도되었구나 하고 생각하고 싶다. 나는 오류와 편견의 늪에 빠진 적이 없었기 때문이다.

내 정신과 이성의 진보는 에드메를 만족시키는 듯이 보였다. "난 놀랍지 않아요." 그녀가 내게 말했다. "당신 편지를 보고 알 수 있었어요. 하지만 나는 어머니다운 자부심으로 기뻐하고 있어요."

훌륭하신 숙부는 이제 예전처럼 격렬한 토론에 끼어들 힘이 없었다. 만일 그럴 힘을 간직하고 있었다면 예전에 그에게 지칠 줄 모르고 맞서던 적수를 이제 내게서 찾아볼 수 없음을 조금 안타까워했을 거라고 생각한다. 그는 나를 시험하기 위해 몇 번 반대를 시도하기도 했지만 그 당시 나는 그에게 그런 위험한 기쁨을 주는 것은 일종의 범죄라고 여겼다. 그는 약간 화가 나서 내가 자기를 너무 늙은이 취급한다고 생각했다. 그를 달래려고 나는 그가 헤쳐 나온 과거 역사로 화제를 바꾸어, 내 지식보다 그의 경험이 더 쓸모가 있을 여러 가지 문제에 관해 질문했다. 이런 식으로 나는 개인적인 문제에서의 행동 요령에 대한 유익한 개념들을 습득했으며 그의 당연한 자존심을 100퍼센트 만족시켰다. 그는 타고난 관대함과 가족애로 나를 입양했듯이, 공감하는 우정으로 나를 대했다. 그는 영원한 잠에 들기 전에 내가 에드메의 반려가 되는 것을 보고 싶다는 가장 큰 소원을 내게 숨기지 않았다. 그것이 내 평생소원이며, 오로지 그 생각으로만 살아왔다고 내가 대답하자, 그가 말했다. "알지, 알다마다. 모든 게 그 애에게 달려 있지. 이젠 더 이상 망설일 이유가 없다고 생각한다." 그는 잠시 침묵하더니 살짝 골을 내며 "이번엔 무슨 핑계를 끌어댈지 모르겠어" 하고 덧붙였다.

내 최대 관심사에 대해 그의 입에서 처음으로 흘러나온 이 말을 듣고, 오래전부터 그는 내가 원하는 바를 지지해왔으며 아직 난관이 하나 있다면 그것은 에드메에게서 비롯되는 것임을 깨달았다. 숙부의 마지막 말씀은 내가 감히 밝혀내고자 할 수 없는 의심을 내포하고 있었으므로 나를 불안의 도가니로 몰아넣었다. 내게 에드메의 예민한 자존심은 엄청난 두려움을, 필설로 다할 수 없는 친절은 존경을 불러일으켰으므로, 감히 내 운명에 대해서 공개적으로 말해달라고 요구하지 못했다. 그래서 오직 그녀의 형제나 친구가 되려는 희망만을 품고 있다는 듯이 행동하기로 마음을 정했다.

오랫동안 설명할 수 없었던 어떤 사건 때문에, 나를 사로잡고 있던 생각에서 며칠 동안 벗어날 수 있었다. 처음에 나는 냉큼 로슈-모프라의 소유자가 되는 것을 거부했었다. "너의 영지를 내가 얼마나 좋게 바꿔놓았는지를 반드시 가서 봐야 해." 숙부가 내게 말했었다. "경작하기 좋은 상태로 만들어놓은 땅이며, 너의 소작지 농가 가가호호에서 값을 치르고 구해 온 가축들 말이다. 결국은 네 자산이 어떻게 굴러가는지 알아야 하고, 농부들이 어떻게 일하고 있는지에 관심이 있다는 것을 그들에게 보여주어야 할 거야. 안 그러면 내가 죽은 뒤에 모든 것이 설상가상으로 엉망이 되어서 넌 임대를 내줄 수밖에 없을 거다. 그게 수입은 더 나을지도 모르지만 네 재산의 가치를 떨어뜨릴 거야. 지금 나는 네 재산까지 감독하러 다니기에는 너무 늦었구나. 이 지겨운 실내복을 벗어 던질 수 없게 된 지가 2년이 되었으니. 신부는 아무것도 모르고. 에드메는 머리는 비상하지만 그리로 갈 결심을 하지 못하는구나. 거기 가는 게 너무 무섭다고 하니 애들 같은 짓이지 뭐냐."

나는 좀 더 용기를 보여주어야 한다고 생각하며 이렇게 대답했다. "그런데요, 숙부님. 제게 명하신 그 일은 제게 이 세상에서 가장 힘든 일입니다. 유괴범들에게서 에드메를 빼내서 거기를 떠난 날 이후로 그 저주받은 땅에는 발을 들이지 않았어요. 저더러 지옥에 가보라고 천국에서 몰아내시는 셈이네요."

기사는 어깨를 추썩였다. 신부는 그가 원하는 대로 하라고 내게 간청했다. 나의 저항에 착한 숙부는 진정으로 난처해했다. 나는 순종했다. 스스로를 억누르기로 결심하고 에드메에게 이틀간의 작별을 고했다. 신부는 곧 내가 사로잡히게 될 슬픈 생각들을 잠시 잊을 수 있도록 나를 따라오고 싶어 했다. 하지만 나는 그 짧은 동안이라도 그를 에드메에게서 떨어뜨려놓는 게 불안했다. 에드메가 얼마나 신부를 필요로 하는지 알고 있었기 때문이다. 에드메가 그러하듯 기사의 안락의자에 딱 붙어 있는 그녀의 삶도 진지하고 은둔적이어서 아무리 작은 사건이라도 그녀의 손길을 벗어날 수 없었다. 그녀의 고립은 매년 더 심해졌다. 기사가 노쇠하면서 식탁에서 노래와 재치 있는 말과 포도주에 취한 즐거운 분위기가 사라진 이후, 그녀는 거의 완전한 고립 상태가 되었다. 기사는 뛰어난 사냥꾼이었다. 그와 생일이 같은 위베르 성인 축일이면, 그 당시에는 그 고장의 귀족 사회 전체가 그의 주변으로 모여들었다. 오랫동안 사냥개 짖는 소리가 안뜰을 들썩였고, 오랫동안 마구간에서는 양편으로 빽빽이 늘어선 윤이 나는 우리 안에 갇힌 말들이 가만있지 못하고 부스럭대고 있었으며, 오랫동안 뿔피리 소리가 주변의 넓은 숲 위로 감돌거나 화려한 무리들이 건배를 할 때마다 넓은 연회실의 창문 아래에서 팡파르를 울렸던 것이다. 하지만 이 아름다운 날들은 사라진 지 오래였다. 기사는 더는 사냥을 하지 않았다. 그는 딸과 혼인하겠다는 희망으로 안락의자 주변을 맴돌던 젊은이들을 붙잡아 두지 못했다. 그들이 그의 노쇠와 통풍 발작, 아침에 한 것을 기억하지 못하고 저녁마다 되풀이하는 이야기들에 진저리를 냈기 때문이다. 에드메의 끈질긴 거부와 드라마르슈 씨와의 파혼은 사람들을 놀라게 하면서 궁금증을 풀어보려는 온갖 빌미를 제공했다. 그녀에게 반하였으나 다른 이들처럼 퇴짜를 맞은 한 젊은이는, 그의 말에 따르면, 감히 자신을 거부한, 같은 계층의 유일한 여자에게 앙갚음을 하겠다는 어리석고 비겁한 오만에 떠밀려 에드메가 **강도들**에게 납치를 당했다는 사실을 알아냈다. 그는 그녀가 로슈-모프라에서 광란의 하룻밤을 보냈다는 소문을 퍼뜨렸다. 그것은 기껏해야 그녀가 폭력에 굴복했을 따름이라고 말해주는 것에 불과했다. 그녀는 너무도 많은 존경과 신망을 얻고 있었기 때문에 도적 떼와 잘 지냈다고 비난받을 일은 없었다. 그러나 곧 그들의 야수 같은 짓의 희생자가 된 적이 있다고들 여기는 일이 벌어졌다. 지워질 수 없는 오점으로 낙인이 찍히자 청혼자들이 모두 사라졌다. 나의 부재도 이런 여론을 공고히 하는 데 한몫했다. 내가 그녀를 죽음으로부터 구했지, 수치를 모면하게 한 것은 아니며, 그래서 내가 그녀와 결혼할 수 없다는 것이었다. 내가 그녀에게 빠져 있었기 때문에 그녀와 결혼하고 싶은 유혹에 굴복하지 않으려고 멀리 달아났다고도 했다. 이 모든 것은 너무도 그럴싸해서 진실한 내용을 사람들에게 받아들이게 하는 것은 심히 어려웠을 것이다. 에드메는 사랑할 수 없는 남자에게 결혼을 허락함으로써 고약한 소문을 잠재울 수 있었을 것이다. 그러나 그녀는 그런 행동을 원치 않았기 때문에 여론이 진실을 받아들이는 것은 요원했다. 이러한 것들이 나중에야 내가 알게 된, 그녀가 고립된 이유였다. 하지만 나는 매우 준엄한 기사의 내면과 매우 서글픈 에드메의 평온함을 보면서 이 잔잔한 수면에 낙엽 하나를 떨어뜨릴까 두려워서 신부에게 내가 돌아올 때까지 에드메 곁에 있어달라고 부탁했다. 나는 에드메가 내게 꼭 붙어 있기를 원한 나의 충직한 중사 마르카스만을 데리고 길을 떠났다. 그는 돌아온 이후로 파시앙스와 우아한 오두막을 공유하며 재산 관리 업무를 나눠 하고 있었다.

초가을의 안개 낀 저녁 무렵, 로슈-모프라에 도착했다. 해는 베일에 싸이고 자연이 고요와 안개 속에 잠겨 있었다. 벌판에는 인적이 없고, 공중은 거대한 철새 무리가 내는 날갯짓과 소음으로 가득했다. 두루미들이 하늘에 거대한 삼각형을 그리고 황새들이 가늠할 수 없는 높이로 날아가면서, 아름다운 날들의 종말을 알리는 장송곡처럼, 슬픔에 잠긴 들판을 감도는 서글픈 외침으로 구름을 가득 채우고 있었다. 그해 들어 처음으로 공기에서 한기를 느꼈다. 혹독한 계절이 다가오면 모든 사람들이 본능적인 슬픔에 사로잡힌다고 생각한다. 차갑고 짙은 안개 속에는 인간 존재를 구성하는 요소들이 머지않아 산산이 흩어져버리리라는 것을 상기시키는 무언가가 들어 있다.

내 동무와 나는 숲과 히스가 무성한 땅을 가로질러 가면서 한마디도 하지 않았다. 우리는 가조 탑을 피해서 먼 길로 우회했다. 그곳을 다시 볼 정신력이 느껴지지 않았기 때문이다. 로슈-모프라의 내리닫이 살문을 건넜을 때 회색빛 베일 속으로 해가 졌다. 내리닫이 살문은 부서졌고 도개교는 더는 들어 올려지지 않아서 태평한 가축 떼와 무심한 목동들에게만 길을 내주고 있었다. 해자는 반쯤 메워져서 벌써 푸르스름한 버드나무가 얕은 물 위로 낭창낭창한 가지를 드리우고 있었다. 무너진 탑 발치에는 쐐기풀이 창궐하고 벽에는 화재의 흔적이 아직도 선연했다. 농가의 건물들은 모두 새로 지어졌고, 가축과 가금과 아이들과 목축견과 경작기가 들어찬 뒷마당은 아직도 포위군이 지른 붉은 화염이 타오르고 모프라 가문의 검은 피가 흐르는 게 보이는 것만 같은 음울한 성벽과 대조를 이루고 있었다.

베리의 농부들은 평온하면서도 좀 냉정한 환대로 나를 맞았다. 굳이 내 마음에 들려고 애쓰지는 않았지만 모자라는 것이 없도록 배려했다. 나는 주루가 점거될 당시에 파괴되지 않은 건물에 자리를 잡았다. 유일하게 살아남은 그 건물은 그 시절 이후 시간의 침식에 내맡겨졌다. 그것은 10세기 무렵에 건축된 육중한 본채 건물로, 문의 크기가 창문보다 작았고, 그 창문마저 햇빛을 거의 들이지 않아 해가 방금 졌을 뿐인데도 들어가려면 횃불을 켜야 했다. 이 건물은 새 영주나 그 대리인들의 숙소로 쓰기 위해 임시로 복구되었다. 위베르 숙부는 내 재산을 감독하기 위해 건강이 허락하는 대로 때때로 그곳에 오곤 했고, 나는 그때부터 주인님 침실이라고 불리는, 숙부를 위해 마련된 방으로 안내되었다. 화를 모면한 예전 가구들 중 가장 상태가 나은 것들이 모두 그 방으로 옮겨져 있었다. 그 방에서 지낼 수 있도록 온갖 정성을 기울였건만 방이 춥고 눅눅했기 때문에 소작인의 하녀가 한 손에는 깜부기불을, 한 손에는 나뭇단을 들고 나를 앞서갔다.

하녀가 내 주위에 퍼뜨리는 구름 같은 연기 때문에 앞이 가려진 시야와 안뜰의 다른 지점에 새로 낸 문과 관리하기가 귀찮아서 벽으로 막아버린 몇몇 복도들 때문에 방향을 잃고 헤맨 끝에, 나는 아무것도 알아볼 수 없는 그 방에 당도했다. 안뜰의 새로운 모습은 내 기억과는 거리가 멀었고, 어둡고 혼란스러운 내 영혼은 외부의 사물들에 거의 주의를 기울이지 않았기 때문에 옛 건물들 중 어느 부분에 와 있는지조차 말할 수 없을 정도였다.

내가 의자에 주저앉아 손으로 머리를 감싸 안고 슬픈 몽상에 빠져드는 동안 불이 지펴졌다. 이런 상황이 매력 없는 것은 아니었다. 오만한 미래의 주인인 젊은이들의 머릿속에서 과거는 미화되거나 완화된 모습을 띠는 게 당연하기 때문이다. 하녀는 깜부기불에 공기를 불어넣는답시고 방을 짙은 연기로 가득 채우더니 나를 방에 홀로 남겨두고 숯불을 가지러 나가버렸다. 마르카스는 우리가 타고 온 말을 돌보기 위해 마구간에 남아 있었다. 나를 따라온 블레로는 화로 앞에 배를 깔고 엎드린 채 이 고약한 거처와 형편없는 난방의 이유를 묻는 듯 가끔 불만스러운 눈길로 나를 바라보았다.

주위에 눈길을 주다 보니 갑자기 기억이 되살아나는 것 같았다. 벽난로 속에서 덜 마른 장작에 불이 붙느라 요란한 소리가 나더니 불길이 활활 일어나 반짝거리면서 너울거리는 빛이 방 전체를 밝히자 물건들이 괴이쩍고 야릇한 모습을 자아내고 있었다. 블레로는 마치 뜻밖의 이상한 일을 예상했다는 듯이 일어나서 불 쪽으로 등을 돌리고 내 다리 사이에 앉았다.

그때 나는 이 장소가 바로 내 할아버지 트리스탕의 침실이었음을 깨달았다. 그 후로 여러 해 동안 그의 장자인 가증스러운 장, 가장 잔인한 나의 압제자, 강도 모프라들 중에서 가장 음흉하고 비열한 자가 차지했던 방이었다. 감아 올라가는 무늬가 새겨진 침대 기둥에 이르기까지 그 방의 가구들을 알아보고 공포와 혐오에 진저리를 쳤다. 바로 그 침대에서 나의 할아버지는 쉽게 끝나지 않는 단말마의 고통을 겪으며 주님께 죄 많은 영혼을 돌려드렸던 것이다. 내가 앉아 있는 안락의자는 **사기꾼** 장(그는 까불던 시절에 이렇게 불리는 것을 즐거워했다)이 악랄한 짓을 구상하거나 끔찍한 결정을 알려줄 때 앉아 있던 의자였다. 나는 바로 이 잠깐 동안 모든 모프라 귀신들이 손에 피를 철철 흘리며 술에 취해 넋이 나간 눈을 하고 지나가는 것을 본 것만 같았다. 나는 자리에서 일어났다. 갑자기 내 앞에 또렷하고 눈에 익은 형체가 우뚝 서는 것을 보고 공포를 이기지 못하여 달아나려고 했다. 실제 외양을 모두 갖추고 있는 그 형체는 방금 내가 사로잡힌 망상과는 몹시 달랐으므로, 나는 식은땀에 흠뻑 젖은 채 의자에 다시 주저앉았다. 장 모프라가 침대 옆에 서 있었다. 그는 방금 침대에서 빠져나오는 길이었다. 반쯤 열린 커튼 한 자락을 아직도 손에 잡고 있었기 때문이다. 내가 보기에 그는 더 마르고 더 창백하고 더 끔찍했을 뿐, 예전과 똑같았다. 그는 머리카락을 밀고 몸에는 어두운색 수의를 걸치고 있었다. 그는 내게 무시무시한 시선을 던졌다. 증오와 경멸의 미소가 얇고 메마른 입술에 스쳐 갔다. 그는 형형한 눈을 내게 고정하고 꼼짝도 하지 않았다. 내게 말을 걸 준비가 다 된 듯했다. 그 순간 나는 그가 살아 있는 존재이며 살과 뼈로 이루어진 사람이라는 것을 깨달았다. 그러므로 내가 그토록 유치한 공포에 얼어붙는 느낌을 받았다는 것은 믿을 수 없는 일이다. 하지만 부인해도 소용없는 일이리라. 나중에 나 자신에게도 그걸 설명할 수 없었으니 말이다. 나는 공포에 꽁꽁 묶여 있었다. 그의 시선에 나는 꼼짝할 수 없었고 나의 혀는 마비되었다. 블레로가 그에게 덤벼들어 관 속의 습기로 더러워진 수의를 방불케 하는 음침한 옷의 주름을 흔들었다. 나는 기절했다.

정신을 차렸을 때는 마르카스가 내 옆에서 걱정스럽게 나를 일으키고 있었다. 나는 시체처럼 *빳빳하게* 땅바닥에 뻗어 있었다. 정신을 수습하려 무진 애를 썼다. 그리고 두 발로 지탱하고 설 수 있게 되자마자 마르카스의 몸을 붙들고 그 저주받은 방 밖으로 부리나케 그를 끌고 나왔다. 나는 나선형 계단을 내려오다가 여러 번 고꾸라질 뻔했다. 안뜰에서 저녁 공기를 마시고 마구간의 멀쩡한 냄새를 맡고서야 내 이성이 다시 정상적으로 작동하기 시작했다.

나는 주저 없이 방금 일어난 모든 일을 내 두뇌의 환각 탓으로 돌렸다. 나는 일찍이 전쟁터에서 나의 정직한 중사 앞에서 용기를 증명한 바 있었으므로 그에게 진실을 고백하는 것이 부끄럽지 않았다. 나는 그의 질문마다 성심성의껏 대답을 했고 내가 본 끔찍한 환상을 어찌나 자세히 묘사했던지 그 역시 현실의 일인 양 충격을 받고 나와 함께 안뜰을 거닐며 생각에 잠긴 태도로 몇 번이고 되뇌었다. "이상해, 이상하다고…! 놀라워!"

"아냐, 그건 놀라운 일이 아냐." 완전히 회복되었다고 느끼며 내가 대답했다. "여기 오면서 정말로 고통스러운 느낌이 엄습했어. 며칠 전부터 로슈-모프라를 다시 보는 게 내키지 않아서 그 혐오감을 극복하려고 애를 썼지. 간밤에는 악몽을 꾸어서 잠에서 깨어나는데 너무 피곤하고 슬프더라고. 만일 숙부님께 싫은 기색을 보이는 게 두렵지 않았다면 나는 이 기분 나쁜 여행을 연기했을 거야. 여기에 들어오면서 냉기가 나를 휘감는 걸 느꼈어. 가슴이 죄어와서 숨을 쉴 수가 없더라고. 방 안을 가득 채운 독한 연기도 내 머리를 뒤죽박죽으로 만드는 데 한몫했을 거야. 고단한 항해의 피로와 위험에서 마침내 우리 둘 다 이제 막 회복했는데, 처음 느낀 괴로운 감정 때문에 신경 발작을 경험한다는 건 놀라운 일이지."

"말씀해보세요." 여전히 생각에 잠긴 마르카스가 계속 말했다. "그때 블레로를 잘 살펴보셨나요? 블레로가 어떻게 하던가요?"

"블레로가 그 유령에게 달려드는 순간 그가 사라지는 걸 본 것 같기도 한데, 그것도 다른 것처럼 내가 꿈을 꾼 거겠지."

"흠, 제가 들어갔을 때 블레로는 미쳐 날뛰고 있었어요." 중사가 말했다. "나리께 갔다가 냄새를 맡고 제 나름대로 울다가, 침대 쪽으로 갔다가 벽을 긁고 제게 왔다가 하면서요. 이상한데, 이건! 놀라워요, 대장님, 놀라워요, 이건!"

그가 잠시 침묵하더니 "귀신은 없어요" 하고 머리를 흔들면서 외쳤다. "저승에서 돌아온 자는 없다니까요. 게다가 죽은 장이 왜요? 죽은 자는 없어요. 두 명의 모프라가 아직. 누가 알아요? 어디서 악마가? 귀신은 없어요! 나리가 미친 것? 절대 아니지, 편찮으신가? 아니지."

혼자서 이렇게 말을 주고받더니 중사는 횃불을 찾으러 갔다가 자신과 한 몸이 된 긴 칼을 칼집에서 꺼내고 휘파람으로 블레로를 불렀다. 그러고는 아래층에 남아 있으라고 내게 당부하며 용감하게 계단의 난간 구실을 하는 밧줄을 잡았다. 그 방으로 다시 올라가고 싶지 않은 마음이 굴뚝같았지만 남아 있으라는 그의 권고에도 불구하고 나는 망설이지 않고 마르카스를 뒤따랐다. 우리는 먼저 침대를 살펴보았다. 하지만 우리가 안뜰에서 이야기하는 동안 하녀가 흰 시트를 깔고 이불 주름을 말끔히 펴놓았다.

"도대체 누가 여기서 잤지?" 마르카스가 평소처럼 조심스럽게 말했다.

"다른 사람은 없어요." 하녀가 대답했다. "기사 나리와 오베르 신부님이 오실 때 말고는요."

"하지만 오늘이나 어제 같은 날에는?" 마르카스가 계속 말했다.

"아! 어제하고 오늘요? 없었어요, 나리. 기사 나리가 안 오신 지는 2년이나 되었고요. 신부님은 혼자 오실 때는 주무신 적이 한 번도 없어요. 아침에 도착하셔서 저희 집에서 점심을 드시고 저녁에는 돌아가시니까요."

"하지만 침대가 구겨졌잖아." 마르카스가 그녀를 주시하며 말했다.

"아, 그래요! 나리." 그녀가 대답했다. "그럴 수도 있어요, 어찌 된 영문인지는 모르겠지만요. 지난번에도 누가 거기서 자고는 그냥 내버려두었어요. 시트를 깔면서도 그것에 주의하지는 않았네요. 제가 아는 것이라고는 베르나르 님이 던져둔 외투가 저 아래 있었다는 거죠."

"내 외투라고?" 내가 소리쳤다. "그건 마구간에 두었는데."

"제 것도요." 마르카스가 말했다. "방금 두 벌 다 둘둘 말아서 귀리 상자 위에 올려놓았는데요."

"그럼 두 벌을 갖고 계세요?" 하녀가 말을 이었다. "제가 분명히 침대 밑에서 그걸 치웠어요. 아주 검고 새것도 아니던걸요!"

"정확하게 말하는데, 내 건 붉은 안감을 댔고 가장자리에는 금 줄을 둘렀어. 마르카스 건 밝은 회색이고. 그러니까 그건 잠깐 가져왔다가 시동이 다시 마구간으로 가져간 우리 외투 중 하나는 아니군."

"그래서 그걸 어쨌지?" 중사가 말했다.

"맙소사, 나리, 저기 안락의자 위에 두었어요." 뚱뚱한 소녀가 대답했다. "제가 양초를 찾으러 간 사이에 가져가셨나요? 지금은 보이지 않네요."

우리는 온 방 안을 다 뒤졌지만 그 외투는 찾을 수 없었다. 우리는 그것이 우리 것임을 부인하지 않으면서 그게 필요한 척했다. 하녀는 우리 앞에서 침대 시트를 걷어내고 매트리스를 뒤집었다. 그리고 그걸 어떻게 했는지 시동에게 물어보러 갔다. 침대에도 방 안에도 없고, 시동은 위층에 올라온 적도 없었다. 누군가가 도둑질을 했다는 비난을 받지 않을까 두려워하며 농가 전체에 소동이 일어났다. 우리는 낯선 이가 로슈-모프라에 온 적은 없는지, 아직 있는 게 아닌지 물었다. 이 착한 사람들은 누구를 머무르게 하지도, 본 적도 없다는 것을 확인한 우리는 마르카스가 실수로 그것을 다른 두 벌과 함께 싸놓았다고 말하며 잃어버린 외투 문제에 대해 그들을 안심시켰다. 그리고 우리가 편한 대로 그것을 조사하기 위해 방에 틀어박혔다. 그때부터 내가 본 것은 절대로 유령이 아니고, 장 모프라, 바로 그자이거나 그와 닮은 어떤 사람을 그로 착각했음이 거의 확실해졌다.

마르카스는 목소리와 몸짓으로 블레로를 부추겨서 녀석의 움직임을 전부 관찰했다. "진정하세요." 그가 내게 거만하게 말했다. "늙은 개는 오래 해온 일을 잊지 않았어요. 구멍이 있으면 손바닥만큼 큰 구멍이라도 무서워하지 마라. 자, 네 차례다, 늙은 개야, 무서워하지 마라!"

블레로는 실제로 사방에서 냄새를 맡더니 내가 귀신을 본 장소의 벽을 고집스럽게 긁었다. 녀석은 뾰족한 코가 대리석의 어떤 부분에 스칠 때마다 부르르 떨었다. 그러고는 만족스럽다는 듯이 복슬복슬한 꼬리를 흔들며 그곳으로 관심을 집중시키려는 듯이 주인에게로 돌아왔다. 그러자 중사는 벽과 목재를 살펴보기 시작했다. 틈이 보이면 칼을 찔러 넣어보기도 했다. 아무것도 나오지 않았다. 그러나 목재에 조각된 당초문이 교묘하게 제작된 미닫이문을 숨길 수 있기 때문에 문 하나가 거기 있을 수도 있었다. 이 문짝을 움직이는 걸쇠를 찾아야 했다. 족히 두 시간 동안이나 갖은 노력을 다했지만 그건 불가능했다. 우리는 헛되이 그 널판자를 두드려보았지만 다른 것들과 똑같은 소리를 냈다. 모든 것이 울리고 있어서 목재가 석조 마감 바로 위에 놓여 있지 않다는 것을 알려주었다. 그러나 그 사이에는 아주 작은 간격밖에 없었다. 마침내 땀에 흠뻑 젖은 마르카스가 멈추더니 내게 말했다. "우린 아주 미쳤어요. 만일 그게 없다면 내일까지 뒤져봐도 걸쇠 하나 찾지 못할 거예요. 우리가 부딪쳐도 문을 부술 수는 없어요. 다른 오래된 성들에서 이미 본 것처럼 뒤에 굵은 쇠막대가 있다면요."

"도끼를 쓰지 않고도 우린 출구를 찾을 수 있을 거야, 그게 있다면 말이지. 그런데 왜 벽을 긁는 개의 간단한 몸짓만으로 장 모프라나 그를 닮은 사람이 문으로 드나든 게 아니라고 고집하는 거지?"

"정히 그러시다면, 들어올 순 있다고 해두죠." 마르카스가 대답했다. "하지만 나가는 건! 절대 안 돼요, 제 명예를 걸고요! 왜냐하면 하녀가 내려갈 때 구두에 솔질을 하느라 제가 계단에 있었거든요. 여기서 뭔가가 떨어지는 소리를 들었을 때 세 계단씩 뛰어서 금세 올라왔습니다. 그리고 그게 다죠. 제가 나리 곁에 있었죠. 나리는 죽은 듯이 타일 위에 누워 있었고, 아주 아파 보였어요. 안에도 밖에도 아무도 없었죠. 제 명예를 걸겠어요!"

"그렇다면 나는 악마 같은 삼촌의 꿈을 꾸었고, 하녀는 검은 외투 꿈을 꾼 거네. 확실히 여기에 비밀 문은 없으니까. 문이 하나 있고, 살았건 죽었건 모든 모프라가 열쇠를 가지고 있다면, 그게 우리에게 뭐란 말인가? 이 불쌍한 자들을 조사하기 위해서 우리가 경찰 편을 들어야 할까? 만일 어디엔가 숨어 있는 그들을 찾아낸다면 우리는 그들을 사법 당국에 넘기지 말고 달아나도록 도와줘야 하지 않을까? 우리는 무기가 있고 오늘 밤에 그들이 우리를 살해하려고 해도 두렵지 않아. 만일 그들이 우리를 겁먹게 하는 걸 즐긴다면, 맙소사, 그들에게 불행이 있으라! 소스라쳐 잠을 깨면 부모도 친구도 알아보지 못하지. 그러니 영지의 착한 사람들이 준비해 준 오믈렛이나 들자고. 계속 벽을 두드리고 긁어대면 우리가 미친 줄 알 테니."

마르카스는 납득해서가 아니라 순종하는 마음으로 내 말을 따랐다. 나는 그가 왜 이다지도 그 비밀을 풀려고 기를 쓰는지, 무슨 걱정에 시달리기에 나를 그 귀신 들린 방에 혼자 내버려두지 않으려고 하는지 알지 못했다. 그는 여전히 내가 병이 날 수도 있고 경련을 일으킬 수도 있다고 주장했다.

"오! 이번에는, 그렇게 겁쟁이 짓은 안 할 거야." 내가 말했다. "외투가 귀신의 공포에서 나를 치유했지. 이제 아무도 내 일에 참견하지 말라고 충고할게."

스페인 귀족은 나를 혼자 내버려둘 수밖에 없었다. 나는 총들을 장전해서 탁자 위의 손 닿기 쉬운 곳에 두었다. 하지만 이런 조심은 다 쓸데없는 일이었다. 아무것도 그 방의 정적을 깨뜨리지 않았고, 구석에 거무스름해진 은으로 문장이 새겨진 무거운 붉은 비단 커튼은 미풍이 스쳐 가도 움직이지 않았다. 돌아온 마르카스가 놔두고 나갔을 때와 똑같이 기분 좋은 나를 보고 기뻐하면서 저녁을 준비했다. 우리가 로슈-모프라에 온 유일한 목적이 멋진 식사를 하려는 것인 듯 갖은 정성을 기울이는 것이었다. 그는 꼬챙이에 꿰여서도 여전히 울어대는 수탉과 목구멍을 쓰리게 하는 포도주를 두고 농담을 했다. 소작인이 예전에 기사가 맡겨둔 마데이라산 최고급 포도주 몇 병을 가져오자 그의 기분이 한층 더 좋아졌다. 기사는 말에 오르기 전 한두 잔 마시는 걸 좋아했다. 그 보답으로 우리는 가능한 한 지루하지 않게 사업 얘기를 하기 위해 그 훌륭한 사람을 저녁 식사에 초대했다. "이른 시간에는, 예전과 같을 거예요." 그가 우리에게 말했다. "평민들이 로슈-모프라 나리들 식탁에서 밥을 먹었지요. 베르나르 님도 똑같이 하고 계시죠, 잘하시는 겁니다."

"네, 선생." 내가 매우 냉정하게 대답했다. "하지만 나는 내게 돈을 빚진 사람들과 그렇게 하지, 내가 빚을 진 사람들과 그렇게 하진 않소." 이 대답과 선생이라는 단어에 몹시 겁이 난 그는 식탁에 앉지 않으려고 갖가지로 사양을 했다. 하지만 나는 그 자리에서 내 성격의 본때를 보여주려고 고집했다. 나는 내가 그의 수준으로 내려가는 것이 아니라 그를 내 수준에 맞도록 높여서 대우했다. 나는 그가 농담을 할 때도 점잖음을 잃지 않도록 강요했고, 개방적이고 익살스러울 때도 적절한 즐거움의 한계를 지키게 했다. 그는 유쾌하고 솔직한 사람이었다. 나는 침대에 외투를 흘리고 간 유령과 일치하는 점이라도 있는지 보기 위해 그를 주의 깊게 관찰했다. 하지만 그건 전혀 가당치 않은 일이었다. 그 사람은 속으로 강도 모프라들에게 엄청난 반감을 품고 있었으므로, 나의 친족 관계에 대한 배려가 없었다면, 내 앞에서 그들이 받아 마땅한 비방을 실컷 퍼부었을 것이다. 내게는 이 사람이 마음대로 하는 것을 용인할 수 없는 업무가 있었다. 내가 그에게 내 사업에 관해 설명하라고 요구하자, 그는 영리하고 정확하며 충직하게 이행했다.

그가 물러갈 때 나는 마데이라 포도주가 그에게 큰 영향을 미쳤음을 알았다. 술에 취한 그의 두 다리가 앞에 놓인 가구마다 부딪혔기 때문이다. 그래도 그는 올바르게 이치를 따질 만큼 머리를 잘 통제하고 있었다. 나는 항상 술은 농부들의 신경보다는 근육에 훨씬 더 영향을 미친다는 것에 주목했다. 그들은 헛소리를 잘하지는 않으나, 흥분제는 오히려 우리가 알지 못하는 행복감을 그들에게 불러일으켰다. 그것은 그들의 취기를, 우리가 느끼는 쾌락과는 전혀 다른, 우리의 들뜬 흥분보다 상위의 쾌락으로 만들어주었다.

둘만 있게 되자 마르카스와 나는 크게 취하지 않았음에도, 유령

사건이 없었더라도, 로슈-모프라에서 맛보지 못할 즐거움과 무사태평함을 포도주가 선사했다는 것을 깨달았다. 서로의 솔직함에 익숙한 우리가 그것에 대해 고찰한 결과, 저녁 식사 전보다 훨씬 더 바렌의 모든 무뚝뚝한 늑대-인간들을 잘 받아들이는 경향이 생겼다는 것을 인정했다.

이 늑대-인간이라는 단어는 내가 열세 살 때 파시앙스와 상당히 비호감의 관계를 맺게 된 모험을 상기시켰다. 마르카스도 그것을 알고 있었지만 그 당시의 내 성격에 대해서는 거의 알지 못했다. 나는 마법사에게 매를 맞은 다음 겁에 질려 들판을 달렸던 얘기를 재미나게 들려주었다.

"내가 흥분하기 쉬운 상상력을 가지고 있고 초자연적인 것에 대한 두려움에 초연하지 못한다는 생각이 드는군." 얘기를 마치며 나는 그에게 말했다. "그러니 귀신도 어쩌면…"

"상관없어요, 상관없어요." 마르카스가 내 총의 뇌관을 살펴본 뒤 침대 옆 협탁에 두면서 말했다. "강도 모프라들이 죄다 죽은 게 아니라는 걸 명심하세요. 장이 아직 이 세상 사람이라면 땅에 묻혀 악마의 집에 이중삼중으로 갇힐 때까지 해코지를 할 거라는 것도요."

술은 스페인 귀족의 말문을 열어주었다. 드물지만 그가 일상적인 절제를 깨뜨리는 일이 생기면 그는 재치가 없지 않았다. 그는 내 곁을 떠나고 싶지 않아 했기 때문에 내 침대 옆에 잠자리를 마련했다. 내 신경은 낮에 겪은 여러 감정들로 인해 흥분 상태였다. 그래서 에드메에 관한 얘기로 흘러가는 것을 내버려두었다. 그녀가 내 얘기를 들었다면 마땅히 질책하는 기색을 보였을 그런 방식은 아니었다. 하지만 나중에는 친구가 되었지만 당시에는 부하에 지나지 않는 사람과 그런 이야기를 해서는 안 되는 것이었다. 나의 슬픔과 희망과 근심에 대해서 그에게 무슨 말을 했는지 정확히는 모르겠다. 여하튼 이 속내 고백은 곧 알게 되겠지만 끔찍한 결과를 가져왔다.

우리는 얘기를 나누다가 잠이 들었다. 블레로는 주인의 발 위에 있고, 칼은 스페인 귀족의 무릎 위 개 옆에 가로로 두고, 횃불은 우리 둘 사이에, 내 총은 내 팔이 닿는 곳에, 사냥칼은 베개 아래에 두고, 자물쇠는 잠갔다. 아무것도 우리의 휴식을 방해하지 않았다. 해가 떠올라 우리를 깨웠을 때 안뜰에서는 수탉이 기분 좋게 울고, 일꾼들은 우리 창문 아래에서 소뿔에 멍에를 매면서 투박한 농담을 주고받고 있었다.

"똑같아요, 저 아래서 무슨 일이 있습니다." 이것이 마르카스가 눈을 뜨면서 전날 중단하고 잠든 대화를 계속하려고 꺼낸 첫마디였다.

"지난밤에 뭘 보거나 들었나?" 내가 말했다.

"전혀요." 그가 대답했다. "하지만 똑같아요. 블레로는 잘 자지 못했습니다. 내 칼이 땅바닥에 떨어져 있는 걸 보면요. 그러니 여기서 무슨 일이 벌어졌는지에 대해 아무것도 설명이 안 되는 거죠."

"누가 설명해주겠지." 내가 대답했다. "난 절대 관여하지 않겠네."

"틀려요, 틀려요, 나리가 틀렸어요!"

"그럴 수도 있지, 중사. 어쨌든 난 이 방이 조금도 맘에 들지 않는 군. 햇빛에 보니 더 추하네. 여기서 멀리 나가서 신선한 공기를 마셔 야겠어."

"아이고! 제가 안내해드릴게요. 하지만 전 돌아올 겁니다. 이 모 든 걸 우연에 맡겨둘 순 없어요. 전 장 모프라가 뭘 할 수 있는지 알 아요, **나리는 모르시지만요.**"

"알고 싶지 않군. 여기서 나나 내 가족에게 어떤 위험이 있다면 자네도 돌아가지 않았으면 좋겠네."

마르카스는 고개를 저으며 아무런 대답도 하지 않았다. 우리는 떠나기 전에 소작지를 다시 한 바퀴 돌았다. 소작인은 내게 자기 아 내를 소개해주려고 했지만, 그녀가 절대로 나를 만나고 싶어 하지 않아 하더니, 대마밭에 가 숨었다. 나는 이런 무례를 젊은 나이에 서 오는 수줍음 탓으로 여겼다.

"아름다운 젊음이여, 정말이지!" 마르카스가 말했다. "내 젊음이 50년이 지났네! 저 아래 뭔가 있습니다. 저 아래 뭔가요. 말씀드 렸죠?"

"악마라도 있단 말인가?"

"흠! 그녀는 한창때 장 모프라와 그렇고 그런 사이였어요. 그 **비 틀린 자**를 자기 취향이라고 생각했거든요. 전 그걸 알아요, 저는요. 저는 아직도 많은 일들을, 많은 일들을 알고 있어요. 명심하세요!"

"우리가 이리로 돌아오면 내게 그 이야기를 해주게." 내가 대답했다. "그리 빠른 시일 내는 아닐 거야. 내가 개입하는 것보다 사업이 훨씬 더 잘되어가고 있으니. 내 그림자에도 놀라 자빠지지 않으려면 마데이라 포도주를 마시는 습관을 들여서는 안 되겠어. 내 제안을 들어줄 수 있다면 말이야, 마르카스, 무슨 일이 일어났는지를 누구에게도 말하지 않았으면 좋겠어. 모든 사람들이 자네의 대장을 자네만큼 존경하지는 않으니 말이야."

"대장님을 존경하지 않는 자는 바보 천치죠." 스페인 귀족이 권위 있게 대답했다. "하지만 명령이시라면 저는 아무 말도 하지 않겠습니다."

그는 약속을 지켰다. 무슨 일이 있어도 나는 이런 종류의 이야기로 에드메의 심기를 어지럽히고 싶지 않았다. 하지만 마르카스가 자기 계획을 실행하는 것을 막을 수는 없었다. 다음 날 동이 트자마자 그가 사라졌다. 나는 파시앙스로부터 그가 뭘 두고 왔다는 핑계로 로슈-모프라로 되돌아갔다는 것을 알았다.

18

마르카스가 진지한 탐색에 빠져 있는 동안, 나는 에드메의 곁에서 환희와 고뇌로 가득한 날들을 보내고 있었다. 단호하고 헌신적이지만 여러 가지 면에서 유보적인 그녀의 행동은 계속해서 나를 기쁨과 고통 속으로 번갈아가며 몰아넣었다. 하루는 내가 산책을 나가 있는 동안 기사가 그녀와 길게 의논을 했다. 그들의 대화가 가장 달아오른 순간에 내가 돌아왔다. 내가 나타나자마자 "가까이 오너라" 하고 숙부가 내게 말했다. "에드메에게 가서 사랑한다고, 행복하게 해주겠다고, 옛날의 결점을 고쳤다고 말해라. 받아들여질 준비를 하여라, 이제 끝나야 할 때가 되었으니. 세상에서 우리의 처지가 굳건하지가 않단다. 내 딸의 명예가 회복되는 것을 보지 않고서는, 또 그 애가 세상에서 제게 맞는 계층, 내가 평생을 바쳐 확고하게 만들어준 그 계층에 자리 잡는 대신 어떤 어리석은 변덕에 사로잡혀 수도원으로 달려가지 않으리라는 것을 확신하지 않고서는 무덤에 들어가고 싶지 않구나. 자, 베르나르, 이 아이의 발 앞으로 가거라! 재치를 발휘해서 이 아이를 설득할 수 있는 무슨 말이든 해보아라! 그러지 않으면, 주님, 용서하소서, 네가 이 아이를 사랑하지 않고 진정으로 이 아이와의 결혼을 원하는 것도 아니라고 생각할 테다."

"제가요! 공정하신 주님!" 내가 부르짖었다. "그녀를 원하지 않다니요! 7년 전부터 그 이외의 생각은 해본 적이 없고요. 제 가슴이 그 이외의 소원을 품어본 적도 없습니다. 제 정신은 그 이외의 행복을 생각해본 적 없는데도요!" 나는 최고조에 다다른 정열이 내게 떠오르게 하는 모든 것을 에드메에게 말했다. 그녀는 내가 입맞춤으로 뒤덮은 손을 빼지 않고 조용히 내게 귀를 기울였다. 하지만 잠시 생각에 잠겼다가 이렇게 말할 때 그녀의 모습은 엄숙했고 목소리의 음색은 나를 떨게 만들었다. "아버지, 결코 제 말을 의심하시면 안 돼요. 전 베르나르와 결혼하겠다고 약속했어요. 베르나르와 아버지에게 그걸 약속했죠. 그러니 제가 그와 결혼하리라는 건 확실해요." 그리고 그녀는 한 번 더 쉬었다가 더욱더 엄격한 어조로 덧붙였다. "아버지께서 내일모레 돌아가실지도 모른다고 생각하고 계신다면, 무슨 힘으로 저만을 생각하면서 아버지 장례식 날 혼례복을 입도록 할 수 있다고 생각하시는지요? 반대로, 아버지가 편찮으시기는 하지만 여전히 힘이 넘치시고 아직도 몇 년 동안이나 더 가족의 사랑을 누리실 수 있다면, 저는 그렇게 믿고 있지만요, 제가 부탁드린 유예기간을 줄이려고 그토록 급하게 저를 압박하시는 이유가 무엇일까요? 제가 깊이 생각해보아야 할 중요한 일 아닌가요? 제 평생 동안 지속될 것이고 제 인생을 결정할 약속이죠. 제 행복에 대해 말씀드리는 게 아니에요. 그건 아버지가 조금이라도 원하신다면 희생할 수 있어요. 제 양심의 평화와 행동의 품위에 대해서 말씀드리는 거예요(어떤 여인이 자신의 의사에 반해 묶인 장래를 책임질 만큼 자기 자신에 대해 확신할 수 있을까요?). 그런 약속이라면 적어도 여러 해 동안 그 모든 위험과 이점을 따져보는 게 마땅하지 않을까요?"

"주님, 감사합니다! 네가 그 모든 것을 재보느라 보낸 시간이 7년이다." 기사가 말했다. "그러니 네 사촌의 사정을 알 테고, 어떻게 해야 할지도 알겠구나. 네가 그 애와 결혼을 하고 싶다면, 해라. 하지만 하고 싶지 않다면, 주님을 위하여! 그렇다고 얘기하여라. 그러면 다른 사람이 나타날 테니."

"아버지." 에드메가 조금 차갑게 대답했다. "저는 그 사람하고만 결혼할 거예요."

"**그 사람하고만**이라니 아주 좋구나." 기사가 부젓가락으로 장작을 치며 말했다. "하지만 네가 그 사람하고 결혼하겠다는 걸 의미하지 않을 수도 있구나."

"그와 결혼할 거예요, 아버지." 에드메가 말을 이었다. "몇 달 더 자유의 시간을 갖고 싶다는 거였죠. 그런데 이렇게 늦어지는 걸 원체 싫어하시니… 아버지 지시에 따를 만반의 준비가 되어 있어요, 아시잖아요."

"그렇고말고! 참 귀여운 허락 방식이로구나." 숙부가 외쳤다. "네 사촌에게는 매력 만점이고 말이야! 정말이지! 베르나르, 나는 너무 늙었단다. 그런데 말이다. 아직도 여자들을 전혀 이해할 수가 없으니, 십중팔구 아무것도 이해하지 못하고 죽을 것 같구나."

"숙부님." 내가 그에게 말했다. "사촌이 저를 마뜩잖아한다는 것을 너무도 잘 알고 있습니다. 그럴 만했죠. 제 잘못을 고치기 위해 능력이 미치는 건 다 했습니다. 하지만 그녀가 분명 너무도 괴로워했던 과거를 잊는 것은 그녀에게 달린 거죠? 게다가 그녀가 제게서 그 점을 용서하지 않는다면, 저도 그녀의 엄격함을 본받아 저 자신에게서 그 점을 용서하지 않겠습니다. 그리고 이 세상에서의 희망일랑 다 포기하고 그녀와 숙부님을 멀리 떠나서 저 자신에게 죽음보다 더한 벌을 내리겠습니다."

"자, 이제 모든 것이 끝장났군!" 숙부가 부젓가락을 불 속으로 던지면서 말했다. "이것이, 이것이, 네가 찾던 것이냐? 내 딸아?"

나는 방을 나가려고 몇 걸음을 떼었다. 형용할 수 없을 정도로 괴로웠다. 에드메가 내게 달려와 팔을 잡고 자기 아버지 쪽으로 데려갔다. "그런 소리를 하다니, 잔인하고 배은망덕하기 이를 데 없네요." 그녀가 말했다. "내가 당신에게 몇 달 동안의 시험을 더 요구한다고 해서 7년 동안의 우정과 헌신, 감히 다른 말을 쓰자면 충실성을 부인하다니, 그게 겸손한 정신과 관대한 심정에 가당키나 한 일인가요? 어쨌든 난 절대 당신만큼 열렬한 애정을 품을 수는 없겠네요. 내가 지금까지 당신에게 보여준 애정을 얼마나 하찮게 여기면 당신이 그걸 멸시하려고 들고, 당신이 요구해야 한다고 생각하는 딱 그만큼의 애정을 내게 불어 넣을 수 없다고 해서 홧김에 포기하려고 하겠어요? 이런 문제에서 여자는 우정을 느낄 권리가 없으리라는 걸 알아요? 결국 당신은 내게서 멀어짐으로써 내가 엄마 노릇 해준 걸 벌주고, 내가 당신의 노예가 되는 조건으로만 그걸 보상해 주겠다는 건가요?"

"아니오, 에드메." 나는 가슴이 답답하고 눈에 눈물이 가득 차서 그녀의 손을 내 입술에 가져가며 말했다. "당신은 내가 받을 자격 이상으로 내게 베풀어주었다고 생각하오. 그리고 내가 당신의 존재로부터 달아나려고 하는 건 부질없는 일이오. 하지만 당신은 내가 당신 곁에서 괴로워하는 잘못을 범하게 할 수 있소? 더구나 그것은 어쩔 수 없는 일이고 몹시 운명적이어서, 당신의 모든 질책과 나의 모든 후회의 대상이 될 수 없는 잘못이오. 그 얘긴 하지 말아요. 절대 하지 말아요. 이게 내가 할 수 있는 일 전부요. 나에 대한 우정을 간직해줘요. 장래에는 언제나 당신에게 합당한 나를 보여주고 싶소."

"서로 포옹해라, 그리고 다시는 서로 헤어지지 말아라." 감동한 기사가 말했다. "베르나르, 에드메의 변덕이 죽 끓듯 해도, 네 양아버지의 축복을 받을 자격이 있으려거든, 이 애를 버리지 마라. 네가 이 애의 남편이 되지 못한다면, 이 애의 형제가 되어다오. 아들아, 곧 이 애는 이 세상천지에 혼자가 될 것이고, 이 애를 도와주고 지켜줄 사람이 남아 있다는 확신도 없이 무덤 속으로 들어가야 한다면,

나는 비탄에 잠겨서 죽을 것임을 알아다오. 마지막으로 명심해라. 이건 너 때문이야, 너 때문이라고. 이 애의 성격상 도저히 받아들일 수 없었음에도, 양심 때문에 지키고 있는 그놈의 맹세 때문에 이 애가 이처럼 버림받고, 중상모략을 당하고⋯"

 기사는 눈물범벅이 되었다. 이 불운한 가족이 겪는 모든 고통이 잠깐 사이에 내 앞에 모습을 드러냈다. "됐어요! 됐어요!" 그들의 발밑에 쓰러지며 내가 부르짖었다. "이 모든 게 너무 잔인합니다. 내 눈앞에서 나의 잘못과 의무를 다시 거론해야 한다면, 난 비참한 사람들 중에서도 가장 비참할 겁니다. 당신들 무릎에서 울도록 내버려두세요. 영원한 고통과 영원한 삶의 포기로 당신들에게 저지른 잘못을 속죄하게 해주세요! 숙부님, 제가 여러분에게 그토록 해를 끼쳤는데도 왜 저를 내쫓지 않으셨나요? 왜 총 한 발로 야수를 쏘듯이 제 머리를 부숴버리지 않으셨나요? 여러분의 호의를 여러분의 명예를 무너뜨리는 것으로 갚은 제가, 제가 용서받으려면 어떻게 해야 할까요? 아니에요, 안 돼요. 이제 알겠습니다. 에드메는 저와 결혼해서는 안 됩니다. 그건 제가 그녀에게 안겨준 모욕에서 오는 수치를 받아들이는 것일 테니까요. 저는 여기 남겠습니다. 그리고 그녀가 아무리 요구해도 절대 그녀를 만나지 않겠습니다. 하지만 충직한 개처럼 그녀의 문간에 가로 누워 자겠습니다. 무릎을 꿇지 않고 감히 그녀 앞에 가장 먼저 나타나는 자가 있다면 제가 찢어발겨놓겠습니다. 하지만 언젠가 저보다 행복하고 그녀의 선택을 받을 만한 자격이 있는 신사가 나타나면, 그와 싸우기는커녕 그녀를 보호하고 지켜달라며 값지고 성스러운 배려를 그에게 베풀겠습니다. 저는 그의 친구가 되고 형제가 되겠습니다. 그들이 함께 행복한 걸 보게 될 때 그들에게서 멀리 떠나 평화롭게 죽으러 가겠습니다."

나는 오열하며 목이 메었다. 기사는 나와 딸을 가슴에 안았다. 우리는 그가 살아 있는 동안에나 죽은 후에나 결코 헤어지지 않겠다고 맹세를 하며 서로를 눈물로 적셨다.

잠시 후 평온이 다시 찾아오자 기사는 "그래도 저 애와 결혼할 희망을 잃지 말아라" 하고 낮은 목소리로 내게 말했다. "저 애는 이상한 고집이 있어. 하지만 저 애가 너를 사랑하고 있다는 생각이 내게서 절대로 떠나지 않는구나, 너도 알지. 아직은 자기 마음을 얘기하고 싶지 않은가 보다. 여인이 원하는 게 주님의 뜻이지."

"에드메가 원하는 게 제 뜻입니다." 내가 대답했다.

내 영혼 속에서 삶의 동요가 죽음의 평온에게 자리를 내어준 이 일이 있고 나서 며칠 뒤, 나는 신부와 함께 성의 정원을 산책하고 있었다.

"어제 내게 일어난 모험을 당신에게 알려줘야겠군요." 그가 내게 말했다. "꽤 기이한 일이거든요. 브리앙트 숲을 산책하다가 푸제르 샘 쪽으로 내려갔지요. 당신도 기억하지요, 한여름처럼 더웠다는 걸. 실개천 주변에 단풍이 붉게 물든 초목들이 그 어느 때보다 아름답게 긴 가지를 개천 위로 그림처럼 드리우고 있지요. 잎이 다 떨어져서 숲에는 이제 거의 그늘이 지지 않지만 바닥에 양탄자처럼 깔린 낙엽을 밟을 때 나는 소리가 내겐 매력적이었어요. 비단결 같은 자작나무와 어린 떡갈나무 몸통이 이끼와 양치류로 뒤덮여 있답니다. 그것들은 부드러운 초록색, 붉은색, 다갈색이 섞인 미묘한 갈색을 별 모양, 장미창 모양 각종 지도 모양으로 펼쳐놓아서, 상상력은 신세계의 축소판을 꿈꾸게 된다니까요. 나는 이 우아하고 섬세한 경이와 무한한 변이가 변함없는 규칙성과 짝을 이루는 아라베스크 문양을 애정을 가지고 연구했지요. 그리고 당신이 평민들처럼 이 사랑스러운 창조의 멋스러움에 눈이 어둡지 않아서 행복하답니다. 나는 원래의 순수한 모양을 다치게 하지 않으려고 그것들이 뿌리를 내리고 있는 나무껍질까지 아주 조심스럽게 걷어내면서 그 일부를 떼어냈어요. 그걸 잘 모아놓았다가 지나가는 길에 파시앙스 집에 맡겼지요. 원한다면 보러 가시지요. 길을 가면서 내가 샘에 가까이 갔을 때 무슨 일이 일어났는지 얘기하겠습니다. 나는 고개를 숙인 채, 이끼 긴 바위 한가운데서 솟아오르는 맑고 섬세한 물줄기 소리에 이끌려 축축한 자갈 위를 걷고 있었지요. 그 옆에 있는 자연적인 의자 모양의 돌에 가서 앉으려고 가고 있었어요. 그런데 그 자리는 벌써 창백하고 여윈 얼굴을 수도복의 모자로 반쯤 가린 점잖은 수도사가 차지하고 있더라고요. 그는 나와 마주쳐서 몹시 겁을 먹은 듯이 보이더군요. 그래서 그를 방해할 생각은 전혀 없고 단지 물 마시기 쉬우라고 벌목꾼들이 바위에 만들어놓은 나무껍질 수로에 입술이나 축이려는 것이라고 말하며 최선을 다해 그를 안심시켰지요. '오, 거룩한 성직자여!' 하고 그가 아주 겸손한 어조로 말하더군요. '지팡이로 은혜의 샘이 솟아나게 만든 선지자가 아니신가요? 이 바위와 다를 바 없는 제 영혼에도 눈물의 시내가 흐르게 만들 수 있을까요?' 내가 종종 사마리아인과 구원자의 대화를 그려보곤 했던 이 시적인 장소에서 만난 수도사가 자신의 생각을 표현하는 방식과 서글픈 모습과 꿈꾸는 듯한 태도에 강한 인상을 받은 나는 점점 더 호감을 가지고 얘기를 나누게 되었답니다. 나는 이 수도사로부터 그가 트라피스트 소속이며 속죄를 완수하기 위해 순례 중이라는 것을 알게 되었지요. '제 이름이나 고향은 묻지 말아주세요' 하고 그가 말했습니다. '전 유력한 가문 출신이지만 제가 살아 있다는 것을 떠올리기만 해도 그들은 얼굴을 붉힐 겁니다. 더구나 트라피스트 수도회에 들어가면서 우린 과거의 오만 같은 건 다 내려놓고 갓 태어난 어린애와 같이 된답니다. 우린 예수 그리스도로 다시 살기 위해 이 세상에서는 죽는 거죠. 그러니 제게서 은총의 가장 놀라운 기적의 증거를 보고 계신다는 걸 확신하셔도 좋습니다. 제가 당신께 저의 종교적인 삶과 두려움과 후회와 속죄에 대해 말씀드릴 수 있다면 당신은 정녕코 감동을 받으실 겁니다. 하지만 주님의 긍휼이 제 죄를 사하여주시지 않는다면 사람들의 동정이나 관용이 제게 다 무슨 소용이 있겠습니까?'"

"당신도 알지요." 신부가 계속했다. "내가 수도사들을 좋아하지 않고, 그들의 겸손함을 의심하고, 그들의 나태함을 혐오한다는 걸. 하지만 그 사람이 어찌나 슬프고 다정하게 이야기를 하던지, 그가 어찌나 자기 의무에 심취해 있던지, 어찌나 아파 보이던지, 어찌나 고행에 지쳤던지, 어찌나 뉘우침으로 가득하던지, 내 마음을 사로잡고 말았답니다. 그의 시선과 말에서 엄청난 지성과 지치지 않는 활동과 어떤 역경도 이겨내는 인내심이 번득이더군요. 우린 족히 두 시간을 함께 보내고 헤어졌는데, 어찌나 감동했던지 그가 떠나기 전에 한 번 더 만나고 싶어졌답니다. 그는 이미 그날 밤 숙소를 굴레의 농가에 잡았기 때문에, 그를 성으로 데려오고 싶었지만 소용이 없었지요. 그는 헤어질 수 없는 여행 동무가 있다고 했어요. '하지만 당신은 몹시 자비로우시니' 하고 그가 내게 말했습니다. '내일 해 질 무렵 여기서 다시 뵙는다면 정말 기쁠 겁니다. 어쩌면 당신께 은총을 청할 만큼 용기를 내볼 수도 있을 겁니다. 제가 이 고장에서 맡고 있는 중요한 일로 제게 도움이 되실 수 있으시니까요. 지금은 더는 말씀드릴 수 없군요.' 나는 그에게, 내게 의지할 수 있을 것이고 그와 같은 사람에게는 흔쾌히 은혜를 베풀겠다고 장담을 했답니다."

"그래서 약속 시간을 초조하게 기다리는 건가요?" 내가 신부에게 말했다.

"아마도." 그가 대답했다. "내가 새로 사귄 사람이 너무 매력이 넘치기에 하는 말인데, 그가 내게 보여준 신뢰를 남용하는 게 아닐까 하는 걱정만 없었다면, 난 에드메를 푸제르 샘으로 인도했을 겁니다."

"제 생각엔, 에드메는 그 수도사의 멋진 연설에 귀를 기울이는 것보다 더 중요한 일들이 수두룩할걸요." 내가 말을 받았다. "다 듣고 보니 그는 당신이 무분별하게 자선을 베푼 그 수많은 이들처럼 모사꾼에 지나지 않는 것 같아요. 용서하세요, 착한 신부님. 하지만 신부님은 훌륭한 관상가는 아니시잖아요. 신부님은 선입견에 휩쓸려서 사람들에 대한 호불호를 판단하는 경향이 있어요. 신부님의 공상적인 정신이 호의적인 기분이 드는지, 두려운 기분이 드는지에 따르는 것 말고 다른 근거는 없이 말이죠."

신부는 미소를 지으며 내가 원한을 품고 그렇게 말한다고 주장하고 그 트라피스트 수도사에 대한 동정을 옹호하더니 다시 식물학으로 빠져들었다. 우리는 파시앙스의 집에서 식물채집을 하며 시간을 꽤 보냈다. 나는 나 자신의 문제에서 벗어나고 싶은 생각뿐이어서, 신부와 함께 오두막을 나와 그가 약속이 있는 숲까지 그를 인도했다. 장소가 가까워질수록 신부는 전날의 열의에서 조금 되돌아와 관계를 너무나 진전시킨 건 아닐까 걱정하는 눈치였다. 열정에 빠졌다가 금세 불안에 떠는 그의 모습은 변덕스럽지만 정답고, 그러면서도 수줍어하는 그의 성격 전체를 고스란히 요약하고 있었다. 그것은 가장 대립되는 충동들의 독특한 조합이었으므로, 나는 우정도 팽개치고 다시 그를 놀려대기 시작했다. "자, 내가 꺼림칙한 마음이 들어서는 안 되니 당신이 그를 보아야겠습니다." 그가 내게 말했다. "그의 얼굴을 살펴봐주세요. 그리고 몇 분 동안 그를 연구해요. 그런 다음 그 사람하고 나하고 둘이서만 함께 있게 내버려두세요, 그의 속내 얘기를 들어주겠다고 약속했으니." 나는 그저 시간이나 때우려고 신부를 따라갔다. 하지만 우리가 샘이 발원하는 그늘진 바위 위에 도착했을 때 나는 걸음을 멈추고 서양물푸레 나무숲의 가지 사이로 수도사를 보았다. 바로 우리 아래쪽 샘가에 자리를 잡은 그는 자신에게 오려면 우리가 돌아야 하는 오솔길 모퉁이를 살펴보고 있었다. 그는 우리가 있는 장소를 살펴볼 생각을 못 했으므로 우리는 그의 눈에 띄지 않고 편하게 그를 지켜볼 수 있었다.

그를 살펴보자마자 나는 씁쓸한 웃음에 사로잡혔다. 나는 신부의 팔을 잡고 좀 떨어진 곳으로 그를 데리고 가서 엄청난 흥분 속에 이렇게 말했다. "친애하는 신부님, 예전에 어디서든 제 삼촌 장 드 모프라를 만난 적이 결코 없으시죠?"

"내가 알기로는 없지요." 신부가 망연자실하여 대답했다. "도대체 무엇 때문에 그렇게 생각하게 된 건가요?"

"친구여, 이렇게 말해야겠군요. 신부님은 저기서 근사한 발견을 하셨어요. 이 선량하고 존경할 만한 트라피스트 수도사에게서 은총과 솔직함과 양심의 가책과 재치를 보았으니요. 그런데 그는 다름 아닌 강도 장 드 모프라랍니다."

"미쳤군요!" 신부가 뒤로 몇 걸음 물러나며 외쳤다. "장 모프라는 오래전에 죽었어요."

"장 모프라는 죽지 않았어요. 어쩌면 앙투안 모프라도 마찬가지죠. 전 신부님보다는 덜 놀랐어요. 이 살아 돌아온 두 사람 중 하나와 벌써 마주쳤거든요. 그가 수도사가 되었든 자기 잘못에 대해 눈물을 흘리고 있든, 그건 얼마든지 가능해요. 하지만 그는 여기서 몹쓸 계획을 획책하려고 변장을 했어요. 그것 역시 불가능한 일은 아니죠. 그러니 제 충고는 경계를 하시라는…"

신부는 이제는 약속 장소에 가고 싶지 않을 정도로 겁에 질렸다. 나는 저 늙은 죄인이 노리는 바가 무엇인지 알아내야만 한다고 그를 설득했다. 그러나 나는 신부의 나약함을 알고 있었고, 장 삼촌이 그를 어떤 가짜 교섭에 끌어들이고 거짓 고백으로 그의 의식을 사로잡게 될까 봐 두려워서 모든 것을 보고 들을 수 있는 덤불숲으로 숨어들기로 작정했다.

하지만 사태는 내가 생각한 대로 전개되지 않았다. 트라피스트 수도사가 간계를 다투기는커녕 그 자리에서 신부에게 본명을 밝힌 것이었다. 그는 회개를 통하여 마음이 움직였으며, 자신의 양심이 수도복의 보호 아래(실제로 그는 수년 전부터 트라피스트 수도사였기 때문이다) 처벌을 피하는 것을 허용하지 않으리라고 생각하기 때문에, 자신을 더럽힌 범죄를 드러내고 속죄하기 위해 사법 당국의 손에 자신을 맡기러 왔다고 선언했다. 뛰어난 능력을 타고난 이 사람은 수도원의 울타리 안에서 신비한 웅변술을 터득했다. 그가 어찌나 우아하고 상냥하게 이야기하던지 나도 신부와 마찬가지로 그에게 반할 지경이었다. 그래서 신부는 정신 나간 것으로 보이는 그 결심을 무너뜨리려고 했으나 소용이 없었다. 장 드 모프라는 아주 집요하게 자신의 종교적 신념에 대한 헌신을 과시했다. 자신은 고대 이교도 야만인들과 같은 범죄를 저질렀기 때문에 초기 기독교도들이 받은 것과 같은 공개적인 속죄의 대가로만 영혼의 죄를 씻을 수 있다고 말하는 것이었다. "인간과 마찬가지로 주님께도 비굴할 수 있지요." 그가 말했다. "철야의 침묵 속에서 저의 오열에 응답하시는 무서운 목소리가 들려옵니다. '가련한 겁쟁이야, 너를 주님의 품으로 달려가게 하는 것은 인간들의 두려움이다. 네가 일시적인 죽음을 두려워하지 않는다면 영원한 삶은 꿈도 꾸지 않았을 것이다.' 그러면 저는, 제가 가장 두려워하는 것이 주님의 분노가 아니라 동포들 사이에서 저를 기다리고 있는 밧줄과 사형 집행인이라는 걸 느끼죠. 오호! 제 수치가 저 자신과 대면함으로써 끝날 시간이 되었습니다. 사람들이 저를 치욕과 처벌로 뒤덮고, 저는 하늘을 우러러 죄 사함을 받고 명예를 되찾을 날이죠. 비로소 그때가 되면 저는 구세주 예수님께 이렇게 말할 자격이 있을 겁니다. '주님, 죄 없는 희생자인 당신은 선량한 강도에게 귀를 기울이셨죠. 범죄로 더러워졌으나 후회하며, 당신 순교의 영광과 하나가 되어 당신 피로 대속된 희생자에게도 귀를 기울여주십시오.'"

여러 가지로 반박해봐도 통하지 않자, 사제가 말했다. "그대가 그 열정적인 의지를 끝내 굽히지 않을 경우, 최소한 내가 어떻게 그대를 도와주었으면 하는지 생각해둔 것이 있으면 말씀해주시오."

"머지않아 모프라 가문의 마지막 사람이 될 어떤 이의 허락 없이는 이런 식으로 행동할 수 없습니다." 트라피스트 수도사가 대답했다. "기사는 지상에서 쌓은 공덕으로 얻은 천상의 상급을 기다릴 날이 며칠 안 남았으니까요. 그런데 저로 말하자면, 제가 받고자 하는 형벌을 피하려면 수도원의 영원한 밤으로 되돌아가는 수밖에 없으니까요. 베르나르 드 모프라 얘기를 하고 싶습니다. 제 조카라고는 말하지 않겠습니다. 혹시 그가 이 말을 듣는다면, 그런 재수 없는 명칭이 붙은 게 부끄러워 얼굴을 붉힐 겁니다. 그가 아메리카에서 돌아왔다는 걸 알고 있습니다. 그 소식을 듣고 저는 보시다시피 괴로워한 끝에 여행을 시작하기로 결심한 겁니다."

그렇게 말하면서 그는 내 존재를 알아차렸다는 듯이 내가 숨어 있는 숲을 곁눈질하는 것 같았다. 흔들리는 나뭇가지들이 내 존재를 드러냈는지도 모르겠다.

"오늘날 그 젊은이와 무엇을 공유하고 있는지 여쭤봐도 될까요?" 신부가 말했다. "예전에 로슈-모프라에서 어쩔 수 없이 받은 학대로 인해 화가 난 그가 당신을 만나는 걸 거부하는 게 두렵지 않으신가요?"

"그가 거절할 거라고 확신합니다. 그가 저를 향해 키워온 증오를 알거든요." 트라피스트 수도사는 내가 있는 장소를 향해 다시 한번 몸을 돌리며 말했다. "하지만 저를 만나주도록 신부님이 그를 결심시켜주셨으면 좋겠습니다. 신부님은 관대하시고 선량하시니까요. 제게 호의를 베풀어주시겠다고 약속하셨잖아요. 그리고 무엇보다 젊은 모프라의 친구이시니 그의 이해관계와 가문의 명예가 달린 일임을 이해하도록 만들어주십시오."

"어떻게 해서 그렇죠?" 신부가 말을 받았다. "그 이후로 수도원의 그늘 속에서 지워진 범죄 때문에 당신이 법정에 서는 걸 보아도 그는 아마 별로 유쾌해하지 않을 겁니다. 그는 분명 당신이 공개 사죄를 포기하기를 바랄 겁니다. 어떻게 그가 허락하길 바라실 수 있으세요?"

"저는 그걸 희망합니다. 주님은 좋으시고 위대하시니까요. 주님의 은총은 효과가 있으니까요. 주님의 은총은 진정으로 회개하고 굳게 확신하는 영혼의 말에 귀 기울여주는 사람 누구나의 마음을 움직이시니까요. 그리고 제 영원한 구원이 이 젊은이의 손에 달려 있기 때문에 저는 그가 무덤 너머에서까지 저에게 복수하려 들지 않았으면 좋겠습니다. 게다가 제가 괴롭힌 사람들과 함께 화평 속에서 죽어야 합니다. 제가 베르나르 모프라의 발밑에 엎드리고 그가 저의 죄악을 낱낱이 떠올려주어야 합니다. 제 눈물이 그의 마음을 움직일 겁니다. 설령 그의 동정을 모르는 영혼이 그 눈물을 멸시한다고 해도 적어도 제 절대적인 의무는 완수한 셈이지요."

내가 듣고 있다는 확신 아래 말하는 그를 보면서 나는 혐오감에 사로잡혔다. 사기와 비열함이 그 저급한 위선을 꿰뚫고 있는 것이 보이는 듯했다. 나는 그곳을 벗어나 좀 떨어진 장소에 가서 신부를 기다렸다. 그가 곧 내게로 왔다. 대화는 곧 다시 만나자는 약속으로 끝났다고 했다. 신부는 내게 트라피스트 수도사의 말을 전했다. 내가 자기 요구를 거절하면 나를 찾으러 오겠다고, 이 세상에서 가장 상냥한 어조로 위협했다는 것이었다. 신부와 나, 우리는 기사에게도 에드메에게도 알리지 않고 그 문제를 의논하기로 약속했다. 쓸데없이 그들을 걱정시키지 않기 위해서였다. 트라피스트 수도사는 라샤트르의 카르멜 수도원에 몸담고 있었다. 그것이 사제의 경각심을 발동시켰다. 처음에는 죄인의 회개에 열광했지만 말이다. 그 카르멜 수도사들이 젊었을 때 이 사제를 핍박했고, 수도원 원장은 결국 그에게 수도원을 떠나 재속 성직자가 되도록 강요했었다. 아직 생존해 있는 원장은 늙었는데도 냉혹했으며 불구이고 숨어 있음에도 증오와 음모에 열성적이었다. 신부는 그 이름만 들어도 치를 떨었다. 그는 이번 일은 하나하나에 신중하게 처신해야 한다고 내게 충고했다. "장 모프라는 법의 칼날 아래 있고 당신은 명예와 번영의 절정에 있을지라도 적의 약점을 무시해서는 안 될 겁니다." 그가 말했다. "간계와 증오가 무슨 짓을 할지 누가 알겠습니까? 공정의 자리를 차지하고, 공정 따위는 거름 더미에 던져버릴 수도 있답니다. 제가 지은 죄를 남에게 전가할 수도 있고, 수치스러운 짓으로 결백한 의상을 더럽힐 수도 있지요. 당신은 아직 모프라들과 해결할 일이 남은 모양이에요!"

가엾은 사제는 자신이 얼마나 옳은 얘기를 하는지 모르고 있었다.

19

트라피스트 수도사가 무슨 의도를 품고 있을까에 대해 깊이 숙고해본 뒤, 나는 그가 요구하는 대로 만나주어야 한다고 생각했다. 장 모프라가 간계를 써서 괴롭히려는 것은 내가 아니었다. 그의 음모로 인해 내 종조부가 마지막 날들을 고통 속에 보내지 않도록 나는 내 능력이 미치는 일을 하고자 했다. 그래서 바로 그다음 날 도시로 가서 저녁 기도가 끝날 무렵 혼란스러운 마음으로 카르멜 수도원의 대문을 두드렸다.

트라피스트 수도사가 선택한 은신처는 프랑스가 먹여 살리는 무수한 탁발 공동체들 중 하나였다. 그 교단은 엄격한 계율에 종속되어 있기는 했지만 부유했고, 쾌락에 탐닉했다. 이 불신의 시대에, 소수의 수도사들은 그들을 위해서 설립된 기관의 관할이나 부와 관계를 끊었으나, 성직자들은 도 구석구석에 있는 광대한 수도원들을 전전하면서 사치를 일삼고 (인간이 고립된 곳에서는 늘 사라져버리는) 여론의 통제를 벗어나 그들이 일찍이 맛보지 못한 가장 달콤하고 나태한 생활을 영위하고 있었다. 하지만 그 당시에 **사랑스러운 악덕**의 어머니라 불린 이런 어두움이 무지렁이들에게만 소중한 건 아니었다. 지도자들은 어둠 속에서 성장하고 무위 속에서 신랄해진 야망의 고통스러운 꿈에 빠져 있었다. 행동하기, 즉 가장 제한된 범위에서라도, 가장 무가치한 요소들의 도움으로라도 어떤 대가를 치르든 행동하기가 수도원장과 신부들의 고정관념이었다.

내가 만나볼 **카르멜 수도회**의 수도원장은 이 혼란한 무능의 살아 있는 표상이었다. 통풍으로 인해 커다란 안락의자를 떠날 수 없는 그는 기사의 존경스러운 풍모와 야릇한 대칭을 이루는 모습을 보여주었다. 기사처럼 창백하고 움직일 수 없지만 우수 어린 고귀함과 가부장적 권위를 가지고 있었던 것이다. 수도원장은 키가 작고 뚱뚱하고 혈기 왕성했다. 상반신은 잠시도 가만히 있지 못했고 머리를 이리저리 바쁘게 움직이고 있었으며 두 팔은 명령을 내리기 위해서 휘젓고 있었다. 그는 말을 아꼈고, 분명치 않은 목소리는 가장 작은 일에도 신비로운 의미를 부여하는 듯이 보였다. 한마디로 그의 체구 절반은 나머지를 이끌기 위해서 쉬지 않고 싸우는 듯 보였다. 그는 대리석으로 된 허리 아래를 옷으로 가리고 있다는, 아랍 설화에 나오는 귀신 들린 남자와 같았다.

그는 과장되게 나를 환대하면서 빨리 의자를 대령하지 않는다고 화를 냈으며, 자기 의자 아주 가까이 내 의자를 끌어당기기 위해서 물렁물렁한 살찐 손을 내밀었고, 회계 담당 형제라고 불리는 키가 큰 털보 호색한에게 나가라는 손짓을 했다. 그러고는 나의 여행과 귀환, 건강, 가족 등에 대한 질문 세례로 나를 압박한 뒤, 탐식으로 내려앉은 무거운 눈꺼풀의 주름을 들어 올리며 투명하고 흔들리는 작은 눈으로 나를 쏘아보았다. 그는 본론으로 들어갔다.

"친애하는 자녀여, 그대가 들고 온 문제를 알고 있다네. 그대의 성스러운 친척에게 의무를 다하고 싶다지. 이 세상에 모범을 보이고 은총의 기적을 빛나게 해주시려고 주님께서 우리에게 보내신 교화의 모델인 트라피스트 수도사에게 말일세."

"수도원장님, 저는 말씀하신 기적을 평가할 만큼 훌륭한 기독교인이 아닙니다." 내가 대답했다. "신실한 영혼들이 주님께 은총 돌리기를! 제가 여기 온 것은 장 드 모프라 님이 저에게 알려주고 싶다는 계획이 있다고 해서입니다. 저와 관련이 있다고 하였으니, 저는 들을 준비가 되어 있습니다. 허락하신다면 그에게 가까이 가서…"

"난 그가 나보다 먼저 자네를 만나는 걸 원치 않았다네, 젊은이!" 수도원장은 내 손을 덥석 잡으면서 솔직한 척 꾸며대며 외쳤다. 나는 그에게 잡힌 손에서 혐오감을 느끼지 않을 수 없었다. "자비의 이름으로 그리고 자네 혈관에 이르는 피의 이름으로 자네에게 구하는 은총이 있다네…" 나는 그의 손아귀에서 한 손을 빼냈다. 그러자 수도원장은 싫어하는 기색을 눈치채고 놀라운 유연성으로 당장 그 자리에서 말투를 바꿨다. "당신은 세계적인 인물입니다, 저는 아닙니다. 예전에는 장 드 모프라였고 지금은 겸손한 장 네포뮈센 형제라고 불리는 사람에게 당신은 원한이 있지요. 하지만 우리 주 예수 그리스도의 가르침이 당신을 긍휼로 이끌지 못한다 해도, 공공의 안녕과 가족애를 고려하면 당신은 마땅히 나의 두려움과 노력을 함께해야 할 것입니다. 당신은 장 형제가 구상한 독실하지만 무모한 결심을 알고 있지요. 당신은 저와 힘을 합쳐 그의 마음을 돌려놓아야 합니다. 당신은 그렇게 하실 겁니다. 저는 의심하지 않습니다."

"아마도요, 원장님." 내가 냉정하게 대답했다. "원장님이 그의 일에서 취하고자 하는 이익이 어떤 연유로 제 가족과 관계가 있는지 여쭤봐도 될까요?"

"모든 그리스도의 봉사자들을 움직이게 하는 자비의 정신이죠." 수도사는 잘도 지어낸 위엄을 가지고 대답했다.

이러한 평계 뒤에 숨은 성직자들은 그걸 빌미로 늘 가족의 비밀에 끼어들었다. 그가 내 질문에 종지부를 찍는 건 쉬웠다. 그는 내 머릿속에서 그와 맞서고 있는 의심을 불식하지는 못했지만, 내 이름의 명예를 지켜주려고 애쓴 데 대해 내가 감사해야 함을 내 귀에 대고 증명하는 데 성공했다. 그의 궁극적 목적이 무엇인지 알아내야 했다. 그리고 내가 예상했던 일이 벌어졌다. 장 삼촌이 로슈-모프라의 영지에서 내게 들어오는 수입 중에서 자기 몫을 요구한 것이다. 수도원장은 나를 이해시키는 일을 맡았다. 나는 상당한 금액(그들은 부동산의 7분의 1에 해당하는 금액에다가 연체된 내 7년 동안의 수입을 더한 액수를 말했다)을 지불하거나, 그가 하겠다고 주장하는 정신 나간 행동 사이에서 선택을 해야만 했다. 그 일이 터지면 늙은 기사의 명이 단축되고 내게는 **개인적으로 곤란한 이상한 일**이 생길 게 틀림없다는 것이었다. 이 모든 것은 나에 대한 가장 기독교적인 배려, 트라피스트 수도사의 열의에 대한 가장 열렬한 찬미, 그 **단호한** 결심의 효과에 대한 가장 진정한 염려와 같은 허울 아래 기가 막히게 암시되었다. 결국 장 모프라는 내게 생활 자금을 요구하러 온 것이 아니며, 그가 내 이름과 어쩌면 나의 신체까지도 범죄자의 좌석으로 끌고 가지 않도록 내 재산의 절반을 받아달라고 그에게 겸손하게 애원해야 한다는 것이 분명하게 밝혀졌다.

나는 마지막 반격을 시도했다. "수도원장님, 당신이 부르시듯 네 포뮈센 형제의 결심이 당신이 말씀하신 대로 그토록 확고하고, 그가 이 세상에서 가진 유일한 염려가 오직 그의 구원이라면, 어떻게 찰나적인 재물의 유혹이 그의 마음을 돌려놓을 수 있다는 건지 제게 설명해주시겠습니까? 제가 좀체 이해할 수 없는 모순이 있는데요."

수도원장은 그를 향한 나의 꿰뚫는 듯한 시선에 좀 당황했지만, 바로 그 순간 간교한 자들이 가진 최상의 비책인 순진한 척하기에 편승했다. "맙소사! 친애하는 아들이여." 그가 외쳤다. "이 세상에서 재산 소유가 독실한 한 영혼에게 어떤 엄청난 위로를 파급할 수 있는지를 정말 모르십니까? 덧없는 부가 헛된 쾌락을 표상할 때는 멸시를 받아 마땅한 만큼, 그것이 선을 행할 방법을 보장해준다면 올바른 사람은 단호하게 그것을 요구할 것입니다. 제가 그 성스러운 트라피스트 수도사라면, 제 권리를 아무에게도 양보하지 않을 것임을 숨기지 않겠습니다. 당신처럼 젊고 총명한 영주의 손에서 말이나 개를 돌보기 위해 홍청망청 쓰일 뿐인 자금으로, 저는 신앙을 전파하고 자선기금을 나누어주는 종교 공동체를 설립하겠습니다. 제아무리 흉측한 범죄에 물든 영혼도 위대한 희생과 아낌없는 봉헌금을 통해 죄 사함을 받을 수 있다고 교회는 우리에게 가르칩니다. 성스러운 공포에 사로잡힌 네포뮈센 형제는 자신의 구원을 위해서는 대중 앞에서의 속죄가 필요하다고 믿고 있어요. 독실한 순교자처럼, 그는 피도 눈물도 없는 인간의 법정에 자신의 피를 내어주기를 원하고 있습니다. 그가 주님 영광의 성스러운 제단에 올라 그가 이미 포기한 이름을 수도원의 행복한 평화 안에 감추는 것을 본다면 당신에게는 얼마나 흡족한 (동시에 **안심되는**) 일이겠습니까? 그는 전적으로 트라피스트 정신을 따라서 자기희생과 겸손과 청빈을 사랑하고 있으니, 이런 **공덕**의 교환을 그가 받아들이도록 하려면 저의 노력과 하늘의 도움이 있어야 할 것입니다."

"그러니 대가 없는 선의로 그 불행한 결정을 바꾸도록 할 책임이 있는 것은 바로 당신이시군요, 수도원장님? 당신의 열정을 찬미하고 감사드립니다. 하지만 대단한 협상이 필요할 것 같진 않군요. 장 드 모프라 님은 자기 몫의 유산을 요구하는데, 너무도 정당한 일이지요. 도망하여 구원받은 자(그걸 제가 증명하고 싶은 생각은 조금도 없습니다)에게는 법률이 각종 시민의 권리를 거부할지라도 말입니다. 어떤 재산이 되었든 제가 그 정당한 소유자라면 그 문제에 관해서 우리 사이에 작은 이견도 없으리라는 것에 대해 제 친척은 안심해도 됩니다. 그런데 이 재산에 대한 권리가 오로지 제 종조부님이신 위베르 드 모프라 기사님의 선의 덕분임을 모르지 않으실 텐데요. 그분은 자산보다 더 많은 가족의 부채를 갚느라 꽤 많은 일을 하셨죠. 그러니 저는 그분의 허락 없이는 아무것도 양도할 수 없습니다. 저는 실제로는 제가 아직 수락하지 않은 재산의 수탁자일 뿐입니다." 수도원장은 불의의 일격을 맞은 듯 놀라서 나를 쳐다보더니 간교한 미소를 지으며 말했다. "아, 좋습니다! 제가 잘못 알았나봅니다. 위베르 드 모프라 님께 말씀을 드려야 하는군요. 그리하겠습니다. 제가 그분의 가족을 추문에서 구해드리는 것에 대해 몹시 고마워하시리라는 것을 의심하지 않으니까요. 그의 친척 중 한 사람의 다음 생을 위해서는 아주 좋은 결과를, **또 다른 친척**에게는 이번 생에서 분명 아주 나쁜 결과를 초래할 추문 말이죠."

"알겠습니다. 원장님." 내가 대답했다. "그건 협박입니다, 하고 같은 어조로 저는 대답할 겁니다. 장 드 모프라 님이 감히 제 숙부와 사촌을 괴롭힌다면 그것은 저와 해결해야 할 겁니다. 제가 결코 잊을 수 없는 모욕을 사죄하라고 그를 부른다면 그것은 법정이 아닐 것입니다. 트라피스트 수도원의 속죄자에게 자신이 받아들인 역할에 충실하지 않는다면 저는 절대로 그에게 사면을 내리지 않을 거라고 말씀해주십시오. 장 드 모프라가 무일푼이고 저의 선행을 간청한다면, 그의 서원 정신에 따라 소박하고 지혜롭게 지낼 만한 자금을 제게 들어오는 수입에서 떼어줄 수 있을 것입니다. 하지만 성직자의 야망에 사로잡혀 그의 새로운 취향을 만족시킬 거리를 뜯어내기 위해 유치하고 정신 나간 협박으로 제 숙부를 겁먹게 할 계획이라면, 꿈 깨라고, 내가 그러더라고 말해주십시오. 노인의 안전과 그 딸의 장래를 지켜줄 수 있는 사람은 저뿐이니, 제 명예와 목숨이 위험에 처하는 일이 있어도 저는 반드시 그들을 지킬 것입니다."

"그래도 그대 나이에는 명예와 목숨이 꽤 중요할 텐데요." 수도원장은 뻔히 화가 났는데도 그 어느 때보다 상냥한 척하며 계속했다. "종교적 열정이 그 수도사를 어떤 광기에까지 이르게 할지 누가 알겠습니까? 우리끼리 얘기지만요, 가련한 자녀여… 자, 저는 과장이라고는 할 줄 모르는 사람입니다. 저는 젊었을 적에 세상을 겪었고, 동정보다는 오만에 더 지배되기 마련인 극단적인 결정들을 인정하지 않습니다. 저는 엄격한 규칙들을 완화하라고 허락했죠. 그래서 우리 수도사들은 혈색이 좋고, 셔츠를 입고… 나리, 제가 당신 친척의 계획에 찬성하지 않으며, 그를 막기 위해 이 세상에서 가능한 모든 일을 하리라는 걸 믿어주세요. 하지만 그가 고집을 피운다면 저의 열성이 당신에게 무슨 소용이 있겠습니까? 그는 자기 상급자의 허락을 받았으니 치명적인 생각에 지고 말 수도 있지요… 당신은 이런 종류의 일에서 심각하게 평판이 나빠질 수 있어요. 모두 확신하듯, 당신이 품위 있는 신사일지라도, 과거의 잘못에서 손을 씻었을지라도, 어쩌면 당신의 영혼은 늘 불평등을 증오한다고 할지라도, 결국 당신은 인간의 법률이 비난하고 처벌하는 수탈에 여러 번 가담한 적이 실제로 있기 때문이지요. 네포뮈센 형제가 본의 아니게 어떤 계시에 이끌려 형사소송 수사를 촉발하게 될지 누가 알겠습니까? 당신에 대한 수사까지 동시에 유발하지는 않더라도, 자기 자신에 대한 수사를 유발할 수 있겠죠…? 저를 믿어주세요. 저는 평화를 원하고… 저는 선량한 사람이니까요…"

"그럼요. 아주 선량한 분이시죠, 신부님." 내가 비꼬면서 대답했다. "그러시다는 걸 완벽하게 압니다. 하지만 너무 염려하지 마십시오. 우리 두 사람을 다 안심시킬 수 있는 아주 명료한 추론이 있으니까요. 진정한 종교적 사명이 트라피스트 수도사 장을 공개 사죄로 몰고 간다면 자기 자신이 아닌 다른 사람을 파국으로 끌어들일 위험이 있으니 멈추어야 한다고 그를 설득하는 것은 쉬울 것입니다. 주님의 정신은 그런 일은 금지하시니까요. 하지만 저의 추정이 확실하다면, 장 드 모프라가 사법 당국의 손에 자신을 맡길 의사가 눈곱만큼도 없다면, 그의 협박은 저를 조금도 두렵게 만들 수 없습니다. 저는 그 위협이 노리는 시끄러운 사태가 더는 발생하지 못하게 막을 수 있으니까요."

"그에게 그렇게만 전하면 되겠습니까?" 원한 가득한 시선으로 나를 쏘아보며 수도원장이 말했다.

"네, 그렇습니다." 내가 대꾸했다. "직접 여기 나타나서 제 입에서 이 대답을 듣고 싶지 않다면 말입니다. 전 그의 존재가 제게 일으킨 혐오감을 누르기로 결심하고 여기에 왔습니다. 그런데 저와 이야기하고 싶다는 그토록 열렬한 욕망을 표현해놓고 막상 제가 오니 거리를 두는 게 놀랍기만 합니다."

"선생." 수도원장이 가당찮게 위엄 있는 태도로 계속 말했다. "제 의무는 이 성스러운 장소에 주님의 평화가 펼쳐지게 하는 것입니다. 그러니 격렬한 토론으로 이어질 수 있는 만남은 무엇이든 반대할 것입니다…"

"당신은 아주 쉽게 겁을 먹는 분이군요, 수도원장님." 내가 대답했다. "이 문제에는 격해질 이유가 전혀 없으니까요. 하지만 그 토론을 시작한 건 제가 아니고, 저는 순수한 호의에서 여기에 왔으므로 토론을 더 진전시키는 건 흔쾌히 포기하겠습니다. 기꺼이 중재 역할을 맡아주셔서 정말 감사합니다."

나는 그에게 정중하게 절을 하고 물러 나왔다.

20

　나는 파시앙스의 집에서 나를 기다리고 있는 신부에게 이 회담의 이야기를 전해주었다. 그는 전적으로 나와 동감이었다. 내 생각과 마찬가지로 신부도, 수도원장은 트라피스트 수도사의 번지르르한 계획을 말리려고 애쓰기는커녕 나를 겁박하여 엄청난 금전적 희생을 초래하도록 있는 힘을 다해 그를 부추기고 있다고 생각했다. 그가 보기에 아주 간단하게, 수도사 정신에 투철한 그 늙은이는 세속인 모프라의 노동과 저축의 열매가 수도사 모프라의 손에 들어가기를 바란다는 것이었다. "가톨릭 성직자의 어리석은 특징을 잘 보여주는 경우죠." 그가 말했다. "그는 가족과 싸우지 않거나 가족을 망칠 온갖 방도를 노리지 않고는 살아갈 수 없거든요. 그는 그 재산이 자기 것이니 그걸 되찾기 위해서는 수단과 방법을 가리지 않아도 된다고 생각하나 봅니다. 이 엉큼한 강도짓에 저항하는 것은 당신이 생각하는 것만큼 쉽지 않아요. 수도사들은 집요한 욕망과 기발한 정신의 소유자들이거든. 조심하세요. 그리고 모든 일에 다 대비하세요. 절대로 트라피스트 수도사를 싸우게 만들 수는 없을 겁니다. 두건 아래 숨어서 몸을 굽히고 손을 십자 모양으로 하고는 가장 잔인한 모욕도 받아낼 테지요. 자기를 죽이지는 않으리라는 것을 뻔히 알고 있으니 당신을 전혀 두려워하지 않아요. 더군다나 당신은 인간 손에 달린 재판이 어떠한지, 어떤 회유나 겁박을 써도 한쪽 편이 물러서지 않을 때 형사소송이 어떤 방식으로 전개되고 판결되는지 알지 못하지요. 성직자들은 강력합니다. 법관은 거창한 말을 쏟아내고, 성실과 청렴이라는 단어는 수 세기 전부터 법정의 냉혹한 벽을 울리고 있어요. 판사들의 직무 유기와 불공정한 판결을 막지 못하면서도 말입니다. 조심하세요, 조심하세요! 트라피스트 수도사는 사각모자를 쓴 법관 무리를 제가 가는 길에 풀어놓은 다음 적당한 지점에서 그들을 따돌리고 사라져버리죠. 그러면 당신이 가는 길에 그들만이 남게 되는 거죠. 당신은 유산을 노리는 구혼자들의 수많은 시도를 좌절시켰기 때문에 자존심이 상한 자들이 많아요. 가장 분개하고 가장 고약한 자들 중 하나는 도내에서 가장 유력한 법관의 가까운 친척이죠. 드라마르슈 씨는 군인이 되려고 법복을 벗었습니다. 하지만 기꺼이 당신에게 해코지할 사람들을 옛 동료들 중에 남겨두었을 수도 있어요. 당신이 아메리카에서 그와 합류해서 잘 지낼 수 없었던 게 유감이군요. 어깨를 추썩이지 마세요. 당신은 열 명이라도 죽일걸요. 그러면 사태가 설상가상이 되겠죠. 그들은 복수를 할 테지만 당신의 목숨을 노리지는 않아요. 당신이 목숨 따윈 하찮게 여긴다는 걸 알고 있으니까요. 당신의 명예를 노리겠지요. 그러면 당신의 종조부님은 괴로워서 돌아가실 거고… 결국…"

"신부님은 모든 걸 슬쩍 처음 보고도 비관적으로 생각하는 경향이 있어요. 우연히 한밤중에 태양이 안 보일 때처럼 말이죠, 선량하신 신부님." 그의 말을 끊으며 내가 말했다. "그 어두운 예감을 멀리하게 해줄 모든 걸 말씀드릴게요. 전 오래전부터 장 모프라를 알아요. 그는 사기꾼의 표상이고 비열한 자들 중에서도 최하층이죠. 그는 저를 보자마자 쥐구멍으로 숨을 겁니다. 제가 입을 열자마자 그자가 트라피스트 회원도, 수도사도, 독실한 신자도 아님을 고백하게 만들겠습니다. 이 모든 건 사기꾼의 수법이에요. 전 예전에 그가 계획을 세우는 걸 들었어요. 그래서 오늘날 그의 파렴치한 행동에도 놀라지 않아요. 그가 하나도 두렵지 않고요."

"당신이 틀렸어요." 신부가 말을 이었다. "항상 비열한 자들을 두려워해야 해요. 우리가 정면에서 기다리는 순간 뒤에서 등을 치거든요. 장 모프라가 트라피스트 수도사가 아니고, 그가 내게 보여준 서류가 가짜라면, 카르멜 수도원장은 거기에 속기에는 너무나 교묘하고 신중한 자랍니다. 그자는 결코 세속인의 입장을 받아들이거나 자기 사람으로 간주하지 않아요. 알아봐야 해요. 당장에 트라피스트 수도회 본원의 상급자에게 편지를 쓰겠어요. 내가 이미 알고 있는 걸 확인해줄 게 뻔하지만요. 장 드 모프라가 진실로 독실한 신자일 수도 있어요. 그런 성격과 가톨릭 정신의 어떤 색조가 기가 막히게 어울리니까요. 교회의 영혼인 종교재판은 장 드 모프라에게 미소를 지을 겁니다. 그는 당신과 함께 자기가 파멸하는 기쁨을 위해서라면 세속의 검에 굴복할 거고요. 당신의 돈으로 수도원을 설립하겠다는 야심은 명예가 송두리째 카르멜 수도원장에게 돌아가는 갑작스러운 구상이죠…"

"그건 별로 가능성 있어 보이지 않는군요, 친애하는 신부님." 내가 말했다. "더구나 그런 설명은 우리를 무엇으로 인도할까요? 행동합시다. 추잡한 짐승이 기사 숙부의 마지막 날의 평온에 독약을 뿌리지 못하도록 그분을 지킵시다. 트라피스트 수도원 본원에 편지를 씁시다. 그 불쌍한 인간에게 연금을 주고, 그의 작은 행동까지도 조심스럽게 살피면서 그가 오는 것을 봅시다. 제 중사 마르카스가 훌륭한 정보원이니, 발자취를 쫓아가게 합시다. 그가 우리에게 보통 언어로 자기가 보고 들은 것을 보고할 수 있으면 우리는 곧 온 고장에서 무슨 일이 일어나는지를 알게 될 겁니다."

그런 대화를 나누며 우리는 해가 떨어질 무렵 성에 도착했다. 이 고요한 거처로 들어가는데, 잠깐 자식들과 떨어진 어미가 느낄 법한 알 수 없는 부드럽고 어린애 같은 불안이 나를 사로잡았다. 신성한 낡은 대리석 방벽 안에서 그 무엇도 해친 적이 없는 영원한 안전, 하인들의 무심한 노쇠, 가끔 걸인들이 누구와도 마주치지 않거나 아무런 제지도 받지 않고 응접실에 들어올 정도로 늘 열려진 문들, 이 모든 고요와 신뢰와 고립의 분위기가 장의 귀환과 카르멜 수도원의 협박으로 인해 몇 시간 동안 내 머리를 가득 채운 근심과 투쟁의 생각들과 대조를 이루고 있었다. 나는 걸음을 재촉했다, 그리고 나도 모르는 떨림에 사로잡혔다. 당구실을 가로질렀다. 그 순간 검은 그림자가 아래층 창문 아래로 지나가는 것을 본 것 같았다. 그것은 재스민꽃 사이로 스며들더니 석양 속으로 사라졌다. 나는 응접실 문을 힘껏 밀고 멈추어 섰다. 모든 것이 고요하고 미동도 하지 않고 있었다. 물러나서 그녀의 아버지 방으로 에드메를 찾으러 가자, 늘 기사가 앉아 있는 벽난로 옆에서 하얀 물체가 꿈틀거리는 것을 본 것 같았다. "에드메, 여기 있소?" 내가 소리를 질렀다. 아무 대답이 없었다. 내 이마는 식은땀으로 뒤덮이고 무릎은 후들거렸다. 그런 이상한 나약함이 부끄러워서 나는 고통스럽게 에드메의 이름을 되뇌며 벽난로 쪽으로 달려갔다. 마침내 "당신이에요, 베르나르?" 하고 그녀가 떨리는 목소리로 대답했다. 나는 그녀를 두 팔에 안았다. 그녀는 아버지의 안락의자 곁에 무릎을 꿇고 노인의 얼음장 같은 손을 입술에 누르고 있었다. "위대하신 주님! 우리 아버지가 돌아가신 건가…?" 거처를 채우고 있는 희미한 불빛에 기사의 뻣뻣하게 굳은 납빛 얼굴을 알아보고 내가 외쳤다. "아마도, 단지 기절하신 것일 수도, 주님, 제발!" 그녀가 목이 메어 말했다. "불을, 주님의 이름으로! 종을 울려요! 잠시 전에 이런 상태가 되셨어요." 나는 급하게 종을 쳤다. 신부가 왔고 우리는 다행히 숙부를 살려냈다.

그러나 그가 눈을 떴을 때 그의 정신은 괴로운 꿈의 잔영과 싸우고 있는 것 같았다. "갔느냐, 갔느냐, 그 한심한 귀신 말이다!" 하고 그는 몇 번이나 소리쳤다. "이봐! 생장! 내 총을…! 내 사람들! 저놈을 창밖으로 내던지게 해!"

나는 진실인지 의심했다. "도대체 무슨 일이 있었소?" 하고 에드메에게 낮은 목소리로 물었다. "내가 없는 동안 대체 누가 여기 온 거지!"

"내가 얘기를 해도 당신은 거의 믿지 않을 거예요. 아버지와 나, 우리를 미쳤다고 비난할 수도 있어요. 그건 조금 있다가 얘기해줄 게요. 우선 아버지를 보살피지요."

그녀는 상냥한 말과 다정한 간호로 노인에게 평정을 되찾아주는 데 성공했다. 우리는 숙부를 그의 거처로 옮겼고, 그는 평온하게 잠이 들었다. 에드메는 아버지의 손에서 가만히 자기 손을 빼고, 솜을 넣은 커튼을 그의 머리 위로 내려드린 다음, 신부와 내게 다가와 이야기를 해주었다. 우리가 돌아오기 15분 전에 그녀가 여느 때처럼 잠든 아버지 곁에서 수를 놓고 있는 응접실로 탁발하는 형제가 들어왔다. 가끔 있는 일이라 그녀는 별로 놀라지 않고 그 수도사에게 친절한 말을 건네며 벽난로 위에 둔 지갑을 가지러 자리에서 일어났다. 그러나 그에게 기부금을 주려고 뒤돌아선 순간, 소스라치게 놀라 잠을 깬 기사가 분노에 휩싸이는 것과 동시에 겁에 질려 떨며 그 수도사를 위아래로 훑어보며 악을 썼다. "악마 같으니! 이놈, 그런 이상한 옷을 뒤집어쓰고 무얼 하러 여기에 왔느냐?" 그래서 에드메는 수도사의 얼굴을 살펴보고 그를 알아보았다. "여러분은 절대 상상도 못 할 거예요." 그녀가 말했다. "끔찍한 장 모프라였으니까요! 그를 본 게 내 평생 단 한 시간이지만 그 구역질 나는 얼굴은 내 기억에서 사라진 적이 없으니까. 그리고 그 얼굴이 내 눈앞에 나타나지 않는 한, 나는 눈곱만큼도 흥분한 적이 없었어요. 소리를 지르지 않을 수 없었죠. '두려워하지 마세요' 하고 무시무시한 미소를 지으며 그가 우리에게 말했어요. '저는 적으로서가 아니라 애원을 하러 여기 왔습니다.' 그자가 아버지 곁에 어찌나 가까이 무릎을 꿇었던지 그가 뭘 하려는지 알지 못하면서도 나는 두 사람 사이에 몸을 던지고 바퀴 달린 안락의자를 벽에 닿을 때까지 거칠게 밀었어요. 그러자 그 수도사는 밤이 어둑어둑해지고 있어서 더 소름이 끼치는 음침한 목소리로 말을 하는 것이었어요. 자기 죄를 용서해달라고 하고, 자기는 이미 친부 살해범들이 교수대에 오를 때 쓰는 검은 두건을 썼다고 하며, 뭐가 뭔지 모를 한심한 고백 문구를 우리에게 읊어대기 시작했어요. '이 빌어먹을 놈이 미쳤구나' 하고 아버지가 초인종 줄을 잡아당기며 말씀하셨어요. 하지만 생장은 귀가 먹어서 오지 않았지요. 그래서 우리는 필설로 다할 수 없는 고통 속에서 자칭 트라피스트 수도사의 이상한 설교를 들어야만 했어요. 자기 잘못을 속죄하기 위해 세속의 칼날 앞에 굴복하러 왔다고 주장하더군요. 아버지께 일찌감치 용서를 구하고 마지막 축복을 받고 싶었대요. 그 말을 하는데 무릎으로 기면서 열정적으로 지껄이더라고요. 도가 지나치게 겸손한 말을 뱉는 그의 목소리 속에는 모욕과 위협이 담겨 있었어요. 그가 여전히 아버지께 다가갔기 때문에 그가 아버지께 더러운 애무를 퍼붓고 싶어 하는 것 같다는 생각에 혐오감이 차올라서 나는 위엄 있는 목소리로, 일어나서 예절 바르게 이야기하라고 그에게 명령했어요. 아버지는 화가 나서 그에게 입을 다물고 나가라고 지시했어요. 바로 그 순간 그가 소리 쳤어요. '안 됩니다! 당신의 무릎에 입 맞추게 해주십시오!' 나는 그자가 아버지를 건드리지 못하게 하려고 그를 밀어냈어요. 내 장 갑이 불결한 수도복에 스쳤다고 생각하니 끔찍해서 전율이 일었어 요. 그가 내 쪽으로 몸을 돌리는데 여전히 회개와 겸손을 가장하고 있었음에도 그의 눈에서 번득이는 분노가 보였어요. 아버지는 일 어나시려고 몸부림을 치시더니 정말 기적처럼 몸을 일으키셨어요. 하지만 금세 기절하여 의자에 다시 쓰러지셨지요. 당구실에서 발 소리가 들리자 그 수도사는 유리문으로 번개같이 빠르게 나가버렸 어요. 바로 그때 여러분이 혼절한 아버지 발치에서 공포에 떨며 반 죽음 상태로 얼어붙은 나를 발견한 거죠."

"그 구역질 나는 비열한 자가 때를 놓치지 않았군, 보셨죠? 신부 님." 내가 소리쳤다. "숙부님과 그의 딸에게 겁을 주려고 했어요. 성 공했네요. 하지만 저를 빼놓고 계획을 세웠군요. 맹세컨대 그를 로 슈-모프라식으로 다뤄야겠어요… 감히 또다시 여기에 나타난다 면 말이죠…"

"조용히 해요, 베르나르." 에드메가 말했다. "그대는 나를 떨게 만드는군요. 분별 있게 이야기해요. 그리고 이 모든 것이 무엇을 의 미하는지 말해줘요." 내가 신부와 내게 일어났던 일을 알려주자, 그녀는 미리 알리지 않은 것을 책망했다. "내가 무슨 일을 예상해 야 했는지를 알았더라면 겁에 질리지 않았을 거고, 아버지가 이제는 거동도 못 하는 생장하고만 집에 있지 않도록 예방 조치를 취했을 거예요." 그녀가 우리에게 말했다. "이젠 아무것도 더 이상 두렵지 않아요. 나는 나 스스로 지키겠어요. 하지만 친애하는 베르나르, 가장 확실한 것은 그 끔찍한 자와의 어떤 접촉도 피하고 우리가 그에게서 벗어나기 위해 가능한 한 큰 금액을 그에게 기부하는 거예요. 신부님이 옳아요. 그는 무서워질 수 있어요. 그는 우리와 친척이라서 우리가 그의 핍박을 피하기 위해 법에 호소하지 못하리라는 것을 알고 있어요. 그가 흡족할 만큼 심각하게 우리를 해칠 수 없다 해도, 적어도 대적하기도 싫은 오만 가지 역겨운 짓을 우리에게 획책할 수는 있어요. 그에게 금을 던져주세요. 그를 보내도록 하세요. 하지만 베르나르, 이젠 나를 떠나지 말아요. 봐요, 그대가 내게 얼마나 없어서는 안 될 존재인지. 당신이 내게 저질렀다고 주장하는 잘못은 접어두어요." 나는 트라피스트 수도사의 존재가 이 고장에서 사라지지 않는 한, 설사 그녀의 명령이라고 해도 절대 그녀에게서 떨어지지 않겠다고, 그녀의 손을 잡고 맹세했다.

신부가 수도원과의 교섭을 맡았다. 그는 다음 날 도시에 당도했다. 그는 내 편에서 트라피스트 수도사에게 보내는 특별 전언을 가지고 갔다. 그가 생트-세베르성에 다시 나타날 생각을 하는 날에는 창문으로 던져버리겠다는 내용이었다. 아울러 그에게 생활비를 넉넉할 정도로까지 지원해주겠다고 제안했다. 단, 당장에 샤르트르회 수도원이든, 다른 속세나 교회의 은신처든, 어디든 마음에 드는 곳으로 떠나서 다시는 베리에 발을 들이지 않는다는 조건이었다.

수도원장은 신부의 이단적 상태에 대한 극도의 혐오감과 뿌리 깊은 멸시를 있는 대로 드러내며 그를 맞았다. 내게 아첨했던 것과는 달리, 그는 이번 일에 국외자로 남고 싶으며 그 일에서 손을 뗐다고 했다. 자신은 양편의 결정을 전달하는 역할과, 기독교인의 자비에 의해서 그리고 진정으로 성스러운 인간의 본보기를 통해 자신의 성직자들을 교화하기 위해서 네포뮈센 형제에게 은신처를 제공하는 역할로 그치겠다는 것이었다. 그의 말에 의하면, 교회 법령에 따라 네포뮈센 형제의 이름은 천사 군단의 제1열의 두 번째에 위치한다는 것이었다.

이튿날 특별한 전언에 의해 수도원으로 다시 불려 간 신부는 트라피스트 수도사와 면담을 했다. 놀랍게도 그는 적이 책략을 바꾸었음을 알아차렸다. 그는 청빈과 겸손이라는 서원을 내세우며 화를 내면서 일체의 지원을 거절했다. 자기에게 고하지도 않고 감히 영원한 재산과 썩어 없어질 재산의 교환을 제안했다며 친애하는 주인인 수도원장을 과장해서 비난했다. 그는 나머지에 대해서는 해명을 거부하고, 모호하고 과장된 대답 속에서 맴돌았다. 주님이 자기에게 영감을 주실 것이니, 돌아오는 성모 축제 때 고귀하고 성스러운 영성체 시간에 취해야 할 행동을 일러주시는 예수님의 목소리에 마음 안에서 귀를 기울이겠다고 했다. 신부는 그 **성스러운 신비**를 알아내려고 고집하면 불안이 드러날까 두려웠던 모양인지 나를 안심시키기에는 턱없이 미흡한 대답을 가지고 돌아왔다.

어쨌든 트라피스트 수도사가 뭐가 되었든 아무런 의사 표시도

하지 않는 상태로 며칠이 지나고 몇 주가 흘러갔다. 그는 성에도 인근에도 나타나지 않고 카르멜 수도원에만 틀어박혀 있어서 그의 얼굴을 본 사람이 거의 없었다. 하지만 곧 가장 열렬하고 본보기가 되는 신앙심으로 회심한 장 드 모프라가 트라피스트 수도원 본원의 회개자로서 카르멜 수도원에 잠시 체류한다는 것이 알려졌다. 수도원장은 엄청나게 공을 들여 그 소식을 퍼뜨렸다. 매일 아침 이 성스러운 인물의 새로운 고행과 미덕의 행위가 유포되었다. 기적에 굶주린 독신자들은 그를 만나고 싶어 했고 수천 가지 작은 선물들을 가져왔지만 그는 고집스럽게 거절했다. 이따금 그가 모습을 감추면 트라피스트 수도원 본원으로 떠났다고들 했다. 하지만 우리가 그자에게서 놓여났다고 즐거워하는 그 순간, 얼마 전 그가 자청해서 고행자가 입는 거친 옷을 입고 재투성이가 되어 무시무시한 고행을 실행했음을 알게 되었다. 또는 바렌의 거칠고 황폐한 장소들을 전전하며 맨발로 순례를 완수했다고도 했다. 그가 기적을 행한다고들 말하는 지경에 이르렀다. 수도원장의 통풍이 낫지 않는 것은 그가 속죄의 정신으로 치유를 원치 않기 때문이라는 것이었다.

이런 불안한 상태가 두 달 가까이 계속되었다.

21

친밀함 속에서 흘러간 그날들은 내게는 달콤하면서도 끔찍했다. 에드메 스스로가 나를 자기 곁으로 불렀으므로 경거망동하다고 할까 봐 걱정하지 않고 언제라도 에드메를 만나고, 책을 읽어주고, 만사를 의논하고, 자기 아버지에게 쏟는 상냥한 보살핌을 함께하고, 오누이와 전혀 다를 바 없이 그녀의 삶에 절반쯤 들어와 있는 것은 분명 엄청난 행복이었다. 하지만 그것은 위험한 행복이었다. 내 가슴속의 화산이 다시 불을 뿜기 시작했기 때문이다. 뒤죽박죽의 몇 마디, 동요하는 눈빛이 나의 속내를 드러내고 말았다. 에드메는 뻔히 알고 있으면서도 조금도 틈을 주지 않았다. 나를 바라보는 검고 깊은 눈에는 자기 아버지를 바라볼 때와 똑같은, 특별한 영혼에 대한 배려가 담겨 있었다. 하지만 가끔 내 격렬한 정열이 폭발할 것 같은 기색이 보이는 순간 돌연 냉정해지는 것이었다. 그러한 얼굴 표정은 내게는 영혼의 표면조차 보여주지 않으면서도 자기는 내 영혼의 밑바닥까지 꿰뚫어 볼 수 있는 참을성 많은 호기심과 흔들리지 않는 의지만을 나타내고 있었다.

내 고통이 심하기는 했어도 처음에는 소중했다. 내가 과거에 저지른 잘못에 대한 속죄로 마음속으로 에드메에게 고통을 바치는 것이 좋았다. 그녀가 그걸 눈치채고 내게 고마운 마음을 가져주기를 바랐다. 그녀는 그것을 알면서도 내게는 입도 뻥긋하지 않았다. 내 가슴앓이는 심해졌고, 며칠이 더 지나자 나는 그것을 숨길 힘을 상실했다. 나는 며칠이라고 말했다. 한 여인을 사랑하는 사람이라면 누구나 그녀와 단둘이 있으면서도 여인의 엄격함 때문에 감정을 억눌러야 할 때 며칠이 몇 세기처럼 여겨질 게 분명하기 때문이다. 충만하면서도 진을 빼놓는 삶이란! 얼마나 많은 마음고생과 흥분, 애정과 분노에 시달렸던가! 몇 시간이 몇 년의 축도처럼 보였다. 오늘 내 기억의 오류를 날짜를 확인하여 바로잡지 않으면 이 두 달이 내 인생의 절반을 채웠다고 쉽사리 믿을 것이다.

가까스로 이루어낸 훌륭한 결심을 무시하고 내가 취한 우스꽝스럽고 온당치 못한 행동과 화해하기 위해서 더 그렇게 믿고 싶었는지도 모르겠다. 자네가 곧 알게 되겠지만, 너무도 신속하고 완벽하게 다시 나락으로 떨어졌기 때문에, 그에 대한 잔인한 대가를 치르지 않았다면 나는 아직도 얼굴이 화끈거릴 것이다.

고뇌의 하룻밤을 보낸 뒤 나는 하마터면 끔찍한 결과를 가져왔을 뻔한 정신 나간 편지를 썼다. 대충 이런 말로 된 내용이었다. "그대는 나를 조금도 사랑하지 않는군, 에드메. 그대는 앞으로도 나를 절대 사랑하지 않을 거요. 나는 그걸 알기에 아무것도 요구하지 않고 아무것도 희망하지 않소. 나는 그저 그대 곁에 머물면서 그대에게 봉사하고 그대를 지키는 데 내 인생을 바치고 싶을 뿐이오. 당신에게 쓸모가 있다면 내 힘으로 할 수 있는 모든 것을 하겠소. 하지만 난 괴로울 것이고 그걸 숨기려 별짓을 다해도 당신은 알아차릴 것이오. 그대는 한결같은 영웅심로도 억누를 수 없을 내 슬픔을 이상한 원인의 탓으로 돌리겠지. 어제만 해도 나가서 **좀 기분 전환을 하라**고 충고함으로써 내게 깊은 상처를 주었소. 당신에 대한 관심을 다른 데로 돌리라니, 에드메! 정말 쓰디쓴 조롱이오! 제발 잔인하게 굴지 마오, 가엾은 누이여. 나쁜 시절의 오만한 약혼녀로 돌아가는구려… 그러면 본의 아니게 나도 당신이 증오하던 강도로 되돌아갈 것이니… 아! 내가 얼마나 불행한지를 그대가 안다면! 내 안에는 쉬지 않고 죽도록 서로 싸우는 두 남자가 있소. 강도가 죽어 없어지기를 바라야지. 하지만 온몸에 상처를 입고 죽도록 두들겨 맞았다고 느끼기 때문에 필사적으로 저항을 하고 있소. 어떤 투쟁과 전투가 벌어지고 내 심정에서 어떤 피눈물이 방울져 흐르는지, 반항의 천사가 지배하는 내 마음 한구석에서 분노가 얼마나 자주 불타오르는지를 그대가 안다면, 그대가 안다면, 에드메! 고통에 몸부림치는 밤이 오면, 몽상의 착란 속에서 나는 당신의 가슴에 비수를 찔러 넣고 불길한 마법으로 내가 당신을 사랑하는 것만큼 당신이 나를 사랑하도록 강요하는 듯하오. 식은땀에 젖어 정신 나간 채 광란 상태로 잠을 깨면 내 번민의 원인을 없애기 위해 당신을 죽이러 가려고 한 것 같은 느낌에 사로잡히지. 내가 그렇게 하지 않는 것은 죽은 당신을 살아 있는 당신만큼 열렬하고 끈질기게 사랑하는 게 두렵기 때문이오. 나는 실제의 당신에 의해서처럼 상상 속의 당신에 의해서도 억눌리고 다스려지고 지배당하는 게 두렵기만 하오. 인간의 손에는 사랑하면서도 두려워하는 존재를 파괴할 방법이 없소. 그녀가 이 세상에서 존재하지 않게 되었을 때도 그 사람의 가슴속에는 여전히 존재하고 있기 때문이지. 이것이 애인에게 관 역할을 하는 연인의 영혼이오. 그녀의 불타는 유물을 보존하는 거라오. 절대로 그것을 소진하지 않으면서 그것으로부터 힘을 얻기 위해서… 하지만, 오, 주여! 내 생각이 얼마나 뒤죽박죽인지! 알겠소, 에드메, 내 정신이 어느 정도로 병이 들었는지 알아주오. 나를 긍휼히 여기기를. 나를 참아주고 내가 슬퍼하도록 허락해주고 절대로 내 헌신을 의심하지 말아주오. 나는 종종 미치광이가 되지만 여전히 당신을 아끼니까. 당신은 말 한마디, 눈길 한 번으로 언제나 내게 의무를 일깨워줄 것이오. 당신이 기억나게 해준다면 의무마저도 내게 달콤할 것이오… 그대에게 편지를 쓰고 있는 이 시간, 하늘은 청동보다 더 어둡고 무거운 구름으로 뒤덮이고 우르릉 쾅쾅 천둥소리와 번쩍하는 번개 불빛 속을 연옥에서 신음하는 귀신들이 떠돌고 있는 듯해. 내 영혼은 뇌우의 무게로 짓눌리고 혼란한 내 정신은 수평선에서 솟아나는 희미한 빛처럼 떨고 있다오. 내 존재가 폭풍우처럼 터져버릴 것 같소. 아! 폭풍 같은 목소리를 당신을 향해 오르게 할 수 있다면! 나를 갉아먹는 고뇌와 분노 이외의 것을 만들어낼 능력이 내게 있다면! 폭풍우가 거대한 떡갈나무를 강타하면 그대는 폭풍우의 분노와 나무의 저항을 보는 게 좋다고 말하곤 하지. 당신은 그게 위대한 힘들의 투쟁이라고 말하면서 공중의 소음 속에서 북풍의 저주와 오래된 나뭇가지의 고통스러운 외침이 들린다고 생각하지. 에드메, 저항하는 나무와 나무를 공격하느라 기진맥진한 바람 중에서 어느 것이 더 고통스러울까? 힘을 잃고 잦아드는 것은 항상 바람이 아닌가? 그러면 고귀한 아들의 패배를 겪은 하늘은 눈물의 강줄기를 땅 위에 쏟아붓고, 당신은 이 광란의 장면을 좋아하지, 에드메. 저항에 굴복하는 힘을 목도할 때마다 그대는 잔인하게 미소 짓고 그대의 알 수 없는 시선은 나의 비참함을 모욕하는 듯하지. 좋아! 의심하지 말기를, 그대가 나를 땅바닥에 내동댕이쳤고, 나는 만신창이가 되어서도 아직 고통 속에 있다는 것을. 알아두기를, 그대가 알고자 하니까, 당신은 내게 묻고 나를 동정하는 척할 정도로 냉혹하니까. 나는 고통 속에 있고 거만한 승리자가 무너진 내 가슴팍에 올려놓은 발을 치우려는 시도도 더는 하지 못하오."

아주 길고 지리멸렬하며 처음부터 끝까지 터무니없는 이 편지의 나머지 부분도 같은 의미의 내용이었다. 같은 지붕 아래 살면서 휴식 시간에만 잠시 그녀를 떠났음에도 내가 에드메에게 편지를 쓴 것은 이번이 처음이 아니었다. 나는 정열에 사로잡혀서 꾸준히 그녀에게 편지를 쓰면서 잠자는 시간을 보내버릴 지경에 이르렀다. 나는 그녀에 대한 내 마음을 충분히 얘기하지 않았다고, 또 매 순간 어기고 있으면서도 그녀에게 복종하겠다는 약속을 충분히 경신하지 않았다고 여겼다. 하지만 문제의 그 편지는 다른 어떤 편지보다 대담하고 정열적이었다. 아마도 그것은 내가 책상 위로 몸을 숙이고 이마에는 땀이 맺힌 채 뜨겁고 마른 손으로 내가 받는 고통의 그림을 열정적으로 그리고 있는 동안 하늘에서 휘몰아치고 있던 폭풍우의 영향으로 인해 운명적으로 쓰인 것일 수도 있다. 응접실로 내려가 에드메의 일감 바구니에 편지를 밀어 넣고 나서 침대에 몸을 던졌을 때 내 마음속에는 좌절에 가까운 큰 평온이 깃들었던 것 같다. 다른 지역으로 날아가려는 뇌우의 어두운 날개가 지평선을 덮고 있을 때 날이 밝았다. 비를 흠뻑 머금은 나무들이 스산한 바람 속에서 아직도 흔들리고 있었다. 극심하게 슬프면서도 맹목적으로 고통에 젖어든 나는 내 인생과 희망을 희생하기라도 한 듯이 홀가분한 마음으로 잠에 빠졌다. 에드메는 내 편지를 발견한 것 같지 않았다. 대답이 없었기 때문이다. 그녀는 말로 답장을 하는 습관이 있었다. 그것은 내게 어쩔 수 없이 내가 만족할 수밖에 없고 최소한 내 상처를 달래줄 수 있는 형제의 우애를 분출하도록 자극하는 방편이었다. 나는 이번 편지가 결정적인 해명에 이르거나 침묵 속에 묻히거나 할 거라고 생각했던 모양이다. 나는 신부가 그 편지를 빼내서 불에 던져버린 게 아닐까 의심하고 에드메의 멸시와 냉정함을 원망했다. 어쨌든 나는 입을 다물었다.

그다음 날 날씨는 완전히 정상을 되찾았다. 숙부는 마차를 타고 산책을 했다. 길을 가며 그는 죽기 전에 마지막으로 성대한 여우 사냥을 하고 싶다고 했다. 그는 이 여가 활동을 몹시 좋아했고, 재미 있는 일을 하면서 몸을 움직이고 싶은 욕망이 일어날 정도로 건강이 호전되었던 것이다. 힘센 암노새가 끄는 아주 가볍고 좁은 사륜 마차가 우리 영지 숲속의 모래투성이 길을 쏜살같이 달렸다. 그의 기분을 달래주기 위해 우리가 기획한 소규모 사냥에 그는 이미 몇 차례 따라온 적이 있었다. 트라피스트 수도사의 방문 이래로 기사는 삶의 의지를 되찾은 듯했다. 그 가문의 모든 사람들과 마찬가지로 힘과 고집을 타고난 그는 흥분이 없으면 못 견디는 사람이었다. 원기를 자극하는 작은 부름이라도 순식간에 그의 굳어진 피에 열기를 불어넣는 것이었다. 그는 이 사냥 계획에 세심하게 주의를 기울였으므로 에드메는 나와 함께 넓은 범위의 몰이를 준비하고 본인도 능동적으로 사냥에 참여하기로 작정했다. 그 선량한 노인의 큰 기쁨 중 하나는 그녀가 말에 올라 그의 주위를 대담하게 뛰어다니거나, 지나가면서 덤불숲에서 꺾어 온 꽃 핀 나뭇가지를 그에게 내미는 것이었다. 나는 기사를 호위하기 위해 말을 타고, 신부는 마차를 타고 그를 따라가기로 결정되었다. 사냥터지기, 삼림 감시인, 마구간지기 모두는 물론, 바렌의 밀렵꾼들까지도 이 성대한 가족 축제에 소집되었다. 찬방에서는 돌아왔을 때 대접할 푸짐한 거위 파이와 그 고장에서 나는 포도주를 곁들인 풍성한 식사가 준비되었다. 내가 로슈-모프라의 관리인으로 삼은 마르카스는 여우 사냥 기술에 정통했으므로 꼬박 이틀에 걸쳐 여우 굴을 폐쇄했다. 몰이에 관심이 있어서 때가 되면 유익한 조언을 해줄 수 있는 근처의 젊은 농부 몇 명이 보수 없이 무리에 합류했고, 심지어 죄 없는 동물의 살상을 꺼리는 파시앙스까지도 구경꾼 자격으로 사냥에 따라가는 것을 허락했다. 정해진 날이 되자, 우리의 행복한 계획과 나의 무자비한 운명 위로, 덥고 청명한 날이 밝았다. 50여 명의 사람들이 뿔피리와 말과 개를 거느리고 서 있었다. 그날은 수가 너무 불어난 토끼 소탕으로 끝날 예정이었다. 사냥을 하는 동안 추격해 들어가지 않은 숲 쪽으로 방향을 돌려 토끼들을 집단으로 잡는 것은 쉬운 일이었다. 그래서 우리는 각자 소총 한 정으로 무장하고 숙부도 마차에서 쏠 수 있도록 한 정을 갖고 있었다. 그는 아직도 사격에 아주 능했다.

처음 두 시간 동안 에드메는 아주 팔팔한 리무쟁산 작고 예쁜 암말을 타고 늙은 아버지를 위해 감동적인 애교를 부리며 흥분했다 얌전해졌다 하는 것을 즐기고 있었다. 그녀는, 생기를 되찾아 감동에 젖어서 미소를 지으며 사랑스럽게 자신을 바라보고 있는 기사가 타고 있는 마차에서 거의 멀어지지 않았다. 매일 저녁 우리가 지구의 자전에 실려 가는 밤으로 들어가면서 지구의 다른 편을 지배하러 나가는 빛나는 별에 인사를 하는 것과 마찬가지로, 노인은 자신이 떠난 뒤에 또 하나의 세대에서 살고 있을 딸의 젊음과 힘과 미모를 보면서 잠시 죽음을 잊고 있었다.

사냥이 잘 **진행되고** 있을 때, 가문의 전사적 기질이 확실하게 깨어난 데다가 끓어오르는 피를 평온한 영혼으로 늘 억누를 수만은 없었던 에드메는, 딸이 질주하는 것을 몹시 보고 싶어 하는 아버지가 보내는 반복적인 신호를 따랐다. 하여 이미 조금 앞쪽에서 **사냥감들이 나타난 장소**를 향해 달려갔다. "그 애를 따라가, 그 애를 따라가!" 기사가 내게 소리쳤다. 일찍이 그녀가 달리는 모습을 본 적이 없는 아버지의 사랑스러운 허영이 염려에 굴복한 것이었다. 나는 그의 말이 떨어지자마자 내 말의 배에 박차를 가하여 그녀가 사냥꾼들과 다시 만나기 위해 접어든 지름길의 오솔길에서 에드메를 따라잡았다. 그녀에 의해서 흥분한 말이 번개 같은 속도로 그녀를 잡목림 한가운데로 데려가는 동안 나뭇가지 아래의 등나무처럼 몸을 구부리고 있는 그녀를 보면서 나는 전율했다. "에드메, 주님의 사랑으로!" 나는 그녀에게 소리쳤다. "그렇게 빨리 달리지 말아요. 죽고 말 테니."

"달리게 내버려둬." 그녀가 유쾌하게 말했다. "아버지도 허락하셨는걸. 날 내버려둬, 말했잖아. 내 말을 멈추게 하면 너에게 화를 낼 거야."

"최소한 너를 따라가게라도 해줘." 그녀를 가까이에서 붙잡으면서 내가 말했다. "네 아버지가 그러라고 내게 명령하셨어. 너에게 불행한 일이 생기면 난 그 자리에서 죽고 말 거야."

왜 내가 그런 불길한 생각에 사로잡혔을까? 에드메가 말을 타고 숲속을 질주하는 것을 숱하게 보아왔는데도 말이다. 나는 모른다. 나는 이상한 상태에 있었다. 정오의 열기가 머리에까지 올라와서 내 신경은 야릇하게 흥분해 있었다. 나는 아침도 먹지 않았고 출발할 때 기분이 안 좋았기 때문에 굶은 상태로 견디기 위해서 럼주가 섞인 커피를 여러 잔 털어 넣은 터였다. 그래서 나는 극복할 수 없는 두려움을 느꼈다. 그리고 몇 분 뒤 이 두려움은 표현할 수 없는 사랑과 기쁨의 감정에 자리를 내주었다. 질주의 흥분이 어찌나 강렬해졌던지 에드메를 추격하는 것 이외의 목적은 없는 것 같은 생각이 들었다. 네발이 이끼 위를 소리 없이 날고 있는 그녀의 검은 암말만큼이나 가볍게 내 앞에서 달아나는 그녀를 보면서, 인간들의 이성을 혼란에 빠뜨려 자기 흔적을 따라온 자들을 죽음의 은신처 깊숙이 유인하기 위해 이 인적 드문 장소에 나타난 요정으로 착각할 정도였다. 나는 사냥이고 뭐고 다른 모든 것을 잊고 있었다. 내게는 에드메만 보였다. 내 눈앞으로 구름이 지나갔고 더는 그녀가 보이지 않았다. 하지만 나는 여전히 달리고 있었다. 그녀가 갑자기 멈추었을 때 나는 조용한 착란상태에 있었다. "우리가 뭘 하고 있지?" 그녀가 말했다. "사냥하는 소리가 안 들려. 강이 보이네. 너무 왼쪽으로 왔어."

"정반대야, 에드메." 내가 하는 말을 한마디도 알지 못하면서도 내가 대답했다. "다시 질주할 시간이야. 그러면 우린 거기에 가 있을 거야."

"당신은 얼굴이 너무 붉어졌어요." 그녀가 말했다. "그런데 강을 어떻게 건너죠?"

"길이 있으니까, 걸어서 건널 수 있는 곳이 있으니까, 가자, 가자!"

나는 더 달리고 싶은 열정에 사로잡혔다. 내게는 생각이 있었다.

그녀와 함께 숲속으로 점점 더 깊이 들어갈 심산이었지만 이 생각은 베일에 싸인 듯 감추어져 있었다. 내가 그 베일을 걷어버리려고 할 때 내게는 오직 내 가슴과 관자놀이의 격렬한 박동만이 느껴질 뿐이었다.

에드메는 초조한 몸짓을 하더니 "저 숲은 저주받았어. 난 항상 거기서 길을 잃어버려" 하고 말했다. 의심할 여지 없이 그녀는 사냥터에서 멀리 떨어진 곳으로 실려 와서 로슈-모프라로 끌려갔던 불행한 날이 생각난 것이었다. 나 역시 그날을 떠올렸다. 내 머리에 떠오른 영상이 일종의 현기증을 유발했다. 나는 무의식적으로 강을 향해 에드메를 따라갔다. 갑자기 다른 쪽 기슭에 그녀가 보였다. 그녀의 말이 내 말보다 더 날쌔고 용감한 것을 보고 나는 분노에 사로잡혔다. 걸어서 건널 수 있는 곳은 길이 상당히 나빴기 때문에 내 말이 그런 위험을 무릅쓰느라 어려움을 겪는 동안 에드메가 또 나를 추월했기 때문이었다. 나는 피가 나도록 말의 옆구리에 박차를 가했다. 몇 번이나 넘어질 뻔한 끝에 강가에 도착하자 나는 미친 듯이 화가 나서 에드메를 추격하기 시작했다. 나는 그녀를 붙잡았다. 나는 소리를 지르며 그녀가 탄 암말의 굴레를 붙잡았다. "멈춰요, 에드메, 내가 그러라고 하잖아! 이젠 더 멀리 가면 안 돼요."

동시에 내가 어찌나 거칠게 고삐를 흔들었던지 그녀의 말이 반항을 했다. 그녀는 균형을 잃었다. 그리고 말에서 떨어지지 않기 위해 부상의 위험을 무릅쓰고 두 말 사이로 가볍게 뛰어내렸다. 나도 그녀와 동시에 땅에 내려와 격렬하게 말들을 밀어냈다. 아주 온순한 에드메의 말은 멈추어 풀을 뜯기 시작했다. 내 말은 날뛰다가 사라져버렸다. 이 모든 것이 순식간에 벌어졌다. 나는 에드메를 내 팔로 받았다. 하지만 그녀는 몸을 빼며 냉정하게 말했다.

"당신은 정말 거칠군요, 베르나르, 당신의 그런 태도가 싫어요. 무슨 일이 있는 거죠?"

당황하고 혼란에 빠진 나는 그녀의 암말이 재갈을 물어뜯으며 반항하는 줄 알았으며 말이 흥분해서 질주를 하기라도 하면 그녀에게 불행한 일이 일어날까 두려웠다고 말했다.

"그러니까 나를 구한답시고 나를 죽일 위험을 무릅쓰고 나를 말에서 떨어지게 한다는 거네." 그녀가 대답했다. "너무 친절하기도 하지, 정말."

"당신을 다시 말에 태우게 해줘요." 내가 말했다. 그리고 허락을 기다리지 않고 그녀를 팔에 안아 땅에서 들어 올렸다.

"내가 그런 식으로 말에 오르지 않는다는 걸 잘 알 텐데요." 그녀가 화가 머리끝까지 나서 소리를 질렀다. "내버려둬요. 당신의 도움 따윈 필요 없으니."

하지만 나는 이제 그녀에게 복종할 수 있는 상태가 아니었다. 내 머리는 제정신이 아니었다. 내 팔이 에드메의 허리 주위를 꽉 잡았다. 나는 그것을 떼내려고 했지만 소용이 없었다. 나도 모르게 내 입술이 그녀의 젖가슴을 스쳤다. 그녀는 화가 나서 창백해졌다.

"나는 얼마나 불행한가!" 나는 눈에 눈물이 가득 찬 채 말했다. "항상 당신을 괴롭히고, 내가 당신을 더욱더 사랑하는 만큼 점점 더 미움을 받으니 나는 얼마나 불행한가!"

에드메는 천성이 위압적이고 격렬했다. 투쟁에 단련된 그녀의 성격은 세월과 함께 불굴의 힘을 갖게 되었다. 그녀는 두려움에 떨면서도 강한 척했던, 그러나 방어에 있어서는 무모하다기보다는 영리했던, 로슈-모프라에서 내가 팔에 안았던 그 아가씨가 더는 아니었다. 그녀는 건방진 희망을 허용하느니 목을 잘리는 편을 택할 용감하고 자존심 강한 여인이었다. 게다가 그녀는 정열적으로 사랑받고 있음을 알고 있었을 뿐만 아니라 자신의 힘을 인식하고 있는 여인이었다. 그래서 나를 멸시하며 밀어냈고, 내가 정신이 나가서 그녀를 따라가자, 내게 채찍을 들고 감히 자기 등자에 손을 대기만 하면 얼굴에 치욕의 표식을 새겨주겠다고 위협했던 것이다.

나를 용서하지도 않고 그렇게 떠나지는 말아달라고 나는 무릎을 꿇고 애원했다. 그녀는 벌써 말에 올라서 길을 찾기 위해 주위를 둘러보다가 소리를 질렀다.

"이 지긋지긋한 장소를 내가 기어이 다시 보게 되고야 말았구나! 보시죠, 나리, 우리가 어디 있는지를!"

나도 주위를 살펴보고 우리가 숲 가장자리, 작은 가조 연못의 그늘진 가장자리에 있음을 알았다. 파시앙스가 떠난 이후 무성해진 숲을 통해, 우리가 있는 곳에서 두 발짝 떨어진 곳에 초록빛 잎사귀들 뒤로 검은 입처럼 열린 가조 탑의 문이 보였다.

나는 새로운 현기증에 사로잡혔다. 내 안에서는 두 가지 본능이 끔찍한 전투를 벌이고 있었다. 영혼이 감각과 싸우고 존재의 일부가 다른 일부의 숨을 막으려고 애쓰는 동안 인간의 머릿속에서 이루어지는 신비를 누가 설명할 수 있으리오? 나와 같은 체질에서는 이 투쟁이 끔찍할 수밖에 없었다는 걸 믿어주기를. 천성이 격정적인 사람들에게 의지는 부차적인 역할을 수행할 뿐이라고 생각하지 말기를. 그와 유사한 싸움을 하느라 기진맥진한 사람에게 "자신을 이겨내야 했는데"라고 말하는 것은 어리석은 습관이므로.

22

예기치 못하게 가조 탑을 보게 되었을 때 내 마음속에서 벌어진 일을 어떻게 자네에게 설명할까? 나는 그 탑을 내 평생 두 번 보았다. 두 번 다 그것은 무엇보다 고통스럽게 마음을 흔드는 광경의 증인이었는데, 그 두 광경은 이 세 번째 방문에서 내게 예정된 것에 비하면 정말 아무것도 아니었다. 그곳은 저주받은 장소인 것이다!

두 명의 모프라가 피로 물들였던 문은 반쯤 부서져 있었는데 내게는 아직도 피가 보이는 것 같았다. 그들의 비극적인 범죄자의 운명은 나의 내면에서 느껴지는 폭력의 본능에 낯을 붉히게 했다. 나는 내가 느끼고 있는 것을 혐오했다. 에드메가 왜 나를 사랑하지 않는지 깨달았다. 하지만 이 한심한 피 속에 공감할 만한 운명의 요소들이 있었는지, 억제할 수 없는 내 정열의 힘이 그것을 억누르려는 의지의 노력에 비례하여 커가는 것을 느끼고 있었다. 나는 모든 과격한 감정들은 땅에 묻어버렸으므로 이제는 그 흔적조차 거의 남아 있지 않았다. 나는 술을 마시지 않았고, 상냥하고 참을성이 있는 것은 아니지만, 적어도 정답고 동정할 줄 아는 사람이었다. 나는 명예의 법칙과 타인의 권위 존중을 가장 높은 수준으로 이해하고 있었다. 하지만 내 적들 중 사랑이 가장 두려운 상대였다. 도덕성과 예의에서 내가 획득한 모든 것에 사랑이 결부되었기 때문이다. 그것은 옛 사람과 새 사람 사이의 관계, 중용을 찾는 것이 거의 불가능한 해체 불능의 관계였다.

내가 걸어가거나 말거나 혼자 내버려두고 떠날 채비를 하는 에드메 앞에 선 채로, 조금 전 내게 모욕을 당한 뒤 절대로 나와 단둘이만 있는 위험에 맞서지 않을 것이 분명한 그녀가 마지막으로 내게서 달아나는 것을 보면서 격노한 나는 소름 끼치는 태도로 그녀를 바라보았다. 나는 창백했고 두 주먹은 꽉 쥐어졌다. 나는 원하기만 하면 되었다. 아주 살살 붙잡기만 해도 그녀를 말에서 끌어 내려 쓰러뜨리고 내 욕망에 맡길 수 있었을 터였다. 한순간만 나의 사나운 본능에 몸을 맡기면 7년 전부터 나를 물어뜯고 있던 불길을 찰나의 소유에 의해 만족시키고 잠재울 수 있었다! 에드메는 이 번민의 순간에 그녀의 명예가 어떤 위험에 처했는지 전혀 몰랐다. 나는 그것을 영원히 후회한다. 하지만 주님만이 판단해주실 것이다. 나는 승리했고, 그것이 내 생애에서 마지막으로 품은 못된 생각이었기 때문이다. 게다가 내가 저지른 범죄는 그 생각이 다였다. 나머지는 운명의 장난이었다.

공포에 사로잡혀 나는 부리나케 등을 돌렸다. 그리고 그 위험한 유혹에서 벗어나야 한다는 것을 깨닫고 절망적으로 손을 비틀면서 어디로 가는지도 모르고 왔던 길로 달아났다. 그날은 찌는 듯이 더웠고, 숲은 취하게 하는 냄새로 가득했다. 숲의 정경은 나의 야생 생활의 감각을 일깨워주었다. 달아나거나 죽어야 했다. 에드메는 위압적인 몸짓으로 자기에게서 멀리 떠나라고 명령했다. 이 순간 내게도 그녀에게도 그녀가 나와 함께 있음으로써 초래할 위험 말고 다른 어떤 위험도 떠오르지 않았다. 나는 숲속으로 깊숙이 들어갔다. 서른 발짝도 가지 않았을 때 에드메를 남겨두고 온 쪽에서 한 발의 총성이 들렸다. 나는 이유도 모르고 두려워서 얼어붙었다. 몰이를 하는 와중에 한 발의 총성은 이상한 것이 아니었기 때문이다. 하지만 내 영혼은 아주 암울한 상태였으므로 어떤 것에도 무심할 수 없었다. 내가 오던 길을 거슬러 또다시 그녀를 해칠 위험을 무릅쓰고 에드메에게로 되돌아갔을 때 가조 탑 쪽에서 인간의 신음 소리가 들리는 것 같았다. 나는 달려갔지만 스스로의 감정에 휘말려 무릎이 걸려 넘어졌다. 내 나약함을 이겨내는 데 몇 분이 필요했다. 머릿속은 비통한 영상과 소리들로 가득 차서 더는 환상과 현실을 구분할 수 없었다. 땡볕 속에서 나는 나무들 사이를 더듬으며 걷고 있었다. 갑자기 나는 신부와 맞닥뜨렸다. 그는 걱정하며 에드메를 찾고 있었다. 마차를 타고 **사냥감들이 나타난 장소**를 따라 이동한 기사가 사냥꾼들 사이에서 에드메가 보이지 않자 공포에 사로잡혔던 것이다. 신부는 서둘러 숲속으로 달려갔고 곧 우리 말들의 흔적을 발견하고 우리가 어떻게 되었는지 알아보러 온 것이었다. 그도 총소리를 들었지만 두려워하지는 않았다. 창백한 데다가 머리는 헝클어지고 넋이 나간 태도에 말도 총도 없는(내가 반쯤 정신을 잃었던 장소에 총을 떨어뜨렸는데 집어 들 생각을 하지 못했다) 나를 보고 그는 나와 마찬가지로 영문을 몰랐기 때문에 똑같이 공포에 사로잡혔다. "에드메는!" 그가 내게 말했다. "에드메는 어디 있지요?" 나는 두서없는 말로 그에게 대답했다. 그는 그러한 내 꼴을 보고 아연실색하여, 나중에 그가 내게 털어놓았듯이, 속으로 내가 범죄를 저질렀다고 생각했다.

"불행한 자녀여." 그가 나를 제정신으로 돌려놓기 위해 팔을 세게 흔들며 말했다. "신중하게 침착하게, 제발 부탁이에요…!"

나는 그를 이해할 수 없었지만 그를 운명의 장소로 끌고 갔다. 오오, 필설로 다할 수 없는 광경이여! 에드메는 자기 피로 범벅이 되어 굳어진 채 땅바닥에 누워 있었다. 그녀의 암말은 몇 발짝 떨어진 곳에서 풀을 뜯고 있었다. 팔짱을 끼고 그녀 옆에 납빛이 된 얼굴로 서 있는 파시앙스는 어찌나 심장이 벌렁거리던지, 오열하고 소리치며 그에게 물어보는 신부에게 대답을 할 수도 없었다. 나는 무슨 일이 벌어졌는지 이해할 수가 없었다. 앞서의 흥분으로 이미 혼란에 빠진 나의 머리는 완전히 마비되었다. 나는 가슴에 두 발을 맞은 에드메의 옆 땅바닥에 주저앉았다. 나는 완전히 멍한 상태로 빛이 스러진 그녀의 눈을 바라보았다.

"저 가련한 인간을 데리고 가세요!" 파시앙스가 내게 경멸하는 시선을 던지며 신부에게 말했다. "비열한 자는 고쳐지지 않아요."

"에드메! 에드메!" 신부가 풀 위에 몸을 던지더니 손수건으로 피를 닦으려고 애를 쓰며 부르짖었다.

"죽었어요! 죽었다고!" 파시앙스가 말했다. "저놈이 살인자예요! 성스러운 영혼을 주님께 돌려드리며 그녀가 말했지요. 복수는 파시앙스가 하고 말 겁니다. 아주 힘들지요. 하지만 해야지…! 주님이 원하셨어요, 진실을 듣기 위해 내가 거기 있었거든요."

"끔찍해, 끔찍한 일이야!" 신부가 울부짖었다.

나는 그 마지막 음절을 들었다. 그리고 그것을 메아리처럼 되풀이하면서 정신 나간 태도로 미소를 짓고 있었다.

사냥꾼들이 달려왔다. 에드메는 옮겨졌다. 그의 아버지가 나타나 서서 걸어 다니는 것처럼 보였다. 기사가 누구의 도움도 받지 않고 마차에서 나와 젊은이 못지않은 힘과 정신력으로 걷고 행동했다고 내게 장담한다면, (나는 아무것도 의식하지 못했고 이 끔찍한 순간은 꿈의 기억과 비슷한 희미한 기억으로만 남아 있었기 때문에) 그것이 거짓된 환상이 아니었다고 주장할 수는 없을 것이다. 다음 날 그는 완전히 어린아이 같고 무감각한 상태에 빠져서 다시는 안락의자에서 일어날 수 없었다.

내게는 무슨 일이 일어났던가? 나는 모른다. 정신을 차려보니 작은 폭포 옆, 숲의 다른 장소에 와 있었다. 나는 무의식적으로 일종의 행복감에 젖어 폭포의 속살거리는 소리에 귀를 기울였다. 블레로는 내 발치에 잠들어 있고 개 주인은 나무에 기대서서 나를 주의 깊게 관찰하고 있었다. 지는 해가 불그레한 황금 칼날을 어린 서양

384

물푸레나무의 늘씬한 줄기 사이로 꽂아 넣고 있었다. 야생화들이 내게 미소를 짓는 듯이 보였고 새들이 구성지게 노래하고 있었다. 그것은 1년 중 가장 아름다운 날들 가운데 하루였다.

"정말 멋진 저녁이야!" 내가 마르카스에게 말했다. "이 장소는 아메리카의 숲만큼이나 아름답군. 좋아! 내 오랜 친구, 여기서 뭘 하고 있나? 더 일찍 나를 깨웠어야지. 끔찍한 꿈을 꾸었거든."

마르카스가 내 옆에 와서 무릎을 꿇었다. 두 줄기 눈물이 그의 마르고 침울한 두 뺨 위로 하염없이 흐르고 있었다. 평소에는 그리도 무감동한 얼굴이 형언할 수 없는 동정심과 슬픔과 애정이 담긴 표정을 드러내고 있었다. "가엾은 주인님!" 그가 말했다. "정신이 나가서, 머리에 병이 들어서, 그게 전부지요. 엄청난 불행! 하지만 충직함은 변하지 않아요. 영원히 나리와 함께, 나리와 함께 죽어야 할 때까지."

그의 눈물과 말이 나를 슬픔으로 가득 채웠다. 하지만 나는 아무것도 기억하지 못했기 때문에, 그건 약해진 내 기관들에 힘입은 공감 본능의 결과였다. 나도 그처럼 울며 그의 팔에 뛰어들었다. 그는 진정 아버지 같은 애정으로 나를 가슴에 꼭 끌어안고 있었다. 무슨 끔찍한 불행이 나를 짓누르고 있다는 것을 십분 예감하고 있었지만 그게 무슨 일인지를 아는 것은 두려웠다. 이 세상의 그 무엇에 대해서도 그에게 물어보고 싶지 않았던 것 같다. 그는 내 팔을 잡고 숲을 가로질러 나를 데려갔다. 나는 아이처럼 인도되었다. 그리고 또다시 기력이 쇠진해져서 반 시간 동안이나 앉아 있어야만

했다. 마침내 그는 나를 다시 일으켜 세워 로슈-모프라로 데려가는 데 성공했다. 우리는 아주 늦은 시간에 도착했다. 나는 밤에 내가 무엇을 경험했는지 모른다. 마르카스는 내가 아주 끔찍한 착란에 사로잡혔었다고 말해주었다. 그는 앞장서서 가장 가까운 마을로 이발사를 찾으러 사람을 보냈고, 아침이 되자마자 이발사가 피를 뽑고 잠시 후 나는 의식을 회복했다.

그러나 내가 받았다고 여긴 치료는 얼마나 끔찍한 것이었던지! **죽었어! 죽었어! 죽었어!** 가 내가 발음할 수 있는 유일한 단어였다. 나는 신음 소리만을 내며 침대에서 뒤척였다. 나는 나가서 생트-세베르로 달려가고 싶었다. 나의 가엾은 중사는 나를 막기 위해 내 발밑에 몸을 던지고 문간에 가로로 드러누웠다. 그리고 나를 만류하기 위해 내가 조금도 이해할 수 없는 일들을 이야기해주었다. 나는 그의 행동을 납득할 수 없었지만 그의 애정에 감동하고 나 자신이 기진맥진하여 굴복하고 말았다. 이런 투쟁의 와중에 피를 뽑은 상처가 다시 벌어져서 나는 마르카스가 눈치채지 못하게 다시 침대에 누웠다. 나는 점점 더 깊은 혼수상태 속으로 빠져들었다. 내 입술이 파랗고 두 뺨에 보랏빛이 도는 것을 본 그가 내 시트를 들춰볼 생각이 들어 피에 잠겨 있는 나를 발견했을 때 나는 거의 죽은 상태였다.

더구나 그것은 내게 일어날 수 있는 일 중 가장 행복한 축에 속했다. 나는 여러 날 동안 깨어 있어도 잠든 것이나 다를 바 없는 가사 상태에 빠져 있었다. 덕분에 아무것도 알지 못했기에 괴로워하지도 않았다.

어느 날 아침, 내게 음식을 조금 먹이는 데 성공하고, 내게 슬픔과 불안이 강력하게 되돌아오는 것을 보자, 그는 순진하고 다정하게 기뻐하며 에드메는 죽지 않았고 그녀를 구하는 것이 절망적이지는 않다고 알려주었다. 그건 내게 벼락을 때리는 것과 같았다. 나는 아직까지도 그 끔찍한 모험이 내 착란이 빚어낸 것이라고 믿고 있었기 때문이다. 나는 소리를 지르고 무섭게 내 팔을 비틀며 괴로워하기 시작했다. 마르카스는 침대 곁에 무릎을 꿇고 제발 진정하라고 애원했다. 그러고는 이 말을 골백번 반복했는데 그것은 꿈속에서 들리는 의미 없는 단어들과 같은 효과를 낼 뿐이었다. "당신이 일부러 그런 게 아니에요. 전 잘 알아요, 저는요. 아니에요, 당신이 일부러 그런 게 아니에요. 그건 불행이죠, 우연히 손에서 나간 총."

"도대체, 무슨 소리야?" 하고 참지 못한 내가 소리쳤다. "무슨 총? 무슨 우연? 왜 내가?"

"그러면 주인님, 어떻게 그녀가 총을 맞았는지 모르시나요?"

나는 삶의 원기를 되돌리려는 듯 두 손을 머리에 가져갔다. 그래도 내 삶의 원동력을 모두 부러뜨려버린 그 수수께끼의 사건을 납득할 수 없어서, 내가 미쳤다고 생각하고, 아연실색한 채로 내 능력 상실을 증명할 수 있는 말이 새어 나갈까 두려워하며 입을 다물었다.

마침내 조금씩 기억을 되찾았다. 나는 힘을 내려고 포도주를 달라고 했다. 몇 방울 마시자마자 그 운명의 날의 모든 장면들이 마법처럼 내 앞에 펼쳐졌다. 사건 직후 파시앙스가 말하는 것을 들은 내용까지도 기억이 났다. 그것은 이 부분의 기억에 새겨진 것과 같았다. 그 의미를 파악하는 데 쓰이는 기억은 잠들어 있는 반면, 그 말 자체는 단어들의 울림까지도 간직하고 있다. 잠깐 다시 확신을 잃었다. 내가 에드메를 떠나는 순간 내 손에서 총이 발사된 건지 아닌지 의문이었다. 한 시간 전에 에드메가 가까이에서 깃털을 보고 싶다고 해서 오디새에게 총을 발사했던 것이 또렷하게 기억났다. 그리고 그녀를 쓰러뜨린 총소리가 들렸을 때 내 총은 내 손에 있었고 잠시 뒤에야 그것을 땅바닥에 던졌다. 그러므로 떨어지면서 발사된 것이 그 무기일 수는 없었다. 게다가 믿을 수 없는 불행을 가정한다고 해도, 그 순간 나는 에드메로부터 너무 멀리 떨어져 있었기 때문에 도저히 그녀에게 명중할 수 없었다. 결국 내가 하루 종일 단한 발만 가지고 있지는 않았더라도 내 총이 나도 모르게 장전되는 것은 불가능했다. 오디새를 잡은 다음에는 그것을 멜빵에서 풀어놓았기 때문이다. 그러니 너무도 당연히 나는 그 불행한 사건의 원인이 아니었고, 내게는 그 청천벽력 같은 파국의 전모를 밝혀야 하는 일이 남아 있었다. 나는 그 누구보다 쉽게 그걸 설명할 수 있었다. 서투른 저격수가 나뭇가지 사이로 보이는 에드메의 말을 야수로 오인했다고 생각했고, 누군가가 의도적으로 살인을 저질렀다는 의심은 하지 않았다. 단지 나 스스로 나를 비난하고 있음을 깨달았다. 나는 마르카스에게서 진실을 알아냈다. 기사와 사냥에 참가한 모든 사람들은 이 불행을 우연한 사고 탓으로 돌렸다. 내게는 엄청 실망이지만, 그들은 내가 땅바닥에 내동댕이쳐졌으며 내 말이 나를 쓰러뜨렸을 때 무기가 발사되었다고 생각했다. 이것이 각자가 말하는 의견에 근접했다. 에드메는 드물게 할 수 있는 말 속에서 이 설명에 긍정적으로 대답했다. 나를 비난한 단 한 사람은 바로 파시앙스였다. 그는 두 친구 마르카스와 오베르 신부의 맹세를 받고서 비밀리에 나를 비난했다. "전 당신에게 말씀드릴 필요가 없어요." 마르카스가 덧붙였다. "신부님은 절대적으로 침묵을 지키시고 당신이 죄가 있다고 생각하지 않으신다는 걸요. 저로 말하자면, 저는 맹세할 수 있어요, 절대로…"

"조용히 해, 조용히 해." 내가 말했다. "내게 그 얘긴 꺼내지도 마. 이 세상 누군가가 그걸 믿을 수도 있다고 가정하는 거니까. 하지만 에드메는 숨을 거두는 순간 파시앙스에게 믿어지지 않는 어떤 걸 얘기했어. 그녀는 죽었는데 자네는 쓸데없이 날 괴롭히려 드는군. 그녀가 죽었으니 다시는 그녀를 볼 수 없을 거야!"

"그분은 죽지 않았어요!" 마르카스가 소리쳤다. 그는 맹세를 하며 나를 납득시켰다. 나는 그가 나를 속이려고 헛된 노력을 할 수도 있음을 알고 있었기 때문이다. 그의 전 존재가 그의 자비심 넘치는 의도에 저항하고 있는 것 같기도 했다. 그는 에드메가 했다는 말을 내게 전달하기를 솔직하게 거부했다. 그것을 보고 나는 그 말이 중차대한 것임을 깨달았다. 그래서 나는 침대에서 빠져나와, 만류하려는 마르카스를 막무가내로 밀어냈다. 나는 소작인의 말에 안장을 얹게 하고 속보로 출발했다. 성에 도착했을 때 내 모습은 흡사

유령과 같았다. 나는 생장 말고는 누구와도 마주치지 않고 휘청거리며 응접실까지 들어갔다. 그는 나를 알아보고 무서워서 비명을 지르더니 내 질문에는 대답도 하지 않고 사라졌다.

응접실은 텅 비어 있었다. 다시는 그녀의 손으로 걸어 올리지 못할 초록빛 천으로 덮여 있는 에드메의 자수틀은 내게 수의로 덮인 관 같은 효과를 자아냈다. 숙부의 커다란 안락의자는 이제 벽난로 구석에 있지 않았다. 아메리카 전쟁 동안 내가 필라델피아에서 그리게 하여 이리로 보낸 나의 초상화는 벽에서 치워졌다. 그것은 죽음과 저주의 징표였다.

나는 서둘러 이 방에서 나와 결백함에서 오는 대담함으로, 그러나 영혼 속에는 좌절을 품고 계단을 올랐다. 나는 곧장 에드메의 방으로 갔다. 노크를 하고 난 다음 바로 열쇠를 돌렸다. 르블랑 양이 내 쪽으로 오다가 사나운 짐승을 보기라도 한 듯 큰 소리를 지르고 손으로 얼굴을 가리며 달아났다. 도대체 누가 나에 대한 끔찍한 의심을 퍼뜨릴 수 있었단 말인가? 신부가 그럴 정도로 신의라고는 없는 사람이었던가? 나는 에드메가 정신이 명료한 순간에는 단호하고 관대한 사람임에도 불구하고 착란 속에서 소리 높여 나를 비난했다는 사실을 나중에야 알게 되었다.

나는 그녀의 침대로 다가갔다. 나 자신도 착란에 사로잡혀 있었으므로 예기치 않은 나의 등장이 그녀에게 치명적인 충격을 가져올 수 있다는 것은 꿈에도 생각지 않고 갈구하는 손길로 침대 커튼을 열고 그녀를 바라보았다. 그토록 놀라운 아름다움은 본 적이 없었다. 절반만큼이나 더 커진 검은 눈은 표정이 없었음에도 다이아몬드처럼 특별한 광채를 발하며 빛나고 있었다. 핏기 없이 긴장된 두 뺨과 뺨만큼이나 파리한 입술이 아름다운 대리석 조각상의 모습을 하고 있었다. 그녀는 그림이나 가구를 바라볼 때와 같이 감정이 거의 없는 눈으로 나를 뚫어지게 바라보았다. 그리고 벽 쪽으로 머리를 조금 돌리면서 신비한 미소를 지으며 말했다. "그건 **에드메아 실베스트리스**라고 불리는 꽃이야." 나는 무릎을 꿇고 그녀의 손을 잡고 입맞춤으로 손을 뒤덮었다. 오열이 터져 나왔다. 그녀는 아무것도 알아보지 못했다. 내 손에는 움직이지 않는 얼음장 같은 그녀의 손이 한 조각의 백대리석처럼 들어 있었다.

23

신부가 들어와 어둡고 냉정한 태도로 인사를 하더니 내게 침대에서 떨어지라고 손짓을 했다. "정신이 나갔군요!" 그가 말했다. "당신 집으로 돌아가요. 그리고 여기 오지 않도록 조심해주세요. 당신에게 남은 일이라고는 그것뿐입니다."

나는 분노가 치밀어 악을 썼다. "언제부터 당신이 가족들의 품에서 나를 쫓아낼 권리를 가진 겁니까?"

"아이고! 그대에겐 이제 가족이 없어요." 그는 나를 무장해제시키는 고통스러운 말투로 대답했다. "아버지와 딸이 있었지만 이제는 유령 둘만이 남았지요. 정신적인 생명은 이미 꺼졌고 육체적인 삶도 곧 버리게 될 겁니다. 당신을 사랑했던 분들의 마지막 순간을 존중해주세요."

"그들을 버리면서 어떻게 제 존경과 고통을 보여줄 수 있습니까?" 나는 망연자실하여 대답했다.

"그 문제에 관해서 나는 아무것도 당신에게 말하고 싶지 않고, 말해서도 안 됩니다. 당신이 여기 있다는 게 경솔한 짓이고 신성모독이라는 걸 알고 있을 겁니다. 떠나세요. 그들이 **이제는 없을** 때(오래 걸리지 않을 거요), 당신이 이 집에 대한 권리가 있다면 돌아오세요. 결단코 여기서 나를 만날 수는 없을 거다. 당신의 권리에 이의를 제기하기 위해서건 확인해주기 위해서건 말이에요. 나는 그 권리를 모르니 기다리는 동안 내가 책임지고 이 두 사람이 끝까지 존중받으며 성스러운 임종을 하도록 할 생각이에요."

"이 불쌍한 인간아!" 내가 소리쳤다. "내가 당신을 찢어발기지 않는 게 무엇 때문인지 모르겠군! 무슨 구역질 나는 변덕으로 내 아픈 가슴에 그토록 여러 번 비수를 꽂는단 말인가? 내가 이 불행을 견디고 살아남는 게 두려운 건가? 이 집에서 관 세 개가 함께 나갈 거라는 알지 못하는가? 내가 이 집에 마지막 눈길과 축복 이외의 것을 찾으러 왔다고 믿는 건가?"

"마지막 **용서**라고 말하세요." 신부가 준엄한 단죄의 몸짓과 함께 험악한 목소리로 대답했다.

"당신이 미쳤다고 말하는 겁니다!" 내가 악을 썼다. "내게 그런 식으로 말을 하다니, 만일 당신이 사제가 아니라면 내 손으로 당신을 박살을 낼 텐데."

"난 당신이 별로 두렵지 않아요, 나리." 그가 대답했다. "내 목숨을 빼앗는 것은 내게 좋은 일을 해주는 일이니. 하지만 당신의 협박과 격노가 당신의 머리에 씌워진 혐의를 입증한다는 것에 화가 나는군요. 당신이 회개에 이르는 걸 본다면 나는 그대와 같이 울 겁니다. 그러나 당신의 자신감은 내게 공포를 자아내는군요. 지금까지는 당신에게서 광폭한 미치광이를 보았는데, 오늘은 흉악범이 보입니다. 가세요."

나는 분노와 고통으로 숨이 막혀 안락의자에 쓰러졌다. 한순간 당장 죽어버리고 싶었다. 내 옆에는 빈사 상태의 에드메가 있고, 내 앞에는 천성이 상냥하고 소심한 사람이 거칠고 냉혹하게 변할 만큼 확신에 사로잡힌 판관이 있으니! 사랑하는 여인을 잃는 것은 나를 죽음의 욕망을 향해 추락시키는 것이었다. 하지만 나를 짓누르고 있는 끔찍한 혐의는 내 기력을 일깨웠다. 나는 그러한 혐의가 진실의 목소리 앞에서 단 한순간이라도 효력을 가진다는 걸 믿을 수 없었다. 그 혐의를 불식하기 위해서는 나의 시선 한 번과 나의 말 한마디면 충분할 것이라고 생각했다. 하지만 나는 너무도 놀랐고 너무도 깊은 상처를 입어서 그런 방어 방법을 실행할 수 없었다. 그런 의심의 치욕이 나를 짓누를수록 가진 것이라고는 결백하다는 자존심밖에 없는데, 그것이 인정받지 못할 때는 성공적으로 나를 방어하는 일이 거의 불가능하다는 것을 뼈저리게 깨달았다.

나는 한마디도 할 수 없을 만큼 압박받는 상태였다. 납으로 된 둥근 천장이 내 두개골을 짓누르는 것 같았다. 문이 다시 열리고 르블랑 양이 다가와 증오가 가득한 부자연스러운 태도로 어떤 사람이 계단에서 나와 대화하기를 요구하고 있다고 말했다. 무의식적으로 밖으로 나간 나는 팔짱을 끼고 가장 근엄한 태도로 나를 기다리고 있는 파시앙스를 발견했다. 그는 내가 죄인이라면 존경과 두려움을 가지라고 명하는 듯한 얼굴 표정을 짓고 있었다.

"모프라 나리." 그가 말했다. "제가 나리와 개인적인 대화를 할 필요가 있어서요. 제 집까지 따라와주시겠습니까?"

"좋아, 그러고 싶네." 내가 대답했다. "나는 모든 모욕을 감내할 거야. 내게 원하는 것이 무엇인지, 왜 사람들 중 가장 불행한 자를 모욕하기를 즐기는지를 알 수만 있다면 말이야. 겐게, 파시앙스, 빨리 가, 이리로 돌아오려면 바쁘니까."

파시앙스는 내 앞에서 무덤덤한 태도로 걸었다. 우리가 그의 작은 집에 도착했을 때, 역시나 서둘러 방금 전에 온 나의 가련한 중사가 보였다. 그는 말을 타고 나를 따라오려고 했지만 말을 찾을 수 없자 걸어온 것이었다. 나를 떠나고 싶지 않았기 때문이다. 어찌나 서둘렀던지 땀에 흠뻑 젖어 있었다. 포도나무 넝쿨 아래 있는 벤치에 쓰러져 있던 그는 그래도 우리를 맞이하기 위해 재빨리 몸을 일으켰다.

"파시앙스!" 그가 극적인 목소리로 소리쳤다. 내가 그런 순간에 유쾌한 기색이라도 보일 수 있었다면 미소 짓게 만들었을 어조였다… "늙은 미치광이…! 당신 나이에 중상모략꾼이라니…? 흥! 나리… 운이 없어서… 당신은… 네."

여전히 무덤덤한 파시앙스는 어깨를 추썩이고 친구에게 말했다. "마르카스, 자네는 자네가 무슨 말을 하는지 모르는군. 과수원 구석에 가서 쉬게. 여기서는 할 일이 없으니. 난 자네 주인님하고만 이야기할 수 있다네. 가게나, 그렇게 해" 하고 근엄하게 그를 손으로 밀어내며 덧붙였다. 자존심 강하고 예민한 중사였지만 본능과 습관에 의해서 그의 뜻을 따랐다.

우리 둘이 남게 되자 파시앙스는 본론으로 들어가 심문에 착수했다. 내 주변에서 벌어지고 있는 일에 대해 나 스스로 하루 빨리 설명을 얻기 위해 나는 심문을 수용하기로 결심했다.

"나리." 그가 말했다. "지금 하시려는 일을 제게 알려주시겠습니까?"

"내게 가족이 있는 한은 가족 속에 남아 있으려고 해. 그리고 내게 더 이상 가족이 없게 되면 내가 뭘 하든 아무도 관심을 갖지 않을 거야."

"하지만, 나리." 파시앙스가 계속했다. "가족 두 사람 중 어느 한 사람에게 죽음의 충격을 가하지 않고는 가족 안에 남아 있을 수 없다는 얘기를 들어도 남아 있기를 고집하겠어요?"

"그렇다는 것을 내가 납득한다면, 나는 그들 앞에 나타나지 않을 거야." 내가 대답했다. "여전히 내가 받아 마땅한 애정을 돌려달라고, 그들 삶의 마지막 날 또는 그들이 회복되는 날을 문 앞에서 기다릴 거야…"

"아! 우리가 여기까지 왔군요!" 파시앙스가 경멸의 미소를 지으며 말했다. "예전 같으면 그걸 믿을 수 없었을 겁니다. 더구나 전 아주 편안해요. 그게 더 분명해졌으니까요."

"무슨 소리지?" 나는 소리쳤다. "말해봐, 가련한 자 같으니! 설명해보라고."

"여기서 가련한 자라고는 당신뿐이오." 그는 내가 자기 앞에 선 채로 있는데도 하나밖에 없는 나무 의자에 앉으며 차갑게 대답했다.

나는 어떤 대가를 치르더라도 그가 자신의 생각을 밝혀주기를 원하고 있었다. 나는 스스로를 억눌렀다. 사건 직후 에드메가 했던 말, 열에 들뜨는 시간이 되면 아직도 이야기한다는 그 말을 내게 되풀이해준다면 그의 훌륭한 충고에 귀를 기울이겠노라고 말하는 모욕조차 감내했다.

"안 됩니다. 물론." 파시앙스가 엄격하게 대답했다. "당신은 그녀의 입에서 나오는 말을 한마디도 들을 자격이 없어요. 그리고 그걸 당신에게 되풀이해서 말해줄 사람은 제가 아닐 것입니다. 왜 그걸 알려고 하는 거죠? 이제부터 사람들에게 뭔가를 숨기고 싶어서인가요? 주님은 당신이 하는 일을 보셨고 그분 앞에서 비밀은 없죠. 가세요. 로슈-모프라에 머무르세요. 조용히 지내도록 해요. 그리고 당신 숙부가 돌아가시고 당신 사건이 해결되면 이 고장을 떠나세요. 내 얘기를 믿는다면, 지금 당장 여길 떠나세요. 당신을 추격하게 하고 싶진 않아요. 당신이 내가 그럴 수밖에 없도록 행동하지 않는 한 말이죠. 하지만 나 말고 다른 사람들도 확신까지는 아니지만 적어도 진실을 짐작하고 있어요. 이틀도 되기 전에 사람들 앞에서 우연히 튀어나온 말 한마디나 하인의 부주의가 사법 당국의 주의를 일깨울 수도 있어요. 죄가 있을 때는 여기서 한 발짝만 가면 바로 교수대죠. 나는 당신을 조금도 증오한 적이 없고, 심지어 당신에게 우정을 품은 적도 있어요. 그러니 당신이 스스로 받아들일 준비가 되었다고 말한 그 훌륭한 충고를 믿으세요. 떠나세요. 그러지 않으면 도망칠 준비를 하고 숨어 지내든지. 나는 당신의 파멸을 원치 않아요. 에드메 역시 그걸 원치는 않을 겁니다… 그렇게… 알아듣겠습니까?"

"내가 그런 충고를 들을 거라고 생각하다니 제정신이 아니로군. 나더러 숨으라고! 나더러 죄인처럼 도망치라고! 꿈도 꾸지 마! 자, 자, 난 당신들 모두와 맞서고 있어. 어떤 분노와 어떤 증오가 당신들을 괴롭히는지 모르겠지만 당신들은 나에 대항하여 연대를 맺고 있어. 내 숙부와 내 사촌을 보지 못하게 막으려고 하는 이유는 알 수 없지만 난 당신들의 광기를 경멸해. 내 자리는 여기야. 나는 내 사촌이나 내 숙부의 공식적인 명령에 따라서만 여길 떠날 거야. 더구나 그들의 입에서 나오는 명령을 직접 들어야만 할 거야. 어떤 이방인이 통지를 전하는 건 내가 용납하지 않을 테니까. 그러니 이제 당신의 지혜에 감사드리네, 파시앙스 선생. 내 지혜는 이걸로 충분할 거요. 안녕히 계시오."

내가 그 초가집을 막 떠나려는데, 그가 내 앞으로 달려들었다. 잠깐 사이에 나를 제지하기 위해 완력을 쓸 태세가 된 그가 보였다. 그의 지긋한 나이, 나의 건장한 키와 운동선수 같은 힘에도 불구하고, 그는 여전히 이런 종류의 싸움을 감당할 수 있었다. 어쩌면 더 유리할 수도 있었다. 키가 작고 등이 굽고 어깨가 넓은 그는 헤라클레스였던 것이다.

그렇지만 그는 나를 향해 팔을 치켜들었다가 그가 최고조로 거칠어질 때 사로잡히곤 하는 격렬한 감정 때문에 멈추었다. 그는 측은히 여기는 태도로 나를 바라보더니 상냥하게 말했다. "불쌍한 인간!" 그가 내게 말했다. "널 에드메의 형제라고 생각해서 내 자식처럼 사랑했건만. 파멸을 자초하지 말거라. 나는 알고 있다. 네가 죽이려 했지만 아직도 사랑하고 있고, 이제 다시는 보지 못할 여인의 이름으로 네게 애원한다. 내 말을 들어라. 어제만 해도 네 가족은 네가 키를 잡은 호화로운 배였는데, 오늘은 돛도 키잡이도 없는 난파선이 되었구나. 우리 친구 마르카스의 말대로 견습 선원이 운항을 맡아야 하는구나. 아이고! 가련한 조난자여, 빠져 죽기를 고집하지 말게나. 내가 밧줄을 던져주니 잡으라고. 하루만 더 지나도 너무 늦고 말 테니까. 사법 당국이 너를 덮치면, 오늘 너를 구해주려고 애쓰는 사람도 내일은 너를 고발하고 단죄할 수밖에 없을 것임을 명심해라. 생각만 해도 눈물이 앞을 가리는 일을 하도록 나를 강요하지 말아라. 베르나르, 너는 사랑받았었지, 내 아이, 과거를 딛고 오늘을 계속 살아가거라."

나도 눈물범벅이 되었다. 마침 그때 돌아온 중사도 울기 시작하며 로슈-모프라로 돌아가라고 내게 애원했다. 그러나 나는 곧 정신을 차리고 그들을 밀어내며 말했다. "여러분이 뛰어난 분들이라는 건 알고 있소. 관대하고 나를 무척 사랑하지. 내가 끔찍한 범죄로 더럽혀져 있다고 믿으면서도 여전히 내 목숨을 구해줄 생각을 하니까. 하지만 안심하길, 친구들이여. 나는 이 범죄와는 아무 상관이 없소. 오히려 나의 무죄를 증명해줄 해답이 찾아지기를 바라고 있지, 그걸 믿어주길. 내 명예가 회복될 때까지 내 가족에게 목숨을 빚지고 있소. 그리고 혹시라도 내 사촌이 죽는 것을 보는 벌을 내린다면, 이 세상에서 내가 사랑할 사람이라고는 그녀밖에 없으니 나도 내 머리를 날려버리겠소. 도대체 내가 왜 이토록 압박을 받아야 하는 걸까? 나는 목숨에 연연하지 않아. 반드시 내가 먼저 죽은 뒤 남겨질 여인의 마지막 시간을 주님께서 다정하고 평안하게 만들어주시기를! 내가 그분께 부탁드리는 건 그것뿐이네."

파시앙스는 불만 가득한 우울한 태도로 고개를 끄덕였다. 그는 내가 범죄를 저질렀다고 철석같이 믿고 있었기 때문에 부인하는 나의 모든 말들에 그의 동정심이 멀리 달아나버렸다. 어찌 됐든 마르카스는 나를 좋아하고 있었지만 내 결백을 보증해줄 사람은 이 세상천지에 나 혼자였다.

"당신이 성으로 돌아가겠다면 신부의 허락 없이는 당신 사촌이나 숙부 방에는 들어가지 않겠다고 여기서 맹세를 해야 할 거요." 파시앙스가 소리쳤다.

"나는 결백하다고 맹세하오." 내가 대답했다. "그리고 누구든 내가 범죄를 저질렀다고 확신하도록 내버려두지 않겠소. 두 분 다 물러서요! 나를 내버려두고. 파시앙스, 나를 고발하는 것이 당신 의무라고 생각하면, 자, 그렇게 해요. 내가 원하는 것은 내 이야기를 들어보지도 않고 나를 단죄하지는 말라는 것이니. 여론 재판보다는 법정의 판단을 받는 게 더 낫겠소."

나는 초가집을 뛰쳐나와 성으로 돌아갔다. 하지만 하인들 앞에서 소동을 일으키고 싶지 않았고 에드메의 진짜 상태를 내게 숨길 수는 없으리라는 것을 잘 알고 있었으므로 평소에 내가 거처하던 방으로 가서 틀어박혔다.

그러나 저녁때 두 환자의 소식이 궁금해서 방에서 나오는 순간 르블랑 양이 밖에서 누가 나를 청한다고 또다시 말해주었다. 나는 그녀의 얼굴에서 만족과 두려움의 이중적 표정을 읽었다. 나를 체포하러 왔음을 깨닫고 르블랑 양이 나를 고발했음을 예감했다(그건 사실이었다). 나는 창문으로 가서 안뜰에 있는 기마경찰대의 기병들을 보았다. "좋아." 내가 말했다. "내 운명이 완수되어야 하니까."

하지만 어쩌면 영원히 돌아올 수 없을지도 몰랐으므로 내 영혼을 남겨놓은 이 집을 떠나기에 앞서 나는 마지막으로 에드메를 다시 보고 싶었다. 나는 곧장 그녀의 방으로 갔다. 르블랑 양이 문을 가로막으러 뛰어들자 나는 그녀를 몹시 거칠게 밀어서 넘어뜨렸다. 좀 아팠을 거라고 생각한다. 그녀는 온 집 안이 떠나가도록 소리를 질렀다. 나중에 법정에서는 그것을 제멋대로 자신에 대한 살인미수라고 부르며 소란을 피웠다. 그렇게 나는 에드메의 방에 들어갔다. 거기에는 신부와 의사가 있었다. 나는 조용히 의사의 말에 귀를 기울였다. 상처 그 자체가 치명적인 것은 아니어서 뇌의 심한 장애가 합병증을 유발하지 않고 파상풍에 걸리지만 않으면 몹시 위중

하지는 않을 수도 있다는 것이었다. 파상풍이라는 그 끔찍한 단어가 사형선고처럼 나를 덮쳤다. 나는 아메리카 전쟁에서 많은 사람들이 부상 후유증으로 그 무서운 병에 걸려 죽는 것을 본 적이 있었다. 나는 침대로 다가갔다. 신부는 너무도 깜짝 놀라서 나를 저지할 엄두도 내지 못했다. 나는 여전히 무감각하고 차디찬 에드메의 손을 잡았다. 마지막으로 그 손에 입을 맞추고 다른 이들에게는 말한마디 없이 기마경찰대에게 가서 자수했다.

24

나는 즉시 라샤트르 관할 감옥에 수감되었다. 이수됭 관할구의 예심판사가 모프라 양 살인미수 사건을 맡아 그다음 날 계고장을 공표하는 허락을 얻었다. 생트-세베르 마을에 온 그는 사건이 일어난 퀴라 숲 인근의 농가들에서 30명 이상의 증인들로부터 증언을 받았다. 나는 체포되고 일주일 뒤에야 구속영장이 발부되었다. 내 정신이 구속받지 않고 제대로 기능했거나 누군가가 내게 관심이 있었다면, 이런 법률 위반과 소송 진행 중에 일어난 다른 많은 일들을 근거로 내게 유리하도록 대담하게 청원할 수 있었을 것이고, 숨겨진 증오가 소송을 지배하고 있음을 증명했을 것이다. 이 사건의 재판 진행에서는 보이지 않는 손이 신속하고 가차 없이 냉혹하게 모든 것을 이끌었다.

첫 번째 예심에서는 르블랑 양이 고발한 단 하나의 혐의로만 나를 기소했다. 모든 사냥꾼들이 아무것도 아는 바가 없고 이 사고를 의도적인 살인으로 간주할 만한 어떤 이유도 없다고 진술했음에도, 내가 그녀에게 감행한 농담 때문에 진작부터 나를 미워해온데다가, 나중에 알았지만 매수됐던 르블랑 양은 에드메가 처음 기절했다 깨어났을 때 열도 없고 매우 정상적으로 사고하는 상태에서 비밀 엄수를 요구하며 자신에게 이렇게 털어놓았다고 진술했다. 즉, 그녀가 나에 의해 모욕당하고 위협당했으며 말에서 땅바닥으로 내동댕이쳐지고 마침내 총을 맞았다는 것이었다. 이 못된 노처녀는 에드메가 열에 들떠서 털어놓는 말을 독점하여 아주 교묘하게 처음부터 끝까지 이야기 한 편을 지어낸 뒤 자신이 가진 증오심을 십분 발휘하여 줄거리를 멋지게 꾸며놓았다. 그녀는 여주인의 알쏭달쏭한 말과 착란상태에서의 인상을 제멋대로 왜곡했다. 시녀가 맹세까지 하며 주장한 바에 의하면, 내가 **"약속했지, 넌 내 손에만 죽을 거라고"** 하고 말하며 소총의 총신을 그녀에게 겨누는 것을 에드메 스스로 보았다는 것이었다.

같은 날 신문을 받은 생장은 오후에 르블랑 양이 자기에게 해준 얘기 말고는 아무것도 모르며 그 얘기는 앞서의 증언과 정확하게 들어맞는다고 증언했다. 생장은 정직한 사람이었지만 냉정하고 편협했다. 정확성을 기하기 위해 그는 내게 불리하게 해석될 수 있는 쓸데없는 정보를 하나도 빼먹지 않았다. 그는 내가 늘 이상하고 혼란스럽고 변덕스럽다, 또 정신착란에 잘 빠지는데 그렇게 되면 자기 자신도 더는 못 알아본다. 이미 여러 번 신경 발작에 사로잡혀서 늘 보인다고 믿고 있는 어떤 사람에게 피와 살인에 대해 이야기한 적이 있다. 마지막으로 어찌나 성을 잘 내는 성격인지 **사람 머리에 뭐든 닥치는 대로 던질 수 있지만 그럼에도 불구하고 자기가 알기에 그런 종류의 폭발에 이른 적은 없다**고 진술했다. 형사사건에서는 이러한 것들이 생과 사를 가르는 증언이기 십상이다.

이 심리일에 파시앙스는 찾아볼 수 없었다. 신부는, 그 사건에 대해 매우 불확실한 생각을 가지고 있으며 충분한 정보도 갖지 않은 채로 자신의 의견을 말하니 비협조적인 증인에게 부과되는 어떤 벌이건 달게 받겠노라고 진술했다. 그는 명예를 걸고 법이 허락하는 행동반경을 벗어나지 않겠다고 약속하며, 며칠 후면 몇 가지를 검토하여 무엇이 되었든 확신을 얻을 수 있을 것이니 시간을 달라고 예심판사에게 요청했다. 그때 가서 내게 유리하든 불리하든 자신의 생각을 분명하게 밝히겠다고 약속했다. 이러한 유예는 승인되었다.

마르카스는 만일 내가 모프라 양에게 부상을 입힌 장본인이라도, 물론 자신은 그것을 매우 의심하기 시작한 바이지만, 그건 적어도 과실치상이라고 말했다. 그는 이 주장에 자신의 명예와 목숨을 걸었다.

이것이 첫 번째 예심의 결과였다. 그것은 그다음에도 여러 번 계속되었다. 수많은 거짓 증인들이 나와서 내가 모프라 양을 내 욕망에 굴복시키려고 시도했으나 실패하자 그녀를 살해하는 것을 보았다고 주장했다.

옛 형사소송에서 가장 해로운 수단 중 하나는 계고장이었다. 강론을 통한 통지를 그렇게 불렀는데 주교에 의해서 발부되고 모든 사제들에 의해 교구의 주민들에게 공포되었다. 문제가 되는 범죄에 대해 각자가 알아낼 수 있는 모든 사실들을 찾아내서 밝힐 것을 명령하는 것이었다. 다른 지역에서는 더욱더 공공연하게 자행된 이 수단은 종교재판 원칙의 순화된 아류였다. 대부분의 경우 종교의 이름으로 고발정신을 진작하기 위해 제정된 계고장은 터무니없는 가혹함의 최고봉이었다. 계고장에서는 대개 원고가 열성적으로 증명하고자 하는 범죄와 온갖 가상의 상황들이 설정되었다. 그것은 미리 구성된 사건의 공시였으므로 돈을 몇 푼 벌기 위해 첫 번째로 등장한 악당은 가장 많은 돈을 제시한 자의 이익을 위해 거짓 증언을 하기 마련이었다… 계고장이 편파적으로 작성되면, 피고에게 공분이 일어날 수밖에 없는 결과를 초래했다. 특히 신심이 깊은 사람들이 성직자들로부터 이미 다 짜인 의견을 받으면 악착같이 희생자를 추격하곤 했다. 바로 그런 일이 내게 닥친 것이었다. 더구나 이번에는 그 도의 성직자들이 하마터면 나의 운명을 결정할 뻔한 또다른 은밀한 역할을 수행했던 만큼 더욱 그러했다.

부르주 상급재판소의 형사 법정으로 이첩된 사건은 매우 단시일 내에 심리되었다.

자네는 내가 얼마나 깊은 좌절에 사로잡혔을지 상상할 수 있을 것이다. 에드메의 상태는 악화 일로에 있었고 그녀의 이성은 완전히 길을 잃었다. 나는 소송의 결말에 대해 불안해하지 않았다. 내가 저지르지도 않은 범죄를 나 스스로 인정하는 것은 불가능하다고 생각했기 때문이다. 그러나 만일 에드메가 나와 직접 대면하여 나의 무죄를 확인하고 명예를 회복시켜줄 능력을 되찾지 못하게 되면 내 명예와 목숨은 어떻게 될까? 나는 그녀가 죽었다고 간주하고 있었다. 나를 저주하며 죽었다고! 그러한 만큼 판결이 어떻게 내려지든 나도 그 직후 스스로 목숨을 끊기로, 되돌릴 수 없는 결심을 했다. 그때까지는 살아서 견디며 진실의 승리를 위해 필요한 일을 하는 게 의무라고 스스로 다짐했다. 하지만 나는 멍한 상태에 짓눌려 있었으므로 해야 할 일이 무엇인지조차 파악하지 못하고 있었다. 내 변호사의 재치와 열성, 마르카스의 존경스러운 헌신이 없었다면 나의 무대책은 나를 가장 불행한 운명으로 몰아넣었을 것이다.

마르카스는 매일매일 낮에는 나를 위해 뛰어다니고 애를 쓰다가 저녁이 되면 내 가죽 침대의 발치에 놓인 짚단에 와서 쓰러졌다. 그리고 그가 매일 보러 가는 에드메와 숙부의 소식을 내게 전해준 다음, 자신이 도모한 일의 결과를 말해주는 것이었다. 나는 다정하게 그의 손을 잡곤 했다. 하지만 대부분의 경우 그가 방금 말해준 에드메의 소식에 정신이 팔려 나머지 얘기는 거의 듣지 않았다.

그 고장의 영주인 엘르뱅 드 롱보 가문의 옛 성채였던 라샤트르 감옥은 그 당시로부터 유일하게 남아 있는 어마어마한 장방형 탑 하나로만 이루어져 있었다. 세월의 흔적으로 거무스레해진 그 탑은, 앵드르강이 좁고 구불구불하지만 가장 아름다운 초목들이 풍부한 작은 계곡을 이루는 골짜기 뒤쪽의 바위 위에 세워져 있었다.

계절은 눈이 부시게 아름다웠다. 탑의 가장 높은 곳에 위치한 내 방은 세 겹의 장막처럼 서 있는 포플러 나무들의 가늘고 긴 그림자들을 이쪽 지평선에서 저쪽 지평선까지 드리우는 일출의 햇빛을 받고 있었다. 수감자의 눈앞에 이보다 더 보기 좋고 신선하며 목가적인 풍경이 펼쳐진 적은 없었다. 그러나 내가 무엇을 즐길 수 있었겠는가? 금이 간 벽 틈새에서 자라고 있는 비단향꽃무 속으로 불어오는 바람마다 죽음과 모욕의 말들을 담고 있었다. 아래쪽에서 올라오는 시골의 소리마다, 백파이프의 후렴구마다 욕설이 담겨 있고 나의 고통에 대한 깊은 경멸을 표시하는 것 같았다. 가축들의 울음소리에 이르기까지 망각과 무관심의 표현처럼 보이지 않는 것은 없었다.

얼마 전부터 마르카스는 한 가지 굳어진 생각을 가지고 있었다. 그는 에드메가 장 드 모프라에 의해 저격당했다고 믿고 있었다. 그럴 수도 있었다. 하지만 나는 그 문제에 관하여 개연성을 보장할 수 있는 방도가 전혀 없었기 때문에 그 이야기를 듣자마자 함구를 명했다. 남을 희생시켜 내 죄를 벗어나고자 한다는 것은 내게 어울리지 않았기 때문이다. 장 드 모프라가 못 할 짓이 없다고 할지라도 그런 범죄를 저지를 생각은 절대 하지 않았을 수도 있었다. 그리고 6주 이상 그에 대한 이야기를 듣지 못했으므로 비겁하게 그에게 혐의를 씌우는 것 같았다. 나는 몰이에 나선 사냥꾼 한 사람이 실수로 에드메에게 총을 발사했으나 두려움과 수치심 때문에 자신의 불행을 고백하지 못하는 거라고 고집스럽게 믿고 있었다. 그 사냥에 참가한 모든 사람들을 만난 마르카스는 하늘이 내린 웅변 실력을 활용하여 과실에 의한 살인미수의 벌을 두려워하지 말고 무고한 사람이 대신 고발당하도록 내버려두지 말아달라고 애원하는 용기를 발휘했다. 이 모든 노력은 보람이 없었다. 사냥꾼들 누구의 대답도 우리를 에워싸고 있는 수수께끼의 비밀을 그들에게서 찾아내리라는 희망을 가련한 내 친구에게 남겨주지 못했다.

부르주로 이송된 나는 이제는 감옥으로 쓰이는 베리 공작들의 옛 성에 수감되었다. 나의 충직한 중사와 헤어지는 것이 내게는 크나큰 고통이었다. 나를 따라오는 것이 허용될 수도 있었지만 그는 내 적들의 밀고로 즉시 체포될 것이 두려워(그는 내가 숨겨진 증오에 의해 고발당했다고 철석같이 믿고 있었으므로) 결국 나를 도와줄 수 없는 상태에 처하고 말았다. 그는 누가 **몸뚱이를 붙들어매지않는** 한 자신의 탐색을 계속하기 위해 한순간도 낭비하고 싶어 하지 않았다.

내가 부르주에 자리 잡고 이틀 후, 마르카스는 라샤트르의 두 공증인에게 요청해서 작성한 문서를 제출했다. 열 명의 증언에 의해, 탁발하는 수도사 하나가 살인 사건이 나기에 앞서 매일 바렌 지역을 배회했는데 아주 가까운 거리의 여러 지점에 나타났고 특히 사건 전날에는 풀리니의 노트르담 수도원에서 잤다는 것을 확인했다는 내용이었다. 마르카스는 이 수도사가 장 드 모프라라고 주장했다. 두 명의 여자들이 장이건 그와 몹시 닮은 고세 드 모프라건 어쨌든 그를 확인했다고 증언했다. 하지만 고세 드 모프라는 주루가 함락된 다음 날 연못에서 익사했고, 에드메의 저격이 있던 날 라샤트르 시내 전체가 그 트라피스트 수도사가 아침부터 저녁까지 카르멜 수도원장과 함께 보드방의 순례에서 예배 행렬과 성무 일과를 인도하는 것을 보았으므로, 그 증언은 내게 도움이 되기는커녕 최악의 효과를 낳았고, 나의 변호를 추악해 보이도록 만들고 말았다. 트라피스트 수도사는 성공적으로 알리바이를 증명했고, 카르멜 수도원장은 그를 도와 내가 파렴치한 흉악범이라는 소문을 퍼뜨렸다. 그것은 장 드 모프라에게 승리의 시간이었다. 그는 과거의 잘못에서 비롯된 벌을 받기 위해 자연의 판관에게 자신을 맡기러 왔다고 소리 높여 말했기 때문에, 아무도 그토록 성스러운 인물을 고발한다는 생각을 받아들이려고 하지 않았다. 매우 신심이 깊은 우리 고장에 그가 불러일으킨 광신주의는 대단했기 때문에, 어떤 법관도 감히 여론에 맞서 그를 엄하게 다스릴 엄두를 내지 못했다. 마르카스는 증언대에 서서 로슈-모프라에 나타난 이 트라피스트 수도사의 알 수 없고 설명할 수도 없는 등장, 위베르 씨와 그의 딸 곁으로 잠입하기 위한 행동, 그들의 처소에까지 들어가 그들을 두려움에 떨게 만든 무례함, 그 인물을 위해 내게서 상당한 금액을 갈취하려던 카르멜 수도원장의 노력 등을 이야기했다. 이 모든 증언은 한낱 소설로 취급되었다. 마르카스는 이 트라피스트 수도사가 나타날 때마다 현장에 있은 적이 한 번도 없었다고 고백했고, 기사도 그의 딸도 증언을 할 수 있는 상태가 아니었기 때문이다. 내가 받은 여러 신문에 대한 나의 대답도 이 이야기들을 확인했다. 사실이다. 더구나 나는 두 달 전부터 이 트라피스트 수도사는 내게 어떤 불안이나 불만도 유발하지 않았다고 더할 나위 없이 솔직하게 진술했을 뿐만 아니라 살인을 그에게 전가하기를 거부했기 때문에, 며칠 동안 트라피스트 수도사는 여론 속에서 영원히 명예를 회복한 것이 분명해 보였다. 내가 그에게 거의 적의를 보이지 않았음에도 나에 대한 판사들의 적의는 누그러지지 않았다. 과거에는 법관들이 특히 지방의 구석에서는 자신의 권력을 자의적으로 행사했다. 그들은 가차 없이 서두름으로써 내 변호사의 모든 노력을 마비시켰다. 굳이 지목하고 싶지는 않지만 내 재판에 관여하는 여러 법관들이 나에 대해 과장적인 웅변을 공공연하게 늘어놓았다. 그런 짓을 하는 법관은 인간의 존엄성이나 도덕성을 다루는 법정에서 배제되는 것이 마땅했을 것이다. 그들은 내게서 자백을 받아내기 위해 내 곁에서 음모를 꾸미고 내가 최소한 모프라 양에 대한 과실치상이라도 인정하면 유리한 판결을 내리겠다고 약속할 지경에 이르렀다. 나는 이러한 제안을 경멸로 대했으므로 그들은 내게 반감을 갖게 되었다. 정의와 진실도 술수 없이는 승리할 수 없던 시대에 술수라고는 전혀 몰랐던 나는 성직자와 법관이라는 두 무서운 적들의 희생자였다. 나는 전자를 카르멜 수도원장의 인격을 통해 공격했다. 후자는 에드메가 거절한 구혼자들 때문에 나를 증오했는데, 그중에서 가장 깊은 원한은 품은 자는 상급재판소의 최고위직에 있는 인물과 밀접한 관계가 있다.

그래도, 나를 파렴치한 자로 만들기 위한 노력 덕분에 나를 잘 모르는 청렴한 사람 몇 명이 내 운명에 관심을 가졌다. 그들 중의 한

명인 E… 씨는 도지사와 형제지간이었고 모든 의원들과 연고가 있었으므로 영향력이 적지 않았는데, 이 곤란한 사건에 빛을 던지기 위해 개시한 훌륭한 조언으로 나를 도와주었다.

파시앙스는 나의 유죄를 확신했으므로 본의 아니게 내 적들을 도와줄 뻔했다. 하지만 그는 그걸 원하지는 않았다. 그는 숲속에서의 방랑 생활을 다시 시작했고 숨지 않았음에도 그를 붙잡을 수는 없었다. 마르카스는 파시앙스의 의도에 대해서 몹시 불안해했고 그의 행동에서 아무것도 이해하지 못하고 있었다. 기마경찰대의 기병들은 한 노인이 그 고장의 일정한 반경에서 나오지 않고 자신들을 가지고 노는 데 대해 격분했다. 이 노인의 습관과 체격이라면 그들에게 잡히지 않을 것이며, 대부분의 중죄인들이 그러하듯 고독에서 오는 권태와 공포로 인해 스스로 무너져서 항복하게 되는 일 없이 바렌에서 여러 해를 살 수 있었을 것이라고 생각된다.

25

공판일이 되었다. 나는 평온하게 그날을 맞았지만 모여든 인파를 보니 하염없이 서글퍼졌다. 그들에게서는 나에 대한 지지도 공감도 전혀 찾아볼 수 없었다. 버림받은 상태와 불행이 필요로 하는 것은 최소한도의 존중의 기색이라도 발견하게 해주는 어떤 근거가 아닐까 싶었다. 모든 사람의 얼굴에서 무자비하고 뻔뻔한 호기심만이 보였다. 서민층의 아가씨들은 내가 젊고 잘생겼다고 내 귀에 들릴 정도로 소리를 질렀다. 귀족 계층과 금융계 인사의 부인들 여러 명이 마치 축제날이기라도 하듯이 특별석에서 휘황찬란한 치장을 과시하고 있었다. 수많은 프란치스코 수도사들이 내게 반대하라고 부추긴 하층민들 한가운데서 깨끗하게 면도한 머리통을 보이고 있었다. 그들로 빽빽하게 들어찬 줄에서 나를 강도, 불신앙자, 야수라고 부르는 소리가 터져 나와 내게까지 들려왔다. 그 고장의 멋쟁이 남자들이 명예석에서 건들거리며 나의 정열에 관하여 규방 용어로 서로의 의견을 피력하고 있었다. 여정의 종착지에 도착한 여행자가 더 먼 목적지를 향해 다시 길을 떠나는 사람들의 야단법석을 무심하고 무기력하게 바라보듯이 나는 삶에 대한 깊은 혐오에서 오는 평온함으로 이 모든 것을 보고 듣고 있었다.

공판은 어느 시대나 법관의 직무 수행의 특징인 요란스러운 격식으로 시작되었다. 나의 인생 전반에 관해 제기된 무수한 질문의 양에도 불구하고 나에 대한 신문은 짧았다. 내 답변은 대중들의 호기심이 품고 있는 기대를 이상하게 좌절시켰고 심리 기간을 상당히 단축시켰다. 나는 한결같은 내용의 세 가지 주요 답변으로만 한정했다. 1. 나의 어린 시절이나 교육과 관련된 각종 질문에 대해서는, 나는 다른 사람을 고발하기 위해 피고인석에 앉아 있는 게 아니라고 대답했다. 2. 에드메에 대해서나 그녀에 대한 나의 감정 그리고 그녀와의 관계가 어떤 성격이었느냐는 질문에는, 모프라 양의 재능과 명성은 누가 되었든 한 남자와의 관계가 어떤 성격이냐고 묻는 가장 간단한 질문조차 허용하지 않는다고 대답했다. 그리고 나의 감정에 대해서는, 나는 그 누구에게도 그걸 설명할 의무가 없다고 대답했다. 3. 내가 저지르지도 않은 범죄를 자백하게 만들려는 목적으로 제기된 질문에는, 나는 우발적 사고조차 일으킨 적이 없다고 대답했다. 나는 단음절의 대답으로 사건 직전의 세부 상황으로 들어갔다. 하지만 나를 혼란에 빠뜨렸던 격렬한 행동들에 대해서는 나 자신을 위해서뿐만 아니라 에드메를 위해서도 입을 다물어야 할 책임을 느끼고 있었으므로, 내가 그녀를 떠나는 결과를 빚은 장면은 낙마 때문이었고, 그녀가 쓰러져 있는 곳에서 좀 떨어진 장소에서 내가 발견된 것은 그녀를 다시 호위하기 위해서 내 말을 잡으러 달려가야만 한다고 생각했기 때문이라고 설명했다. 불행하게도 이 모든 것은 명료하지 않았고 명료할 수도 없었다. 내 말은 내가 말한 것과 반대 방향으로 달려갔고 내가 사건을 인지하기 전에 보여준 헝클어진 몰골은 낙마로 설명하기에는 충분치 않았다. 특히 우리가 사냥을 따라간다고 해놓고 그 대신 사촌과 숲속으로 달려가서 무엇을 했느냐는 점에 대해 집중적으로 나를 신문했다. 우리가 길을 잃었다는 것, 정확하게는 운명에 이끌렸다는 것을 믿어주지 않았다. 총으로 무장한 영리한 자가 내가 5분 동안 등을 돌릴지도 모르니 그 순간 에드메를 저격하기 위해 딱 그 시각에 가조 탑에서 그녀를 기다리고 있었다는 것과 같은 우연을 상상할 수 없다고들 했다. 술수를 부려서건 완력을 써서건 그녀를 범하고 죽이기 위해 그 외딴곳으로 내가 그녀를 끌고 갔다고 믿고 싶어 했다. 그건 성공하지 못한 데 대한 복수일 수도 있고 이 범죄가 발각되어 벌을 받을까 봐 두려웠기 때문일 수도 있다고 했다.

피고에게 불리한 증인들과 변호하는 증인들 모두의 말을 듣도록 했다. 진실을 말하자면 이 사람들 중 실제로 증인으로 간주될 수 있는 사람은 마르카스 한 명뿐이었다. 나머지 모든 사람들은 **모프라 사람들과 닮은** 수도사 한 사람이 운명의 시기에 바렌을 배회했는데, 사건이 벌어진 저녁에는 숨어버린 것 같다고 주장할 따름이었다. 그 후로는 그를 다시 보지 못했다는 것이었다. 내가 유도한 적이 없는 이 증언을 듣고 나는 놀라움에 휩싸였지만 내가 개인적으로 청원한 증언이 아니라고 진술했다. 이 증인들 중에 그 고장에서 가장 정직한 사람들이 모습을 드러내고 있었기 때문이다. 하지만 그런 증언은 실제로 진실 규명에 관심이 있는 법관 E… 씨의 눈에만 중요하게 보였다. 그는 장 드 모프라가 문서로 자신의 알리바이를 증명하는 수고를 아끼지 않았으니 그에게 출석을 명령하여 이런 증인들과 대질을 시켜야 하지 않겠느냐고 묻기 위해 목소리를 높였다. 이런 반론은 분노의 수군거림으로 접수되었다. 장을 성인으로 간주하지 않는 사람들도 적지 않았지만 그들은 내게 냉정했고, 구경거리가 없나 해서 거기 왔을 뿐이었다.

독실한 척하는 위선자들의 열정이 최고조에 달한 것은 사람들 사이에서 불쑥 뛰쳐나온 트라피스트 수도사가 연극적인 태도로 두건을 벗으며 자신은 어떤 모욕을 받아도 마땅한 불쌍한 죄인이라고 말하며 대담하게 재판부 쪽으로 다가갔을 때였다. 그는 모두를 위해 진실이 하나의 의무인 이 시점에 자신이 솔직함과 순수함의 모범이 되기로 작정했으므로 재판관들의 양심에 빛을 밝혀줄 수 있을 모든 신문을 자청하겠다는 것이었다. 방청석에서 기쁨과 애정을 표하는 발 구르는 소리가 울려 퍼졌다. 트라피스트 수도사는 법정의 증인석으로 인도되어 증인들과 대면했다. 증인들은 하나같이 망설임 없이 이 수도사는 자신들이 보았던 수도사와 똑같은 옷을 입고, 같은 가족의 일원인 듯한 태도, 일종의 희미한 유사점을 보이고는 있지만 같은 사람은 아니며 그 점은 의심할 여지가 없다고 진술했다.

이 사건의 결말은 트라피스트 수도사에게 새로운 승리였다. 증인들이 실제로 다른 트라피스트 수도사를 보았다고 믿기에는 그들의 솔직함이 의심스러웠다. 나는 그 순간, 신부와 장 드 모프라가 푸제르의 샘터에서 처음 만났을 때, 장이 신부에게 함께 여행하는 **종교의 형제**가 있는데 그는 굴레의 농가에서 밤을 보냈다고 하면서 자기 동료에 대해 몇 마디 비쳤던 것이 생각났다. 나는 이 어렴풋한 기억을 내 변호사에게 전달해야만 한다고 생각했고, 그는 증인석에 앉아 있는 신부와 낮은 소리로 그것에 대해 의논했다. 신부는 그 상황을 아주 또렷이 기억했지만 그 이상의 어떤 정보도 가지고 있지 않았다. 발언할 순서가 되자 신부는 고뇌하는 태도로 내게 몸을 돌렸다. 그의 눈에 눈물이 가득 고였다. 그는 형식적인 질문에 당황하며 기어 들어가는 목소리로 대답했다. 그는 자신의 내면에서 일어나는 일에 대처하느라 무진 애를 썼다. 마침내 그는 이렇게 증언했다.

"제가 숲속에 있을 때, 기사 위베르 드 모프라 님이 저에게 마차에서 내려서 따님 에드메가 어찌 되었는지 가보라고 부탁하셨습니다. 그녀가 꽤 오래전부터 사냥터에서 멀리 떨어져 있었으므로 아버지가 불안해진 것이지요. 저는 상당히 멀리까지 달려갔습니다. 그리고 가조 탑에서 서른 발짝 떨어진 곳에서 차림새가 온통 흐트러진 베르나르 드 모프라 님을 발견했습니다. 방금 총소리를 들은 터였지요. 저는 그가 총을 가지고 있지 않은 것을 보았습니다. 그는

(발사된 것으로 확인된) 자기 총을 거기서 몇 발짝 떨어진 곳에 던져 버렸더랬지요. 우리는 함께 달려가서 두 발을 맞고 땅바닥에 쓰려져 있는 모프라 양을 발견했습니다. 우리보다 먼저 와서 그 순간 그녀와 가까이 있던 사람만이 그녀의 입에서 들을 수 있었던 말을 우리에게 전해줄 수 있을 것입니다. 제가 그녀를 보았을 때 그녀는 의식이 없었어요."

"하지만 당신은 그녀가 뭐라고 말했는지 정확하게 알고 있었습니다." 재판장이 말했다. "당신과 파시앙스라고 불리는 그 유식한 농부는 우정이 돈독하다고들 하더군요."

신부는 망설였다. 그리고 이 사건에서 양심법이 소송법과 모순을 일으키지 않는지, 판사들이 어떤 이가 명예를 걸고 털어놓은 비밀을 공표하라고 요구하고 그 맹세를 저버리게 만들 권리가 있는지 물었다.

"그리스도의 이름으로 진실을, 오직 진실만을 말하기로 여기서 맹세하셨잖습니까"라는 대답이 돌아왔다. "그 맹세가 당신이 이전에 할 수 있었던 모든 맹세보다 더 엄숙한지 아닌지는 당신이 아실 텐데요."

"만일 제가 고해성사와 같이 비밀 엄수 조건으로 이 속내 이야기를 들었다면, 당신은 제게 그것을 밝히라고 설득하지 않았을 게 분명합니다." 신부가 말했다.

"당신이 더는 누구의 고백도 받지 않은 지 오래일 텐데요, 신부님." 재판장이 말했다.

이 무례한 지적에 장 드 모프라의 얼굴에는 유쾌함이 떠올랐다. 그 끔찍한 유쾌함은 예전의 그를 떠올려주었다. 나는 고통과 눈물을 보면서 배꼽을 잡고 웃는 그를 본 적이 있었다.

신부는 이 소소한 개인적인 공격으로 분한 생각이 들어서 그것이 아니었다면 엄두도 못 냈을 용기를 냈다. 그는 잠시 눈을 내리깔고 있었다. 그는 모욕을 당했다고 여겼지만 다시 일어서는 순간 사제의 시선에서 영리한 고집이 번뜩이는 게 보였다. "모든 것을 잘 고려하면, 제 양심은 그 비밀을 말하지 말라고 명령하는 것 같습니다." 그가 몹시 부드러운 어조로 말했다. "그러니 입을 다물겠습니다."

"오베르." 검사가 분개하며 말했다. "바로 당신처럼 행동하는 증인들에게 법이 내리는 벌을 모르는 게 분명하군요."

"모르지 않습니다." 신부는 더욱더 부드러운 어조로 대답했다.

"분명 당신의 의도는 거기에 맞서겠다는 게 아닌가요?"

"필요하다면 그 벌을 달게 받겠습니다." 신부는 자부심에서 나오는 보일 듯 말 듯한 미소를 지으며 더할 나위 없이 고고한 태도로 응수했기 때문에 모든 여인들이 감동했다. 여자들은 미묘하게 아름다운 것들에 대한 뛰어난 평가자들이다.

"좋습니다." 검찰 측이 계속했다. "그 침묵 방침을 고집하십니까?"

"아마도요." 신부가 대답했다.

"모프라 양 살인미수 사건 다음의 며칠 동안 당신이 그녀가 하는 말이 들리는 거리에 있었는지를 우리에게 말씀해주시겠습니까? 그녀가 착란상태에서 한 말이건 제정신으로 한 말이건 말입니다."

"거기에 대해서는 아무것도 말하지 않겠습니다." 신부가 대답했다. "착란의 경우라면 절대적으로 아무것도 증명할 수 없을 말일 테고, 사고가 명료한 경우에는 자식이나 다름없는 우정의 토로 속에서 말해졌을 텐데, 제가 그 말을 되풀이하는 것은 아끼는 나의 마음에도 반하는 일일뿐더러 어떤 예절에도 맞지 않는 일인 것 같으니까요."

"좋습니다." 검사가 자리에서 일어나며 말했다. "우리는 법정이 본안 사건과 병합하여 당신의 증언 거부를 심리할 것을 요구합니다."

재판장이 말했다. "기다리는 동안 본인은 본인의 자유재량권에 의해 오베르를 체포하여 투옥할 것을 명령합니다."

신부는 아무렇지도 않게 순순히 끌려갔다. 방청객들은 존경에 사로잡혔다. 은밀히 이단자를 비난하는 수도사들과 사제들의 노력과 경멸에도 불구하고 가장 깊은 침묵이 좌중을 지배했다.

모든 증인신문이 끝나고(매수된 자들이 대중 앞에서 자신들이 맡은 역할을 매우 형편없게 연기했다는 것을 말해두어야겠네) 작품을 마무리 짓기 위해 르블랑 양이 출두했다. 나는 이 시녀가 증오에 휩싸여 악착같이 나를 미워하는 것을 보고 깜짝 놀랐다. 게다가 그녀는 나를 쓰러뜨릴 강력한 무기까지 있었다. 문밖에서 엿듣고 가족의 모든 비밀을 알아채는 하인들의 권리를 행사하는 것은 물론, 해석이 능란하고 무궁무진하게 거짓말을 지어낼 수 있는 그녀는 나의 파멸을 위해 끌어댈 수 있는 대부분의 사실을 알았고 그것을 제 입맛에 맞게 구성했다. 그녀는 7년 전 내가 무례하고 고약한 삼촌들로부터 모프라 양을 구출한 뒤 어떻게 해서 그녀를 따라 생트-세베르에 왔는지를 이야기했다. (그녀는 시녀 생활에서 몸에 밴 우아함으로 장 드 모프라를 향해 몸을 돌리면서 "이 말은 해야 해요" 하고 덧붙였다. "이 법정 안에 있는 성인, 중죄인에서 위대한 성인이 된 분을 암시하는 것은 아니고요.") 그녀는 다시 재판부를 향해 몸을 돌리며 계속했다. "하지만 어떤 대가로 저 불쌍한 강도가 제 소중한 여주인을 구했을까요? 그는 그분의 명예를 훼손했어요, 여러분. 그래서 불쌍한 아가씨는 그 이후로 치유되지 않는 폭력으로 인해 눈물과 수치 속에서 나날을 보냈죠. 아가씨는 자존심이 강해서 누구에게도 자신의 불행을 털어놓을 수 없었답니다. 또 어떤 남자를 속이기에는 너무도 정직했으므로 자신이 **정열적으로** 사랑했고 또 마찬가지로 자신을 사랑하는 드라마르슈 씨와도 파혼했어요. 아가씨는 7년 동안 모든 구혼을 거절했어요. 이 모든 것은 명예심에서 비롯된 거죠. 아가씨는 베르나르 씨를 미워했어요. 처음에 그분은 자살하고자 했어요. 아버지의 사냥 단도를 날카롭게 갈아달라고 했거든요. 그리고 (마르카스 씨가 여기 있으니 말해줄 수 있을 거예요, 기억하고 싶다면요) 제가 그 칼을 집의 우물에 던져버리지 않았다면 분명 그분은 자살을 했을 거예요. 아가씨는 괴롭히는 자가 밤중에 쳐들어오는 것을 막을 생각도 했어요. 그 칼이 있을 때는 늘 베개 밑에 두고, 밤마다 침실 문을 자물쇠로 잠갔어요. 아가씨가 바로 뒤에서 누구에게 쫓기거나 크게 공포에 질린 듯 몹시 숨을 헐떡이며 기절할 것처럼 창백해져서 돌아오는 것을 여러 번 보았어요. 구혼하러 오는 자는 모두 죽여버리겠다고 그가 늘 말하고 있었으므로 다른 남편을 가질 수 없을 것임을 아는 아가씨는 저 나리가 **교육을받고** 예절을 배워감에 따라 **그가난폭함을고치고** 더 많은 상냥함과 친절을 보여주기를 희망했어요. 아가씨는 그가 아팠을 때 간호하기까지 했어요. 마르카스가 좋아하는 **말버릇**처럼 사랑하거나 **존경하거나** 해서가 아니라 그가 정신착란을 일으켜 하인들이나 아버지 앞에서 자기에게 저질렀던 모욕의 비밀을 폭로하지나 않을까 두려웠기 때문이죠. 정숙함과 자존심으로 감추려고 무진 애를 썼던 그 비밀 말이에요. 여기 계신 모든 숙녀분들은 그걸 잘 이해하실 겁니다. 77년 겨울, 가족이 겨울을 보내러 파리에 갔을 때 또다시 질투심에 사로잡혀 폭군처럼 된 베르나르 씨가 드라마르슈 씨를 죽이겠다고 어찌나 위협을 했던지 아가씨는 억지로 그와 결별하고 말았답니다. 그 일이 있고 나서 아가씨는 베르나르와 대판 싸우고, 지금 그를 사랑하지 않고 앞으로도 결코 사랑하지도 않을 거라고 선언했죠. 분노와 슬픔에 겨워서, 그는 아메리카로 떠났어요. 그가 **한 마리 호랑이처럼** 그녀에게 반했다는 것은 부인할 수 없으니까요. 그가 거기서 보낸 6년 동안 그의 편지들은 그의 행실이 몹시 **나아졌다**는 것을 보여주었어요. 그가 돌아오자 아가씨는 노처녀가 되기로 결심하고 다시 아주 평온해졌죠. 베르나르 씨도 자기 나름대로 상당히 **착해진** 것 같았어요. 하지만 매일 아가씨를 만나고, 쉬지 않고 아가씨의 안락의자에 등을 기대고 있거나, 아가씨의 아버지가 주무시는 동안 아가씨와 소곤소곤 이야기하면서 얽힌 털실 뭉치를 풀어주다 보니 그만 다시 헤어날 수 없게 사랑에 빠져서 **정신이 나가버렸죠**. 저는 그를 너무 비난하고 싶지는 않습니다. 불쌍하고 불행한 인간이니까요. 그래서 그가 있어야 할 곳은 교수대가 아니라 정신병원이라고 생각합니다. 그는 밤새도록 소리치고 포효하며 아가씨에게 편지를 쓰는데, **어찌나 어리석은** 내용인지 아가씨는 미소를 지으면서 그걸 읽고 답장도 하지 않고 주머니에 넣어두죠. 여기에 그중 하나가 있습니다. 그 불행한 사건 후에 제가 아가씨의 옷을 벗기다가 발견한 것입니다. 총알 한 방이 관통했고 피로 얼룩져 있지만 **나리가 아가씨를** 죽일 의사가 종종 있었음을 충분히 알아볼 만큼은 아직 읽을 수 있어요."

그녀가 반쯤은 불에 타고 반쯤은 피가 묻은 종이 한 장을 탁자에 내려놓자 방청객들 사이에서 공포의 움직임이 일었다. 어떤 이들에게는 진실한 감정이었고 다른 많은 이들에게는 꾸며낸 감정이었다.

그것을 읽기 전에 그녀는 나를 깊은 혼란에 빠뜨린 주장으로 마무리하며 증언을 마쳤다. 나는 더는 현실과 음모 사이의 경계를 구분할 수 없었다. "그 사건 이후, 아가씨는 여전히 삶과 죽음 사이를 오가고 있어요." 그녀가 말했다. "의사 선생님들이 뭐라고 하시건 아가씨는 분명 회복될 수 없을 겁니다. 감히 말씀드리는데 그분들은 환자를 몇 시간 동안만 보기 때문에, 단 하룻밤도 곁을 떠난 적이 없는 저만큼 아가씨의 병을 알지 못해요. 그들은 상처는 나아가고 있지만 머리가 혼란스러운 거라고 주장하지요. 저로서는 상처는 악화되고 있지만 머리는 그들이 말하는 것보다 나아지고 있다고 말하겠어요. 아가씨는 아주 드물게만 헛소리를 합니다. 그리고 **아가씨가 헛소리를 할 수밖에 없는 것은** 아가씨를 혼란에 빠뜨리고 두렵게 만드는 그분들이 있기 때문이에요. 그분들과 함께 있으면 아가씨는 미치광이처럼 보이지 않으려고 갖은 노력을 다하는 나머지 미치고 말아요. 하지만 저나 생장이나, **원하셨다면 상태가 어떤지를 아주 잘 말해줄 수 있었을** 신부님하고만 남겨지면 바로 평소처럼 평온하고 상냥하고 분별 있는 사람으로 돌아가요. 아가씨는 죽을 만큼 아프다고 해요, 의사 선생님들에게는 이제는 거의 아프지 않다고 주장하면서도요. 그분은 기독교인다운 관대한 마음으로 자신의 살인미수 사건 얘길 해요. 하루에도 백번이나 되풀이하죠. '이승에서 내가 그를 용서하듯이 내세에서는 주님이 그를 용서하시길! **어쨌든 한 여인을 죽이려면 그녀를 미친 듯이 사랑해야 해!** 그와 결혼하지 않은 내가 잘못이야, 나를 행복하게 해줬을 텐데. 나는 그를 절망에 빠뜨렸어, 그래서 내게 복수한 거야. 친애하는 르블랑 양, 내가 털어놓은 비밀이 절대 새어 나가지 않도록 조심해줘요. 부주의한 한마디가 그를 교수대로 이끌 수 있으니. 그러면 아버지는 돌아가실 거야!' 불쌍한 아가씨는 사태가 이 지경인 걸 상상도 못 하고, 법과 종교가 저에게 입을 다물고 싶은 것에 대해 말하라고 명령했다는 것도 모르고, 샤워 장치를 찾으러 간 것이 아니라 진실을 고백하러 여기에 왔다는 것도 모르고 있어요. 제게 위로가 되는 게 있다면 이 모든 것을 기사 나리께는 숨기기가 쉽다는 겁니다. 갓 태어난 아기 같은 머리를 가지고 있을 뿐이시거든요. 저로서는, 전 제 의무를 다했습니다. 주님께서 제 판관이 되어주시기를!"

이렇듯 완벽하게 확신하며 청산유수로 이야기를 한 다음에 르블랑 양은 긍정의 수군거림이 이는 가운데 자리에 다시 앉았다. 그리고 에드메에게서 발견된 편지의 낭독이 시작되었다. 그 불행한 날 며칠 전에 내가 그녀에게 썼던 바로 그 편지였다. 내게 그 편지가 건네졌다. 나는 에드메의 핏자국에 내 입술을 가져가지 않을 수 없었다. 그리고 필체에 시선을 던진 다음 내가 그 편지를 썼다는 것을 순순히 인정하며 그것을 돌려주었다.

그 편지의 낭독은 내게 최후의 일격이었다. 희생자를 파멸시키는 재주가 탁월한 듯한 운명은 나의 복종과 존경을 증명하는 구절들이 훼손되어 있기를(어쩌면 비열한 손이 그 절단에 기여했을 수도 있다) 바랐다. 흥분해서 뱉어낸 헛소리를 설명하고 사과하는 몇몇 시적 암시들은 식별 불능이었다. 눈에 띄어 모두의 확신을 얻어낸 것은 내 정열의 격렬함과 내 착란의 과격함을 증명하는 행들로, 훼손되지 않고 고스란히 남아 있었다. 그것은 이런 문장들이었다. 나는 **가끔 한밤중에 일어나 그대를 죽이러 가고 싶다! 그대가 죽어서 더 이상 그대를 사랑하지 않게 되는 것을 확신했다면 나는 그대를 백번도 더 죽였을 것이다. 나를 배려해주길. 내 안에는 두 남자가 있는데, 가끔씩 예전의 강도가 새로운 남자를**

지배하지 등등. 내 적들의 입술 위로 행복한 미소가 스쳐 갔다. 나를 옹호하는 사람들은 풀이 죽었고 내 가엾은 중사까지도 낙심천만한 표정으로 나를 바라보았다. 대중은 벌써 나를 단죄하고 있었다.

이 소동 이후 검사는 절호의 기회가 왔다고 생각하고 나를 치유 불능의 사악한 인간, 저주받은 선조에게서 나온 저주받은 자식, 못된 본능의 불행한 예로 내세우는 비난투성이의 논고를 과장하여 떠벌렸다. 그리고 나를 혐오와 공포의 대상으로 만들기 위해 전력을 다한 다음, 공정함과 관대함을 가장하여 나를 위한답시고 판사들의 동정심을 사보려고 했다. 즉, 나는 자신을 통제할 수 없으며, 내 정열이 어떤 상황에서 탄생하여 어떻게 발전했건, 어려서부터 가혹한 광경과 사악한 원칙을 보고 자라면서 엉망이 된 내 이성은 온전치 않으며 온전해질 수도 없었을 것임을 증명하고자 했다. 마침내 철학과 수사학까지 동원하여 청중들에게 큰 기쁨을 선사한 뒤, 결국 내게 금치산과 종신형을 구형했다. 내 변호사는 마음이 넓고 영리한 사람이었음에도 불구하고 그 편지에 몹시 놀랐고, 청중은 나에 대해 매우 적대적이었으므로, 재판부는 변론을 들으면서 공공연하게 불신과 성급함을 표시했다(이 고장 법관직에 고착화된 창피한 습관이다). 결국 그의 변론은 아무런 힘도 없었다. 그가 강력하게 요구함으로써 근거가 있는 듯이 보인 것이라고는 보충 심리뿐이었다. 그는 모든 형식 절차가 제대로 지켜지지 않았으며, 사법 당국은 사건의 모든 부분을 충분히 밝혀내지는 못했고, 수많은 정황이 아직도 베일에 싸여 있는 사건을 서둘러 판단했다고 항의했다.

그는 모프라 양이 진술하는 것이 가능한지 의견을 듣기 위해 의사들을 소환할 것을 요구했다. 그는 가장 중요하고 유일하게 중요한 단 하나의 증언은 파시앙스의 증언이며, 파시앙스가 첫날에 출두하여 나의 혐의를 벗길 수 있음을 입증했다. 마지막으로 그는 신뢰할 만한 증인들이 모프라들과 비슷하다고 주장했지만 아직 정체가 밝혀지지 않은 탁발 수도사를 다시 찾기 위해 수색할 것을 요구했다. 그에 의하면, 앙투안 드 모프라가 어떻게 되었는지 알아야 하고, 트라피스트 수도사로 하여금 그것을 해명하게 해야 한다는 것이었다. 그는 모든 유예를 거부당함으로써 모든 방어 수단을 빼앗겼다고 강력하게 항의했다. 또 이런 소송에서 맹목적이고 신속한 진행에 관여하는 몹쓸 편견이 있다고 주장하는 대담함을 보여주었다. 재판장은 그의 언동에 주의를 주었다. 검사는 모든 형식 절차는 다 충족되었으며, 법정은 충분히 사건 전모를 이해했고, 탁발 수도사 수색은 유치한 악취미이며, 장 드 모프라는 이미 수년 전에 일어난 자신의 마지막 형제의 죽음을 증명했다고 의기양양하게 대꾸했다. 재판부는 합의를 위해 퇴장했다가 반 시간 후에 돌아왔다. 그리고 나를 사형에 처한다는 판결을 내렸다.

26

이 신속하고 가혹한 판결이 어찌나 불공평했던지, 악착같이 나를 공격하던 자들까지도 깜짝 놀라 어안이 벙벙할 정도였다. 나는 그 충격을 아주 담담히 받아들였다. 이제 지상의 어떤 것에 대해서도 관심이 없었다. 나는 주님께 영혼을 맡기며 나에 대한 기억을 명예 회복시켜달라고 빌었다. 만일 에드메가 죽었다면 더 좋은 세상에서 다시 만날 것이고, 그녀가 나보다 오래 살아 제정신으로 돌아온다면 언젠가는 진실을 밝힐 수 있을 것이며, 그렇게 되면 나는 그녀의 가슴속에서 소중하고 아픈 추억으로 살아 있으리라고 생각했다. 지금의 내가 그러하듯, 흥분하기 쉽고, 나를 가로막거나 공격하는 모든 것에 대해 언제라도 화낼 준비가 되어 있는 인간이 나였다. 그러므로 특히 이번과 같은 내 인생의 대전환기에 발견한 철학적 체념과 조용한 자부심은 지금도 놀랍기만 하다.

새벽 2시였다. 열네 시간 전부터 심리가 계속되고 있었다. 개정

할 때와 마찬가지로 수많은 방청객들이 주의를 집중하는 가운데 죽음과 같은 침묵이 법정을 감돌고 있었다. 사람들은 원래 구경거리에 목말라하는 법이다. 그때 형사 법정의 증인석이 보여주는 광경은 음산했다. 베니스의 10인 위원회만큼이나 파리하고 고압적이고 냉혹한 붉은 옷의 사람들, 횃불의 희미한 불빛 때문에 죽음의 사제들의 머리 위에서 법정을 부유하는 삶의 추억들과 비슷하게 보이는 머리에 꽃 장식을 한 여자 귀신들, 법정 구석의 어둠 속에서 번쩍거리는 경비원의 화승총들, 내 발밑에 주저앉은 나의 가엾은 중사의 낙심천만한 태도, 판사석 앞에 지치지 않고 서 있는 트라피스트 수도사의 조용하고 격한 기쁨, 방청객들의 침묵 한가운데서 주변에 새벽 기도 종을 울리기 시작한 음산한 수도원의 종소리, 이러한 것들이 징세 청부인 마누라들의 신경을 감동시키고 뒷자리 무두장이들의 넓은 가슴팍을 고동치게 만드는 것이었다.

법정이 이제 막 폐정을 선언하고 해산하려는 순간, 누더기를 걸치고 맨발에 긴 수염, 헝클어진 머리카락, 넓고 엄격한 이마, 위엄 있고 어두운 시선의 다뉴브강의 농부라고나 하면 딱 맞게 생긴 작달막한 인물이 군중들의 절반만을 비추고 있는 흔들리는 불빛 한가운데서 일어나 재판부 앞에 우뚝 서서 깊고 우렁우렁한 목소리로 말했다. "나, 장 르우, 소위 **파시앙스**는 이 판결에 반대합니다. 내용은 불공정하고 절차는 불법적이기 때문입니다. 내가 증언할 수 있도록 재심을 요구합니다. 내 증언은 반드시 필요하고 아마도 가장 효력이 있으며 모두가 기다려왔을 바로 그런 것입니다."

"당신이 할 말이 있다면, 왜 요청받았을 때 출두하지 않은 거요?" 검사가 열성적으로 소리쳤다. "당신은 제출할 증거가 있다고 주장하면서 법정을 압박하고 있소."

"당신은 내게 증거가 없다고 말하면서 사람들을 압박하고 있군요." 파시앙스는 전보다 더 느릿느릿하고 우렁우렁한 목소리로 대답했다. "내가 틀림없이 증거를 가지고 있다는 걸 아주 잘 아실 텐데요."

"당신이 어디 있는지 명심하시오, 증인. 누구에게 말하고 있는지도."

"너무 잘 알고 있습니다. 난 쓸데없는 말은 전혀 하지 않을 것입니다. 내게는 증언할 아주 중요한 사실이 있다고 여기서 단언합니다. 만일 당신들이 시간을 **어기지** 않았더라면 나는 제때 그걸 말했을 겁니다. 그걸 말하고 싶습니다. 그걸 말할 겁니다. 나를 믿으십시오. 아직 이 소송의 재심이 가능한 동안 내가 그걸 말하는 게 낫습니다. 유죄 선고를 받은 사람을 위해서보다는 판사들을 위해서 그게 훨씬 더 낫지요. 후자들이 불명예 속에 죽어가는 순간 전자는 명예롭게 다시 살 테니 말입니다."

"증인." 화가 난 법관이 말했다. "신랄하고 무례한 당신의 말투가 피고에게 유리하기는커녕 해만 끼칠 거요."

"내가 피고에게 우호적이라고 누가 그럽디까?" 파시앙스가 우레와 같은 목소리로 말했다. "나에 대해 뭘 알고 있습니까? 불법적이고 효력 없는 판결을 합법적이고 되돌릴 수 없는 판결로 만드는 게 좋아서라면 어쩌겠습니까?"

"법을 준수하게 만들고 싶다는 그 욕망을 어떻게 인정할 수 있다는 말이오?" 파시앙스의 영향력에 확실히 흔들린 법관이 말했다. "당신이 예심판사의 소환에 응하지 않음으로써 법률 위반을 저지른 마당에 말이오."

"원치 않았기 때문입니다."

"사사건건 왕국의 법률을 따르지 않는 자들을 혼내주는 엄격한 형벌이 있소."

"그렇겠지요."

"오늘은 법률에 순종할 의도로 온 거요?"

"당신들이 법률을 준수하도록 만들려는 의도를 가지고 왔습니다."

"당신이 말투를 바꾸지 않으면 감옥으로 끌려가게 만들겠다고 경고하는 바요."

"내가 당신에게 경고하지요, 당신이 정의를 사랑하고 주님을 섬긴다면 내 말을 듣고 판결의 집행을 중지시켜야 할 거라고. 그 판결은 진실을 추구하는 사람들 앞에 자신을 낮춤으로써 진실을 가져다주는 사람에게는 어울리지 않으니까요. 그러나 지금 내 말을 듣고 있는 여러분, 잘난 사람들에게 농락당해서는 안 될 민중들이여, **신의목소리**라고 불리는 목소리를 가진 여러분, 나와 힘을 합쳐 진리 수호의 대열에 참여하십시오. 불행한 겉치레 아래 질식당하느냐, 못된 수단을 물리치느냐의 기로에 서 있는 진리 말입니다. 민중들이여, 형제여, 자녀여, 정의가 실현되고 분노를 억누르는 목적이 달성되도록 무릎을 꿇고 기도하고, 애원합시다. 그것이 여러분의 의무며 여러분의 권리이고 여러분의 이익인 것입니다. 법률이 지켜지지 않을 때 모욕당하고 협박받는 것은 바로 여러분인 것입니다."

파시앙스가 어찌나 열성적으로 이야기를 했던지, 그에게서 발산되는 진실성이 엄청난 위력을 가지고 폭발하여, 온 방청객들에게서 공감의 물결이 일었다. 당시는 귀족 젊은이들에게서 철학이 대유행이어서 자기들을 향해 호소하는 것이 아닌데도 그들이 가장 먼저 응답했다. 그들은 기사도적 열정으로 자리에서 일어나 그 고상한 본보기에 이끌려 역시 자리에서 일어난 민중들을 향해 몸을 돌렸다. 분노의 함성이 일었고 각자는 자신의 존엄성과 힘을 느끼면서 공통의 권리 안에서 연합하기 위해 개인적인 편견은 잊어버렸다. 이렇듯, 지루한 궤변에 길을 잃은 대중을 바로 인도하는 데는 때로는 한 번의 고귀한 열정과 한마디의 진실한 말이면 충분한 법이다.

유예가 승인되어 나는 박수갈채 속에 감옥으로 다시 인도되었다. 마르카스가 나를 따라왔다. 파시앙스는 감사를 표할 틈도 주지 않고 사라져버렸다.

내 재판의 재심은 대법원의 명령에 의해서만 이루어질 수 있었다. 내 입장에서는, 판결 이전에도, 구 재판 제도상의 파기원에 상고할 뜻이 조금도 없었다. 하지만 파시앙스의 행동과 연설은 방청객의 정신 못지않게 내 정신에도 영향을 미쳤다. 슬픔으로 인해 내 안에 마비된 것처럼 굳어져 있던 투쟁 정신과 인간 존엄성에 관한 감각이 돌연히 깨어났다. 지금 이 시간에도 나는 사람은 자기희생 또는 극기라고 불리는, 좌절의 이기적 집중을 위해서 만들어진 존재가 아니라고 느낀다. 명예의 원칙에서 비롯된 존중을 포기해야만 자신의 명예에 관한 근심도 덜 수 있는 것이다. 자신의 개인적 영광과 목숨을 수수께끼 같은 양심의 결정을 위해 희생하는 것이 훌륭하다고 할지라도, 그것은 결국 두 가지를 다 부당한 박해의 준동에 내어주는 비겁함일 뿐이다. 나는 스스로도 내가 다시 일어서는 것을 느꼈다. 그래서 나는 운명에 몸을 맡길 때 발휘했던 것과 똑같은 인내심을 가지고 이 중요한 밤의 남은 시간을 나의 명예를 회복시킬 방도를 모색하면서 보냈다. 힘이 나는 느낌과 함께 희망이 되살아나는 느낌이 들었다. 에드메는 미치지도, 죽을 만큼 치명상을 입은 것도 아닌 것 같았다. 그녀는 나를 무죄 석방시킬 수 있고 회복될 수도 있었다. '누가 알리오?' 나는 생각했다. '그녀가 이미 내게 정의를 되찾게 해주었는지도 모른다. 나를 구하라고 파시앙스를 보낸 게 그녀일 수도 있었다. 분명 나는 용기를 되찾고 간교한 책략에 말살당하지 않음으로써 그녀의 소원을 이루어줄 것이다.'

하지만 어떻게 대법원의 명령을 얻어낼 것인가? 국왕의 특별명령이 필요한데 누가 그걸 청원할 수 있을 것인가? 똑같은 이 사건을 두고 지난번에는 분별없이 성급하게 달려들더니 이번에는 제멋대로 끔찍한 지연 작전을 쓰고 있는 사법 당국을 어떻게 서두르도록 만들 것인가? 나를 해치고 나의 모든 방어 수단을 무력화하지 못하도록 누가 내 적을 저지할 것인가? 한마디로 누가 나를 위해 싸워줄 것인가? 오직 신부만이 그렇게 할 수 있었지만 그는 나로 인해 감옥에 들어갔다. 소송에서 보여준 그의 관대한 행동은 그가 아직도 내 친구임을 증명해주었다. 하지만 그의 열정은 묶여 있다. 미천한 신분의 마르카스가 그의 수수께끼 같은 말재주로 무엇을 할 수 있을까? 밤이 오면 하늘에서 구원의 손길이 내려오리라는 희망을 안고 잠이 들었다. 주님께 열정적으로 기도했기 때문이다. 몇 시간의 잠은 내게 생기를 주었다. 감방 문 뒤에서 자물쇠를 여는 소리에 나는 눈을 떴다. 오, 선하신 주님! 나의 전우, 6년 동안 어떤 비밀도 없었던 또 다른 나 자신, 아서를 보고 그의 품에 뛰어들었다! 이처럼 나를 사랑하시는 주님의 징표를 받아들이며 나는 어린애처럼 울었다. 아서는 나의 유죄를 믿지 않았다! 필라델피아 도서관의 과학 분야의 문제로 그를 초청한 파리에서 그는 내가 연루된 이 슬픈 사건에 대해 알게 되었다. 그는 내게 혐의를 두는 모든 사람들과 논쟁을 벌였다. 그리고 나를 구하고 위로하러 오기 위해 일분일초도 낭비하지 않았다.

나는 행복하게 나의 영혼을 그의 영혼에 토로하고, 나를 위해 그가 할 수 있는 일이 무엇인지 말해주었다. 그는 그날 저녁에 바로 파리로 가는 우편 마차를 타려고 했다. 하지만 나는 생트-세베르로 가서 에드메의 소식을 알아보는 것으로 시작해달라고 부탁했다. 내가 그녀의 소식을 받지 못한 죽음 같은 나흘이었다. 마르카스는 내가 원하는 만큼 정확하고 자세한 소식을 결코 전해주지 않았기 때문이다. "안심해." 아서가 말했다. "내가 진실을 알게 해줄 테니. 난 꽤 괜찮은 외과 의사거든. 나는 용한 눈을 가지고 있으니 자네가 걱정해야 할 것이 무엇이고 희망을 가져야 할 것이 무엇인지를 사실에 가깝게 말해줄 수 있을 거야. 거기서 바로 파리로 출발할게." 그는 바로 이틀 후 내게 길고 자세한 편지를 썼다.

에드메는 매우 특이한 상태에 있었다. 그녀는 일체의 신경 자극을 피하기만 하면 아프다고 하지 않았고 아픈 것 같지도 않았다. 하지만 그녀의 고통스러운 기억을 일깨울 수 있는 말을 비치기라도 하면 경기를 일으켰다. 그녀가 처해 있는 정신적 고립이 가장 큰 회복의 걸림돌이었다. 그녀는 육체적 간호에는 부족함이 없었다. 두 명의 훌륭한 의사와 아주 충직한 간병인이 있었기 때문이다. 르블랑 양도 엇비슷하게 열성적으로 그녀를 간호하긴 했다. 하지만 이 위험한 시녀는 부적절한 말과 부주의한 질문으로 자주 해를 입히고 있었다. 게다가 아서는, 에드메가 내게 죄가 있다고 생각한 적이 있고 그 문제에 관하여 자신의 견해를 밝힌 적이 있긴 하지만 그것은 병세가 초기 단계에 있을 때의 일이라고 나를 안심시켰다. 적어도 보름 전부터 그녀는 완전히 무기력 상태에 빠져 있었다. 그녀는 자주 잠을 잤지만 완전히 잠들지는 않았다. 그녀는 걸쭉한 음료를 소화시켰고 신음 소리도 전혀 내지 않았다. 아픈 곳을 묻는 의사들의 질문에는 늘 아니라고 무심한 손짓으로만 대답했다. 그녀의 삶을 가득 채웠던 애정을 기억한다는 어떤 표시도 나타내지 않았다. 그래도 아버지를 향한 애정, 그 깊고 강한 감정은 그녀에게서 꺼지지 않았다. 그녀는 자주 눈물을 하염없이 쏟았는데 그럴 때면 아무 소리도 들리지 않는 것 같았다. 그녀는 아버지가 돌아가셨다고 여기는 것 같아서 돌아가시지 않았다는 것을 이해시키려고 해봤지만 소용이 없었다. 그녀는 애원하는 몸짓으로 소리(그녀의 귀에 들리는 것 같지도 않았다)뿐만 아니라 주변에서 이루어지는 움직임까지도 거부했다. 얼굴을 가리고 안락의자에 파묻혀서 두 무릎을 가슴까지 구부린 그녀는 달랠 수 없는 절망에 빠진 듯 보였다. 이 무언의 고통은 그녀 자신이 더는 맞서 싸우려고 하지 않았기 때문에 퇴치될 수 없었다. 아서에 의하면, 예전에는 가장 격렬한 폭풍우도 다스릴 수 있었지만 이제 풍랑이 잦아든 죽음의 바다를 표류하고 있을 따름인 불굴의 의지가 자기가 본 것 중 가장 가슴 아픈 광경이었다는 것이다. 에드메는 삶과의 연결 고리를 끊어버린 것처럼 보였다. 르블랑 양이 그녀를 떠보기 위해 그리고 동요시키기 위해 무례하게 끼어들어 아버지가 돌아가셨다고 말했던 것이다. 그녀는 머리를 끄덕이는 신호로 그걸 알고 있다고 표시했다. 몇 시간 후 의사들이 그가 아직 살아 있음을 이해시키려 하자 그녀는 그걸 믿을 수 없다는 또 다른 신호로 대답했다. 기사의 안락의자를 그녀의 침실로 밀고 가서 두 사람을 서로 대면시켰다. 아버지와 딸은 서로를 알아보지 못했다. 단지 잠시 뒤 에드메가 자기 아버지를 유령으로 착각하고 끔찍한 비명을 지르며 발작 상태에 빠지는 바람에 상처가 재발한 탓에 생명을 걱정해야 하는 상태가 되었다. 그때 이후로 두 사람을 떼어놓고 에드메 앞에서는 아버지와 관련된 어떤 말도 삼가도록 애썼다. 그녀는 아서를 그 지방의 의사로 착각하고 다른 사람들을 대하는 것과 같이 상냥하고 무심하게 맞이했다. 그는 감히 내 얘기를 꺼낼 엄두도 낼 수 없었다. 그러나 그는 내게 절망하지 말라고 설득했다. 에드메의 상태를 보니, 시간과 휴식이 이겨낼 수 없는 건 아무것도 없다는 것이었다. 열도 거의 없고, 몸의 생명 기능 중 실제로 문제가 있는 것은 하나도 없다고 했다. 상처는 거의 회복되었고 두뇌는 과도한 활동으로 붕괴된 것같이 보이지 않는다는 것이었다. 아서에 의하면, 이 기관이 빠져 있는 부진과 다른 모든 기관들의 탈진 상태는 젊음의 기력과 훌륭한 체격의 힘과 오래 싸울 수 없을 거라고 했다. 마지막으로 그는 나 자신을 생각하라고 권유했다. 나의 간호가 에드메에게 유용할 수 있고 그녀의 애정과 존경이 돌아오면 나는 행복해질 수 있다는 것이었다.

보름 후, 나에 대한 판결의 재심을 위한 국왕의 특별명령을 가지고 아서가 파리에서 돌아왔다. 새로운 증인들의 증언이 청취되었다. 파시앙스는 나타나지 않았지만, 나는 "**당신은 죄가 없으니 희망을 가지시오**"라고 흘려 쓴 그의 쪽지를 받았다. 의사들은 이제부터는 모프라 양이 위험에 빠지지 않고 신문을 받을 수 있지만 그녀의 답변은 아무런 의미가 없을 수도 있다고 주장했다. 그녀의 건강 상태는 호전되었다. 아버지를 알아보았고 더는 그의 곁을 떠나지 않았다. 하지만 아버지와 관계되지 않는 모든 일에 대해서는 아무것도 이해하지 못했다. 아버지를 아이처럼 돌보는 데서 큰 기쁨을 느끼는 것 같았다. 기사도 애지중지하는 딸을 가끔 알아보았다. 하지만 기사의 기력은 눈에 띄게 쇠약해졌다. 그의 정신이 명료할 때 한 번 그에게 물었다. 그는 자기 딸은 **실제로** 사냥을 나갔다가 말에서 떨어졌으며 나무둥치에 부딪혀서 가슴이 쪼개졌지만, 실수로라도 그녀에게 총을 쏜 사람은 아무도 없었으므로 미치지 않고서야 어떻게 그녀의 사촌이 그런 범죄를 저지를 수 있다고 믿겠느냐고 대답했다. 이것이 그에게서 얻어낼 수 있는 전부였다. 조카의 부재에 대해 어떻게 생각하느냐고 묻자, 그는 자기 조카는 절대로 집에 없는 게 아니며 매일 그를 만난다고 대답했다. 아아! 위태롭게 된 가문의 명성을 지키는 데 충실한 그는 어린애 같은 거짓말로 사법 당국의 수사를 물리치고자 했을까? 내가 결코 알 수 없었던 게 그것이다. 에드메는 신문을 받을 수 없었다. 그녀에게 제기된 첫 질문에 대해 그녀는 어깨를 추썩이며 조용히 있고 싶다는 신호를 했다. 검사가 고집을 피우며 더 노골적이 되자 그녀는 그를 빤히 쳐다보며 그를 이해하려고 애쓰는 것 같았다. 그가 내 이름을 말하자 그녀는 큰 소리를 내며 기절하여 쓰러지고 말았다. 그녀의 증언을 듣는 것은 포기해야 했다. 그래도 아서는 조금도 낙담하지 않았다. 오히려 이 장면에 대한 이야기를 듣고 에드메의 지적 능력에서 유익한 고비로 작용할 수 있다고 생각했다. 그는 즉시 길을 떠나 생트-세베르로 가서 자리를 잡고, 내게 편지도 쓰지 않고 여러 날을 머물렀다. 그것은 나를 깊은 근심 속으로 몰아넣었다.

다시 신문을 받은 신부는 평온하고 간결하게 증언 거부를 견지했다.

하지만 판사들은 파시앙스가 약속한 정보가 도착하지 않은 것을 알고 소송의 재심을 서둘러 나에 대한 그들의 적의를 보여주는 새로운 증거들을 다시 한번 급속도로 제시했다. 정해진 날이 왔다. 나는 불안해서 죽을 지경이었다. 아서는 파시앙스만큼이나 간결한 문체로 내게 희망을 가지라고 썼다. 내 변호사는 내게 유리한, 이렇다 할 어떤 증거도 손에 넣지 못했다. 그도 내가 유죄라고 믿기 시작하는 것이 뻔했다. 그는 오로지 유예만을 얻어내고자 했다.

27

첫 심리 때보다 방청객이 훨씬 많았다. 법정의 문마다 경비가 강화되었다. 군중은 오늘날 시청이 된 자크쾨르성의 창문에까지 밀고 들어왔다. 이번에 나는 몹시 혼란스러웠다. 그것을 전혀 드러내지 않을 힘과 자존심이 있긴 했지만 말이다. 이제 나는 내 사건의 성공에 관심이 있었지만, 내가 품었던 희망이 실현될 것 같지는 않았다. 그리하여 형언할 수 없는 불안과 집약된 분노와, 나의 결백에 눈을 감고 있는 이 사람들과 나를 버린 듯한 신에 대해 일종의 증오를 느끼고 있었다.

이러한 격렬한 상태에서 나는 평온해 보이기 위해 엄청난 고역을 치른 끝에 내 주변에서 무슨 일이 벌어지고 있는지를 가까스로 이해했다. 새로운 신문에서도 첫 심리 때와 같은 말로 답변하기 위해서 정신을 단단히 차렸다. 그런데 어두운 장막이 내 머리 위에 펼쳐지는 것 같았다. 쇠로 만든 테두리가 이마를 조여오고 눈구멍에 얼음 같은 한기가 느껴져서 나 자신밖에 보이지 않았고 희미하고 이해할 수 없는 소음만이 들려왔다. 나는 무슨 일이 일어났는지 알지 못한다. 돌연히 내게 충격을 준 등장에 대해 누군가 내게 알려주었는지도 알지 못한다. 법정 뒷문이 열리고 아서가 베일을 쓴 한 여인을 부축해 들어왔고 문지기가 급하게 그녀를 향해 밀고 온 넓은 안락의자에 그녀를 앉힌 뒤 베일을 들어 올려 에드메의 파리하고 숭고한 미모가 드러나자 찬미의 외침이 법정을 가득 채웠던 것만이 기억난다.

이 순간 나는 군중이고 법정이고 내 사건이고 온 우주고 뭐고 모든 것을 망각했다. 어떤 인간의 힘도 나의 터질 듯한 감정을 막을 수는 없었을 것이라고 생각한다. 나는 벼락같이 증인석 한가운데로 달려 나가 에드메의 발밑에 몸을 던지고 그녀의 무릎에 입맞춤을 퍼부었다. 이런 행동은 대중 그리고 거의 모든 여자들에게 눈물의 홍수를 일으켰다고들 했다. 고상한 척하는 젊은이들도 감히 비웃지 못했다. 판사들도 감동했다. 한순간 진실이 완벽한 승리를 거두었다.

에드메는 오랫동안 나를 바라보았다. 죽은 자와 같은 무감각이 얼굴에 감돌았다. 도대체 나를 알아볼 수 있을 것 같지가 않았다. 청중은 깊은 침묵 속에서 그녀가 나에 대한 증오든 애정이든 표시하기를 기다리고 있었다. 갑자기 그녀가 눈물을 터뜨리더니 내 목에 두 손을 감고 정신을 잃었다. 아서는 즉시 그녀를 데려가게 했다. 그는 나를 내 자리로 돌려보내느라 몹시 애를 먹었다. 나는 내가 어디에 있으며 무슨 일과 관련되어 있는지 더는 알 수가 없었다. 나는 에드메의 옷에 매달려 그녀를 따라가려고 했다. 아서는 재판부를 향하여 오전에 그녀를 진료한 의사들로 하여금 환자의 새로운 상태를 검증하게 할 것을 요구했다. 또한 그는 그 순간의 위기가 지나가면 에드메를 다시 증언대에 소환하여 나와 대면할 것을 주장하여 관철시켰다. "이 발작은 심각하지 않습니다." 그가 말했다. "모프라 양은 요 며칠 동안 그리고 이리로 오는 동안 같은 종류의 발작을 여러 번 겪었습니다. 매번 발작이 있고 나면 그녀의 지적 능력은 점점 더 좋은 쪽으로 발전했습니다."

"가서 환자를 간호하시오." 재판장이 말했다. "두 시간 후에 재소환될 것이오. 그녀가 기절했다가 깨어나는 데 그 정도 시간이면 충분하다고 당신이 생각한다면 말이오. 기다리는 동안 법정은 처음 판결의 집행정지를 요구했던 증인의 말을 듣겠습니다."

아서가 물러나고 파시앙스가 들어왔다. 그는 복장을 제대로 갖추고 있었다. 그러나 몇 마디를 한 다음, 그는 옷을 벗는 것을 허용해주지 않는다면 계속하는 것은 불가능하다고 선언했다. 빌려 입은 이 치장이 어찌나 불편하고 무겁게 느껴졌던지 땀을 비 오듯이 흘리고 있었다. 그는 경멸의 비웃음이 동반된 재판장의 허락이 떨어지자마자 이 문명의 상징들을 땅바닥에 패대기쳤다. 그리고 힘줄이 울퉁불퉁한 팔뚝 위로 셔츠의 소매를 정성껏 내리며 대략 이렇게 이야기했다.

"저는 진실만을, 오직 진실만을 말하겠습니다. 저는 두 번째 선서를 하고 있습니다. 제가 말해야 할 것들이 있기 때문이지요. 그것들은 서로 상충되는데, 저 스스로도 그걸 납득할 수가 없습니다. 저는 주님과 사람들 앞에서 제가 아는 것을 누구를 이롭게 하거나 해롭게 하도록 영향을 받지 않고 아는 대로 말하겠다고 맹세했습니다."

그는 넓적한 손을 들더니 순진한 신뢰의 태도로 사람들을 향해 돌아섰다. 이렇게 말하고 싶은 듯했다. '여러분 모두는 제가 선서하는 것을 보고 있으며 제가 믿을 수 있는 사람이라는 것을 알고 있습니다.' 그의 입장에서의 이러한 신뢰는 근거가 없지 않았다. 법정에 나와서 그토록 대담하게 발언하고 판사들 앞에서 사람들에게 일장 연설을 늘어놓은 이 비범한 인물에 대해 처음의 사건 판결 이후 관심이 폭발했기 때문이다. 이런 행동은 모든 민주주의자와 **필라델피아 회원들**에게 호기심과 공감을 불러일으켰다. 당시 상류층에서는 보마르셰의 작품들이 성공을 거두고 있었기 때문에, 그 지방의 모든 권력에 맞서는 파시앙스가 고상한 정신을 뽐내는 모든 사람들의 지지와 갈채를 받았던 것이다. 각자는 그에게서 새로운 모습의 피가로를 보았다고 여겼다. 그의 개인적 미덕에 대한 소문이 퍼져나갔다. 자네도 기억하듯이 내가 아메리카에 체류하는 동안 파시앙스의 존재가 바렌의 주민들에게 알려졌고 마법사라는 명성은 자선가라는 명성에 자리를 내어주었다. 그는 **위대한 판관**이라는 별명으로 불렸다. 분쟁에 자발적으로 개입하여 놀라운 능란함과 선의로 쌍방이 만족하도록 해결했기 때문이다.

그는 이번에는 심금을 울리는 큰 목소리로 이야기했다. 그는 목소리를 여러 가지로 아름답게 변주할 수 있었다. 몸짓은 상황에 따라 느리거나 생기를 띠었고 항상 고상했고 마음을 사로잡았으며, 소크라테스 같은 짧은 얼굴은 늘 좋은 인상을 주었다. 그는 웅변가의 모든 자질을 다 갖추고 있었지만, 그것을 발휘하는 데 허영심이 작용하지는 않았다. 그는 명료하고 간결하게 이야기했다. 최근에 사람들과 교류하면서 그들의 관심사를 긍정적으로 토론하다 보니 필연적으로 얻게 된 태도였다.

"모프라 양이 충격을 받았을 때 저는 기껏해야 열 발짝 정도 떨어져 있었습니다. 하지만 그곳의 잡목림이 어찌나 무성했던지 두 발짝 떨어진 곳도 전혀 보이지 않았습니다. 저에게 사냥을 하라고 권했거든요. 제가 별로 좋아하지도 않는데도요. 제가 20년 동안이나 살았던 가조 탑 가까이 있게 되니 예전의 제 작은 방을 다시 보고 싶어졌습니다. 제가 성큼성큼 걸어서 거기에 도착했을 때 총소리가 들리더군요. 하나도 무섭지 않았죠. 몰이를 할 때 시끄러운 소리가 나는 건 지극히 당연하니까요! 하지만 제가 덤불숲에서 나왔을 때, 즉 대략 2분 후에 저는 에드메(용서해주십시오, 이렇게 부르는 게 습관이 되어서요. 저는 그녀에게 누구 말마따나 아버지 유모 같은 사이니까요)를 발견했습니다. 여러분이 들으셨던 바와 같이, 부상을 당한 에드메가 뒷발로 일어서는 말의 고삐를 여전히 잡은 채로 땅바닥에 무릎을 꿇고 있었습니다. 그녀는 자기가 많이 아픈지, 거의 아프지 않은지도 모르더군요. 하지만 그녀는 다른 한 손을 가슴에

444

대고 이렇게 말했습니다. **베르나르, 이건 끔찍해요! 당신이 나를 죽일 수 있으리라고는 꿈에도 생각지 못했어요. 베르나르, 어디 있는 거죠? 와서 내가 죽어가는 걸 봐야죠. 이걸 알면 아버지는 돌아가실 테니 당신은 우리 아버지를 죽인 거예요!** 이런 말을 하면서 그녀는 완전히 쓰러졌습니다. 그리고 잡고 있던 말의 고삐를 놓아버렸죠. 전 그녀에게 달려갔습니다. **오오! 그걸 보았나요, 파시앙스?** 하고 그녀가 제게 말했습니다. **이 얘긴 하지 마요, 아버지껜 말하지 마세요…** 그녀는 팔을 늘어뜨렸고 몸이 뻣뻣하게 굳었습니다. 전 그녀가 죽었다고 생각했지요. 그녀의 가슴에 박힌 총알을 빼낸 뒤 밤이 되어서야 그녀가 말했습니다."

"그때 베르나르 드 모프라를 보았나요?"

"사건 현장에서 그를 보았습니다. 에드메가 정신을 잃고 주님께 영혼을 돌려드린 것처럼 보인 순간 그를 보았어요. 그는 미친 사람 같았지요. 후회가 그를 짓누르고 있다고 생각했어요. 저는 그에게 가혹하게 말했습니다. 그를 살인자처럼 대했죠. 그는 아무런 대답도 하지 않고 사촌 곁 땅바닥에 앉았습니다. 그는 사촌이 이송된 다음에도 여전히 오랫동안 정신이 나간 채로 거기 남아 있었습니다. 아무도 그를 비난할 생각은 하지 않았죠. 그가 말에서 떨어졌다고 생각했습니다. 그의 말이 연못가를 달리는 걸 보았거든요. 모두들 떨어지면서 그의 총이 발사된 것으로 여겼지요. 오베르 신부만이 유일하게 베르나르 씨가 자기 사촌을 살해하려 했다고 비난하는 이야기를 들었죠. 그 뒤에 어느 날 에드메가 말했던 거죠. 하지만 그건 항상 내가 없을 때였습니다. 게다가 그때 이후로 그녀는 거의 항상 착란상태에 있었어요. 그녀는 총격이 있기 전 자신과 모프라 님 사이에서 무슨 일이 있었는지를 아무에게도 털어놓지 않았다고 저는 주장하겠습니다(르블랑 양은 물론이고 그 누구에게도요). 다른 사람들에게는 물론이고 저한테도 말하지 않았어요. 아주 드물게 제정신이 돌아올 때 우리가 물어보면 베르나르가 고의로 그런 건 아니라고 대답했습니다. 그리고 첫 사흘 동안에는 심지어 여러 번 그를 만나고 싶어 했습니다. 그러나 열에 들뜨면 이렇게 소리치곤 했죠. **베르나르! 베르나르! 당신은 큰 죄를 저질렀어요. 당신은 우리 아버지를 죽였어요!** 그녀의 생각이 그랬죠. 실제로 그녀는 자기 아버지가 돌아가셨다고 믿었습니다. 오랫동안 그렇게 믿었지요. 그래서 그녀는 의미 있는 얘기는 거의 하지 않았어요. 르블랑 양이 그녀가 말했다고 전한 것은 모두 거짓입니다. 사흘이 지나자 그녀는 알아들을 수 있는 말을 하는 걸 멈추었고, 일주일이 지나자 그녀의 병은 완전한 침묵 단계로 들어갔죠. 이레 전에 정신을 되찾은 그녀는 바로 르블랑 양을 내쫓았습니다. 그게 이 침실 시녀가 뭔가 못된 짓을 했다는 걸 증명하죠. 이상이 제가 모프라 님에 대해서 해야 할 불리한 증언입니다. 그 사실에 대해 입을 다무는 것은 오로지 제게 달린 일이었죠. 하지만 말씀드릴 다른 게 또 있습니다. 전 진실을 통째로 밝히고 싶었거든요."

파시앙스는 잠시 쉬었다. 청중들 그리고 내게 관심을 가지기 시작하고 자신들의 편견에서 비롯된 신랄함을 잃기 시작한 재판부는 기대와는 너무 다른 증언에 깜짝 놀라고 있었다.

파시앙스가 다시 말을 시작했다. "저는 여러 주 동안 베르나르가 범죄를 저질렀다고 확신하고 있었답니다. 그리고 그것에 대해 아주 깊이 생각했죠. 베르나르처럼 그토록 선량하고 교양 있는 사람이, 에드메가 그토록 존중하고 기사 모프라 나리가 아들처럼 사랑하는 사람이, 그리고 정의와 진리에 대해 그토록 많은 생각을 가진 사람이 갑자기 악당이 될 수는 없다고 무수히 저 자신에게 말했습니다. 그러자 총격을 가한 자는 얼마든지 다른 어떤 모프라일 수도 있다는 생각이 들었어요. 트라피스트 수도사인 모프라를 말하는 게 아닙니다" 하고 그는 방청객 속에서 장 드 모프라를 찾으며 덧붙였다. 그는 거기 없었다. "저는 죽은 게 확인되지 않은 모프라 얘기를 하는 겁니다. 법정은 장 드 모프라의 말에 따라 그건 무시해도 된다고 생각하고 장 드 모프라를 믿었죠."

"증인." 재판장이 말했다. "당신이 피고 측 변호인 노릇을 하기 위해서나 재판부의 판결을 재심하기 위해서 여기 있는 게 아니라는 것을 깨닫게 해주고 싶군요. 당신은 그 사건에 대해 알고 있는 것만을 말해야지, 사건 내용에 대해 예단한 것을 말해서는 안 됩니다."

"그러죠." 파시앙스가 대답했다. "그래도 왜 제가 첫 심리에서 베르나르에게 불리한 증언을 하고 싶지 않았는지 말해야 합니다. 오직 그에게 불리한 증거들만을 제시할 수밖에 없었지만 그 증거 자체를 믿지 않았기 때문이지요."

"지금은 당신에게 그걸 요구하지 않습니다. 당신의 증언에서 벗어나지 마시오."

"잠깐만요! 제게는 지켜야 할 명예가 있고, 설명해야 할 저 자신의 행동이 있습니다. 부탁드립니다."

"당신은 피고인이 아니니, 당신 자신의 입장을 변호할 필요는 없습니다. 법정이 당신을 불복종으로 기소하는 것이 적절하다고 판단하면 그때 가서 당신을 변호할 생각을 하세요. 하지만 지금은 그게 문제되지 않습니다."

"법정이 제가 정직한 사람인지 가짜 증인인지를 알도록 하는 것은 중요한 문제입니다. 죄송합니다만, 그건 이 사건과도 관련이 있을 것 같습니다. 피고인의 목숨이 거기 달려 있으니까요. 법정이 그것과 무관하다고는 간주할 수 없을 것입니다."

"말해보세요." 검사가 말했다. "법정을 존경해야만 한다는 것을 잊지 않도록 하시오."

"재판부를 모욕하고 싶지는 않습니다." 파시앙스가 계속했다. "단지 어떤 사람이 양심적 이유로 법원의 명령을 이행하지 않을 수 있다고 말씀드리는 겁니다. 재판부의 입장에서는 적법하게 유죄판결을 내릴 수 있지만 판사 각자의 개인적 관점에서는 이해하고 용서할 수 있는 그런 경우 말입니다. 그래서 저 스스로는 베르나르 드 모프라가 유죄라고 느끼지 않았습니다. 오직 제 귀만이 그걸 알고 있었죠. 제게는 그것만으로는 충분하지 않았습니다. 죄송합니다, 나리님들, 저 역시 판관입니다. 저에 대해 조사해보십시오! 우리 마을에서는 저를 **위대한 판관**이라고 부른답니다. 마을 사람들이 저에게 술집에서 일어난 다툼이나 밭의 경계에 대해서 판결해달라고 부탁하면, 저는 그들의 생각보다는 제 생각에 귀를 기울입니다. 사람에 대해서는 아주 간단한 사실 이상의 다른 지식들이 필요한 법이죠. 사실의 진위를 증명하는 데 쓰이는 것과는 다른 아주 많은 지식들이 사람들에게는 적용되니까요. 이렇듯 베르나르가 살인자라고 생각할 수 없었고, 거짓 맹세를 할 리가 없다고 여겨지는 열 명 이상의 사람들이 **모프라처럼 꾸민** 수도사가 지역을 돌아다녔다고 증언하는 것을 들었으며, 저 자신도 사건이 나던 날 아침에 풀리니에서 지나가는 이 수도사의 등과 두건을 보았기 때문에, 저는 그가 바렌에 있는지 알고 싶었고 그가 아직 있다는 것을 알아냈습니다. 말하자면 바렌을 떠났다가 지난달 재판이 있을 무렵에 돌아온 거죠. 더구나 그는 장 드 모프라와 친분이 있었습니다. 도대체 그 수도사가 누구일까? 하고 저는 속으로 생각했죠. 왜 그의 얼굴은 그 지방 주민 모두를 두렵게 했을까? 그는 바렌에서 무엇을 하고 있는 것일까? 그가 카르멜 수도원 출신이라면 그는 왜 그 수도원의 복장을 하고 있지 않은 걸까? 그가 장 씨와 같은 교단이라면 왜 그와 함께 카르멜 수도원에 묵지 않는 걸까? 그가 기부금 모금자라면 왜 모금을 한 뒤에 더 멀리 떠나지 않고 그 전날에 기부금을 준 사람들을 귀찮게 하러 다시 돌아왔을까? 그가 트라피스트 수도사이고 다른 이처럼 카르멜 수도원에 머무르기를 원치 않는다면 왜 그는 자기 수도원으로 돌아가지 않는 걸까? 도대체 이 떠돌이 수도사는 뭐란 말인가? 그리고 여러 사람에게 그를 모른다고 말했던 장 드 모프라는 왜 가끔 크르방에 있는 술집에서 같이 아침을 먹을 정도로 그를 잘 아는 걸까? 그래서 저는 증언을 하기로 결심했습니다. 베르나르에게는 어느 정도 불리할 것이 틀림없었음에도 지금 여러분께 말씀드리고 있는 것을 이야기할 권리를 얻기 위해서죠. 그게 아무짝에도 쓸모가 없다고 해도 말입니다. 그러나 여러분은 증인들이 믿고 있는 것의 근거를 밝힐 수 있도록 시간을 주지 않더군요. 그래서 저는 그 수도사가 이 고장에서 무엇을 하는지를 알아내지 않는 한 숲에서 나오지 않겠다고 결심하고, 제가 여우처럼 지내고 있는 숲으로 즉시 다시 떠났습니다. 저는 그의 흔적을 추적하여 그가 누구인지를 알아냈습니다. 그는 에드메 드 모프라의 살인자이며, 이름은 앙투안 드 모프라입니다."

이 폭로는 재판부와 방청객에게 큰 동요를 일으켰다. 모든 사람의 시선이 장 드 모프라를 찾았지만 그는 코빼기도 보이지 않았다.

"당신의 증거는 무엇입니까?" 재판장이 말했다.

"이제 말씀드리겠습니다." 파시앙스가 대답했다. "말씀드렸듯이, 제가 도와준 적이 있는 크르방의 술집 여주인으로부터 트라피스트 수도사 두 명이 가끔 그 술집에서 아침을 먹곤 한다는 것을 듣고, 거기서 5리쯤 떨어진 **르트루오파드**라고 하는 숲속 한가운데에 있는 외딴집을 거처로 구했습니다. 누구든지 묵을 수 있는 가구 딸린 숙소입니다. 바위에 파놓은 동굴인데 앉을 수 있도록 만든 큰 돌 하나 말고는 아무것도 없지요. 저는 거기서 풀뿌리와 술집에서 가끔 가져다준 빵 조각을 먹으며 이틀을 보냈습니다. 술집에서 숙식하는 것은 제 원칙에 들어 있지 않거든요. 세 번째 날에 술집 여주인의 사환이 두 수도사가 와서 식탁에 앉아 있다는 기별을 하러 왔어요. 저는 그리 달려가서 정원으로 이어지는 포도주 저장실에 숨었습니다. 저장실 문 쪽으로 그림자를 드리운 사과나무 아래 야외에서 그분들이 아침을 먹고 있었어요. 장 씨는 맨정신이었고, 다른 사람은 카르멜 수도회 수도사처럼 먹고 프란치스코 수도회 수도사처럼 마시더군요. 저는 편안하게 보고 들을 수가 있었죠. '이제 끝날 때가 됐어' 하고 앙투안이 말했어요. 저는 그가 마시는 걸 보고 그가 욕하는 걸 듣고 그 사람이라는 걸 똑똑히 알아봤습니다. '난 형이 나한테 시킨 일에 지쳤어. 카르멜 수도원에 은신처를 마련해 줘. 안 그러면 소동을 일으킬 테야.'

'네가 무슨 소동을 일으킬 수 있다는 거냐? 그랬다가는 수레바퀴 형으로 직행이지, **아둔한 짐승아!**' 하고 장 씨가 대답했어요. '너는 카르멜 수도원에 발도 들여놓을 수 없다는 걸 명심해라. 내가 형사 소송에서 유죄 혐의를 받는 건 걱정하지 않는다. 세 시간 후면 네가 누군지 알게 될 테니까.'

'제발, 도대체 왜 그들에게 형이 성인이라고 꼭 믿게 하는 건데!'

'나는 성인처럼 행동할 수 있지만 너는 천치처럼 행동하니까. 밥을 먹고 나서 그릇을 부수고 욕하는 걸 한 시간만 참을 수 있겠냐!'

'그럼 말해봐, **네포뮈센**, 내가 형사사건에 말려들면 형은 거기서 아주 깨끗이 빠져나오겠다는 거야?' 하고 다른 이가 대꾸했어요.

'누가 알아?' 하고 트라피스트 수도사가 대답했습니다. '나는 너의 미친 짓을 결정한 적도 없고 그런 일에 대해 조언한 것도 전혀 없

는데.'

'오! 오! 훌륭한 사도여!' 하고 앙투안이 웃느라고 의자에서 뒤로 넘어가며 외쳤지요. '일이 다 되니 지금 와서 만족한단 말이지. 형은 항상 비겁했어. 내가 없었다면 가서 트라피스트 수도사가 되는 것보다 더 나은 걸 상상이나 했겠어? 생트-세베르의 **곤봉들**에게서 돈을 좀 뜯어낼 권리를 갖기 위해 신심 깊은 척하고 그다음에는 과거를 죄 사함 받고 하는 걸 말이야. 정말 멋진 야망이지! 일생 동안 갑갑함을 참으며 모든 쾌락을 절반밖에 누리지 못하고 게다가 두더지처럼 숨어 지내다가 두건 아래서 뒈지는 것 말이야! 좋아, 좋아, 귀여운 베르나르가 목이 매달리고 예쁜 에드몽드가 죽고 늙은 천둥벌거숭이가 그 굵은 뼈를 땅에 묻고 나면, 우린 그 멋진 재산을 상속받을 거고, 형은 그게 바로 멋진 기습이란 걸 알게 될 거야. 일석삼조라고나 할까! 내가 신심 깊은 척하는 건 좀 힘이 들겠지. 난 수도원 생활에는 익숙하지 않은 데다가 그 옷을 어떻게 입는지도 모르니까. 그러니 두건은 벗어 던지고 로슈-모프라에 예배당을 하나 지어서 거기서 1년에 네 번 영성체하는 걸로 만족할 거야.'

'네가 거기서 한 모든 것은 바보짓이고 치욕이야!'

'네, 네! 치욕에 대해서는 말씀을 마세요, 상냥한 형님. 안 그러면 이 포도주 한 병을 통째로 삼키게 하고 말 테니.'

'그건 바보짓이라고 하잖아. 그게 성공한다면 넌 성모님께 멋진 촛불을 바쳐야 할 거고, 실패한다면 난 손을 씻는 거다, 알겠냐? 내가 주루의 비밀 방에 숨어 있을 때 저녁을 먹고 베르나르가 제 하인에게 하는 말을 들었지. 아름다운 에드메에게 정신을 홀딱 빼앗겼더구먼. 난 별생각 없이 그걸 멋지게 이용해서 한 방 먹일 수 있겠다고 너에게 얘기했고. 넌 바보 천치같이 그걸 진지하게 받아들여서는 재보고 궁리해야 하는 일을 나와 의논도 없이 적절한 기회를 기다리지도 않고 가서 저지르고 말았지.'

'적절한 때라고? 새가슴 같으니라고! 도대체 내가 그걸 어찌 알았겠어? 견물생심인 거지. 나는 숲 한가운데서 사냥 때문에 깜짝 놀란 거야. 그래서 그 빌어먹을 가조 탑에 숨어. 두 연인이 오는 게 보이네. 베르나르는 눈물을 질질 짜고 아가씨는 거만을 떠는데, 걔네들 대화를 들으니 웃겨 죽을 것 같아. 베르나르가 남자 구실도 다 하지 않고 바보처럼 물러가네. 그런데 내게 완전히 장전된 악당의 총이 있는 거야. 주님은 아시지, 어떻게 탕…!'

'입을 다물어라, 야만스러운 짐승 같으니라고!' 하고 겁에 질린 다른 한 명이 말했습니다. '그런 얘기를 술집에서 해야겠냐? 헛바닥을 동여매라, 이 인간아! 그러지 않으면 널 다시는 보지 않을 테니.'

'하지만 내가 카르멜 수도원의 대문에 가서 종을 울리고 소란을 피우면 나를 봐야 할걸, 상냥한 형님.'

'거긴 오지 말아라. 그러지 않으면 널 고발할 테다.'

'날 고발하지 못할걸. 난 형 행실에 대해 아는 게 너무 많거든.'

'나는 네가 두렵지 않다. 난 증거를 제시했고 내 죄를 속죄했거든.'

'위선자!'

'자, 조용히 해라, 정신 나간 놈아' 하고 장 씨가 말했습니다. '가야겠다. 돈이나 좀 주마.'

'이게다야!'

'성직자가 너에게 뭘 주기를 바라는 거냐? 내가 부자라고 생각하냐?'

'당신네 카르멜 수도회가 부자지. 그 돈으로 하고 싶은 대로 다 하잖아.'

'더 줄 수도 있지만 그렇게 하지는 않겠다. 2루이를 받자마자 방탕을 일삼다가 소란을 피워서 발각되고 말 테니까.'

'내가 얼마 동안 이 고장을 떠나 있기를 바라면서, 도대체 무슨 돈으로 여행을 하란 말이야?'

'이미 세 번이나 떠날 돈을 주지 않았어? 도의 경계에 있는 첫 번째 갈봇집에서 가진 돈 모두를 다 탕진하고 다시 돌아오지 않았느냐 말이다! 너에게 불리한 증언이 나온 뒤에 기마경찰대가 경계심을 품고 있고 베르나르가 재심 청구에 성공해서 곧 발각되게 생긴 마당에 네 부주의가 역겹구나!'

'거기에 신경을 써야 하는 건 형님이지. 형이 카르멜 수도회를 조종하고 카르멜 수도회가 주교들을 조종하니 말이오. 주님은 알고 계시지, 저녁 식사 후에 수도원 경내에서 비밀리에 서로 어울려 무슨 소소한 미친 짓을…'"

여기서 재판장은 파시앙스의 이야기를 중단시켰다.

"증인." 그가 말했다. "경고합니다. 그런 대화가 등장하는 추잡스러운 이야기로 고위 성직자들의 미덕을 모욕하고 있어요."

"천만에요." 파시앙스가 대답했다. "저는 방탕한 자와 살인자가 고위 성직자들에게 던진 욕설을 전하는 것입니다. 제게서 나온 말은 전혀 없습니다. 여기 계신 분들 각자는 그걸 가지고 어떤 입장을 취해야 할지 알고 있습니다. 하지만 원하신다면 그 문제에 대해서는 더 이야기하지 않겠습니다. 꽤 긴 논쟁이 계속되었으니까요. 진짜 트라피스트 수도사는 가짜 트라피스트 수도사를 떠나보내고 싶어 했어요. 가짜는 남겠다고 우기더군요. 자기가 현장에 없으면, 형이 유산을 통째로 다 차지할 욕심으로 베르나르가 참수당하자마자 즉시 자기를 체포당하게 할 거라면서요. 궁지에 몰린 장은 그를 고발하고 사법기관에 넘기겠다고 정색하고 위협했지요. '흥! 어쨌든 조심하는 게 좋을걸' 하고 앙투안이 말했습니다. '베르나르가 무죄가 되면 유산은 안녕!이니까.'

그렇게 그들은 헤어졌습니다. 진짜 트라피스트 수도사는 매우 근심에 싸여 가버렸고, 다른 자는 탁자에 팔꿈치를 괴고 잠들어버렸지요. 저는 그자를 체포하기 위해 숨어 있던 곳에서 나왔어요. 바로 그때 저를 강제로 증언하러 오게 하려고 오랫동안 저를 추격한 기마경찰대가 제 목덜미를 잡았죠. 저 수도사가 에드메의 살인범이라고 지목해도 아무 소용이 없었지요. 제 말을 믿으려고 하지 않고 그를 잡아오라는 명령은 받은 적이 없다고 말합디다. 저는 마을 사람들을 불러 모으려고 했지만 말을 하지 못하게 막더군요. 그러고는 제가 무슨 탈주자나 되는 양 이 분대에서 저 분대로 끌고 다니다 여기까지 데려왔습니다. 그리고 여덟 시간 전부터 독방에 감금돼 있습니다. 제 청원의 권리를 인정해주지도 않고 말입니다. 심지어 베르나르 씨의 변호사를 만나서 제가 감옥에 있다는 것을 알릴 수도 없었습니다. 바로 조금 전에야 옷을 걸치고 **법정에 출두해야** 한다고 간수가 제게 알리러 왔지요. 이 모든 것이 법적 형식 절차에 들어 있는지 모르겠습니다. 어쨌든 확실한 것은 살인범이 체포될 수 있었을 텐데, 체포되지 않고 있고 체포되지도 않을 거라는 거죠. 만일 여러분이 장 드 모프라의 신병을 확보해서 그에게 기별하는 것을 막지 않는다면 말입니다. 전 장이 공범이라고 하지는 않겠습니다. 대신 그의 보호를 받고 있는 자라고 하겠어요. 제가 들은 모든 것에서 장 드 모프라는 어떤 공모의 혐의에서도 벗어나 있다는 것을 맹세합니다. 무고한 사람은 엄격한 법망에 걸리도록 내버려두고 거짓 증언과 거짓 행위로 죽음을 가장하여 죄인을 구하려고 한 행위에 대해서는…" 재판장이 또다시 그를 중단시키려는 것을 본 파시앙스는 이렇게 말하며 서둘러 연설을 마무리했다. "그것에 대해서는, 여러분, 그걸 판단하는 것은 여러분의 몫이지, 제 일이 아닙니다."

28

이 중요한 증언이 있은 뒤, 재판부는 잠시 휴정을 명했다. 이윽고 심리가 재개되었을 때, 에드메가 다시 재판부 앞에 불려 나왔다. 그녀를 위해 마련된 안락의자까지 가까스로 몸을 이끌고 나올 만큼 파리하고 기진맥진한 상태였지만 에드메는 엄청난 힘과 놀라운 정신력을 보여주었다.

"당신에게 제기될 질문에 평온하고 혼란 없이 대답할 수 있다고 생각합니까?" 재판장이 그녀에게 말했다.

"그랬으면 합니다, 재판장님." 그녀가 대답했다. "제가 중병에서 회복되고 있고, 기억을 되찾은 게 불과 며칠 되지 않지만 충분히 회복되었다고 생각하며, 제 정신은 어떤 혼란도 느끼고 있지 않습니다."

"당신의 이름은?"

"솔랑주-에드몽드 드 모프라, **에드메아 실베스트리스**." 그녀가 기어

들어가는 목소리로 덧붙였다.

나는 전율했다. 이런 뜬금없는 말을 하면서 그녀의 시선은 이상한 빛을 띠었다. 나는 그녀가 그 어느 때보다 횡설수설할 것이라고 여겼다. 놀란 내 변호사가 의문에 가득 찬 표정으로 나를 바라보았다. 나 이외에는 그 누구도 그녀가 병석에 누웠던 초기와 후기에 반복하는 습관이 생긴 그 두 단어를 이해하지 못했다. 다행히도 그것이 그녀의 능력에 문제가 생긴 마지막 경우였다. 그녀는 귀찮은 생각을 떨쳐버리려는 듯 아름다운 머리를 흔들었다. 재판장이 그 이해할 수 없는 단어의 설명을 요구하자 그녀는 상냥하고 고상하게 대답했다. "아무것도 아닙니다, 재판장님, 제 신문을 계속해주시기 바랍니다."

"당신의 나이는, 아가씨?"

"스물네 살입니다."

"당신은 피고인의 친척입니까?"

"브르타뉴식으로 따지면 그의 당고모입니다. 그는 제 오촌이고 제 아버지의 종손자입니다."

"진실만을, 오로지 진실만을 말하겠다고 선서하시겠습니까?"

"네, 재판장님."

"손을 드십시오."

에드메는 서글픈 미소를 지으며 아서 쪽으로 몸을 돌렸다. 그는 그녀의 장갑을 벗기고, 힘들이지 않고 거의 움직이지도 않고 손을 들도록 도와주었다. 내 두 뺨에서 굵은 눈물이 흘러내리는 게 느껴졌다.

　에드메는 섬세하면서도 순진하게 다음과 같이 이야기했다. 즉, 그녀는 나와 함께 숲에서 길을 잃었는데, 그녀가 말에 실려 가는 걸로 착각한 내가 그녀를 걱정하는 마음이 앞서서 급하게 그녀를 붙잡다가 말에서 떨어지게 하고 말았다. 그로 인해 작은 언쟁이 뒤따랐고, 이어서 **여자들이 잘하는 어리석은 심술**을 부리며 혼자서 다시 말에 타려고 했다. 심지어 내게 심한 말까지 했는데, 나를 형제처럼 사랑하고 있었기 때문에 그건 마음에도 없는 말이었다. 그녀의 거친 행동에 심히 상처를 받은 나는 그녀의 말에 따르기 위해 몇 발짝 멀어졌는데, 이 유치한 다툼 때문에 역시나 마음이 상한 그녀가 나를 따라가려고 하는 순간, 총성이 막 들리는가 싶더니 가슴에 격렬한 충격을 느끼고 쓰러졌다. 그리고 그녀가 어느 쪽으로 몸을 돌렸는지, 어느 쪽에서 총알이 날아왔는지를 말하는 것은 불가능하다는 것이었다. "이것이 벌어진 일의 전부입니다." 그녀가 덧붙였다. "제가 이 사건을 여러분에게 설명할 수 있는 상태에 있는 마지막 사람입니다. 제 영혼과 양심을 걸고 저는 이 사건을 우리 사냥꾼 어느 한 사람의 서투름 탓으로 돌릴 수밖에 없습니다. 그는 그것을 고백하기가 두렵겠지요. 법이 얼마나 엄격한지요! 그리고 진실을 증명하기가 얼마나 어려운지요!"

　"그렇다면 아가씨, 당신의 사촌이 이 습격의 범인이라고 생각하지 않으시는군요?"

　"네, 재판장님, 절대로 그는 범인이 아닙니다! 저는 이제 정신이 오락가락하지 않습니다. 제 머리가 온전치 않다고 생각했다면 이렇게 여러분 앞에 이끌려 나오지 않았을 것입니다."

"당신이 파시앙스 영감과 시녀인 르블랑 양 그리고 아마 오베르 신부에게도 했던 폭로를 정신이상 상태의 탓으로 돌리는 것 같군요."

"저는 존경스러운 신부님과 르블랑 양에게는 물론, 품위 있는 파시앙스에게 어떤 **폭로**도 한 적이 없습니다." 그녀는 확신을 가지고 대답했다. "열에 들떠서 한 의미 없는 말들을 폭로라고 부른다면 꿈속에서 우리를 무섭게 만드는 모든 인물에게 사형을 언도해야 하겠군요. 제가 모르는 사실에 대해 무슨 **폭로**를 할 수 있단 말인가요?"

"하지만 당신은 부상을 입고 말에서 떨어지는 순간에 **베르나르, 베르나르, 당신이 나를 죽일 수 있으리라고는 꿈에도 생각지 못했어!**라고 말했습니다."

"그런 얘기를 하기는 했는지도 기억나지 않습니다. 설령 제가 그런 말을 했다고 해도 벼락을 맞아서 정신이 나간 것이나 다름없는 사람의 느낌을 그토록 중요시할 수 있다고는 생각지 못할 것 같습니다. 제가 알고 있는 것은, 베르나르 드 모프라는 제 아버지나 저를 위해서라면 목숨이라도 내놓을 사람이며, 따라서 그가 저를 살해하려고 했다는 것은 전혀 있을 수 없다는 것입니다. 게다가 무슨 이유로요, 위대하신 주님!"

그러자 재판장은 에드메를 곤경에 빠뜨리기 위해 르블랑 양의 증언이 제공할 수 있는 모든 논거를 사용했다. 실제로 그녀를 혼란에 빠뜨릴 수 있는 것도 있었다. 에드메는 자신이 비밀이라고 생각하는 무수한 일들을 사법 당국이 입수한 것을 알고 놀랐지만 이런 사건의 법정에서 사용되는, 순결과 관련된 적나라한 용어들로써 그녀가 로슈-모프라에서 나의 야비함의 희생자였다는 이야기를 들려주자 용기와 자부심을 되찾았다. 그리고 그녀는 나의 됨됨이와 자신의 명예를 불같이 옹호하면서, 내가 그때까지 받은 교육에 비해 기대할 수 있는 것 이상으로 올바르게 행동했다고 주장했다. 하지만 이 시기부터의 에드메의 삶을 온통 설명해야 하는 일이 남아 있었다. 드라마르슈 씨와의 파혼, 나와의 빈번한 다툼, 나의 갑작스러운 아메리카행, 그녀의 결혼 거부 등등.

"이 신문은 끔찍한 짓입니다." 정신력을 행사하여 육체적인 힘을 되찾은 그녀가 갑자기 자리에서 일어나면서 말했다. "저에게 가장 내밀한 감정을 설명할 것을 요구하고 가장 깊은 영혼의 비밀까지 들여다보면서 제 수치심을 고문하고 주님께만 속하는 권리를 남용하는군요. 여기에 다른 이의 목숨이 아니라 제 목숨이 달려 있다면 저에게서는 한마디도 더 들을 수 없을 거라고 단언합니다. 하지만 그가 인간 말종이라도 그 사람의 목숨을 구하기 위해서라면 제 혐오감은 접어둘 수 있습니다. 하물며 여러분의 눈앞에 있는 저 사람을 위해서라면 더욱더 그리할 것입니다. 여러분은 저에게 여성의 침묵과 자부심에 반하는 고백을 하도록 강요하고 있으므로, 여러분이 볼 때 제 행동에서 이해할 수 없는 모든 것, 당신들이 베르나르의 잘못과 저의 원한, 그의 위협과 저의 두려움의 탓으로 돌리고 있는 모든 것이 이 한마디로 정당화된다는 것을 알아두기 바랍니다. **저는 그를 사랑합니다!**"

얼굴에 홍조를 띤 채 그 어느 때보다 가장 정열적이고 당당하게 영혼의 힘을 모아 마음속 깊은 곳에서 나오는 말투로 이 말을 하고 에드메는 다시 자리에 앉아 두 손으로 얼굴을 감쌌다. 이 순간 감동의 도가니에 빠진 나는 참지 못하고 이렇게 외쳤다. "지금 저를 교수대로 데려가도록 해주세요, 저는 지상의 왕입니다!"

"교수대라고! 그대가!" 에드메가 몸을 일으키며 말했다. "차라리 나를 데려가세요. 불쌍한 이여, 7년 전부터 내 비밀스러운 애정을 숨겨온 게 그대의 잘못이란 말인가요? 사랑한다는 말을 하기 위해 당신이 사랑에서 그러하듯이 지혜와 지성에서도 첫째가는 사람이 되기를 기다렸답니다. 당신은 내 야심의 대가를 톡톡히 치르고 있는 거예요, 사람들이 그걸 멸시와 증오로 해석하고 있으니까요. 당신은 당연히 날 증오하겠지요, 나의 오만이 당신을 죄수석으로 이끌었으니까요. 하지만 당신의 수치를 정말 멋지게 회복시켜줄게요. 내일 당신을 교수대로 보낸다고 해도 당신은 내 남편의 자격으로만 거기 가게 될 거예요."

"당신의 관대함이 지나치군요, 에드메 드 모프라." 재판장이 말했다. "친척을 구하려고 자신이 앙탈을 부렸고 냉정했다는 것까지 인정하려고 드는군요. 하지만 저 젊은이의 정열을 폭발하게 만든 7년 동안의 거절은 어떻게 설명하시겠습니까?"

"재판장님, 아마도 재판부는 이 문제에 관하여 판단할 권한이 없는 것 같습니다." 에드메가 영리하게 말했다. "많은 여자들이 사랑하는 남자에게 조금 앙탈을 부리는 것은 큰 범죄가 아니라고 생각합니다. 그 사람 때문에 다른 이들을 다 물리쳤다면 그럴 권리가 있지 않겠어요? 가장 좋아하는 사람에게 자신이 가치 있는 영혼이며 오랫동안 찾아다니고 배려받을 자격이 충분함을 느끼도록 하고 싶은 것은 아주 순수하고 자연스러운 자부심이지요. 이런 앙탈이 연인에게 사형선고를 받게 만드는 결과를 낳는다면 재빨리 고치리라는 것도 사실입니다. 하지만 여러분, 제가 이 가엾은 젊은이에게 안겨준 가혹함을 여러분이 그런 식으로 위로하고자 하는 일은 불가능합니다."

흥분하여 이렇게 비꼬듯이 말하면서 에드메는 눈물을 쏟았다. 그녀의 영혼과 정신이 가진 모든 장점들, 애정, 용기, 세련됨, 자부심, 정숙함 등등을 보여주는 이 섬세한 감수성에 의해 이러한 면면이 모두 담긴 매우 변화무쌍하고 놀라운 인상이 그녀의 얼굴에 나타났으므로, 엄숙하고 어두운 재판부는 무감동한 청렴의 청동 갑옷과 위선적 미덕의 납 제의가 벗겨지는 것을 느꼈다. 에드메의 고백을 통한 변호가 성공적이지는 않았지만 최소한 나에 대한 우호적 관심을 최고 수준으로 불러일으켰다. 아름답고 고결한 여인에게 사랑받는 남자는 그를 난공불락으로 만들어주는 부적을 지니고 있는 셈이어서, 이런 이들 각자는 자신의 삶이 다른 이들의 삶보다 더 가치가 있다고 느끼는 법이다.

에드메는 무수한 질문을 더 받았고 르블랑 양이 왜곡한 사실들을 바로잡았다. 그녀는 몹시 너그럽게 나를 용서했다. 사실이다. 그녀는 놀라운 재주로 어떤 질문들은 피해 가고, 거짓말을 하거나 나를 단죄할 수밖에 없는 경우에서 슬쩍 빠져나갈 줄 알았다. 그녀는 너그럽게도 나의 모든 잘못을 자기 탓으로 돌리고, 우리가 다툰 것은 그녀가 그렇게 하는 데서 비밀스러운 기쁨을 느꼈기 때문이며, 내 사랑의 힘을 확인하게 되기 때문이라고 주장했다. 내가 아메리카로 떠나도록 방관한 것은 나의 미덕을 시험하고자 했기 때문이며, 그 당시에 사람들이 말했듯 원정이 1년 이상 계속되리라고는 생각지도 못했다고도 했다. 그래서 그녀는 내가 이 기약 없는 연장을 참아낼 만큼 명예를 중시하는 사람이라고 여기면서도 나의 부재는 그녀에게 더 고통스러웠다고도 했다. 마침내 그녀는 자신에게서 발견된 편지를 확실한 것으로 인정하고 그걸 받아서 서기에게 반쯤 지워진 글자들을 함께 추적하자고 부탁하여 놀라운 기억력으로 잘려진 부분을 복원해냈다. "이 편지는 협박장이라고 말할 수 없습니다." 그녀가 말했다. "제 가슴에서 발견된 그 편지에서 받은 인상은 두려움이나 혐오가 아니었기에 제가 그걸 받았다는 것도 베르나르에게 알리지 않았고 일주일 전부터 그 편지를 가슴에 품고 다녔습니다."

"하지만 7년 전 당신의 사촌이 당신 곁에 머무르던 초기에 칼을 구해다가 밤마다 베개 밑에 넣어두고 긴급히 방어해야 할 경우를 대비하여 날카롭게 갈아두게 했는지에 대해서는 조금도 해명하지 않는 이유는 무엇입니까?" 재판장이 말했다.

"제 가족에게는, 상당히 공상적인 정신과 자부심 강한 기질이 있습니다." 그녀가 얼굴을 붉히며 말했다. "제가 몇 번이나 자살할 계획을 세운 건 사실입니다. 제 마음속에서 사촌을 향한 극복할 수 없는 애정이 자라나는 것을 느꼈기 때문입니다. 드라마르슈 씨와 해소할 수 없는 약혼 관계로 얽혀 있다고 생각했기 때문에 저는 약속을 저버리거나 아니면 약속을 지켜 베르나르 아닌 다른 사람과 결혼하느니 차라리 죽으려고 했습니다. 나중에 드라마르슈 씨가 아주 조심스럽고 올바르게 약혼을 취소해주었으므로 저는 더는 죽을 생각을 하지 않았죠."

모두의 시선과 호의적인 수군거림을 뒤로하고 에드메가 퇴장했다. 법정의 문턱을 넘자마자 그녀는 또 기절했다. 하지만 이런 발작은 심각한 후유증이 없었고 며칠 후에는 흔적도 없이 사라졌다.

나는 그녀가 방금 말한 것에 몹시 동요되고 심취해서 무슨 일이 일어나고 있는지를 이제 알 수 없었다. 오직 내 사랑에 대한 생각에만 매몰되었지만 그래도 나는 의심을 했다. 에드메가 내 모든 잘못을 고백하지 않은 것은 내 잘못을 가볍게 하려는 계획에서 나에 대한 끌림을 과장했을 수도 있지 않을까 하는 것이었다. 내가 아메리카로 떠나기 전에, 무엇보다 내가 그녀 곁에 머물기 시작한 초창기부터 그녀가 나를 사랑하고 있었다는 것을 믿을 수 없었다. 내 머릿속에는 온통 이런 생각으로 가득 차서 심지어 내 소송의 원인이나 목적까지도 더는 기억나지 않았다. 이 냉정한 회의, 아레오파고스

재판소*에서의 초미의 질문은 오직 **그가 사랑받는가? 아니면 사랑받지 않는가?** 하는 질문이었다. 내게는 승리냐 패배냐, 삶이냐 죽음이냐 가 있을 따름이었다.

　오베르 신부의 목소리가 나를 이런 몽상에서 끌어냈다. 그는 여 위고 초췌해져 있었지만 평온 그 자체였다. 독방에 갇힌 그는 감옥 의 온갖 지독한 고초를 순교자의 체념으로 감수했다. 물 샐 틈 없 는 경계에도 불구하고 흰족제비처럼 어디든지 능숙하게 숨어들 수 있는 솜씨 좋은 마르카스가 아서의 편지를 그에게 전하는 데 성공 했다. 에드메도 거기에 몇 자 덧붙였다. 이 편지에 의해서 모든 것 을 말하도록 허락받은 신부는 파시앙스의 증언과 딱 들어맞는 증 언을 했다. 사건 후 에드메가 처음으로 한 말을 믿고 그는 나를 비난 했다. 하지만 뒤이어 환자가 이성을 잃는 상태를 보이자 그는 6년도 더 전부터의 나무랄 데 없는 내 행동을 떠올렸다. 그리고 앞서의 심 리와 앙투안 드 모프라의 존재와 그 출현에 대한 세간의 소문으로 부터도 몇 가지 깨달음을 얻어 나의 결백함을 전적으로 확신한 나 머지 내게 불리한 증언을 하고 싶지 않았다고 고백했다. 지금 그가 증언하는 까닭은, 추가 심리가 재판부를 이해시켰다고 사료되며, 또 자신의 증언이 한 달 전에 야기했을 것과 같은 중대한 결과를 초 래하지는 않을 거라고 여기기 때문이라는 것이었다.

　에드메에 대한 나의 감정을 묻는 질문을 받자 그는 르블랑 양이 지어낸 모든 얘기를 일소에 부치고, 에드메는 나를 열렬하게 사랑

* 고대 아테네의 정치 기구. 의도적 살인에 대한 재판 법정으로서의 기능도 했다.

하고 있을 뿐만 아니라 우리가 만난 초창기부터 내게 사랑을 느꼈다고 주장했다. 그는 에드메가 했던 것보다는 조금 더 내 과거의 잘못에 의존하긴 했지만 맹세까지 하면서 단언했다. 그는 그 당시에 사촌이 나와 결혼하는 미친 짓을 저지르지 않을까 수차례 걱정했다고 털어놓았다. 하지만 그녀의 목숨에 대해 걱정한 적은 없다고 했다. 심지어 내가 최악의 상태에서 교육을 받던 시기에도 말 한마디와 눈짓 한 번으로 그녀가 나를 복종시키는 것을 늘 보았기 때문이라는 것이다.

공판 진행은 살인범 색출과 체포를 위해 명령된 수색이 종결될 때까지 연기되었다. 나의 소송은 칼라스 사건**과 비교되었다. 이 비교가 사람들 사이에서 회자되기 전부터 재판관들은 자신들이 유혈이 낭자한 오만 가지 특징으로 묘사되는 것을 알고 있었다. 그래서 그들은 증오와 편견이 나쁜 조언자요, 위험한 안내인이라는 사실을 스스로 깨닫게 되었다. 도지사가 내 편이 되어주었고, 에드메의 기사 노릇을 자처하여 그녀를 직접 그녀의 아버지 곁으로 데려다주었다. 그는 떠들썩하게 기마경찰대 전체를 동원했다. 그들은 기운차게 활약하여 장 드 모프라를 체포했다. 붙잡힌 그는 협박을 받자 자기 동생을 넘기며 언제라도 밤에 가면 로슈-모프라에 피해 있는 그를 발견할 수 있을 거라고 진술했다. 그는 비밀의 방에 숨어 있는데, 소작인의 아내가 남편 몰래, 방에 들어가 틀어박히도록

** 1762년 개신교 청년 장 칼라스의 자살을 가족들에게 누명을 씌운 가톨릭교도들의 모함 사건으로, 볼테르의 변호로 널리 알려졌다.

그를 도와준다고 했다.

트라피스트 수도사는 엄중한 호위 아래 로슈-모프라로 이송되었다. 벽과 목재 구조물을 탐사하는 뛰어난 재능에도 불구하고 옛 족제비 사냥꾼 두더지잡이 마르카스가 결코 찾아낼 수 없었던 비밀의 방을 밝히도록 하기 위해서였다. 트라피스트 수도사가 진실한 의도를 저버리는 경우에 대비해 그 방과 그 방으로 연결될 수 있는 통로를 찾는 것을 도우라고 나도 그리로 호송되었다. 그리하여 나는 트라피스트 수도사로 변모한 옛 강도 대장과 함께 그 지긋지긋한 성에 다시 가게 되었다. 그는 몹시 겸손한 태도와 내 앞에서 설설 기는 모습을 보였다. 그가 제 동생의 목숨을 헐값에 팔아넘기고 내게 어찌나 비열한 복종을 표했던지 나는 혐오감에 사로잡혀서 잠시 후에는 제발 내게 말을 걸지 말아달라고 그에게 부탁했다. 기병대의 감시 아래 우리는 비밀의 방 수색에 착수했다. 처음에 장은 주루의 4분의 3이 파괴된 이후 정확한 위치는 모르지만 그 방의 존재는 알고 있다고 주장했다. 하지만 나를 만나자 내 방에서 나 때문에 놀라 벽으로 사라졌던 것을 기억해냈다. 그래서 그는 체념하고 우리를 그리로 데려가 비밀을 보여주었다. 그건 너무도 야릇해서 자네에게 묘사해주는 게 즐거울 것 같지 않다. 비밀의 방이 열렸다. 아무도 없었다. 그렇지만 탐색은 신속하고 비밀스럽게 수행되었으므로 장이 자기 동생에게 알려줄 시간이 있었을 리 만무해 보였다. 주루는 기마대들이 에워싸고 있고 출구는 철저히 감시되고 있었다. 밤이 어두워지자 우리는 소작지의 모든 주민들을 공포로 뒤집어놓은 침입을 감행했다. 소작인은 우리가 무엇을 찾고 있는지 전혀 이해하지 못했다. 하지만 당황하여 불안에 떠는 그의 아내는 주루에 있는 앙투안의 존재를 우리에게 확인시켜주는 것 같았다. 첫 번째 비밀의 방의 탐색이 끝나자 그녀는 안심하는 태도를 보일 만큼 재치가 부족했다. 그것을 본 마르카스는 두 번째 방이 있다고 생각했다. 트라피스트 수도사는 그걸 알고 있으면서도 모르는 척했을까? 그가 자기 역할을 너무도 잘 연기한 나머지 우리 모두가 걸려든 것이었다. 폐허의 모퉁이들과 후미진 곳을 다시 물 샐 틈 없이 탐색해야 했다. 모든 건물들로부터 떨어져 있는 큰 탑은 어떤 은신처도 제공할 수 있을 것 같지 않았다. 화재가 났을 때 계단 굽이 완전히 무너져 내렸고, 두 개의 총안으로 빛이 들어오는 잘 보존된 방 하나가 남아 있는 것으로 보이는 마지막 층에 도달할 긴 사다리가 없었기 때문에, 소작인의 사다리들을 밧줄로 연결했는데도 많이 모자랐다. 마르카스는 많은 오래된 탑에서 볼 수 있듯이 두꺼운 벽 속에 계단이 있을 수도 있다고 주장하며 사다리에 반대했다. 하지만 출구가 어디 있는가? 아마도 지하실 어딘가에? 우리가 거기 있는데도 살인자가 감히 은신처에서 나올 수 있을까? 밤이 어둡고 우리가 조용히 하고 있음에도, 우리가 거기 있다는 기운이 바람에 실려 오고 모든 지점에 계속 지금처럼 보초를 세워두고 있어도, 그는 들판으로 달아나는 모험을 할 것인가? "그럴 것 같지 않습니다." 마르카스가 말했다. "저 위에 도달할 신속한 방도를 찾아야 합니다. 하나를 알고 있습죠." 그는 화재로 검게 된 대들보를 가리켰다.

그 들보는 스무 발짝가량 떨어진 곳에 있는 옆 건물의 곳간과 그 탑을 무시무시한 높이에서 이어주고 있었다. 이 대들보가 끝나는 곳에는 인접한 부분들의 붕괴로 만들어진 넓은 균열이 탑의 옆 벽에 나 있었다. 마르카스가 살펴보니 정말로 이 균열을 통해서 작은 계단의 디딤돌들이 보이는 것 같았다. 게다가 그 벽은 계단이 들어갈 만큼 충분히 두꺼웠다. 족제비 사냥꾼은 이런 대들보 위로 올라가는 모험을 감행한 적이 없었다. 본인 말대로 그는 이런 위험한 **횡단**에는 이골이 났지만 대들보가 그저 가늘고 높아서가 아니라, 화재의 공격을 받아 가운데가 몹시 얇아져 있기 때문에 선량한 중사처럼 날씬하고 반투명할지라도 한 사람의 무게를 지탱할 수 있을지를 알 수 없었기 때문이다. 그때까지는 이런 작업을 수행하면서 목숨이 왔다 갔다 할 만큼 중요한 고려를 해야 하는 상황에 처한 적이 없었다. 그런데 바로 그 순간, 그런 상황과 맞닥뜨린 것이다. 마르카스는 망설이지 않았다. 그가 이런 계획을 품고 있을 때 나는 그와 조금도 가까이 있지 않았다. 무슨 수를 써서라도 그를 말렸어야 했다. 마르카스가 이미 대들보 중간, 불에 탄 나무가 아마도 숯이 되어버린 그 지점까지 가 있을 때에야 나는 사태를 파악했다. 나의 충직한 친구가 공중에 서서 목표를 향해 근엄하게 나아가는 것을 바라보는 내 심정을 어떻게 전할 수 있으리오? 블레로가 예전처럼 짚단 한가운데로 흰담비와 들쥐를 색출하러 가는 것만큼이나 조용하게 주인 앞으로 갔다. 날이 밝아오면서 희끄무레한 공중에 스페인 귀족의 호리호리한 실루엣과 신중하면서도 당당한 발걸음이 그려졌다. 운명의 대들보가 내는 우지끈 소리가 들리는 듯하여 나는 두 손을 얼굴로 가져갔다. 이 엄숙하고 결정적인 순간에 그를 동요시키지나 않을까 두려워 나는 공포의 외침을 틀어막았다. 탑에서 두 발의 총이 발사되었을 때 나는 그 외침을 억누를 수도 고개를 들지 않을 수도 없었다. 처음의 총격에 마르카스의 모자가 떨어졌고 두 번째는 그의 어깨를 스쳤다. 그는 멈추었다. "맞지 않았어요!" 하고 그가 우리에게 소리쳤다. 그리고 껑충 뛰어서 공중에 매달린 다리의 나머지 부분을 잰걸음으로 건넜다. 그는 갈라진 틈을 통해 탑으로 들어가 이렇게 외치며 계단으로 달려갔다. "내 쪽으로, 친구들, 대들보는 단단하니까." 즉시 그를 따라간 다섯 명의 용감하고 팔팔한 사람들이 대들보로 올라가 기마 자세로 서로 손을 잡고 도와가며 한 사람씩 다른 쪽 끝에 도달했다. 그들 중 처음 사람이 앙투안 드 모프라가 도피해 있는 곳간으로 들어가서 마르카스와 드잡이하고 있는 그를 발견했다. 승리에 도취한 마르카스는 적을 죽이는 게 아니라 사로잡아야 한다는 것을 잊어버리고 긴 칼로 족제비를 잡듯이 그를 칼로 찌르는 임무에 착수했다. 하지만 가짜 트라피스트 수도사는 무서운 적이었다. 그는 중사의 손에서 칼을 빼앗고 그를 쓰러뜨렸다. 뒤에서 그에게 덤벼들지 않았다면 마르카스의 목을 졸랐을 것이다. 그는 처음의 세 공격자에게 엄청난 괴력으로 저항했다. 하지만 다른 두 사람의 도움으로 그를 제압하는 데 성공했다. 붙잡히자 그는 더는 저항하지 않고 탑 중앙에 있는 마른 우물 바닥으로 연결된 계단을 내려가기 위해서 손을 묶도록 내버려두었다.

앙투안은 소작인의 아내가 그에게 가져다주었다가 내려오면 즉시 치우는 사다리를 타고 나가서 그리로 내려가곤 했던 것이다. 나는 감동하여 중사의 팔로 뛰어들었다.

"아무것도 아닙니다." 그가 말했다. "재미있던데요. 아직도 제 다리가 믿을 만하고 머리가 냉철하다는 걸 느꼈습니다. 어이! 어이! 늙은 중사." 그가 자기 다리를 바라보며 덧붙였다. "이제는 늙은 스페인 귀족, 늙은 두더지 사냥꾼, 하고 자네의 장딴지를 더 이상 놀리지 않겠네."

29

앙투안 드 모프라가 배짱이 있는 인간이었다면, 에드메 살인미수의 범인은 나라고 증언함으로써 나를 궁지로 몰아넣었을 수도 있었을 것이다. 하지만 그는 이 마지막 범죄 이전에 저지른 일로 인하여 숨어야만 할 이유가 있었으므로 수수께끼처럼 자신을 은폐하고 가조 탑에서의 사건에 대해서도 입을 다물 수밖에 없었다. 내게 유리한 것이라고는 파시앙스의 증언밖에 없었다. 그것이 나를 무죄방면시키는 데 충분했을까? 다른 많은 증언들, 내 친구들의 증언, 나의 난폭한 성격과 범죄 가능성을 부인하지 못한 에드메의 증언조차도 내게 불리하게 작용했다!

하지만 앙투안은 모든 강도 모프라들 중에서 말은 가장 거만하게 했지만 행동은 가장 비겁했다. 사법 당국의 수중에 떨어지자마자 그는 형이 자기를 저버렸다는 것을 알기도 전에 모든 것을 자백했다.

두 형제가 비열하게 서로를 고발하는 추태가 연출되는 공판이 열렸다. 여전히 위선으로 감정을 누르고 있는 트라피스트 수도사는 냉정하게 살인자를 제 운명에 맡기고, 절대로 그에게 범죄를 사주한 적이 없다고 발뺌하며 그로부터 자신을 방어했다. 자포자기에 빠진 살인자는 형이 가장 끔찍한 중죄를 저질렀다고 고발했다. 나의 어머니와 에드메의 어머니를 독살했다는 것이었다. 두 분 다 급성 장염으로 아주 비슷한 시기에 돌아가셨다. 그가 말하기를, 독약 제조 기술이 탁월한 장 드 모프라는 음식에 독을 섞기 위해 갖가지로 변장을 하고 이 집 저 집에 침입하곤 했다. 에드메가 로슈-모프라로 끌려왔던 날도 그는 이 상당한 재산의 상속녀를 제거할 방법을 토의하기 위해 형제들을 소집했었다. 그가 기사 위베르의 결혼을 무효화시키려는 범죄를 통해 손에 넣으려고 애썼던 재산이었다. 나의 어머니는 위베르로 하여금 자기 조카의 입양을 원하도록 인도한 애정의 대가를 목숨으로 치렀다. 모든 모프라들은 에드메와 나를 단번에 제거하고 싶어 했다. 장이 독약을 준비 중일 때 기마경찰대가 주루를 공격함으로써 이 끔찍한 계획은 잠시 잊혔다. 장은 방탕과 불신앙이라는 죽어 마땅한 범죄를 무수히 저질렀지만 그런 혐의를 받아본 적은 아직 없다고 겸손하게 말하며 가증스럽게도 이 고발을 부인했다. 검증도 없이 앙투안의 입에서 나오는 말을 인정하기 어려웠을뿐더러 그 검증 역시 거의 불가능했다. 성직자들이 너무도 강력한 데다가 이 추문을 막는 데 혈안이 되어 있었기 때문에 그것은 받아들여질 수 없었다. 결국 장 드 모프라는 공모 혐의를 벗고, 트라피스트 수도원 본원으로 보내졌다. 대주교는 그가 다시 교구에 발을 들여놓는 것을 금지하고 그의 상급자들에게는 절대로 그를 수도원 밖으로 내보내지 말 것을 촉구했다. 그는 몇 년 안 되어 정신이상이나 다름없는 열광적 회개의 무아지경에 빠져서 거기서 죽었다. 일종의 사회적 명예 회복에 이르기 위하여 속죄를 가장했지만, 계획이 실패로 끝나자 교단의 엄격한 계율과 끔찍한 형벌의 한가운데서 양심의 가책과 뒤늦은 후회의 공포와 번민을 느끼고 말았던 모양이다. 비열한 영혼들에게는 지옥의 공포가 유일한 신앙인 것이다.

나는 혐의를 벗고 명예를 회복하고 석방되자마자 에드메 곁으로 달려갔다. 나는 제시간에 도착하여 종조부의 임종을 지켜볼 수 있었다. 숨이 끊어질 무렵 그는 이러저러한 사건들에 대한 기억이 아니라 마음의 기억을 회복했다. 그는 나를 알아보고 가슴에 안으며 에드메와 함께 축복해주고 서로 손을 잡게 했다. 그가 우리 곁을 떠날 것임을 오래전부터 예견하고 준비했음에도 그의 죽음은 몹시 고통스러웠다. 이 뛰어나고 고귀한 친척에게 해드릴 마지막 의무를 다한 뒤, 우리는 수레바퀴 형을 언도받은 앙투안의 처형을 보지 않기 위해서 잠시 이 고장을 떠났다. 나를 고발한 두 명의 거짓 증인들은 태형에 처해진 뒤 낙인이 찍힌 채로 재판소 관할 지역에서 쫓겨났다. 반면 르블랑 양이 정확하게 거짓 증언을 했다고 고발할 수는 없었다. 그녀의 증언은 대부분 사실에 기반한 유추에서 비롯된 것이었기 때문이다. 그녀는 사람들의 불만을 교묘하게 모면했으며 나를 파멸시키는 대가로 상당한 금액을 받았음을 상기시키기에 충분한 사치품들을 가지고 다른 지방으로 이주했다.

우리는 훌륭한 친구들이자 나의 유일한 옹호자들인 마르카스, 파시앙스, 아서 그리고 오베르 신부와 잠시라도 헤어지고 싶지 않았다. 우리는 모두 함께 여행 마차에 올랐다. 야외 생활에 익숙한 앞의 두 사람이 기꺼이 바깥 좌석을 차지했다. 우리는 그들을 완벽하게 평등하게 대했다. 그때부터 그들이 우리와 다른 식탁에서 식사를 한 적은 한 번도 없었다. 그것에 놀라는 몰상식한 사람들도 몇 명 있었다. 우리는 뭐라고 하든 내버려두었다. 상상이건 실제건 계층과 교육이 갖는 모든 차별을 근본적으로 없애버리는 상황이 있는 법이다.

우리는 스위스를 방문했다. 아서는 에드메의 완전한 회복을 위해서 이 여행이 필요하다고 판단했다. 이 헌신적인 친구의 상냥하고 탁월한 간호, 우리의 애정으로 에드메를 감싸는 행복은 아름다운 산악 풍경 못지않게 그녀의 우수를 몰아내고 우리가 방금 겪은 폭풍우의 기억들을 떨쳐버리는 데 기여했다. 스위스는 파시앙스의 시적 두뇌에 마법적 효과를 불어넣었다. 그는 자주 대단한 환희의 상태에 빠져들었는데, 우리는 그것에 매료되기도 하고, 무섭기도 했다. 그는 어떤 계곡 깊숙한 곳에 오두막을 하나 짓고 자연을 감상하며 거기서 여생을 보내고 싶어 했다. 하지만 우리에 대한 애정 때문에 그 계획은 포기했다. 그 뒤를 이어 마르카스가 우리와 함께 다니며 맛보는 큰 즐거움에도 불구하고 이 여행을 자기 일생에서 가장 슬픈 시기로 본다고 단언했다. 돌아오는 길에 마르티니의 한 여관에서 늙어서 소화 기능이 떨어진 블레로가 부엌에서 받은 지나치게 극진한 환대에 희생되어 죽고 말았던 것이다. 중사는 아무 말도 하지 않고 어두운 눈길로 얼마 동안 녀석을 바라보더니 정원으로 가서 가장 아름다운 장미 나무 아래 묻어주었다. 그는 1년이 지나고 나서야 자신의 고통에 대해 이야기했다.

이 여행을 하는 동안 내게 에드메는 친절과 배려의 천사였다. 이제는 모든 것을 마음이 시키는 대로 맡겨두고, 나에 대해 어떤 경계심도 품지 않았다. 또한 내가 그런 보상을 받을 만큼 충분히 불행을 겪었다고 생각하면서 사람들 앞에서 나의 결백을 주장하기 위해 목소리를 높였을 때 보여준 천국 같은 사랑의 약속을 천번도 더 확인해주었다. 그렇지만 그녀가 증언을 하면서 몇 가지 사실에 대해서는 입을 다문 것이 내게는 충격적이었고, 파시앙스가 습격당한 그녀를 발견했을 때 그녀에게서 새어 나왔던 비난의 말들이 잊히지 않아, 고백건대, 나는 상당히 긴 시간을 괴로워했다. 나는 파시앙스가 모든 것을 폭로하기 전에도 에드메는 나의 결백을 믿기 위해 무진 애를 썼다고 생각했다. 아마도 그랬을 것이다. 하지만 그녀는 이 문제에 관하여 늘 아주 미묘하게 해명하거나 좀 조심하는 모습을 보였다. 하지만 어느 날 그녀는 갑작스럽게 내게 이런 매력 만점의 질문을 던짐으로써 내 상처를 말끔히 봉합했다. "만일 내가 너를 마음속으로 무죄방면하고, 거짓말을 해서라도 사람들 앞에서 변호할 만큼 너를 사랑했다면, 넌 뭐라고 해야 할까?"

내게 여전히 중요한 것은 우리가 알게 된 초창기부터 내게 사랑을 느꼈다는 그녀의 주장을 어떻게 받아들일 것인가 하는 문제였다. 굽힐 줄 모르는 자존심을 가진 그녀가 질투심으로 감춰온 비밀을 드러낸 것이 후회된다는 듯이 여기서 그녀는 조금 마음이 흔들렸다. 그러자 신부는 당시에 **야만인 아이**에게 마음이 기우는 에드메를 여러 번 야단쳤다고 주장하며 대신 고백을 해주겠다고 나섰다. 내가 어느 날 저녁 공원에서 우연히 듣게 된 에드메와 신부 사이의 밀담을 아주 정확한 기억력으로 전달하며 반박하자 그가 내게 대답했다. "나무 밑에서 우리를 조금 더 따라왔더라면 그날 저녁 그대를 몹시 안심시켰을 다툼을 들었을 텐데 말이에요. 어떻게 해서 내가 그대를 처음에는 싫어했다가(거의 혐오했다고 할 수도 있지) 그 다음에는 참을 만해졌다가 마침내 점점 최고로 소중하게 되었는지도 설명해줄 수 있었을 테고."

"그걸 말해주세요." 내가 소리쳤다. "이 기적은 어디서 왔을까요?"

"한마디로, 에드메는 당신을 사랑했어요." 그가 대답했다. "그녀가 내게 그걸 고백할 때 두 손으로 얼굴을 가리고 잠시 수치와 슬픔에 짓눌리는 것처럼 하고 있었지요. 그리고 갑자기 머리를 들며 '좋아요! 그래요' 하고 그녀가 소리쳤어요. '네! 그래요, 그를 사랑해요! 신부님은 굳이 그걸 알고 싶어 하시니까요. 신부님 말씀대로 저는 그에게 반했어요. 그건 제 잘못이 아닌데, 제가 왜 얼굴을 붉혀야 하죠? 전 아무것도 할 수 없어요. 그건 운명적으로 다가왔어요. 저는 결코 드라마르슈 씨를 사랑하지 않았어요. 그에게 느끼는 건 우정뿐이죠. 그런데 베르나르에게는, 그건 다른 감정이에요. 아주 강하고 변화무쌍하고, 혼란과 증오와 두려움과 연민과 분노와 애정으로 가득 찬, 제가 하나도 이해할 수 없는 그런 감정이죠. 그래서 전 이제 아무것도 이해하려고 하지 않아요.'

'오, 여인이란! 여인이란!' 하고 나는 깜짝 놀라 두 손을 모으며 소리쳤지요. '그대는 심연이고 요물이구나. 그대를 안다고 생각하는 사람은 세 배로 미친 사람이구나.'

'원하시는 만큼 여러 배로요, 신부님' 하고 그녀가 원망과 혼란이 가득 찬 단호한 태도로 계속하더군요. '아무래도 좋아요. 저는 이 문제에 관해서 신부님이 일생 동안 만난 모든 신도들에게 한 것보다 더 많이 저 자신에게 이야기해요. 르블랑 양의 말대로 베르나르가 곰이고 오소리라는 건 알아요. 야만인이고 촌놈인 데다가, 또 뭐가 있죠? 베르나르보다 더 머리털이 곤두서고 가시투성이고 음흉하고 심술궂은 건 없어요. 제 이름도 겨우 쓸 줄 아는 짐승이에요. 저를 바렌의 작은 말처럼 길들일 수 있다고 믿는 야만스러운 인간이죠. 그는 실수가 잦아요. 그가 저와 결혼하기 위해 교양을 갖추지 않는다면 그의 것이 되느니 차라리 죽을 거예요. 기적을 기대하는 거나 마찬가지일지도 몰라요. 희망이 없어도 해보는 거죠. 하지만 그가 저더러 죽거나 혹은 수녀가 되라고 강요한다고 해도, 지금 그대로거나 더 나빠진다고 해도 그래도 전 여전히 그를 사랑해요. 친애하는 신부님, 이런 고백을 하는 게 얼마나 고통스러운지 아시죠. 그러니 제 우정이 당신 발밑에서 그리고 당신 가슴속에서 속죄자가 될 때 소리를 치거나 구마 의식을 동원해 저를 모욕하지 말아주세요! 이제 생각하세요. 살펴보고 의논하고 결정하세요! 보세요, 저는 그를 사랑하는 병을 앓고 있답니다! 증상은 이래요. 저는 그 사람만 생각하고, 그 사람만 보여요. 오늘도 저녁 식사를 할 수 없었어요. 그가 돌아오지 않았거든요. 저는 존재하는 그 누구보다 그가 더 잘생겼다고 생각해요. 그가 저를 사랑한다고 말할 때 저는 그게 사실이라는 것이 보이고 그게 느껴져요. 그건 제게 놀라운 일이면서도 동시에 저를 매혹하죠. 베르나르를 알게 된 후 드라마르슈 씨는 무미건조하고 부자연스러워 보여요. 오직 베르나르만이 저만큼 당당하고 화를 잘 내고 용감하고 또 저만큼 마음이 약해요. 제가 그를 화나게 하면 그는 아이처럼 울거든요. 보세요, 그를 생각만 해도 이렇게 눈물이 나네요.'"

"친애하는 신부님." 그의 목을 끌어안으며 내가 외쳤다. "이 모든 것을 기억해주셨으니 숨이 막힐 때까지 안아드릴게요."

"신부님은 과장을 잘해요." 에드메가 짓궂게 말했다.

"뭐라고요!" 그녀의 손이 부러져라 꽉 잡으며 내가 말했다. "7년 동안 나를 그토록 고통 속에 빠뜨려놓고 이제 와서 나를 위로하는 세 마디 말로 후회를 하다니…"

"과거를 후회하지 마." 그녀가 내게 말했다. "생각해봐. 내가 우리 둘을 위한 계획과 능력이 없었더라면 그 당시 네 상태로는 우린 망했을 거야. 그럼 오늘날 우린 어떻게 되었을까, 위대하신 주님! 넌 나의 냉정함과 거만 때문에 아주 다르게 고통을 받았을 거야. 넌 우리가 합친 첫날부터 나를 공격했을 테고, 난 널 방치하거나 내가 자살을 하거나 너도 자살을 해서 너 자신을 벌주었을 거야. 우리 가문에서는 죽이는 게 어린 시절의 습관이거든. 분명한 것은, 너는 고약한 남편이 되었을 거야. 너의 무지 때문에 날 얼굴 붉히게 했을 테고, 나를 억누르려고 들었겠지. 우린 서로를 파멸시켰을 거야. 그 건 우리 아버지를 절망에 빠뜨렸을 테고, 너도 알지, 우리 아버지가 가장 중요하다는 걸! 내가 이 세상에서 혼자였다면 나는 아마 아주 경솔하게 내 운명을 위험에 처하게 했을 거야. 내 성격에는 무모한 점이 있거든. 하지만 우리 아버지는 **당연히** 행복하고 고요하고 존경 받으셨어야 해. 그분은 나를 행복과 독립 속에서 기르셨지. 그분이 내 평생 동안 쏟아부어준 축복을 내가 그의 노년에 **빼앗았다면** 나 는 결코 나 자신과 화해할 수 없었을 거야. 신부님의 주장대로 내가 덕이 높고 위대하다고 생각하지 마. 나는 사랑해, 그게 다야. 하지 만 난 강하게 절대적으로 끈질기게 사랑하지. 난 우리 아버지를 위 해 널 희생시켰어, 가엾은 베르나르. 내가 우리 아버지를 희생시켰 다면 우리를 저주했을 하늘이 오늘날 시련을 거쳐 흔들리지 않는 것을 우리에게 줌으로써 보상을 하고 있어. 내 눈앞에서 네가 성장 할수록 나는 기다릴 수 있다고 느꼈어. 왜냐하면 난 너를 오랫동안 사랑해야 했으니까. 나는 내 정열이 나약한 영혼들의 정열이 그러 하듯이 만족하기도 전에 사라지는 걸 보는 게 두렵지 않았거든. 우 린 아주 예외적인 두 인물이었어. 우리에겐 영웅적인 사랑이 필요 했지. 평범한 일들은 우리 두 사람을 다 불행하게 만들었을 거야."

30

　우리는 에드메의 아버지의 애도 기간이 끝날 무렵, 결혼하기 위해 정해진 시기에 생트-세베르로 돌아왔다. 우리 두 사람 다 아주 깊은 혐오와 큰 불행을 겪은 이 고장을 떠날 때 다시는 그리로 돌아가고 싶지 않으리라고 상상했었다. 그렇지만 우리에게 어떤 쓰라림도 불러일으키지 않는 매혹적인 나라에 있으면서도 어린 시절의 추억의 힘과 몸에 익은 가정생활의 습관으로 인하여 금세 슬프고 야생적인 우리의 바렌을 그리워했고, 우리 성의 정원에 있는 늙은 떡갈나무들을 떠올리며 한숨짓게 되었다. 우리는 마음속 깊은 곳에서 우러나는 기쁨과 존경의 마음으로 이리로 돌아왔다. 에드메의 첫 번째 관심사는 정원에 핀 아름다운 꽃을 꺾어다 무릎을 꿇고 아버지의 무덤에 바치는 것이었다. 우리는 이 신성한 흙에 입을 맞추고 아버지와 같이 존경받고 추앙받는 이름을 남길 수 있도록 쉬지 않고 노력하겠다고 맹세했다. 그분은 이러한 야망을 약점이 될 정도로 자주 피력했다. 하지만 그것은 고귀한 약점이요, 성스러운 허영이었다.

우리의 결혼식은 마을의 작은 성당에서 거행되었고 하객은 가족으로 이루어졌다. 아서, 신부님, 마르카스, 파시앙스 이외에는 아무도 우리의 소박한 피로연에 초대받지 못했다. 우리의 행복에 외부의 구경꾼들이 무슨 필요가 있었겠는가? 그들은 자신들이 와주는 것으로 우리 가족의 허물을 덮었으니 우리에게 은총을 베푼 것이라고 생각했을 것이다. 우리만으로도 충분히 행복하고 즐거웠다. 우리 가슴은 충만한 우정으로 벅찼다. 우리는 다른 사람의 우정을 간청하기에는 너무 자부심이 강했고, 더 나은 것을 원하기에는 너무도 서로에게 만족하고 있었다. 파시앙스는 자기 오두막으로 돌아갔다. 검소한 은둔자의 삶에서 뭔가를 바꾸는 것을 여전히 거부했고, **위대한 판관**과 **재무 관리인** 직무를 재개해 일주일의 며칠을 일했다. 마르카스는 죽을 때까지 내 곁에 머물렀다. 그의 죽음은 프랑스대혁명이 끝날 무렵 찾아왔다. 나는 무한대의 우정과 그늘 없는 친밀함으로 최선을 다해서 그에게 진 빚을 갚으려고 했다.

인생의 1년을 우리를 위해 희생한 아서는 조국에 대한 사랑과 자신의 지식을 전파하고 연구 성과를 제공함으로써 나라 발전에 기여하고 싶은 욕망을 포기할 결심을 할 수 없어서 필라델피아로 귀향했다. 나는 아내를 여읜 뒤 필라델피아로 가서 그를 만났다.

고상하고 관대한 내 아내와 더불어 맛본 행복을 자네에게 들려주진 않겠다. 그런 시절은 말로 표현할 수 없는 법이니. 그런 시절을 잃어버린 뒤에는 그때를 떠올리지 않으려고 발버둥 치지 않는 한, 계속 살아갈 수 있을지를 결정할 수 없을 것이다. 그녀는 내게 여섯 아이를 낳아주었고, 그중 넷이 아직까지 살아서 훌륭하고 현명하게 일가를 이루었다. 나는 그들이 마침내 한심한 조상들의 기억을 지워버릴 수 있게 되어서 행복하다. 나는 에드메가 임종 시에 명령한 대로 그들을 위해 살았다. 겨우 10년 전에 내가 그녀를 여의었다는 것 말고 다른 얘기는 하지 않도록 해주길. 그녀는 처음 만난 날과 마찬가지로 내게 각별하니까. 나는 그녀를 잃은 슬픔을 달래려 하지 않고 내 시련의 시간을 완수한 다음, 더 좋은 세상에서 성스러운 내 인생의 반려와 다시 만날 자격이 있는 사람이 될 수 있도록 애쓰고 있다. 그녀는 내가 사랑한 유일한 여인이었다. 다른 어떤 여인에게도 눈길 한번 준 적이 없고 손 한번 잡아본 적도 없다. 나는 그런 사람이다. 내가 사랑하면, 나는 그를 과거에도 현재에도 미래에도 영원히 사랑한다.

혁명의 폭풍우도 우리의 삶을 조금도 무너뜨리지 못했고 혁명이 불러일으킨 정열도 우리 내면의 결속을 방해하지 못했다. 우리는 관대한 마음으로 공화국의 법에 따라 우리 재산의 대부분을 포기하고 그것을 정당한 희생이라고 여겼다. 그토록 많은 피가 뿌려진 것에 놀란 신부는 시대의 요구가 영혼의 힘을 능가할 때면 가끔 자신의 정치적 종교를 부인했다. 그는 가족의 지롱드당이었다.

에드메는 감수성이 덜하지 않음에도 더 많은 용기를 보여주었다. 여성적이고 동정심 많은 그녀는 모든 계층의 비참을 마음속 깊이 아파했다. 자기 세기의 모든 불행에 눈물을 흘렸다. 하지만 그 시대의 경건하게 열광적인 위대함을 결코 등한시하지는 않았다. 그녀는 절대적 평등이라는 자신의 이론에 변함없이 충실했다. 산악당의 행태가 신부를 분개하게 하고 절망에 빠뜨렸을 때, 그녀는 관대하게도 자신의 애국적 열정을 희생하고, 신부 앞에서는 그를 전율케 하는 몇몇 이름은 절대 입에 올리지 않는 섬세함을 보여주었다. 내가 어떤 여인에게서도 결코 볼 수 없었던 일종의 설득력을 가지고 그녀가 존경했던 사람들의 이름 말이다.

나로 말할 것 같으면, 내 교육은 그녀에 의해서 이루어졌다고 할 수 있을 것이다. 내 일생 동안 나는 전적으로 그녀의 판단력과 올곧음을 따랐다. 민중을 위한 어떤 역할을 하고 싶은 욕망이 내 열정을 부추길 때면, 그녀는 내 이름만으로도 어떤 계층에 대한 나의 영향력을 송두리째 마비시킬 것임을 상기시키며 나를 말렸다. 그 계층은 나를 경계할 것이고 나의 귀족 지위를 복권시키기 위해 자기들을 이용하려 한다고 여기리라는 것이었다. 적들이 프랑스의 문 앞에까지 쳐들어오자 그녀는 의용군으로 복무하라고 나를 파견했다. 군대 경력이 야망의 수단이 되고 공화국이 사라졌을 때, 그녀는 나를 다시 불러 이렇게 말했다. "이젠 절대 나를 떠나지 마."

파시앙스는 혁명에서 대단한 역할을 수행했다. 그는 만장일치로 자기 구역의 판사로 임명되었다. 성과 초가집 사이에서의 그의 청렴함과 불편부당함, 단호함과 지혜는 바렌에 지워지지 않는 기억을 남겼다.

전쟁 때 나는 드라마르슈 씨의 생명을 구하여 외국으로 빠져나
갈 수 있도록 도울 기회가 있었다.

"자, 이것이 에드메가 중요한 역할을 한 내 삶의 사건들 전부라고
생각하네." 늙은 모프라가 말했다. "나머지는 들려줄 가치가 없어.
그 얘기에 훌륭하고 유용한 뭔가가 있다면 잘 이용하도록 하게나,
젊은이들. 솔직한 충고자와 엄격한 친구를 만나기를 빌도록 하게.
자네들의 비위를 맞추는 사람을 좋아하지 말고 자네들을 고쳐주
는 사람을 좋아하게. 골상학을 너무 믿지 말도록 하게나. 에드메가
서글픈 즐거움의 시절에 **우리 가족은 태생이 살인자예요**라고 말했듯이
나는 아주 돌출된 살인자의 돌기가 있다네. 운명도 믿지 말게. 아
니면 적어도 누구에게도 운명에 맡기라고 권하지 말게. 이것이 내
이야기의 교훈일세."

이렇게 말하면서 늙은 베르나르는 우리에게 훌륭한 저녁 식사를
대접하고 헛갈리지도 지치지도 않고 남은 저녁나절 동안 이야기를
더 해주었다. 우리는 그가 자기 이야기의 교훈이라고 부른 것을 조
금 더 자세히 말해달라고 애원했다. 그러자 그는 그 양식과 명료함
이 놀라운 일반적인 고찰로 옮아갔다.

"내가 자네들에게 골상학에 대해서 이야기한 것은, 인간에 대한
더 많은 지식 축적을 목표로 일련의 생리학적 관찰을 완성시키고
자 하는 긍정적 측면이 있는 체계를 비판하기 위해서가 아니었네"
하고 그가 우리에게 말했다. "나는 **골상학**이라는 단어를 썼는데, 우

486

리 시대에 믿은 유일한 운명은 우리의 본능이 우리 스스로에게 만들어준 운명이었지. 나는 골상학이 이런 종류의 다른 어떤 체계보다 더 운명적이라고 여기지 않는다네. 그리고 자기 시대에 역시 운명론으로 비난받은 라바테르는 일찍이 복음서가 배출한 가장 기독교적인 사람이었다네.

절대적이고 필연적인 어떤 운명이 있다고 믿지 말게나, 젊은이들. 하지만 우리의 본능과 능력이 우리의 요람을 에워쌌던 인상과 우리 어린 시절에 충격을 준 처음 보는 장면들과 어느 정도 필연적인 관계가 있다는 것은 인정하게나. 한마디로 우리 영혼의 발전을 지배했던 외부 세계 전체를 말하는 것이지. 자네들이 죄인에게 관대하고 싶다면, 즉 하늘처럼 올바르고 싶다면, 선과 악 중에서 선택을 할 때 우리가 항상 절대적으로 자유롭지는 않다는 것을 인정하게나. 주님의 판단은 긍휼로 가득하거든. 그렇지 않다면 그분의 정의는 불완전할 걸세.

내가 지금 말한 게 아마 아주 정통적인 관점은 아닐 거야. 하지만 기독교적이지. 그건 내가 책임지겠네. 그건 사실이니까. 내 소중한 에드메의 스승인 장자크 루소가 이해했듯이, 인간은 악하게 태어나지 않아. 착하게 태어나는 것도 아니고. 인간은 어느 정도의 정열과 그것을 만족시키기 위한 활기를 가지고, 또 사회에서 좋거나 나쁜 입장을 취하기 위한 어느 정도의 능력을 가지고 태어나지.

하지만 교육은 모든 것에 대한 해결책을 발견할 수 있고 발견해야 한다네. 그것이 풀어야 할 큰 숙제야. 각각의 존재에 개인적으로 적합한 교육을 찾아내는 것 말일세. 일반적이고 공통적인 교육도 필요해 보여. 그러니 교육이 모두에게 똑같아야 할까? 열 살에 나를 중학교에 보냈다면 더 좋은 시기에 사회화가 되었을 거라고 생각해. 하지만 에드메가 했던 것처럼 나의 격렬한 성벽을 고치고 그것을 다스리도록 나를 가르칠 수 있었을까? 나는 의심스럽다네. 누구나 어떤 가치를 발휘하기 위해 사랑받을 필요가 있지. 하지만 각각 다른 방식으로 그렇게 되어야 해. 이 사람은 지칠 줄 모르는 관대함으로, 저 사람은 지속적인 엄격함으로. 모두에게 공통되지만 각자에게 적절한 교육이라는 문제가 해결되기를 기다리는 동안 서로서로를 고쳐주도록 힘쓰게나.

어떻게 그렇게 하느냐고 묻는 건가? 내 대답은 간단할 거야. 서로서로를 몹시 사랑함으로써 가능하지—그렇게 해서 사회도덕이 법률에 작용하고, 자네들은 모든 것들 중에서 가장 끔찍하고 부도덕한, 눈에는 눈, 이에는 이와 같은 법률, 죄인은 선도할 수 없으며 하늘은 냉혹하다는 것을 가정하기 때문에 운명의 원칙을 용인하는 것에 다름 아닌 사형을 폐지하기에 이를 수 있을 걸세."

평등한 부부에서 평등한 사회로:
에드메 드 모프라,
조르주 상드가 된 오로르 뒤팽의 이상

조르주 상드는 1837년 발표한 소설『모프라』의 작가 서문에서 스스로의 결혼관을 밝히며 이 소설의 연원이 자신의 실패한 결혼에 있음을 고백한다. 그리고 자신이 겪은 현실과는 전혀 다른 "결혼 전, 결혼 생활 중, 그리고 그 이후의 절대적이고 영원한 사랑"을 그려보고자, 일생 동안 단 한 명의 여인만을 사랑한 남주인공을 창조했음을 명시한다. 이 사랑 이야기에 프랑스대혁명 직전 구체제하의 정치 사회상, 미국독립전쟁, 혁명 이후의 사회변혁 등 각종 일화들이 삽입됨으로써, 모험소설, 교육소설, 연애소설, 전원소설 그리고 사회소설로 읽힐 수 있는 매력적이고 밀도 높은 소설이 탄생한다.

1789년 대혁명으로 왕정이 폐지되자, 왕의 백성들은 스스로의 권리를 지닌 공화국의 시민이자 개인으로 다시 태어났다. 그러나 이런 변혁이 여성들에게도 그대로 적용되는 것은 아니었다. 오히려 가족 개념이 이 새로운 체제를 유지하는 주요 요소가 되면서 여성들은 여전히 가부장제의 독재 아래 놓인 채였고, 남성 중심의 공적 영역에 여성들이 진입하는 것은 비난의 대상이 되었다. 바로 이런 시대에 본명이 오로르 뒤팽인 작가는 조르주 상드라는 남성의 이름을 필명으로 삼아 성별에 근거한 사회적 차별과 편견에 맞서기 위한 글쓰기를 실천한다.

"세상이 여성을 대함에 있어 가장 성스러운 것을 무시하고 농락하는 것을 지극히 당연하고 아무렇지도 않게 여기고 있다. 여성들은 사회 제도나 도덕 체계에서 고려 대상이 아닌 것이다. 맹세컨대 내 생애 최초의 용기와 야망의 횃불은 이러하다! 나는 여성을 비참한 처지에서 구해낼 것이며 그것은 나 개인의 노력과 저작을 통해 이루어질 것이다. (…) 예속된 여성들은 그들을 구하는 스파르타쿠스를 만날 것이며, 내가 바로 그 역할을 하겠다."

조르주 상드[*]

상드는 『모프라』에서 구체제가 시효를 다하고 대혁명의 기운이 무르익던 시대라는 정확한 역사적 맥락과 프랑스 중부에 실재하는 베리 지방이라는 공간적 배경을 무대로, 그녀가 꿈꾸는 이상적인 부부의 유형, 나아가서는 계층을 초월한 평등 사회를 그려내고자 했다. 봉건시대의 습속을 유지하려는 무리들과 계몽의 빛을 받아

[*] Jean-Pierre Lacassagne, 'Préface', *Mauprat*, Folio, 1981에서 재인용.

인권에 눈을 뜬 인물들의 갈등과 변모를 통해 가정에서의 부부 간의 평등이라는 개인적 차원의 이상적 관계, 나아가서는 귀족과 평민이 격의 없이 평등하게 공존하는 사회라는, 혁명이 약속했으나 실현하지 못한 유토피아를 보여주고자 한 것이다.

소설은 구체제하의 봉건사회가 몰락하고 새로운 민중의 시대가 열리는 과정의 일화들을 씨줄로 하고, 베르나르 모프라와 에드메 모프라의 만남과 결합의 과정을 날줄로 하여, 다채로운 무늬로 이야기를 조직한다. 따라서 에드메의 주도 아래 '교육'이라는 이름으로 이루어지는 베르나르가 겪는 갈등과 고난, 깨우침과 변화는 완벽한 여인에게 맞는 이상적 남편이 되기 위한 성장이라는 개인적 차원과 대혁명으로 이어지는 새로운 사회의 건설을 위한 준비와 기여라는 사회적 차원의 이중성을 지닌다.

남주인공 베르나르가 속하는 모프라 가문의 직계는 "수 세기 동안 프랑스 전역을 뒤덮고 폐해를 끼친 보잘것없는 봉건 독재자들 족속"의 잔당들로서, 음울한 골짜기의 작은 성 로슈-모프라에 은거하며 수탈과 강도 짓을 계속하여 '강도 모프라'라는 이름으로 불려왔다. 이들은 봉건제도의 몰락과 궤를 같이하며 퇴락의 길을 걷다가 급기야는 법 집행자들에 의해 궤멸되고, 그들의 성은 화마에 휩싸여 폐허가 되고 만다. 이와 대조적으로 여주인공 에드메가 속하는 모프라 가문의 방계는 교육을 받아 현명하고 공정한 위베르드 모프라에 의해 번영을 누리며, 계몽사상의 영향을 받은 오베르 신부 그리고 전형적이라고는 할 수 없지만 민중을 대표하는 농부 철학자 파시앙스와 두더지 사냥꾼 마르카스 같은 평민까지도 포용하면서 걸인들도 제지 없이 드나들 수 있을 정도의 미래지향적인 공화의 세계를 생트-세베르라는 성에 구축하고 있다.

여기서 흥미로운 것은 남녀 주인공 사이의 권력 기제의 변화 과정이다. 부모를 여의고 할아버지와 삼촌들에 의해 폭력적이고 야만적인 인간으로 길러진 베르나르가 에드메의 생명을 구해주며 그의 압도적인 우위로 시작된 둘의 관계는 시간이 갈수록 에드메의 주도하에 놓이고, 베르나르가 잘못된 재판으로 죽음을 목전에 두는 사태에 이르자 에드메가 베르나르에 대한 사랑을 공표하여 그를 교수대에서 구함으로써 완전히 역전되는 것이다.

로슈-모프라성에 납치되어 위험에 처한 에드메는 친척 관계로 밝혀진 베르나르에게 미래를 약속함으로써 명예를 지키고 위험을 모면하는 한편, 베르나르를 중세의 봉건사회에 머물러 있는 로슈-모프라의 삼촌들의 압제에서 구출하여 자신과 부친이 사는 생트-세베르성으로 데려온다. 로슈-모프라에서 에드메의 생사여탈권까지 쥐고 있던 베르나르는 그녀와 함께 로슈-모프라성을 탈출하여 숲을 헤매다 파시앙스와 오베르 신부, 마르카스가 모여 있는 가조 탑에 들어서는 순간부터 힘을 잃게 되고, 그때부터 상황을 통제하는 것은 에드메가 된다. 즉, 성별에 의한 전통적 역할과 권력 행사의 위치가 전도되기 시작하는 것이다.

에드메는 교육받지 못하고 무지한 야만인과는 결혼할 수 없다는 이유로 루소의 교육관에 입각한 주도면밀한 계획 아래 그에게 문명인 신사가 되기 위한 교육을 실천한다. 이는 생트-세베르성에서 베르나르를 맞이하는 에드메의 아버지 위베르 드 모프라의 말로 요약된다. "너는 교육을 시작해야 해, 그 애의 교육은 다 되었으니까." 그리하여 베르나르는 신분에 맞는 교육을 받느라 "존재의 모든 용수철이 끊어질 정도까지 당겨져야" 하는 고통을 감내하지만, 에드메는 그의 정신을 철학으로 적시고, 편견에 물든 그의 눈을 뜨도록 하는 것으로도 교육의 완성을 선언하지 않는다. 지식이 그의 자아를 성장시키면서 과거의 동물적 완력에 버금가는 지적 허영심이 자라났기 때문이다. 게다가 그녀와 약혼했다는 드라마르슈라는 귀족의 존재까지 베르나르에게 괴로움의 원인을 제공한다. 베르나르가 에드메의 권위를 인정하지 않고 그저 쟁취의 대상으로 여기는 한, 교육의 완성은 요원하고 결혼은 유예될 것이다.

결국 그는 미국독립전쟁에 참여하기 위해 대서양을 건넘으로써 에드메를 그 옛날 로슈-모프라에서 강제로 맺은 서약에서 풀어주고, 아메리카의 자유와 독립을 위한 투쟁이라는 대의를 위해 식민지 사람들의 편에 서는 길을 택한다. 에드메에게 어울리는 현대적인 기사가 되고자 하는 것이다. 이 참전은 베르나르가 아메리카의 독립을 저지하려는 영국에 대항하여 자유와 평등의 수호자 대열에 선다는 의미와 함께 개인적으로는 정치적, 정서적 교육의 완성이라는 의미도 지닌다. 이 교육의 완성은 아서라는 이름의 미국인 박물학자에게 힘입은 바 크다.

그러나 아직도 남성 우위의 사회적 편견을 벗어던지지 못하고

"성찰에 의해 그리고 거친 전쟁 경험에 의해 성숙한 지금의 나 같은 남자가 한낱 어린애처럼 여인의 변덕에 복종하는 게 조금도 창피한 일이 아니란 말이지?"라고 반문하는 베르나르에게 아서는 "자네는 알비온처럼 굴었군. 그러니 에드메가 필라델피아처럼 행동해도 놀라지 말아야지" 하고 대꾸한다. 즉, 알비온이라는 옛 이름이 상징하는 영국이 식민지 지배의 옛 꿈을 버리지 못하고 아메리카의 독립을 저지하기 위한 전쟁을 벌이듯 베르나르도 여성을 지배하며 사랑을 강요하는 모습을 보였다는 것이다.

에드메는 이렇게 말한다. "나는 모프라이고 불굴의 자부심을 갖고 있기 때문에 절대로 남자의 독재를 참지 않을 거예요. 연인의 폭력은 물론이고 남편의 모욕도 마찬가지죠. 애원할 때 거절한 것을 힘으로 누른다고 굴복하는 것은 노예근성, 비겁한 성격에 속할 뿐이죠." 따라서 독립선언문이 낭독된 필라델피아라는 도시로 대표되는 미국이 자유와 독립을 쟁취하기 위해 전쟁을 벌일 수밖에 없었듯이 에드메도 평등한 관계의 수립을 위해 독립을 말하면서 베르나르를 내칠 수밖에 없었다는 것이다.

마침내 미합중국이 독립을 쟁취하면서 베르나르는 다시 대서양을 건너 생트-세베르로 돌아온다. 그는 본능과 애정이, 직관과 이성적 사유가 균형을 취하는, 정신과 이성의 진보를 성취했다고 자부한다. 그러나 아버지의 권유에도 불구하고 에드메는 몇 달 더 자유의 시간을 갖겠다는 핑계로 결혼을 유예함으로써 다시 한번 베르나르에게 시련을 안긴다. 그러던 중 사냥 행사에서 에드메는 가조 탑 근처에서 총을 맞고, 베르나르가 살인미수의 누명을 쓰게 된다. 이후 재판 과정을 통해 구체제 말기의 타락한 성직자들과 수도원의 실상, 사법제도의 모순과 부패한 법관들의 행태가 그려진다.

결국 이 살인미수 사건은 범인을 색출해낸 파시앙스의 활약과 마르카스의 헌신, 아서의 개입 그리고 에드메의 "저는 그를 사랑합니다! (…) 불쌍한 이여, 7년 전부터 내 비밀스러운 애정을 숨겨온 게 그대의 잘못이란 말인가요? 사랑한다는 말을 하기 위해 당신이 사랑에서 그러하듯이 지혜와 지성에서도 첫째가는 사람이 되기를 기다렸답니다. (…) 나의 오만이 당신을 죄수석으로 이끌었으니까요. 하지만 당신의 수치를 정말 멋지게 회복시켜줄게요"라는 증언으로 반전에 이른다.

무죄방면된 베르나르는 에드메와 함께 파시앙스, 오베르 신부, 마르카스, 아서를 대동하고 스위스로 여행을 떠난다. "우리는 그들을 완벽하게 평등하게 대했다. 그때부터 그들이 우리와 다른 식탁에서 식사를 한 적은 한 번도 없었다." 이제 그들은 계층과 교육으로 인한 모든 차별이 사라진 소공동체를 구축한 것이다.

이 과정을 통하여 우리는 구체제의 잔해 위에 평등하고 빛나는 새로운 세계, 서로 간의 사랑에 의해 상호 화합하는 신뢰의 세계를 세우려는 상드의 비전을 볼 수 있다. 이와 같은 비전은 부당한 행위 앞에서도 '인내(파시앙스patience)'하라는 설욕의 기다림을 외침으로써 파시앙스라는 별명을 갖게 된 농부 철학자의 말로 요약된다. **"파시앙스! 파시앙스!** 머지않아 촌놈들이 귀족들의 오금이나 귀를 자르는 정도가 아니라 모가지와 돈주머니를…" "민중이 귀족보다 훌륭한 건 귀족이 그들을 탄압하고 괴롭히기 때문이지요! 하지만 영원히 고통을 견디지는 않을 거요. (…) 가난한 사람들은 충분히 고통을 겪었으니 이제 부자들에게 반기를 들 거요, 성은 무너지고 영지는 조각나겠지요. (…) 이 성의 정원에는 열 채의 초가집이 들어설 테고 열 가족이 정원에서 나오는 수입으로 먹고살겠지요. 시종도, 주인도, 상놈도, 영주도 없을 겁니다. 소리 높여 외치는 귀족들이 있을 테지만 결국 힘에 굴복하고 말 거고요."

마르틴 리드의 지적대로 여주인공 에드메 드 모프라는 "문학에서 전례를 찾기 어려운 이상주의의 화신으로서 놀라운 순수함과 실용적인 감각을 겸비한 상드의 여인들 중 하나이다"*. 이렇듯 오로르 뒤팽으로서의 삶을 거부하고 조르주 상드가 된 작가는 사회의 기본 단위인 가족에서부터 가부장적 권위를 해체하고 성 평등을 넘어서서 여성 또한 지배력을 행사할 수 있다는 페미니스트적 꿈을 그려냈다. 또한 에드메는 평민 파시앙스를 대리인으로 삼아 빈곤과 무질서에 빠진 민중을 일으키기 위해 사회사업을 일구며, 혁명 후에는 베르나르가 정치적 소용돌이와 거리를 두도록 인도하는 정치·사회적 감각까지 갖추고 있다. 이처럼 여성들도 교육을 통해 지식을 쌓고 지성을 키움으로써 가부장제의 억압에서 벗어나 자유를 누리고 평등을 실현하며 나아가서는 평등 사회의 구현에

* Martine Reid, 'Mauprat : mariage et maternité chez Sand', *Romantisme* 76, 1992, p. 55.

기여할 수 있다는, 19세기로서는 가히 혁명적인 비전을 제시하고 있는 것이다. 이와 더불어 권력이 몇몇 사람의 수중에만 들어 있지 않고 관계와 선택이 자유로우며 모든 인간이 평등을 구가하는 사회, 사람들의 삶이 우주의 조화를 재현하는 이상적인 사회의 모습을 꿈꾸었다. "하늘을 보시오. 별들은 평화롭게 살고 아무것도 그 영원한 질서를 방해하지 않아요. 큰 놈들이 작은 놈들을 잡아먹지도 않고 옆에 있는 놈에게 쳐들어가는 일도 없지요. 그러니 사람들 사이에서도 그런 질서가 지배하는 시절이 올 거요."

　이 작품에서 상드는 너무도 완벽한 풍속의 혁명과 정치적 혁명 이후의 가정과 평등 사회를 그려놓았다. 혁명 이전 구체제하의 봉건사회의 폐해가 각 분야별로, 각 계층별로 소상히 그려지고 민중의 분노가 실감나게 표출된 반면, 혁명 과정의 폭력과 희생자들에 대해서는 그리 언급되지 않는다. 고작해야 파시앙스의 피 흘리는 부엉이의 추억이 베르나르에게 일으킨 공포가 언급될 뿐 공포정치의 유혈 낭자한 사례들은 적당히 덮어두고 있다. 즉 생트-세베르의 조화로운 공동체 내에서 산악당과 지롱드당이 공존하며 "가족의 지롱드당"이라고 불리는 오베르 신부 앞에서 산악당의 숭배를 표현하기를 삼가는 에드메의 모습이 그려질 뿐이다. 이처럼 현실과는 너무도 큰 괴리를 보이는 『모프라』의 부부상과 사회상은 너무도 완벽하기에 실현을 기대할 수 없는 유토피아의 피안에 머무르고 있는 듯하다.

　상드의 초창기 작품인 『모프라』는 여성을 옥죄는 사회적 편견과 인습에 대항하여 해방과 평등을 외치며 여성도 남성과 같은 자유를 누리며 능력을 발휘할 수 있다고 믿고 행동하고 글을 쓴 그의 이단적인 젊은 시절의 모습을 보여준다. 하지만 그가 이따금 보여주는 전원의 풍경과 시골 사람들의 투박하면서도 정겨운 묘사는 파란만장한 인생 편력을 겪은 뒤 고향인 노앙으로 돌아가 자연과 민중을 사랑하며 헌신적이고 열성적인 모성애 넘치는 할머니로 늙어갈 상드의 미래의 모습까지도 두루 담고 있다.

그러나 안타깝게도 상드는 우리에게 19세기의 자유분방한 전원 소설 작가 정도로만 알려져 있는 듯하다. 이 작품 『모프라』를 통하여 100여 편이 넘는 소설과 희곡으로 19세기 프랑스 문단에서 그 누구보다 문명을 떨쳤으며, 다방면에 걸친 지적 능력과 교양을 바탕으로 헤아릴 수 없이 많은 당대의 사상가, 철학자, 작가, 예술가와 교유하여 그들에게 영향을 미치고 스스로도 영감을 받은, 영원불멸의 이상주의자 조르주 상드의 진면목과 새롭게 만나는 계기가 되었으면 한다.

21세기에 19세기의 글을 번역하는 것은 녹록한 일이 아니었다. 구체제 말기에 남발된 직제하며 재판 절차와 관련된 용어들로 인해 사전에 등재된 〔옛·문어〕〔역사〕 등의 항목을 이토록 요긴하게 참조한 적이 없었다. 분명 오늘날의 눈으로 과거의 뜻을 제대로 읽어내지 못한 경우가 적지 않을 듯하여 염려스럽기만 하다.

조르주 상드를 재발견하게 해준 박재연 선생, 함께 예스러운 표현들을 고민하고 대안을 찾아준 심하은 선생 그리고 출판의 기회를 준 채세진 대표님께 감사한 마음을 전하고 싶다.

정희경

모프라

1판 1쇄 인쇄 2020년 10월 16일
1판 1쇄 발행 2020년 10월 23일

지은이 조르주 상드
옮긴이 정희경
펴낸이 채세진
디자인 김서영

펴낸곳 꿈꾼문고
등록 2017년 2월 24일 · 제2017-000049호
주소 04031 서울시 마포구 동교로 156-13, 4층 502호
전화 (02) 336-0237
팩스 (02) 336-0238
전자우편 kumkunbooks@naver.com
블로그 blog.naver.com/kumkunbooks **페이스북** /kumkunbks **트위터** @kumkunbooks

ISBN 979-11-90144-08-7 (03860)

이 도서의 국립중앙도서관 출판예정도서목록(CIP)은 서지정보유통지원시스템 홈페이지(http://seoji.nl.go.kr)와
국가자료공동목록시스템(http://www.nl.go.kr/kolisnet)에서 이용하실 수 있습니다.(CIP제어번호 : CIP2020041938)